60 Kilo Sonnenschein ist die Geschichte von Gestur, einem unehelichen Bauernsohn aus dem fiktiven isländischen Dorf Segulfjörður. Während er bei immer neuen Ziehvätern heranwächst und schließlich selbst Vater wird, erwacht auch das moderne Island.

Große Fischfänger steuern eines Tages den Hafen an, bringen Exotisches und Fremdes aus dem Umland und der weiten Welt. Mit den Waren kommen auch neue Werte, neue Moden und Gefühle ins kalte und tief verschneite Segulfjörður.

Humorvoll, turbulent und mit unvergesslichen Figuren erzählt Hallgrímur Helgason vom Weg Islands in die Moderne.

HALLGRÍMUR HELGASON, geboren 1959 in Reykjavík, besuchte nach dem Studium an der Hochschule für Kunst und Kunstgewerbe in Reykjavík für ein Jahr die Kunstakademie in München. Den internationalen Durchbruch brachte ihm 1996 der Roman *101 Reykjavík*, der kurze Zeit später verfilmt wurde. Helgason ist einer der international erfolgreichsten Autoren Islands. Zuletzt sind von ihm bei Tropen erschienen: *Seekrank in München* (2015) und *60 Kilo Sonnenschein* (2020).

KARL-LUDWIG WETZIG, geboren 1956, studierte Skandinavistik in Bonn und Uppsala und war Lektor an der Universität Reykjavík. Er ist Autor zahlreicher Reisebücher. Für seine Helgason-Übersetzungen erhielt er einen Preis der Dialog-Werkstatt Zug. Zuletzt erschien von ihm *Mein Island* (2017).

Hallgrímur Helgason

60 Kilo Sonnenschein

AUS DEM ISLÄNDISCHEN
VON KARL-LUDWIG WETZIG

TROPEN

Diese Übersetzung wurde mit einem Exzellenzstipendium des Deutschen Übersetzerfonds gefördert.

MIX
Papier aus verantwortungsvollen Quellen
FSC® C083411

Tropen
www.tropen.de
Die Originalausgabe erschien unter dem Titel »Sextíu Kíló af Solskini«
im Verlag JPV Útgáfa, Reykjavík
© 2018 by Hallgrímur Helgason
Für die deutsche Ausgabe
© 2020, 2022 by J. G. Cotta'sche Buchhandlung
Nachfolger GmbH, gegr. 1659, Stuttgart
Alle deutschsprachigen Rechte vorbehalten
Printed in Germany
Cover: Zero-Media.net, München
unter Verwendung einer Illustration von © clu, Gettyimages
Gesetzt von C.H.Beck.Media.Solutions, Nördlingen
Gedruckt und gebunden von CPI – Clausen & Bosse, Leck
ISBN 978-3-608-50019-6

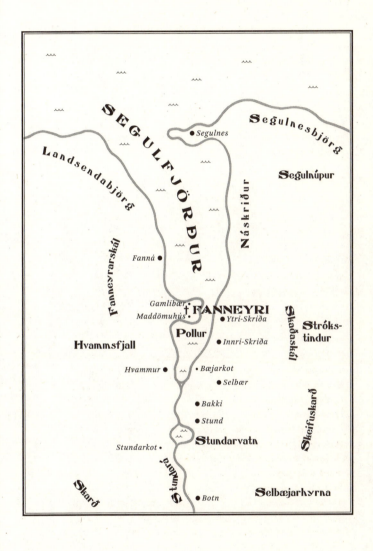

1. Buch

Aus einer Schneewehe bist du gekommen

Kapitel 1

Adam auf der Eisdecke

Am Anfang war das Blatt leer, unbeschriebenes, weißes Papier. Kein einziger dunkler Fleck war darauf zu sehen, weder Punkt noch Komma. Der Fjord war eine einzige, augenlose Schneedecke, vom Wasserfall an seinem hintersten Ende bis zur Mündung ins Meer, und es war unmöglich zu erkennen, wo sich unter ihr Wasser und wo Land befand. Der Neuschnee hatte alle Zeichen der Anwesenheit von Menschen getilgt, der Fjord lag ebenso unberührt unter dem Nordhimmel wie an jenem Tag vor 999 Jahren, an dem er entdeckt und besiedelt worden war.

Diese leere Seite betritt nun ein Mensch, ein erschöpfter Geist mit reifbedecktem Bart über einem verschwitzten Pullover, ein hohlwangiger Mann, der natürlich nicht anders heißen kann als Eilífur Guðmundsson. In der Scharte auf dem Berggrat bleibt er stehen und schaut über den Fjord, der kein Fjord mehr ist, sondern ein schneeweißes Blatt Papier, leer, bis die Geschichte beginnt. Jetzt stapft er in sie hinein, spurt den Anfang, sinkt in dicken Überstrümpfen und flachen Schuhen aus Haileder bei jedem Schritt bis zu den Knien ein. Wir hören seinen keuchenden Atem, vom anstrengenden Gehen ist ihm warm geworden; er versteht gerade gar nichts mehr, er wohnt doch hier, hat hier Vieh und Familie, aber er kann sein Haus nicht finden, obwohl der dreitägige Schneesturm abgezogen ist und der Himmel all seine Schneeschauerröcke gelupft hat.

Eilífur Guðmundsson eilt die Scharte hinab, pulverschneestiebend wie eine glasbärtige Dampfmaschine. Wir folgen dem Schwitzenden mit den kalten Füßen und dem Weihnachtsweizen im Sack und hören seinen rasselnden Atem. Wir hören ihn besser als er selbst, denn wir sind Büchermenschen und verfolgen die Dinge aus gehöriger Entfernung; von der vollkommenen Stille des Lesens umgeben, die um das Bettzeug herrscht, genießen wir es, die Verzweiflung anderer im Schein der Nachttischlampe zu betrachten.

Im Laufe seines Abstiegs wird der Pulverschnee zu Tiefschnee, der Tiefschnee zu Sulzschnee, der Sulzschnee zu Harsch. Der Wanderer sinkt nur noch mit den Sohlen ein bei seinen Schritten heim zu dem, was er für sein Zuhause und sein Leben hielt und das auf Landkarten als Stundarkot eingezeichnet ist, nun aber nicht mehr, denn auch der Hofname liegt unter Schnee begraben. Selbst der Fels von Sólarklettur ist verschwunden, die nie trügende Landmarke, die sonst immer mindestens teilweise frei liegt, ein ewiger Wegweiser für das Heute und das Morgen. Es gibt nichts mehr in der Welt, nichts Festes mehr, an dem man sich festhalten könnte. Der Bauer steht an der Stelle, wo sich sein Hof befand, stößt Atemwolken aus und blickt durch diesen transparenten Dampf mit großen, schwarzen Pupillen, den einzigen dunklen Punkten in diesem weißen Tal; sie klimpern an seinem Grund wie zwei Bohnen in einer Schüssel.

Teufel noch mal, geht es mir jetzt wie dem Adam auf der Eisdecke in Lásis Reimgedicht, dachte Eilífur Guðmundsson und murmelte, ohne sich dessen bewusst zu sein, die berühmten Zeilen aus dem *Buch Lási*. Der heidnische Zimmermann Sigurlás auf Ytri-Skriða hatte sich einen Winter lang die holzlose Zeit damit vertrieben, etliche der biblischen Geschichten aus den Büchern Mose nach Island zu versetzen.

Auf der Eisdecke Adam stand aufrecht
in Evas Kleidern.
Da watete hüfthoch das Menschengeschlecht
mit Schnee in seinen Adern.

Eilífurs Verzweiflung war so groß geworden, dass er die Mütze abnehmen musste. In der Mitte seines vereisten Barts klaffte eine breite Schmelzrinne. Sie reichte von der Nase zum Mund und weiter bis zum Kinn, wo sie endete. In der Gegend war dieses Phänomen allgemein unter der Bezeichnung »Nasentau« bekannt. Eilífurs schmuddeliges Haar klebte bis zu den großen Ohren in schweißnassen Wellen an seinem Kopf, auf dem ganz oben die Glatze eines Endvierzigers glänzte. Er stapfte hin und her auf dem, was sein Hofhügel sein musste – wo er jedenfalls, nach sämtlichen Orientierungspunkten zu urteilen, liegen musste, aber nun von sämtlichen Landkarten ausradiert war –, und blaffte in die Luft wie ein Hund, der Witterung aufgenommen hat, den Bissen aber nicht findet. Endlich blieb er stehen und schaute fjordauswärts. Selbst die Kirche von Fanneyri schien im Schnee versunken zu sein, dabei hatte sie einen Turm und war schwarz angestrichen. Die Haifangboote Kristmundurs auf Hvammur waren ebenfalls unsichtbar, obwohl die geteerten und hoch auf ihren Böcken gelagerten Planken am Strand vor dem größten Hof im Segulfjörður sonst nie dem Schnee zum Opfer fielen.

Hatte es dermaßen geschneit, oder waren hier nacheinander vierzehn Lawinen niedergegangen? Und das am Heiligen Abend?

Kapitel 2

Drei Kilo Weizen

Eilífur, der Bauer auf Stundarkot, war zehn Tage unterwegs gewesen, davon vier allein auf dem Rückweg, der sich an einem guten Tag in fünf Stunden zurücklegen ließ. Drei Anläufe hatte er gebraucht, um über den Pass bei Skeifuskarð aus dem Heiðinsfjörður in den Segulfjörður zu gelangen; zweimal war er von dem wilden Schneesturmpaar Hríð und Bylur zum Hof Brekka zurückgeweht worden. Beim zweiten Versuch hatte er kaum einen Arm heben können, die Gewalt des Sturms war so heftig gewesen, dass sie einem Menschen nicht einmal erlaubte, die Augen mit der Hand zu schützen. Das war am Tag des heiligen Þorlákur, und Eilífur hatte es eilig, vor dem Abend nach Hause zu kommen. Dort warteten Frau und Kinder, und es würde kein richtiges Weihnachten werden, wenn es keinen Weizen gäbe. Nach einem halben Tag anstrengenden Aufstiegs, während dessen Bylur ohne Unterlass aus seiner Schneekanone auf ihn feuerte (die Salven kamen von Süden und prasselten auf Eilífurs linke Wange), hatte er schließlich aufgeben und umdrehen müssen. Da tat Bylur das Gleiche und griff von Osten an. Eilífur musste auf allen vieren kriechen und traf erst fünf Stunden später in mitgenommener Verfassung wieder beim Ehepaar Kröyer in Brekka ein.

Als man ihn wie einen auftauenden Eisritter – so knarrte seine Rüstung – in den gedeckten Gang des Hofs und weiter ins Haus führte, schien ihm der Raum in ein rötliches Licht getaucht; die Flamme der Tranfunzel wirkte auf ihn blutrot und erinnerte ihn an die Beschreibung von Freudenhäusern in der Südsee, wie sie in dem Buch *Seewind* beschrieben waren, aus dem ihm Lási auf Skriða einmal vorgelesen hatte.

»Haben wir ... schon Weihnachten?«, kam es kläglich über seine frostgesprungenen Lippen. Er fürchtete, seine Liebsten enttäuscht zu haben. Während er fragte, geriet er vor einen schwarzfleckigen Spiegel, der an einem Pfosten hing, und sah, wie es um ihn bestellt war: Seine Augen waren bis an die Pupillen blutunterlaufen, und in ihrer Mitte leuchtete ein voller Mond an einem zerfaserten Himmel. Für ihn sah es so aus, als wäre das Nadelöhr seiner Seele in blutrotes Mondlicht getaucht, denn seine Augen waren ganz rot entzündet. Man klopfte ihm die dicksten Schneeplacken von der Kleidung und geleitete ihn durch den Gang zur Küche, wo man ihn über das Herdfeuer stellte und zweimal abschabte. Sein ganzer Körper weinte, als die Flammen nach dem Eis leckten.

Und das alles für drei Kilo Weizen, Brot und Kuchen ...

Kapitel 3

Klapplukenkiosk

Dem Kaufladen im Segulfjörður, in einer Ecke des Lagerhauses auf Fanneyri untergebracht, waren nach monatelanger Treibeisblockade die Waren ausgegangen. Allerdings hatte man von einem Handelsschiff im Óðalsfjörður gehört. Von dort erstreckte sich nahe unter Land eine Rinne im Eis nach Osten, und der Schoner hatte sich hindurchmanövriert wie ein segelgetakelter Bartenwal mit langem Bugspriet. *Fy fan*, soll mir der Teufel die Bramsegel zerfetzen, hörte man an Bord jemanden laut denken, irgendwer muss diesen Hungerhaken doch Mehl liefern, und man muss dieses Volk von Hungerleidern durchfüttern. Fragt mich bloß nicht, warum und warum ausgerechnet ich. Was sie im Austausch dafür liefern, ist ja kaum einen Fischschwanz wert, eingekochter Haischweiß, Blutwurst und uralter, getrockneter Kabeljau …

So sah das dänische Denken aus, welches das Schiff steuerte, schließlich waren die Dänen seit Jahrhunderten die Herren der Insel, und diese Verbindung hatte die Geduld beider Seiten auf eine große Probe gestellt, denn Island war die Kolonie, die sich weltweit am schwierigsten ausbeuten ließ. Die Herren waren angesichts der Unkosten seit Langem ungehalten, und die Dänen in Island waren alle mürrisch und verdrossen.

Daher war dem Kapitän der Kram, der für die isländischen Kleinbauern an Deck herumlag, herzlich gleichgültig, und er ließ die Waren durch ein Bullauge am Heck hinausreichen. So entstand der erste Kiosk in der Geschichte des Landes, der aus einer Klappluke verkaufte.

Die Leute ruderten also zum Schiff, riefen Art und Menge der Bestellung auf ihren rührend ärmlichen Einkaufszetteln durch das Loch und warfen einen leeren Sack hinterher. Wenig später erschien er wieder, und der Handelsbeauftragte der Konsumgesellschaft, der isländische Kaufmann, der um die halbe Welt angereist war, aus Fagureyri, dem Hauptort des Landesviertels, legte Münzen in die ausgestreckte dänische Hand. Anschließend trug er die Entnahmen des betreffenden armen Kätners in seine Bücher ein. So funktionierte die hiesige Volkswirtschaft. In den drei Fjorden hatte keiner mehr Bargeld gesehen, seit ein geistig verwirrter Wanderprediger in der Kirche von Fanneyri die Existenz des Teufels beweisen wollte, indem er mit einem brennenden Fünfklauenschein wedelte, den er für die Währung der Hölle ausgab. Stattdessen lieferten die Leute ihrem Kaufmann Schaffelle und Lebertran, Fleisch und abgesengte Schafsköpfe und nahmen im Austausch dafür Schnaps, Zucker und Schuhe entgegen.

Kaufmann war, wer den klangvollsten Namen hatte (Sigurður Schiöth, Elíbert Hansen ...), sich am besten kleidete und Dänisch sprach. Überdies musste er einen eindrucksvollen Bart tragen, von imposanter Statur und freundlich im Umgang, zugleich aber ausgesprochen knauserig sein, besonders beim Verkauf von Alkohol. Letztere Charaktereigenschaft war ganz besonders isländisch: Die isländischen Kaufleute waren weltweit die einzigen, die sich nicht gern von ihren Waren trennten, jeder »Verkauf« verursachte ihnen schmerzliche Enttäuschung, jeden »Kunden«, der durch ihre Tür schlurfte, betrachteten sie mit einem seufzenden Auge. Das bargeldlose Wirtschaftssystem und die Entfernung von den Häfen der Welt führten dazu, dass der Kaufmann die Waren in seinem Lager als sein persönliches Eigentum betrachtete, das er unter größten Mühen beschafft hatte und deshalb nur widerwillig hergab. Es war doch offensichtlich, dass ein lederbeschlagener Holzschuh, von einem Handwerker in Hamburg oder Hellerup her- und im Regal eines isländischen Fjords aufgestellt, einen ebenso weiten Weg zurückgelegt hatte wie Seide aus China in Kopenhagen. Die einzige Möglichkeit des isländischen Kaufmanns bestand somit darin, den Preis dafür so hoch anzusetzen, dass niemand ihn kaufte. Daraus entwickelte sich die bis heute gepflegte isländische Geschäftspraxis, so wenig wie möglich für so viel wie möglich zu verkaufen. Manche gingen sogar so weit, ihre Artikel lieber selbst zu nutzen, etwa Geschirr und Hosenträger; denen war der Gebrauch kaum anzusehen, und so konnte man sie jederzeit wieder in den Laden zurückstellen. Allerdings waren die Kaufleute früherer Zeiten dauerndem Druck von Seiten der notleidenden, von Hunger und Knechtschaft ausgezehrten Bevölkerung ausgesetzt, und so war die Tätigkeit des Kaufmanns eine ebenso undankbare wie zermürbende. Nicht alle schafften es, ihre Lager gut zu verteidigen. Der Vorteil bestand darin, dass es so gut wie der einzige Beruf war, der sich in geschlossenen Räumen ausüben ließ.

Der ehrenwerte, höchst respektable Herr in unserer Geschichte, der von einem prächtigen Vollbart gezierte Eðvald Kopp, befand sich jedoch auf einer außergewöhnlichen Unternehmung weit weg von seinem Zuhause, seinem Tisch und seiner Kasse in Fagureyri und war deswegen ein wenig ungehalten und schlecht gelaunt. Sein Heimatfjord, der mächtige Eyrarfjörður, war ebenso zugefroren wie alle anderen (der Frost beißt alle, Volk wie Faktor), ausgenommen diesen Seehundsfott von Óðalsfjörður, dem einzigen, in den ein Schiff einlaufen konnte. Statt seines Huts hatte der Kaufherr drei Tage lang eine Mütze tragen und unter einem Dach aus Grassoden schlafen, hatte zu Pferd einen Bergrücken überqueren und ganze Schluchten voller Neuschnee durchwaten müssen. Sein voluminöser Bauch hatte davon allerdings nicht viel Schaden genommen (es lagen drei Gratismahlzeiten mit Hangikjöt und Skyr hinter ihm) und wölbte sich mächtig am Ufer, um zu signalisieren, mit wem man es zu tun hatte, einem *mand med mænd*, einem Mann unter Männern.

Denn es war keineswegs die ganze Nation aus Schneewehen geschnitzt, auch hier gab es Menschen, die gut im Futter standen.

Der Kaufmann zog seinen Zylinder aus dem Futteral, während er sich zum Schiff rudern ließ, aufrecht im Boot stehend, sodass seine Rockschöße wunderbar im Wind flatterten. Etwas angesäuselt erschien er einen Mittag später wieder und wählte drei schaffarbene Bauern aus, die ihn in der Jolle begleiten sollten, weil er nicht vorhatte, sich an ihren Säcken die Finger schmutzig zu machen, die sollten sie schön selbst durch das dänische Bullauge bugsieren. Das war lediglich eine Notlösung, der Lukenhandel war eigentlich nur für die Leute der näheren Umgebung vorgesehen, doch der Hunger nach Brot hatte auch viele Bauern von weiter weg hierhergetrieben, selbst solche, die nicht in Kopps Büchern standen, aber auf Verständnis und Großzügigkeit in Anbetracht der Umstände hofften. Zwar war die Ära des Handelsmonopols in Island längst vorüber, aber noch immer besaßen die Kaufleute ihre Bauern und die Bauern ihre Kaufleute.

Kapitel 4

Neunundneunzig Forellen

Eilífur kam erst spät, das Licht am Himmel ließ bereits nach, und die meisten anderen befanden sich schon auf dem Heimweg, es war ein Schneesturm im Anzug. Eine Einkaufstour stand aber noch aus; auf einer Bank gegenüber dem dänischen Ruderer, einem jungen, noch bartlosen Kerl mit krebsrotem Gesicht, hockte der einarmige Bauer auf Tvíhamar im Óðalsfjörður mit seiner ewigen Gewittermiene. Aus Ehrfurcht vor Kopp und Krone hielt er seine Kopfbedeckung trotz der Kälte in der Hand. Der Kaufmann stand noch am Ufer, als der große Mann mit seinem leeren Sack erschien.

»Stundarkot? Du hast bei mir nichts abgeliefert.«

»Nein, wir Segulfjorder liefern gewöhnlich an den Fanneyrihandel von Sigurður.«

»Was hast du dann hier verloren? In meinem *område* und meinem Schiff?«

»Dem guten Mann ist das Getreide ausgegangen. Das Treibeis!«

»Das ist mir ein armer Kaufmann, der sein Magazin leer werden lässt. Was soll das für ein Unternehmen sein?«

»Er sagt, auf Säcken schlafe er nicht besonders gut, der Sigurður.«

»Ach so? Und was hast du heute für mich? Im Segulfjörður drucken sie ja nicht gerade Geld.«

»Ich dachte mir ... hm, dreizehn Forellen für drei Kilo Weizen. Es ist ja Weihnachten, und die Frau ...«

»Ah, Weihnachten und die Frau. Soso! Und wo sind die Forellen?«
»Im See zu Hause.«
»Aha. Und warum hast du sie nicht mitgebracht?«
»Na ja, er ist doch vereist, der See, knüppeldick zugefroren.«
»So? Und wann bekomme ich sie dann?«
»Im Frühling. Im Frühling kann ich sie abliefern.«
»Drei Kilo Weizen für dreizehn ungefangene Forellen? Ich verlange dreiunddreißig Forellen pro Kilo Weizen.«

Auf den letzten Worten rutschte der Kaufmann ein wenig aus, und Eilífur erkannte, wie auch andere Umstehende, dass der Rum des Schiffskapitäns Wirkung zeigte. In der Nähe stand der Pferdeknecht des Kaufmanns mit Hund und Pferden sowie zwei namenlosen menschlichen Schemen, und sie hörten das Gespräch mit an, ebenso wie zwei Bauern etwas weiter entfernt, die sich über ihre frisch gefüllten Säcke beugten und sich mit ihren Kötern für den Heimweg rüsteten.

»Neunund... Forellen?«, wiederholte Eilífur und spürte, wie sein Herz heiß wurde und siebzehn verschiedene Gedanken in seinen Blutkreislauf pumpte. Was konnte man dazu sagen?

»Jawohl, *ni og halvfems ørreder!*«

Eilífur betrachtete einen Moment das trunkene Gesicht des Kaufmanns, die kleine Nase, die großen Wangen, den gewichsten Schnurrbart, die eingesunkenen Augen unter dem glasharten Hut. Und plötzlich sah er vor sich, wie an einem schönen Frühlingsabend neunundneunzig Forellen aus dem Stundarvatn aufstiegen, durch den Fjord und über die Berge und eine weite Strecke durch die Luft schwebten, bis sie wie ein Kometenschweif über Fagureyri auftauchten, Kurs auf das Holzhaus von Kopp nahmen, dort in den Schornstein eingesaugt wurden, aus dem Herd herausflogen und geradewegs in die Diele marschierten (die führende Forelle fand gleich heraus, wo das Esszimmer lag). Dort stellten sie sich im Licht der Deckenlampe in einer Reihe entlang des Esstischs auf, an dem Herr Kopp mit umgebundener Serviette und offenem Schlund saß. Da hinein verschwanden sie mit großer Geschwindigkeit, eine nach der anderen. Neunundneunzig Mal musste der Kaufmann schlucken.

All das sah er vor sich. Nur sagen konnte er nichts. Und so standen sie voreinander, der langgliedrige, erschöpfte Bauer und das beträchtliche Gesäß. Aus dem einen stieg eine Atemfahne auf, der Rauch aus dem Schornstein einer menschlichen Maschine, aus dem anderen kam nichts, er schien aus massivem Holz geschnitzt zu sein. Wie war es möglich, dass das kleine Holzmännlein auf einen so hochgewachsenen Mann herabsah? Der große Zylinder reichte Eilífur gerade mal bis zu den Augen. So hatte der Bauer das kreisrunde Hutdach des Kaufmanns horizontal im Blick, und es glich nichts mehr als einem wunderschönen Fleckchen des Paradieses: Obwohl gerade Schneeflocken vom Himmel fielen, blieb keine von ihnen auf dem edlen Dache liegen. Doch plötzlich ging im Gesicht Kopps eine leichte Veränderung vor sich, und einige Schneekörner später drehte er das Gesicht seewärts. Erbrochenes flog in einem langen, majestätischen Bogen aus seinem Mund und landete mit lautem Platschen im Wasser.

Eilífur blickte zum Boot und sah, dass es sich bei dem Mann, der mitten im Gespräch mit Kopp in die Jolle geklettert war und sich neben den einarmigen Bauern mit dem verbiesterten Gesicht gesetzt hatte, um niemand anderen als einen Knecht Kristmundurs von Hvammur handelte. Jakob hieß er, ein Mann mit kräftigem Kiefer, den eine Schifferkrause bedeckte. Warum sollte er zum Schiff fahren dürfen, Eilífur aber nicht? Sie kamen beide aus dem Segulfjörður, beide aus dem Bezirk einer anderen Handelsniederlassung. Jetzt sah er, wie ihm dieser Jakob ausgesprochen freundlich zunickte, eine Bewegung, die alles zugleich ausdrückte: 1. Soso, du hast also kein Korn mehr, armer Kerl? Ist doch immer das Gleiche mit dir. 2. Glaubst du wirklich, für dich gilt das Gleiche wie für uns Hvammsleute? 3. Bestimmt nicht. Kopp ist eben ein völlig verrückter Geizkragen, der nicht weiß, wie man sich besäuft. Guck nur, wie unmöglich er kotzt, noch dazu diese feine Mahlzeit, die er an Bord bekommen hat.

Der Kaufmann stand noch immer sabbernd über sein Erbrochenes gebeugt am Ufer, der Zylinder war ihm vom Kopf gefallen. Eilífur sah, wie er vor dem Wind über den schneebedeckten Strand rollte, Schwarz auf Weiß, wie eine vornehm glänzende Frucht aus einem Obstgarten, die in ein eiskaltes Jammertal gefallen war und dort herumtrudelte. Er erkannte seine Chance, tat die erforderlichen Schritte und fing den Hut ein, bevor ihn der Pferdeknecht erwischte.

Der Kätner hob für den Kaufmann den Hut auf und hielt ihn verlegen in der Hand wie ein schüchternes Mädchen einen Blumenstrauß, während der mächtige kleine Mann sich weiter auskotzte. Endlich hatte Kopp den letzten Schleim herausgegurgelt, richtete sich auf und sah sich um, mit einem Kopf wie eine knallrote Sonne über einem grau glänzenden Meeresspiegel. Wo ist der Hut? Wo ist das Boot? Wo, um alles in der Welt, bin ich? Als er in seinen feinen französischen Lederstiefeln durch den Schaum am Ufer zurückwatete, war alle Luft aus ihm gewichen, Müdigkeit schien ihn zu übermannen. Was für eine gewaltige Strapaze war es doch, diesen Hungerkünstlern etwas von fremden Handelspartnern zu verschaffen …

Wortlos ging Kopp zu seinem Hut wie eine Mutter zu ihrem Kind und nahm ihn Eilífur aus der Hand, dann drehte er sich wieder um und beorderte das Boot heran. Während der dänische Ruderer die Jolle näher ans Ufer brachte, wandte sich Kopp an den langen Bauern und rief ihm etwas zu, das entweder »Nun komm schon!« oder »Scher dich zum Teufel!« bedeutete. Im Kopf des Bauern von Stundarkot kam es auf das Gleiche hinaus, und er trottete zum Ufer. Wie er da vor dem tänzelnden Boot mit drei Sitzenden und einem stehenden Kaufmann stand, drückte seine Haltung die stumme Frage aus:

»Was ist mit dem Kilopreis? Ich kann nie im Leben dreiunddreißig Forellen pro Kilo bezahlen.«

»Losjetz, mach schon! Wir regeln das irgendwie«, rief ihm Kopp lallend zu.

Der Zylinderträger schien mit dem Übrigen auch den größten Teil seiner Arroganz erbrochen zu haben, und in seinen Augen war etwas

Seltenes und darum umso Bemerkenswerteres zu lesen, so etwas wie Verständnis. Gab es in diesem gottserbärmlichen Jammertal doch so etwas wie Hoffnung auf Glück? Bewegte hinter diesem Dezembertag eine milde Hand das Eismeer? Die Hand des Allmächtigen? Nein, wohl kaum, dachte Eilífur, bestenfalls die fehlende Hand des Einarmigen von Tvíhamar, der da, in seine eigene Atemwolke gehüllt, im Boot wartete. Eilífur gab sich einen Moment, um nachzudenken. Für seinen Geschmack lagen die Dinge viel zu unklar. Wie das Boot und der schöne Zylinder schaukelte vor ihm auf den Wellen auch der Kilopreis auf und ab, auf dem ewig bewegten Meer, doch dann sah er sein weihnachtliches Zuhause vor sich, die Gesichter, die liebe Guðný und die Kinder, und da watete er hinaus in das eiskalte Vage, das isländische Geschäfte so oft kennzeichnete, stieg über das Dollbord und kauerte sich hinter dem tiefrot angelaufenen Ruderer auf eine Bank.

Über dessen Schulter sah er den Zylinder hinter dem Knecht Jakob ins Boot sinken, der mit einem müden Grinsen seine Schifferkrause um sich breitete. Neben ihm saß nach wie vor der Einarmige mit seiner ewigen Schneesturmmiene. Doch gerade war sie ganz angemessen, denn es stürmte und schneite inzwischen recht tüchtig.

War das Ganze nicht ein sinnloses Unterfangen, fragte sich Eilífur. Sollte er wirklich dem haarigen Wort eines besoffenen Kaufmanns trauen? Doch dann sah er bloß noch die riesigen Pranken des Weltenlenkers vor sich aus dem Dunkel auftauchen und das dänische Boot vom Land wegdrücken. So war der Lauf des Lebens, so ging es immer weiter, eins folgte aufs andere, wer im einen Augenblick an Bord ging, saß im nächsten auf See fest. Es wurde dunkler, die Unwetterwolken wurden noch eine Spur düsterer, und das Meer wurde entsprechend unruhiger. Der Strandwall antwortete mit Wind, in langen Bögen stoben Schneefahnen von ihm auf wie Momentaufnahmen des ersten Peitschenhiebs, der auf den Rücken des Unwetterdämons klatscht und ihm in seine langen, hängenden Ohren schreit: Los! Hopp!

Der völlig erledigte Handelsvertreter durfte an Bord des dänischen Schiffs übernachten, die Hungerkünstler machten sich auf den Heimweg in ihre Stuben und verschwanden wie Pferde mit lederumwickelten Hufen im Schneegestöber.

Und nun stand er also hier, Eilífur, allein auf dem weiten Schneeschleier, schweißnass vor Angst, und dachte: Drei Kilo Weizen für das hier? Drei Kilo Weizen für meinen Hof, Frau, Kinder und Kuh? Drei Kilo Weizen für mein ganzes Leben?

Da hörte er plötzlich ein Muhen unter seinen Füßen. Es muhte tief unten im Schnee.

Kapitel 5

Romulus im Iglu

Muh! Muuh!

Eilífur begann in Richtung des Muhens zu kratzen; es klang dumpf wie ein Blasinstrument aus dem Jenseits. Eine Posaune aus der Unterwelt. Er konnte nichts dagegen tun, er sah einen rotgescheckten Mann vor sich, der in eine goldene Lure von der Länge einer Sense blies, die am Ende gekrümmt war wie eine Sichel.

Oh, Helga, wo bist du? Meine Helga ...

Er grub zwei Löcher in den Schnee, hatte aber ständig das Gefühl, die Kuh Helga befände sich hinter ihm, und grub an einer anderen Stelle weiter. Oder existierte das Muhen nur in seinem Kopf? Das war natürlich möglich, darin kam eine ausgewachsene Kuh unter, ein Stall, der Fjord, die Berge, ja die ganze Welt. Problemlos fand das alles im Kopf eines Menschen Platz.

Dachte Eilífur.

Solche Gedanken hatte er öfter, nicht zuletzt in schicksalsschweren Stunden, apokalyptischer Unsinn, der nicht zur Sache gehörte und ihn schon so manches Mal in Schwierigkeiten gebracht hatte. Etwa als ihn der Bezirksrichter einmal wegen eines Stücks Walfleisch verhört hatte, da hatte er mit seinen langen, bestrumpften Beinen vor der personifizierten Bartpracht gesessen und plötzlich an Eier denken müssen. Viele, viele Eier. Vor seinem inneren Auge hatten sich Tausende aneinandergereiht, und in seiner Vision hatte er einen

Teelöffel mit dem Auftrag bekommen, jedem Ei auf die Spitze zu klopfen und mitzuzählen, auf wie viele er klopfte. Das war eine gemein schwere Aufgabe, denn zwischendurch musste er immer wieder auf die Fragen des Bezirksrichters antworten.

»Was haben Sie am fraglichen Abend auf Bakki gemacht?«

»Eier aufgeschlagen.«

»Mit Verlaub?«

»Nein, mit einem Löffel.«

Die Eier hatten ihm zwei Monate Gefängnis in der Hauptstadt eingebracht. Darauf hatte er sich sogar gefreut, endlich einmal aus dieser aus drei Fjorden gebildeten Mistgabel herauszukommen, denn er war damals als Knecht auf Hvammur verdingt und saß dadurch dort so unverrückbar fest wie die Steine in der Hofmauer. Für einen solchen Mann hörte sich eine Gefängnisstrafe mit dazugehöriger Schiffspassage nach Süden in die Hauptstadt fast wie eine Weltreise an. Aufgrund der Eislage konnte das Urteil allerdings in jenem Winter nicht vollstreckt werden, und im folgenden erhielt er keine Aufforderung, sich einzufinden. Das isländische Rechtswesen war für sein Schneckentempo bekannt, es vergingen oft Jahre zwischen einem Verbrechen und den ersten Verhören, noch mehr Zeit verstrich von den Vernehmungen bis zur Verurteilung und vom Urteil bis zur Inhaftierung. Manchmal verbüßten alte Leute Strafen für Verbrechen, die sie in jungen Jahren begangen hatten. Das einfache Volk nahm es mit Gleichmut, denn es sah lange kaum einen Unterschied zwischen Gefängnis und Knechtschaft. Die Unfreiheit war nahezu die gleiche, auch wenn es Mägden und Knechten einmal im Jahr erlaubt war, die Herrschaft zu wechseln. Dagegen hieß es, im Gefängnis brauche man nicht zu arbeiten.

Eilífur war die längste Zeit Mitglied jenes Standes, dem die Mehrheit des Volkes angehörte und der in offiziellen Dokumenten »Gesinde« genannt wurde. Da alles nutzbare Land in Besitz genommen und die Insel somit von den landeinwärts gelegenen Tälern bis zu den äußersten Landspitzen seit Langem »ausverkauft« war, wurde das Gesinde gezwungen, sich bei einem Bauern dienstzuverpflichten, und diese Versklavung nannte man »sich in Stellung begeben«. Knechte und Mägde unterstanden der strengen Aufsicht und Zucht des Bauern, und durften weder heiraten noch Kinder bekommen. Diese isländische Form der Sklaverei, die jahrhundertelang Bestand hatte, war zwar seit Neuestem gesetzlich verboten, doch mit den Gesetzesänderungen verhielt es sich wie mit der Gerechtigkeit: Bis sie im Norden ankamen, konnten Jahre vergehen. Allerdings waren Knechte in Island nicht ganz ohne Einkommen, und so hatte Eilífur im Lauf von zwanzig Jahren die Mittel für ein Häuschen und drei Lämmer zusammengespart. So war er zum Kätner mit Frau, Kindern und Kuh aufgestiegen. Wo das alles auch heute geblieben sein mochte. Jenes Urteil aber hing noch immer über seinem Kopf, es schien im Getriebe des Systems stecken geblieben zu sein. Er selbst vergaß es mitunter für längere Zeit, konnte sich aber auf seinen schlimmsten Schneewanderungen durchaus für den Gedanken erwärmen, nach Süden in ein ordentliches Zuchthaus zu kommen.

Eilífur zog beide Paar Fäustlinge aus und grub mit seinen bloßen langen Fingern weiter, hörte wieder das Muhen in seinem Kopf, warf sich herum und rang die Hände über dieses teuflische … Da brach er plötzlich bis zur Hüfte durch die Schneedecke. Es gab also einen Durchlass zwischen dieser Welt und der anderen, und so verschwand Eilífur von der Schneebildfläche in sein früheres Leben, denn bis auf den alten, schmutzig braunen Sack mit dem Weihnachtsweizenmehl war nichts mehr von ihm zu sehen.

Er ertastete Stufen, und bald hatte er den lockeren Schnee unter der Harschkruste hinter sich gelassen. Achtzehn Stufen zählte er hinab ins Schneedunkel, das sich von anderer Dunkelheit dadurch unterschied, dass es schneehell war. Sein Herz schlug schneller und schickte ihm Gedankenpfeile, die an ihren Spitzen die Augen seiner Kinder trugen und … Sie hatte sich also ins Freie gegraben, also lebte sie! Sie waren alle da, auch die Kuh!

Endlich kam er unten an, seine fischlederbesohlten Füße stießen auf Grund, eine Art Fußboden, und die Kuh brüllte nun lauter als zuvor. Eilífur schob seinen langbeinigen Leib über die letzten Stufen nach unten und seinen Hintern über den Eisboden, bis er diesen merkwürdigen weißen Tunnel hinter sich hatte. Der dunkle, enge Gang in sein Haus nahm ihn auf, doch bald schon musste er kriechen, weil er unter der Last des Schnees streckenweise eingebrochen war. An seinem Ende leuchtete ein hoher Haufen Schnee. Auf allen vieren erreichte Eilífur die Wohnstube und blickte in … zwei Augen, die großen Augen des kleinen Gestur, der den väterlichen Weihnachtsmann anstrahlte, runde Äuglein, die wie angelaufene Messingknöpfe im Schneedunkel glänzten. Ein Milchfaden lief ihm aus einem Mundwinkel, er saß am Euter der Kuh und hielt eine Zitze in der Hand wie ein Romulus ohne Remus, ein zweijähriger Knirps in der Obhut einer Kuh. Helga lag in ihrer Stallbox und drehte dem Bauern den mächtigen Kopf zu, rollte mit den Augen, muhte noch einmal und schüttelte kräftig das Haupt, ihre wedelnden Ohren schlugen Eisbröckchen aus der Schneewand, die nun direkt vor ihr stand. Sie war offensichtlich zutiefst entrüstet, dass er so spät kam.

Über dem Rücken der Kuh hing die Decke schräg, ja, das war sie, die Schrägdecke der Kuhstallwohnstube, an mehreren Stellen eingebrochen, wo das Weiß durchschien wie das Futter eines Kleidungsstücks. Ein Ende lag eingestürzt auf dem Boden, das andere hing bedenklich durch und wurde von drei neuen Balken gestützt, die wahrscheinlich seine Frau eingesetzt hatte. Den Rest des Raums bedeckte eine einzige Schneehalde. Sie hätten mich mehr dafür auslachen sollen, dass ich ein klinkerverschaltes Dach wollte … Eilífur ließ seine Blicke suchend durch den Raum wandern und entdeckte die Beine seines Lebens, seiner Freude und seiner Liebe. Sie ragten zu seiner Linken unter der Schneehalde hervor, zwei hübsche Beine, die ihn mit der Erde verbunden hatten, in selbstgenähten Schaffellschuhen mit dem blauen Muster auf dem Spann, das nur Guðný zu sticken verstand, sie allein von allen im Fjord. Jesus im Himmel und Satansbraten in der Hölle, sie war …

Und wo ist das Mädchen? Mein Mädchen!

Der kleine rotbackige Gestur brabbelte jetzt mit ausgestreckten Armen, und Eilífur ging zu ihm und nahm den niedlichen Knirps auf den Arm. Was ist hier passiert? Die Kuh sah zu Eilífur auf, und für einen Moment hatte sie Menschenaugen, die ihm die traurige Geschichte der vergangenen Woche mitteilten. Der Bauer rang nach Atem. Was war es aber auch warm in einem solchen Schneehaus! Er fragte den Kleinen mit einem Kloß im Hals: »Wo ist die Lára? Wo ist deine Schwester?«

»Mama!«, antwortete der Junge auf seinem Schoß und zeigte mit einem Gesicht auf die Beine, das zum Traurigsten gehörte, was Eilífur in seinem Leben je gesehen hatte.

Er setzte den Jungen auf den Boden und begann, seine Frau auszugraben.

In zähneknirschender Verzweiflung schaufelte er wild drauf los, der Schweiß tropfte ihm von der Stirn, während sich sein Herz langsam mit Reif überzog.

Dieser Leib, dieser Körper, über den zu staunen er nie aufgehört hatte, den er liebte, an dem er sich erfreute, diese Lebensenergie, die sich unter ihm wand und regte, warm wogende weiche Haut, die ihre Hütte noch jedes Mal in ein tranerhelltes Liebesschloss verwandelte, mit einer dreizehnköpfigen Leibwache zu jeder Seite des Betts und einem angeketteten Löwen am Kopfende, mit Aussicht auf zwei Pyramiden, dieses hautweiche Stallgebäude des Lichts, das ihre drei Lämmer geborgen hatte, eins war gestorben, die beiden anderen hatten überlebt; jetzt strich er den Schnee davon ab wie Salz von einem toten Fisch: Da waren der Rock, die Schenkel, die Hüfte, der Bauch, der Pullover, die Brüste ... alles wie bei den Schafen, die er im vorigen Winter aus einer Kluft gegraben hatte, alles eiskalte Eingeweide, all das, ohne das das Leben nicht existieren kann, das es aber gleichwohl zurücklässt, wenn es sich aus einer Schneewehe verflüchtigt.

Guðný sah aus wie immer, nur das Leben fehlte ihr, was immer das auch war. Er grub ihre Hand aus, der Schnee war grobkörnig, am Ärmel klebte kalter Staub, die Hand selbst war ebenfalls eiskalt, doch weich; es war ihre linke. Oh, diese abgearbeiteten Finger mit Trauerrändern unter den Nägeln, diese dennoch feinen Traumfinger, die ihm das Leben zurückgegeben hatten ... Er stieß ein Seufzen aus, dann kamen die Tränen, das ertrug er nicht, und er verschaffte sich mehr Raum in diesem Sarg, indem er die Arme hob und Schnee von der Decke kratzte und kratzte wie ein Polartier, das sich zum Überwintern eine Schneehöhle gräbt. Dann schaufelte er das Herabgefallene von ihr und grub sich in ihre Ruhestatt, wischte ihr den Übeltäter aus dem Gesicht und betrachtete lange ihre geschlossenen Augen. Die Frau war schön leichenblass, die dunkelrote Brandnarbe, die vom rechten Ellbogen über Schulter, Hals und Wange bis zu den Augen reichte, war verblasst und kaum noch zu sehen. Nie zuvor hatte dieser Engel so hübsch ausgesehen. Eilífur beugte sich über den Leichnam und küsste ihn auf die Lippen. Als seine verfrorenen Memmen die weichen Schneehausmäuschen berührten, war es für ihn offenbar, dass er tot war und nicht sie. Das Herz war anderer Ansicht und schickte ihm ein Bild von sich. Obwohl es mit Eis bedeckt war wie ein Segel im Sturm, war zu sehen, dass das verdammte Ding noch schlug.

Schluchzer prasselten in ihm wie Flammen im Herd: Er hatte seine Guðný verloren, für drei Kilo Weizen. Dann brummte Helga die Kuh, und er kam wieder zu sich, entsann sich des Kleinen und kroch rückwärts auf allen vieren aus seinem letzten Brautbett. Gestur aber war verschwunden. War er verschüttet worden?

Eilífur sah sich blitzschnell um und wurde wieder vollends wach. Was, um Himmels willen, war dem Kleinen zugestoßen? Endlich fielen ihm die Treppenstufen ein, und er stürzte aus diesem Abteil des Todes an das fjordweiße Oberdeck. Und da war er, der kleine Gestur. Saß neben dem Sack, das Gesichtchen ganz weiß von Weizenmehl.

»Mmh!«

Kapitel 6

Drei Männer mit Teelöffeln

»Und ob ich schon wanderte im finstern Tal, fürchte ich kein Unglück; denn du bist bei mir, dein Stecken und Stab trösten mich.« Daran erinnerte sich Eilífur, als er mit dem Jungen auf dem Arm durch das taghelle Tal stapfte. In seinen Gedanken hörte er die Stimme Séra Jóns auf Fanneyri, wie er bei jeder Beerdigung mit tiefer Bassstimme diesen Psalm betete. Manche waren ihm deswegen böse und beschuldigten den Pastor der Einfallslosigkeit und Faulheit, doch Eilífur gehörte nicht zu ihnen, und das hatte Früchte getragen, er, ein ungebildeter Mann, konnte ihn nun auswendig: »Dein Stecken und Stab trösten mich.« Er war mit seinem Pastor zufrieden, obwohl er den Leuten durchaus darin zustimmte, dass Séra Jón bei Begräbnissen manchmal ungebührlich betrunken war.

Jetzt standen zwei solcher Anlässe bevor, die Beisetzung seiner Guðný und die der kleinen Lára. Als er den ausgestreckten rechten Arm seiner Frau ausgegraben hatte, lag in deren Hand die fünf Jahre alte Hand ihrer Tochter. Manche erhalten ihre ganze Last gleich auf einen Schlag.

Obwohl Trauer seinen Hunger zur Hälfte gefressen hatte, war er dem Beispiel seines Sohns gefolgt und hatte sich tüchtig Milch aus der Kuh in den Mund gespritzt. Jetzt hielt er an, setzte den Jungen ab, ging ein Stück zur Seite und schlug, dem Meer zugewandt, sein Wasser ab. Käme der entspannte Leser nun aus seinem Sessel hinab auf den Gipfel des Strókstindur, dann würde er von dort zwei dunkle Flecken auf dem weißen Talboden entdecken, einen großen und einen kleinen, und von dem großen einen langgezogenen Schrei hören und so etwas wie wedelnde Arme sehen. Das Schreien des Mannes echote, vom Schnee gedämpft, zwischen den steilen Berghängen und hallte dann aus, verklang aber nicht ganz, sondern verschmolz mit dem Heulen und Wehklagen sämtlicher Epochen, die zusammen das bildeten, was »der Grundton des Daseins« genannt wurde und in jedem isländischen Tal zu vernehmen war, wenn man nur genau hinhörte.

Der Kleine wollte ebenfalls Pipi machen, und nach umständlichem Beistand langer väterlicher Finger gelang es ihm auch. Eilífur hatte sich bis dahin nie um des Sohnes Pinkeln kümmern müssen und war überrascht, welch kräftiger Strahl aus einem so kleinen Hahn kam. Anschließend setzte er sich den Jungen auf die Schultern, und so gingen sie talwärts in Richtung des Hofs Stund, obwohl von dem weder ein Giebel noch Rauch zu sehen waren. Wahrscheinlich überquerten sie gerade den See, Stundarvatn, die Schneedecke war vollkommen eben, und es ging sich nun leichter, das weiße Pulver war nur knöcheltief und darunter lag eine Eisschicht.

»Wohin gehen?«

Steingrímur hat sicher ein altes Segel oder sonst einen Streifen Stoff, der sich unter die Kuh schieben lässt. Außerdem brauche ich Bahren für die Leichen. Oder wird dort auch alles zerstört sein?

Es war jetzt vollkommen ruhig, windstill und frostig, die graublauen Wolken über der Fjordmündung waagerecht und mit festen Umrissen, sodass sie Eilífur an die Maserung in der Dachverschalung seines Zuhauses erinnerten, das Zuhause, das es einmal gegeben hatte und das er abends manchmal im Licht der Tranlampe betrachtet hatte. Wie hatte er sich eigentlich bei seinem Aufbruch von ihr verabschiedet?

»Papa, wohin gehen?«

Dieses Wetter war teuflischer Hohn, nun diese Pracht an den Himmel zu zaubern, da alles vorbei war, die Existenz vernichtet, die Angehörigen tot ... Mit dem Kleinen auf dem Arm, sackte der Bauer plötzlich in sich zusammen. Seine Brust hob und senkte sich, Speichel rann ihm aus dem Mund, bis seine Augen Pipi machten. Der kleine Junge blickte seinen Vater verwundert an und sah, wie sich der Riese auf dem Schnee zusammenrollte und seiner Trauer freien Lauf ließ. Dann machte die Verwunderung einer Art Verantwortungsgefühl Platz: Eine mütterliche Ruhe überkam den Knaben, der auf seinem nassen Po hockte, während sein Vater sich um ihn, das Einzige, was ihm geblieben war, zusammenrollte und weinte. Eilífur Guðmundsson weinte. Das wäre in drei Fjorden eine Neuigkeit gewesen, dass dieser langgliedrige Spürhund weinen konnte, dieser Mann, der sich Anfang Februar in einem tödlichen Orkan in vier Tagen den Weg nach Fagureyri gebahnt hatte. Dieser Mann, der unterwegs drei Hunde müde gelaufen hatte.

»Papa nicht sterben«, sagte der kleine Knirps mit den roten Wangen schließlich. Er war unter keinen Umständen bereit, neben Mutter und Schwester auch noch den Vater zu verlieren. Er legte seine nackte Hand auf dessen Wangenknochen, der sich erstaunlich gut in seine Hand schmiegte und der Knopf zu sein schien, mit dem sich die Tränenmaschine abstellen ließ.

»Komm, Gestur, wir müssen Steingrímur finden.«
»Deingrímur nett.«
»Ja.«
»Deingrímur keine Haare.«
»Nein.«
»Deingrímur Glatze.«
»Ja.«

Die Ortsnamen mit »Stund-« gingen alle auf den See zurück, und der hatte ihn von den Mücken, die darauf spielten, als der erste Mensch ihn erblickte. Im Altisländischen hatte »Stund« ursprünglich einmal die Bedeutung »Staub« oder »Rauch«, doch im Lauf der Zeit hatte der Name seine Bedeutung gewandelt.

Jetzt aber schien der Hof Stund der Vergangenheit anzugehören. Obwohl sie den See überquert hatten und vor dem Hang angekommen waren, war nicht eine Latte zu sehen. Doch stießen sie wenig später auf eine Rinne im Harsch und standen plötzlich am Rand einer Schneegrube. Unter ihnen schaufelten drei Männer ein Grassodenhaus frei, zwei spitze Giebel und die Vorderfronten darunter waren bereits ausgegraben, und wie es schien, waren sie unversehrt. Die drei Männer standen in dem schmalen Graben, den sie zwischen den Hauswänden und der Schneemauer ausgehoben hatten, von der Eilífur auf sie hinabblickte. Von seinen Füßen waren es schätzungsweise vier Meter bis zur Grabensohle.

»Sigurður, wäre es nicht am besten, du würdest es noch einmal am Bach versuchen?«

»Aber ist der denn nicht zugefroren?«

»Meistens fließt er unter dem Eis noch. Es gibt Erdwärme im Untergrund.«

»Ich kann mich wirklich nicht an derartige Schneemassen erinnern.«

»Nein, das hier ist mit das Meiste, das wir je hatten.«

»Hast du vorhin in Richtung Kot etwas gesehen, Gísli?«

»Seid gegrüßt«, sagte Eilífur oben auf dem Grubenrand.

Überrascht schauten alle nach oben und erblickten einen marschfertigen Troll, der einen kleinen Sack in der Hand trug und sich ein Kleinkind auf den Rücken gebunden hatte.

»Nein, beim Leibhaftigen! Du hast uns vielleicht einen Schreck eingejagt.«

Von dort oben, wo er in Trauer und Taubheit gekuttet stand, kam es Eilífur so vor, als seien seine Nachbarn geschrumpft. Sie sahen aus wie eine Gruppe klobiger Zwerge mit Teelöffeln in den Händen. (Die Spaten und Schippen, die die Bauern zum Schneeschaufeln benutzten, waren dazu nicht die geeignetsten Werkzeuge. Obwohl die Isländer seit tausend Jahren in einem der mächtigsten Schneereiche der Welt lebten, gaben sie sich noch immer der Hoffnung hin, die

Schneemassen stellten lediglich ein vorübergehendes Ungemach dar, und hatten sich darum nie die Mühe gemacht, ein geeignetes Gerät zu entwickeln, das mit dem Schnee fertiggeworden wäre. Das ist ein Zeichen für den unverbrüchlichen Optimismus dieses Volkes. Es nimmt jeden Schneesturm einzeln für sich und glaubt immer an eine Wetterbesserung.) Vielleicht hatte Eilífur ganz recht: Hier waren Menschen dabei, mit Teelöffeln und Maurerkellen eine Stunde ihres Lebens auszugraben, den Hof Stund, der unverändert und eingefroren unter der Schneedecke lag wie jener antike Tag, der in Pompeji bewahrt worden war. Der Schnee hatte die Männer zu Archäologen ihres eigenen Lebens gemacht.

»Steingrímur, hast du ein Segel?«

»Ein Segel?«, wunderte sich der Bauer von Stund.

»Willst du jetzt auf eine Segeltour gehen?«, fragte Gísli leichthin.

»Ich muss dir eine Kuh bringen.«

»Ach, gibt es dieses Jahr Weihnachtsgeschenke?«

»Außerdem brauche ich Bahren oder einen Schlitten. Ich muss Frau und Tochter nach Fanneyri bringen.«

»Mensch, bist du in Schwung, Lífur! Steingrímur bekommt die Kuh, und Pfarrer Jón die Frau!«

Die drei Männer unten in ihrem Schneegrab lachten halblaut. Der kleine Junge, der wie eine Traglast auf dem Rücken seines Vaters hing, reckte den Kopf über dessen Schulter und schaute mit strenger Miene auf dieses Gelächter. Der Bauer auf Stund hielt beschirmend die rechte Hand über die Augen und fragte mit etwas ernsterem Gesicht: »Du wirst doch nicht deinen Hof aufgeben?«

»Mama tot.«

Kapitel 7

Zweier Seelen Gesang

Der Knecht Gísli wurde um Verstärkung nach Hvammur geschickt, dessen Bewohner gerade den Schafstall ausgegraben hatten. Es war an diesem Tag nicht einfach, an Leute zu kommen, zumal Heiligabend war. Doch Tod war Tod, und Kristmundur unterband alles Stöhnen und Maulen des Gesindes, Eilífur sei selbst schuld, es hätte ja so enden müssen.

»Es gibt nur wenige, die zäher sind als Eilífur«, erinnerte der Bauer und Reeder und erkundigte sich dann nach Jakob, ob er nicht zum selben Schiff aufgebrochen sei wie der Kätner von Stundarkot, um Weizen zu holen, vor inzwischen mehr als zehn Tagen.

Sie kamen zu zwölft. Kristmundur erklärte, Guðný habe außerordentliche Besonnenheit und Zähigkeit bewiesen, indem sie unter den Schneemassen eine Höhle grub. Deren Decke sei dann teilweise eingestürzt und habe sie und ihre Tochter unter sich begraben, vermutlich im Schlaf, denn ihre Augen seien geschlossen gewesen, nicht wahr? Eilífur schloss die seinen und nickte.

Sie schafften es gerade noch vor Einbruch der Dunkelheit, mit vereintem Schaufeln, mit Stricken, einem Stierfell und langem gemeinsamem Ziehen und Schieben sowie etlichen Ausschlägen von Kuhschwanz und -beinen. Sobald sie im Freien war, sprang Helga auf, stieß zwei bärenstarke Männer beiseite und rannte auf die vereiste Fläche, wo sie gleich bis zum Euter einbrach und hilflos sabbernd festsaß – ein Tier in der isländischen Natur, das voll und ganz vom Menschen abhängig war. Als die Männer versuchten, sie anzuheben, brachen sie selbst ein und zweifelten für einen Moment, ob ein Leben in diesem Land überhaupt möglich sei. Eilífur stand daneben, blickte zu den grauen, wie Astlöcher geformten Wolken auf und glaubte, der Himmel sei ihm auf den Kopf gefallen. Den Kleinen hatte er bei den Frauen in Stund gelassen.

Noch einmal mussten sie Geschick und Geduld beweisen, während sie die vier Beine der Kuh freigruben und sie anschließend auf das Stierfell wälzten, ohne ihr die Beine zu brechen. Dann wurde das Tier von der eingestürzten Kate weggeschleift, wobei es dreimal ein jämmerliches Muhen in das schnell dunkler werdende Dezemberzwielicht aussandte, als begreife es den Ernst der Lage und wolle dem Leichenzug auf Schlitten sein Beileid bekunden.

Vorn gingen vier Männer, die sich unter großer Anstrengung krümmten, um an vier Stricken, die an der Stierhaut befestigt waren, die Kuh vom Eis zu ziehen. Dann kam die Kuh Helga. Hinter ihr zwei Männer, die sich mit den Ziehenden abwechselten oder von hinten schoben, wenn es nötig war. Zwei ältere Männer zogen Guðnýs Leiche auf einer Bahre, der man Ski untergebunden hatte. Darauf folgten zwei jüngere Männer, einer zog Láras Leiche, ebenfalls auf einer Skibahre. Den Schluss des Zuges bildeten die Bauern Kristmundur und Steingrímur. Keiner sprach ein Wort, der Tag ging schnell zu Ende, und nur der Schnee leuchtete ihnen noch. Manchmal ist der Tod ein langsamer Zug muhender Schatten.

Mit zehn Metern Abstand trottete Eilífur hinterher wie ein Mann, der das Schlusslicht seines eigenen Lebens bildet.

Kristmundur hatte es übernommen, Guðný an den Schultern aus dem Schneegrab zu tragen. Pietätvoll hatte er die Mütze abgesetzt, bevor er sein weißes Haupt und den kurzen weißen Bart an ihre schöne Wange legte. Eilífur stand ein wenig benommen daneben und hatte plötzlich das Gefühl, seine Frau nur zeitweilig als Leihgabe bekommen zu haben, in Wahrheit sei sie stets das Eigentum des

Großbauern auf Hvammur geblieben. Anschließend hatte er sich geweigert, seine Tochter anzusehen. Er konnte es nicht. Wer will schon in die Eingeweide des Todes blicken? Er drehte sich um und überließ sich dem aufgerührten Bodensatz, der in ihm aufstieg: Bilder von mächtigem Seegang, gewaltigem, teuflischem Seegang, er befand sich in einem offenen Boot inmitten eines wogenden Flammenmeers, die Flammen schlugen ins Boot, Kristmundur stand am Ruder, sein Bart hatte Feuer gefangen, doch statt ihn zu löschen, leckte er die Flammen in den Mund. Eilífur selbst saß an der Bordwand und zog aus Leibeskräften an der Angelleine, bis aus der lodernden See kein Hai auftauchte, sondern ein wunderhübsches Kindergesicht, das eine Strophe aufsagte:

> *Wenn ich sterbe, sterbe ich dir,*
> *ich sterbe der ganzen Erde.*
> *Doch eins, das hinterlasse ich dir:*
> *Dich nie ich vergessen werde.*

Erst als sie unten am See angekommen waren, wo sie anhalten mussten, um die Haut unter dem Tier zurechtzuzerren und einen Strick neu zu befestigen, wagte es Eilífur, den Blick auf Láras Leiche zu richten. Das Herumwuchten der Kuh war mühselig, sie war schwer wie die Trauer, und Eilífur holte sie ein; er trottete den Hang hinab, und da lag sie, auf der hinteren der beiden Bahren. Sie war über Brust, Bauch und Knöchel verschnürt und zu einem Gepäckstück geworden; er sah es in erschreckender Deutlichkeit, sein Kind war zu einem eiskalten Stück Gepäck geworden. Gleichwohl zog es ihn zu ihm hin, und er sah in Láras Gesicht. Es traf ihn unerwartet, so streng war ihr Ausdruck. Das Mädchen war sichtlich unzufrieden damit, dass sein Vater es für drei Kilo Weizen geopfert hatte.

Wo habe ich überhaupt den Sack gelassen? Das war der Gedanke, an dem er sich aus diesem Abgrund ziehen sollte, und er klammerte sich den Rest des Wegs nach Stund daran, wo Elsabet, die Frau des

Hauses, dreizehn ausgekühlten Männern die Antwort in Form von frisch gebackenen Mehlkuchen servierte. Eilífur sah zu, wie der kleine Gestur einen nach dem anderen in sich hineinstopfte. Er saß auf dem hintersten Bett der Wohnstube auf dem Schoß einer Magd und war bereits ihr König und ihr Augenstern. Da erst wurde Eilífur bewusst, dass Weihnachten war.

Er und die zwölf anderen konnten die Kuchen als Stärkung gut gebrauchen. Nach dem anstrengenden Marsch hatten sie auch noch eine Schneise durch die Schneewand vor dem Hoftor auf Stund graben müssen, um die Kuh zu den Gebäuden und in den Stall bugsieren zu können. Der Stalleingang zweigte auf Stund erst in der Tiefe des langen Gangs zwischen den Grassodenwänden ab. Nach längerer Erörterung wurde entschieden, die beiden Leichen nicht ins Haus zu bringen. Der Vorratsschuppen war noch nicht ausgegraben, und Elsabet lehnte es kategorisch ab, den Tod unter ihr Dach zu lassen, nicht in die Küche und nicht in den Stall. Ihr Mann versuchte sie davon abzubringen, aber sie blieb bei ihrer Weigerung, die vom frühen Tod ihres Bruders herrührte. Er war jung gestorben, kurz nachdem die Eltern vorübergehend den Leichnam eines Reisenden in ihr Haus gelassen hatten.

Die Männer von Hvammur wünschten frohe Weihnachten, stiegen dann durch die Schneewand nach oben, folgten der Spur, die der Knecht Gísli am Morgen gebahnt hatte, und verschwanden in der bodenhellen Dunkelheit. Die beiden Leichen wurden so zwischen Hauswand und Schneemauer schräg aufrecht gestellt, dass die Köpfe oben am Haus lehnten und sich die Griffe der Bahren unten in den Schnee bohrten.

In der Nacht frischte der Wind wieder auf, und Eilífur lag schlaflos da und lauschte dem Schnarchen seines Bettgenossen, des langbärtigen Knechts Sigurður, und dem aus den anderen Betten, das sich mit dem Heulen des Sturms vermischte. Es war deutlich zu hören, wie dieser kalte, helle Gesang über das warme Dunkel jammerte, das die Baðstofa erfüllte. Das eine oder andere konnte Eilífur in der Schwärze der Nacht immerhin erkennen, etwa den Pfosten am Fußende, die schwache Ampel, die daran hing, und ein Büschel Heidekraut, das zwischen zwei Schalbrettern an der Decke über ihm herausquoll. Bei heftigen Böen bewegte es sich leicht. Er hängte seine Augen an das Büschel wie zwei Blaubeeren und versuchte sich an ein winterkaltes Lied zu erinnern, aber es fiel ihm nur die letzte Zeile ein: »Schwach ist des Sommers Docht.«

Als sie am Morgen vor das Haus traten, waren keine Anzeichen eines Sturms zu sehen, weder Schnirkel noch andere Formen von Verwehungen, es konnte also in der Nacht keinen Sturm gegeben haben. Die Erklärung für die Bewegungen im Dach bekamen sie, als sie nach den beiden Leichen sahen. Fast unverändert lehnten sie da, allerdings waren die Kinne herabgesackt, und ihre Münder standen weit offen. Für das komische Auge des Universums sahen sie aus wie zwei aufgerichtete Sängerinnen.

Kapitel 8

Haarwuchs im Hreppur

Wieder und wieder rief sich Eilífur diesen Anblick in Erinnerung: Wie Kristmundur auf Hvammur seine Wange an Guðnýs schmiegte und sie behutsam, ja liebevoll aus dem Schneegrab hob. Der Großbauer hatte, wie gesagt, die Mütze abgenommen und sein dichtes, weißes Haar war ihm in das vor Anstrengung gerötete Gesicht gefallen. Um das schwer erträgliche Bild zu verdrängen, richtete Eilífur seinen inneren Blick auf das Haar des Hvammsbauern, diesen üppigen Schopf, der sich so vom sonstigen Haarwuchs im Hreppur, der Landgemeinde, unterschied und den eigentlichen Schlüssel für den Respekt und das teils neiderfüllte Misstrauen darstellte, das man Kristmundur entgegenbrachte. Üppiger Haarwuchs war verdächtig.

Die Insel war von Menschen besiedelt worden, die um das Jahr 900 vor der gewaltsamen Machtausweitung des norwegischen Königs Harald Schönhaar geflohen waren, und es gab eine alte Theorie, die besagte, die meisten der ersten Besiedler Islands seien recht arm an Haaren gewesen, Geheimratseckenträger oder gar völlige Kahlköpfe samt zauseliger Frauen. »Glatzen-Grímssöhne« und »Mistbärte« zuhauf. Jener König hatte seinen Beinamen von dem Schwur, sein Haar nicht eher zu scheren, bevor es bis in jeden Fjord Norwegens reiche, und so waren die Entdecker Islands eine Art Haarflüchtlinge. Sie begannen auch gleich damit, ihr neues Land von Bäumen zu säubern, und seit jener Zeit sind die Isländer wenig für Gewächse zu haben, weder auf ihren Berghängen noch auf ihren Köpfen. Kahlheit schätzen sie am meisten, sie wollen das Meer sehen können und dulden weder Laub noch Haarzotteln vor den Augen. Weniges finden sie schöner als den in den Himmel ragenden kahlen Schädel eines Gletschers, ihre Berge und Hochebenen hätten sie am liebsten gänzlich haar- und halmlos. Während der Zeit der Christianisierung störte sich das junge Volk vornehmlich an der Haarpracht Christi. In seiner Vorstellung hatte jede Gottheit durch ihr Alter, ihre Weisheit und ihren Tiefsinn so schütteres Haar zu haben wie ihre heidnischen Götter. Die führenden Männer Islands waren lange Zeit nur wenig behaart, angefangen von Njáll über Arason bis Sigurðsson, ebenso die Dichter, von Snorri bis zum Kirchenliedverfasser. Lange Haare galten bei diesem baumlosen Volk als tabu, wie der jahrhundertelange Hass auf Hallgerður Langbrók beweist. Die gelockte Haarpracht ihres Ehemanns war einer der Gründe dafür, dass man ihn totschlug. Schönhaarige Menschen haben die Isländer nie ausstehen können.

Das Ehepaar auf Hvammur, Kristmundur und seine Gattin Kristbjörg, zeichneten sich allerdings beide durch prächtiges Haar aus. Die Frau hielt das ihre schwarz, rückenlang und seidenweich, indem sie es nur in Rinderurin wusch. Der weiße Schopf des Bauern war dicht wie Wolle und weich wie Wollgras. Kristmundur war der einzige wahre Großbauer im Segulfjörður, ein stattlicher Mann mit gesunder Gesichtsfarbe, der seinen Hof vorbildlich führte, eine ganze Schar Kinder und eine Menge Gesinde hatte.

Kristmundur war früher, wie es hieß, »baskenhaarig« gewesen, also schwarzhaarig. Vor einigen Jahren hatten ihm seine Nachbarn, als er am dritten Tag der Hochzeit einer seiner Töchter bewusstlos im Vollrausch lag, mit einer Schafschere den Kopf geschoren. Als Tage später auf seinem blutverkrusteten Schädel wieder die ersten Haare sprossen, waren sie vollkommen weiß. Zwei Wochen später trug der Hvammsbauer einen schneeweißen Flor auf dem Kopf. Um dieselbe Zeit erschien vor der Fjordmündung ein gravitätischer Eisberg. Damit begannen die Treibeisjahre, die noch immer anhielten, und die Leute machten die Vollrasur in Hvammur dafür verantwortlich. Damit hätten die Idioten das Schicksal herausgefordert, und man verfluchte das »verdammte Haareis« in Grund und Boden.

Zu jener Zeit diente als Gemeindepfarrer der Segulfjorder Séra Jón Guðfinnsson auf Fanneyri. Auch er hatte üppiges Haar, das zudem ausgesprochen kraus war. Die Leute nannten es »Zuzüglerhaar«, was ihm, neben anderem, sein Amt zusätzlich erschwerte. Wegen der Locken auf seinem Kopf fiel es den Leuten nicht leicht, seinen Worten Glauben zu schenken, da es dazu ja sogar Aussagen in der Heiligen Schrift gab. »Alle Götter haben glatte Haare, bis auf Bacchus«, kolportierte man Lási auf Skriða, und alle wussten, worauf er abzielte. Lási hatte das prachtvollste Haar von allen in der Gemeinde. Um seinen Kopf ringelten sich Locken, die den Wolkensystemen glichen, die um die Erde ziehen, und wenn man in ihnen wühlte, blieben sie den ganzen Tag so stehen.

Sigurlás Friðriksson, Bauer auf Ytri-Skriða (oder Næsta-Skriða, wie der Hof mit einem uralten Witz auch gern genannt wurde, denn das bedeutete nicht »Äußere-«, sondern »Nächste-Lawine«), war der geistige Leuchtturm in diesem Fjord, ein schlankes Frühbeet des Humors, ein Treibhaus von Geschichten, ein geschickter Handwerker in Holz und Reimen und daher ein gern gesehener Gast auf allen Höfen. All seine poetische Kraft empfing er stets in flüssiger Form, und er wurde durch das Trinken niemals unleidlich, sondern sein Geist wurde durch Weingeist nur noch beflügelt. Je mehr er in sich hineinkippte, desto mehr sprudelte aus ihm heraus: Repliken, Strophen, Gedichte und lustige Anekdoten. Lási befolgte strikt die Maxime aller guten Autoren: »Gott gebe mir die Gelassenheit, mich an die Wahrheit zu halten, den Mut, sie in Literatur zu verwandeln, und die Weisheit, zwischen beidem keinen Unterschied zu machen.«

Seine Frau Sæbjörg war von ihrem Zusammenleben längst seegrashaarig geworden, saß aber bei Zusammenkünften stets mit versteinertem Lächeln und gehobenen Augenbrauen neben ihrem Mann und starrte ins Feuer.

Eilífur auf Stundarkot hatte dunkles, unordentliches Haar, und wenn sich die Wolle auch noch verfilzte, sah er aus wie ein alter Schafsbock, sein Bart aber kräuselte sich wie bei einem Lamm und sah stets jung aus, auch wenn auf seinen Wangen der erste Frost zu sehen war. Seine Frau Guðný dagegen hatte besonders schöne Locken, blond und sorgfältig frisiert. Locken von ihrem Haar wurden auf drei Höfen im Fjord aufbewahrt; viele hatten sich für sie erwärmt, als sie blutjung und blühend mit ihrer Mutter kam, um sich bei Kristmundur auf Hvammur zu verdingen. Doch als sie von einem Unfall in der Küche eine Verstümmelung an der Hand und eine Narbe auf der Wange zurückbehielt, kühlte das Interesse der jungen Männer rasch ab. Als dann aber doch einer vorstellig wurde, weckte das wenig Begeisterung unter den Hvammsleuten, da es ausgerechnet der Problemschlacks aus dem Heiðinsfjörður war, der bekannte Schweinswaldieb, der um ihre Hand anhielt und sie auch bekam. Er hatte sogar begonnen, sich auf dem Land von Stund weiter hinten im Fjord eine eigene Landwirtschaft mit einer Kate aufzubauen. Wer wird mir von jetzt an mit einem so schönen Lächeln den Morgenkaffee bringen?, dachte der weißhaarige Kristmundur. Aber das Mädchen näherte sich inzwischen der Obergrenze des verheiratungsfähigen Alters, und über die Verurteilung Eilífurs war Gras gewachsen.

Sechs Jahre waren vergangen, seit Magd und Knecht mit kirchlichem Segen zu freien Kleinbauern geworden waren.

Kapitel 9

Segulfjörður

Wie andere Fjorde Islands erhielt auch der Segulfjörður seinen Namen von dem ersten Mann, der bei seinen Bergen aufwachte, das war vor neunhundertneunundneunzig Jahren. Bekanntlich war Island das letzte von Menschen besiedelte Land der Erde und vorher jahrhundertelang ein souveränes Bergland, unabhängig vom Lärmen der Menschen, allein von Vögeln, Walrossen, Robben und Füchsen bewohnt. Sogar die arktischen Völker, die sich rund um den Nordpol ausbreiteten und dort auf den ausgedehntesten Eisflächen der Welt überlebten, weigerten sich, Island zu besiedeln, obwohl dorthin während der meisten Eiszeiten ausgezeichnete Verkehrsverbindungen bestanden.

Die Kolonisation der von Buchten gezackten Insel fand dann im neunten und zehnten Jahrhundert statt, gemäß der klassischen Regel aller Landnehmer: »Wer zuerst kommt, mahlt zuerst.« Die Auswanderer steuerten also ihre Boote nach Island und drehten dort erst einmal eine Runde um die Insel, bis sie einen unbesetzten Fjord fanden, etwa wie jemand, der ins Schwimmbad geht und nach einem freien Schrank sucht. Wenn Derartiges gefunden war, legten die Leute Mäntel und Pelze ab und hängten sie in den leeren Schrank, reservierten ihn damit für sich und gaben ihm ihren Namen: Ingólfsfjörður, Þorgeirsfjörður, Loðmundarfjörður ...

In den Schrank, von dem hier die Rede ist, kam Kolbjörn Segull.

Die meisten anderen Schränke waren bereits besetzt. Er war Schwede mit Wurzeln auf dem Kontinent. »Sein Blut besaß Quellen im Osten«, heißt es im *Buch der Landnahmen*. Den Beinamen »Segull« bekam er nach seinem Schwert Schulterspalter. Es war aus dem edlen Metall geschmiedet, das Segull heißt, in den Georgsbergen abgebaut wird und die Eigenschaft besitzt, alles Wertvolle in seiner Reichweite anzuziehen und alles andere liegen zu lassen. Es hafteten also Geld und Ringe, Halsketten und anderer Schmuck, Gold und Silber an dem Schwert, und Kolbjörn wurde ein reicher Mann. Seinen Spind nannte er Segulfjörður.

Drei Fjorde öffnen sich dem nördlichen Eismeer, es sind die nördlichsten Fjorde an Islands Küste: Segulfjörður, Heiðinsfjörður und Óðalsfjörður. Der Erstgenannte ist der westlichste, kurz, zipfelförmig und mit zwei flachen Landzungen versehen. Die eine heißt Segulnes; darauf stand der Hof des ersten Landnehmers. Sie versperrt auf der östlichen Seite die halbe Fjordmündung. Die zweite liegt tiefer im Inneren des Fjords und heißt Fanneyri. Sie ist bedeutend größer und halbiert den Fjord auf der Westseite. Landeinwärts nahe dem Ende des Fjords liegt der See Stundsvatn. Der mittlere Fjord ist der lange und schmale Heiðinsfjörður, bis zur Mitte Wasser, ab dann ein Tal. Der östliche Fjord ist der Óðalsfjörður, der kürzeste der drei.

Die drei Fjorde umgeben vier steil ins Meer stürzende Bergzüge. Aus großer Höhe sehen sie aus wie eine vierzinkige Gabel, die jemand auf den Tisch des Meeres gelegt hat. Auch die Berghänge in den Fjorden selbst sind steil und felsig bis zum Wasser, größtenteils unbegehbar, und in den oberen Regionen wechseln sich Gipfel und Scharten ab, von denen die wenigsten passierbar sind. Aus diesem Grund ist der Verkehr zwischen den Fjorden schwierig. Stürme von See her, Schneestürme, Flutwellen und Lawinen sind keine Seltenheit.

Wenige Flecken auf der Erde sind jedoch während der drei Sommerwochen schöner, in denen die Sonne draußen vor der Fjordmündung sinkt, in ihrer präzisen Bewegung den Meeresspiegel soeben berührt und dann wie ein lavaglühendes Paradiespendel wieder in die Höhe schwingt. Dann sind alle Nächte wasserfallhell, über Gesträuch und Geröll liegt Friede, und die Schönheit der Natur ist so überwältigend, dass ein damit nicht vertrauter Reisender außer sich geraten kann.

Kapitel 10

Eislava

Am zweiten Weihnachtstag trat mit Südwind Tauwetter ein, das die Giebel der Höfe aus dem Schnee auftauchen ließ wie Schiffssteven aus der Tiefe. Im Fjord war bis auf Eilífurs Kate kein weiteres Gebäude eingestürzt, allerdings hatte eine Lawine die Schafställe von Bauer Magnús auf Innri-Skriða verschüttet. Darin waren siebenunddreißig Mutterschafe und zwei Böcke verendet. Die ungewöhnliche Wärme verwandelte die den Fjord ausfüllende hohe Schneedecke in grobkörniges Eis, durch das es kein Durchkommen gab, schon der Weg zu den Stallungen zum Füttern wurde zur Strapaze. Durch diese Eiskörner zu gehen, war, wie durch Kristalle zu waten.

Im Eis auf dem Fjord brachen drei Rinnen auf, in der äußersten zeigte sich ein Wal. Sein Blas hätte an einen Springbrunnen erinnern können, wäre ein solches Ding in der Gegend bekannt gewesen.

Zwei Tage später kam jedoch starker Nordwind mit scharfem Frost auf und fror die losen Eiskristalle zu einem einzigen Feld aus Eislava zusammen, das den Fjord von Berghang zu Berghang bedeckte. Die Steinplatten der Höfe waren wie mit Glas überzogen. Nun war es möglich, Lási wegen zweier Särge aufzusuchen und die Leichen gleich mitzunehmen, damit Elsabet die »singenden Rechen« vor ihrem Haus loswürde. Sigurlás auf Ytri-Skriða war ein guter Freund Eilífurs, daher fand das Aufbahren zum Abschiednehmen in seinem Haus statt. Außerdem war sein Hof über den zugefrorenen

Fjord von Fanneyri schnell zu erreichen, selbst für einen betrunkenen Pfarrer.

An jenem Tag blies es sehr heftig aus Nordosten, und das »Lavafeld« war entsprechend grobkörnig oder stellenweise spiegelglatt. Kurz bevor der Trauerzug Álfhóll am Ufer über der Mündung des Flusses in den Fjord erreichte, wurde der Sturm so stark, dass angehalten werden musste. Die Männer wollten die Stricke nachziehen, mit denen die Toten festgebunden waren, denn der Sturm rüttelte heftig an den Schlitten. Als die Männer die Knoten erneuerten, löste sich ein Zipfel von Guðnýs Wollrock aus der Verschnürung. Es dauerte nicht lange, bis der Sturm den Rock packte und in ein schwarzes Segel verwandelte. Sogleich schoss der Schlitten über das lavaharte Eis des Flusslaufs landeinwärts davon, im Schlepptau das Zuggeschirr, das eine Spur im Eis hinterließ, die Kielspur der Toten, wenn sie ins Himmelreich segeln. Das geschah so schnell, dass die Begleiter dem Leichenschlitten nur noch hinterhersehen konnten. Als er über den See schoss, dessen Spiegel einem glattpolierten Marmorboden gleichkam, sah der Zug wie ein Hochgeschwindigkeitsgefährt der Zukunft aus. Guðný hatte inzwischen derart Fahrt aufgenommen, dass der Schlitten auch das gegenüberliegende Seeufer erklomm und über die nächste Anhöhe hinwegglitt. Sie sahen ihn im Weiß der Berge verschwinden.

Um zu verhindern, dass seine Tochter denselben Weg nahm, warf sich Eilífur auf die Knie und über ihre Leiche. Das Tauwetter hatte ihre Gesangsmiene gelockert, und man hatte ihr das Kinn hochgebunden, sodass der Mund nun geschlossen war. Ansonsten hatte der Frost sie aber arg mitgenommen; ihre schwarzen Lippen trugen einen weißen Reifrand, die Wangen Leichenflecken.

Sie kapitulierten vor dem Sturm und kehrten nach Stund zurück. Zwei Tage später wurde Guðný von einem Suchtrupp gefunden. Ein Eisfuchs hatte sie in sein Versteck gezerrt und den linken Unterschenkel angenagt.

Kapitel 11

Nördlich von Weihnachten und der Sonne

Neujahr stieg aus Gottes Schublade auf wie ein durchsichtiger Schleier, den er einmal im Jahr benutzt, um so etwas Feiertagsstimmung über den Alltag zu breiten. Wegen der schwierigen Verhältnisse der vergangenen Tage wurde entschieden, die Trauerfeier für Mutter und Tochter zusammen mit dem Weihnachtsgottesdienst abzuhalten; der war aus verschiedenen Gründen auf Neujahr verlegt worden. Trotz des beträchtlichen Frosts hätte Séra Jón die Tauwetterperiode genutzt, um ihnen ein Grab ausheben zu lassen.

Obwohl der Tag schön und der Himmel über Mittag hell und klar war, ließ sich die Sonne nicht blicken. Nicht einmal am ersten Tag des neuen Jahres. Sie steckte irgendwo hinter den hohen, weißen Bergen, die den Fjord auf drei Seiten umstanden. Dorthinein fiel vom 15. November bis zum 28. Januar kein Sonnenstrahl.

Aus der Schublade des Schöpfers war auch eine haarfeine Schicht Neuschnee gerieselt, sogenannter »Nachtschimmel«. Das Land war also in der Windstille mit einem weißen Tuch bezogen, und das Himmelsblau glitzerte auf den Eiszapfen, die von den Traufen der Kirche und des Madamenhauses hingen, so nannte man das Pfarrhaus. Diese festliche Pracht blieb jedoch von der Gruppe der Überlebenskämpfer in dunklen Mänteln vor der Kirchentür weitgehend unbeachtet. Sie wartete auf den Kirchendiener (er war losgezogen, um den Schlüssel zu holen) und haderte mehr mit den Schicksalsschlägen des abgelaufenen Jahres, als dass sie das neue begrüßte. Magnús von Innri-Skriða, ein Mann mit langem Gesicht und langem Bart, der sein fliehendes Kinn nur wenig kaschierte, stand im Zentrum der Gruppe und nahm ihre Beileidsbekundungen entgegen. Er hatte in der Lawine am Heiligen Abend seinen gesamten Viehbestand verloren. Auf der Nordseite des Madamenhauses warteten einige Pferde mit hängenden Köpfen wie trübsinnige Trauergäste.

Keiner achtete darauf, dass auf dem Friedhof auf der Nordostseite der Kirche drei Männer damit beschäftigt waren, mit Hammer und Brechstange mühsam ein Grab aus dem Boden zu meißeln.

Die Leute von Segulnes kamen das dritte Jahr in Folge zu Fuß über das Eis auf dem Fjord.

»Ist das nicht, wie über einen Kirchenfußboden zu schreiten?«, fragte jemand.

»Haa?«, kam nach einer Weile die kaum zu hörende Antwort.

Sie erschienen meist als Erste zum Gottesdienst und waren danach auch als Erste wieder weg, schweigsame Leute mit runden Gesichtern, vom Wetter gegerbt und eingepökelt, aber dafür bekannt, erstklassigen Hákarl herzustellen, fermentierten Hai. Eine Handvoll Häuser gab es auf der Halbinsel, und unter den Bewohnern bestand eine unübersehbare Ähnlichkeit. Es war schnell zu sehen, wer Eheleute und wer Geschwister waren. Generation nach Generation hatten sie auf dieser dem Wetter ausgesetztesten Landzunge der Insel ausgeharrt, seit den Anfängen der Besiedlung, und sich immer wieder untereinander verschwägert. Manchmal hatte Frauenmangel geherrscht, wenn in den Familien nur Jungen geboren wurden, und manchmal hatte es zu wenig Männer gegeben, wenn ein Mädchen nach dem anderen zur Welt kam. In letzterem Fall hatten die Familien auf das Sperma von Schiffbrüchigen zurückgreifen und ihre Vorurteile gegen schönes Haar zurückstellen müssen. (In der berühmten

Geschichte des Bretonen Breval Morvan aus dem siebzehnten Jahrhundert wird geschildert, wie er als Einziger einen Schiffbruch überlebt und durch Sturm und Brandung an den Felsen östlich von Segulnes eine Ansiedlung erreicht. Dort wartet jedoch eine mindestens ebenso große Kraftanstrengung auf ihn, als man ihn zu Bett bringt und er fünf Töchtern des Bauern zu Willen sein muss.)

Die Kirche von Fanneyri war relativ neu, ein mittelgroßes Schiff aus Holz samt Turm, stand allerdings unchristlich ausgerichtet mit dem Portal nach Süden und dem Chor nach Norden, anstatt den Altar nach Osten zeigen zu lassen, wie bei Christen üblich, weil ihr Gott ein Sonnengott ist. Der Gott der Segulfjorder war hingegen ein Wettergott, und jedes Lebewesen in den nördlichen Fjorden wusste, dass man dem Wind am besten den Hintern zuwandte, und das schlimmste Wetter kam aus Norden. Ganz egal übrigens, ob es sich um einen getauften oder ungetauften Hintern handelte. Die Kirche hatte bereits dreizehn gewaltige Stürme überstanden, indem sie ihnen wie ein Pferd das Hinterteil zuwandte. Auf ihren Bänken fand nahezu die gesamte Gemeinde Platz, obwohl die hinterste Reihe zugunsten eines vorzüglichen Harmoniums ausgebaut worden war, das sich vor einigen Jahren heil als Strandgut eingefunden hatte und noch den Schriftzug »Farrand & Votey« trug, weshalb ein paar Witzbolde es die »Fahrnis von Votey« nannten, nachdem sie es unter Mühen in die Kirche geschafft hatten. Die Leute waren stolz auf diese Errungenschaft, obgleich der erste Organist im Segulfjörður noch auf sich warten ließ.

Vor der Kirche stiegen Atemwolken von der Menschengruppe in ihrem feinsten Sonntagsstaat auf. Die Leute kamen sogar extra früher, um vor denen aus Fanneyri mit ihrem Heimvorteil noch Plätze zu bekommen, denn Fanneyri war mit mehr als zwanzig Einwohnern am dichtesten besiedelt. Die meisten von ihnen wohnten in Gamlibær, einem ansehnlichen Gehöft aus Grassoden nördlich der Kirche. Lediglich der Pastor und seine Madam sowie die Witwe des vorigen Pfarrers wohnten mit Hauswirtschafterin und Personal im

Madamenhaus. In der Baðstofa von Gamlibær lebten auch immer wieder aus irgendwelchen Gründen in der Gegend Gestrandete, derzeit waren es vier Norweger, die auf die Eisschmelze warteten, tiefgläubige, gottesdienstsüchtige Seemänner, die den Dauermietern beigebracht hatten, »Pfui Teufel« auf Norwegisch zu sagen, selbst aber nicht ein Wort Isländisch gelernt hatten. Séra Jón hatte in seiner Güte auch die Bedürftigen der Gemeinde bei sich aufgenommen, acht an der Zahl, an deren Spitze drei alte Männer mit uringetränkten Unterhosen, Sakarías, Jónas und Jeremías, die nun einer nach dem anderen aus dem Grassodenhaus kamen. Wegen ihrer Namensvettern nannte Pastor Jón sie seine Propheten.

Die Kirchenbesucher sahen schweigend zu, wie Sakarías die fünfzig Meter vom Hof zur Kirche zurücklegte. Er ging so steif und breitbeinig, dass sein tief hängender wollener Hosenboden zwischen seinen dürren Greisenbeinen schlackerte, die er abwechselnd vorsetzte wie zentnerschwere Schachfiguren, während seine langen Arme an den Seiten seines Körpers schlenkerten. Von ihnen hingen Fausthandschuhe herab, sodass sie noch länger wirkten als sonst und an nasse Seevogelflügel erinnerten.

»Der letzte Tag des Jahres. Heute Abend gibt es Grütze!«, verkündete er keinem und sich selbst.

Durch den zahnlosen Mund sah er abstoßend hässlich aus, und die totfahlen Augen tief in ihren Höhlen machten ihn auch nicht schöner. Wenn man noch die Heuhalme hinzunahm, die an seinen Beinen, an den Schultern und in seinen letzten Haarsträhnen hingen, hätte man fast glauben können, da wandele ein von den Toten Auferstandener zur Kirche. Und zumindest Teile von ihm hatten das Leben wohl schon hinter sich, denn als er näher kam, war zu sehen, dass der Alte mit dem linken Bein barfuß ging.

»Ist denn heute nicht Neujahr?«, fragte ein Bengel von weiter hinten im Fjord.

»Oh nein, nein. Heute Abend gibt es Grütze.«

Eine Magd kam rufend mit Strumpf und Schuh gelaufen. Eilífur hielt mit seiner Arbeit im Grab inne und stützte sich auf die Brechstange. Das muss man sich einmal klarmachen, dass ich hier ein Grab für meine Guðný ausstemme, während dieses Knochengestell noch am Leben ist. Séra Jón hatte im Übrigen völlig vergessen, die Tauwetterwoche zu nutzen und die Gräber ausheben zu lassen. Seitdem er am Vortag mit den Särgen eingetroffen war, hatte Eilífur die Arbeit übernommen und war nun endlich unterhalb des Frostbodens angekommen, als das Totenglöcklein bimmelte. Er stieß dennoch weiter mit der Eisenstange ins Erdreich. Der Sargschreiner Lási stand oben und versicherte ihm, der Pfarrer sei im Haus und noch nicht in der Kirche. Ein rötlicher Bursche vom Pfarrhof, den der Pastor immerhin abgestellt hatte, half beim Graben.

Endlich sah man den großen Mann der Kirche in voller Montur die hohen Stufen vom Madamenhaus herabfließen, in schwarzem Talar und weißem Kragen und mit dem wüst gelockten Haar, das ihm ein noch trollhafteres und nur entfernt geistliches Aussehen verlieh. Wer hörte schon auf einen Pfarrer mit solchen Haaren? Als Séra Jón die Treppe hinter sich gelassen hatte und sich umdrehte, blickte sein rundes Gesicht jedoch überaus ernst. Eine Hand am Geländer, blieb er kurz stehen, um Atem zu schöpfen, bevor er den Weg zur Kirche antrat. Seine Frau, klein und zierlich, folgte ihm im Wollpullover, sie hätte gut und gern zweimal in ihren Mann gepasst, der in seinem Talar jetzt wie ein schwankender, schlingernder Berg aussah.

»Ah, so gefällt er mir«, sagte Lási und wischte sich eine Strähne aus den Augen. »Aber wir müssen jetzt die Arbeit einstellen. Tiefer als jetzt wirst du die beiden nicht mehr betten können, mein Lieber.«

Eilífur war durch die Arbeit sehr ins Schwitzen geraten. Er legte die Schaufel weg, nahm die Mütze von dem Haufen gefrorener Erde, wischte sich damit den Schweiß von der Stirn und gestattete sich einen saftigen Fluch auf der geweihten Erde. Was für ein Scheißland das ist! Erst lässt der Schnee kein Leben zu, und dann darf man seinetwegen nicht einmal richtig sterben. Eilífur forderte den Burschen auf, weiterzuschaufeln; das Grab musste schließlich zwei Särge auf-

nehmen. Sie gingen an den Fensterbögen der Kirche entlang, und Lási
fiel die erste Hälfte einer Strophe ein:

> *Nördlich der Sonne und nördlich von Weihnacht,*
> *nördlich auch von Stille Nacht.*

Kapitel 12

Der Pfarrer wirft sich zu Boden

Als die beiden Männer die Kirche betraten, waren die Bänke so dicht besetzt, dass es für den Vater und Ehemann der Verstorbenen keinen Platz gab. Eilífur hatte mit einem in der ersten Reihe gerechnet, wie es Sitte war, doch auf der rechten Seite saßen die vier Norweger mit ein paar Leuten aus Fanneyri, und in der ersten Reihe auf der linken Seite hatten die Propheten ihre Stammplätze. Der hoch aufgeschossene Eilífur sah ihre Nacken; drei gesichtslose, hängende Köpfe mit wenigen weißen Reststrähnen, die ihn dennoch voller Spott anzusehen schienen. Die Luft in der Kirche war bereits dick, dazu noch angereichert mit den Alkoholfahnen der bedeutenderen Bauern, die der Pastor vor dem Gottesdienst in sein Haus gebeten hatte. Der Fußboden war nass von schmelzendem Schnee und tabakbrauner Spucke, die meisten hatten die Schuhe auf die Fußschemel gestellt. Große, grobe Hände, rotbraune, von der Kälte befingerte kleine Gesangbücher, einige Frauen trugen jedoch schön gestrickte Handschuhe. Der kleine Gestur stand auf dem Schoß der Magd von Stund, und sobald er seinen Vater erblickte, krähte er durch die ganze Kirche: »Papa!«

Die Särge standen vor dem Altar, beide waren einfache, viereckige Kisten, einmal schwarz gestrichen, und wegen des Platzmangels lagerte der kleine Sarg auf dem großen, sodass sie zusammen wie eine überdimensionierte Paketsendung gen Himmel aussahen.

Séra Jón zwängte sich mühsam zwischen der ersten Bankreihe und dem Stapel hindurch, dabei blieb der Talar an einem vorstehenden Nagel des unteren Sargs hängen; mit einem dumpfen Brummen zerrte der Pfarrer sich los, wodurch der Saum einen Riss bekam. Das eine oder andere Gesicht drehte sich nach Eilífur an der Tür um, aber keiner stand für den Witwer und trauernden Vater auf. Das hier ist schließlich auch die Christmette, und das hier ist mein Platz. Eilífur blieb schließlich ganz hinten stehen und stützte sich mit einem Arm auf das Harmonium. Der flinke und leichtfüßige Lási schlängelte sich zu ihm durch und klemmte sich mit einer Hinterbacke auf die Fensterbank. In der hintersten Reihe, gleich vor dem Harmonium, saßen Steinka und Einar von Bæjarkot mit ihren vier Kindern, die Gesichter vorn apathisch vor Hunger, auf den Rücken hinten Flicken an Flicken. Kräftiger Stallgeruch ging von ihnen aus, und man munkelte, die Eheleute schliefen mit der Kuh zwischen sich.

Die meisten Einwohner der Gemeinde (abgesehen von der alten, silberhaarigen Pastorenwitwe, die im Madamenhaus an ihren Näharbeiten saß, und einigen weiteren greisen Leuten, die die Sterbebetten des Fjords wärmten) waren jetzt im Kirchenschiff versammelt, und es hätte der Befehl zum Auslaufen erfolgen können, wenn es um den Kapitän nicht so schlecht bestellt gewesen wäre.

Er kämpfte mit der Altarschranke, die ihm bis zum Knie reichte und auch ein Törchen enthielt, durch das er hindurchmusste, um den Gottesdienst beginnen zu können. Er beugte sich eine Weile über die Spielzeugarbeit, doch irgendwie quoll das Schloss vor seinen Augen und seinen fünf Daumen, bis es so groß war wie das Messinghängeschloss am Goldenen Tor. Das verflixte Ding ließ sich einfach nicht öffnen. Endlich richtete Jón sich auf und sah sich mit einem langen, stummen, köstlich besoffenen Blick nach seinem Kirchendiener um. »Mein Maron« stand an der geschlossenen Kirchentür neben Eilífur, mit aufgeblähtem Brustkorb und frisch geschorenem Schädel. Maron war ein schlichtes Gemüt, das seine Pflichten ernst nahm, doch kam es ihm keinesfalls zu, sich in die Tätigkeiten des Pastors einzumischen. Er hatte lediglich die Kirche aufzuschließen, die Glocke zu läuten und die Nummern der Lieder korrekt auf die Anschlagtafel zu stecken. Das hatte er alles erledigt und blieb daher kerzengerade und mit erhobenem Kinn stehen, ein einfacher Soldat des Herrn.

Sein Offizier unternahm nun einen finalen Versuch und winkte ihm (man ruft schließlich nicht über Särge hinweg, nicht einmal, wenn man randvoll ist); doch »mein Maron« reagierte schnell auf militärische Art, wie er es einmal an Bord eines Schiffes gesehen hatte: Seine Augen signalisierten »Alles bereit, Sir!«.

Séra Jón Guðmundsson erkannte, dass er sein Problem allein lösen musste, und erkühnte sich, über die Altarschranke zu steigen. Er hob jedoch seinen Talar nicht hoch genug, der sich am Geländer verfing und ihm zum Fallstrick wurde. Der große Geistliche purzelte in den Altarraum und schlug mit dem Kopf heftig gegen das Geländer auf der anderen Seite. Einige Frauen in der Kirche zeigten leichte Bestürzung, doch die übrige Gemeinde nahm den Sturz mit Schweigen und Fassung. Ihr Pfarrer lag vor dem Altar und wandte den Gottesdienstbesuchern den Rücken zu wie eine überdimensionale Kegelrobbe. Er regte sich nicht, man vernahm jedoch ein dunkles Stöhnen und daran anschließend tiefe Atemzüge.

Es verging eine längere Zeitspanne, in der sich nichts regte, weder der Zug um den Mund des Kirchendieners noch die Gläubigen in den Bankreihen; bis der Pfarrer zu schnarchen begann. Die Gemeinde verfolgte geduldig das Programm. Nicht einmal Séra Jóns zierliche Frau stand auf. Die Leute gestanden es ihrem Pastor unbedingt zu, ein Schläfchen zu halten, wenn er denn eins nötig hatte.

Wenige Nationen brachten größere Feiglinge hervor als die Isländer, und nie legten sie diesen menschlichen Zug stärker an den Tag, als wenn sich irgendein hohes Tier flachlegte. Ihre Nachsichtigkeit war entsprechend hoch entwickelt. Vielleicht kam es daher, wie hart der Kampf ums Überleben war, und von der Tatsache, dass der Tod hinter jedem Hügel lauerte (allein zum Füttern das Haus zu verlassen, konnte lebensgefährlich sein), dass man sich nicht gleich aus der

Ruhe bringen ließ, wenn etwa ein Bezirksrichter auf Besuch über Nacht das Bett genässt, nach dem Essen die Bäuerin bestiegen oder einem Knecht die Zähne ausgeschlagen hatte. Derartiges trug eher zum Ruhm und guten Ruf hoher Persönlichkeiten bei, denn daraus wurden Anekdoten und Geschichten, die zur Unterhaltung an eintönigen Abenden von Hof zu Hof weitererzählt wurden. Noch vor Christus, König und Kälte ehrten die Isländer Geschichten, Sagas. Sie bildeten ihre große Tradition und ihr Geschenk an die Welt; diese Wörter gehörten zusammen: »Isländer« und »Sagas«. Das Volk glaubte an den Sagagott, und in dieser Religion nahmen Prominentensagas einen hohen Rang ein. Männer ohne Makel warfen keine guten Geschichten ab und wärmten isländische Hochsitze daher nur wenig. Das Volk wollte seine Anführer mit menschlichen Schwächen behaftet sehen und genoss es, sich an ihren Entgleisungen zu weiden. Auch kleine Bauern durften sich manches leisten, dann aber mussten sie über die Gabe verfügen, »Geschichten erzählen« zu können. Daher durfte sich Skriða-Lási alles erlauben, Eilífur nichts. Er kannte keine Geschichten, er hatte einen Kopf für Bilder, doch die konnte er nie in Worte fassen. Deshalb erntete er stets Seufzer und Naserümpfen, wenn er irgendwo anklopfte.

Der Pastor schlief noch. Nur die Norweger wechselten staunende Blicke, verständigten sich aber schließlich auf die Erklärung »Andere Länder, andere Sitten« und schlossen daraus, dass isländische Gottesdienste damit begannen, dass sich der Pfarrer vor dem Altar zu Boden warf.

Wahrscheinlich hatte noch nie ein Altarbild mehr Aufmerksamkeit erhalten als in diesem Fall. Vielleicht war das sogar der eigentliche Zweck dieser Bilder, wie ein Störungshinweis die Zeit zu überbrücken, wenn die eigentliche Sendung auf sich warten ließ. Hier steckte in einem dicken blaugrauen Holzrahmen ein eher kleines und wenig schönes Gemälde, dem die Zeit im Verlauf von zweihundert Jahren auf ihre Art mitgespielt hatte (mit Frost in den Wintern und Fliegen im Sommer). Dadurch hatten sich die Farben auf eine Weise aneinander angeglichen, von der der Maler höchstens hatte träumen können. Das Werk zeigte die Auferstehung: Christus erhob sich aus seinem Grab und reckte die Arme, sein purpurrotes Leichenhemd war zur Hälfte herabgerutscht, wodurch er Kraft und sexuelle Attraktivität ausstrahlte. Diese schöne Szene war in den Garten eines Hauses am Rand einer holländischen Stadt gegen Ende des siebzehnten Jahrhunderts verlegt, und im Hintergrund standen die Bewohner des Hauses und einige Nachbarn, die Gesichter leuchteten vor Anbetung und religiöser Verzückung, das einfache Volk flippte aus im Angesicht des Weltstars.

Aus dem Gemälde und den Jammergestalten ließ sich die Geschichte des Christentums lesen, und das taten die Leute, um sich die Zeit zu vertreiben, während der Pfarrer schlief.

Der rollte sich jetzt innerhalb der Absperrung zurecht und grunzte dabei, sodass es niemand vermeiden konnte, keine Robbe mehr vor sich zu sehen, sondern einen feisten, schwarzen Eber in seinem viel zu kleinen Pferch. »Das ist doch, nein, *fy fan!*«, hörte man die Norweger flüstern. Lási grinste breit und warf Eilífur am Harmonium einen Blick zu. Doch der trauernde Witwer war ins Schneetreiben seiner Gedanken versunken, in seinem Kopf flog schwarzer Schnee in dichten Wellen an.

Ohne dass es jemand mitbekommen hatte, war der kleine Gestur plötzlich vorne beim Altar. Er hangelte sich an der Chorschranke entlang, um die Kanten der Särge seiner Mutter und seiner Schwester und weiter um die Ecken des Geländers, bis er am kraushaarigen Kopf Séra Jóns ankam. Da steckte er das Händchen in den Priesterstall und kniff in das geweihte Ohr mit den Worten: »Pator tot!«

Davon erwachte Séra Jón Guðmundsson aus dem Koma und rappelte sich stöhnend auf.

»Pator nicht tot!«, krähte Gestur Eilífsson, während er von seiner neuen Ziehmutter hinter den Särgen hervorgezogen wurde. »Kann Pator heile machen!«

»Am dritten Tage wieder auferstanden«, kam es aus einer der

Bankreihen, ohne dass der Urheber erkennbar war. Das gemeine Volk griente.

Dann begann der Weihnachtsgottesdienst und verlief ohne größere Zwischenfälle. Das Nickerchen hatte dem Pfarrer gutgetan. Es gelang ihm sogar ziemlich geschickt, von der Freudenbotschaft des Fests in das dunkle Tal überzuleiten, das zu jeder Beerdigung gehört. Als es jedoch an das Totengedenken ging, wurde die Sache schwierig, denn dafür musste der Pfarrer auf die Kanzel, doch die war eng und im buchstäblichen Sinn gewunden, ein Kunstwerk des Wortmetzes Lási. Auf der zweiten Stufe trat sich Séra Jón auf den Talar und stolperte nach vorn, die Treppe hinauf. Dadurch entschwand er den Blicken der Gemeinde, nur diejenigen, die in der ersten Reihe links saßen, konnten ihn noch sehen; und die erlebten ein Schauspiel mit, das am ehesten an einen Seeadler erinnerte, der in einem schwarzen Sack mit den Flügeln schlägt. Doch bald geriet der Sack auch aus ihrem Sichtfeld, und man hörte nur noch, wie sich der Pfarrer die Treppe hinaufarbeitete, dann trat wieder Stille ein. War er noch einmal eingeschlafen? Nein, er schien in dieser spiralförmigen Treppenwelt nur eine unbekannte Bar gefunden zu haben, denn plötzlich waren deutlich Schluckgeräusche zu hören. Nach ihrem Ende erklang neuerliches Treppensteigen, und endlich erhob sich der Pfarrer auf der Kanzel wie ein Sagaheld aus dem Molkefass, bewaffnet mit einer betagten Bibel, aber anscheinend frischer als zuvor.

Er schluckte und nickte dem Allmächtigen zu. Als er Gottes Wort vor sich auf das Pult legen wollte, glitt es ihm jedoch aus der Hand und fiel von der Kanzel. Es landete im Schoß eines Norwegers, der sogleich aufstand und die Bibel würdevoll und gemessen wieder hinaufreichte, in norwegischem Sonntagspullover und mit dieser blonden Haarfülle, vor der die Isländer einst geflohen waren.

Séra Jón nahm das Buch demütig in Empfang und suchte darin blätternd nach der Totenrede, die er am Vortag vollkommen nüchtern zu Papier gebracht hatte, welches er vor seinem Aufbruch zur Kirche beim goldenen Lesebändchen ins Buch gesteckt hatte. Es lag aber nicht mehr darin, es musste beim Fall der Bibel herausgeflattert sein. Der Pfarrer beugte sich und sein großes Haupt so weit über die Brüstung, dass ihm das Kraushaar wenig feierlich ins Gesicht fiel, und spähte nach einem weißen Blatt Papier auf dem schneematschigen Boden oder einem wollgrauen Schoß. Oh, was hat sie da für hübsche Fäustlinge! Ist das nicht Kristbjörg auf Hvammur? Ohne Erfolg. Der Kopf beugte sich noch tiefer, bis der ausgedünnte Wirbel sichtbar wurde, und so hing er eine Weile von der Kanzel, bis er sich unter großer innerer Kraftanstrengung zurückzog, in der Kanzel aufrichtete, die Augen aufschlug und sich mit einer urkomischen Miene zusammenriss, während das Blut aus seinem Gesicht wich, das stattdessen von einer grauen Blässe überzogen wurde.

Es folgte eine von Husten durchsetzte Stille.

Äh, der Zettel, ja. Der ist nicht da. Habe ich doch vergessen, ihn in meine Bibel zu stecken? Liegt er noch zu Hause auf dem Tisch, Tisch, Tisch? Der Pfarrer ließ aus zusammengekniffenen Augen den Blick über die Gemeinde schweifen, in der Hoffnung, im lodendicken Nebel seines Rauschs etwas zu entdecken, und wenn es bloß die Namen der Verstorbenen gewesen wären.

»Und ob ich schon wanderte im finstern Tal, fürchte ich ...«, begann er lallend und haareschüttelnd, besann sich dann aber und wechselte die Tonlage: »Ja, nein, wir begehen hier heute nicht allein das Weihnachtsfest, den Heiligen Abend, nein, entschuldigt, den Neujahrstag, sondern ...«

Der Pastor wurde umgehend von einem der kopfhängenden Propheten in der ersten Reihe korrigiert. »Heute ist der Einunddreißigste!«, rief Sakarías mit der blökenden Stimme eines Schafs, es war sein ewiger Refrain, den längst alle kannten. Er verfocht die Theorie, vor langer Zeit sei im Almanach der Gemeinde ein Tag ausgelassen worden, er sei sozusagen nicht im Fjord angekommen, sondern irgendwo in den Bergen verloren gegangen und dort auf eine Weise gestorben, wie ausschließlich Tage verendeten. Darum sei am betreffenden Tag nicht Neujahr, sondern erst Silvester. Um das zu beweisen, wandte Sakarías große Rechenkünste auf, schwenkte auf seinem Tisch in der Baðstofa von Gamlibær den Zirkel und bemühte »Vater und Sohn« Pi und Pythagoras. Der Hauptbeweis für den Tagesverlust wurde jedes Jahr zur Sonnenwende angetreten, wenn Sakarías um Mitternacht den Abstand zwischen dem westlichen Mittelpfosten und der Sonne maß, die im nördlichen Oberlicht der Stube am Horizont klemmte wie ein rotglühender Ball, denn durch dieses grasbehaarte Bullauge war der Sonnenuntergang hinter der Fjordmündung zu beobachten.

»Seht her! Es sind genau vierunddreißig Zentimeter vom Rahmen. Es müssten aber korrekterweise fünfunddreißig sein!«

In der Vorstellung des Zahlenjongleurs gab es daher den morgigen Tag ebenso wenig wie den gestrigen, und den aktuellen schon gar nicht. Denn der Tag auf dem Kalender sei in Wahrheit jeweils der nächste Tag des vergangenen, der aber noch nicht eingetreten war. Sakarías litt an diesem Umstand täglich Seelenqualen und wollte den Kalender berichtigen und hatte dazu auch schon lange Briefe an die Behörden geschrieben.

Der Pfarrer war indessen an diese Korrekturen des Propheten so gewöhnt, dass er den Zwischenruf gar nicht hörte, sondern von der Kanzel herab in seiner beduselten Ansprache fortfuhr:

»... sondern ... sondern wir tragen auch zu Grabe Guð... Guðrún Ósvaldsdóttir von Stundarkot und ihre Tochter Bára ..., nein, Lára Eilífsdóttir wollte ich sagen, noch im Kindesalter.«

Richtig lautete der Name der Verstorbenen Guðný Rósantsdóttir, der Pfarrer hatte also nicht weit danebengelegen. Nun aber folgten reine Mutmaßungen.

»Guðrún wurde geboren im Jahr achtzehnhundertvierund ..., ja. Geboren an dem guten Ort ..., an dem auch ihre Eltern schon lebten. Sie kam in diesen Fjord nach ...« Hier sah der Pfarrer auf und fragte die Gemeinde: »War das nicht Hvammur? Ja, doch, sie kam nach Hvammur. Richtig. Ein hübsches Mädchen. Ausgesprochen gut gewachsen ...«

Es folgte eine Pause, die allzu deutlich erkennen ließ, dass der Pfarrer sich in überaus feuchten Gedanken verloren hatte; dann aber nahm er den Faden wieder auf und gedachte des Kindes in dem kleineren Sarg mit ein paar so abgedroschenen, kalten Phrasen, dass den trauernden Vater innerlich fröstelte.

Irgendwann endete auch diese in die Länge gezogene Andacht, der Pfarrer wünschte allen frohe Weihnachten und ein gutes neues Jahr und warf ein Schäufelchen Erde. Die Gemeinde sang ohne Begleitung einen bekannten Psalm von Hallgrímur Pétursson (*Allt eins og blómstrið eina*), während die Särge von den besten Knechten der Gegend hinausgetragen wurden. Eilífur ging als Erster hinter ihnen und nahm an der Kirchentür seinen Sohn auf den Arm, der zu ihm gelaufen kam. Der Bauer hatte das Gefühl, ihm würden von oben aus dem Himmel lange, fein gewebte gelbe Bänder zugeworfen, von fröhlichen Cherubim, die sich in der untersten Etage des Himmelsgewölbes tummelten. Auf dem Tag ruhte also doch ein gewisser Segen. Eilífur blickte über die Berge und sah sie dort oben pummelig und pausbäckig sitzen, sie lächelten und winkten ihm zu, als ob er sie doch gut kennen müsse, was er keineswegs tat. Er sah sie zum ersten Mal. Sobald sie seine Gedanken erreichten, lösten sich die gelben Bänder auf.

Auf dem Friedhof mussten sie zusammen mit den Trägern eine ganze Weile vor den Särgen warten, Lási und seine Helfer in Bereitschaft, denn die Leute konnten die Kirche nicht verlassen, bevor die überaus langsamen Propheten vorangegangen waren. Lási nutzte die Zeit, um in Gedanken seine Strophe zu vollenden:

> *Nördlich der Sonne und nördlich von Weihnacht,*
> *nördlich auch von Stille Nacht*
> *halte ich vor der Arbeit und des Lebens Spalte ein Schläfchen,*
> *weit weg von Gott und der Welt wie ein Schäfchen.*

Plötzlich sprang um sie Wind auf und brachte Unruhe unter die Menschen, die Schrittchen für Schrittchen aus der Kirche kamen. Er griff unter die Röcke und zauste die Bärte, vielleicht sollte man sich besser auf den Heimweg machen, um noch vor der Dunkelheit dort anzukommen. Um Neujahr wurde nämlich in diesem Fjord pünktlich um 15.03 Uhr das Tageslicht ausgeschaltet.

»Heute Abend Grütze!«, keifte Sakarías, als er mit Trippelschritten heimwärts strebte. Ihm folgten Jónas und Jeremías auf ebenso langsamen klapperdürren Beinen. Kristmundur auf Hvammur rief ihnen aus Spaß nach, ob sie die Frau und ihr Kind nicht zur letzten Ruhestätte begleiten wollten. Jeremías drehte sich um und sagte durch die letzten verbliebenen drei Zähne in seinem Mund: »Eh, die könnte uns verschlucken.«

Darauf beschleunigten alle drei Propheten auf drollige Weise im Gleichschritt ihr Tempo, nur weg vom Grab, wie Kinder, die vor einer eingebildeten Gefahr davonlaufen.

Die meisten schritten allerdings zur Grabstelle, und der Priester musste sich einen Weg durch die Menge bahnen, als er mit dichtbehaartem Nasenschnaufen und schweren Lidern endlich auftauchte. Die Särge wurden in die Grube abgeseilt, und zwar zu Eilífurs Verwunderung der kleinere zuerst, was aber wohl allein aus dem einfachen Grund geschah, dass Láras Sarg näher am Grab stand, da er das obere Ende des Stapels gebildet hatte und somit zuerst aus der Kirche getragen worden war. Der längere Sarg kam dann obendrauf zu stehen. Es war keine Zeit gewesen, zwei Gräber oder ein breiteres Doppelgrab auszuheben. Mutter und Tochter hatten es eng in ihrer letzten Ruhestätte, die die zwei Särge kaum fasste, vom oberen Sargdeckel bis zum Rand des Grabs blieb nicht mehr als ein halber Klafter. Gemessen an dem scharfen Frost vom Vorabend, hielt der Witwer es für ein Wunder, dass es überhaupt gelungen war, seine beiden Lieben unter die Erde zu bringen.

Es wurde gesungen, und Gestur warf einen Schneeball auf seine Mutter hinab, bevor der Pastor die Beisetzungsworte sprechen wollte.

Er zwängte sich neben Vater und Sohn und reckte, auf unsteten Beinen schwankend, die Arme über das offene Grab, bereit, im Namen des Vaters, des Sohnes und des Heiligen Geistes den Segen zu sprechen. Dabei streckte er die Arme jedoch so weit vor, dass er in Gefahr geriet, das Gleichgewicht zu verlieren. Taumelnd fuhr er mit den Armen durch die Luft, um einen Sturz zu vermeiden. Die ihm am nächsten Stehenden streckten ihrerseits helfende Hände aus, doch bevor sie den Geistlichen vor einem Fall bewahren konnten, tauchte ein sehniger Arm aus dem Gedränge auf und versetzte dem Pfarrer einen schnellen Stoß in den Rücken. Séra Jón fiel der Länge nach in das offene Grab und landete bäuchlings so schwer auf Guðnýs Sarg, dass er laut knackte.

Eilífur starrte ungläubig auf den Mann der Kirche, der auf seiner Ehefrau lag. Obwohl sie im Sarg steckte und der Pfarrer bewusstlos war, entbehrte der Anblick nicht einer gewissen Zweideutigkeit.

Den Anwesenden stockte vor Schreck der Atem, keiner wusste, was geschehen war, keiner hatte die stoßende Hand gesehen – bis auf den kleinen Gestur Eilífsson. Aus seiner tiefen Perspektive zwischen den ganzen Mänteln hatte er genau beobachtet, was vorgefallen war. Und sein Gedächtnis malte daraus sein erstes Bild.

Kapitel 13

Eine Madam

Sie sah aus dem Fenster. Eisweiße Helligkeit spielte über das Netz von Falten auf ihrem Gesicht. Wieder hatte ein neues Jahr begonnen, und das so hell. Doch was bedeutete dieser Tumult auf dem Friedhof? Gab es Probleme bei der Beerdigung? Sie sah nicht gut genug, um Einzelheiten zu erkennen, schaute zu den Bergen auf und fragte sich, ob sie sich in diesem Fjord zu Hause fühlte. Es war ihr einundvierzigster Neujahrstag an diesem Ort. Sie war als gut vierzigjährige Ehefrau des Vorgängers von Séra Jón aus dem Süden hierhergekommen. Ihr Mann hatte ihr aus Liebe und alkoholgetränkten Gewissensbissen vor zwei Jahrzehnten das Haus erbaut, das einzige ansehnliche Wohnhaus im Segulfjörður, die anderen Häuser bestanden alle aus dicken Grassodenwänden, abgesehen vom Haus des Faktors, einem eingeschossigen Holzhaus etwas weiter draußen auf der Landzunge. Östlich davon war in einem undichten Schuppen der Kaufladen untergebracht.

Ihr Name war Sigurlaug. Sie hatte ein Gesicht mit feinen Zügen, doch einer etwas groß geratenen Nase. Etwas Pedantisches lag um ihren Mund, dessen Lippen sie ständig mit der Zunge anfeuchtete, sodass sie in der ansonsten trockenen Faltenlandschaft wie zwei rosahelle Würmer glänzten. Sie war zierlich und hatte kleine Hände, gleichwohl waren an diesen schmalgliedrigen Stängeln elf große Familien gesprossen, die elf Bauernhöfe im ganzen Land bevölkerten.

Jeden Monat erhielt sie Briefe mit Angaben über die Witterungsverhältnisse, Viehzucht und Geburten weiterer Urenkelkinder (in dieser Reihenfolge) im Osten, Süden und Westen. Oft hatte man ihr angeboten, zu einem ihrer Kinder zu ziehen, aber das hatte sie stets abgelehnt. Sie wollte hierbleiben, in ihrem Madamenhaus, trotz des ganzen Theaters mit dem Pfarrer.

In Island wurden Pfarrersfrauen als »Madam« angeredet, ein Wort, das einem Respekt abverlangte und sich nach kultivierten Verhältnissen anhörte. Einen Geistlichen zu heiraten, war für isländische Frauen die einzige Möglichkeit, der schweren Arbeit in der Landwirtschaft zu entkommen, denn die Pfarrhöfe waren die besten Höfe der Insel, mit den stattlichsten Häusern und den besten Arbeitskräften. Selbst wenn sich der Herr des Hauses als lallender Saufkopf erwies, war das Los einer Madam immer noch besser als das der meisten. Die Pfarrersfrauen ließen sich daher so einiges gefallen und entwickelten große Geduld und Toleranz. Wenn sie erst einmal Witwe waren – und Witwen wurde sie alle, weil sich die Pfarrer nahezu ausnahmslos unter die Erde soffen –, konnten sie durch die Überweisungen aus dem Rentenfonds für Pfarrersgattinnen ein angenehmes Leben führen.

Das Madamenhaus war aus gutem norwegischem Holz gebaut, Dach- und Obergeschoss auf einem Kellersockel mit Wänden aus aufgeschichteten Steinen, eine Freitreppe auf der Westseite und Fenster mit Glasscheiben in alle vier Richtungen. Sigurlaugs geweihter Ehemann hatte ihr ein würdiges Heim errichten wollen und sie stolz in eine andere Welt geführt, über hölzerne Bodendielen und eine Treppe ... eine regelrechte Himmelsleiter. Man musste sich das vorstellen: Aus Erde, Matsch, Nässe und Unrat stieg sie hinauf in ein Obergeschoss! In den ersten Wochen standen die Dienstboten und selbst deren Bekannte aus Fanná und Hvammur ständig auf den Stufen. Die neue Kirche war noch nicht gebaut, und die Menschen hatten sich noch nie auf vergleichbare Weise über die Erde erhoben. Als die Hauswirtschafterin zum ersten Mal auf dem oberen Treppenabsatz stand und nach unten blickte, ergriff sie ein solcher Schwindelanfall, dass sie um ein Haar die Stufen hinabgestürzt wäre.

Madam Sigurlaug hatte diese schöne Welt seitdem kaum wieder verlassen. Sie ging nicht einmal zur Kirche. Von den jüngeren Generationen im Fjord hatten sie nur wenige je zu Gesicht bekommen, nicht einmal diejenigen, die ins Madamenhaus eingelassen worden waren. Wenn Séra Jón im Wohnzimmer seine Gelage veranstaltete, hielt sich die alte Dame im Obergeschoss auf, widmete sich ihren Handarbeiten oder las in einem dänischen Buch. In der Vorstellung ihrer Mitbürger war sie ein höheres Wesen, das in der oberen Etage wohnte, ein Mischwesen aus umgehendem Gespenst und regierender Königin.

Ihr geistlicher Ehemann war nur wenige Jahre nach der Fertigstellung des Hauses gestorben, auch er war Bacchus zum Opfer gefallen, der lockige Gott hatte ihn mitten in der Stundará aus dem Sattel gehauen. Sie hatte um ihn getrauert, wie es sich ziemte, und sich dann gefreut, neue Mitbewohner zu bekommen, den neuen Pfarrer und seine stille Frau; ihnen folgten eine Wirtschafterin und Dienstboten, Bedienung und geregelte Mahlzeiten. Für ein solches Haus brauchte man Personal, und die Pension aus dem Rentenfonds erlaubte keine großen Ausgaben. Séra Jón und seine Guðlaug waren feine Menschen, das Trinken allerdings wurde bei ihm bald noch schlimmer als bei Sigurlaugs seligem Herrn Gemahl, und sie musste wieder schlaflose Nächte erdulden, lag im Bett und zählte ihre Nachkommen. Séra Jón veranstaltete mehr Lärm als ihr Mann. Dieser mächtige Leib und Haarschopf hatten ein bemerkenswertes Bedürfnis danach, den Teufel aus sich herauszubrüllen, Türen zu schlagen und in der Nacht melancholische Liebeslieder auf Fjord und Flasche zu singen.

Nun kam Madam Sigurlaug Schritt für Schritt die Treppe herab, vornehm und hübsch zurechtgemacht wie immer, das graue Haar schaute unter der schwarzen Kappe mit der langen Quaste hervor. Hier stieg sie in ein weiteres Jahr hinab, eine Frau, die am Krönungstag des großen Kaisers Napoleon geboren war. Fast im gleichen Augenblick, in dem jener in der Kathedrale Notre-Dame vor dem Papst sein kurzes Knie auf ein Seidenkissen beugte, um von Pius VII. gekrönt zu werden, kam an einem dunklen Dezembertag im Alkoven eines isländischen Bauernhofs ein dünner Schrei zur Welt. Und nun stieg sie also die ganze Geschichte hinab in ihr bescheidenes Leben, eine ungekrönte Kaiserin des Nordens, eine Frau, die den größten Teil des Jahrhunderts erlebt hatte. Ihre weichgewalkten Ledersohlen traten auf die Treppenstufen, die ein leises, doch ebenso entschlossenes Knarren von sich gaben, wie es der Zug um ihren Mund erkennen ließ, ein Knarren, das umso dumpfer wurde, je tiefer sie wie ein vornehmer Gast in das Meer von Uhrschlägen trat, die das Untergeschoss erfüllten, wie ein Besucher aus der Ewigkeit, der den Alltag aufsuchte, in dem die Uhren ohne Unterlass mit dem Pendel die Augenblicke zusammenklopfen, damit es nie an ihnen mangelt.

Es lag eine Weile zurück, seit Sigurlaug das letzte Mal nach unten gekommen war. Wahrscheinlich hatte sie etwas gespürt, lange bevor die Haustür aufging und drei Frauen in den Vorraum traten. Sie erkannte ihre Hauswirtschafterin Rannveig, dann auch Kristbjörg auf Hvammur und die amtierende Pastorsfrau Guðlaug. Die führten oder besser schleppten die beiden anderen zwischen sich wie eine blasse, alte Puppe. Die Frauen waren ganz aufgelöst, Röcke und Mäntel schienen sprechen zu können und riefen andauernd: Lieber Gott, Jesus, Gott steh uns bei!

Die drei Frauen waren gerade erst ins Haus gekommen, als die Magd Sigríður, ein kräftiges Mädchen mit Stupsnase und wegen seiner feuerroten Wangen nie anders als Rauðka genannt, keuchend hereinstürzte und rief: »Jemand hat ihn geschubst. Ich glaube, ich habe es gesehen!«

Die verängstigten Frauen drehten sich zu ihr um, und obwohl ihre Augen bereits verwirrt guckten, schafften sie es, die Aufregung und Bestürzung noch zu steigern: Ist das möglich? Wer tut so etwas? Jesus, lieber Gott! Wer hat den Pfarrer, einen bestattenden Priester, ins offene Grab gestoßen?

»Ich glaube, ich habe es gesehen«, wiederholte das Mädchen und schloss die Haustür.

Diese Neuigkeit, zusätzlich zu den übrigen Ereignissen, war zu viel. Keine der Frauen sagte etwas, sie wandten sich der alten Madam zu, die inzwischen die Treppe bewältigt hatte. Ihr gegenüber waren Erklärungen überflüssig. Als sie vor den jüngeren Ausgaben ihrer selbst stand, las sie in ihren Augen, was geschehen war: Der Bestattende war selbst bestattet worden. Séra Jón war tot. Obwohl die kleine Pastorsgattin erschüttert und die alte erschrocken war, hätte man das Schweigen zwischen ihnen mit dem Messer schneiden und aus dem Geschnittenen Spuren von Erleichterung bröseln können.

Die Frauen legten die Mäntel ab und begannen in der Küche, in den Zimmern, in der Diele und im Obergeschoss mit dem Schauspiel, das inszeniert werden muss, wenn der Hausherr und Ehemann stirbt. Vier Frauen setzten sich abwechselnd zu der fünften und weinten ein wenig mit ihr, kochten ihr Kaffee, machten ihr etwas zu essen, fragten und fütterten sie, eilten mit wehenden Säumen und Seufzern ein und aus. Sie versuchten, so viel Trauer wie möglich im Haus zu verbreiten, obwohl sich die Neujahrshelligkeit der schneegleißenden Umgebung weigerte, daran teilzunehmen. Die Uhr ging schon auf drei zu, aber es wurde noch immer nicht dunkel. Der Fjord schien das Hinscheiden des Pfarrers zu feiern. Die fünf Frauen aber führten die Aufführung ihres Stücks fort und gaben sich Mühe, in sich das Gefühl von Betroffenheit zu verstärken, das angebracht erschien, wenn eine Respektsperson der Gemeinde verstarb. Doch nach und nach ging das gekünstelte Verhalten in ein simples Verhör der rotwangigen Magd Rauðka über. Was hatte sie gesehen? Wer hatte ihn gestoßen? Hatte das wirklich jemand getan? Sie konnte jedoch keine genauere Auskunft geben als, dass sie glaube gesehen zu haben, wie sich jemand hinter den Pastor gestellt und ihn in den Rücken gestoßen habe, mit der Folge, dass der große Mann kopfüber ins Grab gefallen sei.

Die beiden Madams saßen einander gegenüber und schienen gar

nicht mehr zuzuhören, so als ginge sie das alles nichts an. Aber sie sahen sich in die Augen. Und an dem Schweigen, das zwischen ihnen herrschte, konnte man ablesen: Jetzt können wir endlich schlafen, in aller Ruhe schlafen.

Kapitel 14

Ein rettender Faden

Neujahr ging mit altem Schnee und Eis vorüber, und es ereignete sich nicht viel. Eilífur und Gestur wurden auf Ytri-Skriða aufgenommen, da es ihnen auf Stund nicht gefiel, nach all den Schmähungen, die Frau und Tochter dort noch im Tod hatten über sich ergehen lassen müssen. Zweimal hatte Eilífur mitangehört, wie die Bauersleute, Steingrímur und Elsabeta, in der Küche über ihn und den Kleinen hergezogen waren und sie als »Nichtsnutze«, »Fässer ohne Boden« und »unnötige Fresser« tituliert hatten. Denn obwohl Eilífur jede Arbeit mit Energie erledigte, war er nirgends wohlgelitten; er war ein verurteilter Dieb, aß zu viel, und mit seinen langen Beinen konnte man ihn kaum irgendwo unterbringen. Und wer weiß, ob er seine Frau nicht selbst auf dem Gewissen hat, und hat am Ende nicht er dem Pfarrer den Stoß ins offene Grab versetzt? Um sein Kätnerglück zu krönen. Es traut sich bloß niemand, das auszusprechen, denn einen Geistlichen zu töten, ist eine zu große Sünde.

Also lud Lási ihn zu sich ein. Sie waren seit Langem so etwas wie Brüder, der große und der kleine Bruder, Kopf und Spitzhacke. Das Haus war klein und viel zu niedrig für einen solchen Hünen, aber er konnte tüchtig zupacken, und die Gemeinde würde für den Unterhalt des Kleinen aufkommen. Der Hof Næsta-Skriða sah aus wie ein alter Erdrutsch, der mit Müh und Not von einer dünnen hölzernen Giebelwand gestoppt worden war. Der Giebel hatte eine solche

Schräglage, als könne er die Erd- und Geröllmasse nicht mehr lange zurückhalten und der ganze Hof jederzeit komplett den Hang hinunterrauschen. Auch drinnen sah es wie nach dem Abgang einer Lawine aus. Es galt das alte Gesetz: Im Haus des Handwerkers ist nichts in Ordnung.

Fünf Menschen lebten darin, Sigurlás der Bauer, seine Frau Sæbjörg, deren Mutter Grandvör, eine nahezu stumme Bewohnerin der äußersten Halbinseln, und die schon im fortgeschrittenen Heiratsalter befindliche Tochter des Ehepaars, ein geistig etwas zurückgebliebenes Mädchen, das den Namen Snjólaug trug, aber Snjólka genannt wurde. Ein fröhlich mürrisches Ding mit einer ewig sauertöpfigen Miene, die große Kälberzähne sehen ließ. Obwohl sie gelb und ungepflegt waren, galten sie als die Prachtstücke auf diesem Hof. Außerdem gab es noch den Knecht Jónas, der etwas Fuchsgesichtiges an sich hatte, »mit Schnurrhaaren als Bart«, behauptete Lási. Und auch wenn der Kerl ganz unterhaltsam sein konnte, war das Allermeiste doch ziemlich unbedeutend und absonderlich. Der Junge vermisste ganz offensichtlich das Leben auf Stund, wo in der Stube fünfzehn Personen gemeinsam aßen, dazu drei Hunde und eine Katze, und trotz der gestrengen Hausherrin war es dort lustig zugegangen. Hier gab es dagegen keine Kinder im Haus und nicht einmal vierbeinige Spielgefährten, abgesehen von den Mäusen unter dem Bett. Es gab keinen Hund und keine Kuh namens Helga. Seine liebe Lebensretterin sollte bis zum Frühjahr bei Steingrímur untergestellt bleiben. Und reden tat hier bloß einer, Lási. Der aber war mit seinen Gedanken stets woanders, schrieb rasch etwas auf oder schlug etwas nach. In seiner Truhe verwahrte er viele Bücher, doch sogar Eilífur fand zuweilen schwer verständlich, was im Haus vorgelesen wurde: »Sei gegrüßt, schwarzes / Schwadenreich! / Huldige, Hölle, / dem neuen Herrn, / mir.« Dabei war das Werk ganz speziell für ihn, Eilífur Guðmundsson, und seine schwere Schicksalsstunde ausgewählt worden: *Das verlorene Paradies,* in isländischer Übersetzung. Der groß gewachsene Mann fühlte sich wie ein von der Gemeinde durchgefütterter Armer, freudlos und unfrei, aber welche andere Wahl blieb ihm noch, wo das Treibeis sein Leben von allen Seiten eingeschlossen hatte. Es kam nicht von ungefähr, dass Ytri-Skriða oft Næsta-Skriða genannt wurde. Dort und auf Innri-Skriða, nur zwei Wiesen fjordeinwärts gelegen, waren über die Jahrhunderte zahllose Lawinen jeglicher Art niedergegangen: nasse Schlammlawinen, trockene Staublawinen, Gerölllawinen und Erdrutsche, am häufigsten jedoch Schneelawinen, und die Menschen lebten in ständiger Furcht vor der nächsten Lawine aus der Skaðaskál, einer großen, schneegefüllten Senke unterhalb des Strókstindur, des höchsten Gipfels am Fjord.

Seit der schlaue Lási den Hof übernommen hatte, gab es die Anweisung, dass sich während der gefährlichsten Wochen alle im Haus nachts aneinanderbinden sollten. Der Bauer knotete sich eine Schnur um den Bauch, von dort lief sie durch den Griff seiner Bücherkiste und den Mittelgang ins gegenüberstehende Bett zu seiner Frau, die sie sich ebenfalls um den Bauch schnürte, weiter zur Schwiegermutter, von da zur Tochter und schließlich zum Knecht. Sollte eine Lawine fallen, würden sie dadurch leichter zu finden sein. Dieses Familienband war aus sehr verlässlichem Material, rotem, sogenannten »Personenschadenband« aus Kopps Laden, und wurde um jeden Leib mit einem Palstek geknotet, damit es sich nicht zuzog. Jetzt musste diese Schnur also zu den neuen Mitbewohnern verlängert werden, doch Eilífur weigerte sich, er wollte sich nicht derart an diese Menschen binden. »Nein, Lási, ich brauche so was nicht. Aber den Kleinen binde ruhig mit an.« So kam also auch Gestur an den lebensrettenden Faden.

Eilífur übernahm das Füttern im Stall, der noch kleiner war als der seinige. Die Schafe schienen ihm von einer Liliputanerrasse abzustammen, und er tränkte sie wie Mäuse.* Sobald das Eis sich etwas zurückgezogen hatte, ruderte er mit dem fuchsgesichtigen Jónas zum

---

* Diese isländische Redewendung ist nicht nur wörtlich zu verstehen, sondern auch ein bildlicher Ausdruck mit der Bedeutung »weinen«.

Fischen hinaus, und er beteiligte sich auch am abendlichen Stricken beim Vorlesen von Gedichten im Dróttkvætt-Versmaß, aber seine Schwermut wollte ihn nicht verlassen. Nacht für Nacht sah er vor sich, wie sich seine Frau im Jenseits mit anderen Männern vergnügte.

Noch mehr steckte ihm allerdings das »tödliche Gebräu« vom Friedhof in den Knochen, die Tatsache, dass zu allem Überfluss auch noch der Pastor zu Tode gekommen war. Wieder und wieder blickte er in Séra Jóns leichenblasses, schlammverkrustetes Gesicht, nachdem sie ihn umgedreht hatten, noch immer imposant und schwer betrunken, obwohl er doch in dem Moment schlagartig hätte nüchtern werden müssen, da er in den Palast des Fürsten der Finsternis geführt worden war. (Eilífur, Lási und Jónas der Knecht hatten einen ganzen Monat lang darüber diskutiert, und der Schnurrhaarige hatte behauptet, wer betrunken das Zeitliche segnete, der bliebe bis in alle Ewigkeit im Vollrausch. Unstrittig war indes, wohin Séra Jón nach seinem Tod abberufen worden war.) Eilífur fühlte wieder das Gewicht, die bleierne Schwere des priesterlichen Leibs, und durchlebte noch einmal, wie schwer es ihm gefallen war, ihn mithilfe seiner Knechte aus dem Grab zu wuchten. Diese Handgriffe bekam er nicht abgewaschen. Es war ein unbeschreiblicher schimpflicher Schmutz, mit dem der Pfarrer ihn beschmiert hatte, indem er im Grab seiner Frau und seiner Tochter verreckt war. Es war nun einmal der Pfarrer, der mitten bei der Beerdigung gestorben war. Der gottverdammte Fettsack! Guðnýs und Láras Angedenken war durch diesen Mist auf immer und ewig befleckt. Es war eine schlimme Sache, seine Frau und seine Tochter zu verlieren, aber noch eine ganz andere, wenn obendrauf auch noch der Pfarrer fiel.

Kapitel 15

Mr. Eternal

Eines Tages bog das Passagierschiff *Thyra* um die äußere Landzunge und legte auf seiner Fahrt nach Westen um das Kap von Horn einen kurzen Höflichkeitsstopp im Fjord ein. Es war am letzten Märztag, der Himmel war in der Höhe grau bedeckt, Raben flogen, alle Hänge waren kahl oder mit erfrorenem Gras oder absturzglattem Eis überzogen, die Spitzen der Berge schneeweiß und die See von kleinen Wellen gekräuselt.

Eilífur und Jónas ruderten gerade mit einem recht erklecklichen Fang im Boot dem Land entgegen, als von Eyrartangi gewinkt und gerufen wurde. Das konnte nur eins bedeuten, und sie überlegten kurz, ob sie nicht zuerst den Fang an Land bringen sollten, denn nun würden sie Passagiere aufnehmen müssen. Aber Jónas verweigerte sich der Extratour, also wendeten sie und ruderten zum Schiff. Natürlich gab es im Fjord weder Kai noch Pier für ein solches Großschiff, und es war Usus der Küstenschifffahrtsherren, nur im Notfall ein Boot auszusetzen – das Schiff hatte seinen Fahrplan einzuhalten. Es galt daher das ungeschriebene Gesetz, wenn ein Boot auf dem inneren Teil des Fjords unterwegs war, fuhr es zum Schiff und brachte Menschen und Bagage an Land.

So kam es, dass Eilífur ein redseliger Mann aus dem Süden gegenübersaß, ein Stutzer mit so feinem, ausländischem Schuhwerk, dass er wie ein vornehmes Fräulein beide Füße auf die Ruderbank stellte.

Ohne Pause sprudelten Wörter aus seinem bartlosen Gesicht, zwischendurch warf er Blicke auf den Fang zu seinen Füßen und machte dazu ein Gesicht wie jemand, dem plötzlich aufgeht, wie ekelhaft die ökonomische Grundlage dieses geplagten Volkes eigentlich ist. Eilífur gefiel es gar nicht, als er sah, wie die *Thyra* unter vollen Segeln den Fjord verließ. Wie sollte ein solcher Schnösel in einem Fischseimwinkel wie diesem zurechtkommen?

»Du könntest die Kuh verkaufen. Für eine Kuh bekommt man eine ganze Menge. Ich könnte dir auch einen guten Preisnachlass gewähren, weil du der Erste bist, mit dem ich in diesem Fjord hier rede und sich noch nicht viele haben registrieren lassen. Das Einzige, was du tun musst, Eilífur ... es war doch Eilífur, nicht wahr? Eilífur, nicht mit y. Also, du brauchst lediglich beizeiten nach Fagureyri zu kommen. Das Schiff fährt am 3. Mai von dort ab. Und du hast einen kleinen Jungen, sagst du? Zwei Jahre alt? Für den würden wir nichts verlangen, den tragen wir als Hund ein, etliche nehmen Hunde mit, obwohl man keine Hunde nach Amerika einführen darf. Vor New York liegt ein ganzes Schiff voller Hunde, die jede Nacht nach der alten Welt heulen. Ja, du lieber Gott, so ist das. Für einen großen und starken Mann wie dich steckt Amerika voller Möglichkeiten, du bekämst sicher gleich vom ersten Tag an Arbeit – und Lohn! Ausgezahlt in barem Geld! Dann könntest du in Geschäften einkaufen, ohne erst Einlagen zu machen. Du bezahlst einfach, was du haben willst, *soap, shoes, jacket, whatever*, und dann spazierst du zu einem Fotografen und lässt dich ablichten. Mister Eternal Gudmundsson.«

Was für ein Redeschwall! Eilífur war froh, als er diesen gestiefelten Kater unterhalb des Madamenhauses absetzen konnte, dazu noch ein Paket für die beiden Pfarrersfrauen, die jetzt in doppelter Witwenschaft Trübsal bliesen. Ihre Haushaltshilfe, die junge Rauðka mit der Stupsnase und den roten Bäckchen, nahm es in Empfang und nahm auch ein Bündel Köhler. Sie überraschte Eilífur, als sie ihm beim Entgegennehmen der Fische einen Blick zuwarf. Machte sie ihm etwa Avancen? Dieses junge Fohlen? Entweder das, oder sie war sich sicher, dass er den Pastor, ihren Dienstherrn, umgebracht hatte, und war ihm dafür dankbar.

Der ewig quasselnde Mann aus dem Süden, der recht würdevoll von der Vorderbank des Boots so gut wie trockenen Fußes an Land gesprungen war, trat einen Schritt zurück, als das Hausmädchen, die Fische schlenkernd, an ihm vorbeiging.

»Besten Dank für die Umstände«, rief er Eilífur zum Abschied zu. »Kommt *on sunday* zur *church*, da werde ich unsere Amerikareise vorstellen, und man kann sich registrieren lassen. *The Promised Land is not only a promise!*«

Das Englische verstand Eilífur nicht, aber er sah den Eifer und die Energie, und natürlich hatte er schon von Amríka gehört. Vor sieben Jahren waren ein Knecht und eine Magd dorthin ausgewandert, und schon ein Weihnachten später hatten sie Geschichte geschrieben: Aufgedonnert wie Kopp persönlich hatten sie sich in einem Fotoatelier in Manitoba fotografieren lassen. Das musste man sich mal vorstellen, Kristján der Widerling und Marfriður Mühlenweib waren bessere Leute geworden … Die Bande des Stellungswesens schienen nicht bis nach Amerika zu reichen.

In den Frühjahrsfäustlingen färbten sich seine Knöchel weiß, als er die Ruder härter einsetzte und zusah, wie der Amerikaagent auf das Madamenhaus zuging, mit einem katzenhaften Gesicht wie der Lügenmakler aus dem englischen Roman, den ihm Lási einmal beschrieben hatte. Der Agent war allerdings eine historische Persönlichkeit, denn in tausend Jahren war noch nie ein fahrender Händler hier erschienen, um die Menschen aus den Ketten dieses Fjords zu befreien. Oder war er lediglich ein gedankenloser Geschäftsmann, handelte es sich um Schwindel und Betrug? Der Mann hatte in seinem Leben noch nie eine Fischflosse gesehen und eine ausgekochte Schlitzohrigkeit an den Tag gelegt:

»Du würdest das auch für mich tun, Eilífur. Ich brauche nämlich mindestens zehn Mann aus jedem Fjord, damit sich die Sache für mich lohnt.«

Sie glitten leicht über das Wasser – ein Mann, ein Ruder und das Meer, die einzig wahre Dreifaltigkeit –, und Eilífur bedachte sein Leben und seine Lage. Hier saß er in einem offenen Boot, ein siebenundvierzigjähriger Isländer, in allen Teilen heil und bei bester Gesundheit, aber mit einem ramponierten Leumund. Wer hätte sich denn nicht etwas zu essen aus einem offen stehenden Schuppen stibitzt, nachdem man ihm am dritten Schneesturmtag in Folge ein Lager für die Nacht verweigert hatte und er schon zwei Tage ohne Essen unterwegs gewesen war? Aber noch immer wurde seine gesamte Person nach einer aus berechtigter Angst vor dem Verhungern erwachsenen Tat, die er im Winter 1878 begangen hatte, beurteilt. Es brauchte bloß eine einzige dunkle Beere, um das ganze Fass zu färben.

Er musterte die Rückansicht des Knechts Jónas, der mager und regelrecht spillerig auf der Bank vor ihm saß, aber rudern konnte der Hungerhaken, das musste man ihm lassen. Ihn hatte der Agent kaum beachtet, das Wort allein an Eilífur gerichtet. Vielleicht hatte er gleich erkannt, was für ein komischer Vogel da an den Rudern saß, lichtscheu und bartwelk, und allen Menschen unangenehm, am meisten sich selbst. Eilífur hatte den Knecht in der Vorwoche am Strand überrascht, wie er gemeinsam mit einigen Kumpanen in Snjólka steckte, die schneeweißen Hinterbacken hatten sich leuchtend vom dunklen Ufergeröll abgehoben. Aus der Entfernung war schwer zu unterscheiden gewesen, ob aus dem Trauerkloßgesicht der jungen Frau Leid oder Lust sprachen. Gemäß dem alten Rechtssystem hätten jedenfalls auf jede vorgenommene Handlung siebenundzwanzig Peitschenhiebe gestanden. Eilífur aber wandte sich ab, er wollte nicht mitansehen müssen, wie die Staatsgewalt die zahnweißen Hinterteile blutig peitschte. Was war das auch für ein Dasein, in dem gleichsam jede Betätigung des Lustorgans verboten war? Wer war schon so ein leidender Alltagsjesus, dass er ein Leben ohne Frau durchhielt?

Er selbst hatte sich in seinen Schnapsjahren an mehr als nur an kaltem Walfleisch verlustiert, und vielleicht wuchs irgendwo im

Eyrarfjörður ein Kind von ihm heran, doch auf eine geistig Zurückgebliebene würde er sich nie legen.

Nein, nein. Aber es findet noch jeder die passende Fut.

Er sah Richtung Stund, dort bewegte sich etwas auf dem Hofplatz, und in seiner Brust machten sich gemischte Gefühle breit. Elsabet war eine kaltherzige Frau, aber Steingrímur hatte ihm die Chance seines Lebens eröffnet und ihm das Stück Land mit der Kate verkauft, und Guðný hatte ihm das Leben selbst gegeben – und nun hatte sie der Tod geholt. Er aber besaß noch Leben, sein eigenes und das seines Sohnes. Wenigstens ein Jahrzehnt blieb ihm noch, wenn nicht zwei, nicht umwerfend viel, aber der kleine Gestur hatte sein ganzes Leben noch vor sich, und war er seinem Sohn nicht etwas Besseres schuldig als ein Leben als Gemeindearmer, als ein von der Allgemeinheit durchgepäppeltes Waisenlamm in diesem fluchbeladenen Kotten mit schiefen Fußböden, nachdem er das Leben seiner Mutter und seiner Schwester für drei Kilo Weizen geopfert hatte? Hatte der Junge es nicht verdient, dass er ihm ein besseres Leben einhandelte für eine Kuh, das Einzige, was er besaß? Um der Wahrheit die Ehre zu geben, gehörte ihm die Kuh nicht ganz, er schuldete Steingrímur noch den Preis für eine der vier Zitzen. Aber es war nicht sicher, dass er den eintreiben würde, aus den Augen des Bauern auf Stund hatte etwas anderes gesprochen; doch aus dem Türspalt hatte der strenge Blick der Hausfrau gefunkelt. Konnte er mit der Kuh die Überfahrt für sich und den Jungen nach Amerika bezahlen?

Er sah seine Helga vor sich, muhend in ihrer Box im großen Stall auf Stund, das liebe Vieh. War sein Los eigentlich anders als das ihre? War er nicht ebenfalls in dieser Box angebunden, die der Fjord darstellte, und war er nicht ebenfalls sein Leben lang von Bauern gemolken worden, zuletzt auch noch bei der Beerdigung von Frau und Tochter gedemütigt und in der Folge fast zu einem Bedürftigen herabgesunken? Streng genommen brauchte er die Zustimmung des Pfarrers und des Gemeindevorstehers, um den Fjord überhaupt wieder verlassen zu dürfen, sei es in den heimatlichen Heiðinsfjörður, sei es nach Amerika. Wenn ihm nicht sogar die Reise ins Jenseits untersagt war. Konnte er nicht nur alles gewinnen?

Als Nächstes sah er seinen Sohn vor sich, diesen großäugigen, breitgesichtigen Ausbund an Frische, dieses Energiebündel. Äußerlich kam er nicht so sehr auf den Vater, er gehörte zu den Rundgesichtigen, während Eilífur ein schmales, langes Gesicht hatte. Der Junge war wie ein Springmesser, das noch aufgehen würde, doch es war schon jetzt deutlich zu sehen, dass er nicht die Riesenpranken Eilífurs bekommen würde und auch nicht seine langen Beine. Er kam auf seine selige Mutter, war blond und hatte weiche Gesichtszüge, in denen sich allerdings auch väterliche Gene erkennen ließen, außerdem teilte er dessen Angewohnheit, sich kurz zu räuspern, bevor er etwas sagte. Aber woher in diesem Fjord solche Heißblütigkeit kam, wusste wohl nur Gott allein. Der kleine Knubbel begrüßte seinen Vater mit einem Jauchzer, als er, den Kopf voller Reisepläne, die Stube betrat.

»Snokka hat mir Pannkuchen geben!«

Hinter dem lebhaft lodernden Irrlicht, das jeden Tag die dunkle Kate erleuchtete, saßen auf einem Bett zwei Frauen mit dampfenden Bechern, zwei Isländerinnen, Mutter und Tochter, müde und schweigsam, die vierzigjährige Sæbjörg, Lásis Frau, und ihre Mutter Grandvör, eine schwermütige, stille Frau mit einem ganzen Gebirge auf der Seele. Die beiden sahen sich eigentlich nicht ähnlich, waren eher wie Stein und Blatt, aber auf diesem Bild, auf dem das Licht der Tranlampe auf ihren Stirnen glänzte, taten sie es doch. Im Vordergrund stand Snjólaug mit ihren Kälberzähnen und zählte Eilífur alle Pfannkuchen auf, die Gestur verputzt hatte.

»Numma vier hatta in eim Bissen verschluckt!«

Kapitel 16

Bilder in der Nacht

Da es zu wenig Betten in der Baðstofa gab und sie überdies zu kurz waren, schlief Eilífur im sogenannten »Gästezimmer«, dessen überhängender Giebel auf den Hofplatz hinausging, während Gestur neben seiner Lieblingsperson auf dem Hof lag, der charmant schnarchenden Snjólaug. Doch machte sich der Kleine Sorgen um seinen Vater und verlangte lauthals, dass er ebenfalls an die nächtliche Leine gelegt werde. »Papa auch anbinden!«, forderte er energisch, bis sich der große Mann endlich dazu bequemte. Lási verlängerte die Sicherungsschnur von der Baðstofa durch den Gang bis in das Gästezimmer und in Eilífurs Bett, wo der sie sich um den Leib band.

Als er an diesem Abend im Bett lag, konnte er sich nicht dagegen wehren, auf dem Deckenbalken über sich das Wort AMRÍKA geschrieben zu sehen, und von diesem Wort ausgehend hörte er Eisenklirren und viel Lärm, Hammerschläge und Hufgeklapper, Nebelhörner und Schüsse, Polizeipfeifen und Fotografenblitze. Dann fuhren zwei Eisenwagen durch seinen Kopf, auf den neuartigen »Eisenbahnen«, von denen er gehört und die sofort den Wunsch in ihm geweckt hatten, sich zu solcher Arbeit zu melden, zum Eisenbahnbau. Für jemanden, der nichts anderes als Schneewege und Schafspfade kannte, hatte das Wort einen magischen Klang. Eisenbahn, glänzend glatt und stark! Wie angenehm musste es sein, auf einer solchen Straße zu gehen! Darauf erlaubte er es sich, sich einmal ganz auszustrecken, und da ragten seine Füße ein gutes Stück unter der Decke hervor und über das Ende des Bettes hinaus. Wenn er den Fuß nach vorn bog, konnte er mit dem Ballen das kalte Holz der Hauswand berühren. Mit einem kräftigen Tritt hätte er sie eintreten können. Lási war ein ausgezeichneter Handwerker, aber sein eigenes Haus hatte er gebaut wie eine Strophe aus einem Haupt- und zwei Nebenstäben.

Eilífur sah nun das letzte Bild von sich im Segulfjörður vor sich: Er lag, groß wie Gulliver, über den ganzen Fjord hingestreckt, den Kopf am Ende, das Herz unter dem Sólarklettur, den Bauch zwischen Hvammur und Bakki, den Hintern auf Fanneyri, den Kirchturm im After, seine gespreizten Beine bildeten die Mündung, der Fußspann und die Zehen ragten aus dem Wasser wie zwei Rieseneisberge.

Der Amerikaagent hatte ihn für Sonntag zur Kirche bestellt, dort sollte es nähere Auskünfte über Amerika geben, aber, hol's der Teufel, er konnte sich nicht vorstellen, diesem Gebäude noch einmal nahezukommen.

Kapitel 17

Zwei Männer auf einem Stein

Lási hatte sich heidnisch gelesen. Er ging nur zur Kirche, wenn es sich nicht vermeiden ließ, und kommunizierte mit sämtlichen Göttern lediglich als Papiergestalten. Sicher, es gab da viele lehrreiche und hübsche Geschichten, aber man konnte den »schulterschmalen« Jesus nicht wirklich mit einem Egill Skallagrímsson vergleichen.

»Der Christussaga fehlt nahezu alles, was die Egilssaga auszeichnet, weißt du. Am ehesten hält die Kreuzigungsszene noch Stand, aber auch die ist in die Länge gezogen, und es fehlen ihr Fleisch und Blut. Der Autor hat Gelegenheiten dazu ausgelassen, denn anstatt dass der Vater sein ›Der Söhne Verlust‹ oder der Sohn seine ›Haupteslösung‹ dichtet, läuft das Ganze aus in eine jämmerliche Leidensgeschichte, die Séra Hallgrímur, der Jammerlappen, Gott hab ihn selig, dann zu seinen zwölfhundert Strophen ausgewalzt hat, einer der längsten und langweiligsten Psalmensammlungen, die je ein nordischer Dichter zusammengestoppelt hat, doch aus Mitleid mit dem aussätzigen Skalden hat die Nation sie in ihr Gedärm aufgenommen. Was aber diese Jesussaga Christi angeht, so passt das Kreuzgezwitscher darin stilistisch ganz zum Rest. Wo Vergebung herrscht, entsteht natürlich keine Traumatik, und wo keine Traumatik ist, da kämpft man nicht mit Bösewichten, da gibt es kein literarisches Leben, keinen Triumph, keinen Schmerz, keine rollenden Köpfe. So! Ein Mann, der auch die andere Backe hinhält, ist bloß graue Theorie.

Eine Ausnahme. Was Christus verkündet, bedeutet im Grunde die Aufhebung poetischen Lebens, die Verarmung und das Absterben der Literatur. Er ist der große Literaturzerstörer! Man haut ihm ein Bein ab, und er hält das andere hin, man trennt ihm einen Arm von der Schulter, und er hält den anderen hin, man schneidet ihm das Herz heraus, und er …, ja, was bietet er dann an? Dann verwandelt er sich in Rauch, der zum Himmel aufsteigt. Eines der armseligsten Romanenden, das man sich vorstellen kann! Nicht einmal die alte Sigríður auf Botn würde es sich erlauben, in ihren Geschichten solchen Stuss zu verzapfen. Schluss, Feierabend, ab in den Himmel, und die Sache ist gelaufen. Jesus Christus ist der große Zerstörer der Literatur, das sage und schreibe ich. Ja, das ist er. Der Ruin der Literatur!«

Eilífur ermüdete eigentlich immer sehr schnell, wenn sein Freund seine Literaturtiraden vom Stapel ließ, er hatte mehr Spaß an seinen Strophen und Gegenreden; darum fuhr er nun auch, wie sie da zu zweit auf einem Stein unterhalb des Hofs saßen, zwischen diese Lawine Lásis, indem er verkündete, am kommenden Sonntag nach Fanneyri in die Kirche zu gehen. Sigurlás guckte wie ein Professor, der in der Vorlesung gestört wird, bekam sich aber schnell wieder in den Griff und fragte: »In die Kirche? Wer hält denn Gottesdienst? Haben wir einen neuen Pfarrer?«

»Nein, aber da ist ein Mann gekommen …«

»Ein Mann?«

»Ja, er hat etwas anzukündigen …«

»Ach, der Amerikaagent! Du willst in die Amerikamesse. Das nenne ich eine handfeste Religion. Sie bieten einem das Himmelreich gleich jetzt und auf Erden. Nur eine Schiffsreise entfernt. Ich verstehe allerdings nicht, wieso die Kirche diese Konkurrenz unter ihr Dach lässt. Will sie diesen Aposteln wirklich ihr eigenes Haus zur Verfügung stellen, damit sie die Leute aus den Landgemeinden absaugen?«

»Ich sehe hier einfach keine Zukunft mehr für mich und den Jungen.«

»Wirst du ihn mitnehmen?«

»Ja, oder möchtest du ihn haben?«

»Ich möchte am liebsten euch beide behalten. Bist du sicher …?«

»Ich überlege. Nein, ich nehme ihn mit. Ich tue das doch in erster Linie für ihn.«

Darauf folgte ein Schweigen, das mehr besagte, als schon gesagt worden war, ein Schweigen, das sämtliche Gespräche der beiden engen Freunde enthielt und ihnen Gelegenheit gab, sie noch einmal im Licht des Augenblicks zu betrachten, sie zu preisen und zu bewundern wie zwei Forscher, die sich über einen leuchtenden Gesteinssplitter unter Glas beugen und vor Bewunderung stöhnen. Es ließ ihnen Raum, für die Freundschaft zu danken und für die gegenseitige Unterstützung in diesem sonst so harten Fjordleben; das war nichts Geringes, ein solcher Augenblick gemeinsamen Schweigens war zehntausend Zuber anderer Wonnen wert. Sie empfanden Glück und Dankbarkeit und Liebe zueinander im Herzen, behielten das alles aber für sich, es war besser für einen, wenn man es nicht nach außen dringen ließ. Zudem drückte ihr Schweigen es besser aus, als sie es je hätten sagen können.

Solche Momente entwickeln oft ein beträchtliches, lastendes Gewicht, und das zog sie tief hinab, bis Lási plötzlich unvermittelt und leise fragte: »Hast du ihn gestoßen?«

»Was? Nein.«

»Wer soll es denn sonst gewesen sein?«

»Ich weiß es nicht. Ich habe es nicht gesehen. Aber ich war es ganz bestimmt nicht.«

»Mit einem, der einen Priester ermordet hat, gehen sie hart ins Gericht. Jemanden umzubringen, ist das eine, aber einen geweihten Priester zu töten, ist gleichbedeutend mit einem Fahrschein zur Hölle, behaupten sie. Ich persönlich gebe ja nicht viel auf so eine Weihe. Ich meine, Séra Jón war schon ein bemerkenswerter Mensch, aber … wenn der einen göttlichen Auftrag hatte, dann ist die Steinka aus dem Bæjarkot eine Heilige. Aber einen Pfarrer während einer Beisetzung zu töten, das ist schon ... na ja, ihrer Meinung nach ist das das allerniedrigste Verbrechen, das die allerhöchste Strafe verdient.«

Lási verstummte kurz, griente dann ganz fürchterlich und fuhr fort: »Stell dir mal vor, er hat sich selbst beerdigt, Erde ins Grab geworfen und sich selbst gleich hinterher.«

Die beiden Freunde mussten lachen, auf ihrem Stein unterhalb des Skriðahofs, siebzehn Meter über dem Meeresspiegel, an einem milden Morgen Anfang April.

»Der Bezirksrichter lässt nicht von sich hören, bisher ist noch nichts von ihm gekommen, heißt es«, sagte Lási. »Aber im Frühjahr wird es bestimmt eine Untersuchung geben. Wir werden mit Sicherheit verhört werden.«

»Ich muss gestehen«, schnaubte Eilífur, »dass ich mir im Nachhinein manches Mal gewünscht habe, ich hätte es getan.«

»Er hatte es verdient, und man munkelt, keiner habe sich mehr darüber gefreut als seine beiden Witwen. Doch wer mag ihm den Stoß versetzt haben?«

»Vielleicht war es ja die Hand Gottes.«

Über diese Antwort war Lási so verblüfft, dass ihm das Lachen im Hals stecken blieb und er die Augen aufriss; solche Schlagfertigkeit war er von Eilífur nicht gewohnt. Doch dann fing er sich, und die Freundschaft zeichnete tiefe Fältchen um seine zusammengekniffenen Augen, als er wieder lachte.

Kapitel 18

Morgendunst

Am Sonntagmorgen ruderte der freie Kleinbauer bei leichtem Schneetreiben und aufgefalteter See von Ytri-Skriða nach Fanneyri. Lási sah ihm lange nach, während er den Abhang hinabging und wartete, bis das Boot vor der Uferböschung auftauchte. Für ihn sah es aus, als sei sein Freund schon unterwegs nach Amerika. Dann fiel der Vorhang eines Schneeschauers, und der Ruderer entschwand seinem Blick.

Das Schneegestöber hielt eine Weile an, und der große Mann landete etwas weiter fjordeinwärts, als er geplant hatte. Dennoch zog er das Boot dort aufs Ufer und ging zu Fuß zur Kirche. Seit der Beerdigung war er nicht mehr nach Fanneyri gekommen, er hatte eine ausgesprochen bange Abneigung gegen den Ort, die Kirche, den Friedhof und die Menschen dort entwickelt, die ihn natürlich mit vorwurfsvollen Blicken verfolgen würden: Seht, da ist der, der uns den Pfarrer genommen hat. Es wird dieses Jahr keinen Ostergottesdienst geben! Oder mit Anteilnahme, was noch schlimmer war. Aber hol's der Teufel, wenn er auf dem Weg in die Zukunft den Graben der Vergangenheit durchwaten musste, dann sollte es eben sein. So dachte er und fixierte die Augen seines Sohnes. Aus seinem Gesicht sprach väterliche Fürsorge.

Ab und zu erschien ein heller Fleck in der weißen Dunkelheit, und in einem solchen sah er auf dem Uferkamm nur das Fanneyriboot, keins von Segulnes, Innri-Skriða, Selbær, Bakki oder Stund. Dabei war ihm bekannt, dass viele kommen wollten. Aber als er den Kirchhof betrat, war dort niemand, nur unberührter Schnee, und die Kirche war verschlossen.

Eilífur blieb davor stehen, ging aber schließlich doch zögerlich um sie herum und zum Grab von Frau und Tochter. Da lagen sie noch immer an der Nordostecke der Kirche unter dem einfachen Holzkreuz, auf das Lási aber doch seine ganze Kunstfertigkeit verwendet hatte, denn die Enden der Arme liefen in kunstvolle Schnitzereien aus, und die Namen waren mit dem Messer eingraviert und dann mit Teer nachgezogen worden. Das Holz bekam soeben die erste graue Patina. Eilífur kam auf den Einfall, seine Frau und seine Tochter zu fragen, ob sie einverstanden wären, wenn er mit Gestur nach Amerika auswanderte, aber dann fand er es albern, drehte sich schwerfällig um, und als sein Blick zum Madamenhaus wanderte, kam ihm der Gedanke, die Versammlung sei vielleicht dorthin verlegt worden. Der gestiefelte Kater säße nun drinnen in einem Plüschsessel und überredete die um ihn herumsitzenden Armen zur Ausreise in die westliche Welt.

Doch auch die dortige Treppe wies keine Fußspuren auf, und als er klopfte, erschien nur die junge Magd Rauðka an der Tür und strahlte ihn gleich wieder an. Was sollte denn dieses Schäkern? Einlassen wollte sie ihn aber nicht, gab lediglich die Auskunft, dass kein Agent im Haus sei, der Bartlose sei vor einigen Tagen abgereist. Dann provozierte sie den langen Kerl noch einmal, indem sie mit der Zunge im Mundwinkel spielte, was zur Folge hatte, dass sich das Boot seiner Lenden auf dieser Welle ein Stück in die Höhe hob, und schloss die Tür.

Aha, keine Versammlung, kein Agent, kein Amerika. Und alle schienen informiert gewesen zu sein, nur er nicht. Er war eigens hergekommen, voller Zukunftsängste, um sich für die Zukunft einzuschreiben, und dann fand die Zukunft nicht statt, war sie einfach abgesagt worden.

Auf sieben fette folgen sieben magere Jahre, dachte Eilífur und wunderte sich, wie traurig er darüber war, nicht nach Amerika übersiedeln zu können.

Um nicht ganz umsonst gekommen zu sein, ging er noch einmal zum Friedhof, dem Schauplatz des priestergeweihten Mords, und bemerkte nicht weit entfernt ein frisches Grab. Er ging hin und pinkelte darauf, bedauerte es aber, sobald er angefangen hatte. Was, wenn ihn jemand beobachtete? Konnte man seine Handlung anders als ein Geständnis verstehen? Nein, das Schneetreiben deckte ihn nach allen Seiten, niemand konnte ihn sehen. Er hatte allerdings kaum den letzten Tropfen abgeschüttelt, als aus dem dichten Schneefall ein gespenstischer alter Mann mit nacktem Kopf auftauchte. Er ging schneehaarig und schneebärtig an der Friedhofsmauer entlang und schien Eilífur nicht zu bemerken. Der beobachtete, wie der Alte um die Ecke bog und durch das Tor kam.

Das war doch Sakarías, meinte Eilífur, der Prophet und Möchtegernkalenderreformator. Er ging geradewegs zum Kirchenportal und legte die altersschwache Hand auf die altersschwache Klinke, doch die Tür öffnete sich ebenso wenig wie für Eilífur. Bald standen sie nebeneinander vor der Kirche wie zwei unverbesserliche Gottesdienstjunkies. Der Prophet glotzte das vom Wetter bearbeitete Holz der Tür an.

»Heute findet wohl keine Versammlung statt«, bemerkte der lange Kerl.

Schweigen.

»Wolltest du in die Kirche?«

Schweigen.

»Ich dachte, hier wäre heute ein Treffen wegen Amríka. Das hat er jedenfalls gesagt, der mit den feinen Schuhen, der mit der *Thyra* gekommen ist.«

Schweigen.

Und plötzlich war Eilífur, dieser wortkarge Mann, ins Reden gekommen. Diesen Einfluss übte der Prophet auf ihn aus. Der ließ jetzt die Klinke los, drehte sich um und stand mit seinem schneesammelnden Kopf über dem Buckel, vereistem Bart und blassgrauem Gesicht auf der Kirchenschwelle. In der weißen Fläche waren die Pupillen die einzigen dunklen Punkte, winzig klein und oval. Mit ihnen blickte er tief ins Tal hinein (im Fjord gab es nur zwei Himmelsrichtungen: rein oder raus) und schien dort ein unterhaltsames Programm zu sehen, denn er starrte eine ganze Weile und ignorierte nach wie vor die Anwesenheit des Gasts von Næsta-Skriða.

Weiter hinten über der Landzunge geisterte ein Sonnenstrahl durchs Schneehelle, ein breiter Streif aus Gottes Scheinleuchte, und er wanderte auf sie zu, als würde der große Beleuchter nach seinen Personen auf der Bühne suchen. Da erreichte der Strahl die Schwelle, und die beiden kniffen die Augen zusammen und blinzelten nervös wie Schauspieler, die wissen, dass die Scheinwerfer auf sie gerichtet sind und das Publikum wartet.

»Jetzt taucht er uns in sein heiliges Pulver«, sagte der Prophet endlich, nicht zu Eilífur und noch weniger zu sich selbst, sondern an den Saal gewandt.

Eilífur verstand das nicht oder war gerade woanders, und es fiel ihm nichts ein, was er dem Publikum hätte sagen können. Darum grunzte er nur: »Hä, was?«

»Am Anfang war das Licht, und aus dem Licht wurde Tag. Und sein ist die Macht, die ganze Menschheit zu wecken. Der Tag. Er steigt aus seiner großen Quelle hinter dem Ural und wandert von dort über die Welt. Er wandert und wandert ...«

Der alte Mann driftete wieder ab und schaute das göttliche Licht. Der Sonnenstrahl wanderte nun von ihnen weg zum Ufer und wischte auf seinem Weg den Schneerauch beiseite, als wäre er ein Besen Gottes, und die Körner, die er erfasste, leuchteten auf, die anderen fielen unerleuchtet zu Boden. Der Prophet wartete noch ab, bis der Strahl wieder auf der Kirche und ihm lag.

»Und dabei sind sie niemals gleich, die gesegneten Tage, der eine ist ein Sommertag, der andere ein Trauertag. Das muss man sich vorstellen: ein neuer Tag …«, sagte Sakarías und seufzte, als hätte er gerade in eine Scheibe frisch gebackenes Brot mit speisekammerkühler Butter gebissen. Er schloss die Augen und schmeckte dem Gedanken nach: »Ein neuer Tag …«

Es war nichts Unschönes daran, einen so alten Mann das sagen zu hören. Er schlug die Augen auf und fuhr mit seinem Evangelium fort:

»Und dann schwindet er, weil er weiß, dass niemand seine Macht auf Dauer aushält, darum muss er weichen, sich mitsamt seinem ganzen Pulver in seinen großen Sack stecken, denn es darf nicht alles kaputtgehen, nein, es darf nicht alles kaputtgemacht werden, nein, nein … denn es kommt ein anderer Morgen, der morgige Tag, die schönste Verheißung, die dem Menschen zuteilgeworden ist. Der morgige Tag.«

Das hatte der Prophet alles in seinem Trancezustand von sich gegeben, die Worte stiegen mit dem erzheiligen Rauch des Glaubensscheiterhaufens auf, der in ihm brannte, und gemeinsam schwebten sie zum Himmel auf. Wenn dieser Mann nicht eine Menge Schriften verfasst hätte, dann hätte die Schrift ihn verfasst, war ein Gedanke, der durch Eilífurs Kopf waberte. Nun aber schien der Greis wieder zu sich zu kommen, er tauchte an die Oberfläche.

»Stell dir vor, wenn wir Leute im Segulfjörður das wahre Morgen besäßen. Heute ist nämlich nicht der 3., sondern erst der 2. April. Dazu habe ich viele Eingaben bei den Behörden gemacht, bei den isländischen ebenso wie bei dänischen. Unser Kalender stimmt einfach nicht!«

»Ja …«, mehr brachte Eilífur in seiner jugendlichen Geistlosigkeit, die ihn in Gegenwart des Greises befallen hatte, nicht hervor. Der fuhr in seiner Ansprache fort und hatte dabei den groß gewachsenen Mann noch nicht eines Blickes gewürdigt.

»Was für ein Missgeschick, dass wir einmal den Schalttag nicht geschaltet haben. Sie haben es schlicht vergessen. Der 29. Februar des Jahres 1532, ein Mittwoch, hat diesen Fjord nie erreicht! Wir sind dazu verurteilt, auf ewig einen Tag hinter allen übrigen Menschen herzuhinken, und dabei, jawohl, stecken wir in der misslichen Lage, dass unser Leben hier im Segulfjörður ein ewiger morgiger Tag ist. Indem wir nämlich einen Tag übersprungen haben, haben wir den eigentlich morgigen Tag zu unserem heutigen Tag gemacht. Daher leben wir nie im Heute, sondern immer in einem nebulösen Morgen. Ich habe das der Majestät wiederholt schriftlich mitgeteilt...«

»Aber ist das nicht eine gute Sache? Sind wir dann nicht vor allen anderen in der Zukunft?«, fragte Eilífur beiläufig.

Da endlich drehte der Prophet den Kopf, sah Eilífur mit großen Augen an und erklärte: »Es steht geschrieben: Wer den Weg ins Paradies abkürzt, wird dort nur kurz verweilen.«

Kapitel 19

Flüchtling

Was das Kalendarische angeht, so begann die Fangzeit für Haie traditionell am 14. April. Dann hob man in sämtlichen Fjorden im Norden der Insel offene wie gedeckte Boote von ihren Böcken und ließ sie zu Wasser, heuerte Männer und junge Burschen an, und wenn nicht Eis es verhinderte, erreichten sie zwei Tage später Hvalbeinsey, wo sich die Fischer an ihre Fangleinen kauerten.

Diese Insel war Islands nördlichstes Hoheitsgebiet, ein völlig flacher Fels im Meer, der niemals trocken wurde, aber ein beliebtes Sonnendeck für Robben und Vögel darstellte, von denen dort zwei Arten brüteten, der Krabbentaucher und die Trottellumme. Der Felsbrocken war der letzte Fleck, auf dem die Tierwelt noch wie vor der Besiedlung durch den Menschen lebte. Es war ihm dort noch nicht gelungen, mit seinen schlechten Eigenschaften die Unschuld der Sprachlosen zu verderben. Die Vögel betteten ihre Köpfchen in die Hand des Jägers, und die Robben legten sich selbst unters Messer. Ganz wie eine einzelne Blume.*

Eilífur besaß Verbindungen zur Welt der Seeleute und Fischer; bevor er sich Haus und Frau verschafft hatte, war er sechs Fangzeiten lang für Kristmundur auf Hvammur gerudert und hatte zweimal die

---

* Ein verstecktes Zitat aus Islands bekanntestem Kirchenlied, das zu jeder Beerdigung gesungen wird: Allt eins og blómstrið eina von Hallgrímur Pétursson.

Haisaison auf der *Halkíon* aus Fagureyri mitgemacht, einem der ersten gedeckten Fangschiffe. Er entsann sich noch gut der Wohltat, draußen auf See in einer trockenen Koje schlafen zu können.

Nach dem Tod des Pastors bot es sich an, das entstandene Vakuum zu nutzen, bevor der Fjord eine neue Allmacht bekäme, die es den Einwohnern untersagen konnte, auf Reisen zu gehen. Eigentlich lag die Macht im Fjord bei zwei Köpfen, aber der amtierende Gemeindevorsteher, der alte Siggeir auf Fanná, war seit Längerem bettlägerig.

Außer den Haifangbooten von Fanneyri, Hvammur und Segulnes kamen gelegentlich noch weitere in den Segulfjörður. Beispielsweise suchten die Boote aus Fagureyri oft dort Zuflucht, wenn es außerhalb des Lees der Berge zu heftig stürmte. Die Halbinsel Fanneyri bildete so etwas wie eine natürliche Mole, die bis in die Mitte des Fjords vorsprang und vor allen anhaltenden Nordstürmen schützte, die die Zeit bereithielt. Außerdem war man hier den Fanggründen am nächsten. Eilífur ging manchmal mit Lásis Nussschale an einem hochbordigen Schiff längsseits und hielt mit den Fischern einen Plausch, alten Bekannten aus der Welt der Haifänger. »Na, der Graue hat sich rar gemacht, wirft vielleicht gerade mal zehn Tonnen ab.« Bei einem dieser Gespräche erfuhr er, dass inzwischen das Abfahrtdatum des Amerikadampfers festgesetzt worden war. Am 3. Mai sollte das ausländische Schiff von Fagureyri auslaufen. Der Traum, der auf der Treppe des Madamenhauses im Angesicht eines rotbäckigen Mädchens ausgeträumt war, erwachte in Eilífurs Kopf zu neuem Leben. Es war also kein Hirngespinst, es würde in diesem Landesteil tatsächlich eine Mitfahrgelegenheit nach Amerika geben. Außerdem erfuhr er in dem Gespräch, dass eins der Haifangboote, die *Sleipnir*, bei nächster Gelegenheit zum Proviantbunkern nach Fagureyri fahren würde.

Am selben Abend, kurz vor neun, als die übrigen Bewohner von Næsta-Skriða sorgfältig ihren Rettungsgurt angelegt hatten und der Docht heruntergebrannt war, stand der lange Mann leise auf und machte sich reisefertig. Er zog seine Sachen aus dem Versteck, nahm dann den Jungen, wickelte den Großäugigen in seinen Pullover und verließ grußlos das Haus. Immerhin setzte er ein Holzklötzchen auf die Bücherkiste des Schnarchbauern. Nur der junge Knecht, der schnurrhaarige Jónas, richtete sich auf, interessierte sich aber zu wenig für die Schritte seiner Zeit, um etwas zum Weggang von Vater und Sohn zu sagen, und war schon wieder eingeschlafen, ehe Eilífur das Ufer erreicht hatte.

Mit dem Jungen wie Diebesgut auf dem Arm, schritt er zügig, aber vorsichtig aus, denn es war stockdunkel, nur ein schwaches Schneelämpchen leuchtete matt auf den höheren Regionen der Berge. Immerhin war zu erkennen, dass acht Haiboote im Fjord lagen, davon eins, warum auch immer, unter vollen Segeln, sowie vier offene Boote. Auf dem dunklen Spiegel des Fjords nahmen sich die Kutter aus wie noch schwärzere Einhörner, die, das Maul nach vorn gerichtet, auf ihren untergezogenen Hufen schliefen. Von einem Deck jaulte jemand in die Nacht, dann wurde gelacht. Eilífur legte den Jungen ins Boot, schob es ins Wasser und stieg selbst ein.

»In Nacht bootfahren?«, fragte Gestur, ohne dass sich seine Worte ängstlich angehört hätten, im Gegenteil schien ihm dieser Einfall seines Vaters Spaß zu machen.

»Ja, wir verlassen jetzt diesen Fjord. Sag auf Wiedersehen!«
»Wiedersehn!«
»Gut so. Und jetzt sei leise und halt dich fest!«
»Wiedersehn!«

Eilífur ruderte leise zur *Sleipnir* und rief wispernd, aber es schien niemand Wache zu gehen. Er maß seine Länge an der Bordwand: Er musste auf die Ruderbank des Bootes steigen, um das Dollbord erreichen zu können, und das tat er nun. Er hob seinen kleinen Knubbel an Bord des Kutters (somit war Gestur das erste und einzige Kind, das jemals an Bord eines isländischen Haifängers gelangte) und musste ihn dann blind aufs Deck plumpsen lassen, ohne zu sehen, ob da Haiangel oder Haimesser, Dolch oder Drachenanker herumlagen.

»Bist du angekommen?«

»Hier tink!«, antwortete die Kinderstimme jenseits der seegewalkten und geteerten Planken, die nun schon seit sechs Jahren für zwölf Männer ihre Brustwehr gegen die Meerespeitschenhiebe dieser Erde bildeten und mit den Bissspuren von Haien und Eisbergen verziert waren.

»Was?«

»Hier tink!«

»Es stinkt? Das ist der elende Haigestank. Warte da auf mich!«

Eilífur nahm die Lotleine des Boots mit ihrem Senkstein und schleuderte sie etwas weiter vorn an Bord, damit der Kleine nicht getroffen wurde. Es gab einen lauten Knall, als der Stein auf das Deck schlug. Darauf folgte sein gesamter Besitz in einem Lederbeutel mit einem weicheren Aufschlagen, dann hievte sich der Flüchtling selbst an Bord, was nicht so leicht war, da seine Arme zwar kräftig, der Körper aber auch groß war.

»Das unser Schiff?«

»Uff! Nein, wir möchten uns nur mitnehmen lassen nach ... Hallo!«

Von den Geräuschen war jemand aufgewacht und kam nun, sich an der Reling entlangtastend, auf sie zu. So schien es ihnen jedenfalls in der Dunkelheit. Eilífur hatte sich nicht mit dem Skipper über Plätze für sich und den Jungen verständigt, sondern vertraute einfach auf die Solidarität unter Ægirs Söhnen, auf See sind alle Männer Brüder. Außerdem kannte er einen von der Besatzung. Er machte sich bereit, seine Lebensgeschichte zu erzählen, Auskunft über Ehestand und Arbeitsverhältnisse zu erteilen und schließlich die Geschichte zum Besten zu geben, die er sich in den zurückliegenden Nächten mit dem Hammer seiner Befürchtungen zurechtgezimmert hatte und die sie beide nach Fagureyri bringen sollte. Doch musste er damit noch warten, denn der Kopf des Mannes verschwand plötzlich über die Reling, und mit den zugehörigen Geräuschen erbrach er sich in hohem Bogen. Gestur sah mit großen Augen zu. Dann richtete sich der Mann wieder auf und wischte sich den letzten Schleim mit dem Rücken derselben Hand ab, die er anschließend Eilífur reichte. Er nahm ihn nämlich durchaus freundlich auf, und so folgte der Hand unter einer nachtschwarzen Mütze ein Lächeln durch schlechte Zähne. Eilífur erwiderte die Begrüßung, sah aber auch, dass der Mann sternhagelvoll war. Sobald der Händedruck gewechselt war, streckte der Mann, so schnell es ging, erneut den Kopf über Bord und kotzte sein inneres Licht ins Dunkel der Nacht. Diesmal aber hörte Eilífur ganz deutlich, dass das Erbrochene nicht im Wasser landete. Er spähte über die Reling und sah, dass ein heller Farbklecks das längsseits liegende Boot zierte.

»Jetzt wird das Boot meines lieben Lási auch noch tüchtig gefüttert.«

Kapitel 20

Eine Haifischparty

»Was für ein Weibsbild hast du denn da angeschleppt, Snussi?! Und hat sie ein Kind dabei?«

»Hölle, Tod und Teufel, ist die hässlich!«

»Du musst wirklich schnapsblind gewesen sein, als du die bestiegen hast.«

Die drei standen in der Luke, die unter Deck führte, und ließen den Spott über sich ergehen. Die Kajüte war voller Seeleute, die die Flasche kreisen ließen. Jetzt brachen sie in dröhnendes Gelächter aus. Der Männerdunst, geschwängert mit Pfeifenqualm, Schweiß, Lebertrangestank und meergesalzener Feuchtigkeit, war zum Ersticken und wurde von einer ausnehmend hübschen Tranlampe erleuchtet, die von einem Decksbalken hing. Zusätzlich gloste Feuer in einem Ofen, der nahe dem Niedergang stand. Im hinteren Teil dieses Logis waren zu beiden Seiten doppelstöckige Kojen eingebaut, von denen drei die Männer besetzt hielten, während die vierte vollgestopft war mit Bündeln, Plunder und Säcken. Ganz vorne im Bug waren noch zwei weitere Kojen eingepasst, die in der Spitze aneinanderstießen. In ihnen lagen zwei Männer. Ansonsten hingen in jedem Winkel nasse Lederbeinlinge, Anoraks aus Robbenfell, Pullover und Handschuhe zwischen den Seekisten der Matrosen; so hießen die Brotdosen der Haiära. Der Fußboden war mit Blutflecken, Salzwasser und Tabaksauswurf besudelt.

»Meine Mama is' tot!«, krähte Gestur auf einmal los. Er saß auf dem Arm seines Vaters und guckte, als würde er den gesalzenen Spott verstehen und glaube, er müsse seine Lage in der Welt erklären. Eilífur ließ den Seemannshumor mit nachsichtigem Grinsen über sich ergehen, eingedenk seiner eigenen wilden Jahre, in denen, noch kinderlos, auch er über entkorkten Flaschen krakeelt hatte. Er beugte den Kopf unter die niedrige Decke, da er noch draußen im Niedergang stand. Den Bekannten, auf den er gezählt hatte, entdeckte er nicht, aber er erkannte einen anderen, einen zahnlückigen Schwarzhaarigen aus Óðalsfjörður, der vor der Gepäckkoje auf seiner Seekiste hockte und Trockenfisch knabberte, jetzt aber genauso belämmert schwieg wie die übrigen.

Gestur hatte die Haifischparty komplett zum Verstummen gebracht, und das mit gerade erst zwei Jahren. In Amerika würde einmal ein bedeutender General aus ihm werden.

»Das Küken hat schon einen Schnabel. Lässt es sich nicht als Köder verwenden?«

Wieder brandete Lachen auf, um einiges dunkler diesmal, weil das Senkblei des schlechten Gewissens an ihm hing.

»Wir müssen unbedingt nach Fagureyri, und ich habe gehört, ihr fahrt dorthin, wenn es das Wetter erlaubt. Ist der Skipper achtern?«

Das rief glucksendes Gelächter hervor, und man zeigte wortlos auf den Betrunkensten von allen, einen schlaksigen Kerl mit Schifferkrause, der breitschultrig auf einer der Backbordkojen kauerte und vor etwas Tischähnlichem in der Raummitte unter der Lampe mit andauernd zufallenden Augen zwischen Schlaf und Wachen dämmerte. Seine Hände lagen auf den Knien, und er saß vorgebeugt wie jemand, der eine Hinterbacke von der Unterlage hebt, um einen fliegen zu lassen. Er trug ein achselhöhlengelbes Unterhemd, auf dem sich ein schwarzer Rußfleck von der linken Schulter über den Rücken ausbreitete. Der fast kahle, salzkrustige Kopf rollte mit unglaublich präziser Ruhe ganz langsam im Takt mit dem leichten Schaukeln des Schiffs. Dabei wollte der große Schädel immer tiefer hinab Richtung Tischplatte, und schon berührte die Stirn fast die Leiste, die die Tischkante bildete, doch dann stieg der Kopf wieder in die Höhe, gezogen wohl nur von den Gummibändern seines Standesbewusstseins, das in irgendeiner seiner Hirnfalten noch über ihn wachte; seine Verantwortung als Kapitän war noch nicht völlig ausgeschaltet und zog mit ausgefransten Leinen an seinem Kopf. Er richtete ihn auf und drehte ihn Eilífur am Niedergang zu, und es blieb keinem verborgen, was das für den halb besinnungslosen Skipper für eine gewaltige Anstrengung bedeutete. Mit offenem Mund starrte er Gestur an und fragte den Vater mit einer Stimme aus großer Schnapstiefe: »Hast du ein Lamm?«

Die Besatzung lachte über ihren Kapitän, der mit größter Aufrichtigkeit gefragt hatte, und nach und nach verflüchtigte sich das lampenerhellte Zusammensein hinaus auf die dunklen Wellen des kalten Fjords mitten in der Ära des Haifischfangs, wie es solche Männerpartys zu allen Zeiten tun, sobald Kinder hinzukommen. Ein nur mäßig betrunkener Steuermann lotste Vater und Sohn achtern in die Kapitänskajüte, wo Gestur in der ältesten Wiege der Welt seinen seligsten Schlaf schlief, ungestört vom lautstarken Schnarchen des Skippers, den zwei Matrosen irgendwann in seine Koje bugsierten.

Eilífur wachte auf, bevor die Segel gesetzt waren, und bat den Steuermann, so dicht unter Land zu fahren, dass er Lásis Lotleine samt Senkstein unterhalb von Næsta-Skriða ans Ufer werfen könne, was er dann auch tat. So fände Jónas am Morgen das vollgekotzte Boot, und der arme Lási würde das Holzklötzchen auf seiner Bücherkiste betrachten, in das ein Wort geritzt war: AMRÍKA.

Vater und Sohn verließen für immer den Segulfjörður.

Als der Kutter in der Morgendämmerung unter Segeln die Landspitze von Fanneyri passierte und Eilífur bei den Backbordpüttings stand und sich an den Wanten festhielt, konnte er es nicht unterlassen, einen Blick auf den Pfarrhof zu werfen. Das stattliche Madamenhaus stand zur Linken, dann kam die Kirche etwas weiter weg und nördlich davon Gamlibær, wo Landarbeiter, Bedürftige, Propheten und Kühe untergebracht waren. Er richtete den Blick auf die Kirche und den Friedhof und wollte das Kreuz auf dem Grab von Frau und Tochter sehen, um von ihnen Abschied zu nehmen, wie es sich gehörte, doch das Nachbargrab spukte dazwischen. Sein inneres Auge sah das verwesende Gesicht von Séra Jón, der im Sarg auf seinem Kissen für die ewige Ruhe lag und dermaßen höllisch laut aus seiner Totenmaske brüllte, dass der Flüchtling zurückwich und nach vorn zum Steven ging. Da sah er im Zwielicht seesalziger Ferne sein Leben erstehen, himmelhohe Häuser, die irgendwer »Wolkenkratzer« genannt hatte – was für ein Wort! Und er sah Frauen tanzen, mit kleinen Federbäuschen in den Händen und auf den Brüsten, und er sah seinen Jungen als lächelndes Schulkind in einem Wunderwerk, das auf Rädern fuhr, und in seinem Lächeln glänzte ein goldener Taler.

Kapitel 21

Ein Zimmergenosse

Fagureyri lag am Ende des großen Eyrarfjörður, der so lang war, dass er von der äußersten Landspitze fast bis in die Mitte der Insel reichte. Wenn Island eine runde Torte wäre, hätte sich jemand ein langes Stück herausgeschnitten und verputzt, und die entstandene Lücke wäre der genannte Fjord, in dem es drei Halbinseln gab: Fagureyri, Hvalbakseyri und Mjalteyri. Die erste lag am Ende des Fjords und war aufgrund dieser Lage der einzige Ort des Kältelands, an dem so etwas wie Kontinentalklima herrschte. Wenn kühle Südwinde quer übers Land gezogen waren, hatten sie sich um einige Grade erwärmt und wehten lau aus dem Hochland herab. Bei Ortsfremden rief das immer wieder Verwunderung hervor, denn generell war Wind in Island kalt. Manchmal sah man staunende Gäste auf den Hauswiesen stehen und ihre durchnässten Seelen vom Südwind trocknen lassen. Die polarkalten Nordwinde andererseits ermüdeten auf ihrem langen Weg durch den Fjord und kamen zum Erliegen, bevor sie die Lögg genannte Reede vor Fagureyri erreichten, in der seit Jahrhunderten Windstille herrschte.

Hier wuchs der einzige Wald Islands, und hier lag auch das einzige Kornfeld, und in den Gärten um die besten Häuser des Orts wuchsen tatsächlich Blumen, was ihn zu einem außergewöhnlich blühenden Fleckchen Erde machte, das einen Hauch von anderen, freundlicheren Ländern an sich hatte, in denen es mehr als ein oder zwei pulloverlose Tage gab und Leute auf Stühlen im Freien saßen. Die Einwohner wussten um die Verantwortung, die ihnen derart einzigartige Bedingungen auferlegten, und gingen respektvoll mit ihnen um, zogen vor Bäumen den Hut und grüßten Blumen auf Dänisch.

Etwa fünfhundert Menschen lebten in dem Ort, überwiegend hart arbeitende aus der Unterschicht, aber es existierten auf der schönen Halbinsel auch Anfänge eines zahlenmäßig noch geringen Bürgertums, denn es führten hier so manche Spitzen der Gesellschaft ihre Stöcke spazieren: ein Bezirksrichter, ein Weihbischof, ein Pfarrer, ein Zeitungsredakteur, ein Kaufmann, noch ein Kaufmann und ein dritter Kaufmann, ein Reeder und ein Nationaldichter. Sie durften nie Eile zeigen, vielmehr schritt man würdevoll einher, mit Handschuhen und Zylinder. Diese Leute grüßten einander wie Lehrer auf dem Flur einer überfüllten Grundschule, leicht erschöpft von der Mühe, täglich von hohlköpfigem niederen Volk umgeben zu sein, das belehrt werden musste, und ein wenig erleichtert, kurz mit ihresgleichen konversieren zu können. Ihre Frauen bewahrten sie zu Hause auf, am besten im Obergeschoss, wo sie sich mit Briefwechseln, Stickerei und Haarhalt beschäftigen durften.

»Guck, Häuser, Papi! Viele Häuser!«

Gestur schaute überwältigt auf den Ort, der im Halbkreis um die Hafenbucht Lögg angelegt war und sich von der Mitte der Halbinsel bis in den inneren Teil des Fjords ausbreitete. Selbst sein Vater staunte über dieses Holzhausimperium, das seit seinem letzten Besuch mächtig gewachsen war. Ihre Fahrt war gut verlaufen. Die *Sleipnir* war vor einer leichten nördlichen Brise in den Fjord eingelaufen, nachdem sie allerdings vor dem Kap am Óðalsfjörður vorübergehend in einigen Seegang geraten war. Gestur war aufgewacht und hatte sich in die hohle Hand seines Vaters übergeben. Das Erbrochene hatte wie Gold ausgesehen.

Unterkunft erhielten sie bei einer Tante Eilífurs mütterlicherseits und ihrer Tochter Margrét. Ihr Zuhause befand sich im steinernen Untergeschoss eines ansonsten windschiefen Holzhauses in der zweiten Reihe hinter dem Ufer der Halbinsel Eyri. Eilífur und Sohn wurden in einem dunklen Gelass untergebracht, das halb feuchte Waschküche und halb Pferdestall war, denn in dessen vorderen Teil stand ein Bettgestell für Menschen und im hinteren ein pechschwarzes Pferd, das hinter einem wackeligen Holzgitter auf einem Heuwisch kaute. Es hatte einen Ausgang auf der Rückseite, benutzte ihn aber nicht, sondern ließ seine Äpfel auf den Fußboden fallen. Ein gelbes Bächlein ringelte sich unter dem Gitter hervor und vereinte sich in der Mitte des Zimmers mit einer ovalen Pfütze, die langsam in einem unappetitlichen Abfluss versickerte.

»Wie heißt es?«, fragte Gestur begeistert.

»Geimur, der Weltraum«, antwortete die alte Frau trocken.

Lárensía hatte achtzehn Kinder in diese Welt gesetzt und infolgedessen eine ausgeprägte Abneigung gegen die Gattung entwickelt. Das letzte war ein Dauerpatient, der ihr auf der Tasche lag, Margrét, die seit elf Jahren bettlägrig war. Sie litt an einer schweren Form von Seekrankheit, die auf einer Fahrt von den Bátaströnd ausgebrochen war und sich selbst an Land nicht wieder gelegt hatte. Diese landfeste Seekrankheit äußerte sich in beträchtlicher Feuchtigkeitsabsonderung und gewissen Ausfällungen rund um die Patientin; die Wand am Kopfende ihres Bettes war mit Unterwasservegetation bewachsen und von kahlen, weißlichen Seepocken und moosgrünem Schimmel überzogen.

»Weltraum! Da ist meine Mama!«, rief der kleine Junge und sah entzückt das Pferd an, dann wurde er nachdenklich. »Mama im Ferd?«

Der Gaul stellte kurz das Kauen ein und drehte den Menschen den Kopf zu, sein Gesicht sah aus wie die Wohnstätte der Toten. In dem schwachen Tagesschimmer, der durch ein schmutziges Oberlicht fiel, hob sich eine Blesse auf seiner schwarzen Stirn ab.

Die alte Frau hatte jede Form von Gastfreundlichkeit längst hinter sich gelassen und schlurfte mit krummem Rücken und ausgelaugten Knochen mürrisch umher, zwei graue Zöpfe baumelten vor ihrem

Gesicht wie vorchristliche Insignien eines Rabbiners. Sie ließen sie gleichzeitig altmodisch und eigentümlich mädchenhaft aussehen.

»Zu essen bekommt ihr nichts bei mir. Die Vorräte haben wir schon im letzten Jahr aufgebraucht.«

So kratzten sie abends im Bett die letzten Reste ihres Proviants zusammen. Morgen war der 29. April. In vier Tagen würde ihr Schiff kommen. Das war keine Agentenlüge, denn die Information war Eilífur von zwei krawattentragenden Herren vor Kopps Kaufladen bestätigt worden, worauf die barsche Lárensía geschimpft hatte, der Ort sei voller »Landreinigungspack«. Darauf hatte sie den modernden Schutz zugeschlagen, der ihrer Wohnung als Haustür diente. Gestur sah mit großen Augen diese Tür an und dann die andere, die halb geöffnet ins Zimmer der Kranken führte. Schließlich trat er bei ihr ein, ging zum Bett und flüsterte ihr ein Geheimnis:

»Wir fahrn nach Ammika!«

Die Frau mit den blauen Augenringen unter ihrer großen Seetiersammlung, die die Wand zierte, sah ihn mit glasigen Augen an. War da nicht ein Seestern? Dann sagte sie kläglich mit röchelnder Stimme:

»Oh, oh! Über das ganze Meer?«

Eilífur hörte sie und kam seufzend zur Tür, entschuldigte sich für seinen Sohn und sagte ihm, er solle sie in Ruhe lassen. Der alte Stundarkotsbauer war ganz schön bedient vom ewigen Aufpassen. Er hatte darauf gehofft, dass sich Tante und Cousine um den Jungen kümmerten, während er Erledigungen im Ort machte und vielleicht einmal bei seinem alten Freund Valdi in Gilkot vorbeischaute, der immer einen Schluck Bootsschnaps im Haus hatte. Doch davon konnte keine Rede sein, die eine lag im Bett und die andere war ein leibhaftiger Kinderschreck. Der Mann hatte Haie aus der See gezogen und Schafe aus dem Schnee, er war fünfzig Stunden lang durch Schneestürme gewandert, aber gegen diese Form von Anstrengung war das alles ein Kinderspiel. Der Junge hatte ewig Hunger, redete ununterbrochen, pinkelte und kackte andauernd und war ständig in

Bewegung, sodass man ihn keinen Moment aus den Augen lassen konnte. Wenn Eilífur sich daran machte, vollgeschissene Windeln und Nachthemden auszuwaschen, war Gestur schon mit nacktem Hintern aus dem Haus entwischt und draußen mit einem verlausten Hund in eine wüste Balgerei um ein Vogelaas verwickelt. Natürlich endete es in mordsmäßigem Heulen, und der erschöpfte Vater fragte sich im Stillen, ob es nicht das Beste sei, den Knaben bei einer netten Familie unterzubringen und allein nach Amerika zu gehen. Gab es nicht Grenzen? Hatte man jemals einen Mann mit solchem Kinderkram beschäftigt gesehen? Nein, natürlich nicht, und das hatte seine Gründe. Oder wie zum Teufel wickelte man eine Windel so, dass sie die gesamte nächtliche Ladung Kinderkacke auffing? Doch dann sah er wieder vor sich, wie er nach Stundarkot zurückgekommen war, sah die Hand seiner Frau und das kleine Händchen, das sie hielt, und da spürte er, dass er seinen Gestur niemals zurücklassen konnte.

Helga die Kuh hatte er schließlich Steingrímur verkauft und auch die Summe ausbezahlt bekommen, die er seinerzeit für das Land von Stundarkot auf das Konto des Stundbauern bei der Handelsgesellschaft eingezahlt hatte, abzüglich einer Provision für die Umstände, die die Transaktion dem Kaufmann bereitete. Es kam schließlich nicht alle Tage vor, dass jemand Geld von der Bank abhob, die ein isländischer Kaufladen darstellte. Geschäfte wurden so gut wie ausschließlich als Tauschhandel abgewickelt, und der Kaufmann warf Eilífur daher vor, sein Geschäft in den Ruin zu treiben, wollte eine schriftliche Erlaubnis des Gemeindevorstehers sehen, und überhaupt, was gedenke er denn mit einer solchen Summe, dem Gegenwert für eine Kuh und einen Kätnerhof, anzustellen? Am Ende hatte Eilífur es mit Müh und Not geschafft, sein Geld zu bekommen, wobei ihm der Kaufmann als Entschädigung für die psychische Belastung ein Viertel der Summe abgeknöpft hatte. Eilífur stopfte hundert alte Reichstaler in die Hosentasche, das einzige Bargeld, das er in seinem ganzen Leben je in der Hand gehalten hatte. Es sollte für die Überfahrt nach Schottland und von da über den Atlantik reichen.

Übers Meer nach Westen! Das musste man sich einmal vorstellen. Er würde für sein Geld einen ganzen Ozean kaufen!

Geimur war ein angenehmer Zimmergenosse, er war ruhig und fühlte sich im Haus am wohlsten. Er bewegte sich nicht von der Stelle, sondern kaute tagelang auf seinem Heuwisch herum, den er sich gut einteilte, denn für ein Kellerpferd gab es keine große Auswahl. Für Gestur war er Gott, Eilífur aber musste sich eingestehen, dass es ihm Unbehagen bereitete, so dicht neben einem Pferd zu schlafen. Mit der Kuh Helga war es anders gewesen, die hatte sich jeden Abend in ihrer kleinen Baðstofa zur Ruhe gebettet. Das Pferd aber schlief im Stehen, es verriegelte seine Beine, indem es jedes Empfinden daraus abzog und sie in gefühllose Bettpfosten verwandelte, den Bauch in eine Matratze und den Kopf in ein Kissen. Es machte aus sich selbst ein Bett und schlief darin den seligsten Schlummer auf der Welt.

Dieser weltkluge Meister steckte voller übernatürlicher Ruhe und einem haarfeinen Gespür für Umstände und Situationen. Im Wachen konnte er stundenlang die Lage des Universums bedenken, das Entstehen und Vergehen der Sonnensysteme, die in seinem Geist kreisten. Man hätte ihn ohne Weiteres einen Weltphilosophen nennen können, wenn er nicht selbst eine Welt gewesen wäre. Zumindest war der Junge davon überzeugt.

»Geimu schläf nich«, war das Letzte, was er sagte, bevor er sich hinlegte und seinen still in seiner Ecke stehenden großen Freund voller Bewunderung und Verehrung betrachtete, bis sich seine Augen schlossen und sein Geist seine Traumwanderung durch die Kinderseele aufnahm, seine schnell wechselnden Bilder entwarf und aus seinem Hut die Nordlichter zauberte, die durch das innere All wehten. Über all das würde sich Gestur niemals wundern, das leuchtende Wechselspiel war Teil der Meerestiefen des Lebens, denn wie das Meer eine größere Welt birgt, als sie der Mensch an Land kennt, so ist der größere Teil des Seelenlebens eine völlig unbekannte Tiefe, in der Tag und Nacht Blitze zucken, ohne dass der Mensch sie jemals zu Gesicht bekommt.

Doch sollen sie hier kurz beschrieben werden:

In den Tiefen Gesturs leuchtete nächtelang die ganz und gar dunkle Gewissheit, dass seine Mutter irgendwo im Innern des Pferdekörpers von Geimur mit ihrer höllenblauen Seelenfackel umherschwebte, eine tote Frau mit ihrer Tochter als Handpferd; beide hatten die endgültige Gestalt Verstorbener angenommen, die einem zusammengeknüllten Blatt Papier ähnelt, aber in fester, unveränderlicher Form. Diese beiden schwarzen Trauerklumpen treiben vor dessen Gesetzeswinden durchs All wie Herbstlaub durch Gärten und Gassen. Diese Formen des Weiterlebens sind jedoch so winzig klein, dass alle Seelen des Universums in einem einzigen Pferd Platz finden. Außerdem füllen das schwarze Pferd der Finsternis auch sämtliche Sterne des Firmaments, alles Leben auf Planeten und alle Planeten sämtlicher Sonnensysteme, bekannter wie unbekannter, nicht zu vergessen deren einander ähnelnde Götter. Und dieses riesige Etwas schwebt leise durch des Rappen Geimurs Adern, in denen jede Sonne ein weißes Blutkörperchen ist und jeder Mond ein rotes. Und genau aus diesem Grund durfte sich Geimur nur ganz vorsichtig bewegen, am besten gar nicht, denn das schwarze Pferd mit der Sternblesse wusste besser als die Menschen, dass es selbst das Universum war. Jeder Strohhalm, den es fraß, verglühte in seinem inneren Weltraum wie ein Komet, und jeder Meteoritenbrocken, den es fallen ließ, wurde sogleich auf die Weltraumwiese gebracht, die das All umgibt, und mittels einfacher Radiowellen aus Mist in Heu verwandelt. Das nennt man den Kreislauf des Lebens.

Als Gestur aus diesem Karussell erwachte und seine schönen Augensteine aufschlug, die die Nacht auf elliptischer Umlaufbahn im Bauch des Pferdes verbracht hatten, wurde seinem Vater der Augenblick der Ruhe zuteil, der wie ein Zuckerkrümel einen ganzen Tag versüßt. Ja, sein Sohn gehörte zu ihm, gewiss bedeutete er das Leben selbst, und sicher war er alle Mühen wert. Obwohl sie sich äußerlich unterschieden, waren er und das Kind eins. Was in ihm war, war auch in ihm gewesen.

So lag er mit seinem großen Gesicht lächelnd auf dem Kissen und betrachtete staunend seinen Sohn, der seinerseits jene Welt anstaunte, die mit ihren weltraumdicken Lippen in ihrem Winkel stand.

Kapitel 22

Der Hauswandpinkler

Der Tag beginnt mit Türenschlagen. Eine alte Frau geht die Kellerstufen hinauf und eilt hastig ins Morgendunkel, zwei Zöpfe behindern ihre Sicht, sie trägt zwei warme Brote unter den Armen, es sind die beiden wärmsten Dinge in diesem Morgengrauen. Um sechs Uhr soll sie auf der vornehmen Treppe sein.

Das laute Geräusch bewegt die Ohren des Weltalls nicht, es ist daran gewöhnt; so beginnt jeder Tag im Keller, mit Brotduft und Türenschlagen. Wenig später aber stellt das Pferd die Ohren sehr wohl quer zur Ausrichtung seines Kopfes nach Norden, denn eine Schiffssirene ertönt, ein gewaltiges Nebelhorn. Eilífur weiß nicht, ob es sich düster nach dem Jüngsten Gericht anhört oder neue und bessere Zeiten verheißt. Eine solche Schiffssirene hört man jedenfalls nicht alle Tage in einem isländischen Fjord. Dahinter stehen sechshundertachtzig Isländer, die das Schiff in den weiter im Osten liegenden Häfen eingesammelt hat. Vielleicht ist der gellende Ton ihr vereinter, abfälliger Furz, den sie ihrem Land bekunden. Der Amerikadampfer *Mayflower* läuft in den Fjord ein.

»Nein, Gestur, nicht in die Pfütze!«

»Ich sprech mit Geimur, Heu geben.«

»Gut, aber geh um die Pfütze herum.«

»Darf ich in Pfütze Pipi machen?«

»Nein, wir machen draußen Pipi.«

Über die Bergwand auf der anderen Fjordseite sickerte etwas Helligkeitsblut der Morgendämmerung, und als Vater und Sohn hinter das Haus traten, war es bereits ausreichend pinkelhell. Nachdem er vier Tage mit seinem Vater zusammen gewesen war, hatte Gestur gelernt, allein Pipi zu machen. Auf ihrem Weg zurück ins Haus erkannten sie im grauen Zwielicht des Morgens den Rücken eines Mannes, der vor dem Haus gegenüber stand, dem vornehmen Haus gleich am Ufer, in dem zwei Fenster erleuchtet waren. Sie sahen gekreuzte schwarze Hosenträger, die über einem weißen Unterhemd ein großes X bildeten. Der Mann war offensichtlich ein der gleichen Tätigkeit nachgehender Kollege, er schüttelte gerade die letzten Tropfen ab, schloss dann den Hosenschlitz, drehte sich um und wünschte einen guten Tag. Eilífur grüßte zurück und wollte schon wieder die Treppe hinab, doch der Hosenträgerträger war augenscheinlich in der heiteren Morgenstimmung, die bisweilen ältere Männer ergreift, wenn sie sich mit dem Kapital ihrer Lebenserfahrung ebenso auf den Morgen und den Kaffee freuen wie in jungen Jahren auf den Abend und den Schnaps und jeden Sonnenaufgang freudig begrüßen in ihrer kleinbürgerlichen Vorfreude auf ein angekündigtes Päckchen, einen neuen Hund oder die Misserfolge eines Bekannten, die in der Zeitung stehen. Jedenfalls war der Hauswandpinkler an diesem Morgen besonders guter Laune und wollte mit seinen Nachbarn ein Schwätzchen halten. Vielleicht trieb ihn auch ein Körnchen Neugier auf die Lebensumstände der armen Leute, die in diesem baufälligen Haus hinter dem seinen wohnten.

»Na, das kann man mit Recht ein Schiff nennen«, sagte er und blickte über die Schulter zu Eilífur und weiter über die Landzunge und den Fjord. »Wird gut und gern seine tausendsechshundert Tonnen haben.«

Eilífur drehte sich um und musste dem Mann beipflichten.

»Ja ... ist das nicht ein Dampfschiff?«

»Oh ja, ein englisches Teufelswerk, das hier mit seinem Nebelhorn herumtutet und uns ganze Landstriche entvölkert. Unser Zeitungsredakteur nennt es ›Arbeitskraftabsauger‹. Wenn ich eine Kanone hätte, und eigentlich sollte ich eine haben, hoho, dann würde es heute Morgen ordentlich Zunder geben, dass es nur so kracht. Voll auf die Brücke! Davon abgesehen ist heute ein prächtiger Tag, denn gestern ist die *Fagureyri* eingelaufen, mit hundert Tonnen. Hundert Tonnen, das müsst ihr euch mal vorstellen! Ist das dein Sohn? Ich habe euch hier noch nie gesehen, wohnt ihr bei Hafsteinn?«

»Nein, bei Lárensía im Keller.«

»Ach, die mit den Zöpfen, na, das ist ein Weib.«

»Ja, sie hatte es nicht leicht.«

»Das bezweifle ich nicht, aber bei wem ist das nicht so? Ich selbst bin in Klessukot im Armæðudalur aufgewachsen. Dazu stehe ich. Keine Kühe auf dem Hof. Stell dir vor, nicht eine Kuh! Aber, sag mal, kennen wir uns nicht?«

In dem Moment, in dem er das sagte, ging Eilífur auf, mit wem er gerade sprach. Ach, du lieber …!

»Nein, ich glaube nicht.«

»Hör mal, du schuldest mir neunundneunzig Forellen, mein Guter! Neunundneunzig Forellen. Da ist ja heute wirklich mein Glückstag! Ich gehe zum Pinkeln vor die Tür und komme mit neunundneunzig Forellen zurück. Wo sind sie denn?«

»Die … bist du … sind Sie der Kaufmann?«

Eilífur fragte wie ein kleines Kind. Er hatte Kopp bisher nur in voller Montur gesehen, nie in Unterwäsche. Und es war ihm nie in den Sinn gekommen, dass ein Kaufmann genauso pissen musste wie andere Menschen.

»Vielleicht nicht *der* Kaufmann, aber einer von dreien. Du hast Weihnachten fünf Kilo Weizen bei mir anschreiben lassen, richtig?«

»Nein, es waren bloß drei.«

»Ja, da haben wir's. Und schuldest mir dafür neunundneunzig Forellen aus dem See bei euch im Segelfjord.«

»Nun ja, es ist eine Menge passiert seitdem.«

»Neunundneunzig Forellen bleiben neunundneunzig Forellen, in

Sommer, Herbst und Winter. Genauso wie hundert Tonnen hundert Tonnen bleiben, auf See wie an Land.«

»Ja, aber ...«

»Kein ja, aber. Wann bekomme ich meine Fische? Heute?«

»Nein, heute wohl kaum. Heute fahren wir nämlich nach Amríka.«

Kapitel 23

Eine Inkassomaßnahme

Eilífur Guðmundsson zahlte einen zu hohen Preis für seine schlagfertige Antwort. Am selben Tag noch ruderte eine dreiköpfige Delegation, der Bezirksrichter, der Dorfpolizist und Kopp, über die Hafenbucht zu dem großen Schiff, der SS *Mayflower*. Dort fragten sie nach einem gewissen Herrn Guðmundsson und verlangten Einsicht in die Passagierliste. Das kam für Mr. Adams, den weißbärtigen Kapitän mit schottischem Akzent, nicht infrage. Die, die an Bord waren, hatten für die Überfahrt bezahlt und de facto das Land bereits verlassen. Schiffsplanken seien Schiffsplanken, und das Meer ein Land mit eigenen Gesetzen. Mr. Guðmundsson sei jetzt ein Bewohner des Ozeans, aller Sünden und Vergehen an Land ledig. Dem Herrn Polizeipräsidenten stehe es jedoch frei, sich wegen eines Auslieferungsersuchens an die zuständigen Behörden zu wenden, in diesem Fall das kanadische Außenministerium oder Kanadas Botschafter in London. Die einheimischen Vertreter aber blieben stur und gingen den Kapitän hart an.

»*In this ship is crime!*«

Das Schauspiel verlagerte sich von der Brücke aufs Deck, wo die Schiffsleitung schließlich einwilligte, die siebenunddreißig Vogelscheuchen antreten zu lassen, die an diesem Tag an Bord des Maiglöckchens gekommen waren. Man schrieb gerade den 3. Mai. Es handelte sich um bettelarme Flüchtlinge von drei Halbinseln und aus vier Tälern, langberockte Kopftuchträgerinnen und langbärtige Männer, die unter buschigen Brauen schwiegen. In Gegenwart ihrer alten Obrigkeit traten sie an Deck unwillkürlich und von allein in einer geraden Linie zwischen den Masten an, wie es das einfache Volk solidarisch in seiner Unterwürfigkeit gegenüber der Macht tut. Keinem kam auch nur der Gedanke an das Naheliegendste: dass ein paar kräftige Arbeiter diese Abordnung, dieses fein kostümierte Kleeblatt, einfach über Bord hätten befördern können. Doch keiner hier fühlte sich unschuldig, jeder trug die Last einer Schuld mit sich herum, denn alle Passagiere an Bord waren zu arm, um als ehrenwerte Bürger angesehen zu werden, alle standen sie bei ihren Kaufleuten in der Kreide, manche hatten sogar noch züchtigende Schläge des langsamsten Justizsystems der Welt zu erwarten, im Prinzip hätte jeder von ihnen in Zelle oder Zuchthaus geworfen werden können.

Der Bezirksrichter war fett wie eine Kegelrobbe, mit mächtigem Trommelbauch und einem koppigeren Gesicht als Kopp selbst, dicken Backen, kleiner Nase und sorgsam gestutztem Bart, aber stechenden Raubvogelaugen unter scharfen Brauen und einem prachtvollen Doppelkinn, das sein ganzer Stolz war, und das er jeden Morgen sorgfältig rasierte. Er musterte die Versammlung und schritt dann die Reihe ab, wobei er dachte, was für ein ärmliches Land das sein musste, diese gottsjämmerliche Landmacht, die derart bettelarmes Volk, solche Lumpenscharen bei sich aufnahm. Dieses Amríka musste eine Art Jauchegrube der Menschheit sein. Dem Richter folgte der hoch aufgeschossene, hagere Polizist und hinter ihm plusterte sich Kaufmann Kopp auf, in Schoßrock und Zylinder. Er brauchte nicht lange, um seinen Mann ausfindig zu machen, die neunundneunzig Forellen. Eilífur starrte, seinen Jungen auf dem Arm, aus bleischweren Augen unter seinen schwarzen Brauen zurück.

»Hier haben wir ihn, meinen Dieb!«, rief der Kaufmann so schrill, dass es aus seinem Gesichtssteven pfiff, und er sah erleichtert aus wie ein Mann, der sein entlaufenes Pferd wiederfindet. »Der da mit dem Jungen!«

Der Richter legte sich die Lippen zurecht, spitzte sie, blies sie auf, dass sich sein dunkler Vollbart um den Mund wölbte wie ein Wollstrumpf, aus dem man eine Handpuppe macht; darunter bewegte sich das Doppelkinn wie die Kehle eines Falken, der eine Maus herunterwürgt. Doch bevor er den Delinquenten ansprechen konnte, erschien plötzlich der fidele gestiefelte Kater, der Stutzer aus dem Süden, der dem ungebundenen Mann aus dem Segulfjörður einige Wochen zuvor wie eine Meerjungfrau auf der Ruderbank einen Traum vom Eisenbahnbau verkauft hatte. Wo hatte er in der Zwischenzeit gesteckt? Er richtete das Wort an Kopp: »Was kosten diese Forellen, sagt Ihr?«

»Kosten?«, fragte Kopp verdattert.

»Ja. Was habt Ihr dem Dänen für den Weizen gezahlt?«

»Äh, das ..., das weiß ich nicht mehr.«

»Und was kostet ein Kilo Weizenmehl in Eurem Laden?«

»Was kostet ...?«

Dem Kaufmann blieb die Spucke weg. Eine abwegigere Frage hatte er noch nie gehört.

»Nun, wie hoch ist der Kilopreis?«, beharrte der Agent.

»Das ... das kommt ganz darauf an.«

Hier offenbarte sich das isländische Wirtschaftssystem nach Gutdünken, dieses ewig veränderliche Wolkengespinst. Isländer waren zäh und erfindungsreich, meistens hilfsbereit und improvisationsfähig, von allen Nationen am besten dazu in der Lage, mit überraschenden Situationen fertigzuwerden. Aber Weniges peinigte sie mehr als fixe Größen, gut vorbereitete Entscheidungen, Verträge und feststehende Pläne. Dieses Volk fühlte sich im Ungewissen viel wohler als in jeglicher Gewissheit. Es wollte sich lieber aus Notlagen retten, als sie mit Vorausschau und Vernunft zu vermeiden. All das galt ebenso für die Kaufleute des Landes, sie aber besaßen zusätzlich ausreichend Talent, um sich an der Kurzsichtigkeit ihrer Landsleute zu bereichern. Vielleicht war das alles am Ende dem Hang zum Dichterischen zuzuschreiben, diesem seltsamen Phänomen, das andere Nationen hinnahmen, die Isländer aber verehrten. Denn in Island waren selbst die grundlegenden Dinge der Wirtschaft, die Preise für Weizen, Fleisch und Alkohol, erfundene, erdichtete Größen – nach dem festgesetzt, was einem der Geist gerade als Inspiration einblies.

»Das kommt ganz darauf an?«

»Ja, es hängt von den Beteiligten ab, von Ort und Zeit und ...«

»Der Weizenpreis hängt von Ort und Stunde ab?«

»Ja.«

»Mein Gott, ist es da ein Wunder, dass all diese Menschen nach Amerika auswandern wollen? Was glaubst du denn, wie es sein muss, sich damit abzufinden, voll und ganz von euch abhängig zu sein, und von euren Sonderpreisen für Arme?«

»Volksverhetzer! Verräter!«, keifte der Kaufmann los.

Kapitän Adams und andere aus der Besatzung verfolgten neugierig diese innenpolitische Auseinandersetzung an Deck, und hinter ihnen hatten Passagiere, Auswanderer aus anderen Wahlkreisen, einen halben Ring um die aufregende Szene gebildet. Was ist schon unterhaltsamer als Leute, die sich in die Haare geraten? Die aus dem Eyrarfjörður mit ihren kältegeschnitzten Neunzehntesjahrhundertgesichtern bildeten nach wie vor eine fast gerade Linie zwischen den Masten, ihre Mienen drückten die landesübliche Furcht aus, sodass sie als Gruppe unweigerlich aussahen wie Vieh, das mit Zagen und Bangen die Entscheidung des Bauern erwartet, wer geschlachtet und wer durch den Winter gefüttert wird. Der Bezirksrichter, auf seine eigene und die Würde seines Volkes bedacht, griff an dieser Stelle ein. Er wollte seine Worte mäßigen und als neutrale Instanz sprechen, doch gelang ihm das nur zum Teil: »Wir wollen hier nicht über die Lebensbedingungen von uns Isländern streiten. Wie jeder sehen kann, sind sie hart, und der Aderlass, der hier vor sich geht, ist höchst fragwürdig ...«

»Aderlass?«, schrie der bartlose Agent. »Der Blutsauger spricht von Aderlass! Ich ersuche Sie, dieses Wort zurückzunehmen, denn was ich tue, ist, Menschen in Not zu helfen. Wenn wir schon große Worte bemühen, dann läge es näher, von Sklaven zu sprechen, die ihre Freiheit erhalten.«

Die Leute hörten aufmerksam zu; vielleicht hörten einige von ihnen das Wort »Freiheit« zum ersten Mal, andere rümpften die Nase: Er vergleicht uns mit Sklaven, aber das sind wir niemals gewesen, höchstens Sklaven des Landes, und das sind alle Isländer. Der einheimische Machthaber warf einen Seitenblick auf den beleibten Kapitän und fühlte sich dadurch noch mehr veranlasst, die Auseinandersetzung zu beenden. Häuslicher Zwist hatte auf fremden Höfen nichts verloren. Andererseits wollte er seine Eintreibungsbestrebungen fortführen.

»Wir sollten uns mäßigen. Ich nehme meine Worte zurück. Aber worum es hier geht, ist der Tatbestand, dass dieser Mann, Eilífur Guðmundsson aus dem Segulfjörður, dem Kaufladen Geld schuldet und wir ihn deswegen nicht ausreisen lassen dürfen. Gesetz ist Gesetz.«

»Neunundneunzig Forellen. Das war abgemacht«, wiederholte Kopp.

Der Agent war ebenso schnell wieder ruhig, wie er sich aufgeregt hatte, und fragte mit Bedacht: »Wie viel zahlst du für einen solchen Fang?«

»Das ... das ...«

Der Kaufmann wusste nicht recht, wie er darauf antworten sollte, und der gestiefelte Kater grinste breit und schüttelte den Kopf, bevor er sich plötzlich an Eilífur wandte: »Wie viel besitzt du?«

Eilífur hatte Kotten und Kuh in Reichstaler und diese wiederum in Kronen gewechselt, bei einem geldbeutelverliebten Mann in Fagureyri, der dafür ebenso eine Gebühr einstrich, wie es der Kaufmann in Segulfjörður getan hatte. Von dem, was ihm geblieben war, hatte Eilífur einhundertzwanzig Eiskronen für seine Passage nach Übersee bezahlt und zehn Kronen an seine mürrische Tante für den Schlafplatz. Danach besaß er noch siebzig Kronen, die er bei einem Agenten der Reederei in britische Königinnenpfund gewechselt hatte.

»Zwanzig Pfund.«

»Er hat zwanzig Pfund. Reichen die nicht für die Forellen?«

»Pfund? Was soll das sein?«

»Das ist die Währung der englischen Königin Viktoria.«

»Ich akzeptiere nur isländische Kronen.«

»Gut, das entspricht siebzig isländischen Kronen. Reicht das nicht?«

»Keineswegs«, antwortete Kopp.

Der Preis von dreiunddreißig Forellen für ein Kilo Weizen war unter besonderen Umständen zustande gekommen, unter starker seelischer Belastung am letzten Ufer in der abgelegensten Ecke des Landes, ganze zwei Tagesreisen von seiner Ladentheke entfernt, und das auch noch in der Vorweihnachtswoche. Außerdem hatte der Handel im Freien bei fünf Grad Frost stattgefunden. All das hatte seinen ungemessenen Anteil zur Preisbildung beigetragen und zu dem Aufschlag geführt.

Der Richter durchschlug diesen Knoten mit einer neuerlichen Tatsache: »Außerdem steht noch die Strafe für eine frühere Verurteilung wegen Mundraubs aus, siebenundzwanzig Rutenhiebe.«

»Er schuldet euch siebenundzwanzig Rutenhiebe?«

»Jawohl.«

»Kann er sie nicht hier und jetzt begleichen?«

Der Bart wogte vor dem Mund des Richters, und seine Augen flammten vor Verachtung. Was für eine Posse spielte sich hier ab? Der Kapitän sah aus schottischer Distanz zu, und sein Blick verdüsterte sich zusehends über diesen Nonsens. Obwohl er die Sprache nicht verstand, verstand er sehr wohl, dass die ganze Angelegenheit nicht zu verstehen war. Drei Kilo Weizen waren neunundneunzig Forellen und die zu zwanzig Pfund geworden, die gegen siebenundzwanzig Rutenhiebe aufgerechnet wurden. Er wollte schon dazwischengehen und den Knoten durchhauen, als der Richter seinen Ärger runterschluckte und seinen letzten Trumpf ausspielte: »Außerdem wird dieser Mann des Mordes verdächtigt, an einem Geistlichen.«

Der Amerikaagent riss die Augen auf und ließ den Blick vom Richter zu Eilífur und zurück wandern. Der Richter wandte sich an den Kapitän und sagte auf Englisch (er kannte das englische Wort für »verdächtig« nicht): »*Murder, a priest.*« Dazu setzte er eine so gewichtige Miene auf, dass der Kapitän nachfragte, dieser Mann habe einen Priester ermordet?

Jetzt waren viele glühende Kohlen auf einmal auf einem Kopf versammelt: Der alleinstehende Vater mit seinem einzigen Kind auf dem Arm und seinem gesamten Besitz in der Tasche schuldete dem Kaufmann Geld, hatte Essen gestohlen und war des Mordes an einem geweihten Priester verdächtig. Angesichts dieses Sündenregisters stand Eilífur stumm da, mit einer kreischenden Möwe über seinem Kopf und einer an Schultern und Waden nagenden kühlen Maibrise. Zugleich war er voller Reue und berechtigtem Zorn, von Schuld gebeugt und wutentflammt über die Ungerechtigkeit der Welt. Er wollte laut aufschreien, mit dem letzten, wilden Schrei eines sterbenden Raubtiers, doch stattdessen fiel sein Blick auf die schneefleckigen Berge über Fagureyri, ihre Heiden, Bergschultern und -rücken, diese Körperteile des Landes, die er besser kannte als die Lenden seiner verstorbenen Frau. Und als der dunkeläugige Mann die beschneiten Berge ansah, begriff er endlich seine Lage und seinen Platz in der Welt, verstand er, dass er ein Verurteilter war, dass er von Anfang an zu den Verurteilten gehörte, verurteilt nicht von Menschen, aber von diesem Land, diesem gottverfluchten Sturmland; er war schuldig, diese Berge hatten ihn für schuldig befunden, und sie waren die gegen ihn Ermittelnden, seine Richter und seine Strafe.

Er war ein einfacher Isländer.

Eilífur trat einen Schritt vor und lieferte sich dem Kaufmann, dem Richter und dem Polizisten aus. Dabei stellte er sich dreizehn Fragen auf einmal, die alle verschiedene Formulierungen ein- und derselben waren: Was, zum Teufel, tue ich? Ich, dieser groß gewachsene Mann, beuge mich diesen Wichten, demütige mich vor meinen Landsleuten und dem fremden Herrn des Meeres. Ich schaufele mir mein eigenes Grab ...

Er neigte das Haupt vor der Obrigkeit, schloss die Augen und sah vor sich die Rauchfahne des großen Dampfers zum Land hin wehen. Auf einer der Qualmwolken ritt Gestur und hopste auf dem Rauch.

So kam es, dass der Kapitän, der große Adams, am Ende nachgab und keine Einwände mehr dagegen erhob, dass Eilífur mit seinem Sohn von Bord ging und zusammen mit seinem lieben Kaufmann und geschätzten Richter an Land gerudert wurde. Der große Mann saß wie verurteilt im richterlichen Boot und starrte wie vorher auf die tiefverschneiten Berge über Fagureyri. Nie waren sie ihm so schön vorgekommen, und nie zuvor hatte er sie dermaßen gehasst.

Seine Landsleute stellten sich an die Reling der *Mayflower*, neugierige Köpfe unter Hüten und Hauben, und beobachteten, wie das Boot mitten auf dem Lögg anhielt und noch einmal großes Bohei anhob. Nach einigen Minuten nahm es dann Kurs auf einen zweimastigen Gaffelschoner, der im ruhigen Teil der Hafenbucht nahe dem Ufer vor Anker lag. Die schottischen Augen schlossen daraus, dass es sich um ein einheimisches Polizeischiff handelte. Man würde den Mörder also zur Verurteilung nach Reykjavík bringen. Die Auswanderer wussten hingegen, dass es sich um die bekannte *Fagureyri* handelte, eins von Kopps Haifangschiffen. Das Ruderboot verschwand hinter seinem Bug und tauchte wenig später wieder auf. Ohne Eilífur.

So weit die Leute sehen konnten, hielt der Kaufmann den Kleinen im Arm.

Kapitel 24

Das Herz des Hais

»Hai!«, rief Gvendur neben Eilífur, und der neue Leichtmatrose im Boot beugte sich zu Gvendur und holte mit ihm zusammen die Leine ein. Sie arbeiteten Hand in Hand, wie ein Mann; die eine Hand hielt mit sicherem Griff die Leine, während die andere sie anzog und Stück für Stück einholte. Es herrschte beträchtlicher Seegang, und von Osten zog es noch düsterer heran, doch nun hatten sie endlich einen Hai am Haken, und es kam darauf an, nicht locker zu lassen. In zweihundert Faden Tiefe hatte der Anker Grund gefunden, und so lag das Schiff fest und stetig, den Bug in den Wind gerichtet, und teilte weißschäumende Wellen mit dem Bugspriet. Der Kapitän, Svalbarð Jóhansson von Bátaströnd, mit breitem Gesicht und schmalen Augen, stand am Steuer und achtete auf Stage, Wanten und Schoten. Die Segel waren alle eingeholt.

Svalbarð war mit der akuten Situation zu beschäftigt, um mit unseren späteren Augen zu sehen, was sich seinem Blick darbot, und das war ein großartiger Anblick: Das Tageslicht fiel durch grauweiße Nebelbänke und reflektierte auf dem ewig seewassernassen Deck, das durch Takelage, Masten und Rahen schien, die nackten Äste der einzigen Baumart, die auf See wächst, und der Glanz leuchtete am stärksten, wenn das Schiff eintauchte und in einem spiegelnden Winkel zum Himmel stand. Dann schnitt der Steven durch die Wogen, salzweiße, schwere Gischt sprühte, bevor der Rumpf den nächsten Wellenberg erstieg. Von seinem grüngrauen Kamm wehten weiße Mähnen wie Schneewirbel von einem Gletscher, bevor die Wehe brach und die Welle sich überschlug und über das Schiff ging. Bis es so weit war, richtete es sich immer steiler auf, sodass es dem kleinen Jungen, der in jedem Kapitän steckt, vorkam, als würde er sein Schiff geradewegs in den Himmel steuern, ein vollkommen abwegiges Gefühl, denn an Steuerbord knieten vier Männer an ihren Haileinen, die über das Dollbord in die Abgründe der Erde führten. Einer von ihnen war aufgestanden, und der Leichtmatrose Halldór war ihm beigesprungen, sodass sich nun außer dem Kapitän fünf Mann an Deck aufhielten, während sechs unter Deck den Hochseeschlaf des Seemanns schliefen, der zu den süßesten der Welt zählen dürfte, aus dem man aber auch jederzeit hochschreckt. Wachend und schlafend, feucht und durchnässt bis auf die Haut, tatkräftig und nachdenklich waren hier zwölf isländische Recken unterwegs. Von allen Helden der See waren sie die größten, die Ära des Haifischfangs war der Höhepunkt in der Geschichte mutiger isländischer Seefahrer.

Zu keiner anderen Zeit fuhren Männer in offenen Booten hinaus auf den Nordatlantik, um mit einer so heimtückischen Bestie wie dem Hai zu kämpfen. Und auch wenn die meisten Boote inzwischen ein Deck hatten, waren die nasskalten Strapazen noch immer groß und die Gefahren kaum kleiner. Von siebenhundertfünfundsechzig Haifangbooten, die von den Häfen und Stränden Islands ausliefen, kehrten dreihundertfünfundvierzig nicht zurück, sie »blieben auf See«, wie es heißt.

Eilífur kniete auf geliehenen Lederüberhosen an der vordersten Leine, trug dazu doppelte Fäustlinge und einen Schafslederanorak, dessen Ärmel ihm zu kurz waren. Das eiskalte Meer schlug ihn mit jedem über das Deck spülenden Brecher in Handschellen. Kein Schaf war groß genug für diesen groß gewachsenen Mann. Den einen Arm hielt er über der Bordwand auf die zum Zerreißen gespannte Leine gelegt, um zu fühlen, wenn der Graue am Köder zu schnuppern begann oder sich darüber hermachte und mit dem Maul an den »Packer« ging, so nannte man den brutalen Haken der Haifischer.

Seine Kollegen holten derweil mit großem Eifer ihre Leine ein, Gvendur und der Bauer Halldór, der Springer dieser Wache, der jedem zu Hilfe eilen sollte, ein pausbackiger Kerl aus der Húnavatnssýsla mit langem, ausfransendem Bart, ständig in Bewegung und bärenstark. Der hohe Seegang machte die Arbeit nicht gerade leichter, aber glücklicherweise war schon die Kette zu sehen, und als Nächstes kam der kunstfertig zurechtgeschliffene Stein aus der Tiefe, der als Senker diente. Die beiden Männer rückten näher an die Angel, doch in dem Moment krängte das Boot heftig, und der junge Gvendur rutschte aus, ließ die Leine los und fiel mit der rechten Hüfte schwer auf eine der Leberkisten. Halldór konnte die Leine festhalten, bis der Junge unter heftigen Schmerzen wieder zu ihm hinkte und sie mit vereinten Kräften den Satansbraten aus der See hieven konnten. Dabei wehte der Sturm den langen Bart des Bauern nach hinten wie einen nassen Schal. Sobald das weiße Maul in Sicht kam, überließ der Bauer die Leine Gvendur, packte mit bloßen Händen den Totstecher und rammte ihn so ins Rückenmark, dass der dunkelrote Sonnenuntergang des Tieres heraufquoll. Dann warteten sie auf eine Gelegenheit, einen Taljenhaken in den Hai zu schlagen. Das durfte Gvendur übernehmen. Dazu musste er sich so weit über Bord lehnen, dass Halldór ihm erlaubte, einen Fuß zwischen seine Beine zu klemmen, damit der Junge nicht ins Wasser fiel, falls sich das Boot noch einmal zur Seite legen sollte. Gvendur war ein Teufelskerl, aber der rötliche achtzehnjährige Bauernjunge war noch in der Lehre, und Halldór hatte seiner Mutter versprochen, ihn heil nach Hause zu bringen. Eilífur sah, wie der Junge, in voller Konzentration auf seine Aufgabe, das Salzwasser, das ihm übers Gesicht strömte, mit der Unterlippe auffing und ausspuckte. Die Oberlippe zierte dichter, blonder Flaum.

Nach einigen Versuchen schaffte es der Junge, den Haken in das Haimaul zu schlagen. Dann hievten sie den Hai mit der Talje zur Hälfte aus dem Wasser, und der Junge zog mit dem langen Haumesser einen horizontalen Schnitt über den Bauch des Tieres und dann Längsschnitte an den Seiten. Der »Vorhang« vor der Leber fiel, und sie wurde mit bloßen Händen aus den Innereien des Tiers gegraben. Sie war das Einzige, was von dem hochgiftigen Kadaver verwertet wurde, das Organ, dem die ganze Jagd galt und das den Lebertran lieferte, aus dem die Menschen Gold machten; Lebertran beleuchtete zudem die Straßen Dänemarks und der Britischen Inseln, ein bisschen Mühe musste man sich schon geben, damit die besseren Leute abends den Heimweg fanden, wenn sie womöglich einen über den Durst getrunken hatten und nicht mehr ganz Herr ihrer selbst waren. Dieses Goldgefäß hielt Gvendur nun in der Hand. Er ließ sich vom Rhythmus der Wogen dabei helfen, das glitschig glänzende und überaus schwere Prachtstück an Bord zu heben und es in die Leberkiste fallen zu lassen, in der es mit einem schleimigen Platschen aufplumpste.

Diese isländischen Krieger wollten von ihrem Feind nur das Herzstück, den Rest des Kadavers überließen sie dem Meer. Manchmal schnitt man den Grauen auch den sogenannten »Magengrund« heraus, der vor Fett strotzte und daher gut als Köder gebraucht werden konnte, denn kaum etwas fand ein Hai verlockender als das Fett aus dem Körperinneren seiner Artgenossen. Wenn es die Besatzung nicht schaffte, ein Tier zügig heraufzuholen, kam es vor, dass der Hai schon angefressen aus der Tiefe auftauchte, denn sobald er senkrecht an der Leine hing, nutzten seine Kollegen die günstige Gelegenheit und fielen über ihn her. Oft war dann bis auf den Kopf nichts mehr von ihm übrig. Das nannte man einen »Angefressenen«. Den Kopf steckte man auf einen der Doppelhaken und beköderte den anderen neu, ehe man die Leine wieder ausbrachte. Es kam vor, dass man zwei »Angefressene« hintereinander fing. Dann steckten auf beiden Haken Haischädel, und wenn in der Tiefe ein Hai anbiss und im Ganzen nach oben geholt wurde, kam etwas an die Oberfläche, das wie ein zahnbewehrter, doppelt geweihter Bischof mit seiner wie ein Haifischmaul aufklaffenden Mitra aussah. Ein Zipfel war für den Papst, der andere für Luther.

Sonst wurde überwiegend mit gammeligem Pferdefleisch oder gesalzenem Robbenspeck beködert. Beides wurde brockenweise abwechselnd auf die Haken gesteckt, erst Speck, dann Pferdefleisch, dann wieder Robbenspeck und so weiter. Das Ergebnis waren von Speck und Fleisch hell-dunkel gestreifte Haken, die den Schönheitssinn der Haie reizen sollten. Ihr Fressen musste hübsch angerichtet werden. Der Speck war zudem mit Rum getränkt, damit er nicht ranzig wurde und stärker roch, wie es der Vielschreiber Guðmundur Hagalín in seinem umfangreichen Werk über den Haifänger Sæmundur Sæmundsson beschreibt. Die beiden Köderarten schwappten in zwei riesigen Petroleumfässern im Laderaum, Pferd in dem einen, Robbe im anderen. Der Robbencocktail wurde »Seehundpisse« genannt. Wer davon trank, wurde unweigerlich und auf der Stelle seekrank. Das Rumfass im Laderaum war der Grund, weshalb kein Boot auf Haifang auslief, ohne auch ein volles Fässchen Schnaps an Bord zu haben. Die Besatzungen fanden es ungerecht, ihrer Beute ein Gläschen zu kredenzen, während sie selbst wochenlang trocken bleiben sollten.

Der Wind nahm an Stärke noch zu und ließ das Boot mit dem Bugspriet in jede Welle tauchen. Zudem trieben backbords große Eisschollen vorbei. Sie waren in Treibeis geraten. Es war der siebte Tag im Monat Mai, und so spät noch auftretendes Eis trug den Namen »Mai-Eis«. Es war höchste Zeit, den Anker zu lichten und sich treiben zu lassen, bevor das Ankertau riss, obwohl der Hai noch biss. Gerade holte der Lange, den der Schiffseigner noch kurz vor der Ausfahrt angeheuert hatte, die vorderste Leine ein. Er hatte Bärenkräfte und kannte die Handgriffe genau, der brauchte keine Hilfe vom Springer, es war sicher nicht seine erste Fahrt. Doch als der Hai kämpfte und sein Revier nicht verlassen wollte, wurde die Leine besonders schwer. Als er schließlich dennoch aus der Tiefe gezogen wurde, gab er allmählich seinen Widerstand auf und wurde zum willenlosen Geschöpf, einem sterbewilligen Riesen, als er an der Winde hing. Bauer Halldór war mit seinem Totstecher zur Stelle und schlug ihn ins Rückenmark des auf der Bauchseite weißen Grauen, der mit einem zischenden Geräusch sein Blut ausstieß wie ein Wal seinen Blas. Sie hievten ihn höher aus dem Wasser, es war einer der größten Haie, den sie seit Langem gesehen hatten, und Eilífurs erster seit zehn Jahren. Er wunderte sich, dass ein solcher König so leicht seine Krone hergab und sich aus seinem Reich den langen Weg zur Oberfläche ziehen ließ, um sich dort abstechen zu lassen. Eilífur fiel sein Langmesser ein, und er schnitt dem König sein leberförmiges Herz heraus, das er ihm mit der anderen Hand aus der Brusthöhle riss. Doch wie er da so stand, in der Rechten die Leber, riesig groß und vor dem Leben vibrierend, das sie dem Hai verliehen hatte, und das Messer in der anderen, da krachte ein Brecher über das Vorschiff, und Eilífur wurde den Blicken der Zuschauer für längere Zeit entzogen. Dann tauchte er wieder auf, unverrückt an derselben Stelle und noch dieselben Dinge in Händen, Herz und Haumesser, ohne sich irgendwo festzuhalten. Er beugte sich mit seenasser Seelenruhe über die Leberkiste und ließ das Organ hineinfallen, während er sein Messer auf den offenen Deckel stützte. Überraschend erfüllte nicht der staunenswerte Anblick seinen Sinn, als er mit gischtüberschäumter Ruhe von Skipper Svalbarð zum rötlichen Gvendur und dann zum Bauer Halldór schaute, sondern die erste Hälfte einer Strophe:

Ob er an Land schlägt oder auf See,
genug bekommt der Schnitter nie.

Kapitel 25

Türgriff

Ein kleiner Junge in einer großen Speisekammer. Noch größeres Glück. Marmelade, Butter, Flaumenkern ... Sogar Zuckerkrümel auf dem Boden, auf die ich trete, und ein offener Mehlsack im Regal, Milch in einer Untertasse bei der Türschwelle ... ist die für die Miezekatze bestimmt? Hat sie mich deswegen gestern gekratzt? Ach, ich trinke sie trotzdem.

»Nein, Gestur, nicht in die Speisekammer! Komm da raus! Und nicht die Milch für die Katze trinken! Was glaubst du, was die Mama dann sagt? Dann wird die Mama aber böse. Ganz böse wird die Mama dann. Also, hopp, hopp, dalli!«

Das ist die Magd Malla. Sie läuft immer auf löcherigen Socken herum. Ich sehe die Löcher, obwohl die anderen sie nicht sehen. Sie sind unter den Sohlen. Jetzt nimmt sie mich hoch. Ihr Geruch ist der beste der Welt, besser noch als der von den Mehlkuchen, die ich am Tag nach Mamas Tod auf Stund bekommen habe. Ich weiß nicht, was für ein Geruch das ist, glaube aber, er kommt von ihren Sommersprossen. Jetzt schließt sie die Speisekammertür, setzt mich im Esszimmer auf den Boden und deckt den Tisch. Sie ist nie ohne eine Beschäftigung. Die anderen schlafen noch, bis auf den Kaufekaufemann. Der ist schon weg, um Geld zu kacken.

Die Fußböden hier sind so breit wie das Meer im Fjord zu Hause, nur sind sie noch glatter, und ich kann herumkrabbeln und -laufen so weit das Auge reicht, aus dem Wald aus Beinen unter dem Tisch im Esszimmer bis hinüber ins Wohnzimmer, wo der Teppich liegt. Der ist noch weicher als die Erde da, wo wir mit der Kuh Helga gewohnt haben. Daran kann ich mich gut erinnern, obwohl ich nicht weiß, warum, denn ich bin noch ein Kleinkind und muss nicht alles wissen, was ich weiß. Wenn ich auf den Stuhl am Fenster klettere, kann ich alle Häuser sehen und das Wasser, an dem sie stehen und in dem sie sich spiegeln. Es ist alles vereist. Ich könnte an ein Haus klopfen und es ablecken, aber aufessen könnte ich es noch nicht. Besonders gern hätte ich dieses große, weiße Haus da an dem Grashang.

Gestur haben will! Gestur kriegt!

Ah, da kommt die Mieze, wir sind die Fußbodenbewohner in diesem Haus, alle anderen wohnen oben. Manchmal heben sie sie zu sich hoch, mich aber nehmen sie viel öfter, ich bin beliebter als sie und viel lustiger, ich bringe sie zum Lachen, und ich bin auch nicht so doof wie die Katze, mit ihrem Fell statt Kleidern und ihrem Schwanz, sie kann auch nicht aufrecht gehen, sondern krabbelt auf Händen und Füßen wie der Affe in dem Buch, das mir Tedda vorgelesen hat. Außerdem ist die Katze ziemlich langweilig und sehr, sehr dumm. Sie kann zwar richtig hoch springen, aber sie hat noch nie die Klinke an der Wohnzimmertür abgeleckt, dabei könnte sie auf den Stuhl springen und auf das andere Ding, für das ich keinen Namen kenne.

Die Türklinke ist das Beste im Haus. Sie ist aus Gold, und ich könnte sie den ganzen Tag lang abschlecken, aber das haben sie mir verboten, entweder weil sie schmutzig ist und ich sie deswegen nicht ablecken darf, oder weil sie schmutzig wird, wenn ich sie ablecke. Ich schätze aber, ich darf es nicht, weil sie sie nicht teilen wollen. Wenn ich abends eingeschlafen bin, gehen sie bestimmt alle nach unten und wechseln sich ab, an dem goldenen Griff zu lecken. Da bin ich mir sicher. Sonst würden sie sich nicht so anstellen. Sie haben andauernd diesen Türgriff im Kopf. Alle, nur die Katze und der Kaufekaufemann nicht. Der leckt bloß seine Ziehrauchen ab, die er in seiner Ziehrauchekiste im Büro verwahrt. Er lutscht so lange an den Dingern, bis

Rauch aus ihnen quillt. Dann verschwindet er hinter Wolken, wie es der Berg hinter den Häusern manchmal tut.

Ah, da kommt sie wieder. Jetzt gibt es was zu essen. Dazu wird sie mich in die Küche bringen. Ich darf nicht mit den anderen zusammen essen. Ich bekomme mein eigenes Essen, Hartegrütze mit Milch und manchmal Sockenbrot. Das ist das Beste. Hm, heute gibt es Sockenbrot. Ich muss jetzt aufhören. Ich habe gerade keine Zeit mehr. Gestur essen.

Kapitel 26

Bedenkliche Lage

Die Wellen brechen weiterhin, weil das Meer alles in seiner Reichweite zerbricht. Sein Aufruhr kennt keine Grenzen und macht vor nichts Halt außer vor dem Land.

Sie hatten sich die Nacht über treiben lassen, bis sie auf den Westrand des Treibeises stießen. Durch das Schneetreiben, das ihnen folgte, sah der Steuermann es nicht früh genug. Eine Welle schob den Bug auf das Mai-Eis, und da saß das Schiff fest, das Heck hob und senkte sich noch im Wasser. Der Skipper war wach, ebenso alle Männer, die vorher geschlafen hatten, und er beorderte sie umgehend aufs Eis. Gemeinsam stemmten sie sich gegen den Bug und schoben die *Fagureyri* vom Eis. Sie blieb an dessen Rand liegen und hob und senkte sich dort bis zum Morgen. Die Dünung war schon vorher beträchtlich gewesen, doch jetzt warf es das Schiff erst recht so heftig hin und her, dass keiner ein Auge zumachte, während die Wellen das Kopfende ohne Unterlass gegen die Eiskante schlugen. Gvendur kotzte einige Male Kaffeefarbenes auf Weißes.

Mit der Dämmerung drehte der Wind und ließ nach. Sie setzten Segel und konnten das Schiff dadurch vom Eisrand weg und zurück nach Osten steuern. Sie liefen vor fast querab einfallendem Seitenwind. Sie hatten erst vierzehn Fässer mit Leber gefüllt, und Svalbarð dachte nicht daran, mit so geringer Ausbeute an Land zurückzukehren. Er übernahm selbst das Ruder, denn sie mussten andauernd Eisbergen ausweichen, von denen einige so hoch aus dem Wasser ragten wie der Schiffsbug, und in solcher Dünung verstand kaum einer besser zu navigieren als Svalbarð.

Als sie das dichteste Treibeisfeld hinter sich hatten, holten sie die Segel ein, das Schiff drehte bei, und sie warfen die Leinen aus. Aber der Graue war faul, und der Wind nahm bald wieder an Stärke zu. Nach zwei Stunden, in denen kein Hai angebissen hatte, war er zu einem stürmischen Nordwind aufgefrischt, und die Arktis furzte mehr als je zuvor. Schnell hatte der Sturm das gesamte Schiff mit einer Eishaut überzogen, sodass es nun wie ein weißes Schneehuhn über das graue Meer trieb. Als sie sahen, dass von Norden noch mehr Mai-Eis auf sie zukam, blieb ihnen keine ruhige Minute. Sie holten die Leinen ein, setzten Segel und liefen vor Eiswind Richtung Land.

Eilífur wurde nach vorn zum Bug beordert, um Eis von Rahen und Takelage zu klopfen, selbst das Fokksegel war zu weißem Eisen geworden. Es wurde inzwischen Abend, und er hielt einen Moment inne, um zum Land zu blicken; von ihrem Standort aus sah es flach und winzig aus, die schwarzen, graugefleckten Berge hoben gerade so ihre Köpfe aus der See; unweigerlich musste man denken, der Meeresspiegel sei über Nacht um tausend Meter gestiegen und die gesamte Insel in einer Sintflut untergegangen, aus der nur noch die höchsten Gipfel herausragten.

Der Maiabend war hell, und als sie dem Land näherkamen, vermochte jemand, der sich auskannte wie die Bewohner der Gegend, Anzeichen von Frühling zu erkennen, besonders an Lage und Ausdehnung der größten Schneefelder. Doch Eilífur dachte nicht an Frühling, als er mit seinen Kollegen das Eis von der Bordwand schlug, stattdessen wanderten seine Gedanken zu Rauðka im Madamenhaus und dem wärmenden Rot ihrer Wangen. Und auch an seinen Jungen dachte er (hatte Kopp sein Wort gehalten?), an Amerika und an den Pastor, den er nicht getötet hatte, aber gern umgebracht hätte. Er hatte sich entschlossen, den Totschlag zu gestehen. Auch wenn der

Traum von Amríka geplatzt war, lebte der andere, nach Süden in ein ordentliches, warmes Gefängnis zu kommen, weiter.

Auf Wellenbergen in der Nähe tauchten hin und wieder andere Boote auf, die dann in ein Tal glitten und hinter dem nächsten Rücken verschwanden. Nicht nur sie nahmen Kurs auf den Segulfjörður.

Das Schneedunkel, das der Nordwind heranführte, erreichte sie, bevor sich der Fjord öffnete, und Svalbarð musste sein gesamtes seemännisches Können aufbringen, um an der Blindschäre vor Segulnes vorbeizukommen, auf der sein erster Kapitän als Treibgut geendet hatte und eine Woche lang immer wieder gegen die Steine geworfen worden war. Gleichzeitig musste er darauf achten, den Klippenwänden des Steuerbordufers nicht zu nah zu kommen, die so manchem aus der Gegend schon jeden Knochen im Leib gebrochen hatten.

Das Schneetreiben wurde dichter, und die Berge waren nicht mehr auszumachen. Die Natur war jedoch nicht durch und durch grausam, denn sie stellte ihnen ihr eigenes Warnsignal bereit: Vor den magmagrauen Wänden zu beiden Seiten verlief ein weißer Brandungsstreifen. Endlich klarte es ein wenig auf, und Fanneyri kam in der Mitte des Fjords in Sicht wie eine weiße, ebene Landebahn für die Flugzeuge späterer Zeiten, nur waren weder Hof noch Kirche zu erkennen. Sie flogen mit großer Geschwindigkeit vor dem Wind um die Spitze der Landzunge und in den geschützteren Teil, in dem nur noch das Wetter herrschte, aber nicht mehr die See.

Im schräg einfallenden Schneegestöber entdeckten sie ihre Kollegen, da lag die *Sleipnir* und etwas weiter hinten die *Seglfirðingur* von Kristmundur auf Hvammur. Nach und nach liefen auch die anderen Kutter ein, und gegen Mitternacht hatte die gesamte Haiflotte des Nordlands im Fjord Schutz gefunden.

Sobald Fanneyri aufgetaucht war, war Eilífur unter Deck gegangen. Dort lag er halb aufgerichtet in der Koje, die er sich mit dem rothaarigen Gvendur teilte, und knabberte an dem Trockenfisch mit Butter aus seiner Proviantkiste, die Kopp ihm an Bord geschickt hatte. Seine

Kollegen ließen sich um ihn herum fallen, erschöpft von Schlaflosigkeit und Sturm und leicht benommen von der verbrauchten Luft unter Deck, die aus einer Mischung von Ofenrauch, Lebertrangestank und rottender Salzlake mit saurem Männerschweiß bestand. Sie konnte so beizend sein, dass eine Kupfermünze binnen eines Tages Grünspan ansetzte.

Aus dem Niedergang war zu hören, jetzt sei es an der Zeit, nach diesem lauten Tag das kleine Branntweinfässchen zu öffnen, damit man ein paar Geschichten zum Besten geben und vielleicht eine Frau herbeizaubern könne. Das war eine besondere Kunst der Seeleute. Wenn fünf oder mehr unbeweibte Kerle, betrunken von Schnaps und Gestank, sich im Mannschaftslogis lange genug schweinische Geschichten erzählt hatten, materialisierte sich in der Luft zwischen ihnen der nackte Leib einer Frau, eine sogenannte »Luftfrau«, die direkt unter der Lampe waagerecht in der Luft schwebte, sodass das Licht über ihren Bauch und ihre Hüften und Schenkel floss. Der Venushügel solcher Frauen war immer stark gewölbt, und darauf leuchteten die Schamhaare verführerisch, während aus ihrer Scheide Saft auf den Tisch tropfte. Manch einer hielt schnell seinen Becher darunter und mischte etwas davon in seinen Schnaps, andere weideten ihre entwöhnten Augen am Anblick der von Nippeln gekrönten weichen Kissen am anderen Ende. Das Gesicht der Luftfrau lag dagegen stets im Schatten, wenn sie den Kopf vor Lust hin und her warf; die Männer durften ihr gern ein Gesicht nach Wunsch verleihen, was eine hoch entwickelte Kunst und ein raffiniertes Arrangement darstellte. Einzelne wurden dadurch so erregt, dass sie, blind vor Geilheit und Fusel, aufstanden und die Hose öffneten, um auf die Luftfrau zu steigen. Das erboste wiederum die anderen, und sie zurrten seinen Ständer in der Koje fest. Damit war das Spiel aus.

»Der Kopp liegt jetzt bestimmt in seinem strohtrockenen Haus auf seiner ...«

»Auf seiner strohtrockenen Kaufmannsfrauenfunz!«

»Ha, ha, ha!«

»Glaubst du, er kriegt vor der Klapperstange, zu der sie geworden ist, noch einen hoch?«

»Steht ihm denn sein Schwänzchen nicht immer?«

»Jungs ...«, versuchte Svalbarð sie zu unterbrechen und schloss die schmalen Augen in seinem breiten Gesicht.

»Dafür braucht er jedenfalls keine Winsch. So schwer ist sein Ding nun auch wieder nicht.«

»Ha, ha, ha!«

»Es war seine einzige Möglichkeit, beim Kaufmann eine Einlage zu tätigen.«

Jetzt war das Gelächter noch größer, es glänzte jede schwarze Zahnreihe, und das Licht spielte in den Lachfältchen dieser schneegeprügelten, meerwassergesalzenen Gesichter, die nach altem Leder oder getrocknetem Hartfisch aussahen. Es nützte auch nichts mehr, dass der Urheber der Geschichte den Witz korrigierte: Die Einlage war schon erfolgt, bevor Undína zu Frau Kopp wurde. Hier stieg vermutlich die lustigste Logisfeier im ganzen Fjord. Skipper Svalbarð saß auf einem Walknochen am Niedergang und trank in echter Vorgesetztenmanier von seinem Toddy, mit einer Miene, die deutlich zeigte, dass er all seine Segel im Wind hatte. Er lachte auch nicht lauthals mit, sondern grinste verhalten in seinen glänzenden Bart und entschloss sich, dem Spott ein Bein zu stellen.

»Also, Jungs, so dürft ihr aber nicht über mich reden, wenn ich vorne bin und meine *Canterbury Tales* lese.«

»Klar! Willst du nicht gehen, damit wir loslegen können?«

Sie lachten gutmütig.

»Ich finde nur, es gehört sich nicht, so über unseren guten Eigner und Reeder herzuziehen.«

Die Besatzung verstummte, einige guckten betreten in die Luft, nahmen einen Schluck. Gott, konnte der Kerl langweilig sein! Bis sich der füllige Bauer Halldór an Eilífur wandte und ihn stellvertretend für alle fragte: »Sag mal, warst du nicht auf dem Weg nach Amríka, Eilífur? Soweit wir gehört haben, warst du schon an Bord des Dampfers. Warum hast du es dir anders überlegt? Warum hast du dich von Bord holen lassen? Warum hast du abgebrochen?«

»Island ist ein Verbrechen.«

»Wie bitte?«

»Wir sind allesamt schuldig.«

Das fanden sie komisch und lachten herzhaft, während ihr Verstand am Sinn seiner Worte kaute. Was wollte der Mann damit sagen? Er war schon ein komischer Kauz, dieser Eilífur.

Danach schlief die Party endgültig ein, der Skipper verschwand in seiner Kajüte, die anderen dösten auf ihren Sitzen, und ein Kopf nach dem anderen sank seitwärts auf die Schulter wie ein ausgebrannter Docht.

Eilífur lag bis zum Morgen wach, dann stieg er an Deck. Die Vereisung hatte ein wenig nachgelassen, aber noch immer waren das Deck und die Aufbauten mit einem Eispanzer überzogen. Diesmal bekamen sie ein glattes Frühjahr. An der Luke zum Niedergang blieb er stehen und sah mit neuen Augen über seinen Fjord, seinen gottverfluchten Fjord. Von dem er sich doch schon auf Nimmerwiedersehen verabschiedet hatte. Wir möchten im Leben weit kommen, aber das feste Band, das uns hält, hat eine andere Länge. Eilífur hatte geglaubt, das seine durchschnitten zu haben, doch stattdessen war es zu einem ihm hinten anhängenden Schwanz aus Eis geworden. Und der Fjord war nach wie vor ein Hufeisenmagnet.

Der Morgen stieg aus der Tiefe wie ein großer, hässlicher Grönlandwal. Das Meer guckte griesgrämig, Wolken hingen wie nasse Watte bis zur Mitte der Berghänge herab, doch es war »niederschlagsfrei«, um den wohl isländischsten aller Begriffe zu gebrauchen, der für jeden der naheliegendste ist, der in Island nach dem Wetter Ausschau hält, und der den Dauerzustand des Notdürftigen ausdrückt. De facto bedeutet er, dass es vor zehn Minuten einen Regen- oder Schneeschauer gegeben hat, dass es vorübergehend aufklart, bevor es ein paar Minuten später wieder Regen, Schnee, Schneeregen oder alles auf einmal geben wird. Weniges drückt bezeichnender den isländischen optimistischen Pessimismus aus als dieses Wort. Niederschlagsfrei. Es gibt bestimmt nicht viele Adjektive, die so präzise Vergangenheit, Gegenwart und Zukunft umfassen.

Eilífur sah, dass Steuermann Jón an steuerbord mit etwas beschäftigt war. Er hing halb außenbords und hantierte mit einem Bootshaken. Eilífur ging zu ihm. Eine längliche Kiste schwamm längsseits neben der Bordwand, und der Steuermann wollte eine Leine unter ihr durchfieren.

»Was ist das?«

»Keine Ahnung. Vielleicht etwas aus dem norwegischen Wrack.«

Eilífur packte helfend mit an, und gemeinsam schafften sie es, Leinen und Haken an der Kiste zu befestigen; dann hievten sie sie mit der Haitalje aus dem Wasser. Die Kiste war einfach gebaut, der Deckel in der Mitte der Länge nach geborsten. Noch bevor der Steuermann die Kiste öffnete, indem er die gebrochenen Hälften aufstemmte, wusste Eilífur Bescheid. Er erkannte die Tischlerarbeit wieder und erinnerte sich des Geräuschs, mit dem der Deckel gebrochen war ... Doch er hielt den Steuermann nicht zurück, ließ ihn den Sarg öffnen, seinen Atem stocken und würgen. Eilífur schauderte vor dem nassen Antlitz des Todes nicht zurück, denn er war selbst tot. Guðnýs Gesicht war ein Spiegelbild seines eigenen.

Kapitel 27

Gaffee!

An dem Morgen, an dem sich seine Eltern an Deck eines Schiffs auf dem Hades wiedersahen, trank Gestur im Haus der Kopps seine erste Tasse Kaffee, zur großen Aufregung der sommersprossigen Dienstmagd Malla und der Schwestern Sigríður und Theodóra. Sie stürmten, dass ihre langen blonden Haare wehten und die weißen Kleider rauschten, durchs Haus und riefen: »Papa, Gestur hat Kaffee getrunken!«

Der Kaufmann saß an seinem Schreibtisch mit Blick auf den Hafen und hatte soeben mit einem Brieföffner eine bislang übersehene, bedrohliche Schuldenschlucht aufgeschlitzt. Er schaffte es nicht, das Erschrecken in seinen Augen schnell genug vor seiner Tochter zu verbergen.

»Was sagst du, meine Kleine?«

Das Zauberwort drang in sein Ohr und hatte zur Folge, dass er den bösen Brief auf den Schreibtisch legte und aufstand. Innerhalb weniger Wochen hatte der Junge einen solchen Platz in seinen Gedanken eingenommen, dass er seinetwegen das Meiste beiseitelegte, und nun tat er es seiner Tedda zuliebe abermals und ging mit, um sich den kleinen Übeltäter, diese strahlende Lebenskraft, diesen unschuldigen Quell der Freude, anzusehen.

»Was hat Gestur angestellt?«

»Er ist heimlich auf den Tisch geklettert und hat deinen Kaffee ausgetrunken«, erklärte Malla und wischte dem Kind, das auf ihrem Schoß saß, den Kaffeeschnauzbart ab.

»Gaffee nicht gut«, plapperte Gestur und schüttelte den Kopf. Die anderen lachten ein glückliches Lachen, das auch ein Lachen darüber war, etwas zu lachen zu haben. In diesem Haus war seit Jahren nicht gelacht worden.

Anfangs hatte der Kaufmann dieses schmutzige Kind nur als vorübergehende Dreingabe zu sich genommen, während sein Schuldner endlich in vollem Umfang die ausstehenden Schulden bei ihm beglich. Das war wichtig, denn was würde aus der Gesellschaft in diesem Land, wenn Leute einfach vor ihren Schulden und ihren Gerichtsurteilen zu anderen, weniger respektierlichen Kontinenten entlaufen konnten? Subjekte, die nicht bloß bis über beide Ohren verschuldet, sondern auch Diebe und Mörder waren. Mörder von Geistlichen! Er musste aus dem Betrüger so viel wie möglich herausholen, bevor er ins Gefängnis überstellt würde. Der Richter hatte angedeutet, der Fall werde im Herbst verhandelt.

Als ihm das Armeleutekind, der Mördersprössling Gestur Eilífsson vor wenigen Wochen auf dem Lögg in den Arm gegeben wurde, hätte sich Eðvald Kopp nicht einmal damit einverstanden erklärt, ihn als erste Rate für die strittigen neunundneunzig Forellen zu akzeptieren, und hatte ihn im Hafenboot von sich gehalten, wie ein vornehmer Mensch einen löcherigen Kohlensack hält. Und doch war in ihm eine seltsame Saite angeschlagen worden, eine väterliche, die ebenso stark war wie seine gierige. Auf wundersame Weise hatte etwas in dem Jungen ihn an jenem meerhellen Maiabend unmittelbar angesprochen, hatten sich dessen graublaue Augen an seinen eigenen dunkelbraunen festgesaugt. Im obersten Regal von Kopps Verstand lag bereits die Entscheidung, das Kind im Haus seines Geschäftsführers Ögmundur unterzubringen. Ögmundur tat alles für ihn, und seine Frau Rannveig war von Natur aus eine derartige Glucke, dass ein Schnabel mehr oder weniger ihr ordinäres, im Übrigen aber ordentliches Nest nicht durcheinanderbringen würde.

Es ließ sich nicht bestreiten, dass der Junge etwas Besonderes an sich hatte, wie er einen ansah, wie er einen mit strahlenden Augen anlächelte, und wie er das Verschwinden seines Vaters hinnahm, mit einer Fassung, die fast schon an einen pragmatischen Realpolitiker denken ließ, der erleben muss, wie seine Gesetzesinitiative im Parlament abgeschmettert wird, und sie im nächsten Augenblick vergessen hat und sich einem neuen Projekt zuwendet. Auf ähnliche Weise hatte sich Gestur dem bärtigen Mann mit den braunen Augen zugewandt, der wie Küchenrauch duftete und doch irgendwie anders, und bei dem er im richterlichen Boot auf dem Schoß saß. Darauf hatte Kopp den kleinen Kohlensack am Ende doch gesetzt, und der starrte ihn von unten an, während der Polizist sie und den Bezirksrichter über die Hafenbucht ruderte. Aus den Augen des Jungen sprach keine Verzweiflung, sondern pure Hoffnung. Auf unerklärte Weise war deutlich, dass sich der Kleine völlig im Klaren darüber war, dass er seinen Papa nie wiedersehen würde. Das Kind nahm den Tod seines Vaters mit dem Gleichmut eines Greises hin. Wer noch gar nichts erlebt und wer schon alles erlebt hat, besitzt jenen Stoizismus, der sich nur an den Rändern des Lebens einstellt. Im Mittelfeld jagen die Menschen hingegen, schlammbespritzt bis zu den Knien, im Wettstreit von Freude und Trauer vorwärts, Siege mit Freudengeheul und Niederlagen mit Tränen quittierend.

Man hatte wirklich den Eindruck, der zweijährige Knirps begriffe schon, dass ihm unter dem gewichsten, dunklen Bart ein besseres Leben winkte als unter der grauen Wolle, mit der er vertraut war.

Neues Kapitel, neues Glück!

Jedenfalls stimmte er ein großes Geheul an, als Kopp versuchte, ihn am Ufer einem Burschen mit großer Nase zu übergeben, der ihn im Haus Ögmundurs abliefern sollte. Er klammerte sich an den Bart des Kaufmanns und ließ nicht locker. Wo nahm das Kind die Kraft für einen solchen Griff her, zum Teufel? Kopp verzog vor Schmerz das Gesicht und war unglaublich erleichtert, den kleinen Hosenscheißer und Mördersohn loszuwerden.

Wenig später aber erschien derselbe Nasenträger mit demselben Bengel auf der hohen Treppe des Kaufmannshauses und erklärte, bei Ögmundur sei niemand zu Hause gewesen, zumindest niemand über sieben Jahre. Das jüngste Kind habe sich verbrannt, und die Eltern seien mit ihm zum Arzt gegangen. Kopp nahm das mit einigen unwilligen Schnaufern zur Kenntnis und Gestur mit den Worten, dann werde ihn Malla eben morgen hinbringen, über Nacht bei sich auf. Allerdings hatte er sogleich das Gefühl, der Knirps werde, sobald er einmal über seine Schwelle gekommen war, im Haus so schnell Wurzeln schlagen, wie eine Katze ihre Krallen ausfährt. Und so kam es auch. Nur Sekunden später rannten seine Töchter herbei und hatten ihre helle Freude an dem Kleinen, den sie lachend schaukelten. Der Kaufmann stand daneben und beobachtete, wie Sigríður und Theodóra in dem breiten Kindergesicht mit den großen, graublauen Augen versanken, die wie zwei leuchtend bunte Märchenmonde am dunklen Himmel dieses Hauses aufzogen und ihren Gemütszustand steigen ließen wie die Flut. Gestur erschien genau zum richtigen Zeitpunkt, er war genau das, was dieses Haus brauchte, ein langeweilevertreibender Freudenknubbel, der niemandem Böses wollte, nur für sich alles.

Das Ehepaar hatte vier Töchter bekommen, zwei von ihnen waren schon in der Wiege gestorben, zwei wuchsen heran. Selbstverständlich wünschte sich der Kaufmann einen Sohn. Vor vielen Jahren hatte er im Hafen von Liverpool ein Firmenschild mit der Aufschrift »Langley & Sons« gesehen und sich geschworen, ein ähnliches Schild werde einmal in der Hafeneinfahrt zu Hause zu sehen sein, »Kopp & synir«, mit riesengroßen schwarzen Lettern auf die Stirnwand der großen Lagerhalle gemalt, die er auf seiner Landzunge zu errichten gedachte. Doch weiterer Nachwuchs stand nicht zu erwarten, denn nach dem frühen Tod zweier Kinder verweigerte ihm Frau Undína ihr Bett.

Ihr Körper sah auch nicht danach aus, als könne er noch weitere Leibesfrüchte austragen. Mit fünfunddreißig sah sie aus wie eine welke Blume. Es war unglaublich, zwei kleine Stupser des Todes hatten sie mit Blässe und Kälte geschlagen. Ihre vormals beneidenswerten Formen glichen nun einem knarrenden Weidenkorb. Lust empfand sie keine mehr, weder auf Essen noch auf ihren Mann noch auf überhaupt etwas. Ganz im Gegensatz dazu hatte sich ihr Mann mit den Jahren ausgedehnt und mittlerweile am Bauch weich gepolstert – dank seines harten Umspringens mit den Armen. Obwohl er zehn Jahre älter war als seine Frau, wirkte er jugendlicher, lebenshungriger. Kopp war ein Mann in der Blüte seines Lebens. Das Geschäft und die Reederei liefen gut, seine Pläne gingen meist auf, und sein Ansehen wuchs, wie er sehr genau feststellte, wenn er durch den Ort ging, und ihm hier und da Blicke folgten, selbst von den jüngsten Frauen. Den einzigen Schatten warf der Zustand seiner Frau, ihre Lustlosigkeit und ihr Schweigen. Der Tod schien sie schon vorgemerkt zu haben, sie sich aber noch für später aufzuheben.

Die Eheleute gingen also nicht mehr körperlich miteinander um, und das lag nicht allein an der Trauerkälte der Frau, auch Kopp seinerseits verspürte kein körperliches Verlangen nach ihr, so sehr er auch in allen Windungen seines Hirns suchte. Es verglich ihre Hüftknochen mit Tischkanten, ihre Rippen mit einem Waschbrett, ihre Brust mit einer Holzplanke. Sein Unterbewusstsein war von einem anderen Körper erfüllt. Manchmal hörte er in sich den bekannten Spruch »Gelobt sei das Weiche, das das Fleisch hart macht« und sah dabei die reizvollen Kurven der früheren Hauswirtschafterin Oktavía Pétursdóttir von Hnísey vor sich, die er auf dem Dachboden geschwängert und dann entlassen hatte, bevor das Malheur sichtbar wurde. Oh, was für ein Körper, was für ein Wonneproppen, sie machte ihn noch aus der Ferne verrückt, über Land und Meer hinweg! Die Wirtschafterin war auf ihre Insel zurückgekehrt, um das Kind zur Welt zu bringen, wurde aber von dort verstoßen und ließ das Neugeborene zurück, als sie sich nach Amerika einschiffte. Kopp spürte das kleine Mädchen auf und gab es seinem Ögmundur und dessen Frau Rannveig in Pflege. Es war doch nicht etwa dieses Kind, das sich verbrannt hatte? Aus zärtlicher Rücksichtnahme hatte Kopp die Existenz seiner illegitimen Tochter vor Frau Undína geheim gehalten. Sie war nicht die einzige, zwei weitere wuchsen entlang der Küste heran. Doch hier war nun ein Junge, ein Knabe, ein ... Sohn?

Gestur war zur grenzenlosen Freude der Mädchen keine vierundzwanzig Stunden im Haus, als der Kaufmann bereits überlegte, ihn an Sohnes Statt anzunehmen. Sein schnell kalkulierender Verstand berechnete schon das erste Angebot, das er Eilífur vorlegen wollte, wenn der von seiner ersten Haifangfahrt zurückkehrte, mit der er seine Forellenschulden abarbeiten sollte. »Ich könnte dir auch anbieten, mich um den Jungen zu kümmern, und wir sind quitt.« Sorgen brauchte er sich selbstredend keine zu machen, im Herbst würde man den Halunken hinter dänische Gardinen stecken.

Beim ersten Wasserlassen am nächsten Morgen fand es der Kaufmann allerdings bedenklich, dass er sich bereits so eng mit dem Sohn eines Verbrechers verbunden fühlte. Doch sobald er wieder ins Haus kam und die Pausbäckchen des kleinen Gestur sah, war aller Zweifel wie weggeblasen; diesem Köpfchen sah man so deutlich an, dass darin Licht und nicht Dunkelheit herrschte. Seiner Frau mochte Kopp seine Überlegungen hinsichtlich eines Sohnes allerdings noch nicht unterbreiten. Frau Undína hielt sich meist im Obergeschoss auf, wehte dort gespenstisch über die Dielen und murmelte Bruchstücke aus der Bibel vor sich hin. Gestur hatte sie lediglich kurz gesehen, als Malla, das Dienstmädchen Málfríður, ihn auf ihrem Arm zur Mahlzeit im Esszimmer in die Küche trug.

»Mama, Gestur hat heute Morgen Papas Kaffee getrunken!«

»Hatten wir heute Morgen Gäste?«

»Nein, ich meine Gestur, den kleinen Jungen.«

»Ach, heißt der Gestur?«

»Ja. Aber Mama, du ... Sie wissen das doch! Seitdem hat er andauernd Aa gemacht. Kaffeebraunes, hahaha!«

»Tedda! Nicht bei Tisch«, tadelte sie ihr Vater.

Schweigen machte sich breit, unterbrochen nur von den Löffeln, wenn sie in die Suppe tauchten und mit metallenem Kreischen über den Porzellanboden kratzten, sowie dem lauten Schmatzen des Kleinen aus der Küche. Dann ließ die Frau des Hauses den Löffel im halb vollen Teller ruhen und wischte sich mit der Serviette den Mund, indem sie mit der äußersten Spitze des schneeweißen Dreiecks ihre gespitzten dünnen und trockenen Lippen betupfte, und fragte schließlich mit einem Tonfall, der erkennen ließ, dass sie endlich zum Kern der Sache kam: »Wer ist seine Mutter?«

»Was möchten Sie damit sagen?«, fragte es unter dem Schnurrbart zurück.

»Wer ist seine Mutter?«

Ihre Stimme klang leicht gepresst, ansonsten aber durchaus kräftig, und sie hatte, ganz im Gegensatz zum Verfall der äußeren Hülle, ihre Schönheit bewahrt. Manchmal, wenn diese Stimme von oben oder aus dem Wohnzimmer ans Ohr des Kaufmanns gedrungen war, hatte sie es vermocht, in ihm die Frau wiedererstehen zu lassen, die er einst geliebt hatte, den Leib, der seine Hände gefüllt hatte, Bilder, die sofort verloschen, sobald ihm seine Frau leibhaftig vor Augen trat. Ihre Stimme war ein Echo besserer Zeiten.

»Ich habe es Ihnen doch gesagt, meine Liebe. Sie ist gestorben. Der Kleine ist der Sohn des jämmerlichen Kerls, der große Schulden bei mir hat. Der Richter schlug vor, er solle eine Fahrt mit der *Fagureyri* mitmachen. Anschließend will er ihn zu einer Gefängnisstrafe verurteilen. Ich wollte den Jungen bei Ögmundur unterbringen, aber davon wollten die Mädchen nichts hören. Sie finden ihn äußerst possierlich.«

»Ja, Mama, er ist so …«

»Haben Sie Ögmundur das Haus nicht schon zur Genüge gefüllt?«

Ihr Kopf wackelte auf dem dünnen Hals und Leib wie der einer klapperigen Puppe, wobei sie ihrem Mann das noch immer würdevolle und, obwohl Kummer das Meiste davon getilgt hatte, noch immer Spuren früherer Schönheit zeigende Profil zuwandte, denn sie sah aus dem Fenster, an Lárensías Haus vorbei auf den Fjord. Dann versetzte sie wie ein Drache, der sich das stärkste Gift für das letzte Speien aufbewahrt: »Haben Sie es also am Ende doch noch geschafft, einen Jungen in die Welt zu setzen.«

Der Kaufmann war dermaßen verdattert, dass er nur ein einziges Wort hervorstammelte: »Dína?«

Doch seine Frau hatte sich bereits erhoben und war auf dem Weg nach oben. Ganze drei Löffel Suppe hatte sie zu sich genommen, und mehr würde sie den ganzen Tag nicht essen.

Das war die Hölle, in die der himmlische Knabe bereits in seinem dritten Lebensjahr geraten war. Die Fußböden waren trocken und glatt gebohnert, die Speisekammer quoll über, aber die Köpfe waren mit Schnee gefüllt.

»Kaufepapa will Gaffee«, krähte es durch ein »Psst!« der Köchin aus der Küche. Auf die Lippen der Töchter zauberte das ein stummes Lächeln, doch ihr Vater sah und hörte nichts in seinem inneren Gletschertal.

Kapitel 28

Schnürsenkel

So wurde das Schweigen im Kaufmannshaus noch lastender und erstickte alles, solange die Mädchen in die neugegründete Schule von Fagureyri gingen, die nebenan im Haus der Lehrerin eingerichtet worden war. Allein Gestur brach es in Mallas Speisekammer mit seinen Rufen: »Mehr Kess!« Der Kaufmann ging mehrmals hinüber in sein Handelshaus, stand dort im Vorratslager und starrte durch die offene Ladeluke in den Sprühregen oder dachte daran, was er über die Wirkung von Arsen im menschlichen Körper gelesen hatte. Die wenigen Male, da er in seinem Büro im Wohnhaus saß, kam Gestur zu ihm und spielte zu seinen Füßen oder nuckelte an dem Keks, den der Kaufmann ihm gereicht hatte.

An einem eiskalten Morgen gegen Ende Mai mit Sonnenscheinschneeschauern am südlichen Himmel und gleißender Helle auf dem Hafenwasser saß Gestur beim Fußschemel seines neuen Vaters, des Kaufepapas (er hatte den Namen aus den Worten »Kaufmann« und »Papa« gebildet, die er an seinen ersten Tagen im Haus der Kopps so oft gehört hatte), und spielte mit dessen linkem Schuh, an dem er die Schleife aufgezogen hatte. Er zog den Schnürsenkel aus den Ösen und führte ihn in andere ein. Kopp saß reglos auf seinem Stuhl, ließ ihn trotz seiner Sorgen gewähren und blickte hinaus in die Bemühungen der Sonne. Selten hatte er einen so hellen schwarzen Tag erlebt; die Sonnenstrahlen fielen wie Trauerränder vom Himmel, und die Schneeflocken, die am Fenster vorbeistoben, waren wie Aschepartikel aus dem Feuer, das hinter der Welt loderte. Trauer lag über Fagureyri, vor dem Kaufladen hatte einer von Kopps Angestellten die rotweiße Fahne auf Halbmast gesenkt, und nirgends waren Geräusche zu hören, der ganze Ort verharrte in Schweigen, bis auf den kleinen Gestur, der mit schwarzen Schuhriemen spielte.

Der Briefträger, der unermüdliche Magnús, schlich mit seiner schmalen Posttasche lautlos von Haus zu Haus. Er hatte ein breites Gesicht mit freundlichen Augen und eine spezielle Art zu gehen, sehr leichtfüßig gemessen an seinem Alter. Normalerweise lief er fast und rief vor jedem Haus, doch an diesem Morgen kam er spät, war langsam und leise. Mit zusammengepressten Lippen und teilnahmsvoller Miene reichte er Malla die Post durchs Küchenfenster. An diesem Tag bestand Fagureyri aus einer einzigen, großen Familie. Dann trabte er mit schaukelnden Schritten auf den abgelaufensten Schuhen des Orts weiter durch die morgenkühlen, schattigen Gassen zwischen den sonnenbeschienenen Häusern. Der leichtfüßige Mann hatte Probleme mit all den schweren Schritten.

Der von Schriftstellern sogenannte »große Maigarten« hatte am vergangenen Wochenende mit schrecklichem Nordsturm, Schneefall und Treibeis gewütet. Selbst im geschützten inneren Teil des Fjords war das Meer über die Ufer getreten und hatte auf dem Lögg Wellen geschlagen. Vor Kurzem waren Nachrichten eingetroffen, dass zwei Boote aus Fagureyri untergegangen waren, zerschellt an den Klippen bei Útdalur zwischen Heiðins- und Óðalsfjörður, wobei dreiundzwanzig Männer ums Leben gekommen waren. Die Neuigkeit hatte sich am Vortag herumgesprochen. Die Hausdächer hingen an diesem Morgen besonders tief herunter, in über zwanzig Häusern hatte der Tod an die Türen geklopft. Durch sie würden Söhne, Brüder, Väter nie wieder fröhlich und grinsend, beschwipst und mit guter Fangausbeute eintreten. Die energiegeladensten Männer der Gemeinde waren ums Leben gekommen, die kräftigen Arme, die diesen Ort getragen hatten. Fúsi, der Sohn Valdis auf Gilkot, der starke

Guðmundur Gilsson und der Riese Palli Rögnvaldsson, Halli von Tunnu-Jói, der Stehgreifdichter aus Hlíð, die Brüder von Gunnubúð, der Junge von Jósep, Ögmundurs Bruder, der Vormann Hallmundur, fünf Männer aus Hvalbakseyri und etliche andere; es gab sie nicht mehr.

Das waren die Kriege Islands.

Von seinem größten Schiff, der *Fagureyri*, hatte Kopp keine Nachrichten und war dementsprechend nervös, als die verschwitzte Malla mit Schürze im Türrahmen erschien und sich mit dem Handrücken über die Stirn wischte, bevor sie ihm mit mehlweißen Fingern den Brief reichte. Sie beugte sich weit vor, damit Kopp sich nicht von seinem Stuhl erheben musste, und störte so Gestur bei seinem Schnürsenkelspiel. Kopp nahm den Brief schweigend entgegen, dankte ihr mit einem Wink der Wimpern und schaute wieder aus dem Fenster auf die sonnenbeschienene Hafenbucht. Dort lagen zwei bestens getakelte und ausgestattete Haifangschiffe, die einem Kollegen gehörten. Nach den Erfahrungen vergangener Jahre zu urteilen, war eins von ihnen dem Untergang geweiht, denn in jeder Fangsaison ging die Hälfte der Flotte verloren, das war eine eiskalte Tatsache, die sich keiner auszusprechen traute, weder auf Versammlungen noch schriftlich, doch jetzt stand sie dem Reeder plötzlich klar vor Augen, dem stattlichen, braunäugigen Kopp.

Was war das eigentlich für ein Erwerbszweig? Von jeder Krone, die er investierte, versenkte er fünfzig Öre im Meer; das zeigte deutlich, dass es unmöglich war, ein solches Geschäft mit Gewinn zu betreiben. Von den acht Schiffen seiner Reederei hatte er drei auf See verloren. Und wenn die *Fagureyri* nun auch ... Er wagte den Gedanken nicht zu Ende zu denken. Warum ließ er sich darauf ein? Warum beschränkte er sich nicht darauf, Kaufmann zu sein? Und warum blieben diese jungen Männer nicht einfach Bauern? Warum brachen sie jedes Frühjahr auf, verließen ihren idyllischen Platz in Tal und Fjord, ihre Familie und ihr Vieh und tauschten das alles gegen die harte Arbeit in der Eiseskälte, die oft nichts einbrachte, manchmal hundert Tonnen, und bei der es nicht einmal sicher war, ob sie danach wohlbehalten in ihre Täler zurückkehrten. Man konnte für eine solche Ladung einen guten Preis erzielen, aber der wog niemals die Menschenleben auf, mit denen man dafür bezahlt hatte. Diese Form der Fischerei war der helle Wahnsinn. Und was taten sie mit dem Zubrot, das der Bauer, seine Söhne und die Knechte vor Beginn der Heumahd nach Hause brachten? Kopp hatte gesehen, wie sie es in seinem Laden vollständig für Alkohol verprassten, selbst die Respektabelsten unter ihnen, und wie sie dann am Morgen darauf am Ufer lagen wie angeschwemmte Leichen.

Meistens gingen sie nach Hause und hatten dort nichts zuzuschießen als die neuen Hüte, die sie sich zugelegt hatten, bevor das Besäufnis anfing.

Sicher konnte man mit dem Haifang Geld verdienen, schließlich lebte Kopp in einem soliden Holzhaus, dem Ertrag von zwei guten Fangzeiten. Aber das Geschäft glich doch zu sehr einer Lotterie mit dem Teufel. Und manchmal kamen dem Kaufmann Zweifel, ob es dabei letztlich überhaupt um Geld ging. Hing es am Ende nicht stärker mit dem Imponiergehabe zusammen, mit dem man sich als »Mann unter Männern« beweisen wollte? Wollte er nicht beweisen, dass er wie die anderen Kaufleute auch als Reeder erfolgreich sein konnte, als Chef von Haifängern wie andere gestandene Männer, als »Erster Mann an der Leine« wie alle richtigen Kerle? Andere Länder hatten das Militär, um diesen Dachschaden auszuleben, dieses Flirten mit dem Tod. Island hatte den Hai. Das konnte man den Männern nicht abgewöhnen. So lange sie wussten, dass noch hundert Kessel Leber in der Tiefe des Eismeers herumschwammen, gaben sie keine Ruhe, bis sie nicht zumindest versucht hatten, sie an Land zu bringen. Schafften sie es, war ihr Verlangen gestillt. Diesem Gefühl der Befriedigung kam kein finanzieller Lohn gleich. Selbst ein einziger neuer Hut auf dem Kopf bedeutete ihnen mehr als die Einlagen eines ganzen Jahres, denn der war die sichtbare Krönung der Tatsache, dass er von einem echten Haijäger getragen wurde!

All das ging Kopp mehr oder weniger bewusst durch den Kopf, während er mit seinem edlen Brieföffner zitternd den mehlbestäubten Brief aufschlitzte. Er zog ein zusammengefaltetes Blatt mit einer kurzen Mitteilung aus dem Umschlag. Die Schrift war eigenartig und großspurig, vor allem aber unsicher, sie verriet Eile und große Bestürzung. Das Herz in der Kaufmannsbrust schlug schneller. Er setzte den Zwicker auf und las:

> *An Herrn Kopp, Kaufm. und Reeder, Fagureyri.*
> *Mit großer Trauer und Anteilnahme teilen wir Ihnen mit, dass vergangene Nacht in dem Nordsturm der letzten drei Tage Ihr Haifangschiff Fagureyri mit der gesamten Besatzung gesunken ist. Das Schiff zerschellte an den Felswänden von Segulnes. Das bestätigte Jón Jóh., Bauer auf Segulnes, gestern, d.h. am 18. d. M. Wir übermitteln Ihnen und den Angehörigen unsere aufrichtigste Anteilnahme. Bei dem Unglück sind viele tüchtige Männer ums Leben gekommen.*
> *I. V. des Gemeindevorstehers Siggeir Stefánsson, Fanná, des Pfarrers von Fanneyri (vakant) und seines Küsters,*
> *Hr. M. Hermansson,*
> *Sigurlás Friðriksson, Ytri-Skriða, Segulfjörður*

Der Kaufmann schaute hinaus auf die Bucht, wo die Schiffe seiner Kollegen in dünnem, sonnenbeschienenem Schneetreiben lagen. Er sah sie, ohne sie durch den Brandungsansturm seiner Gedanken wahrzunehmen. Die untersten Haare seines Schnurrbarts zitterten von seinen Atemzügen, unbewusst hatte er begonnen, durch den Mund zu atmen. Er spürte auch nicht, wie sich sein Pulsschlag durch seine Hand auf den Brief übertrug, der rhythmisch vor seiner über dem Bauch spannenden Weste flatterte. Er blickte hinauf zum Regal; da stand die Flasche, die Schnapsflasche, der Nottropfen. War er bankrott? War sein Imperium auf Grund gelaufen? Sein Glück, sein Wohlergehen in der Brandung vor Segulnes in tausend Stücke zerschmettert worden? Was kostete ein solches Schiff? Wie viel würde die Versicherung ersetzen? Und der Vormann Svalbarð ... tot? Vormann Svalbarð ... die verlässlichste Stütze der gesamten Koppschen Handelsunternehmung! Der starke Mann in seinem Leben, sein wichtigster Vertreter auf See und an Land. Wie konnte ein solcher Mann umkommen? Kopp sah sein Gesicht vor sich, die wettergegerbten Backenknochen. In seiner Vorstellung waren sie so etwas wie die blankpolierten Knäufe am Handlauf der prächtigen Treppe im Vorsaal der Schöpfung und sollten für immer und ewig halten. Das müde, aber lebenswarme Glitzern in seinen schmalen Augen, dessen er, der blasse Sesselpupser, ebenso wenig würdig war wie seines Händedrucks. Dieser Seegriff, diese Pranke, diese kurze, breite Flosse, die sich anfühlte, als würde man einem Hai die Hand schütteln. Nach dieser Erinnerung hob der Kaufmann seine innenraumweiße, sahnefette und mädchenhaft weiche Hand und rieb sich damit die Augen.

Svalbarð Jóhansson. Das war kein Name, der untergehen konnte, der musste immer wieder auftauchen, vielleicht war er doch noch am Leben ... Nein, der Reeder sah leibhaftig Kopf und Arm seines Skippers aus der schäumenden Flut auftauchen, wieder und wieder, und ebenso oft darin versinken, wieder und wieder, sah, wie der gebrochene Großmast heftig ins Meer stürzte, und wie die Wellen ihm einen Mann mit schmalen Augen entgegenhoben, sodass es einen vernichtenden Schlag gab, als sie aufeinandertrafen, der Mast und der Vormann. Nur auf solche Weise konnte ein Mann wie er ums Leben kommen. Der Feind hatte ihm seinen Speer entwunden, denn nur mit seinen eigenen Waffen konnte ein solcher Mann geschlagen werden.

Die *Fagureyri* war nicht untergegangen, sie war zerschmettert worden.

Kopp legte den Brief auf den Tisch und wurde des Kleinen gewahr, der darunter saß. Gestur sah zu ihm auf, ihre Blicke trafen sich, der Kleine lächelte und stand auf, stützte sich dabei auf den Schenkel von Kaufepapa und hob triumphierend die linke Hand, aus der ein schwarzer Schnürsenkel hing wie ein schauerliches Symbol für lose Zügel, ein sich aufrippelndes Leben, ein gerissenes Seil, was wusste er ...?

»Gettur aus Schuh deholt.«

Der Kaufmann verzog das Gesicht und stöhnte, bevor er sich vorbeugte und den mittlerweile ziemlich schweren Jungen auf den Schoß nahm. Dabei fiel ihm ein, dass sein Vater Eilífur zur Besatzung der *Fagureyri* gehört hatte.

»Gettur binden!«

Der schnauzbärtige Mann nahm den Jungen in den Arm und drückte ihn fest an sich. Drückte noch einmal, noch fester. Das schwere, große Kaufmannsherz klopfte seine bronzeharten Schläge gegen die zwergenkleine Lebensuhr, die in der Brust des Kindes tickte. Dann begann der Kaufmann zu weinen, ein von tief unten kommendes, etwas stockendes, tränenreiches Weinen. Der Junge ließ es sich kurze Zeit gefallen und blieb in der dicken väterlichen Umarmung sitzen, die weiterhin unter heftigen Schluchzern zuckte, dann schob er den wachsharten Bart und die Brust weg und setzte ein überzeugendes Gesicht auf.

»Is' gut, Kaufepapa. Gettur macht Schuh heile. Gettur lieb.«

2. Buch

Die Qualen der Kindheit

Kapitel 1

Vätertrias

Hammerschläge in einem stillen Fjord. Es gibt sicher wenig Schöneres auf der Welt. Jemand nagelt hier sein Leben fest! Es gibt jemanden, der an diesen Ort glaubt. Die Sonne blendet auf hellen Bohlen, ein Vogel lässt sich im Sonnendunst auf dem Wasser nieder, und der Sommer mäht auf allen Hängen.

Alle sind gut gelaunt wie ein Pferd.

Arbeiten sind im Gang, es wird eine Bühne aufgebaut. Eine Bühne für Träume und für Tragik. Hier werden die täglichen Aufführungen der kommenden Jahrzehnte stattfinden, jeden Tag ein neues Werk, und doch befassen sich alle mit demselben Thema: der stürmischen Beziehung von Mensch und Meer. Zuschauer sind die sieben Berge um den Fjord, die geduldigsten Zuschauer der Welt, der Himmel zieht seine Vorhänge auf und zu.

Es wird hier eine Brücke gebaut, der erste Anlegesteg in der Geschichte von Segulfjörður. Gleich vor der Kirche von Fanneyri, am landeinwärts gelegenen Ufer der Landzunge. Man könnte von der Kirchentür einen roten Teppich bis zu den Planken des Anlegers ausrollen, als hätte der Herr ihn als seine Landungsplattform entworfen, für den Fall, dass es ihm einmal in den Sinn kommen sollte, in seiner nördlichsten Gemeinde selbst die Messe zu lesen.

In Wirklichkeit war ein Pfarrer mit Auge für Möglichkeiten eingetroffen.

Das Küstenschiff *Heckla* hatte draußen auf Reede auf dem Pollur seine Ladung Holz gelöscht, die dann ans Ufer geschafft worden war. Mächtige Pfosten reihten sich dort auf wie Säulen eines zukünftigen Tempels; sie wurden mit Querbalken verbunden und verstrebt, und so entstand die Landungsbrücke (auf die gerade die Bodenplanken genagelt wurden). Eine Landungsbrücke ist eine Verbindung zwischen Land und Meer, so wie jede Bühne eine Brücke zwischen dem Leben im Zuschauerraum und dem Tod in der Tiefe der Bühne, in den dunklen Kulissen, darstellt.

Hammerschläge dröhnen von dieser neuen Bühne, der Trommelschlag einer neuen Zeit. Polier ist der bärtige Jón Antonsson von Mjalteyri, ein mit Gleichmut ausgestatteter Mann, wie es Zimmerleute meist sind oder werden durch den jahrelangen Umgang mit dem Baum des Lebens. Unter ihm hämmern drei Männer vom Pfarrhof, zwei kräftige, fleißige Burschen von Kristmundur auf Hvammur und der alte Lási von Skriða.

An Land stehen die drei Propheten, Sakarías, Jónas und Jeremías, und überwachen die Arbeit wie die Bauaufsichtsbehörde des Allmächtigen. Seit dem Bau der Kirche vor fünfzehn Jahren war in der Gemeinde kein Hammer mehr geschwungen worden, da tat Überwachung not. Sollte tatsächlich demnächst die Zukunft hier im Segulfjörður anlegen?

»Wenn sie morgen kommt, dann kommt sie eigentlich heute, denn heute ist gestern«, sagte Sakarías und brach ab, als sei er in seiner eigenen Zahlenjongliererei durcheinander gekommen.

In letzter Zeit hatte er die Gewohnheit angenommen, sich in ein Bettlaken zu wickeln, wenn er das Haus verließ, und damit sah er zwischen den anderen Wollhosenspazierträgern richtig antik aus.

»Das wird schrecklichen Unfrieden stiften«, brummte Jeremías, der Pessimist der Truppe. »Welcher denkende Mensch will schon ein Schiff auf seiner Wiese stehen haben?«

»Eine Anlegebrücke aus Holz, auweia!«, schimpfte Jónas. »Da könnte man dem Nordwind gleich eine Prise Schnupftabak anbieten.«

»Er heißt ja wohl Árni«, sagte Sakarías. »Séra Árni.«

Sie standen da wie unbedeutende Mitglieder auf späteren Aufnahmen von Musikbands, mit zwei Metern Abstand zwischen sich, und konnten einander nicht verstehen. Sie unterhielten sich auch nie miteinander, redeten aber manchmal alle gleichzeitig, und was sie sagten, ging den Leuten wiederholt auf die Nerven, denn wie bei allen wahren Aposteln musste jeweils jeder von ihnen seine Version desselben Ereignisses zum Besten geben.

Kurz darauf erschien der neue Pfarrer, Séra Árni, ein dunkelhaariger junger Mann mit gepflegtem Bart, und holte die drei ins Haus, weil es Essen gab. Er kannte die Propheten noch nicht gut, die seiner Aufforderung nur schleppend folgten. Eine energische Tatkraft wie die seine waren sie nicht gewohnt. Schließlich trieb er sie mit ausgebreiteten Armen und Hüh- und Hottlauten vor sich her, und viele amüsierten sich köstlich bei dem Anblick, wie der neue Pfarrer seine Herde von Autoren des Alten Testaments zu seinem Hof trieb.

Lási hatte den Jungen mit auf die Landzunge gebracht, den griesgrämigen, schweigsamen Jungen, der kaum ein Wort gesprochen hatte, seit er kurz nach Ostern zu ihnen gekommen war. Hier auf der anderen Seite des Fjords wurde der zwölf Jahre alte Gestur etwas munterer, denn hier passierte wenigstens etwas, er lief zwischen den Brettern umher, stand bei den Zimmerleuten, durfte krumm geschlagene Nägel richten und war heilfroh, endlich von diesem langweiligen, schafsdoofen und schmutzigen Hof wegzukommen, voller ewig strickender Frauen, schlechter Luft und Schwachköpfe. Júnó, die Hofhündin, hatte sie begleitet und streunte jetzt mit den Dorfkötern am Ufer herum.

»Du hast sicher schon von der heiligen Dreifaltigkeit gehört, Gestur, von Vater, Sohn und Heiligem Geist.«

Der alte Zimmermann hatte das Phänomen der drei Propheten erläutern wollen, und dabei war dieser Brocken Theologie herausgekommen. Gestur Eilífsson schwieg, stand aber weiterhin neben Lási, seinem neuen Vater, wie ein Hund neben seinem Herrchen (nachdem die Hündin Júnó nun einmal weggelaufen war), doch sein Gesicht war ausdruckslos, wie versteinert. Es war von Weitem zu sehen: Er musste sich noch immer von dem Schock erholen, den es bedeutet hatte, in diesen Fjord zurückzukehren, der ihm doch noch immer etwas bedeuten musste, so hatte man es ihm jedenfalls gesagt, aber für ihn war er im Vergleich zu dem hölzernen Palast von Kaufepapa und Mallamama nur eine große, eiskalte Ecke, in die man zum Schämen gestellt wurde. Er hatte regelrecht Schmerzen in der Brust vor Heimweh nach ihr, ihrem weichen Fleisch, der sanften Stimme und allem, was dazugehörte. Dennoch blieb er stehen und hörte diesem seltsamen Mann zu, der ihn aufgenommen hatte und von nichts anderem sprach als von seinem ewigen Vater. Das Schweigen des Jungen bewirkte nur, dass Lási noch mehr redete.

»Das ist ein äußerst merkwürdiges Symbol, wie so viele bei diesen Biblern«, fuhr Lási fort, unterbrach sich dann aber, um sein Anliegen in die Beplankung der Brücke zu nageln. »Was es bedeutet, ist Folgendes, und jetzt hör gut zu: Der Vater ist der Himmel, der Sohn ist die Erde, und der Geist flattert zwischen ihnen hin und her, er ist also die Luft, das, was uns frei um die Ohren weht. Das Luftwesen, das die Leichtgläubigen ›Engel‹ nennen und das sicher der schmalzigste Vogel am Himmel ist, fungiert als eine Art Postbote für den da oben. Zum Beispiel jagt er mit einem Samenkorn von ihm zur Erde, um es einer Jungfrau einzusäen, er pflanzt es ihr unauffällig in den Harnbauch und fliegt danach mit Neuigkeiten von Gottes Kindern in den Himmel zurück. Sie haben gerade deinen Jesus ans Kreuz geschlagen, verkündet er dann zum Beispiel. – Jesus? Welcher Jesus?, fragt Gott, denn er ist alt und vergesslich. – Na, dein Sohn, antwortet der Sendbote, den du mit Maria hattest. – Maria?, wundert sich der Alte. – Ja, mit Maria der Jungfrau. – Ach, so werden sie doch heutzutage alle genannt, ärgert sich der alte Mann, denn Gott ist älter als das Christentum, das wir kennen.«

Darauf folgte ein Zimmermannsseufzer und dann sieben kräftige Hammerschläge.

Gestur sah zu, wie der Nagel im Holz verschwand, und überlegte, wie es sich wohl anfühlte, einen solchen Nagel durch den Fußrist geschlagen zu bekommen; dann wandte er sich ab und schaute über den Pollur, ein bisschen dicklich und mit weichen Backen (er hatte das Kaufmannsfett noch nicht abgebaut). In der Bucht lagen einige Boote, darunter auch ein größeres, ausländisches Doggerboot mit unheimlich komplizierter Takelung. Er zählte siebenundzwanzig Segel, alle gerissen. Es war bestimmt leichter, Harmoniumspielen zu lernen als all diese Namen. Seine Belehrung war aber noch nicht zu Ende.

»Eins aber fehlt dieser Religion, und was könnte das sein?« Der alte Witzbold richtete seinen Handwerkerblick auf den Jungen. »Wir hatten Himmel, Erde und Luft. Welches Element haben sie vergessen?«

Der Junge schien nicht zuzuhören, stattdessen musterte er die Schiffe und überlegte, wer dort wohl ein besserer Ziehvater sein könnte als der alte Schaumschläger hier.

»Wir hatten Himmel, Erde und Luft. Welches Element haben sie vergessen?«, wiederholte der Zimmermann, bekam aber erneut keine Antwort. Noch einmal fasste er den Jungen ins Auge und zögerte einen Moment, bevor er mit sorgenvoll gespannter Miene seine Frage zum dritten Mal stellte, denn es war ein riskantes Spiel, so nachzuhaken, wenn er Glück hatte, kam er dem Jungen endlich ein klein wenig näher, wenn nicht, würde die Distanz zwischen ihnen noch größer.

Nach kurzem Schweigen antwortete Gestur endlich, wobei er sich umblickte, als wolle er sichergehen, dass ihn sonst keiner hörte: »Meer?«

Es war wohl erst das siebte Wort aus seinem Mund seit Ostern, und es fiel ihm von den Lippen wie ein kiloschwerer Stein. Lásis Gesicht leuchtete auf.

»Ja, du bist wirklich helle, mein Junge! Genau das ist es, was fehlt. Das Christentum vergisst ständig das Meer. Und darum hilft es einem Seemann nicht, Gott den Allmächtigen um Hilfe zu bitten, weil der nicht weiß, was das Meer ist. Diesbezügliche Anfragen leitet er immer an den alten Noah weiter, der aber lediglich ein einfacher Skipper ist und nicht an das Meer erinnert werden kann, ohne dass er losbrümmelt.«

Lási hatte so viel Spaß an dem letzten Wort, das er gerade erst erfunden hatte, dass er es einige Male wiederholte und dabei einen weiteren Nagel einschlug. Weiter kam er gerade nicht, als müsse er erst darüber nachdenken, was das Wort genau bedeuten solle. Das pausenlose Fragen und Hämmern in dieser Hypothesenwerkstatt des Alten hatten den Jungen ins Nachdenken gebracht, die Mühle mahlte. Gestur überraschte sich selbst, als er fragte: »Und was ist das Meer?«

»Wie?«, wunderte sich der Alte. Der Junge hatte eine Frage gestellt!

»Wenn der Himmel der Vater ist, die Erde der Sohn und die Luft ... das, was du gesagt hast ... was ist dann das Meer?«

»Hm, da sagst du was!« Lási wurde ganz kregel. Er legte den Hammer weg und stützte, auf der Brücke kniend, die Hände auf die Schenkel. Der Junge hatte die Sprache wiedergefunden! Und er hatte Grips im Kopf. Außerdem wurden diesem guten Professor nicht oft Fragen aus dem Hörsaal gestellt. Er blickte sehr feierlich und hob die Stimme: »Tja, das Meer ist die Mutter, die Frau. Die Tiefe selbst ... das, woher das Leben kommt. Aus dem Aufeinandertreffen von Himmel und Meer entsteht das Land. Und die Frau ist genau das, was das Christentum vergisst. Stell dir vor, in allen anderen Religionen, heidnischen, buddhistischen, bei den Hindus, im Taoismus, in Rom und Athen ... überall gibt es Götter und Göttinnen, verehrt und verewigt, nur unser Gott ist ein verstockter Junggeselle. Er schläft mit keiner Frau, höchstens alle dreitausend Jahre oder so, weil er weiß, was für Folgen das haben kann. Guck dir nur die Geschichte des Christentums an! Wir haben doch noch immer unter diesen Ungereimtheiten zu leiden. Ein Früchtchen aus einem solchen Techtelmechtel, ein uneheliches Armenkind, das auch noch die andere Wange hinhält, und anschließend soll die halbe Weltbevölkerung, freiwillig oder gezwungen, gehalten sein, dasselbe zu tun. Stell dir vor, ganze Völker werden mit vorgehaltener Waffe gezwungen, die Wange hinzuhalten! Als brächte es etwas, einem Schwert die Wange hinzuhalten. Und das alles wegen der Vaterschaft, weil er der Sohn Gottes ist, geboren aus der Fut einer Frau, ihr Jungfernhäutchen auf dem Kopf, was eigentlich die schönste Krone der Welt wäre, aber nein, sie müssen das Prunkstück in eine Dornenkrone verwandeln, diese Päpste!«

»Was ist eine Fut?«

»Eine Fut ist die Dose, Feige, Fotze, Gletscherspalte, Lustgrotte, Möse, Muschi, Pflaume, Ritze, Sackgasse, Scham, Scheide, Schlitz, Schlupfloch, Schmuckschatulle, Schnecke, Schoß, Spalte einer Frau. Da hast du's alphabetisch sortiert.«

Jedem Wort folgte ein leichter Hammerschlag, denn der Handwerker überprüfte seine Arbeit und klopfte aus alter Gewohnheit ein letztes Mal auf die Nagelköpfe, die aber schon so tief im Holz schlummerten, dass nur noch die blanken Köpfe zu sehen waren wie Sterne in der Nacht. Waren die Sterne nicht vielleicht bloß die Köpfe von Nägeln, mit denen der »himmlische Handwerker« das Gewölbe fixierte? Die alte Grandvör behauptete dagegen, die Sterne seien »verblichene Seelen«, was auch immer das sein sollte, während die Mallamama meinte, sie seien kleine Löcher im Fußboden des Himmelreichs, darin sei es immer hell, auch in der Nacht. »Sieh mal, jetzt wischen sie im Himmel den Fußboden«, hatte sie gesagt, als sie einmal im Dunkeln nach Hause gingen und Nordlicht über das Firmament tanzte.

»Bedeutet dieses eine Wort all die anderen?«, erkundigte sich Gestur. Das Eis war gebrochen, Lási hatte ihn in eine Unterhaltung verwickelt.

»Oh ja, und das ist noch nicht alles, es bedeutet noch viel mehr, den Eingang des Tiers und den Ausgang des Menschen, den Wohnort der Träume und den Anfang aller Kriege, die heftigsten Albträume und den Ort der Glückseligkeit zugleich.«

»Wie kann ein Wort so vieles bedeuten?«

»Weil aus ihm alle anderen Wörter hervorgehen.«

Lási seufzte und sah sich nach weiteren Nägeln um. Dabei fiel sein Blick auf die Hündin Júnó, die auf dem Uferkamm mit ihrem braunen Fell unter einem schwarzen Köter stand. »Siehst du die Júnó dahinten? In drei Monaten wird das Wort Welpe aus ihr herauskommen.«

»Was? Kann sie etwa sprechen?«

»Ja, mit dem Hinterteil«, erklärte Lási und seufzte noch einmal, dann entdeckte er einen herausstehenden Nagel und rutschte darauf zu. »So ist das Leben, mein Gestur, es drückt sich immer am besten mit dem Hinterteil aus.« Wie um seiner Aussage Nachdruck zu verleihen, entfleuchte dem Hintern des wie ein langbärtiger, hornloser Widder auf der neuen Bühne knienden Brückenbauers ein kleiner Furz.

»Du pupst aber nicht viel«, kommentierte der Junge.

»Wie?«

»Du pupst nicht viel. Papa Kopp furzt dauernd, aber nur wenn wir allein sind. Nie, wenn Dína, Sigga oder Tedda dabei sind. Du aber pupst so gut wie nie.«

»Äh, hier in dieser dünn besiedelten Gegend müssen wir alles behalten, was wir haben.«

Gestur tippte nachdenklich mit dem Fuß gegen den Stiel eines Vorschlaghammers, der aufrecht in der Nähe stand. Nachdem er die Sprache wiedergefunden hatte, kamen ihm allerlei Gedanken.

Habe ich jetzt drei Väter?

Zuerst hatte er Eilífur, von dem Lási andauernd sprach, an den er sich aber überhaupt nicht erinnerte. In Fagureyri nannte man ihn einen Dieb, doch in diesem Fjord hier zählte man ihn fast zu den Heiligen. »Eilífur in Stundarkot, der war der ehrenwerteste Mann hier. Wenn für jemanden auf dem himmlischen Schlafboden da oben das wärmste Glücksnest reserviert ist, dann für deinen Vater. Er war ein Ausnahmemensch«, hatte Lási dem Jungen mehrmals eingetrichtert.

Im Anschluss hatte er seinen Kaufepapa bekommen, der war gut zu ihm gewesen, hatte ihn dann aber ohne jede Erklärung fortgeschickt. Und jetzt sollte er diesen alten Mann seinen Vater nennen, der hier auf kaputten Knien über einer Schachtel Nägel hockte, ein paar herausgriff und sich drei davon in den Mund steckte. Als er das Kinn auf die Brust senkte, breitete sich der Bart darunter aus wie ein Latz. Lási kam auf Knien zurückgerutscht, die Nägel im Mund wie ein schiefzahniger Ziegenbock und die Schachtel hinter sich herziehend. Und wie Gestur ihn beobachtete, wuchs in ihm die Überzeugung, dass dieser Mann nie sein Vater sein würde. Er wollte keine drei Väter, er wollte zurück zur Nummer zwei, die er so sehr vermisste.

Hammerschläge hallten von den Bergwänden wider, Männer arbeiteten tüchtig in der Morgensonne. Júnó kam auf die Brücke getrabt, schnupperte an den Brettern und sog den Duft des frischen norwegischen Holzes ein, das auch ein wenig salzig nach Meer roch. Dazu wackelte sie mit dem Hinterteil, als hätte sie zwischen Land und Meer endlich ein Heimatrevier gefunden, eine bunte Mischung einheimischer Bauernköter und ausländischer Schiffshunde.

Gestur ging ans splitterneue Ende der Brücke, blieb dort stehen und schaute ins Wasser, das in diesem Licht ganz durchsichtig war. Zwei junge, gelbe Dorsche winkten ihm mit dem Schwanz und eine Qualle trieb an der Oberfläche wie der alte Rülpser eines Hais. Gestur schaute über das Land um den Fjord und darüber hinaus. Es war Hochsommer, Schneeflecken lagen nur auf den höchsten Gipfeln; an und für sich war der Fjord schön, und trotzdem dachte er an seine Malla, die Mallamama, und das ganze gute Essen, das sie für ihn zubereitet hatte, denn das war das Übelste an dieser Skriðabruchbude, dass es immer nur Fisch gab, zu allen Mahlzeiten, kalten Fisch, warmen Fisch, widerlichen Fisch … Kein Zucker, kein Kandis, kein Kuchen.

Warum hatte man ihn hierhergeschickt? Warum hatte Kaufepapa ihn abgeschoben? Hatte er etwas verbrochen? Zu viele Kekse genascht? Oder weil er Malla Mama genannt hatte, und nicht Frau Undína? Warum hatte ihn die sonst so stille Frau auf einmal angeschrien? Vielleicht deshalb? Hätte er sie Mama nennen sollen, da Kopp sein Kaufepapa war?

Mitten in diesen Gedanken wurde er plötzlich in einer fremden Sprache angerufen. Der Junge trat an die östliche Kante. Unter ihm lag ein Boot, und darin stand ein dunkelbrauiger Mann, der ihm eine Trosse mit einem großen Auge am Ende zuwarf. Ein zweiter Mann lag im Boot und schlief. Obwohl Gestur die Sprache nicht verstand, verstand er die Aufforderung; der Mann wollte, dass er die Leine über den Poller warf, den nagelneuen Poller. Er tat es, ohne sich klarzumachen, dass damit zum ersten Mal ein Schiff an der ersten Brücke im Segulfjörður unmittelbar an Land festmachte. Danach sah er zu, wie der dicht und schwarz behaarte Matrose mithilfe des Taus die Brücke enterte und klein, kräftig und krummbeinig an Land stiefelte.

Gestur blieb nachdenklich zurück, und sein Blick wanderte über die sonnenhellen Planken zu Lási und den übrigen Zimmerleuten, die dort mit sonnenbeschienenen Rücken über ihren Nägeln knieten, und hinab zu dem Boot, das er an der Brücke festgemacht hatte, zu dem Mann, der immer noch schlafend im Bug lag, und zu irgendwelcher Ladung unter einer Plane aus Segeltuch im Heck. Lange brauchte er nicht zu überlegen, er packte das Tau, wie es der dunkle Mann getan hatte, und turnte ins Boot hinab. Dabei klopfte sein Herz vor Angst, den Schlafenden zu wecken. Doch obwohl das Boot leicht schaukelte, als Gestur hineinstieg, rührte sich der Mann nicht. Dann versteckte sich der Junge unter der Plane und sah schon vor sich, wie sehr sich Malla freuen würde.

Kapitel 2

Séra Árni

Der neue Pfarrer, Séra Árni Benediktsson, war eine prächtige Erscheinung, groß und kerzengerade, ein längliches Gesicht mit dunklen, glatten Haaren, und mit einer Eigenschaft begabt, die man »weitäugig« nannte. Unter mustergültigen Augenbrauen fanden sich Kilometer, ganze Jahrzehnte, da kam ein Mann, der die Zukunft sah. Er war ein knapp Dreißigjähriger aus der Stadt, der in jeder Hinsicht begabt war, besonders für die Musik, doch am Ende musste er sich damit begnügen, Pfarrer zu werden, wie alle talentierten Isländer damals. Die Kirche war das einzige Asyl für begabte Heiden. Das ganze Volk glaubte an den Altar, nur nicht die, die an ihm den Gottesdienst zelebrierten. Dort stand in der Regel ein Skeptiker, der den ganzen Zinnober durchschaute, aber sich lieber einen Talar überstreifen ließ, als in Lumpen durch tunnelartige Stalleingänge zu waten und für Spottstrophen um Essen zu betteln wie die genialen Lumpenpoeten vom Schlag eines Bólu-Hjálmar, einer Látra-Björg oder eines Sólon Íslandus.

Nach dem Schulabschluss hatte sich Árni Benediktsson sieben Jahre lang in der Hauptstadt in schlechter Gesellschaft herumgetrieben, in sämtlichen Cafés auf dem Piano geklimpert und dafür Küsse von Frauen eingeheimst, war aber jeden Abend nach Ladenschluss horizontal hinausgetragen worden. Er hatte weder Braut noch Kinder, als er eines Morgens völlig verkatert aufwachte und sich für ein

Theologiestudium einschrieb. Einige Semester und einen Sérakragen später setzte man ihn in einem dunklen Fjord in ein Beiboot und ruderte ihn in ein neues Leben.

Als er allein am fremden Ufer stand – umringt von gefleckten, schartigen Bergen, die schneereich über ihm im Aprilzwielicht strahlten, vor ihm die Kirche in der Mitte der Halbinsel (allein, als würden die anderen Häuser sie meiden), schimmelgrau schimmernd, fast wie eine Frau im Nachthemd –, da wurde er augenblicklich zum Mann, musste er umgehend zum Mann werden. Von nun an trug er die Verantwortung für den gesamten Fjord und seine Berge, er war ihr Hirte! Diese eiskalte Entdeckung schlug ihn so hübsch vor den Kopf, dass er schlagartig nüchtern wurde. Auf der Fahrt um die halbe Insel an Bord des Küstenschiffs *Thyra* hatte er ohne Unterbrechung getrunken, in der Gemeinschaft der übrigen frisch ordinierten Pfarrer (sie waren alle ebenso voll wie er an Land gerollt, oder würden es noch tun, jeder in seinen Fjord), doch an Land verflüchtigte sich der Alkohol augenblicklich aus seinem Kopf. In seinen Schuhen aber schwappte es noch, denn in dem Schneematsch auf der Halbinsel war er mehrmals ausgerutscht, und so klopfte er matschverschmiert und nach Schnaps stinkend an die Tür des Madamenhauses.

Die Wirtschafterin Rannveig öffnete die Tür und zog gleich die Brauen hoch. Hinter ihr auf dem knarrend trockenen Dielenboden am Ende der Treppe standen gefasst und gepudert zwei Pfarrerswitwen und dachten das Gleiche: Einen dermaßen innen wie außen angefeuchteten jungen Mann hatten sie nicht mehr gesehen, seit sie ihren Ehemännern begegnet waren. Was hatte es eigentlich mit diesem Priesterseminar auf sich, lernte man da nur zu saufen?

Seit sich Séra Jón ins Grab geworfen hatte, waren zwei geistliche Lieferungen in Segulfjörður eingetroffen. Erst kam ein zweiter Jón, anfangs Séra Jón der Zweite genannt, bevor man ihn Séra Jón der Zweitbeste taufte. Nach nur zwei Jahren berief Gott ihn aus dem Fjord ab, indem er ihn in den Osten verheiratete. Auf ihn folgte Séra Eggert, um auf diesem letzten Posten seine berufliche Laufbahn abzuschließen. Er trank weniger als die vorigen und war eigentlich nie richtig betrunken außer an Gottesdiensttagen, doch seine kräftig gebaute Frau sorgte stets dafür, dass nichts aus dem Ruder lief; sie saß mit dem Manuskript in der ersten Reihe und flüsterte ihm, falls nötig, Stichworte zu wie eine Theatersouffleuse. Beide waren im letzten Winter sehr professionell verstorben.

»Wäre es nicht das Beste, Sie zögen diese nassen Sachen aus?«, meinte Rannveig zu dem jungen Mann aus der Stadt, suchte ihm eine Hose und alte Liebestöter des zweitbesten Jón heraus und schloss die Tür. Der frisch ordinierte Árni erhielt seine zweite Weihe, indem er seine südliche Kleidung gegen nördliche tauschte, und erschien als neuer Mann im Wohnzimmer. Dort stellte er sich ans Fenster, ließ einige Sekunden seinen Bart wachsen und gab seiner Stimme einen verantwortungsbewussten Tonfall: »Ich wünsche einen schönen Abend. Haben Sie Dank für das freundliche Willkommen. Hier ist ... hier ist ein gutes Haus.«

»Willkommen! Ich bin Guðlaug, die Witwe des seligen Séra Jón.«

»Und noch einmal willkommen, ich heiße Sigurlaug, Witwe von Séra Þorarinn, Gott hab ihn selig.«

Sie gaben sich die Hand, und die Dielen knarrten leicht, als er dazu einen Schritt vortrat. Die Madams waren einen Kopf kleiner als er, trugen schwarze Röcke und das schwarze Käppchen mit der Quaste auf den grauen Haaren. In dem Augenblick hatte er die Eingebung, dass er in ein verwunschenes Haus gekommen war. Diese feinen, vornehmen Damen würden auch ihn überleben, auch er würde ein Exponat in diesem Pfarrerswitwenmuseum abgeben. Sein Nachfolger würde einmal von drei solchen Witwen begrüßt werden. In den gräulichen, altersglänzenden Augen der Frauen sah er Jahre der Enttäuschungen, Wochen hoffnungsfroher Langeweile und schließlich die Erleichterung, die ihnen der Tod beschert hatte. De facto führten Pfarrerswitwen mit das beste Leben, das in diesem Land möglich war. Der Fonds sicherte ihnen Einkünfte, ein Haus und eine Haushaltshilfe. Sie waren aller Mühen ledig und, was das Beste war, auch ihrer Männer, der ewig besoffenen und verkaterten. Árni erkannte, obwohl diese Frauen es sich nicht gut gehen lassen konnten, verlebten sie hier bessere Tage als je zuvor in ihrem Leben. Gleichzeitig erreichten die Witwen an diesem einen Abend etwas, das dem Priesterseminar in zwei Jahren nicht gelungen war: Sie erlösten ihn aus Bacchus' Armen.

Vielleicht kam es von dem schlechtem Gewissen, direkt aus einer Kneipe hierhergekommen zu sein (in seinem Hinterkopf ertönte noch immer die dänische Hymne, die er erst vor zwei Stunden zusammen mit seinen Kumpanen zu volltrunkener Klavierbegleitung im Speisesaal des Schiffs gegrölt hatte: *Kong Christian stod ved højen mast*), doch er wollte diesen liebenswürdigen Doppelkinnen unbedingt beweisen, was er konnte. Gleich am nächsten Tag legte er los. Aus seinem Fenster im Obergeschoss des Madamenhauses blickte er weitsichtig über den Ort und fühlte, dass der sein Leben ausfüllen und er ihn mit Leben erfüllen sollte.

Seinen ersten Arbeitstag begann der neue Pfarrer damit, die Kirche zu inspizieren. Bevor die Woche um war, hatte er ein Taufbecken, einen Altarleuchter, Verkleidung und schwarze Farbe für die Außenwände, Glas für ein zerbrochenes Fenster und neue Schaufeln für den Friedhof bestellt. Er stimmte das Harmonium, die »Fahrnis von Votey«, begann sogleich sein Hausvisitationsbuch zu füllen, indem er jeden Haushalt des Orts besuchte, und hängte im Vorraum der Kirche einen Gottesdienstkalender auf. Die Leute hatten das Gefühl, irgendeine Art von Zukunft sei in ihrem Fjord angebrochen. Dieser neue Pastor war voll von allem Möglichen, nur nicht voll Schnaps. Ja, endlich war das Glück mit den Segulfjordern. Sie hatten in der großen Pfarrerslotterie gewonnen.

Gleich am ersten Sonntag rief Séra Árni zum Gottesdienst, und am Sonntag darauf gleich wieder. Doch als die Leute am dritten Sonntag in Folge zur Kirche kommen sollten, ging das Kühmen los. Die vorigen Pfarrer hatten dreimal im Jahr Gottesdienst gehalten. Konnte man den jungen Brausekopf nicht mit anderen Aufgaben beschäftigen? Eine Woche später nahm er einen Platz im Gemeindeausschuss ein. Der kultivierte Herr mit den Klavierfingern setzte sich mit den seesalzig bebarteten Alteingesessenen an einen Tisch. Sie mochten ihn nicht, dieser feine Schnurrbart wusste ja nicht einmal, was eine Haileine war. Der neue Gemeindevorsteher, der gewiefte und seidenweiche Hafsteinn Guðsteinsson mit seinem schaukelnden Gang und seiner ausgleichenden, versöhnenden Art ließ kein Misstrauen zu, und holte aus allen das Beste heraus.

Und genau guckt bekanntlich das Auge des Gasts. Séra Árni sah, dass die vordringlichste Aufgabe hier darin bestand, eine Anlegebrücke für Schiffe zu bauen. Die Küstenschiffe verkehrten mittlerweile nach einem festen Fahrplan, Walfänger aus Norwegen liefen hier ein und aus und hatten mit Zustimmung des Gemeinderats in einen eigenen Lagerschuppen auf der äußersten Spitze der Landzunge investiert, und darauf hatte *Krónufélagið*, die Handelsgesellschaft Krone, das große Handelsimperium im Norden, Fischerhütten und einen Kaufladen errichtet. Auf der Freifläche dahinter, gleich beim Friedhof, kochten die Fischfang betreibenden Bauern in riesigen, in die Erde eingegrabenen Zubern mit dem dazugehörigen Qualm und Gestank ihren Hailebertran. An diesen Tagen rauchte es auf der Halbinsel wie von Pfannkuchen in einer Pfanne. Außer dem Madamenhaus standen inzwischen vier weitere Holzhäuser auf Fanneyri, keine Bauernhäuser, sondern richtige Bürgerhäuser, das des Gemeindevorstehers, eins für den Faktor, eins für den Arzt und das Norwegische Haus. Eine Oberschicht von neun Honoratioren war entstanden: der Pfarrer, der Arzt, der Gemeindevorsteher, der Kaufmann und sein Assistent, die Pastorenwitwen und der norwegische Böttcher Öyvind Jessen mit Frau. Solche Personen mussten trockenen Fußes ein Schiff betreten können, ein Hafen ohne Landungsbrücke war wie ein Haus ohne Tür.

Diese Argumentation behielt der Pfarrer allerdings für sich, für einen Ausbau des Hafens hatten die Haibauern im Ausschuss kein Verständnis, zu Beginn einer Fangzeit »schob« man die Boote ins Wasser und an ihrem Ende »bockte« man sie auf. Landestege waren etwas für Menschen, die in dänischen Schuhen in See stechen wollten, und als solches Tinnef. Man stritt um das Vorrecht von Christenmenschen, mit nassen Füßen zur Kirche zu kommen, und zitierte Jesus, der übers Wasser gegangen war und mehr dergleichen. Doch es lief, wie später noch so häufig: Während man sich noch am Verhandlungstisch stritt, glitt derselbe Tisch schon, unmerklich für die Streitenden, in die Zukunft. Manchmal sind harte Auseinandersetzungen bloß ein kleines Vorspiel für große Veränderungen. Und als leise Andeutungen zu kursieren begannen, die norwegischen Walfänger hätten vor, für sich eine Landungsbrücke zu bauen, kamen die Haijäger überein, sofern es dem Pastor gelänge, das Geld für einen solchen Bau aufzutreiben, stehe es ihm frei, sich eine solche Uferveranda zu erbauen.

Séra Árni nutzte seine Beziehungen zu den Kaffeehäusern »da unten« (wie man die Hauptstadt hier oben manchmal nannte) und erreichte tatsächlich die Finanzierung einer Landungsbrücke aus Staatsmitteln. Es war allen klar, dass sich der beste Platz für ein solches Bauwerk nur unmittelbar unterhalb der Kirche befinden konnte, in der Mitte des fjordeinwärts liegenden Ufers der Landzunge. Exakt da hatte der Pfarrer sie nach einem Gottesdienst von den Stufen der Kirche aus vor sich gesehen, als er den Kirchenbesuchern nachblickte, wie sie zu ihren Sechsruderern trotteten. Ein Jahr später stand die Brücke genau da, wo der Pfarrer sie vor sich gesehen hatte.

Kapitel 3

Achse des Fjords und Jahreswechsel der Natur

Als der Pastor auf einem nächtlichen Spaziergang zur Sommersonnenwende, der ersten nach dem Brückenbau, allein auf dem Fanneyrisattel hoch über dem Ort stand, ging ihm auf, dass er ganz überraschend ein gewisses Planungstalent bewiesen hatte. Es hatte nach jenem Gottesdienst auf der Kirchentreppe zu ihm gesprochen wie eine göttliche Offenbarung anderer Art. Jetzt erkannte er, dass Sonne, Kirche und Brücke auf einer geraden Linie durch die Mitte des Fjords lagen. Erstere saß gerade mitternachtsrot auf dem Horizont im Norden, und Kirche und Brückenkopf fluchteten in gerader Linie mit ihr, der Schatten des Kirchturms fiel genau bis zum Ende des Landungsstegs. So erhielt der Fjord von Nord nach Süd eine Art Rückgrat, vom Feuernachen über das Kirchenschiff zum Fischerboot.

Dazu fiel Séra Árni eine Geschichte ein, die er im Sekretariat des Landvogts in Reykjavík mit angehört hatte, wo er eine Weile als Sekretär gearbeitet hatte, weil seine Handschrift als schön und leserlich bekannt war. Ein dänischer Beamter, der im fernen Paris zu Besuch gewesen war, hatte dem Landvogt vorgeschwärmt, wie groß und dicht bevölkert die Stadt sei. »Jedes Haus dort ist so hoch wie die Wände in der Almannagjá und quillt von Bewohnern über. Es gibt mehr als zehntausend solcher Gebäude!« Um einen solchen Ameisenhaufen zu ordnen, hatte man die Stadt von Ost nach West und von Süd nach Nord mit breiten Boulevards durchschnitten und sie so in Viertel unterteilt. »So kommt man ohne eine einzige Biegung vom Platz der Bastille am Rathaus und dem riesigen Museum im Louvre vorbei bis zu den Elysiumsfeldern. Alles ist an einem Faden aufgereiht, der durch das altägyptische ›Nadelöhr‹ auf dem Concorde-Platz bis zum Triumphbogen reicht. Diese Strecke heißt *Axe historique* oder Achse der Erinnerung.«

Vor Séra Árnis Augen erstand die Brücke als Bastille, die Kirche als Plaçe de la Concorde und die Sonne als Triumphbogen. Und plötzlich sah der Geistliche in einer aufregenden, tiefroten Vision, wie sich die Halbinsel, ausgehend von der neuen Ortsachse rasend schnell mit Häusern füllte, bis kaum noch ein freier Fleck übrigblieb, und Straßen liefen auf Pfählen bis zum Wasser, eine Unzahl von Kais und Stegen ragte von Fanneyri in den Fjord wie Strahlen der Sonne, und an Land wuchsen hohe Schornsteine, zahllos und himmelhoch, und spien weiße Rauchwolken, und im Totwasser hinter der Landzunge lagen Trauben von Segelbooten und Schonern so dicht, dass der ganze Pollur fast wie ein einziges Schiffsdeck aussah; die Masten bildeten einen laub- und segellosen Wald.

Aber was war passiert?

Séra Árni stand noch benommen da und kam erst langsam wieder zu sich. Er hatte ganz Paris in seinen Fjord geholt, und die französische Flotte gleich mit. Als sich die Vision verflüchtigte, sah er wieder die Realität: ein im Meer planschender, roter Sonnenball vor einer einzigen hölzernen Brücke, vier Holzhäusern, drei Lagerschuppen, einigen unbedeutenden Grassodenhäusern und den Umrissen von einfachen Hütten ohne Landwirtschaft. Vor dem Torfhaus, das der Kirche am nächsten stand, sah er ein Gespenst watscheln, an der Ostecke des Kohlgartens blieb Sakarías, in sein weißes Laken gewickelt, stehen und stützte sich auf den eigenen Harnstrahl.

Der junge Geistliche stieg vorsichtig den Hang hinab und schüttelte den Kopf über seine putzige Vision, doch merkte er sich die Tatsache, dass er für die Anlegebrücke genau die richtige Position gewählt hatte. Von dem Einfluss, den ein einzelner Mensch auf einen ganzen Fjord ausüben konnte, wurde ihm leicht schwindelig. Als er sich dem Ort näherte mit seiner offenen Trankocherei, dem Pferch zur Trennung der Lämmer von den Mutterschafen, den rotgefleckten Kühen des Gemeindevorstehers und den gräulichen Schafen des Arztes, Möwen am Ufer, schrill kreischenden Küstenseeschwalben und einem Raben auf dem First der Kirche, da wurde ihm klar, dass es ihm zukam, das nächste Haus im Ort zu gründen.

Leichtfüßig setzte er über den Bach am Fuß des Berges und ging am Haus des Arztes vorbei den Schafspfad unterhalb der Kirche entlang zum Madamenhaus. Behutsam schloss er die Tür hinter sich und ging lautlos die Treppe hinauf in sein Zimmer. Es drangen noch Geräusche aus dem Kellerraum des Personals und Töpfeklappern aus der Küche, doch die alten Damen hatten sich bereits zur Ruhe begeben und schliefen mit Flaumbärtchen und geistlich versiegelten Schößen den friedlichen Schlaf der Ewigkeit. Wie viele meiner Kollegen werden ebenfalls von ihren Vorgängern zwei Frauen geerbt haben, überlegte Séra Árni, während er seinen glatthaarigen Kopf aufs Kissen legte. Sie sind ja in vielem sehr nett, aber eben doch verdammt alt und riechen aus dem Mund, lachte er im Stillen. Ich muss mir eine Frau besorgen! Wo aber soll man hier eine passende Partie finden? Hier gibt es nichts anderes als junge Kühe oder welche, die dumm sind wie Bohnenstroh. Die neue Hauswirtschafterin ist ganz ansehnlich, aber doch etwas sehr kräftig gebaut.

Eigentlich hatte er sich heimlich mit einer klugen, jungen und aus guter Familie stammenden Frau aus Bíldudalur in den Westfjorden verlobt geglaubt, der Kaufmannstochter Vigdís Thorgilsen, doch nun war schon ein halbes Jahr vergangen, seit er ihren letzten Brief erhalten hatte. Den hatte er am Tag vor Heiligabend, dem Tag des heiligen Þorlákur, allein oben in seinem Zimmer gelesen. Was darin stand, war für ihn Musik, die er mit dem Herzen begleitete. Am nächsten

Tag war er in die Kirche gegangen und hatte sie mit kalten Fingern, aber heißem Herzen in Noten für das Harmonium umgesetzt. Die Noten und seine Antwort waren mit dem nächsten Boot abgegangen, doch bis jetzt war kein Brief mehr von ihr gekommen. In den vier Jahren, die vergangen waren, seit sie sich heimlich einander versprochen hatten, hatten nie mehr als zwei Monate zwischen ihren Schreiben gelegen. Jetzt schien etwas dazwischengekommen zu sein. Hatte sie womöglich von dem erfahren, was ihm auf der Tour zur Examensfeier passiert war? Da war er irgendwie von seinen Kollegen getrennt worden und in einem ärmlichen Haus in Keflavík in den Armen einer Unbekannten erwacht, in deren Lächeln ein paar Zähne gefehlt hatten. Er war überzeugt, dass ihm sein neuer Chef, Gott, vergeben würde, denn es wurde unter der Hand nahezu empfohlen, dass sich die frisch examinierten Theologen in der Zeit zwischen den Abschlussprüfungen und der Ordinierung so weit wie möglich die Hörner abstießen, damit sie in der Zeit danach ihre Gemeindekinder in Frieden ließen. Doch Vigga würde ihm einen solchen Fehltritt natürlich nie verzeihen. Und selbstverständlich hatte sich die Sache herumgesprochen. In der Baðstofa in Keflavík hatten nicht weniger als fünfzehn Menschen geschlafen. Und das unverschämte Grinsen auf ihren Gesichtern! Dieses gottverdammte Morgengrinsen!

Mit Sicherheit war der Klatsch darüber mit den Fischen bis in die Westfjorde geflogen. Ja, es war bestimmt vorbei, und das auf so beschämende Weise, er hatte eine der besten Partien des Landes für eine zahnlose Armenhäuslerin geopfert! Der Pastor biss sich auf die Lippe und bückte sich, um aus seinem nach Norden weisenden Fenster zu schauen. Es war Viertel nach Eins, nur fünf Minuten bis zum Sonnenaufgang. Er stützte die Ellbogen auf das kühle Fensterbrett und wartete, Vigdís' Gesicht in seinen wellengekräuselten Gedanken schwimmend.

Draußen fand der Höhepunkt des Jahres statt, der einzig wahre Jahreswechsel der Natur, zelebriert nach den üblichen Bräuchen dieser Feier. Zwanzig Minuten vor Mitternacht hatte sich die Sonne hinter schön rotem Wolkengesang zurückgezogen, gleichzeitig verstummten alle Vögel und steckten die Köpfe unter die Flügel. Sogar die Möwen und die meisten Küstenseeschwalben hatten sich an diese Regel gehalten. Die mitternächtliche Göttin mit den rosenroten Wangen pflegte in dieser Nacht ein kurzes Bad im Meer zu nehmen, es dauerte exakt neunundzwanzig Minuten. Dann erhob sie sich salzgelb aus den Fluten und beorderte alle aus den Federn: Versäumt nicht die Schönheit der Welt! Stellt euch auf den Gipfel eurer Tage! Lebt in dieser Nacht, damit ihr morgen sterben könnt! Doch keiner leistete diesen Aufforderungen Folge, bis auf den jungen Pfarrer, der durch die Fensterscheibe zusah, bis sich die Sonne ein gutes Stück über den Meeresspiegel erhoben hatte, dann ging auch er zu Bett.

Über dieser nördlichen Einsamkeit wölbte sich ein klarer Himmel, völlig leer und übervoll zugleich, leer von Aufgaben und Sorgen, voll von Geist und Glauben. Kleine Wellen plätscherten im äußeren Teil des Fjords, spiegelglatt lag das Wasser im Pollur hinter der Landzunge, und kein Halm regte sich auf Wiesen und Dächern. Im Lagerhaus des Krónufélag schlug eine Tür, danach war nichts zu hören außer vereinzeltem Schwalbengekreisch am Ufer. Hier verging die schönste Nacht des Jahres, und die Fjordbewohner verschliefen sie aus Müdigkeit und Erschöpfung. Am wehsten tut die Armut, die sich nicht einmal das leisten kann, was umsonst ist.

Kapitel 4

Harnwache

Wenn wir noch ein klein wenig bei dem Bild verweilen, sehen wir, wie ein Männerkopf in diesen hellen Fjordsaal späht, denn nun öffnete sich langsam die Kirchentür und ein weißbärtiger Altmännerschädel mit einem weißen Leintuch um die Schultern trat über die Schwelle. Er drehte sich um und schloss die Tür, tappte dann die Stufen in Richtung Anlegerbrücke hinab, und unter der Toga wurden graue, grob gestrickte Wollunterhosen und Socken von gleicher Farbe sichtbar, keine Schuhe.

Der alte Sakarías schlief im Hochsommer in der Regel wenig. Es war dann auch in seiner Blase hell, und er ging häufig durch Gärten und Wiesen und erfreute die nach Wasser dürstenden Blümchen mit seinen Urinstrahlen, vielen, kurzen und senkrechten. Auf diesen Harnwachen tapste er weit auf der Halbinsel umher, nahm seine Helligkeitsmessungen vor oder saß in der Kirche und käute Psalmen wieder. Ein Gesangbuch hatte er fast durch. Doch seitdem es den neuen Anleger gab, beendete er sein nächtliches Herumstromern meist an dessen Rampe, wo er ganz vorsichtig seinen Fuß darauf setzte. Jede Nacht traute er sich ein Schrittchen weiter, doch dann zog er sich so schnell wie möglich zurück, als befände er sich schon auf der hell leuchtenden Brücke, die der Herr vor seine Auserwählten stellt, um ihnen den Weg über den Himmelsfluss zu verkürzen; doch nur wenige sind mutig genug, darüber zu gehen, weil das Licht des

Reichs auf der anderen Seite so gleißend ist, dass es aussieht, als würde die Brücke im Nichts enden.

Wohin mag diese Rampe wohl führen?, dachte Sakarías auf dem Heimweg und erschien in der folgenden Nacht wieder, um sich einen weiteren Schritt vorzuwagen.

Kapitel 5

Sorgenhelle Sommernächte

Wo war Gestur? Sieben Tage waren seit dem Verschwinden des Jungen vergangen. Davor hatte er ebenso lange geschwiegen und schlecht geschlafen. Wie aber konnte es passieren, dass sich der Junge in Luft auflöste? Nicht einmal Júnó hatte mitbekommen, wo er hingegangen war. Ins Meer? Konnte das sein? Durchaus, aber es war nichts an Land gespült worden. Das französische Schiff war längst ausgelaufen, der norwegische Dampfer ebenfalls. Er und Gemeindevorsteher Hafsteinn waren an Bord beider Schiffe gegangen, aber sie hatten nichts gefunden, nichts gehört. Wie konnte so ein Lausebengel unter den Augen von Sonne und siebzehn Menschen einfach verschwinden? Mir nichts, dir nichts von der prächtigen und funkelnagelneuen Brücke verschwinden? Hatte die Sonne ihn verschluckt? War er mit einem schleimigen Schlürflaut ins Sonnenlicht gesaugt worden?

An den hellen Abenden saß Lási draußen vor seinem Haus auf seinem alten Dengelhocker und blickte hinüber zur Halbinsel mit der verfluchten, eine Woche alten Brücke, gespickt von Schrauben und Vierzöllern. Es kam ihm so vor, als sei sie für das plötzliche Verschwinden verantwortlich. Wie sehr er den Jungen vermisste! Nicht nur weil Gestur der Sohn seines Freundes Eilífur war und ihm seinetwegen das Gewissen schlug – der letzte Spross der Stundarkotfamilie! –, den alten Mann hatte die Rückkehr des Jungen nach Segulfjörður richtig aufgemöbelt: Endlich gab es wieder Leben auf dem Hof, Hoffnung und eine Zukunft, einen wachen Verstand und jemand, mit dem man reden konnte. Aus seiner Schwiegermutter hatte er seit Langem alles herausgeholt, im Übrigen hatte sie das Reden eingestellt, gegenüber seiner Frau hatte er es mit dem Heiratsantrag genug sein lassen, Frauen unter sechzig hatten wenig zu sagen, und Jónas der Knecht hatte sich davongemacht, nachdem er zwei Paar Fuchsaugen in den zähen Boden gepflanzt hatte, den seine Tochter Snjólaug darstellte. Vor ein paar Tagen, als man ihn für einen Arbeitsauftrag nach Stund gerufen hatte, hatte Lási gemerkt, dass ihn nichts in ein Haus ohne den Jungen zurückzog, und er hatte das Angebot, zu übernachten, angenommen, obwohl der Heimweg nicht länger als eine Stunde gedauert hätte. Am taunassen nächsten Morgen war er krumm nach Hause getappt und hatte sich unentwegt gefragt:

»Wo ist Gestur? Wo kann der Junge nur stecken?«

Und nun hatte ihn alle Kraft verlassen, saß er lahm draußen auf seinem Hof und bat den Himmelsteufel, ihm den Jungen zurückzugeben; er werde seine Haltung zu ihm überdenken, wenn er bloß den blonden Schopf an einem Hang oder seine beiden Beine am Ufer auftauchen ließe.

Oder hatte ihn wirklich die Sonne verschluckt? Er sah den Jungen vor sich, vierzig Kilo schwer, hoch oben im Sonnenschein, ja in der Sonne selbst, in Licht und Glanz gebadet, und sich mit glühendem Gold den Bauch vollschlagend. War diese Vision ein Zeichen, dass der Junge abberufen worden war? Oder war sie ein Zeichen, dass er lebte? In einem besseren Leben als dem, das er ihm bieten konnte. Der Dichter Lási konnte nicht einmal mehr die eigenen Gedanken lesen. Doch plötzlich und gegen seinen Willen fiel ihm der Anfang eines Nachrufs ein:

Einsam, wer noch zu Gast weilt bei Gästen,
obwohl er zum Gehen sich wandte.

So verging der Sommer mit sorgenhellen Nächten und einem einsamen Enzyklopädier, der Abend für Abend stumm vor seinem Haus saß und mit seinem Blick den Hang und den Fjord absuchte, in der Hoffnung, der Eilífursohn würde aus den Fluten steigen und käme auf nachtbesohlten Füßen zu ihnen herauf. Manchmal kam eins der Enkelkinder zu ihm und fragte: »Opa, warum sitzt du immer hier?«
»Psst, solltest du nicht im Bett liegen, Liebchen?«

Kapitel 6

Landschlag

Es ist September geworden, und es fällt ein unangenehm kalter Schmuddelregen. Der Bauer Lási hockt mit kalten Knien auf seinem Dach, um es abzudichten (es regnet kräftig durch und tropft auf die Betten, auf die Frauen und die Kinder). Dabei versucht er die Strophe zu vollenden, deren Anfang ihm im Sommer eingefallen war, aber es ist einfach wie verhext: wandte ... sandte ... Verwandte ... Tante. Gibt es denn wirklich keine besseren Reimwörter? Und wenn er einfach den Anfang der Strophe wegwürfe und noch einmal von vorne anfinge? Nein, dazu ist er zu gut. Aber vielleicht haben diese Schwierigkeiten ja eine tiefere Bedeutung. Vielleicht ist der Junge doch noch irgendwo am Leben und verbietet mir lebensdurstig einen Nachruf?

Während dieser regenschweren Gedanken reiten Besucher auf den Hof. Der neue Pfarrer, Séra Árni, auf einem Fuchs mit weißer Blesse und ein junger Bursche auf einem müden, grauen Gaul. Sie sind gut gekleidet und dennoch völlig durchnässt, der Pfarrer trägt einen breitkrempigen Hut und eine moderne Jacke. So weit Lási erkennen konnte, war der Begleiter kein anderer als Magnús Mannlos. Man nannte ihn so, weil er in einem Sturm an der Landzunge in einem Boot angetrieben war, das alle für leer hielten, bis er sich von dessen Boden erhob. Seitdem wohnte er im Madamenhaus, sein Haar war weiß wie Eis, seine Augenbrauen wie mit Reif überzogen (ein

Gerücht besagte, er sei drei Wochen im Treibeis unterwegs gewesen), doch sein breites Gesicht war immer krebsrot.

Lási vollendete rasch das Abdichten der gespannten Fruchtblase mit frischem Kitt aus einer Mischung von Erde und Dung, wischte die Hände am Gras der Dacheindeckung ab und kletterte leichtfüßig vom Dach. Der Pfarrer stieg mit weltmännischer Eleganz vom Pferd, und der Junge versorgte die Pferde, während der Pastor den Bauern begrüßte. Es war ein kalter und feuchter Händedruck, mit einigen Bröckchen Erde und Mist gespickt, und insofern typisch isländisch, als er nichts bedeutete. Der Bauer hatte keinen Respekt vor dem Pfarrer und der keinen Respekt vor seinem Amt. Hier trafen sich zwei weiße Würfel, die das Leben etwas weit aus seinem Zentrum geworfen hatte und die in diesem harten Fjord gelandet waren, der eine mit sechs Augen oben, der andere mit einem. Beide akzeptierten das Ergebnis ohne Murren und gaben sich darauf die Hand, zwei Isländer, die keine Wahl hatten, ein Mann von Welt, der nie in die Welt hinausgekommen war, und ein Dichter, der Grasdächer ausbesserte und in Holz dichtete. Es war mehr ein Landschlag als ein Handschlag.

Und trotz des Unterschieds zwischen eins und sechs konnte man diese beiden Männer im Segulfjörður noch am ehesten als Kollegen betrachten, denn beide waren Männer des Geistes.

Séra Árni kam zu seinem jährlichen Hausbesuch nach Ytri-Skriða, und Lási führte ihn in das dunkle Gehöft zu den Frauen. Auf dem Weg warf er kurz einen Blick auf den Schlafboden (ja, das Leck schien abgedichtet zu sein) und zog dann den Teller für den Pastor aus seinem Loch über dem Ehebett. Er pustete Staub und Fusseln weg und wischte ihn mehrmals an seinem Hosenboden ab. Der Pfarrer sah der Prozedur verwundert zu und warf, nachdem ihm der Teller überreicht worden war, einen Blick auf die Lodenhose des Bauern. Na ja, sie war nicht übermäßig schmutzig.

»Es fehlt bei Euch an der Vorankündigung. Ich weiß nicht, ob wir etwas Gutes für einen Gottesgelehrten im Haus haben.«

»Machen Sie sich deswegen keine Sorgen. Wir kommen von Segulnes, und da hat man uns derart bewirtet, dass man uns fast in den Sattel heben musste. Ich glaube, ich habe sechzehn Pfannkuchen gezählt, die mein Assistent verdrückt hat.«

Der Bursche, der sich auf einer Bettkante niedergelassen hatte, griente rund um die Nase, Pfannkuchenteig wurde anstelle von Zahnfleisch sichtbar.

»Ja, die auf Segulnes bekommen immer reichlich Pardonnen. Das Meer liefert ihnen tagtäglich einen ganzen Wald«, sagte der Skriðabauer und zückte seinen Tabaksbeutel, hielt dann aber inne und fragte verwundert: »Seit Ihr etwa um die Náskriður geritten?«

»Ja, aber das tun wir nicht noch einmal. Ich lerne den Fjord erst noch kennen. Wir haben die Pferde den halben Weg führen müssen.«

»Oh, und ich meinte gesehen zu haben, dass sie recht hangbeinig waren.«

Lási bot seinen Gästen Tabak an, den sie jedoch ablehnten, und sog dann geräuschvoll eine Prise vom Handrücken in die Nase. Frau Sæbjörg war zum Kaffeekochen in die Küche gestürzt, ihre Mutter Grandvör blieb seelenruhig sitzen und ließ die Stricknadeln klappern. Um diese Ewigkeitsmaschine zu stoppen, brauchte es schon mehr als den Hausbesuch eines Geistlichen. Immerhin musterte die alte Frau den Pfarrer mit schnellen Blicken, die an die erinnerten, mit denen eine Zugreisende vorbeifliegende Dörfer wahrnimmt. Sie hatte sicher schon viele Pfarrer gesehen.

»Wir bleiben nur kurz«, verkündete Séra Árni, der sich neben Magnús auf das Bett gegenüber der Strickmaschine gesetzt hatte, als habe er die Botschaft verstanden. Er stellte den Teller ab, zog sein Buch hervor und hielt es unter das Nieselregenlicht, das durch das frisch reparierte Dach drang. »Wollen mal sehen. Sigurlás Friðriksson, Sæbjörg Sigurþóra Sigmannsdóttir, Grandvör Guðmannsdóttir und Snjólaug Sigurlásdóttir. Plus die Kinder, als da wären Helga und Baldur Jónaskinder.«

»Nein, er ist Jónasson«, widersprach Snjólaug laut. Sie saß auf dem ersten Bett und strickte einen dunkelroten Strumpf mit solcher

Geschwindigkeit, dass er mit derselben Geschwindigkeit über ihren Schoß kroch wie ein Kind aus dem Mutterleib. Ihre Tochter Helga stand am Bettpfosten und schaute mit großen Augen und frostroten Backen von ihrer Mutter zum Pastor und schien das Unvermögen der Mutter zu begreifen, einen so vornehmen Herrn zu verstehen.

Séra Árni lächelte nachsichtig und fuhr dann in sanftem, neutralem Tonfall fort: »Jónasson, richtig. Und was ist mit dem Zusatzkind? Wurde es noch immer nicht gefunden?«

Lási, der mit einer hübschen Zinnkanne unter dem unsichtbaren Leck über dem mittleren Bett zwischen dem Pfarrer und seiner Tochter hockte, trafen der kalte Amtston und das Wort »Zusatzkind« wie ein Messerstich ins Herz. Der Handwerker-Bauer stellte die Kanne auf dem Brett am Kopfende ab und drehte sich um. »Sie sprechen von Gestur?«

Als er den Namen des Jungen aussprach, klatschte ein Tropfen in die Zinnkanne, laut wie eine Träne, die vereinzelt und aus großer Höhe auf den Boden der Trauer fällt.

»Nein, der ist ... er ist ...«

Weiter kam Lási nicht, vielmehr sank er ein Stück weit auf dem Bett zusammen, direkt unter dem Oberlicht. Da fiel, diesmal von der Dachschräge, ein weiterer Tropfen, landete kurz vor dem Wirbel auf seinem Scheitel und lief von dort bräunlich zwischen den weißen Strähnen hinab zur Stirn. Der Bauer wischte ihn mit einer knochigen Hand weg, die gekrümmt war, als wäre sie in der Geste des Händeschüttelns festgefroren. Séra Árni wartete pietätsvoll mit dem erhobenen Bleistift, bis der größte Schmerz aus dem Leib des Mannes wich. Es dauerte länger, als er gedacht hatte.

Ein Kind zu verlieren, war schlimm. Das Kind eines anderen zu verlieren, war schlimmer. Das Kind eines verlorenen Freundes zu verlieren, war das Schlimmste.

Kapitel 7

In Bœjarkot

Es regnet noch immer, und bald wird es dunkel. Der Fjord ist von grauem Zwielicht erfüllt. Sie stehen nahe dem hinteren Fjordende am Wasser vor einem unansehnlichen Hügel, den man für einen Elfenhügel halten könnte, wenn sich auf ihm keine Kuh befunden hätte, eine völlig abgemagerte Kuh. Vor ihrem kümmerlichen, mistverklebten Hintern hebt sich der Schwanz, und ein frischer Fladen platscht heraus.

Séra Árni fiel das Kinn herunter, und seine Brauen hoben sich. War das etwa die Kate? Noch während sie Weiteres fallen ließ, ging die Kuh tiefer in den Hofgang hinein, verhielt da aber Schritt und das andere. Nur ihr Schwanz ragte noch aus dem Hügel und wedelte emsig wie der des Teufels aus der Hölle, wenn er sehr beschäftigt ist. Magnús Mannlos richtete seinen trägen Blick auf die Attacken und schien weder überrascht noch angetan zu sein, sein Gesicht sah vielmehr so aus, als sei es nach den drei Wochen im Eis noch immer im Auftauen begriffen. Lási lächelte nachsichtig und schloss langsam die Augen, er kannte seine Leute. Währenddessen führte die Hündin Júnó an der Torfwand ein vertrauliches Gespräch mit dem Hofhund, einem dunklen Köter.

Der Pfarrer hatte Lási gebeten, ihn auf seiner Visitation zu begleiten. Oder hatte sich der Skriðabauer nicht selbst angeboten, froh aus dem Haus zu kommen, trotz des kalten Windes und des mit Schnee vermischten Regens? Dieser Wohnhügel nannte sich Bæjarkot und war einer dieser nichts einbringenden Kleinhöfe, wie auch Stundarkot einer gewesen war. Sie waren nach der großen Hungerkatastrophe Anfang des Jahrhunderts als Außenstellen der Haupthöfe im Fjord gegründet worden, und die Bruchbude von Bæjarkot war auf dem Land von Selbær errichtet worden. Mittlerweile konnte man es kaum mehr einen Bauernhof nennen. Es gab nur noch ein paar Schafe und die eine Kuh, die in den Gang trottete wie ein altes Weib. Die Bewohner lebten vom Fischen und vom Stricken. Derzeit entstanden mehr solcher Behausungen, besonders drüben auf der Halbinsel, wo sie von ihr Glück versuchenden Arbeitern, Fischern, Tagelöhnern und anderen Landstreichern für sich und ihre Kinder errichtet wurden. Oft standen diese Erdzelte bereits nach wenigen Tagen. Aus irgendeinem Grund hatte Séra Árni Bæjarkot auf seinem ersten Umritt übersehen und wollte den Besuch nun nachholen; allerdings brauchte er einen Einheimischen, um den Kotten überhaupt zu finden, so unscheinbar war er.

Sobald die Kuh im Hofgang verschwunden war, folgte ihr Lási zusammen mit den beiden Hunden, umging sorgfältig den Kuhfladen in drei Akten und rief mehrfach: »*Herregud*, Einar!« Die anderen blieben im eiskalten Regen draußen stehen und versuchten sich an dem überwältigenden Gestank zu wärmen, der aus dem Stall aufstieg. Da ihr Begleiter aber nicht wieder auftauchte, bückten auch sie sich am Ende in den Gang und ließen die gebrechliche Luke hinter sich. Der Gang war niedrig, dunkel und feucht, ein Bächlein rann hindurch (schön um die Kuhfladen herum) und trug einen winzigen, eishellen Lichtfleck mit sich, der aus der Baðstofa fiel. Am Ende des Ganges erblickten sie Lásis gekrümmten Rücken und tasteten sich zu ihm vor.

Die isländischen Grassodenhöfe waren, so wie in diesem Fall, kaum etwas anderes als ausgehöhlte Erdhügel und, was Form und Anlage betraf (ein Wohncontainer mit niedrigen Zugängen), nah mit den grönländischen Iglus verwandt, doch waren die Gänge, die hineinführten, in der Regel ziemlich lang, da in diesem holzarmen Land gute Türen nicht auf jedem Baum wuchsen; daher war die Länge notwendig, um Wind und Kälte ein wenig draußen zu halten. Wenn die Luke offen stand, wehten die stärksten Windstöße trotzdem oft Schnee bis in die Wohnstube.

Die Wohnzimmertür in Bæjarkot war eine sogenannte »Klapptür«, die hinter Lási zuschlug, sobald er sie losließ, und die beiden Nachfolgenden so in völlige Dunkelheit tauchte. Séra Árni tastete, bis er auf Holz stieß, fand den Türring und zog den Vorhang von der Realität, von der er gehört, die er aber bisher nie gesehen hatte, der triumphalen Errungenschaft isländischer Armut: dem Stallwohnzimmer. Die Schnur des Klappmechanismus der Tür spannte sich über seinem Kopf, der Stein, der als Zuggewicht diente, wurde angehoben und schlug dumpf gegen die Tür.

Der Gestank konnte einen umwerfen.

Die Hausfrau war mit Melken beschäftigt und durfte keinesfalls aufschauen, nicht einmal, obwohl ein Geistlicher ihr Haus betrat. Die Kuh hob sich in einem primitiven Verschlag ab, der am Ende des Raums gezimmert worden war, und in dem das Tier quer zu den Betten stand. Seine Hüftknochen standen in alle Richtungen heraus, Ohren, Höcker und Rückenwirbel ebenso. Trotzdem floss es ergiebig in den Zinneimer der Frau. Sie trug eine Männermütze, doch so weit in den Nacken geschoben, dass sie nur aus Gewohnheit zu halten schien und unter dünnem, dunklem Haar helle Kopfhaut sehen ließ. Sie hatte ihr Gesicht in die Flanke der Kuh vergraben und schwieg. Ihrer Haltung und dem Gesicht der Kuh, die den Besuchern entgegensah, konnte man allerdings entnehmen, dass sie schon begrüßt worden war. Séra Árni hob den Blick vom Scheitel der Frau und ließ ihn durch den Raum schweifen, die Hunde kamen aus der Stallecke und schnupperten ebenso herum.

Der Gestank war eine Mischung aus Stallgeruch und Rauch oder Qualm und etwas Drittem, das sich schwer identifizieren ließ, den beiden anderen aber kaum nachstand.

Über den Erdboden dieses milchplätschernden Schlafzimmers lief derselbe Bach, der sich im Gang fortsetzte. Um zu verhindern, dass er sich mit dem gelben Bächlein der Kuh zu einem hübsch zweifarbigen Fluss vereinte, hatte man vor der Steinplatte am Ende der Mistrinne ein Brett angebracht. Dahinter bildeten die festen und flüssigen Ausscheidungen der Kuh einen kleinen, mächtig stinkenden Tümpel, der keinen Abfluss zu haben schien. Sah man sich weiter in dieser Baðstofa um, dann war zu erkennen, dass der klare Bach seinen Ursprung zwischen den Dachsparren hatte. Denn zwischen ihnen befand sich ebenso wie auf Ytri-Skriða ein Oberlicht, nur war dieses hier kaputt, die Schafsfruchtblase hing in Fetzen herab und wurde vom Regen bewegt, der hereinströmte.

Der größte Teil davon landete zunächst auf einem dicken Balken, der in Hüfthöhe von Hauswand zu Hauswand quer durch den Raum verlief, sodass jemand, der sich in ein Bett legte, seine Beine darunter hindurchstrecken musste. Balken dieser Art waren in den kleinsten isländischen Häusern nicht unüblich und hatten die Funktion, das Haus zu stabilisieren und zu verhindern, dass die Wände aus Steinen und Grassoden über den Bewohnern einstürzten. Dieser besondere Beitrag Islands zur Architekturgeschichte behinderte die Bewegungen der Menschen, weil sie ständig entweder über die Balken klettern oder unter ihnen hindurchkriechen mussten. Kluge Leute hatten durchaus Auswirkungen dieser Balken auf die Mentalität der Menschen erkannt.

»Es gibt nur eins, das diese Gesellschaft zusammenhält, und das ist der Querbalken«, erklärte Lási zuweilen.

Durch das Loch im Dach tropfte es in gleichmäßigem Takt direkt über einem Bett auf den Balken, doch ließ es auch Tageslicht herein – die einzige Lichtquelle unter dem Torfdach. Vom Balken tropfte das Wasser in einen hübschen Holzkübel, den man unter dem Balken aufs Bett gestellt hatte, doch der war längst voll, und so lief das Wasser weiter auf einen Bettüberwurf, der aus Fell oder einer oft ausgebesserten Tagesdecke bestand. Das Regenwasser sickerte zur Bettkante durch und fiel von dort in einem niedlichen Zwergenwasserfall zu Boden. (Island war eben vor allem Landschaft, draußen wie drinnen.) Auf dem gegenüberliegenden Bett etwas näher bei den drei Männern saß ein vielleicht siebenjähriger Junge in einem farblosen Wollpullover und starrte sie an, wie es Kinder aller Zeiten und Söhne aller Menschen tun.

Aus dem hinteren Ende des Raums drang lautes Hundeschnauben.

Die Kuh seufzte tief, und der junge Pfarrer, fassungslos und ergriffen zugleich, saugte die ganze Szene mit demselben Eifer auf wie ein Besucher aus der Zukunft. Er hatte noch nie Mensch und Vieh derart in ein und demselben Raum leben gesehen. Auf Suðurnes waren selbst in den Hütten der Armen, die er in seiner Kindheit gesehen hatte, Kühe und Schafe getrennt untergebracht, höchstens baumelte einmal ein Fisch über einem Bett, doch der war immer schon tot gewesen.

Endlich endete das kurzstrahlige abendliche Melken, und die Frau erhob sich von ihrem Schemel (der nichts anders als ein umgedrehter Bottich war), stöhnte mürrisch durch Mund und Nase und schob sich durch die Besuchermenge, riss die Klapptür auf und verschwand mit dem Eimer in der Küche, dem zweiten Raum des Hofs, den man vom Gang aus erreichte. Sie roch nach ihrer Arbeit, und unter ihren Wangenknochen hatte die Not tiefe Gruben ausgehoben. Ihre Pupillen waren schwarze Monde und die Flecken unter ihren Augen ungewöhnlich dunkel, als hätten die Strahlen der Schwarzmonde sie ihr in die Haut gebrannt.

»Nehmt Platz!«, stieß sie, schon draußen im Gang, schroff hervor, bevor die Tür hinter ihr zufiel. Die Besucher hörten es dennoch und wagten es nicht, ihrer Aufforderung keine Folge zu leisten. Der kleine Junge verzog sich unter dem Balken hindurch nach hinten wie eine scheue Schlange. Die beiden vorderen Betten waren nicht bezogen, dafür lag viel Gerümpel auf ihnen. Im schwachen Licht sah man ein gebrochenes Spinnrad, einen einzelnen löcherigen Handschuh, eine rostige Sense und ein dickes Büschel Heu. Nahe der Bettkante lag eine Art unordentliches Kissen, das auch aus alten Jacken, Pullovern, Bettüberwürfen, Säcken oder Ölzeug aus einem vor Zeiten gestrandeten Schiff bestehen konnte. Die Besucher setzten sich darauf, der Bach verlief zwischen ihnen, sie betrachteten ihn, das Leck im Dach und den Balken. Durch das regelmäßige Tropfen vernahmen sie Atemzüge. Hier lagen offenbar noch mehr Personen. Und plötzlich rief jemand »Mama!«. Es klang unsäglich schwach, nach einem kleinen Mädchen, und kam aus dem Bett hinter dem Querbalken. Der Junge guckte, schwieg aber weiter. Im Dunkel hinter dem Balken, am Eheleuteende der Stube, glänzten zwei Augen. Er war es nicht, der sprach.

»Mama!«

Die Männer wechselten Blicke.

»Sei still, Mädchen, wir haben Besuch. Und lieg still. Wir haben doch schon genug mit dem Bach zu tun.«

Das kam von der Frau, während sie die Tür öffnete. Mit demselben Gesichtsausdruck, mit dem ein Reiseleiter Essensmarken an seine Gruppe ausgibt, verteilte sie drei angelaufene Porzellantassen an die Gäste. Lási sah der Frau verwundert zu. Er kannte seine Nachbarin recht leidlich und war auf einiges gefasst. Er war auch selbst keiner, der Pfarrern Honig um den Bart strich, und außerdem gänzlich ungläubig, aber im Allgemeinen machte jeder den Rücken krumm, wenn ein Vertreter des geistlichen Standes seine dunkle Erdhöhle betrat. Das war ein jahrhundertealtes isländisches Gesetz. Einen Empfang wie diesen hatte Lási daher noch nie erlebt. Die Steinka war heute außergewöhnlich frech.

»Kaffee hab' ich keinen, aber einen Schmalzkringel vom Sommertag. Wollt ihr den?«

Die Frau stand mit strenger Miene über ihnen, drehte sich dann aber zu dem Leck im Dach um und beugte sich über das Bett darunter. »Nein, Mysa, beweg dich nicht, sonst läuft das Wasser aus dem Pott in dein Bett. Also lieg still, sage ich.« Sie schrie das Kind in dem Bett fast an, das seine Beine unter dem Querbalken hatte. Die Frau nahm das Gefäß – es lief fast über – und wollte es hinaustragen, doch dabei schien sie einen Einfall zu haben. Sie blieb vor dem Skriðabauern stehen und hielt den Kübel so, dass Lási ihr unwillkürlich seine Tasse entgegenstreckte, und sie schenkte ihm klares Regenwasser ein.

»Wasser des Herrn«, sagte sie und trat vor Séra Árni, der ebenfalls seine Tasse hob. »Braucht nicht extra geweiht zu werden.«

Sie goss auch Wasser in die Tasse des Jungen mit den eishellen Haaren und ging dann zum Verschlag der Kuh, raffte schnell ihren Rock und stieg über die Mistrinne, schob sich am Bauch der Kuh entlang, bückte sich bei deren Hals und schob ihr den halb vollen Kübel hin. »Hier, meine Hekla«, flüsterte sie der Kuh ins Ohr und nahm einen zweiten, leeren Kübel an sich. Dann schob sie sich rückwärts denselben Weg zurück, wandte sich ihren Gästen zu und fragte, mit dem leeren Kübel in der Hand: »Was ist jetzt? Wollt ihr nun den Schmalzkringel? Er ist vom ersten Sommertag.« Nach einer kurzen Pause setzte sie hinzu: »Vom letzten.«

»Nein, danke, sehr freundlich, aber unsere Bäuche sind noch gut gefüllt«, sagte Séra Árni verbindlich.

»Ach ja? Unsere sind alle leer«, versetzte sie kühl und ging zwischen ihnen hindurch. Der bodenlange Rock schleifte über die Erde und saugte Wasser aus dem Rinnsal auf. Sie beugte sich wieder über das Wasserbett und stellte den Kübel so unter den Querbalken, dass er das meiste Regenwasser auffing.

»Mama, mir ist kalt«, sagte die Mädchenstimme hinter dem Balken.

»Still jetzt!«

»Darf ich nicht in dein Bett?«

»Ich hab's dir doch schon gesagt, man soll sich nicht zu Toten legen.«

»Ist ihre Tochter krank?«, erkundigte sich der Pfarrer teilnahmsvoll.

»Ja, es ist der liebe Keuchhusten, oder die Masern, oder beides«, sagte Steinka von Bæjarkot, und ein Anflug von Mitleid und mütterlicher Menschlichkeit war in ihrer steinharten Stimme zu hören.

»Können wir nicht für dich die Fensterabdeckung in Ordnung bringen?«, fragte Árni.

»Ja, die ist heute Morgen gerissen, verflucht. Ist aber auch ein Pissregen draußen. – In Ordnung bringen?«

Lási wand sich noch immer wegen der Ausdrucksweise der Frau vor einem Priester. So etwas würde er, obwohl ein Erzheide, sich nie trauen. Séra Árni ließ sich jedoch nichts anmerken.

»Ich bin sicher, unser Freund Lási wird uns helfen, eine neue Blase anzubringen. Ich habe eine in der Tasche.«

»In der Tasche?«, fragte die Frau baff und riss die Augen auf. Das gehörte zum Unglaublichsten, was sie je gehört hatte. Dass ein Pfarrer mit einer Fruchtblase in der Tasche herumlief.

Lási sah den Pfarrer genauso verdutzt an.

»Ja, wenn ich von Hof zu Hof reite, habe ich immer welche bei mir«, erklärte Séra Árni, um den beiden etwas von ihrer Verwunderung zu nehmen. Auf seinen Visitationsreisen im letzten Jahr hatte er gelernt, dass nicht etwa die Erbsünde seine Gemeindemitglieder am meisten beschäftigte und plagte, und auch nicht Gottes Taubheit gegen Gebete oder Zweifel am ewigen Leben, sondern die ewigen Probleme mit den verflixten Häuten für die Fenster. Darum hatte er sich zur Zeit des Lammens einen Vorrat besorgt und seitdem immer welche zur Hand, eine Hilfeleistung, die ihm rund um den Fjord schon endlose Bewunderung und Dankbarkeit eingebracht hatte.

»Ja, Himmel, Tod und Teufel, das nenne ich einmal einen Hausbesuch! Aber letztes Jahr seid Ihr nicht gekommen?«

»Nein, ich habe es übersehen …«

»Ja, ja, wir sind ja auch so gut wie unsichtbar, Kätner ohne Landwirtschaft, das eigentliche Verborgene Volk im Land!«

»Nein, nein, ich muss das meiner eigenen Unachtsamkeit zuschreiben … und einem Anfängerversehen.«

»Ihr dürft uns nicht noch einmal übersehen, wenn Ihr Fruchtblasen bei Euch habt!«

Steinka blühte sichtlich auf.

»Nein, darauf können Sie sich verlassen«, sagte Séra Árni und zog eines der kostbaren Stücke hervor: die halb transparente, lebertrangelbe und fast pergamentartige Fruchtblase eines Schafs; durch solche biologischen Fenster hatte die Nation jahrhundertelang ihr Land betrachtet, fest im Uterus der Zeit. Er reichte sie an Lási weiter, der aufgestanden war und sich bei der Frau erkundigte: »Ist mein Freund Einar auf See?«

Der Handwerker der Gemeinde wollte selbstverständlich einem Bauern nicht auf dem eigenen Hof mit einer Arbeit zuvorkommen.

»Nein, er ist tot. Am Dienstag gestorben.«

»Was?«

»Ja, da liegt er. Welchen Tag haben wir heute?«

»Montag«, sagte Lási und blinzelte in die Richtung, in die die Frau mit dem Kinn zeigte, über den Querbalken in den dunklen Hintergrund des Raums, und tatsächlich glaubte er dort nun eine Nase und einen aufgereckten Bart zu erkennen. Der kleine Junge war nirgends mehr zu sehen.

»Gott sei uns gnädig! Mein tiefempfundenes Beileid«, sagte der Pastor, fasste sich und spähte nach der Leiche, schlug aber nur ein bilderbuchmäßiges Kreuz in ihre Richtung.

»Ich konnte seinen Tod noch nicht bekannt machen. Hier geht alles drunter und drüber. Ich habe den neuen Burschen nach Euch schicken wollen, aber er hat sich rundweg geweigert.«

»Ein neuer Bursche?«

»Ja, er kam gegen Ende des Sommers. Aus dem Heiðinsfjörður. Arbeitet tüchtig, nur für Kost und Logis.«

»Er da?«, fragte Árni und sah zu dem Jungen, der gerade wieder in dem Bett hinter dem der Kranken sichtbar wurde. Das Tageslicht nahm nun rasch ab, und es sah so aus, als käme das Bächlein aus dem Mädchen.

»Nein, das ist Gísli Einarsson. Den schicke ich nicht über die Stundará. Ich weiß wirklich nicht, wo er steckt. Gvendur!«

Die Frau krähte den Namen mit gesenktem Kopf, stand da mit

nachdenklicher Miene, als hätte sie in die eigene Brust gerufen und warte nun auf ein Echo. »Gvendur!« Doch es kam keine Antwort. Das einzige Geräusch verursachte die Kuh, die sich hinlegen wollte, und das war eine längere Prozedur, bei der an viele Beine gedacht werden musste.

»Wollen wir nicht vor anderem zuerst die Reparatur in Angriff nehmen?«, fragte der Pfarrer und strich sich den Schnurrbart, während er Lási zunickte.

Der tatkräftige Mann stieg sofort auf die Bettkante und von dort auf den Querbalken. Júnó kam darunter hervor, hob die Schnauze und sah besorgt wie eine Ehefrau zu ihrem Herrn auf, der sich an eine Dachlatte lehnte und im Handumdrehen den Rahmen aus dem Dach löste. Erdkrümel fielen aufs Bett, und er sah, wie das Mädchen vor ihnen und den Tropfen die Augen schloss. Es lag ganz steif auf dem Kissen und unter einem lederartigen Überwurf, in dessen Falten und Kuhlen glänzende Pfützen standen wie eine Seenkette auf einer Bergheide. Warum, zum Donnerwetter, lag das Kind nicht im Bett gegenüber, das doch einigermaßen trocken war? Dann fiel Lásis Blick wieder auf die Leiche seines Nachbarn Einar, und er erinnerte sich des alten Aberglaubens, dass Kinder nicht in der Nähe von Toten liegen dürfen. »Nicht soll Leben bei Leichen schlafen, / nicht an ihrer Seite ruhn. / Nicht zu Kopf und nicht zu Füßen, / das ist kein gutes Tun.«

Steinka ging in die Küche und kam mit einem Tranlämpchen mit schwacher Flamme zurück. Mit schwarzen Fingern richtete sie den Docht, bis die Flamme höher brannte und den Raum gelblich erhellte. In ihrem Licht glitzerten die Regentropfen schön, die im Unterschied zu dem weiterhin senkrecht tropfenden Leck ununterbrochen schräg durch die Dachluke fielen.

Während Lási das Fenster reparierte, stieg der Pfarrer über den Balken und nahm sich des Toten an, vollführte die vorgesehenen Luftzeichen über der Leiche, sprach ein kurzes Gebet und den Segen. Das Kinn des Bauern ragte steil nach oben, ebenso der spitze Bart, wie eine rote Flamme; bei seinem letzten Atemzug schien er wie nach überstandener Qual den Kopf nach hinten geworfen zu haben. Der Tod hatte die Bewegung eingefroren, um sie in den Eisschrank der Ewigkeit zu stellen.

Kapitel 8

Überlegung an einer Hügelwand

Nach seinem kurzen priesterlichen Einsatz wurde Séra Árni durch die Gestanksmischung von Rinderpisse und Verwesung schlecht. Er entschuldigte sich bei der Witwe und floh durch den Gang ins Freie. Schließlich hatte er einen ganzen Becher heiligen Himmelwassers geleert und musste sich nun erleichtern.

Regen und zunehmende Dunkelheit füllten den Fjord, sodass man kaum bis Fanneyri sehen konnte, schwaches Licht flackerte in den verglasten Fenstern von Hvammur, dem Hof des Großbauern Kristmundur, der der Kate auf der anderen Seite des Fjords genau gegenüberstand und sich durch eine vornehme Fassade aus gediegenem Schiffsholz und die einzigen Glasfenster vor den anderen Bauernhöfen des Fjords auszeichnete. In der Nähe war zu hören, wie die Wellen mit einem weißen Saum ans Ufer schlugen, der vor Séra Árnis Augen schwoll und brach wie ein spanholzheller Nordlichtkummerbund. Die Pferde standen bei einem großen Stein am Ende des Hofplatzes, drehten dem Wind die Hinterteile zu und ließen den Regen auf die Ohrenrücken trommeln. Wir werden in der Dunkelheit zurückreiten, dachte der Pastor, der im Hofeingang den heftigsten Regenguss abwartete. Sein Blesi würde den Heimweg schon finden. Im Finstern finden dunkle Augen vielfach den Weg, wie der Dichter sagte.

Mussten sie die Leiche des Verstobenen mitnehmen? Unser Magnús könnte sie zum Beispiel vor sich quer über den Sattel legen …

Oder wäre es nicht praktischer, zuerst einen Sarg zu zimmern? Aber der Kinder wegen ist es ausgeschlossen, die Leiche noch länger dort im Bett liegen zu lassen ... In der Abschlusswoche des Priesterseminars hatte der Rektor die Maßnahmen zum Umgang mit Verstorbenen mit ihnen durchgesprochen, doch da hatte Árni mit dickem Kopf das Bett gehütet und diese wichtigsten Unterrichtsstunden seiner Ausbildung versäumt.

Endlich schien der Regen etwas nachzulassen, der Pastor kam aus dem Gang hervor, stellte sich an die Außenwand des Hauses und verrichtete sein Geschäft. Er sah zum Himmel auf. Nahm der Wind an Stärke zu? In dem knappen Jahr, das er sich nun hier aufhielt, hatte er gelernt, dass der Segulfjörður auch auf Winde wie ein Magnet wirkte. Wie aus dem Nichts entwickelten sich heftige Stürme, die stärker waren als alles, was er von der Halbinsel Suðurnes im Süden kannte, einem Landesteil, der doch sein Festival der Stürme das ganze Jahr über abhielt. Als er so an die Gegend seiner Kindheit und Jugend zurückdachte, hatte er wieder an den Zähnen zu kauen, die im Lächeln jener katastrophalen Keflawikingerin gefehlt hatten, als sie ihn betrunken in ihre Bruchbude und ihr Bett gelockt hatte. Wie hatte das nur passieren können? Woran konnte er sich noch erinnern? An nicht viel, nur an starke körperliche Freuden, den Zauber weicher Haut, eine neue Welt ungekannter Lust und unterleiblicher Wonnen, den höllischen Samen seines Liebestaumels ...

Und dann war er unter all diesen Leuten aufgewacht! Alle hatten sie seine Lust mitangehört. Er wurde noch immer rot.

Und beugte sich über seinen Strahl. Trotz der zunehmenden Dunkelheit waren noch Nuancen zwischen den Tropfen des Herrn und denen des Menschen zu unterscheiden. Letztere waren gelblicher. Der Pastor musste an das saubere, kristallklare Wasser denken, das man ihm im Haus direkt aus der erfrischenden Quelle des Herrn gespendet hatte. Diese allerreinste Sendung des Himmels war durch ihn hindurchgelaufen, und er gab sie jetzt an die Erde weiter, verunreinigt durch die menschliche Färbung. Ja, hier stand er, ein pieselnder Mann im Regen, umgeben von den heiligen Strahlen Gottes, von denen einer das Pech gehabt hatte, das letzte Stück seines Weges zur Erde durch einen menschlichen Körper gefiltert zu werden und so die Farbe der Sünde anzunehmen.

Er schüttelte die letzten Tropfen ab und knöpfte die Hose zu, dabei auch jene Grundangst abschüttelnd, die ihn angesichts des toten Einar befallen hatte, diese tiefe Verunsicherung, die ihn kalt und bestimmt fragte: Wozu bist du hier? Was tust du hier? Ist das jetzt dein Leben? Willst du es allein verbringen? Allein in diesem Fjord? Unter diesen Menschen? Vor all diesen Fragezeichen, die aus dem bartflammenden Kinn des Toten erstanden waren, war er in den Gang und hinaus in den Regen geflohen, dadurch aber der katastrophalen Keflavíker Zahnlosigkeit direkt in die Arme gelaufen. Oh Vigdís! Attraktiv, fein, vielbegabt und notenflink. Alles, was einen Mann verrückt machen konnte. Und jetzt waren genau neun Monate seit ihrem letzten Brief vergangen. Aus allen Ängsten und Befürchtungen dieser Zeit hätte man ein Kind backen können, ein verheultes Kind.

Aber konnte man von einem jungen Mann wirklich verlangen, jahrelang keusch zu bleiben? War das isländische Liebessystem mit all seinen riesigen Entfernungen in Zeit und Betten nicht absolut gnadenlos? Ingibjörg, die Frau von Jón Sigurðsson, unserem Wortführer im Streben nach Unabhängigkeit, hatte ihm versprochen, zwölf Jahre lang auf Island festgesessen, bevor sie endlich zu ihm nach Kopenhagen fahren konnte. Árni kannte noch eine andere Geschichte, in der die Frau so lange verlobt gewesen war, dass sie, als endlich die Hochzeit stattfand, schon über das gebärfähige Alter hinaus war. Sollte er selbst nicht einfach mit dem nächsten Schiff nach Bíldudalur fahren und seine Liebe einfordern? Oder war sie mittlerweile mit einem anderen verlobt? Er fragte die Berge am westlichen Fjordufer, und die fragten die Berge am Ostufer des nächsten Fjords, die ihre gegenüberliegenden Kollegen und so weiter von Fjord zu Fjord, bis vierzehn Berge vierzehn weitere gefragt hatten, aber die Antwort verstand er nicht. Das Geflüster der Berge blieb dem Mann ein Rätsel.

Kapitel 9

Herdfeuer

Er zog den schäbigen Stellvertreter einer Haustür auf und trat in den Gang, lauschte auf die Stimmen der Leute in der Stube hinter der Klapptür, war aber versucht, in die Küche zu gehen, denn er hatte seit seiner Kindheit keine Küche mit einem aus Steinen gemauerten Herd mehr betreten, seit ihn sein Bildungsweg von gestampfter Erde unter den Füßen und einem Rasendach über dem Kopf weggeführt hatte – das musste man sich vorstellen, die Menschen lebten unter der Grasnarbe! Er hingegen gehörte nun bereits sein halbes Leben zur isländischen Oberschicht, die in holzverschalten und mit Kohle geheizten Häusern lebte, in Leinen und Daunen schlief und nicht in Wolle und Heu, die mit Besteck von Porzellantellern aß und nicht mit einem Hornlöffel aus einer hölzernen Schüssel, und zwar Mahlzeiten, die auf einem speziell dafür hergestellten Gerät zubereitet worden waren und nicht auf einer gemauerten Herdstelle aus der Steinzeit.

Er bückte sich in einen kurzen Seitengang zur Rechten, der führte in einen kleinen, verräucherten und fast vollständig finsteren Raum. Durch ein Rauchabzugsloch fiel ein winziger Rest von Helligkeit. Der große Mann stieß gleich mit dem Kopf gegen einen von der Decke hängenden Topf, und der gegen einen weiteren. Das dumpfe Scheppern führte ihn zum Herd, einer niedrigen, aus Steinen aufgeschichteten Feuerstelle in der dunkelsten Ecke, und zur Glut, die darin noch schwach unter etwas gloste wie die rötlich verglimmende Blüte eines hellen Feuers. Er tastete und fand einen flachen, handwarmen Stein, das war bestimmt die Nachtplatte, von der er gehört hatte, dass man mit ihr nachts das Feuer abdeckte. Wie primitiv das alles war, wie nah noch bei den ersten Feuerstellen der Menschheit in Höhlen und auf Lichtungen des europäischen Kontinents und in den norwegischen Buchten der Wikinger ... Eine Fingerspitze auf diesen warmen Stein zu legen, war, wie die Menschheitsgeschichte zu berühren.

Er richtete sich auf und spürte auf einmal etwas neben sich. Er drehte den Kopf in die Richtung, sah aber nichts als Dunkelheit, sofern da nicht ... Er spürte die Anwesenheit von etwas oder jemandem, einen Körper, obwohl nichts zu sehen war, und er meinte, Atemzüge zu hören. Oder war das bloß Einbildung? Dem Instinkt des Urzeitmenschen folgend tastete er mit der Hand in den Winkel und fühlte ... warme Haut, eine Wange?

Er erschrak und zog die Hand zurück, denn kaum etwas erschreckt den Menschen mehr als ein anderer Mensch.

Kapitel 10

Wochen in der Hölle

Als Séra Árni in die Stube zurückkam, war es dort nahezu niederschlagsfrei. Sigurlás stand über der Frau des Hauses, die sich um ihre Tochter kümmerte. Der Bauer hielt den nassen Bettüberwurf (aus dem es in den Bach auf dem Boden tropfte). Der Pfarrer duckte sich unter der Klapptür und richtete sich dahinter wieder auf. Er schob einen halbwüchsigen, für sein Alter kräftigen jungen Burschen vor sich her, der verlegen und etwas zerknirscht guckte, seine Wangen waren von Kohle geschwärzt, und im hellen Haar saßen schwarze Rußflocken. Schuldbewusst biss sich der Junge auf die Unterlippe.

Das Gesicht des alten Skriðabauern gefror zu einer Totenmaske, und aus ihr starrte er den Jungen an wie ein Wiedergänger den anderen, denn der eine war im Herzen gestorben, als man den anderen für vermisst erklärt hatte.

»Ach, da bist du ja! Wo hast du gesteckt?«, fragte die Frau, die Lásis Überraschung mitbekommen hatte und sich umdrehte.

»Ich …«

»Na, wird's bald?«

»Ich …«

»Ja, was denn?«

»Ich … ich wollte den Pastor holen, aber es war so viel Wasser im Fluss.«

»Was lügst du denn da zusammen, Junge?! Du bist doch vollkommen trocken.«

Júnó wedelte unablässig um den Jungen herum, der allerdings so tat, als sähe er den Hund nicht, und den Blick stur auf die gletscherkalten Tropfen aus Lásis Decke gerichtet hielt.

»Den Pastor hat er aber letztlich doch herbeigeschafft«, sagte Séra Árni munter in der Bestrebung, die Atmosphäre zu entspannen. »Ist das Gvendur?«

»Nein, das ist Gestur«, erklärte Lási und versah jedes Wort mit einem Goldglanz.

»Ach was, er ist kein Gast. Er ist ein tüchtiger Junge und hat für jeden Bissen gearbeitet. Aber wie stehst du überhaupt da, Junge, und warum?«

»Wo bist du gewesen, Gestur, mein lieber Junge?«, fragte Lási mit so großer und warmer Anteilnahme, dass die anderen endlich begriffen, in welchem Verhältnis die beiden zueinander standen.

Und dem Jungen wurde klar, dass es mit seinem Versteckspiel vorbei war. Er konnte nicht länger irgendeinen Gvendur aus dem Heiðinsfjörður mimen. Er war auch hier wieder Gestur. Der Hund lief noch immer um ihn herum, und er konnte nicht länger widerstehen, nahm ihn bei den Vorderbeinen und setzte sich auf den Wust von Sachen auf der Bettkante. Júnó gab weiter ihrer Wiedersehensfreude Ausdruck – obwohl seit seinem Verschwinden drei Monate vergangen waren, erinnerte sie sich noch gut an ihn. Bald kamen Gestur die Tränen, ein Schluchzen stieg in ihm auf wie etwas Überkochendes und lief aus den Augen. Der Pfarrer und die Frau sahen halb verständnislos zu, doch Lási schlug die nasse Decke weg, ging zu ihm, setzte sich neben ihn und legte ihm einen Arm um die Schulter.

»Na, komm!«

Mehr brachte er in dieser neuerlichen seelischen Hafergrütze nicht heraus, während der Junge die drei Monate fern von seinem Vater Nummer drei herausplätschern ließ. Was war ihm alles widerfahren, seit er an einem schönen Werktag im Frühsommer abgehauen war? Wo war er hingegangen? Wo hatte er gesteckt?

Der Hund war hingegen ausgebildeter Seelsorger und sprang auf der anderen Seite neben dem Jungen aufs Bett und steckte ihm seine Schnauze unter die Tränenbrust, während sich der Hausköter zu Füßen seiner Herrin legte und zusah. Seit die Hündin erschienen war, hatte er seine Nase nicht von ihrem Hinterteil genommen, sehr zu ihrem Leidwesen, denn das war gerade durch und durch trocken. Júnó hatte vor nicht langer Zeit erst auf einem verschlissenen Leinensack acht Welpen geworfen, höchst empfindliche kleine Wunderwerke, die am selben Morgen gezeugt worden waren, an dem Gestur weggelaufen war; Lási hatte sie gegen den Protest seiner Enkelkinder am Meeresufer ersäuft.

Séra Árni hielt sich am nächsten Bettpfosten fest und senkte den Blick auf den Jungen. Das Weinen anderer war nicht seine starke Seite. Das weltmännische Auftreten, das er sich im Lauf der Jahre in der Hauptstadt angeeignet hatte, verlangte eine gewisse Distanziertheit, und die Nächstenliebe, in der man ihn im Priesterseminar unterrichtet hatte, war in erster Linie theologisch-theoretischer Natur. Die Frau wandte ihnen den Rücken zu und kümmerte sich um ihre Tochter. Langsam ließ das Weinen des Jungen nach, die Tränen verschwanden im braunen Hundefell und trockneten dort auf der Stelle. Dann warf er sich über den Hund, umarmte ihn, klopfte, kratzte und kraulte ihn in einem fort mit der Kraft der Verzweiflung, bis Júnó von ihrem Lebensrettungseinsatz genug hatte und auf den Boden sprang, wo sie sogleich vor dem Hofhund unters Bett floh, der noch immer von der Gelegenheit eines Samenergusses träumte.

»Gehört der Junge euch?«, fragte Steinka schließlich. Sie hatte das Mädchen in die Arme genommen. Die Kleine hustete schwach über die Schulter ihrer Mutter, und es war zu sehen, wie der hungerschmale Körper von einem leisen Kälteschauer geschüttelt wurde. Die Wollsocken des Kleinen waren dunkel vor Nässe.

»Dieser Junge gehört niemandem. Er ist sein eigener Herr, Vater und Sohn und, ja, Heiliger Geist in einem. Aber uns wurde die Fürsorge für ihn anvertraut. Sein Vater war mein Ziehbruder, Eilífur selig von Stundarkot.«

»Ach, er ist der Sohn von diesem ... diesem Lügner?«

»Eilífur war einer der Besten unter uns.«

»Gut, damals musste man zusehen, wie man an einen Bissen zu essen kam, aber diese grauenhafte Wirtschaft bei ihm, allmäßiger Gott, und dazu dieses arme Ding! Es reichte bei ihm nicht einmal zu einem anständigen Kochtopf für seine Guðný. Sie hätten nie einen eigenen Hof gründen dürfen, behaupte ich. Pfui! Und dann kam es ja auch, wie es kommen musste.«

»Ich verbiete dir, vor dem Jungen so zu ...«

»Ein Fuchsbau war das und nichts anderes! Ein dreckiges Fuchsloch!«

»Darf ich Sie ersuchen, nicht so über den Vater ... über den Verstorbenen zu reden«, schaltete sich der Pfarrer endlich ein und blickte dabei in die Ecke, in der der Tote lag. »Sie würden auch nicht wollen, dass man so ... Nun ja, wir sollten uns besser dem zuwenden, was hier zu tun ist. Denn ich glaube, wir sollten allmählich an den Heimweg denken. Oder möchten Sie nicht, dass wir Ihren Mann mitnehmen?«

»Ja, es ist besser, wenn er hier rauskommt. Er wird mit der Zeit auch nicht besser riechen.«

»Wo gehen sie mit Papa hin?«, fragte das Mädchen mit einer Stimme, die in all ihrer Schwäche noch so fest klang, dass sie selbst das abgefeimteste Herz rührte. Der junge Pfarrer zwinkerte zweimal.

»Nun, zur Erde, aus diesem seligen Himmelreich«, antwortete die Mutter kalt wie echt isländisch hingerotzter Schneematsch. Dann wandte sie sich ab und stieg mit dem Kind über den Balken, tauchte in die Ehebettecke und scheuchte den kleinen Jungen aus dem Bett, um für seine Schwester Platz zu machen.

Dann wurde es armeleutehüttenstill. Man hörte, wie der Wind über die neue Fensterbespannung strich. Schließlich fragte der noch immer neben dem großen Jungen sitzende Lási: »Und was möchtest du tun, Gestur? Kommst du mit uns?«

Gestur richtete sich auf und sah eine ganze Weile vor sich hin auf das Bruchstück eines alten Bootsstevens, der auf dem Bett lag wie ein sehr hagerer, gut geteerter Mann, gekrümmt nach der traditionellen Bauweise der Haifangboote, zuoberst auf einem Haufen Gerümpel, das einmal eine Funktion gehabt hatte und für die Menschen wichtig gewesen war, nun aber wie eine abstrakte Form dalag und darauf wartete, dass diese Kunstrichtung erfunden würde. All das betrachtete Gestur und nahm es dennoch nicht wahr, denn er dachte an anderes, an ganz anderes.

Er dachte an den schönen Abend, an dem er abgehauen war, als Hammerschläge durch Luft und Land dröhnten, und wie er tatsächlich daran geglaubt hatte, dass jene Männer und jenes Schiff ihn nach Fagureyri in die Arme seiner Mallamama bringen würden.

Noch einmal dachte Gestur, wie dumm er gewesen war, was für ein sagenhaft naiver Dummkopf, und dann dachte er an das, was ihm stattdessen zuteil geworden war: neun verrückte Wochen in der Gesellschaft dieser Franzosen mit ihren Biskuits, ihrem Wein, ihren Tabakspfeifen, und dieses Erschrecken des ersten Tages darüber, dass es außerhalb der Fjorde eine andere Welt gab, andere Menschen, andere Völker. Er dachte an die Franzmänner, an ihre Not und ihr Elend, wie schlecht es ihnen ging, es war sogar schlimmer gewesen als hier in Bæjarkot und am besten in der schrecklichen, albernen Sprache zum Ausdruck gekommen, die sie benutzten, und hatte sich nur mit dem fürchterlichen Zeug überstehen lassen, das sie soffen. Er dachte daran, wie oft er sich in den ersten Wochen übergeben hatte und welches Gelächter das jedes Mal auslöste, und er dachte an die schreckliche Kabeljaufischerei, die durchwachten Nächte und die schwere Arbeit, an die offenen Wunden in seinen Handflächen, die noch immer nicht verheilt waren (und an denen er noch immer herumkratzte), und er dachte daran, wie der Kapitän gestorben war, und an die lange Seereise über das offene Meer, an die komischen Häuser, in denen die Menschen da wohnten, die er aber nur von Bord aus betrachten durfte: Diese Häuser waren aus Geröll gebaut! Und die Frauen trugen seltsame Hauben, die neben ihren Ohren mit Flügeln schlugen, als seien ihre Köpfe Vögel, die permanent versuchten, sich in die Lüfte zu heben. Und Gestur dachte an all die Teufeleien in der Kajüte und an den großen Schack, der sich mit ihm die Koje teilte, und er dachte: Bloß nicht daran denken, an dieses schwarze Schwärende, an den teuflischen Prügel mit seinem ekligen weißlichen Ausfluss. Er dachte zurück an die Ungewissheit, ob er jemals wieder nach Hause käme oder auf ewig in einem fernen Hafen festsaß.

Er erinnerte sich an das Glücksgefühl bei der nächsten Ausfahrt und daran, wie er das Meer geliebt hatte, weil es ihm die Hoffnung auf Land gab, und wie sich sein Hodensack beim Anblick des aus der See steigenden Island herzförmig zusammengezogen hatte.

Und er dachte an seine Flucht, wie er die Schiffsbesatzung hinters Licht geführt hatte, indem er vorgab, im Hagafjörður einige Wasserlöcher zu kennen, und wie er ihnen dann an Land gleich weggelaufen war, lange Zeit immer am sich dehnenden Strand entlang, bis er sich endlich getraut hatte, an einem Gehöft anzuklopfen. Eine Woche später war er dann über den berüchtigten Pass in den Segulfjörður gekommen (der noch höher lag als Skeifuskarð, in dem sein Vater zu Anfang der Geschichte umhergeirrt war), bekleckert und befleckt an Leib und Seele, ein welterfahrener Zwölfjähriger mit Heimweh, ein anderer als der, der er vor seiner Ausreise gewesen war, doch voller Verlangen danach, wieder der Alte zu werden. Er hatte über den Fjord geblickt, den er gehasst, doch mit dem er sich versöhnt hatte, und sich in Richtung von Lásis Hof in Bewegung gesetzt. Sein Mut hatte jedoch nur bis Bæjarkot gereicht.

Und er dachte an die Mahlzeit, die er bei Steinka bekommen hatte, und an das, was die Frau tat, und ebenso an das, was sie gerade über seinen eilífschen Vater gesagt hatte und über den Fuchsbau. Fuchsbau! Kam er wirklich aus einem Fuchsbau?

Gestur dachte an seine Kinderzeit hinter den sieben Bergen und fragte sich einmal mehr, warum ihm all das widerfahren war, einem Jungen, der auf hölzernen Bodendielen aufwuchs, mit heißer Schokolade und in Gesellschaft vornehmer Kleider und erlesener Zigarren, in den Rockfalten der besten Frau der Welt, oh, Mallamama! Da stand sie doch, die Wirtschafterin im Hause Kopp, auf löcherigen Strümpfen, mit vierzehn Sommersprossen im weichfleischigen Gesicht und einem Glitzern in den Augen. Da stand sie, wie immer, im Tiefsten seines Sinns, hinter allen Gedanken, und rührte mit einem Holzlöffel Teig.

Endlich schaute er in Lásis starre, ewig tränende Augen, diese vielfach geschädigten und oft gebrochenen, unheimlich vielschichtigen und durch und durch klugen, gefleckten, grau glänzenden Augen. Und ihm fiel wieder ein, wie der Besitzer dieses Augenpaars das erste Band des Vertrauens zwischen ihnen geknüpft hatte, mit einem ganz besonderen Knoten, der sich nicht zuzog. Nicht einmal wenn ein Berg daran zerrte.

War es möglich, ein Verlassen zu verzeihen?

Kapitel 11

Abendunterhaltung in der Kate

Der Abschied fand auf die traditionelle Weise statt. Doch da kein Sarg zur Hand war und nach drei Todesfällen im letzten Monat auch kein Material, um einen zu zimmern, stellten sich Fragen: Sollten sie die Leiche etwa nicht mitnehmen? Doch, aber wie transportiert man eine nicht verpackte Leiche auf einem Pferd? Das erörterten Pastor und Zimmermann kurz, als sie jenseits des Balkens im dunklen und übeldünstenden Reich des Todes standen.

»Es wäre natürlich das Beste, nach dem alten Charon zu schicken, wenn er nicht durch die ganzen Schiffbrüche in der großen Bucht so schrecklich viel zu tun hätte.«

Séra Árni staunte nicht wenig, den Bauern von Skriða auf die griechische Mythologie zurückgreifen zu hören, und sein Gesicht verriet eine leichte Verunsicherung. Wie hatte solche Gelehrsamkeit den Weg in das elende Haus unter dem Steinhang gefunden, das mehrere Tagesreisen von der nächsten Schule entfernt lag?

»Da hast du recht, aber da vorn liegt ein Teil seines Boots.« Der Pfarrer ließ sich nichts anmerken und zeigte über den Balken auf den Bootssteven, der auf dem vordersten Bett lag.

»Gestur, fass doch bitte mit an!«

Obwohl er eine Woche mit dem Verstorbenen im selben Raum gehaust hatte, musste der Junge heftig würgen, als sie die Decke von Einar zurückschlugen. Nichts geht über vergammelten Bauern. Die

Leiche war an Armen und Beinen dunkellila angelaufen, ihre Kleidung glänzte dunkel von Säften und Sekreten, und alles war mit den hellen Pünktchen von Maden überzogen, die sich lautlos kreuz und quer wimmelnd vor dem nun auf sie fallenden Lichtschein in Deckung bringen wollten. Steinka hatte sich erhoben und sich so vor ihr Bett gestellt, dass die Kleine ihren verwesenden Vater nicht zu sehen bekam. Ihr Bruder Gísli aber hing wie ein Äffchen auf dem Querbalken und hielt sich mit der Hand an einem Dachsparren fest.

»Es ist nicht schön, wenn Leute in der schlimmsten Jahreszeit sterben«, sagte die Frau, und es war ein leiser Vorwurf herauszuhören.

»War er denn im Herbst siech?«, fragte Lási. »Als ich ihn im Sommer gesehen habe, wirkte er noch kerngesund.«

»Ja, im Herbst war er ziemlich siech geworden«, antwortete die Frau.

Séra Árni merkte sich die in anderen Landesteilen längst unüblich gewordene Verwendung des Wortes und bedeutete dem Jungen, mit anzupacken. Wie aber fasst man eine glitschige Leiche an? »Gräueltat« war das Wort, das Lási dazu einfiel. Hier mussten sie eine Gräueltat verrichten. Als sie ans Werk gehen wollten, zeigte sich, dass für Gestur kein Platz war. Man konnte die Leiche nur beim Kopf und bei den Füßen packen. Lási fasste sie unter den Schultern und der Eisbursche Magnús an den Knöcheln. Der Pastor achtete darauf, dass seine Rockschöße bei dem Einsatz nicht beschmutzt wurden. Der tote Bauer war völlig abgemagert und seine Brust ganz eingefallen, der Tod hatte ihm bereits das Mark, Blut und Fett ausgesaugt.

In Lásis Augen war das nicht der Einar, den er gekannt hatte, der stille Ruderer, der Haijäger und bei der Heumahd Sensenführer des Bauern auf Selbær, der sich mehr Zeit nahm, die Sense zu dengeln, als mit ihr zu mähen, wobei er ihm wie der größte stoische Philosoph der Welt vorgekommen war, wie er in der Windstille des Fjords mit leuchtendem Gold in den Händen dagestanden hatte und auf tiefere Art das Dasein zu durchdenken schien als andere Landtiere, und doch war es wohl ein trügerischer Anblick gewesen, denn tatsächlich hatte Lási niemals einen bemerkenswerten Gedanken aus dem Mund des Kätners gehört. Er war doch nicht mehr als ein bitterarmer, gutherziger Mensch, der schon im dritten Treibeiswinter untergegangen wäre, wenn ihn das Leben nicht mit diesem Prachtweib von Steinka gepanzert hätte.

Sie legten den Leichnam auf den Boden und schoben ihn unter den Balken, das war die einzige Möglichkeit, um nicht von dem Gestank in Ohnmacht zu fallen. Dort musste der Bauer in seinem Styx liegen, dem Bächlein, das noch immer durch den Raum lief, auch wenn es inzwischen bald versiegte. Beide Arme nach hinten gebogen, banden sie ihn dann krumm auf den Bootssteven, was die schönste Galionsfigur abgab, die man sich für Charons Nachen denken konnte.

Den trugen sie hinaus in die Dunkelheit und gleich wieder herein. Denn obwohl es aufgeklart war, hatte der Wind so zugenommen, dass sie beschlossen, den Toten einstweilen im Gang abzustellen. Am Tag darauf sollte Magnús ihn mit einem Begleiter zusammen abholen. Das war die einzig vernünftige Lösung. Es sei denn, sie könnten bei Kristmundur Holz auftreiben, aus dem Lási an Ort und Stelle einen Sarg zimmern könnte. Sie dankten der Frau des Hauses für eine gut verlaufene Visitation, verabschiedeten sich und gingen dann in verschiedene Richtungen auseinander.

Gestur ging mit Lási zu Fuß. Vater, Sohn und heiliger Hund.

Nur kurze Zeit später fanden sich alle wieder im Haus ein, denn gegen die Gewalt des Sturms, die jetzt den Fjord ausfüllte, konnte man weder zu Pferd noch auf den eigenen Vieren kriechend vorankommen. Magnús hatte nicht auf seine Mütze achtgegeben, und sie war ihm von der Dunkelheit vom Kopf gerissen worden, wie eine Schlucht einen Stein verschluckt.

Also nahmen die vier Männer unterschiedlichen Alters ein wenig betreten und sturmgebeutelt wieder in der nach Rinderharn stinkenden Stube Platz. Die Kuh drehte in ihrer Ecke den massigen Schädel und betrachtete sie mit einem Ausdruck, der zu fragen schien, ob sich die frischgebackene Witwe nun anstelle des einen Einar drei neue

Männer genehmigen wolle. Die in Frage stehende Witwe kam hingegen flink und geschmeidig über den Querbalken geturnt und wirkte um einiges gastfreundlicher als vorher, sie schien sich regelrecht zu freuen, sie erneut unter ihrem Dach zu sehen, und forderte sie auf, über Nacht zu bleiben, Platz gebe es jetzt genug, nachdem man Einar im Gang abgestellt habe. Sie bot noch einmal den berühmten Sommerschmalzkringel an, und etwas Flechtenschleim und Fischgrätensuppe sei auch noch da, von Letzterer allerdings nur wenig. Séra Árni sagte, sie solle dieses Essen aufheben, und lud stattdessen alle ein, an den Resten der Wegzehrung teilzuhaben, die er und Magnús zum Abendessen mit sich führten; es war mehr als genug, um alle satt zu kriegen. Steinka machte große Augen, als ihr ein Stück geräucherter Schafsbauch gereicht wurde, und Gestur freute sich innerlich über den halben Topfkuchen aus dem Backofen des Madamenhauses, einen Leckerbissen, wie er ihn seit seiner Zeit in der Küche der lieben Malla nicht mehr bekommen hatte. Ab und zu streifte er die drei prächtigen Männer mit einem Blick, den Zimmermann, den Pastor und den starken Magnús. Er fühlte sich wohl in ihrer Gesellschaft, weil er nicht den Eindruck hatte, dass sie ihm etwas Übles wollten.

Nach dem Essen stellten sie die hölzernen Näpfe auf den Boden, damit die Hunde sie mit ihren Zungen restlos sauber leckten, und dann nahmen die Hausfrau und ihr Sohn Gísli das Stricken auf. Lási wurden ebenfalls Nadeln angeboten, aber er lehnte dankend ab und reichte sie an Magnús weiter. Stattdessen zog er seinen Schnupftabaksbeutel heraus und bot jedem, einschließlich der Kuh Hekla, eine Prise an. Keiner nahm eine. Da Séra Árni den Eindruck hatte, an diesem Abend gehöre ihm das Ohr seiner Zuhörerschaft, zog er sein schwarzes Manual hervor und schlug es an einer Stelle auf, die ihm zur gegenwärtigen Lage zu passen schien.

»Ich lese aus dem Lukasevangelium. Moses hat geschrieben: ›So jemandes Bruder stirbt, der ein Weib hat, und stirbt kinderlos, so soll nehmen sein Bruder ...‹«

Der Pfarrer stockte und verwünschte sich im Stillen, er hatte sich vertan, was für ein Anfängerfehler! Das war die vollkommen falsche Stelle. Doch seine kleine Gemeinde hatte aufmerksam zugehört, und Steinka wollte mehr wissen: »Soll nehmen sein Bruder ...?«

Séra Árni traute sich nichts anderes als weiterzulesen: »›... so soll nehmen sein Bruder das Weib und seinem Bruder einen Samen erwecken. Nun waren ...‹«

»Ach, ist das ein kirchliches Gesetz? Wie geht es weiter?«

»›Nun waren sieben Brüder. Der erste nahm ein Weib und starb kinderlos. Und der andere nahm das Weib und ...‹«

»Nein! Den Hannes will ich nicht.«

Kapitel 12

Sommersonne

Der Pastor hatte gerade die richtige Stelle gefunden, als im Gang ein Geräusch laut wurde und jemand rief: »Gott sei der Abend! Hier kommt die Sonne!«

Gleich darauf wurde die Klapptür aufgezogen, und eine Vogelscheuche von einem Mann erschien, mit großen Augen und irgendwie irre aussehend. Nach oben ragte eine Zipfelmütze, nach unten hing ein langer, an der Spitze geflochtener Bart; ein Schal, Rockschöße, Kragen und etwas zerfleddert aus den Ärmeln Ragendes strebten jeweils in andere Richtungen, als habe der Sturm die seltsame Erscheinung mit einem Hieb zerrupft. Sie sah aus wie eine Trommel, die von einer Kanonenkugel durchschlagen worden war und nur noch von einem um den Bauch gebundenen Strick und einem diagonal über den Oberkörper hängenden Lederriemen zusammengehalten wurde.

»Hier seien Gott und Menschen! Die Sonne ist gekommen!«

Die Stimme klang feinfühlig, klar und präzise und auch die Aussprache wie bei einem Schauspieler, mit der im Ärmel verborgenen rechten Hand holte der Mann weit aus wie ein Opernsänger. Seine Arme waren kurz, der Kopf war dagegen recht groß und zeigte vor allem ein Gesicht mit einer hohen, gewölbten und von Falten gefurchten Stirn. Obwohl er eine normale Größe hatte, wirkte der Mann irgendwie zwergenhaft. Was am meisten Aufsehen erregte, war jedoch sein breites Lächeln. In jenen Jahren wurde nicht viel gelächelt.

»Nun, was für eine Mannschaft ist hier versammelt? Ist schon alles belegt? Schläft deswegen einer draußen im Gang? Ich habe versucht, ihn mit einem Kuss zu wecken, wie es südlichen Dichtern zufolge die Sonne tun soll, aber nichts, keine Reaktion. Wer sind die Gäste des Hauses? Die Dame des Hauses und der liebe Hausherr seien gegrüßt und gesegnet! Es ist lange her, seit ich zuletzt in Bæjarkot bei der guten Steinunn und meinem Einar Sæmundsson und Kaufmannssohn hereingeschaut habe. Doch ihr dürft euch heute Abend glücklich schätzen, denn eigentlich wollte ich geradewegs nach Selbær, doch das Lüftchen draußen hat mich hierhergeweht. Ich grüße die Anwesenden.«

Er nahm eine Tasche ab, die er auf dem Rücken getragen hatte, ein ledernes Ding, groß wie ein Hund und einem Hund so ähnlich, dass sich die beiden echten Hunde vorsichtig näher schoben, Júnó knurrte, doch der Haushund beschäftigte sich gleich wieder mit dem Hinterteil der Hündin. Der Besucher löste den Strick und schälte sich aus seinem großen und durchnässten Übergewand, das er an einen Haken über dem vordersten Bett hängte. Das tat er mit gespitztem Mund, völlig selbstverständlich und ohne Zögern, sodass die anderen den Eindruck bekamen, der Kerl sei nichts weniger als ein Weltbürger, der sich überall zu Hause fühlte, weil die Welt sein Zuhause war. Er schüttelte sich rasch mit einem vernehmlichen »Brrr« und schritt dann die Reihe ab, sich zu jedem hinunterbeugend und ihn mit einem herzhaften Kuss auf die Wange begrüßend.

»Seien Sie gegrüßt, Knabe«, sagte er zu Gísli und küsste ihn respektvoll auf beide Wangen, wie es sich bei einem jungen Prinzen geziemte; das Gleiche tat er bei Gestur. Der nahm an dem Mann einen Geruch wahr, den er nicht benennen konnte, aber aus irgendeinem unerfindlichen Grund mit dem Vollmond in Verbindung brachte, den er über der Insel Guernsey im Ärmelkanal gesehen hatte.

»Die Sonne, die Sonne ist erschienen, und sie leuchtet über euch, seid gegrüßt und gesegnet! Rögnvaldur ist mein Name, Sonnenscheinsohn«, stellte er sich dem frostgehärteten Magnús vor, den

Pfarrer zu küssen, traute er sich denn doch nicht. »Nein, und wer ist diese strahlende Erscheinung hier?«, fragte er und beließ es bei einem Händeschütteln. Lási bekam dagegen einen lippenfeuchten Kuss auf die Backe. »Der Sigurlásschmied persönlich! Herzlich willkommen! Die Sonne grüßt. Und meine liebe Steinka! Doch wo steckt Einar?«

»Draußen im Gang, tot. Das ist unser neuer Pastor, Séra Árni Benjamínsson.«

»Benediktsson«, korrigierte der Gemeinte.

»Und das da ist Gestur, Lásis Junge. Und der da ist Magnús, Gehilfe auf Fanneyri. Wo kommst du her?«

»Ist Sigurlás dein neuer Mann? Und gleich nach dem Pfarrer gerufen? Ihr habt es aber eilig, werte Frau, das muss ich schon sagen. Ah, darf ich mich hier hinsetzen, bekommt die Sonne keinen Sang in den Bauch?« Damit ließ er sich neben der Frau auf dem mittleren Bett gleich neben dem Querbalken nieder. »Was für ein starker, kalter Wind da draußen! Die Sonne musste vom Ufer fast bis hierher kriechen.« Er trug eine hübsche blaue Wolljacke, die allerdings voller Strohhalme steckte. Über Brust, Schultern und Oberarmen wölbte sich die Jacke, als sei sie innen ausgepolstert. Ansonsten war der Mann wie ein Bettler gekleidet, Flicken auf den Knien und unterhalb davon mehrere Lagen zerrissener Strümpfe. Seine Knöchel waren kalkweiß, die Finger fast lila angelaufen.

Es kostete sie einige Zeit, diesen mit possierlich schrägen Ideen angefüllten Kauz von der Vorstellung abzubringen, er sei gerade in eine kleine, feine Hochzeitsgesellschaft geplatzt. Als das gelungen war, setzte man ihm vor, was im Haus vorrätig war, denn der Proviant des Pfarrers war vertilgt. Steinka schob ihre Mütze zurecht, ging in die Küche und kam umgehend mit einer kleinen Schüssel Flechtenschleim zurück, einer isländischen Eigenkreation, die lange Zeit ein Nahrungsmittel der Armen war.

In einem Land, in dem nichts Essbares aus der Erde wuchs, außer Gras und dem bisschen Kartoffelkraut, das nur die absolute Oberschicht anzubauen verstand, konnte das hungernde Volk es nur seinen Lämmern gleichtun und in den Bergen nach Essbarem suchen. Jeden Sommer nach dem Ende der Entwöhnungszeit begab man sich zum Sammeln auf die sogenannte *grasaferð;* ihr Ziel, das »Berggras«, eigentlich »Rentierflechte«, aber auch »Isländisch Moos« genannt, hatte jahrhundertelang die Menschen in den armen Hütten der Insel am Leben gehalten. Verschiedene Wuchsformen trugen unterschiedliche Bezeichnungen, *krœða* hieß die unbedeutendste, und die »Hundefluse« war zu nichts zu gebrauchen. Das eben kredenzte Gericht erhielt man durch langes Kochen, bis die Flechte endlich ihre feste Form aufgab und sich in einen dunklen Schleim auflöste, den man mit noch mehr Wasser oder (in den besseren Häusern) mit Milch streckte.

Die Hausfrau ließ sich nicht lumpen und servierte dem Sonnenscheinmann außerdem noch die erlesene Fischgrätensuppe, in der ein ausgekochter Dorschkopf sein Bestes gegeben hatte, denn sie selbst war satt und fand großes Vergnügen an der spontanen Visitations- und Ich-schau-mal-kurz-rein-Party in ihrem Haus. Am Ende schaffte es dieser Smiley, ihr auch noch den Schmalzkringel abzuschwatzen, denn wer hätte einem Sonnenstrahl wie ihm die von ihm so genannte »Feuernahrung« vorenthalten können? Lange spielte Rögnvaldur mit Fingern und Zähnen an dem sommerschwarzen Kringel herum, und die beiden Jungen, Gestur und Gísli, verfolgten mit großen Augen, wie das Teilchen aus seinem Schoß zu seinem Mund aufstieg, dann wieder hinab und dasselbe noch einmal. Er lächelte ihnen dabei freundlich zu, gab ihnen aber keine Gelegenheit abzubeißen, während er Geschichten aus den drei Fjorden zum Besten gab, die er zuletzt besucht hatte, und obendrein saftigen Klatsch aus Gramsey im Norden, den er von Haifischern aus dem Eyrarfjörður gehört hatte. Das alles trug er routiniert und raffiniert vor, führte den Zuhörern die Dinge höchst lebendig vor Augen und Ohren, intonierte Dialoge mit wechselnden Stimmen und imitierte beleibte Bauern ebenso wie solche mit Piepsstimme oder vergrätzte Weiber, feine, hübsche junge Frauen und einen Pastor, der das R im Rachen sprach.

Letzteres tat er unbedacht und brach mitten in der Vorführung ab, als er sich klarmachte, wer auf dem Bett schräg gegenüber saß. Man zog einen Geistlichen nicht vor einem Geistlichen durch den Kakao. Für so etwas war der Sonnenscheinmann schon aus zwei Gemeinden ausgewiesen worden.

Während einer Anekdote beobachtete Gestur, wie der Kerl den leckeren Kringel heimlich in seinem linken Ärmel verschwinden und dann mit einstudierten Bewegungen höher rutschen ließ, bis er eine Ausbuchtung gleich oberhalb des Ellenbogens verstärkte. Forschend musterte der Junge den wandernden Besucher und entdeckte in dessen wollenem Rock nahe der linken Achselhöhle ein Loch, durch das eine leckere Scheibe Fladenbrot zu sehen war. Die Jacke war überall mit Essbarem ausgestopft.

Der Mann hieß Rögnvaldur Jónsson, war aber unter dem Namen Rögnvaldur Sommersonne bekannt. Er hatte in seiner langen Laufbahn als Landstreicher früh gelernt, dass Frohsinn besser ankam als Flennen. Zu viele seiner Kollegen schlugen sich damit durch, gespielt hinkend auf einen Hof zu kommen, über geheuchelte Leiden zu jammern, sich den Weg in ein Bett zu erflunkern und dann dort wimmernd über Unglück und Krankheit zu klagen, und ganz besonders über schrecklichen Hunger. Das waren nicht gut gelittene Gäste. Da war es besser, gesund und munter irgendwo aufzutauchen, mit Gesang und einem vollständigen und gut einstudierten Unterhaltungsprogramm im Kopf. So wurde man zu einem gern gesehenen Gast.

»Die Sonne ist da!« Er hatte es geschafft, die Rolle des Bettlers auf den Kopf zu stellen: Anstatt dass er Menschen um eine milde Gabe bat, teilte er Gefälligkeiten aus. Bei seinem Kommen musste er gefeiert und nicht gefeuert werden. Sein Spitzname war ursprünglich spöttisch gemeint, doch er hatte ihn lächelnd akzeptiert und daraus buchstäblich Essbares gemacht. Es fiel wenig Schatten auf diese sonnige Seele, auch wenn Neider unter den Landstreichern ihn manchmal Regenvaldur oder Regennass Sommersonne riefen.

»Möchte die Sonne uns vielleicht etwas vorsingen?«, fragte Steinunn, nachdem Rögnvaldur seine Anekdote über den Pastor abgebrochen hatte und sich mit zwinkernden Augen unter der gewölbten Stirn verunsichert umblickte.

Die Sonne verdüsterte sich in seinem Gesicht und mit ernster Miene wiederholte er: »Singen? Ja, doch, singen.« Er zog ein Tuch aus der Tasche und putzte sich die Nasenspitze, erhob sich langsam und stützte sich mit dem Hintern auf den Querbalken. Da tauchte plötzlich das bleiche Mädchen aus dem dunklen Teil des Raumes und stemmte den Ellbogen auf den Balken, als sei es ein geplanter Teil der Vorführung, und fragte ganz unschuldig: »Mama, wo ist die Sonne?«

Das rief größeres Gelächter hervor als jedes von Rögnvaldurs Geschichtchen, und er selbst antwortete, indem er auf sich zeigte: »Na, die steht doch hier, ganz arm und behaart.«

Gestur hatte gebannt auf Rögnvaldurs Ohren geblickt. Sie waren so behaart wie die Hände von reichen Männern. Daher kannte er also all diese Geschichten, dachte Gestur, diese Ohren schnappten nach allem, was einen verwertbaren Scherz enthielt.

»Da hier gerade ein kleines Kitz aufgewacht ist, passt vielleicht dieses Liedchen …«

Séra Árni machte große Ohren, er war ein Mann der Musik und hörte konzentriert zu, sein Gesicht wie auf einer Fotografie: Die Augen blickten streng unter buschigen Brauen, und der Mund verschwand unter dem Schnauzbart, als Rögnvaldur sein Lied anstimmte, das keiner der Anwesenden je gehört hatte, weder die Melodie noch den Text, das aber jeden ans Herz rührte wie die lippenweiche Hand einer guten Urahnin, als käme diese mütterliche Hand der Ahnin aus dem Dunkel und der Erde der Vorzeit, aus dem Schoß des Volkes. Allen in der Baðstofa von Bæjarkot, einschließlich der Hunde Glámur und Júnó und der Kuh Hekla, schien es, als hörten sie diese Seelenmusik zum hundertsten Mal. Oh ja, da ist sie, meine singende Seele, da ist sie, die Seele, die ich letztes Jahr auf der Hochebene verloren habe, in der grauen Schlucht, in den Anfängen meiner Unbehaustheit, bei meiner dritten Geburt nach einem langen, harten Eismond. Da ist sie, da singt sie wieder, oh, wie schön!

> *Móðir mín í kví, kví*
> Mutter mein im Stall, Stall,
> lass die Sorgen all, all,
> leih' ich dir mein Tüchlein,
> damit kannst du tanzen fein.

Der Pfarrer verlor Talar und Brot und all sein Bibelwissen, er warf das alles fort, er hatte eine Offenbarung, saß wie betäubt, solche Schönheit hatte er noch nie erlebt, solche Tiefe, solch magische Folklore. Gewiss war das ein Volkslied, natürlich war es eine Volkssage, ja, das gab es. Selbstverständlich, das war unser Erbe, unsere Kunst, unser, unser! Die Melodie war schlicht, fortlaufend, wie eine Hand, die ein Gedicht hochhält und leuchten lässt, ohne Aufmerksamkeit auf sich selbst zu lenken, nicht mehr als eine Hand, die ein Licht hält.

Und erst die Geschichte dahinter! Auf Bitten von Séra Árni trug Rögnvald sie nach:

Eine junge und hübsche Magd auf einem wohlhabenden Hof ist in den gut aussehenden Bauernsohn vom Nachbarhof am Fluss verliebt. Der Großbauer jedoch begehrt seine Magd, und ehe man sich's versieht, ist das Mädchen von ihm schwanger. Man befiehlt ihr, das Kind gleich nach der Geburt auszusetzen. Mit schweren Schritten geht sie mit dem erst einen Tag alten Mädchen in dichtem Schneetreiben vom Hof und legt es im Schnee ab, kehrt dann um und hört, wie die Schneeschleier sein Weinen ersticken. Am nächsten Tag taut es, und die Magd sieht, wie sich draußen am Berghang Raben versammeln. Sie verrichtet ihre Arbeit, schläft aber in der Nacht kaum, und schluckt auf dem Kissen an ihren Tränen, während aus dem Alkoven der Eheleute nächtliche Geräusche dringen.

Endlich kommt der Frühling mit dem Lammen, der Schafschur, dem Entwöhnen der Lämmer und überhaupt dem Treiben der hellen Jahres-

zeit. Eines Tages kommt der schöne Bauernsohn am Schafpferch des Großhofs vorbei und lächelt ihr zu. Weiß er nicht, was im Winter vorgefallen ist? Wenige Tage darauf wird in der Gemeinde zu einem Ball geladen, und alle vom Großhof dürfen hingehen, doch unsere Heldin glaubt, sie könne nicht teilnehmen, weil sie nichts zum Anziehen hat, das ihr dafür gut genug erscheint. Das bedrückt sie sehr, und sie hat das Gefühl, dass das Leben an ihr vorbeigehe und sie auf Jahre hinaus bei dem Großbauern und seiner freudlosen Frau festsitze. Im Geist sieht sie, wie ihre Liebe auf dem Vikivaki-Ball von ihr fort tanzt. An dem hellen und schönen Abend vor dem Ball ist sie wie so oft damit beschäftigt, die Schafe in ihrem Stall zu melken, als vom Hang Gesang ertönt, genau von der Stelle, an der im Wintermonat Þorri die Raben schwärmten. Eine Kinderstimme singt: Mutter mein im Stall, Stall ... Das ausgesetzte Kind bietet ihr das Tuch an, in das sie es an jenem Morgen gewickelt hat.

Sie ging nicht zum Ball, nicht zu diesem und zu keinem anderen in späterer Zeit, doch jedes Mal, wenn auf den Höfen gefeiert wurde, sah man sie zum Fuß des Berghangs gehen, und sie kam, unausgeschlafen und mit verwirrter Miene, nie vor Tagesanbruch zurück. Drei Jahre danach wurde zu Beginn des Wintermonats Þorri auf dem Nachbarhof am Fluss Hochzeit gefeiert. Am Tag des Fests verließ die Magd den Hof und wurde nie wieder gesehen.

So lautete die Geschichte hinter dem Lied. Rögnvaldur sang es auf Bitte von Séra Árni noch einmal. Und obwohl er danach noch weitere sang, hörte der Pfarrer sie nicht. Dieses eine war alles, das ganze Land, alle Musik, alle Zeit, alles. In der Nacht lag er wach auf seinem Kissen und starrte in das Dunkel des Grassodenhauses, vom Schnarchen und Röcheln schlafender Männer, der Kinder und der Kuh umgeben, und lauschte darauf, wie der Sturm am Dach riss. Darin hörte er wieder das Lied *Móðir mín í kví, kví*.

Das musste man sich vorstellen, dieser skurrile Vagant, dieser Sonnenscheinlumpenhund war nur einer von vielen Fackelträgern dieser heimischen ländlichen Kultur, die sich in diesem vergessenen

Winkel der Welt entwickelt hatte, abgeschieden und isoliert von der Kunst in der Welt draußen, und dadurch völlig einzigartig. Durch einen Zufall, nur weil er von einem Unwetter in einer Hütte festgehalten worden war, war ihm erst als Erwachsenem das zugänglich geworden, was er von Kindesbeinen auf kennen sollte; er war in das Zentrum der isländischen Kultur getappt, das in der abendlichen Unterhaltung in der Baðstofa bestand und *kvöldvaka* genannt wurde, »Abendwache«. In den Hungerlöchern entlang der Küste im Süden wurde meist aus den Isländersagas vorgelesen, manchmal aus der Bibel oder der Postille von Bischof Vidalín, und manchmal traten Männer und Frauen auf, die *rímur*, Reimgedichte, aufsagten, aber er hatte ja keine Ahnung gehabt, dass es etwas gab, das man »isländische Musik« nennen konnte.

Er dachte an die Märchen, die tief in den Wäldern Deutschlands entstanden waren und die die Brüder Grimm mit dem Federhalter aus dem dichtbelaubten Dunkel in die Druckereien der Welt getragen und denen sie so zu ewigem Leben verholfen hatten. Das Gleiche hatte hierzulande Jón Árnason vollbracht, in den 1860er-Jahren hatte er in Leipzig *Isländische Volkssagen und Märchen* drucken lassen. Aber hatte jemals jemand an Musik, an isländische Musik gedacht? Sicher ging es vielen so wie ihm, bestimmt wusste kein gebildeter Mensch, dass es sie überhaupt gab. Isländische Musik? Ho, ho! Er hörte schon das Gelächter in getäfeltem Saal, die vornehmen Krägen in ihren Mänteln husteten laut. Doch Árni Benediktsson war klug genug, um zu wissen, dass gerade an den Kreuzungen, an denen sich Gelächter und Entrüstung treffen, das Gold vergraben liegt.

Nachdem er lange genug wach gelegen hatte, um allen Gedankenmüll aus seinem Oberstübchen zu fegen, bis nur noch das Wertvollste übrig war und wie eine Perle im völligen Dunkel der Schlaflosigkeit schimmerte, wurde ihm klar, dass er diese Perle bergen musste.

Kapitel 13

Gespräch in der Nacht

»Ist der Pfarrer wach?«, war eine kräftige Stimme im Dunkeln zu vernehmen. Man hörte, dass ihr Besitzer auf der Seite lag und nicht zu den geweihten Ohren, sondern zur Torfwand sprach.

»Ja.«

»Solche Stallwohnstuben sind nicht sehr verbreitet, ich schätze, das ist erst die dritte, in der ich übernachte.«

»Aber das bereitet doch keine Unannehmlichkeiten.«

»Nicht?«

»Nein, wir sind doch alle in einem Stall geboren, wie der Dichter sagt.«

»So? Welcher Dichter war das?«

»Das weiß ich jetzt nicht.«

»Ah.«

»Sag mal, Rögnvaldur, wo hast du dieses Lied von der Mutter im Stall gelernt?«

»Das ist unser Lied.«

»Euer Lied?«

»Das Lied der Ausgesetzten Islands.«

Diese Worte waren noch nie in dieser Sprache und noch nie in diesem Land geäußert worden, weder in einem Bett noch in einem Pferch, und sie verschwanden in der Torfwand wie Tränen im Schnee und wurden nie wieder gehört.

Kapitel 14

Strandvöllerei

Am folgenden Tag gingen Lási und Gestur, nun Vater und Sohn, nach Hause. Der Eine war kaum mehr einen Kopf größer als der Andere, der Junge beeilte sich, den krummen alten Mann an Körpergröße einzuholen. Bald würde auch er sich in den Gang zwischen den Hofgebäuden bücken müssen; das war die eigentliche Konfirmation im damaligen Island: Wenn Kinder heranwuchsen, mussten sie irgendwann anfangen, sich zu ducken, das war der erste Schritt, um einmal als alter Haken zu enden. Die alte Grandvör war im Sitzen genauso groß wie im Stehen. Fast alle im Fjord hielten sich wie krumme Nägel. Mit Ausnahme des Pfarrers, des Kaufmanns und des Arztes, die gingen kerzengerade wie der Mann, der in Frankreich an Bord eines Doggerboots gekommen war. Gestur gelobte sich, dass er sich niemals würde beugen lassen.

Doch wie sollte er das anstellen? Aus diesem Fjord führte kein Bildungsweg.

Genauer betrachtet, gab es hier überhaupt keine Wege, höchstens Schafspfade und Reitwege, von Hufen so ausgetreten, dass sie nur für Pferde geeignet und mit nichts zu befahren waren, was im Übrigen erklärte, weshalb die segensreiche Erfindung des Rads noch nicht nach Island gelangt war, abgesehen vom Spinnrad für die Wollverarbeitung in den Stuben. Sah man von einigen Idealstädten in den Urwäldern der Erde ab, war Island das einzige Land, das den Gebrauch des Rads im Freien noch vor sich hatte. Hier trugen die Menschen den Mist noch auf Händen aus den Ställen, und Wasserträger schleppten sich durch Reykjavíks Straßen wie mythische Sisyphusse, die Nation hatte sich noch keine Pferdekutschen zugelegt, nicht einmal zur Tausendjahrfeier der Besiedlung des Landes, denn als sich unser dänischer König zu diesem schönen Jubiläum einfand, musste er wie jeder Bauerntrampel »auf offenem Pferd« nach Þingvellir und zum Geysir reiten und unterwegs seine königliche Leibwäsche vom Regen entsprechend durchweichen lassen. Das isländische Volk war ein Volk ohne Straßen, die einzige, die es kannte, war das ewig bewegte Meer. Es kam jedoch vor, dass vereinzelte Genies in den abgelegensten Tälern eigenhändig das Rad erfanden (mit derselben Freude wie der mesopotamische Erfinder, der dreitausendfünfhundert Jahre vor Christus als erster Mensch ein Patent darauf angemeldet hatte) und sich einen »Rolltrog« bastelten, weil sie noch nie von einer Schubkarre gehört hatten.

Eins dieser isländischen Genies war unser Sigurlás auf Ytri-Skriða, der in seiner Jugend westlich der Berge eine ziemlich nützliche Mistkarre gebaut hatte, die er seinen Hungergenossen und ihrer Schufterei als bedeutende Neuerung widmete. Die warfen allerdings nur schiefe Blicke darauf wie auf fast jeden Fortschritt (Steinzeitmenschen haben wenig für Blitzüberfälle aus der Bronzezeit übrig), und das halbierte Fass mit einer Achse und zwei Rädern durfte zwischen Wiesenhöckern verrotten, bis es der nächste Bewohner zu Brennholz verarbeitete.

Sie gingen den Hofhügel der Kate hinab, die dem Einen drei Wochen lang als Zuhause gedient hatte, und sahen den Geistlichen und seinen Helfer zu Fuß in die andere Richtung zum Fluss schreiten, zwei Pferde am Zügel führend, von denen eins eine primitive, längliche Kiste trug, ein Paket auf seinem Weg zu einem besseren Ort.

Der eisenzeitliche Zimmermann Lási hatte den Sarg am Morgen aus ein paar Brettern um seinen Bekannten zusammengenagelt, die Magnús dem reichen Bauern auf Hvammur aus den Rippen geleiert hatte. »Das ist doch zu viel der Mühe. Pff! Diese Häusler für das Feuer in der Hölle noch eigens ausstaffieren ...« Mit diesen Worten hatte Kristmundur seine minderwertigen Latten herausgegeben, die Magnús mit nach Bæjarkot nehmen durfte. Sie reichten nicht für einen vollständigen Sarg, sodass die Leiche wie ein angeschnittener Kuchen in einer offenen Form davonrumpelte.

Der Himmel trug eine hohe Wolkendecke, das Meer war eine spiegelglatte Septembersee, so weit das Auge reichte. Ein windgeprüftes Segelboot lag im flacheren Wasser. Das Wetter ließ Anzeichen von Ermüdung erkennen, die Windstille war eine resignierte Flaute, der Sturm hatte einen halben Tag lang im Fjord gewütet, die Landebrücke mit salzigen Schlägen gepeitscht und die Boote im Leewinkel zusammengetrieben. Die Ruhe nach dem Sturm hatte etwas von Ruinen an sich, das niedrige Gebüsch sah gerupft aus, und überall am Ufer lagen angespülte Haufen von Seetang. Die morgendliche Pracht störte vor allem das Möwengekreisch, das die Luft erfüllte, sämtliche Vögel des Nordens schienen sich hier versammelt zu haben, das Klatschen von Flügeln erscholl über den Ufern rund um den Pollur. Der Fjord war ein einziges Festgelage.

Als sie nach einem Rest Flechtenschleim aus dem Haus getreten waren, hatte Lási etwas von einem möglicherweise angetriebenen Wal gesagt, aber es war kein größerer Kadaver zu entdecken, und darum hatte er sich an die Arbeit gemacht und den Sarg gezimmert. Sobald sie ein Stück von Bæjarkot entfernt waren, sah Gestur im Wasser nahe dem Ufer etwas glitzern, und vom Pollur drangen Rufe herauf. In einem der offenen, geteerten Dorschfangboote Kristmundurs stand ein Mann mit hocherhobenem Ruder.

»Was machen die?«, fragte der Junge.

»Sieht aus, als würden sie auf Möwen gehen«, griente Lási verschmitzt, sah dann aber genauer hin. »Wenn sie nicht auf Seelenfang sind.«

Als sie den Uferkamm erreichten, einen der Fußwege nach Ytri-Skriða, sahen sie, dass das Ufer unter dem Möwengekreisch voll kleiner Fische lag, die im grauen Licht des bedeckten Himmels wie Silber glänzten. Und als sie weiter am Ufer entlanggingen, wo der Fjord breiter wurde und die Möwenwolke über ihnen dichter, sahen sie noch viel mehr von diesem von der Nacht an Land geworfenen Fang. Der ganze Flutsaum war ein großer, glitzernder Fisch, ohne Unterbrechung durch einen einzigen dunklen Fleck. Verschiedene Möwenarten und vereinzelte Raben schwebten, hüpften und wateten fröhlich pickend und schluckend in dem Haufen. Júnó schoss davon und scheuchte die Vögel bellend auf.

»Was sind das für Fische?«

»Heringe, scheint mir«, sagte der Bauer. Lási tippelte leichtfüßig in seinen Schaflederballerinas über die trockensten Steine, bückte sich über die Masse, packte einen Schwanz und hob ihn hoch.

»Ja, das ist Hering. Toter Hering. Das kommt vor. Manchmal treibt er an wie ein Wal. Es reicht ein Geistesgestörter, und der ganze Schwarm ...«

»Sieh mal, sie rufen uns«, unterbrach Gestur und zeigte auf den Pollur.

Mittlerweile waren drei Besatzungsmitglieder im Boot aufgestanden und riefen ihnen etwas Unverständliches zu, während weitere auf den Ruderbänken saßen. Es hörte sich nach Flüchen und Schmähungen an. Doch was konnten Vater und Sohn am Ufer für ein Boot auf dem Wasser tun? Wollten die nicht zum Fischen auslaufen? Dann dämmerte den beiden allmählich, was das Problem war: Die Fischer kamen vor lauter Fisch nicht vor und nicht zurück. Der Fjord war gestopft voll Hering, und das Boot steckte darin fest. Einer der Matrosen versuchte sein Ruder jetzt in etwa so einzusetzen wie ein Gondoliere in Venedig, um das Boot von der Stelle zu bringen. Seine Kameraden taten es ihm gleich, aber das Boot bewegte sich nicht, das Meer war eine einzige Suppe aus tranig fettem, totem Hering.

»Als würden sie in Eis feststecken«, brachte der Junge staunend zwischen seinen fülligen, weichen Backen hervor.

»So was habe ich noch nie gesehen«, sagte der Graubärtige und kratzte sich, die abgenommene Mütze in der Hand, am Kopf.

»Warum laden sie nicht einfach den Hering anstelle von Dorsch?«

»He, entschuldige, aber keiner fischt solchen Dreck!«

»Warum nicht?«

»Den Scheiß kann man doch nicht essen! Da wird einem bloß schlecht.«

»Bekommt man davon Bauchweh? Hat es einen schlimmen Geschmack?«

»Das weiß ich nicht. Irgendwer wird es schon mal seinem Vieh vorgesetzt haben, aber für Menschen ist das Zeug nicht genießbar.«

Gestur sah zu, wie der Hund in der schuppigen Pampe zu ihren Füßen schnüffelte. Er schien sich nicht entscheiden zu können, ob er es mit Essbarem zu tun hatte oder nicht. Dann entdeckte er ein Stück weiter weg einen dunklen Polarfuchs mit einem Stück Hering im Maul und raste ihm nach.

»Aber die Franzosen ...« Gestur brach aus Respekt vor den Ansichten seiner Väter ab. Lási hatte natürlich recht, das Zeug war giftig, kein Mensch verzehrte das Aas verendeter Tiere. Andererseits sah der Hering gut und fett aus, lecker geradezu, etwa so wie der, den sie auf der Überfahrt zum Kontinent gegessen hatten, gebacken und zum Teil noch mit der Haut. Gestur dachte mit Wehmut an die schönen Abende zurück, als sie bei Windstille auf der Dohrnbank vor Grönland lagen und die Besatzung sich nach dem Essen gesättigt rund um das offene Feuer auf dem frisch geschrubbten Deck liegend die Pfeifen anzündete. Jemand hatte auch die Sonne angezündet, die halb untergegangen auf dem westlichen Horizont schwamm wie ein brennendes Schiffswrack. Dann kam die feuerlose Dunkelheit, nur noch die knisternde Glut in den Pfeifenköpfen war zu sehen, die im Rhythmus der unverständlichen französischen oder bretonischen Witzeleien aufgloste.

Das waren selten angenehme Stunden an Bord des Sklavenschiffs gewesen.

Jetzt sah er, dass Júnó dem Beispiel des Fuchses gefolgt war und auf einem fetten Hering herumkaute. Der schmeckte ihr so gut, dass sie am Ufer zurückblieb, als Lási und Gestur den Hang zum fußbodenschiefen Haus hinaufstapften, wo die Frauen und der kleine Baldur auf sie warteten.

Kapitel 15

Meereserfahrener Bursche im Bett

Gestur stand wieder auf Los, auf demselben Feld, auf dem sein Vater im Würfelspiel des Lebens gelandet war, als er seinen Traum vom Eisenbahnbau in Amríka unerwartet wegen seiner alten Schulden für drei Kilo Weizenmehl aufgeben musste, genau dasselbe Weizenmehl übrigens, das Gestur als zweijähriges Bengelchen am Euter einer Kuh in sich hineingestopft hatte.

Wie ging es ihm?

Er war nicht so unzufrieden, wie er vorher befürchtet hatte. Zwar war der Aufenthalt bei Steinka und Einar in Bæjarkot recht karg und ärmlich ausgefallen, vor allem in den letzten Tagen, nachdem der Tod angeklopft hatte, aber es war ihm dort besser ergangen als in den letzten Wochen auf dem Schoner mit all den tierischen Teufeleien, die sich kein Junge vorher hatte ausmalen können. Er hatte all das in einen Sack gesteckt und ihn fest zugebunden. Manchmal war ihm der Gestank innerlich noch in die Nase gestiegen. Da war es gut gewesen, Steinka um sich zu haben, die derartige Ausdünstungen mit ihrer eiskalten Schroffheit überdeckte. Jetzt befand er sich auf dem Weg in ruhigeres Fahrwasser. Endlich. Gestur ging es wie dem Sträfling, der zweimal Gefängnismauern überwand, einmal bei der Flucht aus seiner Zelle und zum zweiten Mal, als er wieder einrückte.

Er ging auf dieses komische Gehöft zu, das zur Hälfte vom Abhang verdeckt wurde und von dem eigentlich nicht mehr zu sehen war als eine dünne, windschiefe Bretterfassade mit drei spitzen Giebelchen und zwei winzigen Fenstern. Und die machten den Unterschied zwischen Ytri-Skriða und Bæjarkot aus; Ersteres sah durch seine Fassade wenigstens nach einem Haus aus. Lási hatte sie aus Abfallholz zusammengestückelt, das bei seinen diversen Auftragsarbeiten angefallen war. Aus einiger Entfernung und besonders schräg von unten betrachtet, sah diese Kate aus dem neunzehnten Jahrhundert wie die Kulisse zu einem billigen Kostümfilm aus, die man auf die Schnelle für zweitägige Dreharbeiten errichtet hatte. Bloß die Attrappe einer Hauswand mit nichts dahinter. Dieser zweidimensionale Eindruck rührte vor allem daher, dass die hölzerne Fassade hoch über die Grassodenwände des restlichen Hauses emporragte, die um einiges niedriger waren, als die Fassade hätte vermuten lassen. Der Teil der Fassade, der vor dem Geräteschuppen stand, war einmal weiß gestrichen gewesen, und an einigen Brettern haftete noch ein Rest Farbe, alles Übrige war treibholzgrau. Doch dieses Grau glühte für und um Gestur wie Gold, als der zwölfjährige Junge nun durch das Tor schritt; darüber wachte der Berg, grasgrau an seinem Fuß, felsblau im oberen Teil. Das Ganze erweckte den Anschein, als würde unser junger Held in den Berg hineingehen, Schritt für Schritt in ihn eingehen, Lásis Holzverkleidung bildete so etwas wie das Portal des mächtigen Bergreichs.* Und Gestur selbst empfand mit dem Instinkt, der ihm trotz aller Trübung und Verunreinigung noch rein im Blut lag, dass das hier sein Zufluchtsort war, bis alles anfangen würde. Denn er wusste, am Ende würde sein Leben anfangen, im Sinne von »beginnen« und im Sinne von »anheben«. Er trat nicht wirklich in den Berg ein, aber hier würde er geborgen sein.

Sobald sie die zweidimensionale Kulisse der äußeren Verkleidung durchschritten hatten, nahm sie die Wirklichkeit auf, ein dunkler, feuchter Erdgang, der sich zuerst nach rechts in die Werkstatt und

---

* Es ist ein uraltes Motiv in Island, dass bestimmte Menschen und Riesen in einen Berg hineingehen und dort zu Schutzgeistern der Gegend werden.

nach links ins Gästezimmer öffnete, dies waren die beiden Räume, die ein Fenster hinaus auf den Hofplatz besaßen. Der lange Eilífur hatte früher in diesem Raum übernachtet und seine Fußsohlen auf den Bodendielen erholt. Tiefer im Innern zweigte linker Hand die Vorratskammer ab und rechts die Küche, am Ende lag dann die Baðstofa, ohne Kuh und ohne Querbalken, doch von Frauen und einem Jungen bevölkert. Und da erhielt Gestur seinen Platz, hier erwartete ihn das Privileg, auf einer mit Heu und Wollgras gefüllten Matratze schlafen zu dürfen und nicht auf einer aus Seegras. Es gab kein Leck im Dach und keinen Verwesungsgeruch.

Jubel brach jedoch keiner aus, als der Junge mit den weichen Wangen und der kräftigen Brust über den leicht geneigten Fußboden auf Næsta-Skriða vor die drei Generationen strickender Frauen trat, und es erkundigte sich auch niemand, wo er gewesen war, bis auf Snjólkas Tochter Helga: »Wo warst du?«

»Unterwegs.«

»Hast du dich verirrt?«

»Nein.«

»Du hast dich wohl verirrt.«

»Man hat sich nicht verirrt, wenn man weiß, wo man ist.«

»Und wo warst du?«

»Ich habe auf einem Schiff gearbeitet.«

Das Mädchen schlängelte und wand sich von einem Bettpfosten zum nächsten und betrachtete Gestur mit großen Augen, es war der Blick einer erwachsenen und heftig verliebten Frau.

Gegen Abend trat das seltene Ereignis ein, dass die alte Grandvör ihr Strickzeug in den Schoß legte und dem Jungen in die Augen sah, in die großen, runden Gesturaugen, die im Schatten seines üppig dichten, aschblonden Haarschopfs glänzten. Im Sommer war er zu einem geraden Pony geschnitten worden (in einer Kajüte, in der es keine gerade Linie gab), doch inzwischen hing er wieder bis über die Augenbrauen und trug noch einen Rest der Dunkelheit in der Steinherdküche, in der Séra Árni ihn gefunden hatte.

»Mir scheint, du bist franzisch geworden«, sagte die alte Frau, nahm ihr Strickzeug wieder auf und guckte sich wiegend ins Grau, das Fernsehen des Torfzeitalters.

Lási hob den Blick aus dem Tabaksbeutel und sah seine Schwiegermutter erstaunt an. Er hatte völlig vergessen, dass die Alte sprechen konnte. Hatte er ihre Stimme seit dem letzten Eis überhaupt je einmal gehört? Oder seitdem Kristmundur weiße Haare bekommen hatte? Aber die gute Frau hatte recht, Gestur war verändert, ihm war anzusehen, dass er über ein ganzes, riesengroßes Meer gefahren war, zweimal. Er hatte etwas an sich, einen Schleier von Abwesenheit, einen Hauch von Ferne, die erkennen ließen, dass man einen weltbefahrenen jungen Mann vor sich hatte. Seinen Augen war anzumerken, dass sie Dinge gesehen hatten, die man nicht sah.

»Was ist das, franzisch?«, fragte die kleine Helga.

»Manche sind Franzen, andere Angeln, und dann gibt es noch die Biskagamänner. Das sind die Sorten von Männern, die es gibt.«

»Männersorten?«

»Die Lommdümär.«

»Was?«

»Lomm dü mär. Das ist Franzisch.«

Gestur traute seinen Ohren nicht. Diese alte Frau, die er noch nie sprechen gehört hatte und die er während seines kurzen Aufenthalts im Frühjahr fast zu den strickenden Haustieren gezählt hätte, die sprach nun auf einmal sogar Französisch. Er erkannte die Worte wieder, auch wenn sie etwas krude ausgesprochen waren.

»Sprichst du *franzeh?*«

»Ach, püttipö. Püttipö. In dem Winter, in dem ich zwölf Jahre alt wurde, waren zwei bei uns einquartiert. Sie brachten uns Kindern abends manchmal etwas bei. Wir konnten ihnen nur wenig abgeben, aber tüchtigere Männer als die habe ich nie gesehen.«

»Zwei Franzosen?«

»Ja. Jeden Morgen sagten sie Bonnschu, egal welches Wetter herrschte und ob er überhaupt kam.«

»Wer?«

»Der Morgen. Hast du auch etwas bei ihnen gelernt?«

»Ja. Bisskwi, Lo, Pan ...«

»Lo ...«, seufzte Grandvör über ihren Stricknadeln, die gerade stillstanden, und es erschien ein so berückendes Lächeln auf ihren Lippen, als wäre es jahrzehntelang durch ihr Gemüt getrieben wie ein Bierfass auf dem Meer, um am Ende hier in Ytri-Skriða als Lebertrankanne angespült zu werden.

Grandvör hatte ihr halbes Leben in einem Felsen gewohnt, auf einem Felsabsatz, einem der nördlichsten Felssimse Islands, Útdalir genannt, wo der Hof in einer grasarmen, tassengroßen Senke nahe an der Felskante stand, dessen Bewohner ganze Winter lang mit einer Bootsladung Fisch auf einem Ballen Heu hockten, wo es außer dem offenen Meer nichts zu sehen gab und nur zwei Himmelsrichtungen existierten, oben und unten. An Menschen gab es nur zwei Arten, die Hofbewohner und die Fremden aus einer anderen Welt. Schiffe, die am Spónsberg unterhalb des Hofs scheiterten, kamen entweder aus Frankreich oder aus England, zuweilen waren auch Basken aus der Biskaya darunter. Zeitweilig war der Hof kaum etwas anderes als eine geringfügig bessere Seenotrettungshütte mit Herd und Hund.

Gestur betrachtete noch immer die alte Frau. Zwischen ihnen hing unsichtbar eine französische Schärpe in der Luft, blau, weiß, rot. Die Tochter des Hauses, Snjólka, saß ihm strickend gegenüber und starrte ihn mit offenem Mund an, sodass ihre großen Kälberzähne sichtbar waren. Derweil kramte Lási, etwas von einem guten Gast murmelnd, in seiner Bücherkiste. Seine Frau Sæbjörg legte das Strickzeug weg und verschwand, gefolgt von ihren Enkeln, im Gang, kam aber bald mit dem Abendessen wieder: Trockenfisch und dünne Grütze. Zum Nachtisch gab es geistige Nahrung von Lási. Zur Feier des Tages holte er seinen Sigurður Breiðfjörð aus der Kiste und zitierte aus der Ballade von Prinz Líkafrón und seinen beiden Begleitern: »Kluger Gast verkündet hier, / kann ihn Näheres fragen ...«

Die Essensration war noch knapper bemessen als in Bæjarkot, und von den Reimen wurde Gestur auch nicht satt. Darum ging er hungrig zu Bett und musste wieder an die zehn Tonnen Hering denken, an denen sich die Möwen schadlos hielten, während der Rest am Ufer verdarb. Irgendetwas war daran verkehrt. Wenn man hier in der Gegend hungerte, sammelte man auf den Bergen harte Flechten und kochte sie zu einem widerlichen Schleim, während der Fjord gestopft voll war mit fettem Fisch, den keiner anrührte. Warum war er nicht heimlich zum Strand zurückgegangen und hatte sich zwei Fische geholt, um sie nach Art der Franzosen zu braten? Durch das Möwengeschrei, das durch Torf und Stein ins Haus drang, und durch das Rumoren seiner Därme, hörte er den Hund unter dem Bett einen satten, nach Hering riechenden Seufzer ausstoßen. Und er war neidisch.

Ja, war daran nicht etwas verkehrt? Fischer, die wegen dieser Fische nicht zum Fischen auslaufen konnten! Jener Fische, die sie nicht einmal eines Blickes würdigten. Lási hatte noch ausgeführt, dass Hering nicht allein für Menschen verboten sei, sondern ebenso untersagt sei es, ihn als Köder für Hai und Kabeljau zu verwenden. Vor ein paar Jahren waren ein paar Einfaltspinsel im Süden auf den dummen Gedanken verfallen, mit Hering zu ködern. Das hatte für viel Unruhe im Wasser gesorgt, unter lauter schweigsamen Netzfischern hatte dieses eine Boot einen zappelnden Fang gemacht, worauf die anderen sofort gegen das Verfahren protestiert hatten, weil es »im Meer große Unruhe stiftet und in großem Umfang jedes Gleichgewicht beim Fischen durcheinanderbringt.« Am Ende erließ das Althing ein Gesetz, das die Verwendung von Hering als Köder für jegliche andere Fischart unter Strafe stellte.

»Aber fangen die Norweger nicht Hering?«

»Norweger sind Norweger. Davon beißt die Maus keinen Faden ab«, hatte Lási geantwortet.

Vielleicht war diese riesige Vergeudung auf Seiten der Isländer der Grund dafür, weshalb der Hering an Land gekommen war und die Menschen anflehte, ihn zu fangen, einzusalzen, zu essen und zu mögen.

»Nein, mein Junge, das ist ein mieser Fisch.«

Gestur hatte den Bauern sich gegen nichts so hitzig äußern gehört, außer gegen Gott und sein ganzes Unternehmen. Schlaflos starrte er an die Decke oder ging mit geschlossenen Augen noch einmal die Ereignisse des Tages durch – diese Unmenge von silberglänzendem Fisch am gesamten Ufer –, und er hörte, wie die Möwen allmählich verstummten. Er sah sie vor sich, wie sie aufgeplustert und sattgefressen zum Verdauen überall herumlagen. Aus einem der Betten erscholl ein lauter Furz. Dann fühlte er plötzlich etwas Feuchtes und Kühles an seiner Wange. Er erschrak, merkte dann aber: Da reichte ihm jemand ein Stück Topfkuchen. Er nahm es und ertastete dabei kleine Finger, die ihm wortlos das Stück hinhielten. Er richtete sich auf und blickte sich um: Wo war sie hin? Aber er sah nichts als die dunkle Nacht, die den Raum genauso ausfüllte wie den Fjord. Er stopfte sich den Kuchen in den Mund, weniges war so lecker wie Topfkuchen. Wo hatte sie ein solches Stück auftreiben können? Während der weiche Teig sich in ihm breitmachte und ein Gefühl der Sättigung hervorrief, tauchte ein Gedanke in ihm auf, noch so weit entfernt, dass er lediglich ein Fünkchen davon erfasste, eine Erwachsenenfatamorgana in der Wüste des Kindes, darin sah er sich selbst, wie er sich zum erwachsenen Gesicht von Helga Jónasdóttir beugte und ihr einen in Lippen gehüllten Kuss gab, einen zungenschweren Kuss auf diesen rosigen Wonnemund über ihrem »Flennbusen«, wie er in den Haikajüten genannt wurde, also ihren zum Weinen schönen Brüsten. Doch das Kind in ihm, das noch die Oberhand hatte, deckte diese Vision aus Erwachsenenjahren rasch zu, und es blieb nur eine kurze, nicht von der Topfkuchengier berauschte Frage: Wie kam eine solche Schönheit in ein solches Haus? Wie konnte sie die Tochter einer Vogelscheuche wie Snjólka sein?

Irgendwo in der Dunkelheit stand oder lag die achtjährige Fee und seufzte vor Zufriedenheit darüber, wie wunderbar ihr die nächtliche Überraschungsgabe gelungen war. Wusste sie, dass der Kuchen die gewünschte Wirkung erzielt hatte? Wir wissen es nicht, sagt die Geschichte, denn ihr Meister, der sogenannte Erzähler, hat sich entschieden, das Mädchen für einige Zeit aus der Geschichte herauszuhalten.

Gestur lag noch eine Weile wach, puhlte mit der Zunge Kuchenkrümel aus den Zähnen und schmatzte, während er darauf lauschte, wie der Septemberhimmel in ruhigem Takt auf das über ihr kleines Schlafgemach gespannte Trommelfell klopfte. Mit diesem Rhythmus endete der Tag, er geleitete ihn in das große Museum der Zeit am zentralen Platz von Eilífsborg, einen imposanten Bau, von uralten Gerüsten umstellt.

Schließlich schlief Gestur ein, und die Geschichte blieb allein im Raum. Sie schlich leise umher. Mit ihren allessehenden Augen schaute sie sich in den Betten und bei ihren Personen um, sah, wie Lásis Schnarcher Windstöße durch seinen Bart sandten, und wie der Junge von dem mitten auf dem Pollur in Hering festsitzenden Dorschfangboot aus Hvammur träumte. Die Besatzung hatte zu singen begonnen, doch bald bekamen die Heringe Flügel und flogen auf, der Fjord füllte sich mit Schwärmen von Heringsvögeln, und das Boot verschwand in einer Wolke aus Fischschuppen.

Kapitel 16

Eine Hauswirtschafterin

Am anderen Fjordufer erwachte Séra Árni in einem kalten Holzhaus und schlug sein Wasser in den Nachttopf ab. In einer schwarzen Weste ging er die knarrenden Stiegen hinab und wünschte den Damen einen guten Tag, schaute aus einem gräulichen Fenster, es wehte ein eiskalter Nordwind, und nahm dann aus den Händen der Hauswirtschafterin Halldóra einen Teller Grütze entgegen.

Rannveig, die frühere Hauswirtschafterin, war zu ihren Altvorderen abberufen worden, und ihre Haushaltshilfe Sigríður, Rauðka genannt, verschwand nach jenem Tag im Mai, an dem all ihre etwaigen Verehrer auf einen Schlag ihr Grab im Meer gefunden hatten.

Die neue Haushälterin war eine grobknochige Frau mit einem guten Herzen, die aus den Vulkangebieten der Insel stammte. Glühende Lava hatte ihre Familie vertrieben, die seitdem in einer Ellipse rund um die Insel ausschwärmte. Halldóra war in Djúpavogur geboren, in Mýrar aufgewachsen und einige Zeit im Dýrafjörður in Stellung gewesen, bevor sie neuerdings für den Pfarrer im Segulfjörður arbeitete. Als der Arzt unbedingt nach Fagureyri musste, hatte es an Bord keinen anderen Platz als den ihren gegeben, sie war auf dem Weg zu einer Anstellung in den Fjorden weiter östlich gewesen, doch hatte man sie im Segulfjörður an Land gesetzt, um Platz für den Arzt zu schaffen. Seitdem waren drei Jahre vergangen.

Sie war eine isländische Gletscherschönheit, kräftig gebaut und mit strengen Gesichtszügen, aber einer schneeweißen, seidenweichen Haut. Der Mund klein, die Lippen schmal, die Wangen aber breit wie zwei weitläufige Heiden, die Wangenknochen hoch und dick wie Knie. Am Herd sang sie gern Unbestimmtes vor sich hin, die Melodien lagen tief in ihr verschlossen und wurden in dem großen Saal ihrer Brust gesungen. Manchmal stand sie auch am Nordfenster, zählte mit roten Wangen Wellen und dachte über die Chancen nach, die sie gehabt hatte. Ein dänischer Kartograf, der sie zwei Nächte lang in einem Zelt geliebt hatte und dann mit dem Versprechen verschwunden war, sie auf allen seinen Karten zu verewigen. Im folgenden Winter hatte er ihr einen Brief geschickt, adressiert an *Dora Jonsd., Dyrefjord, Island*, aufgrund dessen sie einen anderen Bewerber, einen respektablen Mann aus dem Fjord, abgewiesen hatte. Doch dann war kein weiterer Brief mehr gekommen und auch kein anderer Mann, der um ihre Hand angehalten hätte. Eine isländische Haushälterin und ein dänischer Herr – das war wohl von allen höheren Warten aus betrachtet eine Mesalliance.

Séra Árni hatte Interesse an dieser Frau. Wenn sich ihre Blicke auf der Treppe oder an der Küchentür begegneten, sah er sein eigenes Schicksal, auch er hatte seine Liebe verloren. Sie waren Geistesverwandte, das erkannte er in ihrer Seele, außerdem waren sie beide alleinstehend, alle anderen in diesem Fjord waren im Ehestand, im Witwenstand, in seltsamem Zustand oder nicht imstand. Zudem war Halldóra die einzige Frau in seiner neuen Welt, auf die er ein Auge geworfen hatte. Ihre Formen – für seinen Geschmack sehr »reell« (seine Wortwahl) – suchten ihn abends heim, wenn er vor Notgeilheit in sein Kissen wimmerte. Die üppige Halldóra schaute dann mitten in der Nacht mit einem Glas heißem Toddy zu ihm herein und hatte ganz vergessen, sich etwas anzuziehen … Oh, diese Brüste, dieses wogende Fleisch, diese geballte, wallende Weiblichkeit …

Am nächsten Tag sah der Pfarrer dann in der Regel, dass diese Frau nicht mit ihm auf einer Stufe stand. Ihn schauderte vor der fiesen Fleischeslust, die sich auf diese … auf diese vulgär dicken Brummer gerichtet hatte. (Bei solchen morgendlichen Anfällen schlechten Gewissens kam er dem Glauben am nächsten und betete zu Gott, ihn vor weiteren Fehltritten zu bewahren.) Einige Male hatte er versucht, Einblick ins Innere der schweigsamen Haushälterin zu bekommen, hatte er etwas aus ihrem Leben hören wollen, wissen, wo sie herkam, aber er war nie sehr weit gekommen. Sie hielt ihn auf Distanz, eine Hauswirtschafterin schäkerte nicht mit dem Hausherrn – genauso wenig wie mit den Madamen. Hier hatte sie die beste Stellung ihres Lebens gefunden, und die wollte sie nicht aufs Spiel setzen, sie hatte überraschend Arbeit in der Holzhauswelt gefunden und wollte nicht wieder in die Torfwelt zurück. Dabei hatten alle, die die Frau ansahen, das Gefühl, sie sei nur vorübergehend da, denn das drückten ihr Gesicht und ihre ganze Art aus. Wer seinen Fang noch nicht eingebracht hat, versteckt den Anker an Bord.

Ist es bei mir nicht genauso, dachte Séra Árni über seinem leeren Grützeteller und sah zu, wie Halldóra den alten Damen Guðlaug und Sigurlaug Kaffee servierte, bevor sie zu ihm kam, um den leeren Teller und den Löffel abzuräumen. Sie achtete peinlich darauf, dass ihre Augen den seinen nicht begegneten, und griff ganz dienstlich nach dem Teller. Trotz ihrer kräftigen Statur und Hände wirkten ihre Bewegungen ausgesprochen fein und vornehm. Einmal mehr, obwohl er ihre dicken »Dinger« erst vor Minuten verwünscht hatte, richtete der Pfarrer seine Augen auf die üppigen Brüste, die den schlichten schwarzen Pullover ausfüllten. Er prägte sich ihr Bild in genau dem Moment ein, in dem sich die Haushälterin vornüberbeugte und sich so nach dem Teller streckte, dass ihre Brüste fast den Tisch berührten. Dieses Bild verwahrte er bis zum Abend in seinem Gedächtnis. Einige Zeit brachte er damit zu, es wie ein späterer Pornoproduzent mal so, mal so zurechtzuschneiden, er zog sie aus und wieder an, dann wieder aus, ließ die Brüste eine Daumenbreite über dem Tisch baumeln, eine Oberarmlänge über seinem Schoß. Was für eine Pracht!

Dann sah er auf und sagte: »Danke, beste Halldóra«, wie Hausherrn es zu allen Zeiten getan hatten, und damit verließ sie den Raum. Der Anflug eines winzigen Lächelns lag auf ihrem Gesicht, wahrscheinlich war das ihre Art, die gedankliche Okkupation ihres Körpers hinzunehmen. Die Haushälterin schien sich über die Wirkung, die ihr Körper auf den Pastor hatte, völlig im Klaren zu sein. Die Gefahr des Aussetzens eines männlichen Verstandes schätzte sie in diesem Haus als gering ein, hier würde keiner über sie herfallen, Séra Árni gehörte nicht zu dieser Sorte Mann, und den bärenstarken Magnús Mannlos hatte sie schon an der Tür mit Blicken auf eine handzahme Länge zurechtgestutzt. Vielleicht bestand darin der größte Unterschied zwischen der Holzhaus- und der Grassodenwelt.

Wenig später stand sie am Küchenfenster und wrang gerade über einem Wassereimer einen Lappen aus, da trat sie unwillkürlich einen Schritt zurück, als sie sah, wer da quer über die nicht eingezäunte Madamenwiese kam: Metta in Mjölkot, klapperdürr und mit ausgemergeltem Gesicht, wie das personifizierte Hungergespenst. Sie trug noch immer das hellgraue Kopftuch und den schwarzen, knöchellangen Angebermantel, den ihr Sohn Baldvin mit viel Ausdauer einer englischen Schiffsbesatzung nach dem achtzehnten Glas abgeschwatzt hatte. Halldóra stellte sich so, dass sie nicht zu sehen war, denn wenn diese Metta sie durch die Fensterscheibe erspähte, käme sie sicher, um zu fragen, ob sie keine »Reste aus den Töpfen der Madamen« für sie hätte, »etwas, auf dem wir Armen noch kauen könnten. Mein Baldvin ist so schrecklich hungrig.«

Der Hauswirtschafterin tat es leid, ihr das abschlagen zu müssen, und sie mochte auch den daraus folgenden Gedanken nicht: Die Frau im Mantel war nichts anderes als ein Sozialfall für die Gemeinde, auch wenn sie offiziell in ihrer Kate, die kaum größer war als das hiesige Wohnzimmer, einen eigenen Haushalt mit zwei Kindern führte. Und das hatte sie sich, zum Donnerwetter, selbst zuzuschreiben, weil sie zweimal so dusselig gewesen war, sich ein Kind machen zu lassen, anstatt die geeigneten Vorbeugemaßnahmen zu treffen, auf die eine Frau sich verstand. Im Lauf der Zeit war der Junge zu einem ewig hungrigen Teufelchen auf dem Stallbalken geworden, der im gleichen Maß zunahm, in dem seine Mutter und seine Schwester abmagerten.* Halldóra lugte aus dem Fenster und sah die Mantelfrau schräg über die Wiese nördlich an der Kirche vorbei nach Westen gehen. Unter den im eiskalten Herbstwind flatternden Zipfeln ihres Kopftuchs malte sich nun ein Buckel ab. Auf einmal empfand die Wirtschafterin Mitleid mit diesem lästigen Wesen und wollte das Fenster aufreißen und ihr mit einem nicht sorgfältig abgenagten Knochen winken, tat es dann aber doch nicht, sondern kokettierte mit den Worten, die ihr in den Sinn kamen: Natürlich waren es nicht die besten Zeiten, um eine Frau in Island zu sein.

---

* Der Ausdruck fjósbitapuki geht auf eine alte Legende zurück, der zufolge auf einem Dachbalken im Stall ein Teufel hockt, der sich von den unfrommen Flüchen der Bauern ernährt.

Kapitel 17

Neuigkeit auf zwei Etagen

Die Madamen tranken ihren Kaffee und setzten sich dann in den Salon, um ihre Handarbeiten aufzunehmen, Häkeln und Sticken. Der Pfarrer blieb allein am Esstisch zurück und schaute eine Weile aus dem Fenster auf den Fjord. Das Küstenschiff *Móna*, ein dampfgetriebener Eisenkasten, warf mitten auf dem Pollur Anker. Dieses Weiß spuckende Ungeheuer war zu groß, um bei Ebbe an der Landungsbrücke anzulegen; das Bauwerk war von Beginn an überholt.

Er sah, wie der Gemeindevorsteher und Brückenmeister Hafsteinn sich mit Schirmmütze und flinken Bewegungen in seine Jolle verfügte; die Kapitäne der Küstenschiffe hatten es stets eilig, da musste man sich ranhalten. Die *Móna* kam aus dem Westen, hatte aber wie üblich bestimmt wieder keine Post für ihn dabei. Bald war Winter und damit fast ein Jahr um, seit er ihr den letzten Brief geschickt hatte. Was für ein trauriges Ende einer aussichtsreichen Verbindung!

Die Haushälterin kam mit einer dampfenden Tasse Kaffee herein und stellte sie vor ihn hin, doch diesmal nahm er kaum von ihr Notiz. Nach drei Schlucken ging er nach oben in sein Zimmer, setzte sich an den Schreibtisch und versuchte, sich wie ein Pfarrer zu benehmen. Er nahm sein Visitationsbuch vor, das er zu Hause aufbewahrte, und übertrug aus seinem abgewetzten Notizbuch Stand, Namen, den Personenstand und seine Einschätzung der gestrigen Personen.

»Gestur Eilífsson, Pflegekind, zwölf, liest und schreibt flüssig, heller Kopf.«

Auf der nächsten Seite fand er die Noten des Lieds von Rögnvaldur Sommersonne, die er am Morgen unter einer gelben Graswand aufgeschrieben hatte, während Lási den erwerbslosen Bauern Einar eingesargt hatte. *Móðir mín í kví, kví.* Eigentlich hätte er den Mann wiedertreffen müssen, um noch mehr von ihm zu erfahren, er schien geradezu ein Meer voller Lieder und Geschichten zu sein. Aber der Sonnenscheinheld hatte sich im Anschluss gleich auf den Weg in den Óðalsfjörður gemacht. Wieso hatte er es so eilig?

»Hast du die Sonne schon einmal stillstehen gesehen? Außerdem haben meine Freunde dort seit Ostern keine Sonne mehr erlebt und erwarten sie mit Haifischsuppe auf dem Herd. Seid mir gegrüßt!«

Séra Árni hatte sich hoch aufgerichtet, den mächtigen Schnauzbart gestrichen und diesem vorgebeugten Göngu-Hrólfur bei seinem Aufstieg nachgesehen, seine Tasche auf dem Rücken, den langen Stab in der Hand und die Quaste seiner Mütze lustig hinter ihm her tanzend. Dieser Wanderer war ein so durch und durch feiner, ehrlicher Charakter, mit einem so großen inneren Reichtum, dass der Pfarrer mit dem Gefühl zurückblieb, er habe ihm ein Juwel geraubt, indem er sein Volkslied aufschrieb. Und dieser sonnige Mensch war als Kind ausgesetzt worden ...

Das Aussetzen von Säuglingen war die Geburtenkontrolle früherer Zeiten, die unwillkommenen Neugeborenen setzte man aus, man brachte sie Gott und dem Frost dar oder warf sie in Wasserfälle und Schluchten. Keiner wagte es, ein Neugeborenes gleich zu töten, und Kinderhenker gab es keine im Land, also überließ man die Aufgabe den Müttern selbst, und nur wenige kamen von dem schweren Gang unbeschadet zurück. Aber es musste sein, und meist geschah die Hinrichtung aus moralischen Gründen, das Kind war unehelich, Folge einer kurzen Verbindung zwischen Bauer und Magd, Frucht einer Vergewaltigung in der Scheune oder einer hitzigen Erregtheit in sonnenheller Sommernacht; manchmal gab es auch ökonomische

Gründe, die Armut war so groß, dass sie keinen zusätzlichen Esser duldete.

Ach ja, sich vorzustellen, dass Rögnvaldur Sommersonne eins dieser Kinder war! Wie er selbst gesagt hatte. Irgendwie hatte er überlebt (nur wie?), war aber sein ganzes Leben lang ein Draußenlieger geblieben, war über Berg und Tal gewandert wie die Personifikation und der gewählte Vertreter dieser unsichtbaren, schweigenden Menge; vielleicht war er der einzige Überlebende tausender Kleinkinder, die in den Klüften und Schluchten Islands gewimmert hatten, dieses eigenartigen Landes, das zu seinen Einwohnern so hart war, dass es einen Zehnten von ihnen eintrieb: Jedes zehnte hier zur Welt kommende Kind sollte ihm überlassen werden.

Durch das Fenster sah der Pastor, wie der Gemeindevorsteher Hafsteinn mit einem Begleiter zu dem Schiff ruderte, dann aufstand, die Arme in die Höhe reckte und einen gut gefüllten Sack in Empfang nahm, den ein Matrose von der Reling fallen ließ. Mehr kam an diesem Tag nicht an Land, keine Passagiere, die Schiffspfeife ertönte und eine weiße Qualmwolke quoll aus dem Schornstein. Der Gemeindevorsteher konnte gerade noch rechtzeitig ablegen, bevor sich der große Rumpf in Bewegung setzte.

Der Musiker Árni holte Notenpapier und schrieb das Volkslied *Móðir mín í kví, kví* ins Reine. Seine Federstriche zitterten leicht durch das Klopfen seines Herzens, denn dem Pfarrer war klar, dass es sich um einen historischen Augenblick handelte. Oder unterschied sich seine Handlung etwa von der, als der erste Schreiber des Sagazeitalters das erste Blatt Pergament nahm und die erste Strophe der *Völuspá* niederschrieb: »Gehör erbitt ich aller heilgen Geschlechter ...«,* und damit schriftlich festhielt, was an den Langfeuern im Norden über Jahrhunderte mündlich lebendig geblieben war.

---

* Aus dem ersten Gedicht der Edda Die Weissagung der Seherin, zitiert nach der Übersetzung von Arnulf Krause, Die Götter- und Heldenlieder der Älteren Edda, Stuttgart 2004.

Nach der ersten Zeile machte er eine kleine Pause, sah, dass die Notenhälse nicht ganz so aufrecht ausgefallen waren, wie er es von sich verlangte (schließlich war er im Büro des Landvogts der beste Schreiber gewesen), atmete tief durch und versuchte, seine Hand besser zu kontrollieren, bevor er weitermachte. Nach Vollendung des Werks betrachtete er es eingehend. Donnerwetter, er war der Stimmenaufzeichner der Musik, ein Schutzpatron der Kultur, jawohl, genauso wie der dänische Fotograf, der im Sommer aufgetaucht war, um die Monotonie des Fjords auf Film zu bannen. Er hatte die ereignislosen Tage ebenso in die Zukunft geschleudert wie das Gesicht des Pfarrers mit Bart und Brauen und dem weitschweifenden Blick, der in die Zukunft sehen konnte.

Jawohl, plötzlich erblickte er eine von Laternen erleuchtete Straße über die ganze Halbinsel verlaufen und bis ins einundzwanzigste Jahrhundert führen, in dem ein Sänger auf einer glitzernden Bühne stand und der Zukunft genau das Lied vortrug, das er aus den tausend Jahre langen Hofgängen der Vergangenheit hervorgezogen hatte. Da würde sich die Sommersonne zufrieden und rot vor Freude auf den Horizont setzen.

Mitten in seine Gedanken hinein klopfte es, Halldóra steckte ihren großen Kopf mit den vorstehenden Wangenknochen in die Kammer und verkündete etwas, unsicher, weil sie das Sprechen nicht gewohnt war: »Es ... es ist ein Brief für Sie angekommen.«

Ihre Stimme kam aus ihrem kleinen Mund wie ein Stück Kabel durch ein Schlüsselloch. Séra Árni drehte sich auf seinem knarrenden Stuhl um und erwartete, den Brief ausgehändigt zu bekommen, doch die Haushälterin hatte ihn nicht bei sich.

»Die Madamen wünschen, dass Sie ihn unten holen.«

»Aha? Na gut.«

Sich ihres Auftrags glücklich entledigt, wollte sich die Wirtschafterin zurückziehen, doch Árni hielt sie mit der Frage zurück: »Sagen Sie, Halldóra, kennen Sie das Lied *Móðir mín í kví, kví?*«

Es zuckte leicht in dem Gesicht, das zwischen den hohen, kräftigen

Wangenknochen lag wie eine Schneehalde zwischen zwei Felsen. Aber dann kam die Antwort: »Ja.«

»Ja? Und? Wo haben Sie es gehört?«

»Na ja, einmal auf einer Wiese. Und manchmal bei einer *kvöldvaka*.«

»Wo?«

»Nun, wenn man abends in einer Baðstofa zusammensitzt und sich mit Liedern und Geschichten unterhält.«

»Ah, ja. Und wo im Land fand das statt?«

»Zu Hause ... in Mýrar und auch im Dýrafjörður. Und einmal an Bord eines Schiffs.«

»Sie kennen es also gut.«

»Nein, ich habe es nur ein paarmal singen gehört, so etwa ...«

»Und erinnern Sie sich, wer es gesungen hat?«

Was war das für ein peinliches Verhör, dem sie da unterzogen wurde? Der Wirtschafterin war es offensichtlich unangenehm, von ihrem Dienstherrn derart ausgefragt zu werden. Sie versuchte, jede Antwort wie eine abschließende Auskunft klingen zu lassen, aber der Pfarrer schoss immer wieder schnell die nächste Frage auf sie ab, sodass sie an der Tür aufgehalten wurde.

»Die Mägde zu Hause und herumziehendes Volk, soweit ich mich erinnere.«

»Und war es immer dieselbe Melodie? Derselbe Text?«

»Ja, ich glaube schon.«

»Und Sie selbst haben es nie gesungen?«

»Nein!«, lachte sie auf, und die weiße Haut um ihre Wangen wechselte die Farbe zu knallrot. »Höchstens leise.«

Nach dieser Antwort zog sie rasch die Nase hoch, sah, dass der Pfarrer gerade in Gedanken versunken war, und nutzte die Gelegenheit, grußlos aus der Tür zu schlüpfen. Der Pfarrer hörte sie eilig die Treppe hinabgehen. Er starrte die halb offene Tür an. Hol's der Teufel, er hatte wer weiß wo gesucht, dabei befand sich der goldene Brunnen isländischer Musik gleich hier im Haus bei den Töpfen in der Küche!

Wie oft hatte er nicht die Hauswirtschafterin mit der voluminösen Brust dies und jenes über Grütze und Kartoffeln vor sich hin singen gehört. Die Volksseele wob und wogte gleich hier, das Volk umfloss ihn wie ein Meer, und er in seinen Oberschichtkleidern hatte immer nur nach Land Ausschau gehalten, statt seine Angel in die Tiefe zu senken. Es war sie höchstpersönlich, die »Mutter mein im Stall, Stall«, die ihm morgens den Kaffee servierte. Er musste aufmerksamer werden, die Ohren aufsperren und hinhören, die Augen öffnen, Vorurteile ablegen und in jedem Winkel mit Gold rechnen, fern wie nah.

Der Segulfjordpfarrer drehte sich wieder um, verstaute Federhalter und glühwarmes Notenpapier, ehe er aufstand und mit würdiger Miene, doch innerlich aufgewühlt die Treppe hinabschritt. Durch seinen Geist fuhr ein weiße Wolken ausstoßendes Dampfschiff und traf auf das Wort »Brief«. Und während er Stufe nach Stufe nahm, stieg in ihm von den Beinen aufwärts, als würde er sie in ein Becken mit warmem Wasser tauchen, nach und nach die Vorahnung auf, auch jeder dieser Schritte sei nicht weniger historisch als das Aufschreiben der Noten, er befinde sich auf dem Weg in ein anderes Leben, unten im Erdgeschoss warte eine neue Zeit auf ihn.

Die neue Zeit saß in Gestalt zweier alter Pastorengattinnen, Sigurlaug und Guðlaug, unten im Salon versammelt, die eine im Schaukelstuhl, die andere auf einem Sessel, die eine häkelte, die andere bestickte ein in einen Rahmen gespanntes Stück Stoff; zwischen ihnen ein niedriges Tischchen und darauf weiß ein dicker Umschlag. Sie schauten von ihrer Arbeit auf, und ihre Hände standen still, als der Pfarrer auf sie zuging. Und zeigten ihre Gesichter nicht einen ungewöhnlichen, optimistischen, ja fröhlichen Ausdruck? Was wussten sie? Vielleicht nichts, vielleicht alles, wie die meisten alten Frauen. Vielleicht waren sie so aufgekratzt, weil sie noch einmal miterleben wollten, was seinerzeit ihre eigenen Briefe an ihre zukünftigen Ehemänner ausgelöst hatten, weil sie Augenzeugen eines wichtigen Ereignisses in ihrem eigenen Leben sein durften.

Séra Árni trat ganz langsam auf den Brief zu, wie ein Mann, der im Tempel der Zeit unter Aufsicht zweier Priesterinnen, Mühe und Leid, sein Leben in Empfang nimmt. Endlich beugte er sich zu dem Umschlag. Die Handschrift darauf verriet Sorgfalt und Innigkeit. Der Pfarrer sah seinen Namen von der Hand geschrieben, die die seine werden sollte. Die Madamen lächelten verschmitzt.

Kapitel 18

Mariensocken

Die Schlachtzeit ging zu Ende, die Strickmonate begannen. Die Stuben des Fjords verwandelten sich in Strickwerkstätten, in denen alle Hände vierzehn Stunden täglich tickten, während der Winter auf die Dächer trommelte. Nur die Melkmagd und der die Lämmer beaufsichtigende Knecht waren zum Melken und Füttern von der Sklavenarbeit in den Straflagern der Finger befreit, die übrigen Männer, Frauen und Kinder saßen unablässig an der Arbeit. Besonders kleinere Höfe gründeten ihr Auskommen darauf, Fäustlinge für Fischer und Handelsstrümpfe herzustellen, so hießen bis in den Schritt reichende, weiße Strümpfe, die, bei Seeleuten gefragt, auf den Ladentischen der Handelsbuden feilgeboten wurden; sie waren glatt wie Seide, wenn die Töchter der Bauern vorher sieben Nächte darauf geschlafen hatten. Für die abgelieferten Strümpfe konnten die Bauernfamilien im Laden die Produkte entnehmen, die sie brauchten. So war der Warenverkehr geregelt. Die Menschen strickten, um Güter zu bekommen, die sie benötigten, um weiterstricken zu können. Das Rad des Fortschritts drehte sich nur um sich selbst, ohne jemanden voranzubringen.

Auf Ytri-Skriða wurde das ganze Jahr über gestrickt, am meisten aber zwischen dem Schlachten und Weihnachten. Dann setzte sich auch der Hausherr zu seinen Frauen, obwohl er kaum etwas langweiliger fand als dieses ewige Sockenstricken, weswegen er über jeden

Auftrag heilfroh war, einen Sarg, einen Bottich oder eine Seekiste zimmern und infolgedessen in seinen Werkstattschuppen verschwinden zu dürfen, wie das Atelier des Künstlers genannt wurde.

Gestur gewöhnte sich nur langsam in diese Fäustlingsschmiede ein und schien nicht gerade ein begnadeter Stricker zu sein, außerdem schleppte er, wo er ging und stand, seinen Albtraum mit sich herum und sprach immer weniger. Das Glücksgefühl, das er bei seinem Schritt durch das graue Tor empfunden hatte, war innerhalb weniger Tage verschwunden, und das stille Leiden an der eigenen Misere kehrte zurück. Der Junge war wie ein Soldat, der körperlich unversehrt aus dem Krieg heimkehrt und sich anfangs über den Frieden freut, bis seine Psyche anfängt, all die Schläge einzustecken, die seinem Körper erspart geblieben sind. Er hatte sich in einer Welt aufgehalten, die keiner der Menschen hier kannte oder auch nur begreifen konnte, und so konnte er seine Erfahrungen mit niemandem teilen. Und obendrauf kam dann noch so ein Bæjarkot.

Mit schweren Augen saß er auf der Bettkante und versuchte, diese eigenartige Arbeit auszuführen, ohne eine Verbindung zu seinen Händen zu haben, die sich zu helfen versuchten, indem sie sich ihre eigenen kleinen Gedanken machten. Man hatte ihn neben Snjólaug mit den großen Zähnen gesetzt, doch die verzweifelte bald an ihren Unterweisungen (»Du machst es ganz einfach so ... Neein! Soo!«), und Gestur erhielt einen neuen Platz bei Grandvör. Die Alte war jedoch eine noch schlechtere Lehrerin, sie wollte ihr eigenes Stricken nicht einmal für Sekunden unterbrechen, um ihm zu zeigen, wie es ging. Und doch war es erstaunlich angenehm, neben ihr zu sitzen. Diese kugelrunde, weichbäuchige alte Frau war wie eine Maschine, die nicht bloß Socken, Schals, Mützen und Fäustlinge produzierte, sondern auch Wohlbefinden. Obendrein ging dieser ganz eigenartig wohlige Geruch von ihr aus, eine seltsame Mischung aus Heu und Urin. Ihre Bewegungen hypnotisierten ihn, und nach und nach verstand er sie, wie jemand unwillkürlich die Reimregeln in den Balladen eines Vortragenden begreift, und einen Tag später strickte er wie einer, der seit ewig und drei Tagen in einem Torfgehöft lebt und strickt. Bevor die Woche um war, hatte der Junge in nur zehn Stunden seinen ersten Handelsstrumpf fertiggestellt, und das, obwohl die verliebte achtjährige Helga ständig mit endlosem Fragen und Plappern um ihn herumschwänzelte.

»Sind deine Mama und dein Papa beide tot?«

»Helga, hör jetzt auf, ihn zu belästigen.«

»Warum heißt du Gast?«

Als die alte Frau den Strumpf ihres Schülers sah, legte sie endlich die Stricknadeln in den Schoß, stieß ein »Jesses« und ein »Jesus« aus, drehte sich um und kroch im Bett nach hinten (wobei sie eine für eine so alte Frau etwas seltsame Stellung einnahm), wo sie eine ganze Weile an einer Ecke unter der Matratze wühlte, bis sie ein kleines, heufeuchtes und zerfleddertes Büchlein hervorzog, das einmal in Leder gebunden war, jetzt aber eher vom Wetter gebunden zu sein schien.

»Hier, das sollst du für deinen Marienstrumpf bekommen. Das galt einmal als gut gekühlte, kahle Dichtung.«

Es ließ sich eine Art Zuneigung im Gesicht der alten Frau erkennen, als sie ihre seewasserfarbenen Augen auf den dichten Schopf richtete, die französische Verbindung schien einen alten Schalter in ihrem Inneren umgelegt zu haben. Ihre Tochter und ihre Enkelin sahen die Mutter und Großmutter verwundert an. Wieso machte sie dem Jungen ein Geschenk? Noch nie hatte sie jemandem etwas zugesteckt, nicht einmal ihren Enkeln und Urenkeln. Letztere kamen nun über den schiefen Boden gerannt.

»Darf ich gucken?«, fragte Helga, und ihr kleiner Bruder Baldur machte es ihr nach, ein kaltblauer Rotzfaden lief ihm auf die roten Lippen.

Gestur nahm das Büchlein, das gut in seine Hand passte, auch wenn sie erst zwölf Jahre alt war. Auf dem Titelblatt las er: *Kaldanesrímur aus Hvoftur, gezotet von Hvoftur Kalinn Kalsson, gedruckt in der Druckerei des Landes auf Kosten von Hr. Sig. Kröyer, anno 1847.* Was war das denn für ein Buch?

»So dichten nur Leute aus Strandir. Diese Schwarte lag auf einem Felsen. Die Brandung hatte sie gelesen«, erklärte die Schenkende.

In Lásis Händen standen die Nadeln still. Hatte die verflixte Alte etwa in seinem Haus die ganze Zeit auf einem dichterischen Juwel gelegen? Ungläubig starrte er auf Grandvör, Gestur und vor allem auf das Buch in seiner Hand. Kaldanesrímur! Die Krone unter den Schelmengedichten des Landes! Die absolute, völlig verrückte Poesie abgelegenster Winkel! Der Beginn der eremitischen Schule! Kaldanesrímur aus Hvoftur! Zum Teufel noch mal! Er hatte sie einmal bei einem Fest der Haifischer auf dem Pollur vorgetragen gehört, ein bekannter Mann aus Strandir hatte sie gesungen, Styrjólfur Steingrímsson, und zwar mit großer Kunst. Daraus war eines der glorreichsten Besäufnisse seines Lebens geworden – war nicht Eilífur auch dabei gewesen? Er hatte nie im Leben so gelacht. Erst viele Jahre später war ihm bekannt geworden, dass die Rímur gedruckt vorlagen, als er das Exemplar eines Mannes aus Strandir in die Hand nehmen durfte, mit dem er im Kaufladen auf Fanneyri ins Gespräch gekommen war. Es hieß, in ganz Island gebe es nicht mehr als vierzig Exemplare. Hvoftur Kalinn war der einzige wirkliche Undergrounddichter der Insel, und keiner wusste, wer sich hinter diesem Namen verbarg, obwohl einige Theorien darüber in Umlauf waren. Und eins dieser seltenen Exemplare hatte also in seinem eigenen Haus unter einer Matratze gelegen. Dazu fiel ihm nichts mehr ein.

Wonnetier, dem böser Zahn
in der Schnauze klappert,
ins hintere Loch mit Liebeswahn
der Eisebär mir rattert.

Egill war es nie vergönnt,
zu erleben solchen Braus.
Als Soße in den Darm gerammt,
kam meine Strophe dabei raus.

War das schon etwas für junge Gemüter? Meerwasserfeuchte Träume eines Einsiedlers von sodomistischem Verkehr mit einem Eisbären in der allerletzten Hoffnung auf etwas Körperwärme im vierten Treibeiswinter in Folge ... Die Kaldanesrímur waren vermutlich die allercoolste Poesie, die in diesem Land je gedruckt wurde. Doch nicht deswegen forderte die Frau des Hauses Gestur auf, die Schwarte bis Weihnachten wegzustecken.

»Ich verstehe nicht, warum du ihm diesen Unfug gerade jetzt gibst. Solange gestrickt wird, bekommt hier keiner Bücher!«, sagte Sæbjörg brüsk. Ihr Mann aber sah seine Schwiegermutter an und dachte im Stillen, was für ein altes Schaf sie geworden war. Er spielte mit dem Gedanken, sie im nächsten Herbst zu schlachten.

Gestur stopfte den Gedichtband unter sein Kopfkissen und begann sich auf Weihnachten zu freuen. In der Trockenholzseligkeit bei Kopp hatte er lesen gelernt, aber ein Bücherwurm war er nicht gerade, er hatte lediglich die Zeitungen aus der Stadt und eine dänische Grammatik studiert. Er schlug das Büchlein doch einmal auf. Was hatte sie gesagt, verkühlte oder verrückte Dichtkunst?

Erfroren der Zeh, erfroren das Fell,
erfroren der innere Speck.
Im Freien auf eisgrauem Geröll
lege ich meinen gefrorenen Dreck.

Kapitel 19

Grandvör

Wie gesagt, stammte Sæbjörgs Mutter und Lásis Schwiegermutter Grandvör aus Útdalir und hatte da gewohnt, bis eine Lawine ihrem dortigen Aufenthalt ein Ende gesetzt hatte.

Útdalir wurde von allen urteilsfähigen Männern als härtester Ort des Landes angesehen. Obwohl der Name eine Pluralform ist, bestand es nur aus einer Talsenke im Bergzug zwischen Heiðinsfjörður und Óðalsfjörður, einer Senke, die nicht bis zum Meer hinabreichte, sondern an einem Steilabbruch über Klippen endete. Wenn der Segulfjörður ein Schrank war, dann war Útdalir ein winziges Regalfach, offen zum Eismeer und seinen arktischen Stürmen. Wenn man dort vor dem Haus stand und zum magnetischen Nordpol rief, würde der Ruf das nächste Ohr erst an der Küste Jakutiens in Sibirien erreichen. Zum Ende von eisigen Wintern verließ niemand das Haus, ohne angebunden zu sein. Wie die Männer, die zum Sammeln von Seevogeleiern die Klippenwände abgeseilt werden, zogen die Hofbewohner los, um ihre Notdurft zu verrichten, angeseilt hängten sie sich über die Abbruchkante vor dem Hof und ließen ihren Kot auf die Felsen klatschen. Sie zu säubern, gehörte zu den Frühjahrsarbeiten. Ein längeres Seil verlief von der Außentür bis hinab zum Meer und wurde »Hofzuweg« genannt.

Weiter landeinwärts hielt man es lange für skandalös, dass dort ein Hof stand, dass ein derart ausgesetzter Außenposten überhaupt bewohnt werden durfte. Die Behörden hatten oft genug versucht, Menschen von dort zu vergraulen, indem sie das Land aufkauften und alle möglichen Beschlüsse fassten und Aufforderungen erließen. Doch das Leben auf dem Land drehte sich in erster Linie um Gras, Großbauer war, wer die größten Heuwiesen besaß. Es war, als wären alle Einwohner des Landes vegane Grasfresser. Und selbst in Útdalir, wo es überhaupt keine Hauswiese gab, konnte man genügend Halme ernten, um eine kleine Familie mit einer Kuh und ein paar Schafen zu ernähren.

Grandvör war weit umher eine lebende Legende, obwohl die meisten glaubten, sie sei schon lange tot. Als junge Frau war sie für eine Leistung als Heldin berühmt geworden, die keine Frau vollbringen müssen sollte und die keine mehr vollbringen würde.

Ihr Mann und zwei Brüder waren im Spätherbst bei bestem Wetter zum Dorschfang aufs Meer gefahren. Eine Magd gab es in Útdalir nicht, die Frau war also mit ihren vier Kindern allein auf dem Hof, darunter ein Neugeborenes, und ein fünftes war unterwegs.

Auch in Útdalir brannte seit der Landnahme im steinernen Herd ein Feuer, seit gut neunhundert Jahren dasselbe Feuer im selben Herd. So war es auf allen Höfen rund um die Insel, denn Feuer ist im Eisland überlebensnotwendig. Überall im Land loderten diese olympischen Flammen des kleinen Mannes und durften niemals ausgehen. Abends wurden sie zugedeckt und morgens wieder zum Leben erweckt. Das war eine von Generation zu Generation weitergegebene Kunst der Frauen, die nur mit den Händen erlernt wurde, denn keine unserer Ahninnen hätte mit Worten erklären können, wie sie das Feuer hüteten. Und doch kam es manchmal vor, dass ein Feuer im Herd erlosch, und das war eine schlimme Sache, denn selbstzündende Benzinfeuerzeuge ruhten noch im Wartezimmer der Geschichte und blätterten dort in brennbaren Zeitschriften.

In der ganzen Hektik mit den Kindern geschah es, dass die Frau in Útdalir einmal Wasser aus einem Kessel über den Herdsteinen verschüttete und so versehentlich das Feuer löschte. Da war guter Rat teuer, denn das Boot war ja nicht da. Und einen passierbaren Landweg von Útdalir in den Óðalsfjörður gab es nicht, weil die Klippen am Ufer zu steil ins Meer abfielen. Der Weg nach Vikurból, dem nächsten Hof im Heiðinsfjörður, war eine beschwerliche Wanderung von acht Stunden, und auch das nur, wenn das Meer ruhig war, denn auf diesem Weg lagen viele Stellen, an denen man um die Felsen waten musste. Draußen herrschte inzwischen arktisches Wetter mit Sturm und Schneeschauern. Grandvör maß den Mond und rechnete. Sie war in Útdalir geboren und aufgewachsen und oft zu Fuß nach Vikurból gegangen. Sie wartete in dem völlig dunklen und feuerlosen Haus am Rand der Klippen die Nacht ab und machte sich am Morgen auf den Weg. Das Wetter war ein wenig besser geworden, obwohl noch immer Hagelschauer aus Nordwesten kamen. Sie schützte sich vorn und hinten, band sich ihr Kleinstes über den schwangeren Bauch – sie war im sechsten Monat – und ließ die übrigen Kinder mit strengen Anweisungen zu Hause zurück.

Dann trat sie hinaus in die weiße Schwärze.

Es konnte immerhin von Tageslicht die Rede sein. Wenigstens konnte sie durch die seitlich einfallenden Schauer Land und Meer unterscheiden. Sie tastete sich in westlicher Richtung an der Felswand entlang, das Tosen des Meeres zur Rechten und das Köpfchen des Kindes dem Wetter ausgesetzt. Sie stieg schräg nach unten, weil sie danach am Ufer entlang weitergehen musste. Der Schneesturm ließ zwar nach, die Brandung aber schien noch zuzunehmen. Im Dunkel des Vorabends hatte die junge Grandvör den Weg so berechnet, dass sie bei den Váboð, dem gefährlichsten Hindernis, bei Ebbe ankäme. Doch infolge des hohen Seegangs kam man nicht trockenen Fußes an den drei Felsnadeln vorbei. Umzukehren kam nicht infrage, zu Hause warteten drei Kinder in einem auskühlenden Haus. Also band sie sich den Säugling um die Schultern und stieg in die schäumenden Wellen. Das Wasser reichte ihr bis zur Brust, doch der Untergrund bestand zum Glück aus kleineren Steinen und war einigermaßen eben. So kam sie mit dem Wellengang recht gut voran und hatte schon zwei der Felsnadeln hinter sich, als die nächste Welle sie in große Gefahr brachte: Sie hob sie hoch, dass sie den Boden unter den Füßen verlor, und schien sie zunächst gegen den Felsen schmettern zu wollen, zog sie dann aber zusammen mit den beiden Kindern, dem geborenen und dem ungeborenen, aufs Meer hinaus. Das Erstere schlief, um ihren Nacken gerollt, den sogenannten »Islandschlaf«, in den Kinder fallen, wenn ihre Eltern gegen eine Lebensgefahr ankämpfen, und er gilt als der beste Schlaf der Welt.

Im Meer ist der menschliche Körper viel leichter, selbst wenn er aus drei Wesen besteht, darum wurde die Frau vom Land in die tödliche salzige Umarmung gesaugt; von der eisigen Kälte war sie taub und benommen, hielt aber den Kopf oben, bis der nächste Brecher kam. Der warf sich über sie und das Kind und schleuderte sie in Richtung der Felsen. Grandvör war nicht mehr ganz bei Bewusstsein und halb in der Gewalt der gletscherkalten Salzlösung, die Geist und Körper binnen drei Minuten voneinander trennen kann, gab aber durch Schwimmbewegungen der Arme doch noch Lebenszeichen von sich. Es war, als hätte ihr Körper aus flutgrauer Ferne den Todesgott rufen gehört, ob er denn leben wolle, was er durch ungebärdiges Hochwerfen der Arme bejahte.

JA! ICH WILL LEBEN!

Gleichwohl befanden sich Grandvör und ihre Kinder in voller Fahrt auf dem Weg in die eisdunkle Ewigkeit, als es plötzlich heller wurde und ein Funken Hoffnung in ihr aufkeimte; die Welle hatte sie emporgehoben, und ihr Kopf tauchte aus dem Wasser. Doch ihre Hoffnung erlosch gleich wieder, als sie erkannte, dass die Welle sie mit rasender Geschwindigkeit gegen den schwarzen Felsen trieb, ihr Weg und der der Kinder war düster; wie ein Tangbüschel, das keine Einwirkung auf den eigenen Kurs nehmen kann, wurde sie nach den Gesetzen von Kraft und Masse vorwärtsgeschleudert, der tödlichen Felswand entgegen. Das Einzige, was sie tun konnte, war, den linken Arm schützend vor sich zu halten und mit dem rechten das Kind zu umklammern. Wo war es? Es schien sich von ihrem Kopf zu entfernen, aber sie bekam es gerade noch zu packen. Oder doch nicht? Während sie diesen Gedanken fasste, erhielt sie einen heftigen Stoß von der Seite, der sie ein wenig von dem vorbestimmten Kurs abbrachte, sodass die schwangere Grandvör, als die Welle an der Felsbastion zerschellte, auf deren seitliche Kante geschmettert wurde, wobei der Knochen brach. Dann wurde sie seitlich in eine kleine Bucht hinter dem Felsen gespült, wo sie Grund unter den Füßen fand, gleichzeitig aber auch merkte, dass sie das Kind nicht mehr im Arm hielt. Die Welle hatte es mit sich gerissen. Trotz des Gewichts von drei durchnässten langen Röcken schaffte sie es, an Land zu kommen, wo sie ihre Lungen von Salzwasser entleerte und mit Luft füllte. Mit gebrochenem Arm stürzte sie dann wieder zum Wasser, um nach ihrem Kind zu tauchen, doch es schwamm gleich zu ihren Füßen friedlich im Flutsaum wie Moses im Schilfkörbchen. War seine Seele aus ihm gewichen?

Das nicht, sie war nur kalt.

Mit der Zeit wurde aus der kleinen Sæbjörg ein hübsches Mädchen und später eine junge Frau, doch ihr Wesen blieb kalt wie das Meer, sodass sich kein Mann traute, eine Ehe mit dieser Meereshexe einzugehen. Und so saß sie wie ein Ladenhüter siebzehn Jahre im Útdalirregalfach, bis Séra Guðjón, der damals amtierende Pfarrer von Fanneyri, ein listiger Schmied von Beziehungen, sie nach einem Hausbesuch mit zu sich nahm und sie mit seinem Tischler und Zimmermann, dem eigenbrötlerischen Lási, bekannt machte, der sich allerdings mehr aus Dichtung als aus Damenunterhosen machte und auch keinen eigenen Hausstand besaß. Allerdings war der Skriðahof kürzlich frei geworden. So entstand aus einer Idee in einem geweihten Kopf eine Familie. Séra Guðjón starb im Herbst darauf, und später folgte der Klotz von Jón, der sich auf jeder Beerdigung volllaufen ließ, bis der Alkohol und eine unbekannte Hand gemeinsam anfassten und ihn ins offene Grab stießen, worauf der Name »Todlieb« entstand.

Die schwangere Grandvör marschierte mit Kind, Bauch und gebrochenem Arm brandungsnass und sturmkalt fünf Stunden lang, bis sie nach Víkurból kam. Das galt sofort als eine der herausragendsten Leistungen des Jahrhunderts, und man schrieb vielerorts Artikel über den Heldenzug der jungen Frau von Útdalir, obwohl noch keine peppigen Aufnahmen und Fernsehinterviews mit ihr gemacht wurden. Einen Fanbrief erhielt sie allerdings mit der Post, von einer entfernten Verwandten aus Alberta in Kanada.

Gleich am nächsten Tag hatte sich Grandvör auf den Rückweg gemacht, mit Feuer in einem Beutel und den linken Arm mit einem Schafsknochen geschient. Zwei Männer halfen ihr, den Hofzuweg hinaufzuklettern, nach Hause in den Regalfachhof, wo ihre anderen Kinder unbeschadet im Erddunkel auf sie warteten.

Alle ihre Kinder überlebten und wurden groß, auch das damals noch ungeborene, und im Lauf der Zeit zogen sie in verschiedene Landesteile, nur Sæbjörg nicht, die zu Hause blieb, bis der Pfarrer auf den Gedanken kam, ihr meerkaltes Wesen mit Lási zusammenzubringen. Im darauffolgenden Winter wurden alle Gebäude in Útdalir samt Bauern, Gesinde und allen Tieren von einer kurzen Lawine ins Meer gewischt; nur Grandvör nicht. Sie war gerade austreten.

Sie war in die Jahre gekommen und traute sich bei Glatteis nicht mehr, sich an das Abtrittseil zu hängen. Darum war sie zu der Wand gegangen, wo das Schafgehege stand, ein gutes Stück abseits vom Hofplatz. Es war ein schöner Morgen mit windgefegten Wolken, die mützenförmig um den Gipfel des Útdalatindur zogen, und das Meer sah mit seinem tödlichen Wellengang fast schön aus. Grandvör hatte sich gerade erst hingehockt, als den Berg eine plötzliche Wehe überlief, der ein heftiges Schneedröhnen folgte, und einen Augenblick später war alles, was Grandvörs Leben ausgemacht hatte, aus der Landschaft radiert.

Sie blieb allein zurück, eine einzelne Frau in einer abgelegenen Talmulde vor dem offenen Meer, der nichts geblieben war außer dem Tageslicht. Sie nutzte es, um noch einmal denselben Weg zurückzulegen, den sie drei Jahrzehnte zuvor mit einem Kind auf den Schultern und einem im Bauch gegangen war. Im folgenden Sommer kam sie im Segulfjörður bei ihrer Tochter und deren Mann unter, auf einem Hof, den Spottdrosseln »Nächste-Lawine« nannten.

Seitdem hatte Grandvör kaum einmal den Mund aufgemacht, bis der französisierte Junge ins Haus kam, und nur tagein, tagaus auf ihrem Bett gehockt und Strickgedichte für *Nadel & Faden* verfasst. Träge und mit schweren Brüsten saß sie da in ihrer Kegelform, alt geworden, die grauen Haare zu einem Dutt gefasst, und ließ die Stricknadeln ticken. Nur alle vierzehn Tage gönnte sie sich eine kurze Pause, dann sanken die Nadeln in ihren Schoß, und sie starrte in ihrem tiefen Schweigen eine Weile nach draußen. Ihre meerfarbenen Augen waren vom Salzwasser gelaugt und vom Himmelslicht bläulich getönt. In sie hineinzusehen, war, wie in das Magma der See zu blicken. Sie war im grellen Licht des Eismeers aufgewachsen, und wenn man ganz genau hinsah, konnte man einen quer über ihre Iris verlaufenden dunklen Strich erkennen. So lange und so nah hatte diese Frau am äußersten Rand des Meeres gewohnt, dass sich, wie der Rand der Suppe, die zu lange im Topf steht, der Horizont in ihre Augen eingebrannt hatte.

Kapitel 20

Poesiesüchtig

Am ersten Schneetag des Winters holte Lási die rote Rettungsleine aus seinem Schuppen und band zur Schlafenszeit die Familienmitglieder aneinander. Gestur sah der Maßnahme entgeistert zu und weigerte sich strikt. Weshalb? Wollte er sich nicht an diese Familie binden? Oder hielt er es für ebenso sinnlos wie früher sein Vater? Damals aber hatte er, Gestur, von seinem Vater gefordert, die Leine zu akzeptieren wie die anderen auch. »Papa auch anbinden!« Aber das hatte er natürlich vergessen.

»Wozu?«, fragte er aufmüpfig.

»Hier fallen in jedem Jahrhundert drei Lawinen. Bis jetzt waren es zwei.«

»Als wenn das irgendwelchen Schutz bieten würde.«

»Manchmal überleben Menschen so was und sterben am dritten Tag unter der Schneelast. Dann ist es gut, wenn man an einem Faden zupfen kann.«

»Warum wohnst du überhaupt hier, wenn immer wieder Lawinen fallen?«

»Es muss eben jeder an seinem Platz leben, Junge.«

»Warum?«

»Es ist nun mal einfach so, das Leben in diesem Land. Keiner kann an einem anderen Ort sein als an dem seinen. Der Fjord ernährt nicht mehr als zwölf Höfe; jetzt elf, wo Stundarkot entfällt. Und in einen anderen Fjord umziehen mag ich nicht, zumal auch die alle ausverkauft sind.«

»Warum ziehst du nicht auf die Halbinsel um? Wie dieser ... dieser Hákarl-Jóhann?«

Besagter Jóhann hatte sich kürzlich eine Hütte auf Eyri gebaut, wie auch andere alleinstehende Männer. Da hauste er mit zwei Schafen und einem dreibeinigen Hund, war aber meist auf See und überließ dem Hund das Füttern.

»Auf Eyri gibt es Wiesen genug.«

»Ja, aber die gehören zum Pfarrhof.«

»Du könntest doch von deinem Handwerk leben«, sagte Gestur nach einigem Nachdenken. Der Junge schien in ökonomischer Hinsicht ganz erfinderisch zu sein. Der Gedanke, in ständiger Erwartung der nächsten Lawine zu leben, war jedenfalls nicht gerade sehr verlockend. Wie konnten sich die Frauen mit solchen Aussichten zufriedengeben? Vielleicht dachten sie nie daran, oder sie glaubten, durch diese lächerliche rote Leine würden sie gerettet werden.

»Ja, das wäre was. Aber wenn ich von der Sargzimmerei leben wollte, müsste jeder Mensch hier mehr als einmal sterben. Nein, für einen nicht zum Priesterstand geweihten Isländer gibt es nur drei Möglichkeiten, sein Leben zu fristen. Entweder man ist selbst grundbesitzender Bauer oder man ist bei einem solchen dienstverpflichtet, was bedeutet, man ist an Land und auf See von ihm abhängig, oder man zieht unstet durchs Land wie streunendes Vieh und singt sich selbst zu Ehren Sonnengesänge.«

Ein kleiner Funken glomm in den Augen des Jungen auf, obwohl er weiterhin so trocken sprach wie vorher: »Du könntest Landstreicher werden und Strophen vortragen.«

»Mit all den Frauen am Bein? Eh! Aber wo du von Strophen sprichst...« Lási senkte die Stimme und warf gleichzeitig einen Blick in die lebertrangelbe Baðstofa, wo Grandvör stand und ihre Röcke ablegte. »Dürfte ich mal in das Buch gucken, das dir die Alte geschenkt hat? Dann brauchst du dich heute Abend auch nicht anzuleinen.«

Seine Stimme zitterte vor Gier nach Gedichten. Gestur fand, das sei ein vorteilhafter Handel und zog das verwitterte Büchlein hervor, das etwa die Größe eines iPhones hatte, und reichte es dem Bauern. Er spürte noch immer etwas von der Kraft, die es enthielt, denn am Vortag hatte er – lange vor Weihnachten – doch schon einmal hineingeschaut. Helga hatte ihn dabei im Gästezimmer erwischt und damit gedroht, ihn zu verpetzen, wenn er sie nicht mitlesen lasse. So kam es, dass zwei Kinder, acht und zwölf Jahre alt, in der so ziemlich pornografischsten Lyrik lasen, die je in Island erschienen war. »Zärtlich saugt meinen Zipfel / die Zwetschge der Seehündin ein ...« Sie kapierten trotz aller Anstrengung nicht einen einzigen Vers, begriffen aber, dass es sich um etwas Satanisches, Aufwühlendes, das Gemüt Erschütterndes, den Verstand Verwirrendes handelte; sie spürten die Kraft, die von diesem Büchlein ausging, die Kraft der Dichtkunst. »Die Innereien des Tieres er tränkt, / wenn die Sahne der Wonne in es schäumt.« Gestur hörte wie hypnotisiert, was das Mädchen laut vorlas. Im Anschluss blieben sie sitzen, schwiegen und sahen sich in die Augen, während das Büchlein in ihren Händen zitterte. Trotz des schlüpfrig Ekelhaften hatte die Kunst darin sie für einen zuckersüßen Moment vereint. Ja, die unverständliche isländische Außenpostenbibel flößte dem sexuell erfahrenen Jungen einen Hauch von Vertrauen ein: Vielleicht konnte Liebe trotz allem auch etwas Schönes sein.

So schaffte es eine winzige Gedichtsammlung, aus dem Bettkasten einer alten Frau ausgegraben, ein ganzes Familienleben in Wallung zu bringen. Gestur fragte sich schon, ob es das Richtige war, sie Lási auszuhändigen, als er sah, mit welch gierigem Funkeln der Hausherr das Bändchen heimlich einsteckte und dann damit fortfuhr, die Familie für die Nachtruhe anzuseilen.

In den folgenden Tagen wurde Lási ein anderer Mensch. Zuweilen hielt er sich lange allein in seinem Werkzeugschuppen auf und kam geradezu euphorisch wieder heraus, manchmal trat er seufzend in die Stube, als hätte er ein Pfund Schwefel geschluckt, und zitterte am ganzen Leib.

»Was ist mit dir?«, fragte seine Frau. »Hast du die Masern?«

»Nein, das sind wohl eher gewisse Phrasen.«

»Phrasen? Was sind Phrasen?«

»Ach, so ein Zustand; wenn der Geist zu groß wird, klappert der Körper.«

»Der Geist?«

Wie sollte er sein Innenleben seiner Frau erklären, der seekalten Seele, mit der er ein Vierteljahrhundert zusammenlebte? Zum Glück rief in diesem Moment ihre Tochter Snjólka aus der Küche, und ihre Mutter eilte in den Gang.

»Du weißt, dass das Buch Gestur gehört«, krähte die alte Grandvör.

Lási sah ihr erst eine Weile beim Stricken zu, bevor er antwortete: »Du liegst in meinem Haus auf den Kaldanesrímur, und zwar jahrzehntelang!«

»Das ist kein Lesestoff für verheiratete Männer.«

»Ach so? Aber einem Jungen, der noch nicht trocken hinter den Ohren ist, gibst du es in die Hand.«

»Oh, für junges Blut ist es gut, und für altes Blut. Die Übrigen haben das Fleisch.«

Mehr wurde darüber nicht gesprochen, doch wie in den vorangegangenen Nächten stand Lási in der Nacht auf, befreite sich von der Lawinenleine und setzte sich mit einem Talglicht, einer Tasse heißen Kaffee und den eiskalten Rímur in die kalte Werkstatt. Er hatte sein Lebtag noch kein solches Gold in Händen gehalten. Wer mochte bloß dieser Hvoftur Kalinn gewesen sein? Einige meinten, der junge Grímur Thomsen stecke dahinter, andere glaubten, es sei der altersverrückte Sveinbjörn Egilsson gewesen, doch Lásis eigene Vermutung war, dass es sich um einen unbekannten Dichter aus dem einfachen Volk handelte, um »einen von uns«. Die Gedichte waren viel zu grob, um vom Tisch isländischer Hochkultur gefallen zu sein, und doch übertrafen sie alles. So dichteten wahrscheinlich bloß Menschen im Koma, nach vierzehn Wochen auf einem Eisberg, wenn die Kälte die äußeren Räume des Hirns in ihre Gewalt bekommen hat und nur

noch der weiche Kern bar aller Alltagssorgen wie ein feuchter Muskel
in seiner glasharten Miesmuschelschale zuckt.

> *Um Dichter Hvoftur auf verschneiter Wies'*
> *ein Vogel mit 'nem Bären stritt.*
> *Am Ende den Kadaver der Kopf verließ,*
> *den nahm sich dann der Adler mit.*

> *Aus Adlerklauen das Auge schaut*
> *auf eigene Körperteile,*
> *der Geist auf weiten Schwingen rief laut:*
> *»Leb wohl, mein Herz, und eile!«*

Der Leser Lási erzitterte an seinem Platz auf dem Gästebett der Werkstatt. Was für ein Schlusswort für ein geniales Werk! Der Adler und der Bär (die Vertreter von Himmel und Erde, oder Gott und Teufel?) kämpfen um den Dichter, bis sie ihn entzweireißen, und der Vogel den Kopf und damit der Geist endlich Flügel bekommt – und was für welche! –, das Landtier aber den Körper. So bedichtete der Dichter seinen eigenen Tod, dessen Zeuge er wird und den er aus der Höhe besingt. Lási las die letzte Strophe mit klopfendem Herzen:

> *Der Aar trug hoch den Kopf mit Bedacht*
> *zum Himmel des Strandirgelichters.*
> *Bärtig leuchtet noch in der Nacht*
> *der Name des wahren Dichters.*

Lási legte das Buch aus der Hand und trat an das Fensterähnliche in der Vorderwand. Er blickte hinaus und wunderte sich nicht, als er sah, dass sein Hof jetzt hoch am mondscheinhellen Himmel schwebte. Weit unten glitzerte das glatte Meer vor den bergigen Ufern mit den eingeschnittenen Buchten.

Kapitel 21

Ein Wintergast

So ging es weiter bis in die Vorweihnachtszeit. Gestur ließ sich nicht anbinden, und Lási las lange Nächte hindurch in seiner Werkstatt. Er las die Gedichte ein zweites und dann noch ein drittes Mal. Und immer las er sie allein, denn er konnte sie einfach nicht in Anwesenheit arbeitender Leute lesen. Die Kaldanesrímur eigneten sich auch wirklich nicht zum abendlichen Vorlesen. Seine Frau Sæbjörg stimmte jeden Morgen ein Genörgel an wegen der Verschwendung von Leuchtmaterial und der generellen Verantwortungslosigkeit ihres Mannes, der immer erst in den Morgenstunden in der Baðstofa erschien, ganz wirr im Geist und schlecht gegürtet, starr vor der Genialität der Gedichte und erschöpft von einer geilen Liebe zur Welt. Ihre Worte hatten den gleichen Tonfall wie der einer Frau, deren Mann sich jede Nacht um den Verstand säuft.

»Nach vierzehn Stunden Stricken kann kein Mensch mehr so lange aufbleiben. Du wirst dir noch die Augen aus dem Kopf lesen.«

Während sich der rotäugige Lási an seinem geistigen Getränk berauschte, lag Gestur wach in seinem Bett, das er mit dem vierjährigen Baldur teilte, und wehrte Stricke und Bande ab, zwielichtige Gedankenfesseln. Denn zwei Mal war er im Sommer gefesselt auf einer Kajütenpritsche eingeschlafen, nachdem er ein unterseeisches Treiben über sich hatte ergehen lassen müssen, das kein Mensch verdient hatte. Das kein Mensch begreifen konnte. Es war ihm gelungen, das zu verdrängen, es unter der Decke zu halten, wo es hingehörte (obwohl derartiger Dreck natürlich nirgends hingehören sollte), doch sobald Lási mit seiner roten Lawinenschutzschnur angekommen war, kochte alles wieder hoch, wieder und wieder. Grobe Stricke um Knöchel und Handgelenke. Sein Körper rebellierte gegen jedes weitere Festbinden. Gleichzeitig konnte sich Gestur an seine Zeit im Bæjarkot nicht mehr erinnern, sie war schlagartig in das Dunkel der Küche gehüllt, in der er sich versteckt hatte.

Er war ein Junge im Schockzustand.

Warum verlief sein Leben in solchen Sprüngen? Dem zufolge, was Lási sagte, war er hier im Fjord geboren, doch die Zeit mit seinem Vater Eilífur existierte für den Jungen genauso wenig wie seine Zeit im Mutterleib. Seine frühesten Erinnerungen reichten in die Tage zurück, als er zu Kopps Füßen auf den Bodendielen krabbelte, vor den löcherigen Wollstrümpfen der Hauswirtschafterin, seiner Mallamama. Das war seine Welt, seine Familie; sie war seine Mutter, mit ihren löcherigen grauen Strümpfen war er näher verwandt als mit irgendwem in diesem toten Kotten in diesem Bremsklotz von einem Fjord, in dem sich ausschließlich Geistliche und Tote auf anständigen Dielenböden ergehen durften.

Einmal mehr dachte er an Papa Kopp, seinen Kaufepapa, wie er den Kaufmann genannt hatte. Er konnte nicht begreifen und es dem mächtigen Mann auch nicht verzeihen, dass der ihn verstoßen hatte, obwohl er sich, feist und vornehm, beim Abschied fast den Bart abgeweint hatte. Warum hatte sein Kaufepapa ihn verleugnet? Darauf fand Gestur keine Antwort, denn in seinem Inneren wusste er, dass der Kaufmann ihn mehr liebte als seine Frau, dieses Knochengerippe im Obergeschoss. Doch seitdem sie eines Tages eilig von oben herabgeschritten gekommen war und versucht hatte, den Ziehsohn Gestur mit kochendem Wasser aus dem Topf zu verbrühen, war alles anders geworden. Was hatte er ihr nur getan? Warum hasste sie ihn so? Glaubte sie im Ernst, die Mallamama sei seine Mutter? Nur ein einziges Mal hatte Frau Undína ihn angesprochen, da hatte sie ihn auf der Treppe gepackt, ihm in die Augen gestarrt und etwas geflüstert, das er nicht verstanden hatte, bis sie halblaut wiederholte: »Wie kannst du es mir antun, zu existieren?« Damit hatte sie ihn losgelassen und war die Treppe hinaufgestürmt, bevor die Tränen aus ihren Augen stürzten.

Zehn Tage nach dem Vorfall mit dem Kochtopf saß Gestur an Bord eines Haifangboots, das zum Segulfjörður fuhr, wo ein alter, ständig von seinem Haar umwehter Zaunpfosten auf ihn wartete, der ihm mit seinem blöden ewigen Zwinkern zu verstehen geben wollte, dass sie Freunde seien, Kumpel, ja sogar Vater und Sohn. Und dann kamen all diese Geschichten, so viele wie Tabakkrümel aus seinem Bocksbeutel, von dem er sich nie trennte.

»Jungchen, was du dich entwickelt hast! Wenn dein Vater dich jetzt sehen könnte, was für einen Prachtjungen er jetzt hätte. Er war ja das größte Wunder an Ausdauer, das man hier in der Gegend kannte. Einmal hat er sogar seinen Hund müde gelaufen, die Blaðra. Die ist zum Hof umgekehrt, aber er ist weitergegangen. Er konnte über Schneewehen wandeln wie Jesus über Wasser. Sei also herzlich willkommen, mein Freund, es ist gut, einen solchen Strahlemann ins Haus zu bekommen, denn hier liegen in sämtlichen Betten nur leere Fässer. Leere, rülpsende Tonnen, sage ich.«

So sprach dieser offenherzige Kerl und hielt ihm seinen Tabaksbeutel hin. Zu jener Zeit begrüßten sich Isländer genau auf diese Weise, nicht indem sie die Hand vorstreckten, sondern ihren Beutel.

In seinen Jahren auf Fanneyri hatte Gestur Männer gesehen, Erdlochbewohner, die tagelang im Laden herumhingen und sich Prisen in die Nasen stopften, weil sie auf ein Gläschen Schnaps hofften, und er lehnte höflich ab. Jetzt war er selbst bei so einem jämmerlichen Kerl gelandet, und der war obendrein so dämlich, ihm, einem Kind, Schnupftabak anzubieten. Er hatte kaum etwas von dem verstanden, was dieser krummrückige Bauer ihm sagte, etwas in der Richtung, dass der Hof voll leerer Fässer stehe, dass in allen Betten Fässer lägen, und dann hatte er ihn einen Strahlemann genannt. Was sollte das heißen? Mit einem Kloß im Hals folgte er dem Mann die Anhöhe hinauf, und mit einem Anfall von Übelkeit trat er in das Haus; der Gestank war entsetzlich (er kam im Frühjahr zum ersten Mal nach Ytri-Skriða, nach Kopp und vor dem französischen Segelschiff). Lebt wohl, Dielen und Schreibtisch, Essbesteck und Schleifen, rief sein Inneres weinend.

Er hatte versucht zu fliehen, und dann vor dieser Flucht fliehen müssen. Jetzt lag er hier auf einer mit Heu gestopften Unterlage, etwas mehr mit seinem Schicksal versöhnt, aber innerlich noch düsterer gestimmt.

Der Novembermond sandte seinen Strahl durch das Dachfenster, er traf schräg auf den Bettpfosten, der daraufhin erbleichte wie eine Holzsäule, die mit flüssigem Silber übergossen wird, und Tropfen des zauberischen Mondlichts sprühten über das Bett der Jungen. Vor Gesturs Augen leuchtete das pausbäckige und kleinnasige Gesicht Baldurs, der unter seiner kacksteifen Decke lag und seelenruhig schlummerte, versunken in ein so ärmliches Leben, dass es ihn die Hälfte desselben kosten würde, um festzustellen, wie ärmlich es war. Aus der Werkstatt weiter vorn drang das abgehackte Lachen Lásis, ein leises Wiehern, das von den Erdwänden des Hofgangs gedämpft wurde. Wie konnte ein kleines Büchlein solches Entzücken auslösen? In einem der hinteren Betten drehte sich eine Frau um, und auf der anderen Seite des Mittelgangs schlief Helga, das Mädchen, das ihm nachts den Topfkuchen gebracht und später so schön aus den Kaldanesrímur vorgelesen hatte. Doch, die Menschen hier waren schon in Ordnung, und die alte Frau war die beste von allen. Und trotzdem war er auch in diesem mondlichtschönen Augenblick in der Baðstofa von Næsta-Skriða noch immer so fest entschlossen wie zuvor, sich an diese Menschen nicht mit Familienbanden zu binden. Hier war und blieb er nur ein Wintergast. Im Frühling würde er nach Hause zurückkehren. Er war und blieb ein Kopp.

Kapitel 22

Lämmer und Eisberge

Während die besseren Kinder des Landes die Schulbank drückten, saß Gestur weiter auf der Bettkante und strickte Handelssocken. Im Lauf der Zeit entfernte er sich von dem, was ihn quälte, als wäre die Baðstofa ein Boot und die Stricknadeln wären die Ruder.

Der Alltag war das beste Heilmittel, einer nach dem anderen marschierten die Tage die verschneite Anhöhe herauf wie kleine, aber stämmige Soldaten. Mit geschultertem Gewehr und brennend vor Hunger machten sie sich über den schwarzen Albdruck her, der auf dem Jungen lastete, und rissen sich Stücke heraus; der Vorrat an Schwermut nahm ab, dafür dehnten sich die Tage, wurden die Soldaten mächtiger und nahmen sich immer größere Stücke vom schwarzen Kuchen.

So verging der Winter mit Fäustlingen, scharfem Frost und Schlammlawinen im April. Um den Monatswechsel von Februar zu März trug es sich zu, dass ein Landarbeiter von Fanná in diesigem Wetter eine gute Seemeile vor dem leuchtturmlosen Kap Segulnes das zwanzigste Jahrhundert vorbeifahren sah. Viele hatten gehofft, es würde auf seiner Fahrt nach Westen hier anlegen, doch daraus wurde nichts, wegen des Treibeises natürlich, das seine Fahrt seit dem Jahreswechsel verzögert hatte.

Das Frühjahr traf hingegen zur traditionell üblichen Zeit ein und brachte sechzig Paar Odinshühnchen, zweihundert Goldregenpfeifer, tausend Küstenseeschwalben sowie eine Unmenge frisch ergrünendes Gras und sonnige Nächte für alle.

Lásis vierzehn Schafe wurden aus ihrem Verließ freigelassen, im hellen Frühlingslicht nahmen sie sich etwas seltsam aus, so abgemagert und mit prallen Bäuchen zugleich. Die Kuh Huppa aber erhielt weder die Freiheit noch wurde sie auf Bewährung entlassen und verbüßte ihre lebenslange Haftstrafe weiterhin in einem Stall, der an Hof und Hang klebte wie ein überwachsener Misthaufen.

Gestur nahm zum ersten Mal am Ablammen teil (in seinem ersten Frühjahr hatte er die Augen kaum aus dem Hofgang herausgelassen), und es bereitete ihm wirklich Freude, den Viehbestand in zwei Wochen von fünfzehn auf siebenunddreißig Tiere anwachsen zu sehen, und das, obwohl ein Mutterschaf und zwei Lämmer diese Offensive nicht lebend überstanden. Wie gut es tat, das Wunder des Lebens zu bestaunen! Und hinter dem Schafstall wartete Helga, gerade neun geworden, und hatte nur für ihn einen Blumenstrauß gepflückt. Es wurde immer deutlicher, dass dieses hübsche Mädchen mit den großen Augen und feuchten Lippen, diese Verheißung zukünftiger fraulicher Schönheit, den kräftigen Brustkasten des Jungen mit den dichten, glatten Haaren zu ihrem Luftschiff in ein besseres Leben auserkoren hatte. Diese Blume, die auf diesem Misthaufen hier gedieh, hatte sich selbst gepflückt und ihm geschenkt.

Wie lehnt man einen Blumenstrauß ab?

»Danke«, sagte er, wollte dazu noch etwas sagen, wusste aber nicht recht, was, doch da war sie schon ins Haus gelaufen, eine sonnengurrende, dunkelhaarige Taube.

Auf die Blumen folgte ein Lamm. Plötzlich war Gestur verlobt und Besitzer eines Lamms. Nachdem sie eine ganze Nacht am Stall Wache gehalten hatten, schenkte ihm Lási ein gerade geborenes, hübsches Lämmchen. Da Füchse und Raben der frischen Beute nachstellten, war es notwendig, Tag und Nacht aufzupassen. Der Fuchs betätigte sich sogar als Geburtshelfer, er zerrte die Beute gleich aus dem Ort ihrer Entstehung ins Fegefeuer. »Aus dem Bauch in den Bauch« nannte man das Geschehen. Ja, der Vater der Finsternis konnte sich auch in eine »Hebamme mit Schwanz« verwandeln, wie der Dichter Hvoftur Kalinn es formuliert hatte.

Gestur, am 13. April dreizehn Jahre alt geworden, war völlig fasziniert von den Geschenken des Lebens, und zum ersten Mal hörte der Bauer so etwas wie Interesse aus der Stimme seines jungen Mitarbeiters heraus. »Ich habe den Eindruck, bei Gefjun könnte es heute Abend so weit sein. Trägt sie nicht zwei Lämmer?« Als er das Lamm bekam, wäre er fast in Ohnmacht gefallen. Er hatte doch gar nichts, keinen Vater und keine Mutter, kein Leben, nichts! Und jetzt besaß er ein Leben! Den ganzen und den folgenden Tag hielt er wie ein Leibwächter bei seinem Lamm und dessen Mutter Wache und verkündete anschließend laut und lange überlegt, der Name des Lämmchens solle Jakalín lauten, ein seltsamer Name, den er aus dem Frauennamen Baugalín, mit dem ihn Lási erst kurz vorher vertraut gemacht hatte, und dem isländischen Wort für »Eisberg«, *ísjaki*, zusammengesetzt hatte. An dem Morgen, an dem das Lamm endlich das Licht der Welt erblickte, war vor der Fjordmündung nämlich ein wollweißer Eisberg aufgetaucht. Die Namensgebung entsprach nicht den Regeln des Skriðabauern, der seine Schafe durchweg nach heidnischen Göttinnen nannte.

Anfang Mai war der Horizont, zum Schrecken der Bauern und Fischer, überraschend weiß geworden, und der Eisrand hatte sich ausgebreitet wie Schimmel auf dieser Scheibe Brot der Welt. Mitte des Monats hatte er sich zu allgemeiner Erleichterung zurückgezogen, doch ein paar weiße Grüße schickte er noch an Land: Drei Eisberge trieben in den Fjord, der größte lief nördlich von Fanneyri in der Mitte des Fjords auf Grund und blieb dort bis zum Sommer sitzen. Seine Spitze ragte höher als das neue Lagerhaus, das der Krónufélag im zeitigen Frühjahr auf seinem Grundstück errichtet hatte. Am Abend wackelten die drei Propheten in knöchellangen Unterhosen ans Ufer, begutachteten den weißen Klotz und lasen aus dem meerblauen Eis drei verschiedene Botschaften.

Jónas: »Das neue Jahrhundert wird ein eisfreies.«

Jeremías: »Das neue Jahrhundert wird eine Eiszeit.«

Sakarías: »Ach was, dieses Eis kann uns nichts sagen, weil es Eis aus der Großen Eiszeit ist, abgebrochen vom ältesten Teil des Grönlandeises, und daher hat es keinerlei prophetischen Wert ...«

Prophet Nummer drei begann seinen Vortrag am Ausgang der Baðstofa von Gamlibær stehend, aufgerichtet wie ein Abgeordneter am Rednerpult, während der Rest des Parlaments ein Nickerchen hält. Zwei Bedienstete des Pastors, die gerade zu Bett gehen wollten, kamen auf die Idee, von einer »Irrenanstalt« zu sprechen, von der sie in Zeitungen aus der Stadt gelesen hatten.

»Keinerlei prophetischen Wert, behaupte ich, denn bekanntlich verliert Gletschereis nach tausend Jahren das Bewusstsein ...«

»Und der Mensch nach achtzig Jahren«, rief einer der beiden dem Propheten zu und erntete ein freundliches Gelächter im langen Schlafsaal.

Außer zu Jakalín entwickelte Gestur besondere Zuneigung zu dem Schaf mit Namen Freyja, einer hübschen Mamsell mit vier Hörnern. Freyja hatte ein totes Lamm geboren, das Gestur nach dem Abhäuten an einer Geröllhalde auslegte wie ein prähistorischer Bauer, der dem Fuchsgott seinen Sohn opfert, denn niemand aß das Fleisch einer Totgeburt. Damit das Mutterschaf weiter Milch gab, nahmen sie Gefjun das zweite Lamm weg und legten es bei Freyja an. Dieses Lamm war ein schwarzgeflecktes Böckchen, das sie in das helle Fell des toten Lamms wickelten, weshalb der zu Scherzen neigende Dichterbauer es bald Úlfur, Wolf, taufte. Bevor Gestur das tote Lamm zur Halde trug, hatten sie ihm noch das Herz herausgeschnitten. Damit rieben sie wie mit einem Schwamm den Kopf des kleinen Böckchens ab, damit Freyja ihren Herzensgeruch schnupperte.

Gestur stand dabei und sah den Vorgängen zu. Lási und Snjólka gingen so sicher zu Werke wie die routiniertesten Hebammen und Geburtshelfer der Welt, wobei Snjólka eine Grimasse zog, bei der ihre großen Zähne sichtbar wurden. Gesturs tiefste Gene konnten sich des Gedankens nicht erwehren, eine solche Behandlung hätte er auch gebraucht, damit ihn die Kaufmannsgattin Undína nach zwei Minuten ebenso mütterlich angenommen hätte, wie die vierhörnige Freyja es mit dem schwarzen Wolf im weißen Schafpelz tat. Anfangs hatte sie das schwarze Köpfchen mit dem roten Anstrich weggeschubst, doch sobald sie den Geruch wahrnahm, hatte sie bereitwillig ihr Euter angeboten.

Blut blieb Blut.

Dieser Gedanke in den Genen drang jedoch nie in das Bewusstsein des Jungen. Dort gab es nur eins:

Kopp blieb Kopp.

Nach dem Ablammen kam das Vieh in die Schafhürde. Nachts blieben die Mutterschafe im Pferch, und die Lämmer wurden in einen eigenen Pferch gesperrt, um die Entwöhnung einzuleiten. Dann molken sie die Mütter, sodass für die Lämmer nur wenig Milch im Euter blieb, und dann kam der Tag, an dem das Gatter des Lämmerpferchs geöffnet wurde, und die Hürde war leer, die Mütter waren verschwunden. Da setzte ein jämmerliches Blöken ein, das niemanden ungerührt ließ, und Frauen und Kinder an der Hürdenwand heulten aus Mitleid mit den kleinen Wackelschwänzchen mit. Die Mutterschafe waren am Fjord entlang zu den Náskriður getrieben worden, wo sie zwischen Schneefeldern und Geröll ein wenig karges Futter finden, aber das Wehklagen ihres Nachwuchses nicht hören konnten. Am Ende des Zugs liefen Júnó und Gestur. Er war den Hang und im Leben jetzt so hoch hinauf gestiegen, dass er sich mit Fug und Recht Hirte nennen durfte.

Die Lämmer wurden in die entgegengesetzte Richtung fjordeinwärts auf eine Hochweide geführt, wo sie sich Fett anfuttern sollten, das dann zu Weihnachten auf den Tellern der Menschen landen würde.

Kapitel 23

Freundinnen aus dem Westen

Dieses erste Frühjahr des neuen Jahrhunderts unterschied sich kaum von den ärmlichen Frühlingsanzeichen, die diese Gegend früher gesehen hatte. Außer einer halbwegs umfassenden Schneeschmelze und verschmierten Lämmerköpfen, die hinten aus schäbigen Schafärschen schauten, gab es hier keine weiteren Phänomene, die Menschen gemeinhin mit dem Wort »Frühling« verbinden.

Das Gras war noch gelb, das Innere der Wiesenhöcker noch gefroren, und die Schneefelder reichten noch bis zur Mitte der Berghänge. Bäume gab es noch keine im Fjord, doch dreizehn gelbe Osterglocken wuchsen wie üblich am Madamenhaus aus der Erde wie kurzlebige Präsente aus den Glanzspritzen des Schöpfers, und wie üblich wurden sie bald von den Bengeln aus den Katen geklaut, die sich damit schmückten oder sie gegen einen Kuss und mehr den Mädchen verehrten.

Die einzigen wirklichen Frühlingsboten waren die, die der Himmel schickte: Mitte Mai trafen nach einer halben Erdumrundung aus dem Süden die Küstenseeschwalben ein, kreischend vor Aufregung über den anstrengenden Wechsel des Pols; außerdem waren die Nächte inzwischen taghell. Das Licht floss die Hänge herab und löschte jeden Schatten aus, selbst in den düstersten Torfhausküchen schimmerte ein mattes Licht auf den Töpfen. Genau deshalb war dieser Frühling im Nordland so schwer auszuhalten: Die eigentliche Abwesenheit von Frühling wurde rund um die Uhr beleuchtet. Das Einzige, was das Frühjahr tat, war die Tatsache hervorzuheben, dass es hier keinen Scheißfrühling gab.

Auf dieser hellen Bühne erschien mit dampfgetriebener Langsamkeit ein Küstenschiff, das in diesem Fall den Namen *Móna* trug. Ein stahlbeschlagener Rumpf, der zwischen den Bergen an der Fjordmündung hereinschwamm. Unter seinen Passagieren befanden sich zwei junge Frauen, Freundinnen aus dem Westen, die kerzengeraden Holzfußbodengöttinnen Súsanna und Vigdís.

Vigdís Thorgilsen, Kaufmannstochter aus Bíldudalur, war siebenundzwanzig Jahre alt, trug einen langen, bis auf die Schuhe fallenden Rock und einen schwarzen Mantel mit noch schwärzerem Pelzkragen, einen Mantel, der ebenso gediegen war wie ihre Erziehung und ihr Wesen. Das schön geschnittene Gesicht wies klare, kunstvoll ausgeführte Gesichtszüge auf, sie hatte das, was man ein »offenes und schönes Gesicht« nannte. Die Augen lagen tief unter einer gewölbten Stirn, von der die Nase in gerader Linie wegführte wie der Nasenschutz von einem Ritterhelm, sodass ihr Profil den Eindruck von Bestimmtheit, Entschlossenheit und Durchhaltevermögen erweckte. Die vollen Lippen aber milderten diese härteren Züge weich ab. Aus ihrem dunklen Haar war nicht viel zu machen, wie es in diesem Land dünner Vegetation und großer Dunkelheit oft vorkam, die Haut aber war weiß und rein. Unter den tiefsinnigen Augen der jungen Frau verteilten sich ein paar blasse Sommersprossen, deren Intensität mit dem Licht wechselte, die aber meist kleinen Goldplättchen glichen. Ihr Körper war eine unbekannte Welt unter dem Mantel, sie war mittelgroß und mittelschlank, und wenn Männer nicht von ihrem Aussehen und ihrer Schönheit hingerissen wurden, dann lagen sie ihr spätestens dann zu Füßen, wenn sie ihren Mund öffnete wie gerade in diesem Moment, wo sie an der dunkel glänzenden Reling stand und in den Fjord spähte:

»Doch, da steht eine Kirche!«

Wie soll man eine solche Stimme beschreiben? Sie war wie der reinste Moll-Ton einer Klarinette, hüllte jedes Wort mit Aufmerksamkeit und Hingabe in Seide und band dann eine Schleife darum. Und weil ihre Stimme so erlesen klang, hörte sich alles bedeutsam an, was aus dem Mund dieser jungen Frau kam, selbst so einfache Sätze wie dieser. Er war an ihre Freundin und Begleiterin gerichtet, die halbe Dänin Súsanna, die seit mehr als zehn Jahren zur Hofhaltung der Thorgilsens gehörte und vom Kaufmann seiner Tochter wie ein Stück der Aussteuer mitgegeben worden war. Sie standen zusammen an der Reling, und es gefiel ihnen überhaupt nicht, was sie von diesem kühlen Knochen Land sahen. Es gab keinen richtigen Ort, ja eigentlich gab es so gut wie gar nichts, bis auf einen riesigen Eisberg mitten im Fjord. Ein gewaltiges Monstrum, höher sogar als der Kirchturm des Gotteshauses, das es in diesem Moment ganz verdeckte, sodass die beiden Freundinnen glaubten, sie seien im falschen Fjord. Doch als sich das Schiff Eyri näherte, kam die Kirche zum Vorschein, schwarz gestrichen mit weißen Kanten und der Kirche zu Hause ähnlich.

»Na, dann muss es hier ja auch einen Pfarrer geben«, scherzte Súsanna. Sie war ein Jahr jünger und eine Stirnhöhe größer als Vigdís, mit langem Hals und langen Gliedern, langen, blonden Locken und tiefen dänischen Grübchen – eine andere Ausprägung von Schönheit.

»Spieglein, Spieglein, sag du mir, wo im Land ist es schöner als hier?«, fragte Vigdís ebenso spöttisch.

»Überall! Warum kann er denn nicht Pfarrer in Reykjavík sein? Ich möchte so gern zurück nach Reykjavík! Oder wenigstens nach Fagureyri.«

»Irgendwo müssen sie ja alle anfangen.«

»Wie gut nur, dass er so nett ist, wie du sagst.«

»Hast du ihn auf der Hochzeit nicht nett gefunden?«

»Na ja, ein wenig ernst fand ich ihn schon.«

»Gut, aber da war er auch krank.«

»Seine Lieder waren aber sehr schön.«

»Das sind nicht seine Lieder, sondern Volkslieder, die er ...«

»Ja, ja, natürlich, ich weiß, ich sage das nur so. Ich habe ganz vergessen, es dir zu sagen, aber Magga hat erzählt, die alte Sveinsína sei gekommen und habe einen ganzen Morgen im Vorzimmer darauf gewartet, ihm nach dem Aufstehen etwas vorsingen zu dürfen. Ich glaube, das war am Tag nach der Hochzeit. Doch sobald sie euch von oben kommen gehört habe, habe sie zu zittern begonnen und sei weggelaufen.«

»Wirklich? Sveinsína?«

»Du weißt schon, die Großmutter von Sigrún.«

»Ja, Sveinsína von Sælukot. Die kennt sicher ganz viele Volkslieder. Ich muss ihm von ihr erzählen. Denk nur, all diese Lieder! Was für eine reiche Kultur wir haben. Und keiner ist bisher auf den Gedanken gekommen, diesen Schatz zu heben. Nur er.«

Vigdís hatte den Blick von ihrer Freundin gewendet und füllte ihre Augen mit Bergen, steilen Hängen, weißgefleckt von Schnee, und schloss die Augen. Das letzte Wort hatte sie voller Liebe ausgesprochen.

»Ach, du hast so ein Glück, Dísa. Ich gerate immer bloß an irgendwelche Glücksritter.«

»Wir werden hier schon einen Mann für dich finden, einen ...«

»Einen Segulfirðinger? Bäh!«

»Es heißt Seglfirðinger.«

»Oh.«

»Ja, so einen alten Tabaksbeutel oder einen Tagelöhner mit uringewaschenem Bart.«

»Unbedingt!«

»Ah, sieh mal, da steht ein Haus.«

Das Schiff lief in den aufgewühlten Fjord ein, und gerade kam hinter der Kirche das Madamenhaus in Sicht, so wie die Kirche den Eisberg abgelöst hatte. Gelb angestrichen blickte es mit hübschem Giebel in Richtung der Spitze der Landzunge wie ein in Empfang nehmender Lotse.

»Ich dachte, hier wäre so etwas wie ein Dorf oder ein kleiner Ort wie zu Hause in Bíldudalur. Aber das sind ja bloß zwei, drei Häuser!«, rief Súsanna und lachte ihre Enttäuschung in den Wind.

»Vier, fünf. Guck, dahinten!«

»Hier gibt es bestimmt überhaupt nichts zu tun, außer häkeln.«

»Oh doch. Es ist sicher unterhaltsam, diesem Eisberg beim Schmelzen zuzusehen, um nur ein Beispiel zu nennen.«

Sie lachten wieder beide, dann packte Vigdís mit beiden Händen die Reling und schob den Bauch vor. In der Höhe des Nabels fühlte sie das schwarzlackierte Holz und schloss die Augen, atmete die maikalte Morgenluft ein und dachte an den Mann, das Zuhause und die Kinder, die sie noch bekommen würde. Sie war siebenundzwanzig Jahre alt, am Höhepunkt der Schönheit im Leben einer Frau, wenn das Leben zweimal über die Gesichtszüge gegangen ist, und alles, was es braucht, so bereit ist wie niemals wieder. Dann schlug Vigdís die Augen auf und sah nichts als Schneefelder, endlose Schneefelder in diesen steilen Bergen, die noch höher waren als die zu Hause, spitzer, gezackter und variantenreicher. Die Berge im hintersten Teil des Fjords waren bis zur halben Höhe hinab verschneit, nur wenige Felsbänder bildeten dunkle Flächen zwischen den weißen. Sie waren offensichtlich eine Stufe weiter nach Norden gekommen.

Súsanna ging über das Deck auf die Backbordseite, und Vigdís folgte ihr.

»Sieh mal, ein Hirte!«

»Wo? Oh, ja!«

Die temperamentvolle Halbdänin winkte dem blonden Jungen, der zusammen mit einem bräunlichen Hund dreizehn zottelige Schafe am Fuß des Berghangs entlangtrieb, dem Kurs der *Móna* entgegengesetzt fjordauswärts. Während sie vorüberfuhren, blieb er stehen, winkte aber nicht zurück, schien bloß überrascht und derart freundliche Grüße von See nicht zu kennen. Danach sahen sie die Hürde, aus der eine Melkerin mit zwei schweren Eimern zu ihrem Hof wankte.

»Siehst du den Hof da oben am Hang?«

»Ja.«

»Das sieht aus wie zu Hause, Litla-Langá, wo die Fassade umgefallen ist, weißt du noch?«

»Ja, richtig«, sagte Vigdís und lächelte wie das zwanzigste Jahrhundert über das neunzehnte lächelte, siegesgewiss und glücklich, es hinter sich gelassen zu haben.

Kapitel 24

»Es handelt sich schließlich um Vigdís.«

Dass Séra Árni es geschafft hatte, sich eine solche Prachtfrau zu angeln, kam ihm selbst völlig unglaublich vor. Er, der in einer so ärmlichen Hütte am Meeresufer im Süden geworfen worden war, dass er sie in seinem Gedächtnis dem Erdboden gleichgemacht hatte, war an eine derart gute Partie gekommen. Das hatte er kraft seiner eleganten Erscheinung, seiner schönen Handschrift, der Fürsprache des Landvogts, seines Könnens am Pianoforte und nicht zuletzt dank seines Talars und seiner sicheren Einkünfte geschafft. Obwohl Island nicht gerade ein Land goldener Gelegenheiten war, gelang es in jeder Generation einigen jungen Männern, mit Talent und gutem Auftreten aus der Welt der Torfkaten in die Welt der Holzhäuser aufzusteigen. Und dass es ihm gelungen war, sie durch all die Jahre des langwierigen heimlichen und nervenzermürbenden Werbens trotz einiger Ausrutscher im Zustand der Trunkenheit an sich zu binden, das war noch unglaublicher.

Sie hatten sich kennengelernt, als Thorgilsen, der Häuptling von Bíldudalur, geschäftlich einen Winter in der Hauptstadt zu tun und seine Familie mitgenommen hatte. Sobald sie zum ersten Mal für eine Gesangsstunde bei ihm eingetreten war, hatte sich Vigdís kochendheißer Blick unter der kühlen Stirn in Árni eingebrannt und in ihm ein anderes Leben erweckt. Die Musik brachte sie einander näher, bis nur noch ein Abstand von Millimetern zwischen ihnen bestand. Beide wussten sie, dass die Ausbildung zum Geistlichen unumgänglich war, ihre Liebe besaß keinerlei Aussicht, bevor man ihm den weißen Kragen umlegen würde. Der Kaufmann würde seine Tochter niemals einem mittellosen Mann zur Frau geben, solange er nicht ordiniert war.

Im Herbst begann er, für die Ehe zu lernen, im Priesterseminar. Er war bereit, für diese junge Frau mit der wunderbaren Stimme alles auf sich zu nehmen, selbst ein Theologiestudium.

Vigdís schien von seiner wilden Nacht in Keflavík nichts erfahren zu haben. Das ließ ihr Brief klar erkennen, der Brief, der endlich eingetroffen war, ein Schreiben, das keinerlei Zweifel hegte, sich aber wunderte und fragte, ob er ihr nicht länger schriebe, ob die heißersehnte Verlobte sich nun abkühlen solle. Sein Brief aus dem vorigen Herbst musste verloren gegangen sein, durch ein schlichtes, unbedeutendes Missgeschick, vielleicht war er aus einer Tasche gefallen, über Bord geweht worden, was wusste er schon? Doch aus der leichten Sekundenbö waren neun bleischwere Monate in ihrer beider Leben geworden. Ungewissheit, Befürchtungen, Sorge. Pessimismus und Enttäuschung.

Doch welche Freude, welche Erleichterung, welche Liebe, als sich die Wahrheit zeigte!

Seinem Antwortbrief hatte er die Niederschrift der Noten zu *Móðir mín í kví, kví* beigelegt, die Vigdís so hingerissen hatten, dass ihr Herz sofort die Stufen hinab ins Kontor ihres Vaters gestürzt war und die Hochzeit verlangt hatte. Sofort. Auf der Stelle. Noch diesen Winter. Sie hatten lange genug gewartet, und er hatte jetzt eine Pfarrstelle und ein Lied. In der anschließenden Woche sang sie, von Verliebtheit berauscht, den Leuten im Haus das Lied vor, dazu noch zwei »ganz neue Volkslieder«, die Séra Árni aus einer alten Frau in Fanná herausgeholt hatte. Vigdís war womöglich noch aufgeregter über diese Funde ihres Bräutigams als er selbst, und niemand in Island verstand besser, wie kostbar dieser Liederschatz war. Sie sang mit sorgsam erworbener Leichtigkeit, ihre Stimme klang herrlich, überschritt jedoch nie die Schwelle zum Klassischen, traute sich nie zu voller Opernstärke, obwohl ein geschulter Zuhörer auf dem Sitz einer späteren Zeit jeden Moment damit gerechnet hätte. Als Sängerin stand Vigdís Thorgilsen stets vor der ersten Stufe aufs Konservatorium. Sie tat diesen Schritt nie, weil es eine solche Einrichtung in Island nicht gab.

Sobald die Weihnachtsfestlichkeiten überstanden waren und er seine Amtspflichten erfüllt hatte, fuhr Séra Árni um das Horn nach Westen, und sie heirateten am Dreikönigstag unter den wachsamen arnafjordischen Adleraugen der Brautmutter, Frau Arnfríður Thorgilsen. Ausgerichtet wurde die Hochzeit vom Vestfjarðargoden, ihrem Gemahl, Herrn Birgir Nivald Thorgilsen.

Es war ein prächtiges Fest nach Kaufmannsart, und Séra Árni war hinterher beschämt, dass er seiner Braut in so bedauerlichem Zustand entgegengetreten war. Eine Seereise im Januar war keine Spazierfahrt, und der Musikpastor war kein Seebär. Um die Fahrt besser zu überstehen, hatte sich Pfarrer Árni beim Norweger Egertbrandsen eine Flasche norwegischen Aquavit besorgt; er war noch nie nüchtern auf ein Schiff gegangen. Je mehr der Sturm zunahm, und je höher die Wellen vor den Hornstrandir stiegen, desto mehr trank er und war so randvoll wie Ægir selbst, als sie Straumnes erreichten, den gewaltigen Strömungsbraukessel der Westfjorde. Danach begann er zu kotzen, unklar, ob aufgrund des Alkohols oder seiner Seekrankheit, und bei einem seiner Abstiege in die Kajüte tauchte das Schiff plötzlich so heftig ein, dass der Pfarrer von der Treppe gegen die Wand geschleudert wurde und das Bewusstsein verlor.

Er kam erst im Hafen von Ísafjörður wieder zu sich, wo das Schiff wegen des Sturms einen längeren Aufenthalt als vorgesehen einlegte. Also blieb nichts anderes übrig, als weiterzutrinken; einer der Passagiere hatte an Land drei gute Flaschen aufgetrieben, und obwohl der Pastor am nächsten Tag heiraten wollte, konnte er sich nur bei den beiden ersten Runden zurückhalten.

Leichenblass und in arg ramponiertem Zustand erschien der Bräutigam also in der Kirche, begrüßte den dortigen Pfarrer, ohne ihn zu sehen, und spürte nichts als den Seegang in diesem Schiff. An der Hand eines kleinen, kahlen und kegelförmigen, frackgekleideten Mannes sah er seine Braut über einen Fußboden auf sich zuschweben, der sich vor seinen Augen hob und senkte. Ein Ring rutschte auf seinen feuchtkalten Finger, und er selbst schaffte es gerade so, den anderen auf ihren Ringfinger zu stecken, so zittrige Hände hatte er. Der langersehnte, die Ehe besiegelnde Kuss fiel ein wenig salzig aus, da sich in seinem Schnurrbart der Schweiß gesammelt hatte, der ihm von der Stirn über die Nase hinablief. Während der Feier musste er zweimal vor die Tür, um sich zu übergeben, und wurde dann aufs Neue sturzbetrunken von den Schnäpsen, die am Ende jeder Rede zu kippen waren, insgesamt fünf.

Nach seinem zweiten Gang vor die Tür begegnete er auf dem Rückweg vom Ort des Erbrechens seinem Amtsbruder, dem Pfarrer, und erkannte endlich den Mann, der ihn getraut hatte, denn er erhielt von dem Herrn mit den dunklen Brauen einen derart strengen Blick, dass er fast nüchtern wurde. Der Pfarrer von Bíldudalur, Séra Stefán Stefánsson, war nur wenig älter als Séra Árni und ein würdevoll bebarteter Herr, der es in der Regel nicht nötig hatte, seine Verärgerung herauszulassen, doch diesmal sagte er mit der geringstmöglichen Bewegung der Lippen:

»Sie müssen sich zusammenreißen! Es handelt sich schließlich um Vigdís.«

Der Ton in diesen Worten des Geistlichen war dermaßen scharf, sein Blick so düster und so krachend nüchtern, dass der andere Pfarrer, der Bräutigam, trotz seiner Besoffenheit den Hass darin wahrnehmen musste. Er verstand, dass der, der sie zusammengegeben hatte, dies nicht mit Freude getan hatte, sondern dass er ihre Liebe mit seiner eigenen hasserfüllten Liebe besiegelt hatte.

»Es handelt sich schließlich um Vigdís.«

Diese Worte vergaß Séra Árni niemals. Und sie trafen ihn so tief, dass er sich im Festsaal erst einmal zwei Schnäpse genehmigen musste und den Rest der eigenen Hochzeit quasi unter dem Tisch verbrachte. Was diesen wichtigsten Tag seines Lebens rettete, war das Lachen seiner Braut. Sie lachte fast den ganzen Abend über, obwohl ihr frischgebackener Ehemann halb weggetreten und nach Erbrochenem riechend neben ihr auf seinem Stuhl hing. Sie war sich ihrer Sache so sicher, dass nichts den geringsten Zweifel aufkommen ließ. Das war ihr Abend, und das war ihr Mann, ihr Leben, das nun begann, und da war es ganz unwichtig, in welchem Zustand er sich an diesem einen Abend befand, wichtig war, wie er in der Zeit danach sein würde. Nur für einen einzigen Augenblick verstummte sie in ihrem Gelächter, als ihr Blick dem von Séra Stefán begegnete. Sie saß an der erhöhten Tafel neben ihrem eingeschlafenen Mann, der Pfarrer stand am Ende des Saals, auf dem Weg nach draußen, nach Hause. Da öffnete sich kurz eine Aussicht in die Hölle der Kleinstadt: In ihr gab es keinen Platz für mehr als eine Liebe, mehr als einen Pfarrer.

Vielleicht war es auch zu viel für einen Mann, dachte die Braut, ihre ganze Welt an seinem Hochzeitstag zum ersten Mal kennenzulernen, vielleicht hatte Stefán ihn verunsichert, obwohl er versprochen hatte, sich zurückzuhalten und bis in die Fingerspitzen sachlich und amtlich zu bleiben. Ihre Brüder halfen ihr, den Bräutigam auf sein Zimmer zu schleifen, und sie lachte noch auf der Treppe, das war die einzige Möglichkeit. Sie kannte diesen Mann und konnte über seinen derzeitigen Zustand hinwegsehen, denn jenseits davon war er ein ernsthafter Mann, ein großer Mann, ein Mann, mit dem sie einen Briefwechsel unterhalten, mit dem sie gesungen hatte, der Mann, der ihr Flügel verliehen und sie auf dem Klavier begleitet hatte. Sie schloss die Tür hinter ihnen ab und wachte an ihrem Hochzeitsbett bei ihm, strich ihm über die Stirn und lächelte ihm sanft zu, er gehörte zu ihr, und vielleicht war sie im Innersten sogar erleichtert, dass er nicht die Pflicht erfüllte, die die Nacht von ihm verlangte, sie zog ihm nicht einmal das Hemd aus. Er begann ihr Zusammenleben also mit einem totalen Blackout, doch tief unten in seinem Koma war er sich sicher, dieser Frau sein ganzes Leben zu widmen.

Am nächsten Tag schwor sich Séra Árni, seinen letzten Schnaps gekippt zu haben.

»Es handelt sich schließlich um Vigdís.«

Pfaffen sollten eben nicht trinken, vertragen doch alle nichts, dachte sein frisch angetrauter Schwiegervater aufgrund langer Erfahrung. Abgesehen von unserem Séra Stefán natürlich, der weiß sehr gut, wie man sich ordentlich einen antrinkt. Guck, da sitzt er wie Christus' bester Freund und sieht zu, wie der sinnlos besoffene Glückliche aus dem Raum wankt ...

So dachte Kaufmann Thorgilsen, während er sich auf seinem erhöhten Stuhl zurücklehnte und den Rauch der Zigarre in den Saal paffte, der sonst das Warenhaus seiner Firma war. Durch den Qualm waren nahezu alle Ortseinwohner in Schlips und Kragen zu sehen, denn dieser kleingewachsene Kaufmann gehörte zur großzügigen Sorte und war bei allen im Ort beliebt. Er befolgte die selten geübte ökonomische Maxime: Je mehr man der Gesellschaft abgibt, desto besser laufen die Geschäfte. Und sie liefen, wenn auch nur mit beinharter Unverfrorenheit in Geschäftsbeziehungen außerhalb des Ortes.

Und dieser Grünschnabel von einem Pastor hat auch nichts auf See verloren, dachte er weiter, eine gute Figur macht er ja und hat auch gute Referenzen von hochgestellten Persönlichkeiten aus Reykjavík. Er ist eine ordentliche Partie für ein das Leben in angenehmen, geschlossenen Räumen liebendes Mädchen wie unsere Vigdís. Und dann teilen sie ja auch ihre Liebe zur Musik.

Kapitel 25

Ein Eimer voller Tränen

Wird sie mir ansehen, dass ich letzte Nacht getrunken habe? Wird sie meine Fahne riechen? Den Schwur, den er sich am ersten Morgen ihrer Ehe geleistet hatte, hatte er schon auf dem Weg nach Hause gebrochen. Er konnte nicht an sich halten und war die ganze Fahrt über betrunken. Seitdem hatte er sich auch in Fanneyri den einen oder anderen hinter die Binde gekippt, doch aus Respekt vor den beiden Damen dort niemals im Madamenhaus. Am Abend, bevor Vigdís eintraf, war Séra Árni zusammen mit dem Gemeindevorsteher zu Egertbrandsen, dem Geschäftsführer der Walfänger im Norwegischen Haus, gegangen, um den kommenden Sommer zu besprechen. Die Norweger waren dazu übergegangen, Teile ihres Walfangs im Wasser vor ihrem Lagerhaus aufzubewahren. Die Besprechung war erst gegen drei Uhr in der Frühe zu Ende gegangen.

Und jetzt wartete er bei Tagesanbruch am Kai, lutschte Bismarck-Bonbons und atmete die Brise ein, den Bart sorgfältig gebürstet und nach teurem deutschem Rasierwasser duftend. Seine Augen schauten wohl etwas glasig, die Haut wirkte transparent, und er durchaus unsicher: Wie würde die edle Maid diesen Krähwinkel, dieses Kaff aus sieben Häusern aufnehmen? Hatte er es bei dessen Beschreibung geschafft, ihre Erwartungen hinreichend zu dämpfen? Wenigstens hatte er es hinbekommen, dass die Kirche frisch gestrichen war.

»Es handelt sich schließlich um Vigdís«, hörte er seinen Amtsbruder aus Bíldudalur zum tausendsten Mal sagen, während eine Küstenseeschwalbe hoch über seinem Kopf kreischte und sich eine schmutzige Möwe auf einem Poller niederließ. Da saß Vigdís mit ihrer Begleiterin im Beiboot des Schiffs und kam auf ihr neues Leben zu.

Lachend stieg sie die Brücke herauf, lachend warf sie sich in seine Arme, sie war seine Frau. Doch dann sah sie eine Spur zu lange in seine Augen. Zählte sie die Gläser? Er zählte die Goldsprossen unter ihren Augen. Sie ließ sich nichts anmerken, ihre Freude wirkte ungetrübt, oder doch nicht? Er war nicht sicher. Er musste sich das Gesicht ihrer Freundin ansehen, um die Wahrheit herauszufinden. Vigdís stellte sie einander vor, genau wie sie es am Hochzeitstag getan hatte; er versuchte sich zu erinnern und begrüßte sie herzlich, wandte sich danach wieder lächelnd seiner Frau zu, schoss aber vorher noch rasch einen forschenden Blick auf Súsanna ab und sah, wie das Lächeln von ihren Lippen verschwand, sobald sie auf den Ort schaute. Er beobachtete, wie ihr Blick von einem Haus zum andern wanderte, und dabei wurde ihm schlagartig bewusst, was für ein Elend dieser Ort in Wahrheit darstellte. Eben diesen Augenblick, in dem ihr verkaterter Mann sie nicht ansah, nutzte Vigdís aus, ihrerseits kurz die Landspitze zu mustern, das Norwegische Haus und die Lagerschuppen, die Bruchbuden von Hákarl-Jói und den anderen Kerlen. Was für ein Trümmerfeld! Das Wort, das bei diesem Anblick in ihr aufstieg, lautete: »Verbannung«. Doch was nimmt man nicht alles auf sich für seine Liebe und seine Ehe? Ich werde ihn dazu bringen, sich bei nächster Gelegenheit anderswohin zu bewerben, hier werde ich nicht länger als ein Jahr bleiben. Das unterstrich ihre Freundin, als sich ihre Blicke vor dem Bart des Mannes zwischen ihnen begegneten.

Er führte sie zum Madamenhaus. Dort schwebten sie wie zwei langberockte Göttinnen die Treppe hinauf, und dann wurde die neue Pfarrersfrau den beiden Pfarrerswitwen vorgestellt. Sie begrüßten sie mit Wärme und Erleichterung (endlich ist die gekommen, die uns ablöst), die sie allerdings nur begrenzt zeigen konnten. Séra Árni versuchte, eine Konversation unter den vier Frauen anzubahnen, doch das klappte nicht recht. Die alten Madamen hatten schon zu lange geschwiegen, und die Freundinnen aus dem Westen waren noch viel zu sprachlos darüber, wie seltsam alles hier war, wie schrecklich dumpf und geistlos stumpf die Stubenuhr schlug, und wie gespensterhaft diese alten Witwen wirkten. Vigdís konnte sich des Gedankens nicht erwehren, dass sie einmal ebenso enden könnte wie sie. Diese isolierte Welt könnte sie so allmählich verändern, dass sie selbst es erst bemerkte, wenn es zu spät war. Die Freundinnen standen vor ihren Ebenbildern im Alter. Hier lebten tote Seelen. Hier lebten Menschen hinter dem Ende der Welt, wo alles abseitig und freudlos war, wo die Sonne nur selten schien und das einzige kulturelle Ereignis aus dem Geschrei der Seeschwalben bestand.

Vigdís bedachte ihren Mann mit einem tiefen Blick und schickte ihm einen Gedanken: Dein Kopf ist das Einzige hier, das weißt du. Dann entschuldigte sie sich und fragte, wo sie das Bad mit einem Handwaschbecken fände. Bedauern; aber wenn sie sich waschen wolle, so stünde ein Wassereimer in der Küche. In Halldóras Reich war das Wasser jedoch ausgegangen, darum führte sie die neue Frau des Hauses ins Waschhaus, da sei ein voller Eimer. Vigdís trat in den feuchtkalten Kellerraum mit Wänden aus grob geschichteten Steinen und einem felsenharten Fußboden aus gestampfter Erde, beugte sich über den Eimer auf einem niedrigen Holzschemel und konnte die Tränen nicht länger zurückhalten. Einige tropften in das stille, kalte Wasser, und es sah aus, als habe sie einen ganzen Eimer voller Tränen geweint.

Es war alles noch viel schlimmer, als sie es sich vorgestellt hatte. Obwohl sie klug war und über einen ziemlich realistischen Blick auf das Leben verfügte, hatte sie sich etwas vorgemacht, sich ein Bild in rosaroten Farben ausgemalt. Die Kaufmannstochter, die siebenundzwanzig Jahre im Haus des Herrn Papa gelebt hatte, hatte sich diese Pastorenwelt anders vorgestellt. Wie konnte man das einen

Ort nennen, wo es gerade mal ein Posten, ein Außenposten war? Ein Fischerhafen mit einem Anleger und einer Kirche. War das Leben hier vielleicht ohne Schnaps gar nicht auszuhalten?

Die jungen Eheleute begegneten sich auf der obersten Stufe der Treppe, die aus dem Keller führte, er mit dem leeren Blick des Verkaterten, sie mit tränengefüllten Augen. Schweigend sahen sie einander an, bis der Pfarrer sagte:

»Ich höre auf. Das verspreche ich dir.«

Kapitel 26

Kinn und Bart

»Hirte«. Das Wort hatte einen zauberischen Glanz. Ein Hirte war allein und frei und streifte durch die Berge, ewig jung, immer ein gescheiter Junge. Gestur war wie geschaffen für diese Rolle, schnell und beweglich.

Am besten gefiel ihm die Verantwortung. Er trug sie nun für dreizehn Schafe. Er musste als Erster aufstehen und die Herde zusammentreiben, die sich allerdings meist in der Nähe des Hofs aufhielt. Er musste sie mit Rufen zum Melken in die Hürde treiben, danach ging er mit seinen Tieren hinab zum Fjord und an dessen Ufer entlang, verbrachte da den Tag fröhlich pfeifend auf Futtersuche, und musste sich mit seinen Freundinnen nur pünktlich zum abendlichen Melken wieder zu Hause einfinden. Abgesehen von Nebel und Regen bestand das Hauptproblem im Fehlen einer Uhr, denn Uhren hatten ihren Weg in dieses Haus noch ebenso wenig gefunden wie in andere Armeleutehäuser des Landes. Die Sonne aber war so unstet, dass sie ihren Lauf täglich änderte. Auf manchen Höfen war es üblich, ein helles Laken auf dem Dach auszubreiten, wenn es Zeit war, dass der Hirte mit dem Vieh zurückkehrte. Auf Ytri-Skriða gab es etwas so Teures nicht; doch auf Fanná, dem Hof auf der gegenüberliegenden Seite des Fjords nördlich der Halbinsel, pflegte man dieses Verfahren, und in den ersten Tagen hielt sich Gestur an dieses Signal. Dann allerdings trübte es sich ein, und Fanná war nicht länger zu sehen. Da entdeckte Gestur, dass Júnó eine unsichtbare Uhr um den Hals trug, ein Gangwerk, das sich in der Aufeinanderfolge von Generationen von Hütehunden von Sumer bis Segulfjörður entwickelt hatte, und so erschienen die beiden Arbeitskollegen jeden Tag pünktlich zum Melken mit der Herde an der Hürde.

Es war nicht langweilig, aus dem Haus zu kommen und hoch oben am Hang zu sitzen, mit seinen Gedanken allein, mit einem Zepterstab wie ein Fjordprinz auf einem Thronstein sitzend, und über sein Reich zu blicken, von dem schmelzenden Eisberg vor Eyri bis zu der qualmenden Wiese bei den Tagelöhnerhütten, wo jemand Hailebertran kochte, nicht weit davon waren Arbeiter von Gamlibær mit Heumachen beschäftigt, und von dort auf die dänische Fahne, die so gemütlich am Haus des Gemeindevorstehers wehte. Auf dem Wasser fuhren zwei Boote Richtung Fjordmündung, eins kam in den Fjord hinein, es hatte die norwegische Flagge gesetzt. Und da war die Anlegebrücke, die gestern ein Jahr alt geworden war und inzwischen so etwas wie eine Sprungschanze ins neue Jahrhundert darstellte. Fjordeinwärts davon zählte Gestur neunzehn Wale, die an der Oberfläche des Pollur trieben, überwiegend Nordkaper, aber auch einige Pottwale. Die Sonne glänzte auf dem hellen Teil ihrer Rümpfe, der sich aus dem Wasser wölbte, doch so, wie die Sonne gerade stand, konnte man auch ihre mächtigen Bäuche unter Wasser erkennen.

Die norwegischen Walfänger hatten es sich zur Gewohnheit gemacht, ihre Beute in den Segulfjörður zu schleppen und sie dort zu verankern. Der Fjord war ein riesiger Kühlschrank geworden. Im August konnten dreißig bis vierzig tote Wale im Wasser des Pollur liegen, sodass man mit einem Boot kaum noch zwischen ihnen manövrieren konnte. Der Segulfjörður war schon ein ganz besonderer Fjord, wenn er nicht vor winzigen Schwarmfischen überquoll, schwammen darin die größten Geschöpfe der Erde. Zum Ende des Sommers erschienen die großen dampfgetriebenen Schiffe der Norweger und schleppten die Riesen zum Flensen und Abspecken zur Walstation. Nicht alle waren mit diesem Vorgehen der Norweger einverstanden, und der weißhaarige Kristmundur machte sich zum Sprachrohr derjenigen, die Geld für die Kühlhaltung verlangen wollten. Zur Brücke konnte man sich gerade noch so durchlavieren, aber durch die verdammte Walherde kam kein größeres Boot mehr bis Hvammur durch.

Séra Árni entschied sich hingegen, sich Gemeindevorsteher Hafsteinn anzuschließen. Den ungeduldigen Mann verlangte es nach der Zukunft. Außerdem sagte ihm sein Bauchgefühl, wo das Leben nun schon einmal angebrochen war, sollte er auch alle Anzeichen von noch mehr Leben begrüßen, selbst wenn sie in Gestalt von Kadavern kamen.

Äußerlich war Hafsteinn ein vierschrötiger Mann, klein und breit, mit brustlangem Bart, aber stark für drei. Sein Inneres glich einem Feuer, darin brannten Güte und Menschlichkeit zusammen mit der brandheißen Vision von Wachstum und Wohlstand im Segulfjörður, einer Vision, die aber auch die Beweglichkeit einer Flamme besaß. Hafsteinn war für die guten Norweger, etwas sagte ihm, das würde sich am Ende auszahlen. De facto war er vollkommen angetan von ihnen (viel zu sehr, sagten manche), besonders wohl von ihrem Løiten-Aquavit und der überheblichen Spaßhaftigkeit, die mit ihm einherging.

»Oh ja, der ist *stærk*, *stærk* wie der *stærke* Grettir, hoho!« Ihre komische Aussprache des Isländischen war eigentlich sehr befremdlich, fand er, denn früher einmal mussten sie doch die heilige Sprache Grettirs gesprochen haben, schließlich gab es in den Isländersagas keinerlei Hinweise auf Verständigungsprobleme. Als Grettir und Egill in die alte Heimat gefahren und vor den Norwegerkönig getreten waren, hatte man sich doch nicht auf Färingisch unterhalten. Und wie um alles in der Welt hatten die Norweger, die ansonsten ganz in Ordnung waren, diesen goldenen Sprachschatz so verschleudern können, ihn in nur wenigen Jahrhunderten zu diesem Blech, zu diesem Singsang, diesem seichten Butterblümchenslang verschleifen können? Das musste am Aquavit liegen. In Hafsteinns Ohren klang

Norwegisch wie stark alkoholgetränktes Isländisch. Oder wie die Sprache eines Mannes, der die richtigen Wörter nicht kennt und sich schnell welche ausdenkt, die alle irgendwie kindlich-naiv klingen. Den Fischfang nannten sie *fiskeri* und ein ordentliches Besäufnis *fylleri*. Grober Unfug hieß *tulleri*. Norweger redeten schnell und schlau daher, aber so undeutlich, als würden sie lallen. Außerdem beendeten sie eine Äußerung immer, indem sie die Stimme anhoben, sodass sich jeder Satz anhörte, als würden sie eine neue Runde bestellen.

Im Lauf der Zeit lernte er die Kapitäne aber alle zu verstehen, besonders wenn die Zahl der Gläser auf den langen Tischen unter Deck der Walfangschiffe zunahm, und wenn er den richtigen Grad von Trunkenheit erreicht hatte, öffneten sich plötzlich alle Klüsen, der Sprachnebel lichtete sich und die Schnapssonne schien. Jedes Wort, das aus den Mäulern quoll, wurde plötzlich leuchtend hell und klar. Damit nicht genug, er hörte sich plötzlich selbst ein völlig flüssiges Westfjordnorwegisch sprechen. Solche Wunder vollbrachte der Løiten-Aquavit!

Schnaps macht alle Männer zu Brüdern und alle Sprachen zu Schwestern.

Schwierig nur, dass es so viele und so langdauernde Bewirtungen gab. Der Gemeindevorsteher war eigentlich kein Trinker, aber er war ein von Natur aus netter und höflicher Mensch, der es jedem recht machen wollte und es für seine selbstverständliche Pflicht hielt, jede Einladung anzunehmen, da wollte er keine Unterschiede von Schiff zu Schiff und zwischen den Besatzungen machen. Und so galt es ihm als Amtspflicht, in der Walfangperiode des Hochsommers jede Nacht sternhagelvoll nach Hause zu torkeln.

»Hoppla«, sagte er zu seiner Milda, wenn sie ihm auf die Brücke half. »Ja, hoppla.« Und wenn er dann oben war, beschwerte er sich über seinen viel zu langen Arbeitstag. »Das ist vielleicht eine Belastung, Milda, das kann ich dir sagen. Grauenhaft!«

Seine Gattin, eine eher zierliche Frau mit starken Knochen, klein, aber mit langem Kinn, hatte es sich angewöhnt, im Mitternachtslicht am Kai auf ihren Mann zu warten und ihn nach Hause zu geleiten, damit er nicht irgendwo unterwegs in einem Tranfass ein Schläfchen hielt. »Wenn du nur wüsstest, meine Milda, was man alles auf sich nimmt.«

Sie hieß Mildiríður Bergsdóttir und stammte aus niedrigen Hausgiebeln im Húnaþing. Hafsteinn hatte sie schon jung kennengelernt, als sie auf einem Hof im Hrútafjörður in Stellung war, auf dem er auf einem Ritt ins Nordland übernachtete und dann wegen schlechten Wetters für eine Woche festsaß. »Die Liebe erwacht im Unwetter«, war einer der Lieblingssätze der beiden, und wenn ihr Dach im Sturm sang, lagen sie lange mit verträumtem Gesichtsausdruck im Bett und hielten Händchen.

Mildiríður war eine nicht kleinzukriegende, zähe Frau, aber ihren Kosenamen trug sie zu recht, denn Milda war für ihre Mildtätigkeit und Hilfsbereitschaft im ganzen Fjord bekannt, sie verteilte Essen, betreute Kranke, half bei Geburten und war die größte Wohltäterin der Armen, eine Art Gemeindevorsteherin für innere Angelegenheiten. Oft sah man sie mit frisch gebackenem Topfkuchen in einem Beutel oder einer Kanne Milch durch Eyri oder in den hinteren Teil des Fjords laufen, und das kam den Leuten so vor, als sei da ein echtes Perpetuum mobile unterwegs, denn wo immer sie ihr Kinn durch eine Tür schob oder ihre knochige Hand anlegte, erweckte sie den Eindruck, diese Frau werde niemals sterben, ihre Knochen seien aus Stahl, ihre Haut aus stärkstem Segeltuch, das Kinn aus massivem Eisen. Diejenigen, die Wohltaten von ihr erhielten, nannten sie gern »Vorstehersfrau Milda«, doch diejenigen, die Gutes mit Spott vergalten, würden sie nie anders als »das Kinn« nennen.

Und jetzt brachte sie ihren Mann nach Hause.

»Hoppla! Hat er gesagt, der Walfred ... Nein, der heißt nicht Walfred ... Wie heißt er denn noch mal? He, was glotzt ihr denn so, Jungs?«

An der Ecke des Krónufélaglagers standen ein paar halbwüchsige

Burschen und amüsierten sich über den schwankenden Gang des Mannes und die Art, wie die Frau ihn wie ein Lotse vorwärtssteuerte.

»Wir bewundern gerade die Verbindung von Kinn und Bart«, rief einer von ihnen dem Gemeindevorsteherpaar nach. Seine Kumpel brachen in Lachen aus. Das war Baldvin, der pummelige Sohn von Metta in Mjölkot, er war für seine spitzzüngigen Bemerkungen bekannt.

»He!«, rief der betrunkene Hafsteinn, doch dann folgte ein Grinsen, er nahm den Spott nicht weiter übel. Milda war dagegen nicht amüsiert, sie war erst am Vortag zu Metta gegangen, um ihr einen Beutel Mehl zuzustecken, und hatte dabei auch Baldvin gesehen, der mit belustigtem Blick im Bett lag.

Kapitel 27

Norwegerhätscheln

Jede Nacht schlief der Gemeindevorsteher also randvoll abgefüllt mit norwegischen Wörtern und Sätzen ein, und nach und nach setzte sich das eine und das andere in ihm fest, und er konnte kaum noch Isländisch sprechen ohne sie. Sein absolutes Lieblingswort wurde das Adjektiv »storartig«, und er brachte es in fast jeder seiner Äußerungen unter.

»Es ist aber doch wirklich storartig, was die Norweger für tolle Walfänger sind«, sagte er bei einer hitzigen Zusammenkunft Anfang August im Lagerhaus des Krónufélag, und Kristmundur auf Hvammur hielt dagegen: »Lass uns hier Isländisch reden, Hafsteinn. Dass sie unseren Fjord benutzen, wird nicht dadurch aufgewogen, dass wir ihre Wörter benutzen. Ich meine, es ist unser Fjord. Der Segulfjörður ist und bleibt der Fjord der Seglfirðinger! Und nicht eine Abfallgrube für norwegische Seeräuber!«

Séra Árni thronte daneben wie ein halslanger Mann von Welt zwischen diesen kurzgeratenen, stiernackigen Bauern, ein stolzer schwarzer Gehrock, der wettergegerbten Lodenmännern lauschte. Etwa dreißig Einwohner waren im Lagerhaus der Handelsgesellschaft zusammengekommen und hockten auf Fässern, Mehlsäcken und einer Pritsche aus der Kajüte eines einst gestrandeten Schiffs.

Gemeindevorsteher Hafsteinn stand hinter einem großen Fass voll kostbarem Hailebertran, das Kristmundur auf Hvammur bei der

Gesellschaft eingezahlt hatte und nun Hafsteinn als Rednerpult diente:

»Ich sage dagegen, wir sind nicht in einer Position, in der wir uns unsere Freunde aussuchen können. Es komme, wer kommen möchte, sagt Jesus, und ich, der Gemeindevorsteher, mache mir seine Worte zu eigen. Hierher kam jahrhundertelang nicht einmal eine Nussschale, keiner hatte auch nur das geringste Interesse an unserem Ort, nicht einmal die dänischen Kaufleute, und das will viel heißen, geschweige denn die Hammel aus dem Süden.« Hier zwinkerte er dem Pfarrer zu. »Und jetzt, wo endlich unternehmungsfreudige Menschen zu uns kommen, Menschen mit einem verflucht storartigen Unternehmen, da sollen sie mit Schimpf und Schande vertrieben werden. Ich sage dagegen noch einmal: Komme, wer da kommen mag! Der Mensch ist des Menschen Freude, oder um es zeitgemäß und unchristlich auszudrücken, der Mensch ist des Menschen Gewinn.«

»Wo soll denn dieser Gewinn sein? Sie bezahlen ja nichts«, dröhnte Kristmundur, und in der hintersten Reihe rief jemand: »Dorschkopf, norwegischer!«

»Doch, sie zahlen ihre Hafengebühren und ihre Lagerhaussteuer, und das ...«

»Und für die Wale? Nichts. Dabei ist das ein hochprofitables Geschäft. Sie fangen hier in großem Stil und mit hohen Gewinnmargen. In isländischen Hoheitsgewässern.«

»Richtig, den Bestimmungen zufolge gilt der Wal aber als Fang des jeweiligen Schiffs und nicht als hier angelandet. Darum dürfen wir darauf keine Abgaben erheben. Dazu können wir uns auf keinen einzigen Buchstaben berufen.«

»Und was ist mit dem, den du in der Hand hältst?«, tönte dieselbe raue Seemannsstimme wie vorher, und die Versammlung brach in Gelächter aus, selbst der Gemeindevorsteher musste grinsen. Der Pfarrer behielt sein Raubvogelgesicht bei und blickte über die Versammelten wie ein Adler mit Schnurrbart. Séra Árni hatte für Gossenhumor nie viel übrig.

»Mein Verstand sagt mir, dass wir vom Handel mit den Norwegern profitieren, in Zukunft noch viel mehr. Der menschliche Verstand ist so groß wie das ganze Universum, hat ein Dichter gesagt, aber von der ganzen großen, weiten Welt nutzen wir lediglich das winzige Fleckchen, das wir selbst bewohnen ...«

»Kommt er uns jetzt mit Philosophie?«

»Marionettenvorsteher!«, kam es von hinten.

»Norweger haben uns Isländer bereits eine Menge gelehrt, auch Dinge, die wir gar nicht lernen wollen, wie zum Beispiel das Heringfischen ...«

»Oh nein, komm uns jetzt bloß nicht mit dem Hohenlied vom Hering!«

»Es lohnt sich für sie. Das bringt richtig was ein.«

»Buh!«, rief Kristmundur, und um ihn herum wurden weitere Empörungsrufe laut, von Magnús auf Skriða, Þorvaldur auf Bakki, Sigurjón von Selbær und Steingrímur von Stund. Sie stellten dar, was man in dieser Gemeinde am ehesten als Großbauern bezeichnen konnte, und jeder von ihnen besaß Anteile an Fischerbooten oder sogar eigene Haifangboote. Lási saß am Rand der Versammlung und trug in Gedanken Einträge für sein Facebook zusammen, denn hier waren etliche witzige Dinge zu beobachten.

Kristmundur weiter: »Genauso gut könnten wir Stichlinge im Schildbürgerbach fangen! Ich nenne das nichts anderes als Heurechen auf See. Man fegt diese Heringsschwänze einfach zusammen. Letztes Jahr haben wir sie draußen vor dem Óðalsfjörður mit ihren großen, randvoll zappelnden Heringsnetzen gesehen. Ich frage: Wer hat denn Lust, sich ein solches Fischgulasch ins Boot zu laden? Ich sage jedenfalls für mein Teil, dass ich meine Boote nicht auslaufen lasse, um Viehfutter einzubringen. Das tue ich an Land.«

Darüber wurde herzhaft gelacht und auch geklatscht. Der Weißhaarige hatte es dem Stabträger tüchtig gegeben.

Auf einem Haufen Mehlsäcke lag unser Gestur Eilífsson und verfolgte die Diskussion. Er war nicht sicher, welcher Fraktion er zustimmen sollte, er verstand die Gesichtspunkte beider, hatte aber vor allem einen Heidenspaß daran, erwachsene Männer sich so aufregen, rumpoltern und den Gemeindevorsteher mit Schmähungen überhäufen zu sehen. Endlich war Leben im Segulfjörður! Ebenso begeisterte ihn die Selbstbeherrschung des Mannes, den anscheinend nichts aus der Fassung bringen konnte, weder Spott noch Beschimpfungen. »Das ist abstoßendes Schöntun mit den Norwegern und sonst nichts!« Der Junge saugte die Szene mit seinen großen blaugrauen Augen auf, die im Schatten seines dichten, blonden Haarschopfs lagen. Durch den Hausschnitt legte er sich um den Kopf wie ein Helm. Gestur stand besonders auf Kristmundurs Seite, als der vom gewinnträchtigen Walfang der Norweger in isländischen Gewässern sprach. Hatte er da nicht vollkommen recht? Und »Hoheitsgewässer« – was für ein Wort! Er hatte es noch nie gehört.

Wäre nach geltendem Wahlrecht abgestimmt worden, dann hätte man den Gemeindevorsteher dazu verpflichtet, die Norweger auszuweisen, denn von den zwölf Bauern in der Gemeinde waren die meisten fjordgesinnt, nur die Bauern draußen auf Segulnes blieben neutral, vor allem aus allgemeinem Desinteresse und der Duldsamkeit des Bewohners abgelegenster Landzungen. »Was sagt ihr, die bewahren Wale drinnen im Fjord auf?« Was Lási anging, nahm er für sich die »Neutralität des Zimmermanns« in Anspruch, wie er es ausdrückte. »Meine Ansichten werden in Zentimetern gemessen«, hatte er einmal gesagt. Was konnten einem in der Dichtung lebenden Mann wie ihm auch schon die Irrungen und Wirrungen der Wirklichkeit bedeuten? Ein Lási auf Skriða erhitzte sich höchstens in Ewigkeitsfragen.

Wäre jedoch nach späterem Wahlrecht abgestimmt worden, dann hätte das »Hätscheln« der Norweger eine überwältigende Mehrheit bekommen, denn außer dem Pfarrer und dem Gemeindevorsteher, die allein schon die Mehrheit im Gemeindevorstand bildeten, waren die allermeisten Mägde, Knechte, Tagelöhner, Fischer und Seeleute der Meinung, die Norweger und all ihre Wale brächten Gutes. Selbst die Ehefrauen der Honoratioren hätten vielleicht heimlich anders abgestimmt als ihre Männer. Das Volk fühlte, dass sich hier zwei verschiedene Zeitalter gegenüberstanden.

»Wir wählen in einem Jahr einen neuen Gemeindevorstand«, donnerte Kristmundur am Ende der Sitzung.

Kapitel 28

Kaufmannsson

Gestur dachte am folgenden Tag noch einmal über die ganze Aufregung nach, als er mit seiner Schafsherde am Hang saß und einmal mehr sein karges Brot für den Tag verfluchte. Am Vorabend in das Handelshaus und das Lager auf Eyri gekommen zu sein, hatte in ihm den Kaufmannssohn wieder zum Leben erweckt. Er gehörte in eine solche Umgebung, darin war er aufgewachsen, zwischen Koteletts und Kramwaren, Wein und Stoffen. Außerdem war er vor einem Spiegel gelandet, der in einer Ecke des Lagers hing, und hatte sich vor seinem eigenen Spiegelbild erschrocken. Nach einem Winter bei armen Leuten war sein Babyspeck verschwunden, und seine Gesichtszüge sahen nach dem Leben in einer Kate aus. Nur in seinen Augen brannte noch verletzter Stolz, Brennmaterial waren Erinnerungen an ein Weihnachten auf glattem Fußboden, dampfend heiße Schokolade in einer Tasse aus Porzellan und Spaziergänge mit dem Vater ins Handelshaus, wo ihn stets ein Bonbon aus der Hand des Geschäftsführers Ögmundur erwartet hatte.

Bei dem Gedanken kamen ihm die Tränen. Was mochte Vater Kopp gerade tun? Er hatte ihm den ganzen Winter nichts geschickt, kein Weihnachtsgeschenk, nichts zum Geburtstag, obwohl er es versprochen hatte. (In Fagureyri hatte man jedes Jahr seinen Geburtstag gefeiert, doch für solchen Firlefanz hatte man in der Kate keine Zeit, die Stricknadeln gingen vor.) Und die Burschen auf der *Bessi*, Kopps neuem Haifangboot, hatten nur gelacht, als der kleine Hirte sie nach dem Eigner gefragt hatte. Im Anschluss daran hatte er überlegt, sich an Bord zu verstecken, aber als es so weit war, verließ ihn der Mut; sein erster Fluchtversuch steckte ihm noch in den Knochen.

Er kniff die Augen zusammen und ließ sie dann vom Seewind trocknen. An diesem Tag war er mit der Herde ungewöhnlich weit gewandert, bis hinaus nach Segulnes, als wollte er mit seinen Schafen dieser engen Welt entkommen. Als seine Augen trocken waren, entdeckten sie im Meer draußen vor dem Kap etwas Außergewöhnliches. In der ansonsten nahezu glatten See schien es an einer Stelle zu wimmeln wie in einem Haufen Würmer oder einer Schlangengrube. Seeschlangen? Als er genauer hinsah, schien es eher zu brodeln, als würde das Meer kochen. Wie konnte das sein? Stieg da der Teufel an Land, erschien der Fürst der Finsternis aus der Tiefe?

Oder war es die Vorankündigung eines Vulkanausbruchs? Lási hatte ihm erzählt, wie das Land, jawohl, Island, aus dem Nichts erstanden war, wie es sich aus einem aufgewühlten, kochenden Beginn erhoben hatte, und zwar genau so: mit einem leichten Aufwallen. Den Hirtenjungen überlief ein Angstschauer, und er wandte sich an die Hündin. Hunde hatten einen besseren Riecher für die Ausdünstungen der Natur, so viel hatte er bei seinem Aufenthalt in Ytri-Skriða bereits gelernt. Júnó aber schaute nur aufs Meer, mit gespitzten Ohren und Forscherblick.

Der seltsame brodelnde Fleck bewegte sich langsam aufs Land zu und wurde durch die vielen kleinen Plätscherbewegungen dunkler, doch da entstand weiter draußen ein neuer, sich bewegender Fleck ...

Was konnte das sein?

Darauf hatte Gestur keine Antwort, fand aber, als er sah, wie sich ein dritter Fleck bildete, dass die anfangs etwas beängstigende Erscheinung allmählich spannend wurde; etwas sagte ihm, dieses Brodeln im Meer würde sein Leben verändern, der Schöpfer zeige ihm damit seinen Schatz, etwa so wie der orientalische Märchenkaufmann, der für einen Augenblick den Schleier von seinem Silberfass lüftet.

Sie beobachteten die Flecken noch eine Weile, dann bellte der Hund, es sei nun Zeit, den Heimweg anzutreten, der Nachmittag sei schon fortgeschritten und der Weg nach Hause diesmal besonders lang und beschwerlich. Als sie um den Fuß der Bergwand bei Segulnes bogen, war zu sehen, wie im Sonnenschein von den Höfen Rauch aufstieg. Gestur zählte neun Dächer, und auf dem Uferkamm standen drei ansehnliche Haifangboote. Die Saison war zu Ende. In der Nähe der Boote war eine Gruppe Menschen damit beschäftigt, den Hai im steinigen Ufer zu vergraben. Hákarl von Segulnes war eine landesweit geschätzte Delikatesse, die angebaut wurde wie Gartengemüse. Im Herbst vergrub man große Brocken Haifleisch am Ufer und drei Jahre später grub man sie wieder aus, in der Zwischenzeit war das Fleisch durch Fermentierung fast so grün geworden wie Gemüse. Nichts schmeckt so gut wie das, was die Erde verdaut hat, sagten die alten Leute und steckten sich auf spezielle Art ein Stück in den Mund, bei der die Zähne zuerst schmecken sollten und die Geschmacksknospen zuletzt, denn ein so lange vergrabener Gestank erforderte Anlauf.

Auf der Höhe der Náskriður begegnete Gestur wieder der *Bessi*, die gerade auslief, sicher Richtung Fagureyri. Sie hatten abgewartet, bis der auflandige Wind nachließ. Ich hätte ihnen vielleicht einen Brief mitgeben sollen, dachte Gestur, an Malla, die liebe Malla. Ich werde versuchen, Lási etwas Papier abzuschwatzen, oder nein, besser nicht. Es wäre nicht gut, wenn er etwas von einem Briefwechsel mit meinem früheren Zuhause erführe.

Zu Hause schlich er sich in die Vorratskammer, um sich von einer Mehl- oder Zuckertüte ein Stück Papier abzureißen, denn es kam vor, dass solche Waren gut eingepackt über den Fjord gelangten. Doch fand sich nichts dergleichen, und dem Jungen fiel wieder ein, dass der Hausherr seit dem Winter alles Papier für sich requiriert hatte. Nun saß der Alte lange in seiner Werkstatt und schmiedete Kaldanesrímur auf jeden Schnipsel. Dabei tropfte ihm manchmal aus dem Mund, was er »Lyriksaft« nannte.

Gestur aber wusste sich zu helfen. Im Schafstall fand er ein altes, vergammeltes Stück Leder und stellte nun ebensolche Versuche an, auf Pergament zu schreiben, wie es die Sagaschreiber im Sagazeitalter getan hatten: mit Schreibfeder und Islandtinte, wobei Letztere in diesem Fall aus einer Mischung von Kuhpisse und Kuhmist bestand. Die Ergebnisse fielen nicht überzeugend aus, und Gestur überlegte, sich an die Bücherkiste des Bauern heranzumachen und ein paar Schmutzblätter daraus zu stibitzen. Die Kiste war jedoch immer abgeschlossen.

Es war schon Sommer, als er endlich auf eine Lösung kam. In Lásis Werkstatt fand er ein dünnes Stück Holz und ein altes Messer. Beides nahm er mit zum Schafehüten und brachte den Tag damit zu, fünf Buchstaben in das Brettchen zu schnitzen: *L, I, E, B, E.* Am nächsten Tag folgten: *M, A, L, L,* und *A.* Am Tag darauf: *M, A, M, A.* Abends versteckte er das Brett unter einem Stein nahe der Hürde. Seine Buchstaben waren etwas groß ausgefallen, und so gab es nur noch Platz für einen Satz: *Ich vermisse dich.*

An einem trockenen, kalten Nebelmorgen saß er hoch am Hang und las seinen Brief noch einmal durch. Auf dem gräulichen Holz erschienen zwei dunkle Tropfen. Er dachte, sie seien vom Himmel gefallen, stellte dann aber fest, dass es seine eigenen Tränen waren. Darauf ließ er einen dritten Tropfen fallen und sah zu, wie er vom Holz aufgesaugt wurde, im rauen Bett des Schenkels eines A. Er schwand ebenso wie seine Hoffnung, seine Wollhosenmutter jemals wiederzusehen. Wie beförderte man einen Holzbrief? Was für eine dumme Idee! Er warf das Holzstück fort, schlug die Hände vors Gesicht und weinte ein wenig, ein einsamer Hütejunge im Nebel.

Ein dunkelviolettes Höllenscheit trieb durch seine Gedanken.

Als er die Hände vom Gesicht nahm und die Augen aufschlug, stand Júnó vor ihm, den Brief im Maul und mit einer eifrigen Frage im Blick wie eine Brieftaube: Soll ich das für dich mal eben nach Fagureyri bringen?

Kapitel 29

Halespisere!

Als der Sommer weiter fortschritt und die Norweger immer mehr Kadaver in ihrem Walmuseum unterbrachten, ging den Leuten nach und nach auf, wie absurd es war, dass ewig ausgehungerte Menschen an einem Fjord lebten, der voller Fleisch steckte. Der Winter kam mit all seinen Entbehrungen und seinem nagenden Hunger, während im Pollur vor dem Ort ein Fünfzig-Tonnen-Steak dümpelte. Es war daher nur eine Frage der Zeit, bis es einem der jungen Bengel einfiel, einem der Wale die Fluke abzuschneiden und sie zu Hause in ein Fass voll saurer Molke zu stopfen.

Egertbrandsen, der norwegische Aufpasser, ein zur Ruhe gesetzter Walfänger, wachte jeden Morgen höllisch verkatert auf und schleppte sich mit hängendem Bauch den Hang hinauf, um die Kadaver zu zählen. Als er dabei die Schwanzflossenamputation entdeckte, sah er allerdings durch die Zählfinger. Erst als er in der Nacht wieder hackeblau zum Pinkeln auf die Stufen des Norwegischen Hauses wankte, brüllte er: »Ihr *Halespisere!* Verfluchte Schwanzfresser!« über ganz Eyri.

Bald waren alle Walkadaver im Fjord ohne Fluke und manche auch ohne Brustflosse. Und als das nächste Walfangschiff seine Beute in den Fjord zog, brach ein Wettrennen unter den Booten aus. Selbst von Hvammur kam eins – wo sich das Unwesen schon nicht verhindern ließ, wollte man wenigstens seinen Anteil daran bekommen –, und die Männer legten sich in die Riemen, was das Zeug hielt, um als Erste beim Tier zu sein. Die Dreistesten machten sich schon darüber her, bevor es vom Schlepptau des Schiffs gelöst wurde.

Die Norweger standen fassungslos an Deck und wunderten sich über dieses Volk, das nichts, aber auch gar nichts konnte, das Haien lediglich die Leber rausschnitt und den Rest wegwarf, das noch immer nicht gelernt hatte, Wale zu fangen, und nicht einmal Hering; obwohl es seit tausend Jahren an diesem Meer lebte, wartete es untätig am Ufer, ob wohl der eine oder andere Wal gnädigerweise bei ihnen strandete. Für den Fall hatten sie unglaublich komplizierte Regeln ausgetüftelt, wer welchen Anteil erhalten sollte. Sie hatten sich also Gesetze für die Verteilung der Beute gegeben, warteten aber hungerseelenruhig, bis sie bei ihnen angeschwemmt wurde, anstatt ihr selbst nachzustellen. Im Übrigen hatten die Norweger auch festgestellt, wie wenig gottesfürchtig dieses Volk war: Die sonntägliche Feiertagsruhe wurde nicht eingehalten, oder die Männer erschienen betrunken zum Gottesdienst, sogar der Pfarrer. Vielleicht gehörte das auch alles zusammen, die Isländer schienen mehr von Gott zu erbetteln als zu ihm zu beten.

Dies und mehr nicht gerade Vorteilhaftes dachten Espen und Helge, Matrosen an Bord des norwegischen Walfängers, als sie mit fettverklebten Haaren und zwei Wochen altem Bart an der Reling standen und dem Treiben der primitiven Insulaner zusahen. Es war bloß traurig, diese armen jungen Leute um die Wette zu dem Tier rudern zu sehen, lange Messer schwingend, diese glitzernden Hungerschwerter, die schon einmal zusammenklirrten, wenn zwei Boote gleichzeitig an der Beute anlangten. Selbstachtung bedeutete nichts, Gier alles.

»Aber sie haben doch keine Schiffe für den Walfang. Schau doch, es gibt ja keine Bäume in diesem Land«, sagte Espen.

»Hast du in Grönland Bäume gesehen? Ich nicht, aber ich habe gesehen, wie Grönländer Wale, Walrosse und Robben hin und her bugsierten«, gab Helge zurück.

Nein, es war wie Egertbrandsen sagte: Dieses Volk besaß einfach keinerlei Kultur und hatte keinen Mumm in den Knochen, sie waren allesamt nichts als *Halespisere*.

Kapitel 30

Ein Augustabend auf dem Walfriedhof

Wie so häufig, ging die junge Generation einen Schritt weiter. An einem stillen Augustabend, als der dunkelgrüne Fjord ein spiegelverkehrtes Landschaftsbild abgab und der Walaufseher ebenfalls verkehrt herum betrunken in seiner Koje lag, schnappten sich ein paar verwegene Burschen einen Kahn und ruderten, mit Messern, Eisenstangen und Haitötern bewaffnet, zu den toten Walen, stachen letztere in einen Walrücken und schnitten sich ein ordentliches Stück Fleisch heraus. Das bekamen andere mit, und bald waren fünf Boote mit Jungen aus den umliegenden Höfen unterwegs. »Egertbrandsen liegt im Koma in seinem Haus!«

Gestur sah in einem der Boote sogar ein kräftiges junges Weib im Bug stehen, Sunna, die Tochter von Sigurjón auf Selbær, und sich wie eine wiedergeborene Walküre auf einen Spieß mit langer Klinge stützen. So sehr schimpfte man in den Häusern über die Verhältnisse, dass das junge Gemüse inzwischen glaubte, ein Anrecht auf einen Happen Wal zu haben. Auf einen angemessenen Zoll. Gestur konnte da nicht still sitzen und lief hinüber nach Innri-Skriða, wo er seinen gleichaltrigen Freund, den Bauernsohn Magnús Magnússon, anstiftete, mitzumachen. Der war ein wenig größer als Gestur, ein Schlacks mit vorstehenden Augen und eingeklemmter Stimme, nicht unbedingt eine tolle Bekanntschaft, aber die einzige, die auf der Ostseite des Fjords zu haben war. Er war dermaßen kurzsichtig, dass er gerade noch über seine Nasenspitze hinaus scharf sah. In seiner Welt herrschte stets dichter Nebel. Seine Brille kam geradewegs aus dem Magazin der Geschichte.

Sie schoben Lásis Boot in die horizontale Welt, in den spiegelglatten Abend auf dem Walfriedhof, wo sich Grabräuber an jeder Ruhestätte zu schaffen machten. Die Jugendlichen aus Selbær hatten den Kadaver eines Nordkapers vor Bæjarkot für sich in Beschlag genommen, das war an Farbe und Form der Teile des Rumpfs zu erkennen, die aus dem Wasser ragten. Gestur sah die Kinder von Steinka, die Kleinen aus Bæjarkot, auf dem Uferkamm stehen und das Schauspiel beobachten. Er selbst und Magnús erreichten schnell einen riesenhaften Leib, der vor den beiden Skriðahöfen schwamm. Im Gegensatz zu den anderen Kadavern, die alle die Bauchseite nach oben gedreht hatten (wie es Tote üblicherweise tun, weil die meisten lieber nach oben als nach unten möchten), schwamm dieses Tier mit dem Bauch nach unten, es schien sich um einen Pottwal zu handeln. Der dunkelblau glänzende Rücken erhob sich ein wenig über das Wasser wie eine längliche Insel, der Höcker wie ein Berg am südlichen Ende, das Nordkap oben flach und am Ende steil abfallend.

Sie ruderten zum Südende und sahen, dass die Fluke schon abgetrennt war. Einige helle Fleischfasern hoben sich von der dunklen Tiefe ab. Sie ruderten am Rumpf entlang zum Rückenhöcker. Es war nicht leicht, auf diesen massigen Leib hinaufzukommen. Erst rammten sie mit dem Boot die aufgeblähte Flanke des Tieres, und wenn sie seitwärts anlegten, war es zu hoch, um auf den Rücken zu steigen. Ob der Kadaver eines Nordkapers vielleicht leichter zugänglich war? Gestur wies Magnús an, sitzenzubleiben, während er sich über Bord beugte und versuchte, Lásis Sense in den Rücken des Tieres zu stechen. Das ging überhaupt nicht, für eine derart feste Haut war das Werkzeug nicht stark genug. Als Nächstes packte er den altertümlichen Haitöter, den sie aus dem Geräteschuppen von Bauer Magnús mitgenommen hatten, und kniete sich ans Dollbord. Das Boot bekam Schlagseite, aber Gestur fühlte den Bauch des Tiers unter der Wasserlinie und versuchte, den Spieß in den Walrücken zu rammen, doch er war zu ungeübt und die Haut des Tiers einfach zu dick. Im Innersten hatte er wohl auch etwas Angst vor dem Riesenvieh. Was, wenn der Wal nun doch nicht völlig tot wäre? Vielleicht hatte er sich deshalb nicht auf den Rücken gedreht wie die anderen. Und es gefiel niemandem, im Schlaf mit einer Stricknadel gepikst zu werden. Aber doch, er musste tot sein, die Schwanzflosse war ja schon ab.

Schließlich kapitulierte Gestur und reichte den Spieß an Magnús weiter. Der kurzsichtige Schlacks schaffte es beim dritten Versuch, die Klinge durch die Haut zu stoßen, und um das Boot färbte sich das Wasser rot. Ihnen grauste vor dem ganzen Blut. Magnús setzte sich auf die Ruderbank, ohne den Spieß loszulassen. So saßen sie eine Weile und starrten ins Wasser. Von der Westseite des Pollur drangen Rufe der anderen Jugendlichen zu ihnen herüber, einer der Burschen von Eyri stand in seinem Boot und hielt ein Stück Fleisch über sich wie ein Sportler einen Pokal.

Eile war jetzt geboten, denn Egertbrandsen konnte jederzeit aus seinem Rausch aufwachen und mit der Schrotflinte erscheinen ...

Gestur schaute auf seiner Seite über den Bootsrand und beobachtete, wie das Blut in der grünlichen Tiefe ausdünnte. Er sah die schwarzen Umrisse des Kolosses unter ihnen, die wie ein riesiger umgedrehter Schiffsrumpf wirkten. Und plötzlich erkannte er, dass sich unter der Meeresoberfläche eine zweite, auf dem Kopf stehende Welt befand. Was für uns unten war, war in ihr oben. Und an Bord des Schiffs, von dem er lediglich die Unterseite des Rumpfs sah, herrschte munteres Treiben in einer hellen Welt. Alles Schlechte und Beschwerliche hatte man dort über Bord geworfen, hinein in seine Welt.

Magnús stand wieder auf und versuchte, den Spieß aus der Haut des Tieres freizubekommen. Doch trotz wiederholter Versuche, die das Boot zum Schaukeln brachten, gelang es ihm nicht. Schließlich gab er auf, und Gestur übernahm. Er hatte kaum den Schaft gepackt, als der Kadaver sich zu drehen begann, und Gestur, der mit beiden Händen den Spieß hielt, wurde über Bord gerissen. Obwohl sein Herz einen Satz machte und ihm schwarz vor Augen wurde – war der Wal doch lebendig? –, hielt er den Schaft des Spießes weiterhin fest umklammert. Und das war gut so, denn die Drehung ging nicht sehr weit. Sie hatten die Waffe in die Flanke des Wals gestoßen, die sich nun so weit herumwälzte, dass der Spieß und der daran hängende Junge in die Höhe gehoben wurden. Einen Augenblick später stand Gestur über dem Meer wie ein Wanderer auf dem Gipfel und stützte sich auf seinen Stab.

Allerdings war der Bergsteiger nass von Kopf bis Fuß.

Trotz der Anstrengung musste er grinsen. Bis er sah, dass Magnús von ihm wegtrieb. Er rief nach ihm, aber er wusste schon, dass er jetzt im undeutlichen Nebel des Jungen von Skriða verschwunden sein musste, der mit dem Rücken zu ihm auf der Ruderbank hockte und ihm ein begriffsstutzig blinzelndes Profil zudrehte, zutiefst darüber erschrocken, dass sie das größte Lebewesen der Erde von den Toten auferweckt hatten, das ihm seinen Spielgefährten entrissen hatte, den Jungen von Ytri-Skriða. Magnús sah ihn im riesigen Maul des Wals vor sich, wie er um Hilfe schrie.

Immerhin bin ich der Erste, der mitten im Segulfjörður steht, hätte Gestur denken können, doch das tat er erst Jahre später, denn in dem Moment war er allein von Angst beherrscht. Magnús reagierte auf sein Rufen, indem er zu den Rudern griff, aber in seinem vernebelten Sichtfeld fand er sich nicht zurecht, zumal jetzt Rufe aus allen Richtungen kamen, in drei anderen Booten erhoben sich Jungen und zeigten auf Gestur, der auf dem Walrücken stand. Da aber Magnús das Boot nach Norden zum Kopf des Pottwals ruderte, und Gestur den überraschenden Zwischenfall unbedingt so schnell wie möglich beenden wollte, bevor der Wal sich noch einmal drehte, sammelte er all seine Kräfte, riss den blutigen Spieß aus dem Wal und rannte über dessen Rücken zum Kopf, wie ein geübter Schlittschuhläufer, der auch über Höcker gleitet, weil jedes Zögern den Sturz bedeutet. Und die Sache ging gut aus. Nachdem er mit erhobenem Spieß wie ein Eskimo im Jagdfieber zehn Meter übers Wasser gelaufen war, erreichte er das Boot am Kopf des Wals und sprang hinein, worauf das Schwappen und Schaukeln fast den Ruderer über Bord befördert hätte.

»Was ist passiert?«, fragte Magnús.

»Bin ihm nur eben auf den Rücken gesprungen.«

Durch seinen Lauf übers Wasser wurde Gestur in allen Wohnstuben berühmt. Ein krank zu Bett liegender Arbeiter auf Hvammur reimte:

Ich habe Jesu Christ erspäht,
wie er kraxelt übers Wasser.
Wenn Gestur Koppsson diese Kunst versteht,
will ich sie auch können, dann geht's mir besser.

Kapitel 31

Siebenstein

An der Nordküste sind die Sommer kurz, und manchmal kommen sie überhaupt nicht, wenn das Meer aufgewühlt ist und sich in nördlichen Luftströmungen und Kälte wochenlang der Himmel herabsenkt, sodass keiner die Gesänge der Sonne hört, die sie dann, in diese Düsternis getaucht, allein singt. Die Treibeisjahre aber waren nun vorbei, und besseres Wetter stand zu erhoffen. Es war lange her, seit die Erde auf dem Höhepunkt der Heuernte weiß geworden war. Die Bauern im Segulfjörður hatten seit gut acht Jahren nicht mehr in »Schneematsch gemäht«. Und der erste Sommer des neuen Jahrhunderts war besser ausgefallen als die, die das alte beschert hatte. Der Eisberg hatte angekündigt, was ihm dann im Verlauf weniger Wochen selbst zum Verhängnis wurde, in der Woche vor Mittsommer hatte er sich vollständig aufgelöst.

Einer der Propheten hatte recht behalten, obwohl sie sich alle drei dessen rühmten, wie sie es immer taten. Ihr System war gar nicht so dumm: Indem sie drei verschiedene Prophezeiungen abgaben, stieg die Chance, dass eine davon am Ende in Erfüllung ging.

Der Herbst brach hingegen traditionell harsch herein wie ein Skipper, der unter Deck erscheint, während die Mannschaft dort gerade beim Nachtisch sitzt, und alle Mann an Deck kommandiert. Ein gutes Jahrzehnt lang hatten sich die Wettergötter an die Regel gehalten, stets am 6. September einen heftigen Sturm zu schicken, was sich unter den meisten Seeleuten herumgesprochen hatte. Die Norweger sorgten dafür, mit ihren Walfangschiffen und Heringskuttern spätestens am 1. September auszulaufen, nachdem ihre Dampfschiffe die Walkadaver aus dem Fjord geschleppt hatten. Es gab immer einen Riesentumult, wenn bis zu vier Dampfer gleichzeitig auf dem Pollur manövrierten, manchmal vereinten sich ihre weißen Rauchfahnen zu einer einzigen, woran manche Anstoß nahmen, besonders die Gegner der »zweiten Landnahme der Norweger in Island«, wie es aus dem Mund Gemeindevorsteher Hafsteinns klang. Sie behaupteten steif und fest, die Zahl der Tage mit Schneefall habe zugenommen, seit diese Geier den Fjord mit ihrem verdammten Schiffschornsteinqualm füllten.

Am letzten Augusttag saß der Gemeindevorsteher in seinem Schreibverlies und setzte mit ungelenker Hand ein Schreiben auf an a) die königlich-dänische geografische Gesellschaft, b) das hohe Althing und c) den Richter des Eyrarfjörðurbezirks mit dem Antrag, den Namen Fanneyri aus allen gesetzlichen Bestimmungen und von allen Landkarten zu streichen und stattdessen für den Ort fortan den Namen Segulfjörður zu verwenden. »Eine solche Änderung würde eine große Vereinfachung bedeuten und der Seeschifffahrt, besonders der ausländischen, äußerst hilfreich sein.« Die Änderung würde lediglich einem mit dem zunehmenden Schiffsverkehr längst eingebürgerten Sprachgebrauch folgen. Außerdem spreche man auch nicht mehr von einem Hof, einem Schiff oder einem Pfarrer *im* Segulfjörður, sondern üblich geworden sei die Bezeichnung *zu* Segulfjörður. Der Unterschied sei in etwa der gleiche wie der, ob man *im* Meer liege oder *zur* See fahre. Eine Änderung würde lediglich die gestiegene Bedeutung des Orts widerspiegeln.

Da klopfte es am Fenster. Draußen auf der Treppe stand eine breit lächelnde Abordnung des norwegischen Walfangschiffs *Bratteli* aus Haugesund: der Kapitän, der Steuermann und der Schiffssteward, alle im Sonntagsstaat. Unten auf dem Rasen stand ein purpurroter Berserker, ein Troll von Aussehen und Schneidezahnfehlstellung, und setzte einen riesengroßen, eigentümlich hell und gelblich gefärbten Stein ab. Hinter ihm waren ein paar einfache Matrosen angetreten, alle grinsten auf äußerst unisländische Weise bis über beide Ohren. Die Form des Steins erinnerte Hafsteinn spontan an eine aufgeblasene Flunder, man hätte ihn aber auch für einen übergroßen, samtüberzogenen Knopf halten können. Obwohl er vom Wasser geschliffen war wie Ufersteine, glich er ihnen doch keineswegs, denn er war perfekt oval und seine Struktur so traumhaft, dass Hafsteinn dazu Wörter wie »Edelstein«, »Smaragd« oder »Siegerstein« einfielen.

»Nein, ist das nicht storartig?«

»Wir überbringen Ihnen diesen schönen Stein in dankbarer Anerkennung des offenen Wohlwollens, das Sie uns, Ihren fernen, meist schutzsuchenden und hilfsbedürftigen Verwandten, kraft Ihrer Stellung als Lensmann dieses schönen Fjords stets bewiesen haben. Möge dieses Denkmal Stein werden, und sei es nur als symbolischer Grundstein der neuen Ortschaft, die hier im Entstehen begriffen ist. Lang lebe unser Freund Seestein*! Lang lebe der magnetische Segulfjörður!«

Kapitän Ervik las diese Ansprache ab und trug sie mit Emphase auf Norwegisch vor. Anschließend ließ man den »Lensmann« mit einem vierfachen Hurra hochleben. Der Gemeindevorsteher bat die Besatzung herein und rief nach sämtlichen Gläsern und Tassen im Haus, denn es waren einige gute Tropfen eingetroffen. Seiner Milda warf er unterdessen einen Blick zu, der sagte: Nun siehst du einmal selbst, was ich draußen auf den Schiffen manchmal eine ganze Woche lang mitmachen muss, dass ich immer wieder mit diesen unverbesserlich vergnügungssüchtigen Menschen anstoßen und mir ihre endlosen Geschichten anhören muss, von denen die meisten unverständlich sind. In dieser Besatzung befand sich jedoch ein Geschichtenerzähler isländischer Herkunft, dessen Norwegisch die Eheleute besser verstehen konnten, und mit jedem Glas wurde er redseliger. Es handelte sich um den Steuermann der *Bratteli*, einen fröhlichen Bücher-

---

* Die Norweger übersetzen hier den isländischen Namen Hafsteinn.

liebhaber namens Oskarsson mit rundem Gesicht, schmalen Augen und einer prachtvollen, weißen Schifferkrause samt gleichförmigem Haarkranz rund um den salzwasserroten Schädel. Angeblich lagen seine familiären Wurzeln im Eyrarfjörður und er sprach das Isländisch des Goldenen Zeitalters, wie es unter Ausgewanderten üblich ist, doch mit einem heftigen Akzent.

»Hier seien Gott und der Gemeindevorsteher, haha!«

Offensichtlich hielten die Norweger ihren Isländer in Ehren und vertrauten ihm die Leitung all ihrer Vergnügungen an.

Es wurde im teuren Glanz von Løiten-Aquavit angestoßen, und Frau Milda ließ das Hausmädchen Heiða den gesamten Schmalzkringelvorrat des Hauses auftragen, während es Hafsteinn mit viel Überredung gelang, seine Frau zum Bleiben zu bewegen und sogar dazu, mit den Gästen anzustoßen. Unter der Bedingung, dass ihr Glas leer bleibe, was unter den Männern herzhaftes Gelächter auslöste. Als die Feier fortschritt, die Arbeiter des Gemeindevorstehers und auch Magnús Mannlos aus dem Madamenhaus hinzugekommen waren, bestand die Schiffsbesatzung darauf, dass der gute Steuermann Hafsteinn und seiner Frau unbedingt die Geschichte des Steins erzählen solle, denn sie wollten das Monument nicht ohne Erklärung hinterlassen. »*Hver eneste ting har en historie.* Und dieser Seestein hat eine sehr gute Geschichte.« Die Isländer hegten allerdings ihre Zweifel, ob sie der nun folgenden Erzählung Glauben schenken sollten, denn Oskarsson war schon heftig angesäuselt und trug entsprechend dick auf, außerdem war er entschlossen, die Geschichte des Steins in der herzenswarmen Sprache der Insel vorzutragen. Obwohl er die alte Sprache leidlich beherrschte, fiel es den Isländern schwer, jemanden ernstzunehmen, der einen ausländischen Akzent hatte. So wenige und so heimatverliebt waren sie damals.

Dem Steuermann zufolge war der ovale Stein jahrelang Teil des Schiffsballasts der *Bratteli* gewesen und eines der kostbarsten Schmuckstücke der norwegischen Walfangflotte.

»Denn davor hat er mindestens siebenmal die Erdkugel umrundet. Mindestens! Merkt euch das! Zu uns nach Haugesund kam der Stein mit einer dänischen Fregatte, einem der alten Kolonialfrachter, der siebenmal die sieben Weltmeere befahren hatte. Der Stein hatte an Deck des Dänen einen Ehrenplatz, er war für sie so etwas wie ein *lykkesten*, ja, ein Glücksstein. Merkt euch das! Er war um die ganze Welt gefahren, hatte das Sonnenlicht aller Weltmeere in sich aufgenommen, von der Insel Tahiti im Stillen Ozean bis zur Insel Madakaspar vor der Ostküste Afrikas!«

Oskarsson genoss es sichtlich, den Namen so auszusprechen, denn er wiederholte es noch einmal für seine Landsleute, die annahmen, dass die Insel wirklich so hieß.

»Aber gut, weiter mit der Butter, wie es heißt. *Fortsett med smøret!* Ha, ha, ha! An Bord des dänischen Schiffs kam der Stein nämlich in die indische Hafenstadt Tharangambadi oder Tangbad, wie ich sie nennen möchte. Der Ort sollte eine dänische Kolonie sein, bestand aber nur noch aus einem Fahnenmast und einer halben Kanone. Da hatte unser Stein, der jetzt euer Grundstein, ein Grundstein *i den nye Segelfjord* sein soll, da also hatte er, solange sich die ältesten Männer erinnern konnten, neben einem Wirtshaus gestanden und seine gelbe Farbe von den täglich geleerten Pisspötten bekommen, behaupteten manche, oder eben von Inderurin, wie ich sage.«

Dazu lachte der Steuermann ausgiebig: Kein Rinderurin, sondern Inderurin, haha. Die Norweger verlangten umgehend eine Übersetzung, die aber nicht so leicht zu finden war.

»Es gibt aber zwei Versionen der Geschichte, denn andere behaupteten, der goldene Glanz auf der Oberfläche des Steins stamme von ... Walpisse!«

Ursprünglich war der Stein nämlich im Bauch eines Wals gefunden worden, den man im Indischen Ozean gefangen hatte, bei der Insel, die die Engländer Sealion nennen. Darmtraktgolden sei er aus der Märchenwelt gerollt wie die Ibisschale aus Aladins Wunderlampe, und er sei mit mächtigen und alten Zaubersprüchen belegt. Oskarsson beugte sich vor und senkte die Stimme, sodass die Leute um ihn herum die Ohren aufsperrten: Milda, Hafsteinn, Heiða und mehrere der Kinder, Magnús Mannlos, Arbeiter, der Kapitän und der Steward und alle Norweger, ebenso der zahnlose Troll sowie die Kinder und Matrosen, die noch im Türrahmen standen, denn nun wechselte der Erzähler wieder in ihre Sprache.

»Es liegt nämlich der Zauber auf dem Stein, dass dort, wo er steht, alles aufblüht«, sagte der Steuermann und kniff so die Augen zusammen, dass die Falten um sie herum tiefer wurden und die dicke, salzgerötete Seemannshaut zwischen ihnen sich aufwölbte. »Stellt euch vor, sobald der Däne den Stein aus seiner indischen Kolonie mitnahm, verlor er sie. Und dem Hörensagen nach soll die Fregatte gleich draußen vor dem Hafen von Haugesund gesunken sein, nachdem einige Bengel aus der Stadt den Stein vom Schiff geklaut hatten.«

An dieser Stelle brach die Versammlung in lautes Gelächter aus, als wollte sie sagen: Was für ein Blödsinn! Doch mitten in der allgemeinen Heiterkeit erkannte Hafsteinn im Auge von Kapitän Ervik ein Flackern, ein ganz kurzes Angstflackern: War das vielleicht doch alles wahr? Doch dann versank dieser Zweifel im Gelächter wie ein Menschenkopf in der Brandung.

»Der Lensmann schenkt dem nur begrenzt Glauben«, sagte Ervik gutmütig und sah Hafsteinn in die Augen. »Aber vor allem ist es ein ganz besonderer und schöner Stein, der mit guten Absichten geschenkt wird.«

»Ja, und ist das nicht storartig?«, antwortete der Gemeindevorsteher, lächelte breit und hob sein Glas.

Der Kapitän hob das seine ebenfalls und füllte den kleinen Salon im Haus des Gemeindevorstehers mit seiner Stimme: »*Skál!* Auf das gute Verhältnis zwischen guten Menschen und Nordleuten!«

»*Skál!*«, riefen die anderen im Chor. Nachdem die Gläser geleert waren, strich sich Oskarsson seinen weißen Bart und hob wieder an: »Ein Stein, der siebenmal die Erde umrundet hat, ohne verlorenzugehen, muss wohl siebenfach Glück bringen. Ich schlage vor, dass wir darauf siebenmal anstoßen.«

Und so wurde es getan. Die lange und schmale Mildiríður beobachtete alles wie ein Vogel in einer Pferdeherde. In dem angeheiterten Sprachengekicher, das nun einsetzte, bekam der Stein den Namen »Siebenstein« verliehen und befreite damit den Gemeindevorsteher von seinem Spitznamen bei den Norwegern.

Dann gingen alle nach draußen, um das kostbare Stück eingehender zu betrachten, einige Bewohner der Torfhäuser gesellten sich ebenfalls dazu. Unter einem zunehmend blauen Augusthimmel leuchtete der ovale Glanzstein im Gras vor dem Gemeindevorsteherhaus, und die Versammelten stellten sich im Halbkreis darum auf und bestaunten ihn wie ein soeben gelandetes Weltwunder. Kapitän Ervik ermunterte einige Lodenburschen aus Gamlibær, ihre Kräfte an ihm zu erproben, doch keiner von ihnen konnte den Stein anheben. Es lag nicht am Gewicht, denn der Stein war kaum schwerer als ein durchschnittlicher Sack Mehl, vielmehr lag es an seiner ausladenden Form, nur Männer mit übergroßer Spannweite konnten ihn packen, jemand wie der zahnlose norwegische Berserker, der ihn vom Schiff über den Anleger hergetragen hatte. Hafsteinn fragte Magnús Mannlos, ob er es nicht einmal versuchen wolle, aber der Knabe hatte genügend Grips, um dankend abzulehnen. Obwohl er mittlerweile Kräfte wie ein Stier besaß, waren seine Arme zu kurz, um es mit einem Brocken dieses Umfangs aufzunehmen.

Was brachte ein solcher Stein? Hopp oder top? Jedenfalls eine Art Zauber, eine geheime Kraft. Lange nachdem sich die Besatzung der *Bratteli* mit lautem Spektakel und bartgezierten Küssen verabschiedet hatte und in der Dunkelheit auf Eyri verschwunden war, stand der Gemeindevorsteher vor seinem Edelstein in Übergröße, sandhell und wie mit lauter winzigen Sternen besetzt (er glitzerte im dunklen Gras wie Mondsplitter), und überlegte, wo dieser Grundstein des Segulfjörður aufgestellt werden sollte.

Dann kam der Herbst mit seiner arbeitsreichen Zeit, der Schlachtperiode und dem Kabeljaufang, und als es auf Weihnachten zuging, stand der Stein noch immer dort, wo ihn die Norweger abgestellt hatten, umgeben von Eis und einer dünnen Schneeschicht. Viele junge Burschen auf Eyri, von Hvammur und aus der weiteren Umgebung, besonders solche, die aus anti-norwegischen Familien kamen, hatten schon auf ihn gepinkelt; es kam allerdings das Gerücht auf, danach sei ihnen der Pimmel abgefallen, sodass es um das zukünftige Gedeihen des neuen Orts durchaus zweifelhaft bestellt war. Einer war mit einem Vorschlaghammer zurückgekommen und hatte versucht, sich für den Verlust seines Harnlassorgans zu rächen, aber nichts weiter erreicht als einen bösen Schlag gegen das eigene Knie, da der Hammer von dem Wunderwerk abprallte wie ehemals Grettirs Axt von dem Baumstumpf.

»Und Ihr hört mit dieser Norwegerhätschelei noch immer nicht auf. Nach dem Zusammenstoß mit Eurem Stein ist der Junge völlig lahm«, schrie der aufgebrachte Vater die Treppe hinauf, auf der der Gemeindevorsteher gemütlich seine Pfeife paffte.

»Ach, der erholt sich schon wieder. Aber der Siebenstein ist storartig unversehrt. Das wird die Burschen lehren, mit heiligen Dingen umzugehen.«

»Glauben Sie etwa an solchen verfluchten, schwachsinnigen Aberglauben?«, polterte der Vater und riss sich die Mütze vom Kopf, so heiß war ihm geworden. Drohend schüttelte er sie gegen den Gemeindevorsteher, als wäre sie eine rasierklingenscharfe Waffe und keine schweißnasse Schiebermütze.

»Muss ich das nicht, wo Sie das auch tun?«

»Was? Was ist dieser Stein überhaupt? So etwas wie ein gottverdammter Schwarzer Peter? Eine verfluchte Giftsendung?«

»Nee«, meinte der untersetzte Mann mit dem brustlangen Bart, nahm die Pfeife aus dem Mund, drehte sich dem wütenden Vater zu und sagte mit gesenkter Stimme: »Es ist ein Märchen in den Ort gekommen.«

Das Märchen war zudem in einem Ort aufgetaucht, der noch gar keiner war, sondern nur aus einer Landungsbrücke, vier Holzhäusern und einigen Schuppen bestand. Na gut, es gab auch eine Kirche, eine Handelsniederlassung, drei Grassodenhäuser und ebenso viele Tagelöhnerhütten. Verbunden wurden sie durch unterschiedlich verschlammte Schafspfade und krumme Trampelpfade entlang der Hauswiesen, kleinen Weideflächen und Trankochplätzen. Hier lebten alle gemeinsam in grüner Ruhe: Frauen, Kinder und Katzen, Hunde, Kühe und Küstenseeschwalben, Männer, Möwen und Mäuse. Neulich hatte ein Junge am Strand von Krókur sogar eine Ratte gesehen, die dem Vernehmen nach ein norwegisches Fähnchen schwenkte.

Im Frühjahr stellten die Leute fest, dass das Gras um den Siebenstein grüner und üppiger spross und sich Tiere verstärkt vor dem Haus des Gemeindevorstehers zum Grasen einfanden, seine eigenen Kühe und die anderer, auf dem Hof gepäppelte Waisenlämmer, Böcke und Hákarl-Jóis Ziege, bis es langsam beschwerlich wurde. Da ließ Hafsteinn den Trumm schließlich auf eine alte Brunnenfassung bei seinem Haus hieven, und dort machte er sich gut, sah fast nach dem aus, was man später einmal »Land Art« nennen sollte. Zwei Männer mussten die Arbeit ausführen. Wahrscheinlich hätte Hallbjörn, der Sohn Kristmundurs auf Hvammur, den Stein allein anheben können, aber keiner wollte ihn darum bitten, etwas Norwegisches anzufassen. Wenn die Sonne auf den nassen Sternenstein fiel, konnte man ihn nicht ansehen, so stark reflektierte das Licht von ihm.

Dabei war er nichts weiter als ein alter Ballaststein aus einem norwegischen Walfänger.

Kapitel 32

Anderer Menschen Unwetter

Im Advent traf die schlimme Nachricht ein, der schmucke Schoner *Bratteli* habe vor sechs Wochen an einer Klippe in der Inselwelt der Lofoten in einem selten fürchterlichen Sturm Schiffbruch erlitten und die gesamte Besatzung sei ums Leben gekommen.

»Das muss man sich einmal vorstellen«, sagte Hafsteinn zu seiner Frau. »Nur weitere sechs Wochen davor haben sie noch quicklebendig bei uns im Wohnzimmer gestanden!«

Wie konnten solche Männer sterben, noch dazu alle auf einen Schlag? So sehr er sich auch anstrengte, der Gemeindevorsteher konnte ihre Gesichter nicht aus seinem Gedächtnis und aus seinem Bild der existierenden Welt löschen; sie mussten noch am Leben sein. Schließlich trat er ans Fenster und sah zum Siebenstein hinüber, der wie alles auf Eyri von Schnee bedeckt war. Was Hafsteinn sich kaum vorzustellen vermochte, war, wie dieses gewaltige Schiff, diese riesengroße hölzerne Meeresharfe, an der jeder Mast und jede Rah ein handwerkliches Meisterwerk darstellte, wie all das auf einen Schlag auseinanderbrechen konnte. Dieses Inferno musste eine verfluchte Art von Weltuntergang gewesen sein. Die offenen Boote hierzulande konnten untergehen, das war begreiflich, aber dass ein Schoner wie die *Bratteli*, eine solche Wunderwelt aus Segeln, Stagen, Wanten und Zapfenlöchern, einfach so verschwinden konnte, das wollte ihm nicht in den Kopf. Vielleicht hegte er tief in seinem Innersten die Überzeugung, dass es einen solchen Sturm nur in Island geben konnte.

In der Kirche von Fanneyri wurde ein Gedenkgottesdienst abgehalten, bei dem Séra Árni und Gemeindevorsteher Hafsteinn sprachen und ihrer Trauer über das Schicksal ihrer Freunde Ausdruck verliehen. Vigdís sang das norwegische Kirchenlied *Jeg er i Herrens hender / når dagen gryr i øst*. Zwei junge Frauen saßen in Tränen aufgelöst am Ostfenster, eine Magd von Fanná und die andere von Gamlibær, und schielten zum Norwegischen Haus und dem Schuppen der Walfänger hinüber, wo sie an einem schönen Sommerabend mit einem blonden Harpunier getanzt hatten, während der Koch das Schifferklavier traktiert hatte. Vielleicht waren sie anschließend auch mit einem kaum zu verstehenden jungen Burschen den Hang hinaufspaziert. Da hatte er sie geküsst und ihren Blick eingefroren, um ihn nächstes Jahr wieder aufzutauen. Das Pastorenehepaar beobachtete die beiden Mädchen, jeder für sich und von seiner Position in der Kirche aus, er vor dem Altar, sie am Harmonium, dann trafen sich ihre Augen in der Mitte der Kirche und zitierten einen Vierzeiler:

> *Liebe übers Meer betreiben,*
> *glücklichstes der Vorhaben.*
> *Ich und Du, wir schreiben*
> *Liebe mit großen Buchstaben.*

Diese Strophe hatten sie sich in ihren Briefen oft geschrieben, und der junge Pfarrer hatte sie ihr im Süden vorgesungen. In den letzten Wochen hatte Vigdís wieder an sie gedacht. Bedeutete vielleicht der Winter ihrer Verlobungszeit den Schlüssel zu ihrer Ehe? Hätte sie ihr erstes Jahr hier im Segulfjörður durchgehalten, wenn sie nicht so lange darauf hätte warten müssen?

Am Abend stand der Gemeindevorsteher lange auf seiner Treppe, die Pfeife im Mund, die Daumen in den Hosenbund gesteckt, wo die Hosenträger befestigt waren, und sah zum funkelnden Firmament hinauf oder hinab zum Sternenstein, den er vom Schnee befreit hatte, und ließ den Pfeifenrauch vor seinen Augen in die mondscheinhelle Frostluft aufkräuseln. Ließ sich aus diesen Kringeln etwas herauslesen? Steckte das Leben voller Botschaften, die unsere abgestumpften Sinne nur nicht vernahmen? Gab uns der Schöpfer mit Warnungen, Menetekeln und unwiderruflichen Maßnahmen fortwährend etwas zu verstehen? Weshalb hatte die Besatzung ihm und den Bewohnern des Segulfjörðurs diesen seltenen und schönen Stein geschenkt? Waren sie deswegen gestorben? Sobald sich der Stein nicht mehr auf ihrem Schiff befand? Er rief sich die unwahrscheinliche Geschichte in Erinnerung, die der Isländer Oskarsson mit der Gabe abgeliefert hatte – auch der war mit seinem ganzen Schatz an Geschichten in der Tiefe verschwunden –, und hörte noch einmal das anschließende Gelächter, diese bedrohliche menschliche Brandung, die jeglichen Verdacht hinsichtlich Schicksal und Aberglauben hinweggespült hatte.

Er nahm die Pfeife aus dem Mund und pustete den Rauch nun gerade vor sich in die Luft, als wollte er damit sagen: Puff, weg mit euch! Weg mit solchen Gedanken und der ganzen Spökenkiekerei! Ich kann nicht hier auf dieser Treppe aus teuerstem Holz stehen und dabei noch im alten Aberglauben der Torfhöfe feststecken. Zum Donnerwetter, ich bin der Vorsteher dieser Gemeinde!

»Möchtest du nicht ins Haus kommen, mein Guter, bevor dich die Nacht holt?« Das war Mildas Stimme. Sie trug noch ihren Kampfanzug. Gerade war sie von einem ihrer Erkundungsgänge durch den Fjord zurückgekehrt, auf dem sie sich um die Schwachen gekümmert und ihnen Essen und Kleidung gebracht hatte. Sie war durch die Hintertür ins Haus gekommen (im Keller auf der Westseite), wie es damals in den Holzhäusern des Landes Sitte war. Die meisten Isländer waren in Grassodenhöfen groß geworden und fühlten sich angesichts von Freitreppen, hohen Haustüren und soliden Türrahmen unwohl; sie waren zu lange daran gewöhnt, gebückt durch die Öffnungen in den Grassodenwänden zu schlüpfen. Diese Türangst saß so tief im Volk verwurzelt, dass es noch bis weit ins zwanzigste Jahrhundert hinein seine Häuser lieber durch die Waschküche als durch die dazu bestimmte Vordertür betrat. Die war allein Besuchern vorbehalten.

Gleich nach ihrer Frage war Mildiríður zurück ins Haus gestürzt, denn diese faltenschöne, langkinnige und energische Frau war von morgens bis abends ein ewiges Treppentrappeln; ihren allessehenden Augen entging nichts, weder in Küche, Keller, Kinderzimmer noch im Haushaltsbuch. Meistens hatte sie sämtliche Bestände des Hauses im Kopf (7,4 kg Weizen, 27 Paar Strümpfe, Pfeifenreiniger, norwegische, 4 Stck., selbstgemachte, 2 Stck., davon ging gestern einer verloren, muss in der Küche genauer danach suchen). Milda war die Mutter des Hauses und der Gemeinde. Und die Ehefrau ihres Mannes. Kein unbedeutender Teil ihrer unermüdlichen Arbeit entfiel darauf, ihren Mann vor den heimtückischen Angriffen von König Bacchus zu bewahren. Die konnten zu jeder Zeit erfolgen, selbst an einem Sonntagabend auf der Freitreppe, wo ihr Göttergatte stand und friedlich sein Pfeifchen schmauchte. Urplötzlich konnte auf dem festgetrampelten Schnee des Schafpfads ein Wanderer, ein Kapitän oder ein Taugenichts aus dem Fjord mit einem halb vollen Flachmann oder einer Einladung auf ein Schiff auftauchen, wenn nicht mit einem anderen dringenden Anliegen, das unbedingt noch vor dem morgigen Tag erörtert werden musste.

»Möchtest du nicht ins Haus kommen, mein Guter, bevor dich die Nacht holt?«

Weiter ging sie jedoch nicht in ihrer Alkoholkontrolle. Sie ließ es dabei bewenden und legte sich gleich ins Bett, wo sie wie üblich vor dem Einschlafen noch ein wenig in den Gedanken ihres Mannes las. Ihre Befürchtungen waren die Sorgen um seine Sorgen. An diesem Abend drehten sie sich vor allem um die Gewissensbisse des Gemeindevorstehers gegenüber der dankbaren Schiffsbesatzung. Hatten diese Männer ihr Leben allein dafür gegeben, ihm den ovalen Stein zu überlassen? Hatten sie ihm damit ihr Glück übertragen? Von dort schweiften die Gedanken des Isländers zu den Stürmen in anderen Ländern und Schiffbrüchen an friedlichen Küsten. Das Wundern darüber hing eng mit seiner fest vernieteten Überzeugung zusammen, dass das Zusammenleben mit allen Ausländern im Allgemeinen einfacher, leichter, lustiger war. Isländer zu sein, war anstrengend. Einem anderen Volk anzugehören, war ein Kinderspiel. Als junger Mann war Hafsteinn zu Schiff nach Bergen gefahren und hatte selbst gesehen, wie die Dinge dort lagen, dass in diesem Land des Nordwegs seit dreitausend Jahren kein Zweiglein geknickt worden war. Alles war still und nett. Da begriff er gut, weshalb sich ihrer Natur nach aufbrausende Feuergeister getrieben fühlten, diese stoische Pracht zu verlassen. Wie aber ein so verlässliches Schiff an diesen niedlichen Schären hatte zerschellen können, das begriff er nicht.

»Das Meer ist überall der gleiche Flegel, hier wie da, denke ich«, sagte Milda auf dem Kissen.

»Ich mache mir nur Sorgen über den Stein. Nicht dass er ein Schwert des Schicksals ist.«

»Er hat denen, die ihn gaben, Glück gebracht. Über Gaben soll man nicht grummeln, sagten die Alten früher. Wir sollten nur Gutes von dem Stein denken. Er bewahrt das Gedenken an sie.«

Einmal mehr dachte der Gemeindevorsteher, wie vorzüglich er verheiratet war, und er spürte das Verlangen, sich auf die Seite seiner Frau zu wälzen und ihr einen Kuss zu geben, aber das mit dem Kuss ließ er lieber, er hätte sich etwas zerren können.

Kapitel 33

Sturmgeschichten

Obwohl er von hohen Bergen umgeben war, konnte der Fjord ein fürchterliches Windloch sein, auch bei Wind aus dem Inneren. Wenn Böen über die Ränder der Berge herabfegen, werden sie an den Steilhängen noch schneller. Mit dreifacher Kraft schmettern sie unten aufs Flachland und prallen von dort wieder in die Höhe, sodass ein steiler Fjord zum Gegenteil eines Ansaugtrichters werden kann: Alles wird mit großer Kraft aus ihm herausgeschleudert. Wenn es in diesen Fjorden richtig stürmte, konnte alles Mögliche fliegen gehen, Trockengestelle, Boote und auch ein Schafhirte.

Man erzählte, einmal habe sich eine Wanderarbeiterin bei heftigem Sturm vom Hof Botn im hintersten Teil des Segulfjörður auf den Weg gemacht. Nicht weit davon habe sie sich zum Wasserlassen hingehockt, beim Aufstehen habe sie aus Unachtsamkeit ihren Rock nicht gut genug festgehalten und ihn gerade noch am Saum zu fassen bekommen. Der Wind blies hinein, der Rock blähte sich wie ein Ballon, die Frau wurde vom Boden gehoben und landete erst eine halbe Minute später bei Hvammur – zu Fuß ein Marsch von drei Stunden. Die Frau flog mit dem Wind wie ein Luftfahrtpassagier späterer Zeiten und hielt sich tapfer, obwohl sie die Gegend untenrum nackt überflog und sich bei der Bruchlandung auf Kristmundurs Hausdach die Rippen brach.

Man gab einem der Knechte dort die Schuld für diese Sendung vom

Himmel, denn er hatte Gott am Vorabend inständig um eine Frau gebeten.

In einem der Unwetter dieses Herbstes flog einer von Kristmundurs Kähnen quer über den Fjord und landete am Hang oberhalb von Næsta-Skriða. Als Lási und Gestur hineilten, um ihn mit Geröll aus dem Hang zu beschweren, lag er nahezu unbeschädigt da. Es war ein herrlicher Anblick gewesen, das Boot durch den Himmel segeln zu sehen, teerschwarz vor einem abendblauen Himmel. Den Augenzeugen kam es so vor, als würden sie auf dem Grund des Meeres leben.

»Gut sind die Gaben des Herrn«, sagte Lási, nachdem der ärgste Sturm abgeflaut war und er mit Gestur ein paar dicke Steine in den Kahn gelegt hatte. »Aber wenn schon, dann hätte ich lieber Kristmundurs neues Boot bekommen.«

Ein weiteres Jahr war vergangen, doch Gestur lernte immer noch neue Seiten an seinem dritten Vater kennen, manchmal verstand er einfach nicht, was der sagte. Bei den Kaufmannseheleuten war er mit Vorzugsbehandlungen und Eindeutigkeit aufgewachsen: Jedes Ding hatte seinen Platz, seine Aufgabe und seinen Wert. Grütze war Grütze, ein Schiff ein Schiff, und Gott war Gott. Die Menschen warfen das Eine und das Andere ebenso wenig in einen Topf oder Sack wie unterschiedliche Waren. So war die Welt der Kaufleute, klar und immer ausgeglichen. Zwei Kilo Zucker, drei Kilo Weizen ...

»Hast du Gott darum gebeten, dir Kristmundurs Boot zu schenken?«

»Nein, das habe ich nur so gesagt.«

»Warum?«

»Na, weil das Leben ohne solche Redensarten ärmer ist. Es gibt auch so schon genug Armut.«

»Gehört das Boot jetzt dir?«

»Nein, das wäre was ... Aber jetzt ist es erst einmal bei uns.«

»Warum packen wir es aber dann mit Steinen voll? Damit es nicht nach Hvammur zurückfliegt?«

»Nein, damit es nicht noch weiter beschädigt wird.«
»Aber es gehört dir doch nicht.«
»Richtig, aber hier im Fjord halten wir zusammen.«
»Nicht immer, nicht bei der Besprechung im Sommer.«
»Das stimmt, aber Einigkeit kann viele verschiedene Formen annehmen, weißt du. Wenn es allerdings hart auf hart kommt, stehen wir solidarisch zusammen.«
»Was heißt das?«
»Das ist ein altes Warentauschsystem, das bis auf Jesus Christus zurückgehen soll. Wahrscheinlich das Beste, was er uns hinterlassen hat. Du sollst das Boot deines Nächsten reparieren, wie du willst, dass er es mit deinem tue!«
»Aber warum hat Kristmundur drei Haiboote und du keins?«
»Weil Kristmundur ...«

Der alte Mann gab auf. Gestur hatte ihm seine Spitzfindigkeit ausgetrieben, und der Bauer sehnte sich für einen Moment nach der Zeit, wo der Junge wochenlang geschwiegen hatte. Denn der nahm jetzt offenbar wieder Koppsches Denken an, bei ihnen in der Kate würden sie dreizehn Winter brauchen, um ihm dieses Goldbutterige abzugewöhnen.

»Weil er nach Christus benannt ist?«

Ah, ging ihm also doch nicht aller Humor ab, oder? Doch, er meinte die Frage wohl ernst.

»Oh nein, nicht deswegen, pah!«
»Weshalb denn sonst? Wieso hat er drei Boote und du keins?«
»Weil ... weil manche an gedeckten Tischen leben und andere in Gedichten.«
»Aber Gedichte lassen sich verkaufen«, rief Gestur und sah seinen Ziehvater, der gerade wieder Geröll ins Boot des Großbauern legte, strengäugig an. Sein letztes Wort war in den Stimmbruch geraten.
»Eh, das denke ich nicht.«
»Doch! Der Volksdichter in Fagureyri schrieb jede Menge Gedichte

in ein Buch und verkaufte es. Papa sagte, er habe neunundneunzig Forellen dafür bekommen.«

Lási fühlte sich unangenehm berührt.

»Papa?«

»Ja, Papa Kopp, mein Kaufepapa.«

»Oh, du nennst ihn immer noch Papa?«

»Ja.«

»Ah, klar. Das ist ganz natürlich.«

»Ja.«

»Aber was hast du gesagt, neunundneunzig Forellen?«

»Ja, wenn etwas sehr teuer war, hat er immer gesagt, es kostet neunundneunzig Forellen. Ich glaube, er findet das lustig.«

Jaja, seufzte der alte Mann innerlich und wollte etwas sagen, brachte es aber nicht heraus, in seinen Sprechwerkzeugen war eine Saite gerissen. Er blickte über Meer und Land bis zum ehemaligen Stundarkot und hoffte, der Hofhügel würde ihm vielleicht Stärke verleihen und die schneebestrichenen Berge könnten seine Verletzlichkeit heilen. Er wischte sich über die Augen, bevor er sich wieder dem energiegeladenen Jungen zudrehte.

»Sprich zu mir nicht von Forellen, Gestur.«

»Hm, warum nicht?«

»Wir essen hier keinen Süßwasserfisch.« Dann bekam sich der Skriðabauer wieder in den Griff und sagte mit munterer Stimme: »Volksdichter mögen vielleicht ihre Gedichte verkaufen können, aber wir keinen Winzfisch.«

»Im Sommer habe ich Sandaale gesehen, und im Sommer davor auch. Jede Menge davon. Im Meer vor Segulnes. Sie zappelten alle an der Oberfläche, es sah aus, als würde das Meer kochen.«

Er hatte seinem Ziehvater nie von diesem Anblick erzählt, vielleicht weil er ihn innerlich stark berührt hatte, fast wie eine intime sexuelle Empfindung, und er hätte es nicht beschreiben können, ohne sich albern zu fühlen. Vor einigen Wochen aber hatte er es Magnús, dem Schlacks von Skriða, gegenüber erwähnt, und der hatte die See ebenfalls »kochen« gesehen und von seinem Vater die Erklärung bekommen, das seien Kleinfische, Sandaale oder irgendwelche Käfer.

»Oh, das waren Heringe, keine Sandaale. Die kommen hier manchmal vor.«

»Heringe?«

»Ja, sie ziehen in Schwärmen umher und kommen an die Oberfläche. Strohdumme Tiere sind das. Du weißt sicher noch, wie sie den ganzen Fjord gefüllt haben.«

Aha, Hering war es also, derselbe Fisch, der im Jahr zuvor den Fjord verstopft hatte, und in welchen Mengen! Er wollte Lási erzählen, dass der Fleck, der Schwarm, den er gesehen hatte, größer gewesen war als ein Pottwal, aber er ließ es lieber, weil er nicht wusste, wie der Alte reagieren würde. Wortlos beschwerten sie Kristmundurs Boot am Hang über dem Hof weiter mit Steinen.

Kapitel 34

Knall aus dem Süden

Ende Januar erwachten die Leute von einem lauten Knall aus dem Süden. Das Madamenhaus schwankte unter lautem Krächzen der tragenden Pfeiler, und Séra Árni war schon aus dem Bett, als durch heulende Böen ein tiefes Dröhnen über Eyri erschallte, dem ein verdächtiges Schaben folgte, als ob mit einem Felsen über die Erde gekratzt würde. Es war aber auch das Kreischen von Metall in diesem Getöse. Draußen war nichts als Dunkelheit zu sehen, aber das Krachen konnte einem wirklich Angst einjagen. Séra Árni dachte, dass sich wohl ein riesiger Eisberg aufs Land geschoben haben müsse; das Geräusch hatte etwas von gigantischen Ausmaßen an sich. Das konnte aber kaum sein, da doch der Wind von Süden kam.

Die drei Pastorsfrauen kamen ebenfalls nach unten, und Halldóra nach oben, und zusammen tänzelten sie in knöchellangen Bademänteln durchs Haus wie Kreisel in einem modernen Ballett und fühlten, wie sich die Bodendielen unter ihren Füßen durch die Windstöße quietschend bogen. Die älteste Madam betete zu Gott, die zweite bat Séra Árni, um Gottes willen nach der Kirche zu sehen, denn die Glocke läutete ohne Unterlass, und die jüngste bat ihn, auf keinen Fall aus dem Haus zu gehen. Was hätte er auch gegen einen Eisberg ausrichten können, der sich in den Kopf gesetzt hatte, die Kirche zu Kleinholz zu verarbeiten? Séra Árni ging von einem Fenster zum andern, konnte aber in der Dunkelheit nichts erkennen. Die Standuhr war jetzt nicht mehr zu hören, das Krachen wurde immer lauter und schien näherzukommen. War etwa ein Schiff auf Land gelaufen?

Der Pfarrer entschloss sich, draußen nachzusehen, und machte sich fertig. Seine Frau beobachtete mit argwöhnisch zusammengezogenen Brauen, wie er sich im Vorraum ankleidete.

Der Haupteingang im Madamenhaus bestand aus einer Doppeltür, von der die äußere nach außen geöffnet wurde. Das hatte gewisse Nachteile, aber der dänische Zimmermann hatte die Leute seinerzeit davon überzeugt, dass es wegen des Windes so sein musste. Séra Árni verabschiedete sich von seiner Frau und schloss die Tür des Windfangs, bevor er sich zur Haustür umdrehte. Er hatte kaum die Klinke der Außentür angefasst, als sie aufflog, mit lautem Knall gegen das Treppengeländer schlug und dem Pfarrer die Schulter auskugelte. Árni lag wimmernd auf der Schwelle und sah, wie seine Mütze in der Dunkelheit verschwand. Im Windfang tobte wütend der Sturm, und im Salon hielten die Frauen wegen der Geräusche, die von dort zu ihnen hereindrangen, die Luft an. Magnús Mannlos war inzwischen ebenfalls aufgestanden und schaffte es, die Tür zum Windfang zu öffnen. Wilde Luftwirbel fegten durch den Salon und brachten den Kronleuchter zum Schaukeln. Magnús zog seinen jammernden Herrn und Meister ins Haus und wollte schleunigst die Tür schließen, aber die Außentür war fest mit dem Geländer verkeilt. Am Ende musste er sich damit zufriedengeben, wenigstens die innere Tür zu schließen. Obwohl sich der eishaarige Kerl alles andere als geschickt anstellte, konnte er Séra Árnis Schulter unter etlichen Schmerzensschreien des Pfarrers wieder einrenken. Dabei wurde der bärtige Mann auf seinem Stuhl ohnmächtig, sodass erst einmal Vigdís und Súsanna beruhigt werden mussten.

»Holt Wasser! Gebt ihm Wasser zu trinken! Atmet er noch?«

Der Pastor kam wider Erwarten zu sich und sah die anderen verwirrt und überrascht an. »Ist die Tür weggerissen worden?« Dann sank er wieder in die Arme seiner Frau.

»Oh, mein Liebster, ich dachte schon ...«

Magnús erbot sich, draußen nachzusehen, er war stets bereit, den guten Leuten zu helfen, die ihn so warm bei sich aufgenommen hatten, nachdem er dem Eis entkommen war. Und da aus dem Höllensturm immer noch schreckliche Geräusche ins Haus drangen, erhielt er die Erlaubnis, zu erkunden, was los war.

Ohne mehr als Strümpfe und Schuhe überzuziehen, riss er die Tür auf und schlug sie hinter sich sofort wieder zu. Magnús war für seine Kälteunempfindlichkeit bekannt, die drei Wochen im Eis hatten ihn gegen Schneestürme abgehärtet. Außerdem hatte er sich mittlerweile den Bizeps eines Haifängers und den beeindruckendsten Brustkasten von Eyri zugelegt. Er zog den Kopf ein, ging in Unterhemd und langer Unterhose vorgebeugt auf die Treppe und tastete sich am Geländer nach unten. Das erforderte ebenso viel Kraft, wie eine senkrechte Bergwand zu ersteigen. Die Kälte griff genauso grimmig nach ihm wie der Sturm, doch in dessen Wüten, das Magnús anscheinend die Ohren abreißen wollte, ging sie fast unter. Endlich langte er unten an und sah sich um. Tief im Getöse vernahm er ein kratzendes Geräusch, das aus Richtung der Kirche zu kommen schien.

Der Weg zum Gotteshaus war dem Sturm ausgesetzt, und Magnús ließ sich sicherheitshalber von ihm über den frostharten Hofplatz bis zum Friedhofstor rollen wie ein Soldat, der sich auf diese Weise aus dem Geschosshagel bringen will. Hinter dem Tor und der steinernen Umfassungsmauer fand er einigermaßen Schutz und horchte nun den Wind ab wie ein Arzt seinen Patienten. Das Krachen schien vorübergehend zur Ruhe gekommen zu sein. Er kroch auf allen vieren zu den beiden Stufen vor der Kirche und ... tastete ins Leere. Die Kirche war weg.

Er wartete kurz, dachte nach, lag mit ausgebreiteten Armen auf dem Kirchenfundament wie ein winziger, schwacher Käfer auf der Erdkugel. Schließlich hörte er nördlich des Friedhofs ein lautes Knirschen, und obwohl er so einen Laut noch nie gehört hatte, wusste er sofort, dass es das Schaben des Kirchenfirsts auf der Kiesbank war.

Kapitel 35

Kirchenfang

Spät und zögerlich dämmerte an diesem kalten Januarmorgen der Tag, und da zeigte sich, was passiert war. Die Kirche war als Ganzes von ihrem Fundament geweht worden. Sie war über den umwallten Friedhof geschrammt, hatte dabei einige Grabkreuze zerstört, war nach Norden über die Halbinsel geschoben worden und lag nun dort am Ufer, dem Anschein nach intakt, bis auf ein paar zersplitterte Glasfenster. Der Sturm blies noch mit solcher Stärke, dass man sich im Freien kaum auf den Beinen halten konnte. Ein paar Männer standen aber doch mit Seilen und Gerät auf dem Uferkamm und besprachen, was sie tun sollten. Sie hatten auch zwei Pferde dabei. Die Frage war, ob sie die Kirche festbinden oder höher aufs Ufer ziehen sollten.

Da kam es zu einem abrupten Umsprung im Sturm, die Windströmung brach unter ihrem eigenen Druck entzwei, und die beiden Bruchstücke legten sich übereinander, die Sturmstärke verdoppelte sich in Sekundenschnelle. Alle Männer auf dem Uferkamm und eins der Pferde wurden umgeweht, die ganze Kirche wurde angehoben und flog wie in einem Lügenmärchen mit gellendem Glockengeläut über das Flachwasser, drehte sich dabei und landete aufrecht im Wasser. Verblüfft sahen die Bauern an den Ufern ihre Kirche mit einigen zerbrochenen Fenstern und einem beschädigten Turm als Bugspriet an sich vorbeiziehen. Die Glocken bimmelten weiterhin so laut, dass es durch den Sturm zu hören war.

Lási stand auf seinem eigenen Hofplatz und staunte, was für eine gute Figur das Kirchenschiff zur See machte. Er selbst hatte nichts weiter verloren, bis auf den Hund. Júnó war verschwunden.

Im Lee der Felsen von Segulnes lagen einige Dorschboote aus Segulfjörður, die es am Abend nicht mehr bis zum Ende des Fjords geschafft hatten. Ihre Besatzungen sahen nun ihre Kirche auf die Fjordmündung zusegeln.

Einer der Fischer zitierte den alten Spruch: »Wenn Moses nicht zur Kirche kommt, kommt die Kirche zu Moses.«

Am Nachmittag ließ der Sturm endlich nach, und man leitete eine Suche ein. Gemeindevorsteher Hafsteinn ging mit drei anderen zum Norwegischen Haus, und mit einiger Mühe konnten sie dort jemanden wecken. Der norwegische Walfangschoner *Lyseberg* hatte nicht vor den Septemberstürmen auslaufen können und saß daher samt Mannschaft im Fjord fest. Kapitän Nyvoll und seine Männer wohnten bei Egertbrandsen und versumpften dort seit fünf Monaten. Im Norwegischen Haus mangelte es niemals an Feuerwasser, der Walwärter schien auf siebzehn Fässern besten Løitens zu sitzen. Die Männer von der *Lyseberg* waren die hartgesottensten Säufer, die den Segulfjordern je untergekommen waren, und das wollte viel heißen. Bei dem Wettsaufen am zweiten Weihnachtstag hatte man gesehen, wie der Kapitän eine halbe Flasche Aquavit in einem Zug leerte. Offensichtlich wurde jeden Abend gezecht, denn als der Gemeindevorsteher erschien, lag alles in tiefem Schlaf. Erst nach anhaltendem Klopfen kam Egertbrandsen an die Tür, und als die Isländer ins Haus traten, sahen sie, dass es in den Räumlichkeiten eine Schlägerei gegeben haben musste. Glassplitter und Stuhltrümmer lagen auf dem Boden. Dann folgte die Geduldsprobe, Nyvoll auf die Beine zu bekommen. Aber es war die einzige Möglichkeit, ihr Schoner war das schnellste Schiff im Fjord, und die Kirche segelte mit hoher Geschwindigkeit draußen auf dem Gramseyjarsund.

Zuerst wollte der Kapitän sein Schiff nicht hergeben, denn er wollte lieber im Fjord überwintern, als es aufs Spiel zu setzen, doch als er endlich begriff, worum es ging, meldete sich der wahre Christ in ihm.

»Was sagst du, die Kirche? Die müssen wir retten!«

So kam es, dass ein norwegisches Walfangschiff vor der Nordküste Islands nahe dem Rand des Treibeises eine isländische Kirche ins Schlepptau nahm. Die Männer bestaunten die Seetüchtigkeit und Dichtigkeit dieses Kirchenschiffs, das trotz dreistündiger Seereise noch immer schwamm und seinen kompletten Fußboden besaß. »Ein durch und durch solides Gotteshaus!«, riefen die Norweger an Deck den sie begleitenden Isländern zu, Gemeindevorsteher Hafsteinn, seinem zwanzigjährigen Sohn Snorri, zwei Knechten aus Gamlibær und dem guten Magnús Mannlos. »Ihr Isländer seid in eurem Glauben jedenfalls ordentlich kalfatert.« Und sie versprachen, den Prachtbau zu fangen und in den Hafen zurückzubringen. Der Harpunier ließ für diesmal die Harpune beiseite und knüpfte stattdessen eine Schlinge in die Fangleine, und nach einigen Fehlversuchen gelang es tatsächlich, der Kirche die Schlinge überzustreifen wie einem ungezähmten Pferd; sie fiel ihr um den Hals, den der abgebrochene Kirchturm darstellte.

Es herrschte noch immer beträchtlicher Seegang, aber sie bugsierten das Gebetshaus längsseits und nahmen es ins Schlepp, wobei der Klöppel unablässig gegen die Glocke im Turm schlug, doch die hatte sich dort offenbar verklemmt, denn der Ton klang recht dumpf, wie wenn ein sturköpfiger Mann seinen Schädel gegen einen Stein schlägt. Die Seeleute fühlten sich unbehaglich bei dem Anblick: An Backbord glitt langsam eine Kirche achteraus, als ob sie statt durch Wellentäler durch einen Friedhof segelten. Richtig erschraken sie jedoch erst, als sie in einem der Kirchenfenster ein Gesicht erblickten, ja, ganz kurz tauchte da ein Gesicht auf, ein Gesicht mit grauen Haaren und ohne Zähne, alt und abgemagert und zu einer unbeteiligten Grimasse verzogen. War das nicht Blut, das Rote an der einen Schläfe? Der Bart hing lang herab, ebenso die Schultern, wie ein Bettlaken. Die Männer wussten nicht, ob sie ihren Gott, einen greisenhaften Moses oder einen Propheten aus dem Alten Testament gesehen hatten. Keiner mochte glauben, was er gesehen hatte, so unglaublich wie der Anblick gewesen war, und wenig später gab es auch keinen Grund mehr, darüber noch länger zu diskutieren, denn sobald die Kirche im Kielwasser des Schiffs angekommen war, spannte sich die Leine und zog das Gotteshaus binnen Augenblicken unter Wasser.

Wie den meisten Lesern bekannt sein dürfte, kann kein Schiff eine vollgelaufene Kirche schleppen, und darum gab Kapitän Nyvoll mit einigem Bedauern den Befehl, die Leine zu kappen, bevor die Kirche von Fanneyri die *Lyseberg* mit sich auf den Meeresgrund nahm.

Kapitel 36

Ein Volk, zwei Länder

Einigermaßen niedergedrückte Männer gingen nach der Rückkehr von Bord. Die Segulfjorder überlegten noch immer, ob sie wirklich den Propheten Sakarías am Fenster gesehen hatten, in dem Augenblick, in dem die Kirche unterging. Ausgesprochen hatte das Gesehene keiner, dazu war es zu befremdlich, zu unglaublich. Die Norweger waren dagegen sichtlich trauriger, und Kapitän Nyvoll drückte ein ums andere Mal sein Bedauern aus und gab sich die Schuld am Untergang der Kirche. Sie hätten die Schlinge niemals um den Turm befestigen und die Kirche ins Schlepptau nehmen dürfen. Besser hätten sie das Gotteshaus wie einen Fisch an der Leine längsseits geholt, sämtliche Scheiben auf der Steuerbordseite eingeschlagen, ein kräftiges Tau durch die Fenster gefädelt und die Kirche sozusagen ans Schiff genäht. Hafsteinn versuchte ihn zu beruhigen, doch der Norweger stapfte an Deck auf und ab und schimpfte pausenlos vor sich hin:

»*Nei, for helvete*, ich habe die Kirche ans Meer verloren!«

Er schien sich wie eine Gestalt aus einer biblischen Geschichte zu fühlen, die den Zorn Gottes auf sich herabbeschworen hat: Ich habe dich ausgesandt, um mein Haus zu retten, doch stattdessen hast du es versenkt! Als sie an Land kamen, war Nyvoll überzeugt, dass ihn ein hartes und schweres Schicksal erwarte, und er verfluchte abwechselnd Island und den Fjord, sie hätten niemals einen ganzen

Winter hier verbringen dürfen und sie hätten sich niemals auf ein so höllisches Abenteuer einlassen dürfen, eine Kirche einzufangen. Was für ein absurdes Unterfangen war das überhaupt?! Und was hatten sie in diesem beschissenen, primitiven Land verloren, in dem ganze Kirchen aufs Meer geweht wurden?!

Als sie die Treppe zum Madamenhaus hinaufstiegen, hatte er sich einigermaßen beruhigt und murmelte nur noch vor sich hin: »*Nei, for helvete*, ich habe die Kirche ans Meer verloren!« Dann kroch er fast vor den Pastor und seine Frau, bat demütig um Verzeihung dafür, dass er die Rettung der Fanneyrarkirche vermasselt habe, und weinte schließlich ein wenig in den Kaffee, nachdem er Vigdís gefragt hatte: »Und wo werden Sie von nun an singen?« Man sprach allgemein davon, dass der starke Kirchenbesuch in letzter Zeit nicht zuletzt dem schönen Gesang der schönen Madam geschuldet sei. Zumindest die Norweger ließen nicht einen Gottesdienst aus – auch wenn sie die Botschaft nicht verstanden, so verstanden sie doch die Schönheit.

Séra Árni unternahm alles, um den Mann zu beruhigen, er habe sein Äußerstes versucht, und man würde nicht hart über ihn urteilen, auch wenn die Sache nicht gut ausgegangen war. Doch der Kapitän blieb untröstlich und rückte endlich mit dem Hauptgrund für sein schlechtes Gewissen heraus: »Ich war gar nicht bei mir, ich hatte doch einen so grässlichen *bakrus!*«

Es dauerte einige Zeit, bis die Leute begriffen, wovon der Kapitän sprach, ob von Backbord oder von Schmerzen im *bak*, im Rücken. Erst der Gemeindevorsteher konnte die Sache aufklären: *Bakrus* war das norwegische Wort für »Kater«. Der gottesfürchtige Kapitän sah die Ursache für sein Versagen in seiner Schwäche für den Teufel und dessen Giftzeug.

»Ich habe die Kirche ans Meer verloren!«, wimmerte Nyvoll noch einmal und brach dann endgültig zusammen, die Tränen flossen und die Schluchzer rollten wie Brandungswellen auf den Strand. Der Mann war untröstlich.

Die Isländer saßen und standen verdutzt vor dem Weinkrampf

des kräftigen Walfängers, dieses ungeschlachten Kerls, und verglichen seine Empfindlichkeit mit seinem Auftreten früher im Winter, nicht zuletzt bei einem Zusammenstoß kurz vor Weihnachten, bei dem Nyvoll dem Bauern auf Fanná einen Zahn ausgeschlagen hatte, weil der ihm nicht seine Frau für das Norwegische Haus überlassen wollte.

Ja, sie waren wirklich komisch, diese Männer aus Ålesund und Haugesund. Dabei waren Isländer und Norweger einmal ein Volk gewesen. Doch tausend Jahre der Trennung, tausend Jahre Siedeln im neuen, schwierigen Land hatten ihre Prägung hinterlassen, zu einem Viertel gerät man nach der Erziehung, hieß es schon in den Sagas. Island hatte aus Norwegern Isländer gemacht.

Im Verkehr mit den fernen Verwandten hatten die Isländer lange staunend ihr verlorenes Wesen, ihre alte norwegische Mentalität betrachtet, die zwischen extremer Religiosität, Sparsamkeit und Kleinlichkeit auf der einen Seite und maßlosem Saufen ohne Rücksicht auf Verluste auf der anderen Seite schwankte, einem Hang zur Trunksucht, der oft genug in blutigen Schlägereien endete. Der Norweger saß entweder als wassergekämmter Engel auf der Kirchenbank oder er stand hackeblau und lallend vor den nächtlichen Fenstern der Leute und verlange augenblicklich Hurerei.

Wie mochten die norwegischen Frauen sein?

Die Menschen im Fjord verstanden dieses Sammelsurium von Extremen nie, sie selbst gehörten schließlich zu einem Volk, das alles nur halbherzig betrieb und nie eine Sache mit Entschlossenheit zu Ende brachte, das keine Regulierungen mochte und vernünftigen Argumenten nicht zugänglich war. Vielleicht kam es daher, dass es in einem unruhigen, unlogischen Land lebte, das selbst nicht wusste, welche Jahreszeit gerade herrschte, und in dem man sich nie auf etwas verlassen konnte. Ob wohl die Sonne heute aufgeht? Nennt man das Frühling? Soll das Regen sein?

Während die Norweger in einem Land der Windstille und des ruhigen Wetters lebten, in dem sämtliche Bäume senkrecht wuchsen und in den Bergen kein Feuer loderte, aus einem Gestein gehauen, das schon Millionen Jahre um die Sonne kreiste, bevor Island auch nur die Nasenspitze aus dem Meer reckte, lebten die Isländer auf einer Insel der Extreme und konnten sich daher nicht erlauben, selbst zu Extremen zu neigen. Wer stets zwischen zwei beinhart zementierten Standpunkten pendelt, wird am Ende selbst zu einem müden Pendel. Genau das waren die Isländer.

Die Berge hier waren jung und verrückt, an einem Tag von Eis bedeckt, am nächsten von glühender Lava. Hier herrschte entweder permanente Dunkelheit oder permanentes Licht. Hier gab es Wintereinbrüche im Sommer und Sommertage im Winter. Wasser war entweder so heiß, dass man keinen Zeh hineintauchen konnte, oder so kalt, dass man darauf Schlittschuh lief. Entweder gab es keine einzige Sprotte aus dem Fjord zu holen, oder er quoll von Fisch derart über, dass man kein Boot zu Wasser lassen konnte.

Hier konnte man sich auf nichts verlassen und musste mit allem rechnen. Das Volk hatte ein Höchstmaß an Leidensfähigkeit entwickelt und diese mit einer in den Strapazen des Alltags verwendeten mürrischen Sprache gekrönt, deren Wörter alles und nichts bedeuteten, *jamm* und *jæja*, und deren Sätze in beide Richtungen offenstanden: »Das sagst du so« und »Ich denke schon«. Als Gipfel der Dichtkunst galt eine *sléttubönd* genannte anagrammische Strophenform, die beim ersten Lesen eine bestimmte Ansicht vertrat, die sich aber auch rückwärts lesen ließ und dann das Gegenteil behauptete. So war es mit allem in Island. Kein Plan hielt länger als bis zum Abend, keine Entscheidung war endgültig, alle Gespräche verliefen ohne Ergebnis. Die Lieblingsphrasen der Isländer gingen alle darauf aus, möglichst keine Türen zuzuschlagen: »Wir werden mal sehen«, »Das schauen wir uns im Frühjahr noch einmal an«, »Du schreibst mir noch mal«. Besprechungen waren wenig anderes als Fechtübungen zum Loswerden von Meinungen. Leute traten ans Rednerpult und taten ihre Meinung kund; damit hatten sie sich ihrer Meinung zugleich so weit entledigt, dass sie bei der auf die Aussprache folgenden Abstimmung brav die Hand heben konnten. Am nächsten Tag schimpften sie dann wieder über das Ergebnis. »Da haben sie sich diesen Mist also absegnen lassen!« Denn niemals fühlten sich die Isländer so unwohl wie dann, wenn eine strittige Angelegenheit mit einem Vergleich gelöst wurde oder wenn sie sich auf amtlichem Papier mit ihrer Unterschrift zu etwas verpflichten mussten. In einem Land, in dem ganze Kirchen davonflogen, fiel es den Menschen sehr schwer, die Realität zu Papier zu bringen. (Schreibpapier war der Schauplatz für Dichtung und Erfindung.) Die Leute wollten solche Torturen so schnell wie möglich hinter sich bringen. Doch sobald ein Vertrag unterzeichnet war, brachen darüber härtere Debatten aus als über das zu lösende Problem, Streitereien über Inhalt und Formulierungen eines Abkommens, das nur die wenigsten gelesen hatten.

»Das ist nicht der Vertrag, den ich unterschrieben habe!«

So lief das isländische Hin und Her ohne Ende und ohne Entscheidungsfindung auf seine alte Weise immer weiter und verzweigte sich immer mehr.

»Es ist nun mal, wie es ist.«

Man konnte sagen, und schon die Isländersagas legten davon Zeugnis ab, dass die Isländer ihrem Charakter nach ziemlich spitzfindige Juristen waren, besonders tüchtig darin, einen Prozess in die Länge zu ziehen und ihn immer wieder aufs Neue hin und her zu wenden wie einen Trockenfisch. Der Terminus »illegitim« lag nur um Haaresbreite von »illegal« entfernt. Andererseits waren dieselben Männer unmögliche Richter, denn Richter sind dazu berufen, einen definitiven Schlussstrich zu ziehen: Freispruch oder Verurteilung. Das Rechtssystem des Landes aber war, wie schon gesagt, berüchtigt für seine Langsamkeit und seine wunderlichen krummen Wege: Mörder waren selbst schon längst gestorben, wenn endlich das Urteil über sie gefällt wurde, Diebe waren zu respektierten Großbauern geworden, und Hurenböcke wurden bei der Urteilsverkündung von ihren Hurenbälgern gestützt. Die übliche Reaktion von frisch verurteilten Männern und Frauen bestand in der Äußerung, dass sie »mit dem hohen Gericht nicht übereinstimmten«, und dieses Wort wog in der öffentlichen Meinung fast ebenso viel wie der Richterspruch.

Der Vorteil bestand darin, dass in diesem Land kein Mensch am Morgen mit der Überzeugung aufwachte, genauso wie dieser würden auch die restlichen Tage seines Lebens aussehen und in der armseligen Behausung, die er gerade bewohnte, würde er bis zu seinem Tod festsitzen. Im Land der überraschend eintretenden Ereignisse bestand für den Einzelnen immer auch Grund zur Hoffnung. In ihrer Plackerei setzten die Menschen ihre Hoffnung auf Naturkatastrophen und auf Wunder. Treibholz! Ein gestrandeter Wal! Eine heiße Quelle! Wertvolles Strandgut! Vor zwei Jahren erst hatte der Bauer auf Víkurból im Heiðinsfjörður beim Aufwachen entdeckt, dass auf seinem Land achtzig Schwertwale gestrandet waren ...

Tief im Innern war jeder davon überzeugt, dass sich auf seinem Grund und Boden die Erde auftun könne – warum nicht schon morgen? –, und aus der brodelnden Magmamasse stiege ein hell flammendes und komplett ausgestattetes Elfenschloss mit allem erdenklichen Luxus, schönen Frauen oder honigduftenden Männern aus dem Verborgenen Volk. Ein Land, das seine gesamte Einwohnerschaft auf einen Schlag umzubringen vermochte, konnte einen wohl auch auf den Thron befördern.

Kapitel 37

Wenn die Kirche verschwindet

Einstweilen entfielen in der Gemeinde die Gottesdienste, und auf Eyri sah es auf einmal recht leer aus, obwohl sich die Zahl der Holzhäuser mittlerweile um zwei erhöht hatte, denn Egertbrandsen hatte sich im Sommer von der Einkaufsliste in der alten Heimat ein eigenes Haus bestellt, und die Mannschaft der *Lyseberg* hatte sich den Herbst über damit beschäftigt, es zusammenzunageln, zum Vergnügen der Einwohner, von denen sich oft mehr Zuschauer an der Baustelle versammelten als die mehr oder weniger besoffenen Zimmermannsclowns.

Außerdem hatte der neue Kaufmann, Kristján Markússon, für sich und seine Familie nahe dem Lagerhaus des Krónufélags ein stattliches Haus errichten lassen. Das Holz dazu hatte er den Bauern von Segulnes abgekauft, es stammte samt und sonders von einem gescheiterten französischen Segelschiff, darum wölbten sich die Außenwände wie ein Schiffsrumpf, und der Giebel ähnelte einem Bug, doch drinnen duftete das Holz nach Rotwein und Calvados. Die Spaßvögel nannten es »das Gut«, und das war der erste Beitrag dieser Leute, denn bis dahin war diese Fraktion des gesellschaftlichen Spektrums im Fjord noch nicht vertreten gewesen. Jetzt aber war die Ortschaft so groß, dass sich für tratschende Männer Gelegenheiten boten, hier und da an Hauswänden herumzulungern, Tabak zu kauen und sich spaßige Geschichten zu erzählen. Das Auftreten solcher

Spaßvögel war neben der Landungsbrücke der beste Beweis dafür, dass im Fjord ein richtiger Ort im Entstehen begriffen war.

Das Entfliegen der Kirche bedeutete einen ziemlichen Rückschlag in dieser Entwicklung; damit verschwand der optische Eindruck eines Ortes und machte dem Aussehen einer Fischereistation Platz. Außer Kapitän Nyvoll nahm sich niemand das Verschwinden der Kirche so zu Herzen wie die neue Pfarrersgattin. Das Gotteshaus war schließlich so ziemlich der einzige Zeuge eines gewissen kulturellen Niveaus gewesen, sichtbarer Ausdruck dessen, dass man in diesem Fjord auch an etwas anderes dachte als an Hai und Wal, Norweger und Aquavit. Vigdís hatte in der Kirche zwei Sologesangsabende veranstaltet und sich für einen Kirchenchor eingesetzt, ihn ebenso auf dem »Fahrnis von Votey« begleitet, wie sie beim Gottesdienst darauf spielte. Nie hätte sie gedacht, das einmal zu vermissen, doch nun gab es im ganzen Fjord keine Tastatur mehr! Wieder und wieder verglich sie die Dinge hier mit den Verhältnissen zu Hause und dem Harmonium zu Hause, der Kirche zu Hause und dem Kaufladen zu Hause. Ihr Gefühl, sich im Exil zu befinden, wich nicht, und nun war auch noch die Kirche verschwunden ... Es würde sicher ein oder zwei Jahre dauern, bis sie eine neue bekämen. In ihrem Innersten wünschte sie sich, der Bischof von Island möge Árni auf eine andere Stelle berufen, am liebsten an irgendeinen Schreibtisch in Reykjavík. Was hatte ein Pfarrer denn in einem Fjord ohne Kirche zu bestellen?

Am stürmischen Kirchenschwundmorgen hatte der Pfarrer von Fanneyri zehn Minuten lang wortlos aus dem Fenster auf den kahlen Fleck in der Mitte des Friedhofs gestarrt. Séra Árni schien unter einem schweren Schock zu stehen. Am Nachmittag erschien dann der jammernde Nyvoll mit der Nachricht, dass die Kirche nicht zurückkäme. Árni schwieg weiterhin und schien die nächsten Schritte zu überlegen.

In den folgenden Tagen hatte er dann geradezu unbeschwert gewirkt und sogar Anekdoten aus seiner Reykjavíker Zeit zum Besten gegeben, was er sonst nie tat. Geschichten von langen Banketten im

Haus des Landvogts, oder wie er einmal in einer Kneipe in der Hafnarstræti von mittags bis in den frühen Morgen ohne Unterbrechung auf dem Pianoforte gespielt hatte. Vigdís kam sogar auf den Gedanken, ihr Mann sei im Grunde froh, dass ihm eine Last, ein schweres Kreuz von den Schultern genommen worden sei, denn in etwa den Eindruck erweckte er. Wie aber konnte ein Geistlicher den Abflug seiner Kirche begrüßen? Sollte er sich nicht eher wie ein Vogel mit gebrochenen Flügeln fühlen?

Die Erleichterung Séra Árnis aber setzte sich fort, er sprach nur noch über Musik, vor allem über die schwedischen und dänischen Gassenhauer, die er mit der Post bekommen hatte, oder über die Volkslieder, die er gesammelt hatte. Und eines Abends setzte er sich hin und komponierte eine Melodie zu einem eigenen Gedicht: »Mit Lenz im Herzen wecke ich dich, / Vigdís, meine Schöne ...« Das war natürlich nett gemeint von ihm, und sicher war seine Liebe zur Musik der Schlüssel zu ihrer Liebe, doch trotzdem konnte die Kaufmannstochter diese Tändelei nicht vertragen und dankte dem Liedesschmied in der Hoffnung auf mehr Ernsthaftigkeit und Verantwortungsbewusstsein mit der Eröffnung, dass sie in Umständen sei.

In der Tat erhielt sie es nach einigen Unannehmlichkeiten bestätigt, dass sie ein Kind erwartete.

Kapitel 38

Gelber Wein

Die Geburtshelferin im Fjord war die umtriebige Guðfinna aus Gamlibær, die aber für einen Monat in den Óðalsfjörður geholt worden war, wo gleich mehrere Geburten anstanden. Dadurch war Vigdís gezwungen, den Arzt aufzusuchen, der noch im alten Arzthaus wohnte. Es stand, vom Madamenhaus gesehen, fjordeinwärts auf Eyri, auf halbem Weg zum Haus des Gemeindevorstehers, das solide vor seiner Hauswiese auf dem hangseitigen Ufer des Aulabachs thronte.

Finnur G. Reykjalín, der Arzt, lebte dort um diese Zeit allein und hatte wenig zu tun, in der dunklen Jahreszeit passierten nur wenige Unfälle, weil die Menschen die meiste Zeit in ihren Häusern saßen und strickten. Die dauerhaft Kranken hatten es längst aufgegeben, sich diesem Arzt anzuvertrauen, der andauernd betrunken war und abends allein vor seiner Kerze saß, sich über die grauen Bartstoppeln strich und sich mit der schwierigen Kunst abmühte, ein Glas vollzuschenken, ohne allzu viel zu verschütten. In dem dichten Alkoholnebel im Wohnzimmer des Arztes war das nicht immer leicht, aber Finnur hatte in seinem Studium die Regel gelernt, dass ein Arzt nie aus der Flasche trank.

Vigdís hätte sich von den Madamen oder der Haushälterin erzählen lassen können, wie untauglich der Arzt war, doch hatte sie niemandem etwas von ihrem Zustand gesagt, nicht einmal ihrer

Freundin Súsanna. Finnur kam bloß mit einem Nachthemd bekleidet an die Tür, nackte Beine bis zur Mitte der Oberschenkel, und öffnete nur einen Spalt, durch den die junge Frau ihm sagen sollte, worum es ging. Sicher sah der Mann mit seinem unregelmäßigen Bart und der dicken Nase verdächtig aus, doch Vigdís hatte zu großes Vertrauen zu studierten Leuten, als dass sie ihm den Alkohol angesehen hätte. Ein Anliegen wie das ihre schien noch nie an seine Tür geklopft zu haben, und er musste sich erst ausgiebig den dünnbehaarten Schädel kratzen. War diese hochwohlgeborene Zugezogene tatsächlich der Meinung, derartige körperliche Vorgänge gehörten in sein ärztliches Betätigungsfeld? Doch da es sich um die Pfarrersfrau handelte, gab er ihr die Anweisung, am nächsten Tag mit dem Morgenurin in einem Glas wiederzukommen.

Sie stand noch in finsterster Frühe am nächsten Morgen wieder vor der Tür, und er bat sie ins Sprechzimmer, ließ sich in den Schreibtischstuhl fallen und hielt das Uringlas vors Lampenlicht, betrachtete es lange und eingehend, stellte es dann ab und befragte Vigdís nach ihren persönlichen Verhältnissen. Seine Stimme klang schleppend, und nun erkannte sie, dass der Mann schon tief ins Glas geschaut hatte, obwohl es gerade erst acht Uhr morgens war. Er machte auch gar keinen Hehl aus dem Umstand, sondern trank in regelmäßigen Abständen aus einem edlen Schnapsglas, das hinter einem dicken Buch verborgen stand, einer Enzyklopädie menschlicher Krankheiten.

Der jungen Madam wurde klar, dass der Besuch nichts bringen würde, doch Finnur hielt sie lange auf ihrem Stuhl fest, indem er sich eingehend nach ihrem allgemeinen Gesundheitszustand, Schlafgewohnheiten, Urin, Blut und Puls erkundigte. Er stellte die Fragen wie eine Maschine und war mit den Gedanken offenbar woanders. Er tat so, als würde er ihre Antworten mit einem teuren Federhalter notieren, den er gewissenhaft in ein schönes Tintenfass tauchte, doch Vigdís sah, dass es sich um sinnloses Gekritzel handelte, das oft genug neben dem Papier auf der rauen Schreibtischplatte landete und dort eine nicht austrocknende Tintenpfütze bildete. Sie konnte schließlich entkommen, indem sie sich erhob und sich mit den Worten verabschiedete, die Ergebnisse würden sich bestimmt bald zeigen. Auf dem Weg zur Haustür fiel ihr ein, dass sie das mitgebrachte Glas vergessen hatte; sie machte kehrt, ging zurück ins Sprechzimmer und sah, dass der Arzt immer noch benebelt auf seinem Stuhl saß und ihr Glas gerade in einem Zug geleert hatte. Ein dicker gelber Tropfen war jedoch danebengegangen und rann im gleichfarbigen Lampenlicht durch den Stoppelwald am Kinn des Arztes.

Kapitel 39

Die Liebe und die Kunst

Am Ende war es Halldóra, die Haushälterin, die am Tag vor dem Ausflug der Kirche einen Blick auf den Morgenurin der Frau Pastor warf und anschließend verkündete, es rege sich Leben in ihrem Leib. Die Volksmedizin riet, in eine mit Urin der fraglichen Frau gefüllte Waschschüssel über Nacht eine blankpolierte Nadel zu legen. War die Nadel am nächsten Morgen noch blank, gab es keine wichtigen Neuigkeiten, hatte sie aber Rost angesetzt, dann war die Frau schwanger. Basierend auf diesem traditionellen Verfahren hatte Halldóra ihre eigene Methode entwickelt, die sie aber nicht näher erklären wollte. »Ich sehe es einfach«, sagte die starkknochige Hauswirtschafterin, und sie irrte sich auch diesmal nicht, denn bald setzte bei Vigdís morgendliche Übelkeit ein.

Sollte sie aber gehofft haben, die Neuigkeit ihrer Schwangerschaft würde in ihrem Mann das Verantwortungsgefühl steigern, so hatte sie sich sehr getäuscht. Denn die Nachricht freute den Pfarrer so sehr, dass er nur noch froher und ausgelassener wurde, von da an ganze Tage vor seinem Notenpapier saß und zwei neue Lieder für seine Frau und ein drittes für das ungeborene Kind komponierte. »Am schönsten ist die Leichtfüßige, / die ein Leben erwartet ...« Der Pastor schien völlig vergessen zu haben, was seine berufliche Aufgabe war. Vigdís musste ihn zweimal daran erinnern, ein Schreiben des Bischofs zu beantworten, der sich nach dem Bau einer neuen Kirche erkundigte und anmahnte, in der kirchenlosen Zeit ein intensives Gemeindeleben aufrechtzuerhalten.

Irgendwann raffte sich der Pfarrer immerhin auf, eine Andacht für Sakarías V. Einarsson zu halten, der am selben Tag verschwunden war wie die Kirche. Gerüchte besagten, er sei mit ihr im Meer versunken. Das war nicht unwahrscheinlich, da der kalenderkundige Lakenträger halbe und ganze Tage im Haus Gottes verbracht hatte. Die Vorstellung, wie dieses alte Klappergestell durch die Kirche geschleudert worden war, über Bänke, Boden und Dachgestühl, während sie vom Sturm durch Eyri gewälzt wurde, war schauerlich. Im Anschluss machte Lási als erster Mensch den Vorschlag, Anschnallgurte in isländischen Kirchen anzubringen, eine Idee, die allerdings nur wenige hörten und die bei niemandem Anklang fand. Sie hätte sich jedoch als sehr nützlich erwiesen, als sieben Jahre später auf Snæfellsnes eine Kirche während einer Beerdigung umgeweht wurde, sodass man gleich in einem Aufwasch zwei zusätzliche Gräber ausheben musste, sogenannte »Eilgräber«. Die Andacht für Sakarías fand in der Baðstofa von Gamlibær statt, dessen Bewohner ebenso daran teilnahmen wie die beiden überlebenden Propheten, und sie zog sich etwas in die Länge, weil beide eine Gedenkrede auf ihren Freund halten wollten.

»Anhand der bescheidenen Aufzeichnungen, die mir vorliegen, möchte ich an meine ersten Begegnungen mit Sakarías Válas Einarsson erinnern ...«

Nach dieser Zusammenkunft gab es keine weiteren geistlichen Amtsgeschäfte auszuüben, denn die Entfernung der Kirche aus der Gemeinde hatte augenscheinlich zur Folge, dass die Leute sich mit Bedürfnissen in dieser Richtung zurückhielten. Monatelang ging das Leben im Fjord weiter, ohne dass ein Pfarrer gebraucht wurde, es musste niemand verheiratet oder getauft werden. Die Menschen stellten sogar das Sterben ein, denn niemand wollte diese Welt ohne eine ordentliche Beerdigung verlassen. Dabei war das, abgesehen von Weihnachten, wo man nach dem Abendessen die Stricknadeln ruhen lassen durfte, das einzige Menschenrecht der armen Bauern und des auf den Höfen verdingten Gesindes: Sie hatten ein Anrecht darauf, begraben zu werden wie andere Leute auch, mit Sarg, Kirchenliedern und Aussegnung. Die eingetretene Unsterblichkeit lieferte den Spaßvögeln Material für eine neue Theorie: Seitdem die Kirche weg war, sei alles besser geworden, neuerdings sei der Segulfjörður das Paradies, in dem die Menschen das ewige Leben besäßen. Jetzt brauchte bloß noch der verdammte Arzt zu verschwinden, dann würden auch alle gesund.

Dem Pfarrer fiel es im Lauf der Zeit immer schwerer, seine Freude zu verhehlen. Árni war nahezu überwältigt von Glücksgefühlen. Das neue Jahrhundert hatte ihm nicht allein eine Frau beschert – die allerbeste Ehefrau, die man sich nur denken konnte, auch wenn sie ihr Haupt manchmal in Wolken hüllte –, und nun erwarteten sie auch noch ein Kind! Obendrein hatte ihn die neue Zeit von allen lästigen Pflichten erlöst. Er war ein freier Mensch! Jede Woche hörte er von neuen Volksliedern, die er aufzeichnen konnte. Anlässe also, tiefer in den Fjord hineinzureiten oder über den Pass und in einer armseligen Behausung aus einem greisen Knochensack ein uraltes Lied zu schütteln. Wie segensreich waren doch die heiligen Visitationen! Von jedem Ausflug kehrte er singend zurück, sodass sich seine Frau und deren Freundin fragten, ob er durch die Prüfung gefallen sei, sein Versprechen gebrochen und östlich des Fjords das eine oder andere Gläschen getrunken habe, vielleicht sogar einen Flachmann in der Jackentasche trage, aber nein, es waren nur Glücksgefühle und Lebensfreude, die Liebe und die Kunst, die den Pfarrer trunken machten.

Er hatte seine Kreativität wiedergefunden. Er hatte wieder zu komponieren begonnen. Wundervolle Melodien entströmten ihm. War er ein Komponist geworden? Und was noch mehr war: Die Melodien brachten auch gleich auf selbstverständlichste Weise die passenden Verse hervor, so wie ein breiter Strom an seinen Ufern Moos gedeihen lässt. War aus ihm ein Dichter geworden?

Kapitel 40

Blümchengucken

Was ging hier überhaupt vor sich? Sobald die Kirche entfernt war, blühte das Leben im Ort auf. Aus dem Pfarrer war ein Komponist geworden, die Pfarrersfrau gesegneten Leibes. Kein Treibeis im Spätwinter, und Nyvoll hatte das Saufen aufgegeben.

Deutlichstes Zeichen war jedoch die Zimmerpflanze, die kurz vor Ostern in edler Verpackung im Madamenhaus abgegeben wurde, ein Karton mit Sichtfenstern und Luftlöchern, eine Sendung aus Bíldudalur, vom Vater an die Tochter, aus Anlass der guten Neuigkeit und wohl auch als Versuch, das Leben in diesem kirchenlosen Kälteloch etwas erträglicher und annehmlicher zu machen. In den Briefen ihrer Tochter hatten die Eheleute Thorgilsen zwischen den Zeilen Traurigkeit herausgelesen. »Den Winter über gab es hier weder Kakao noch Tee, sodass wir Kaffee trinken wie die Vormänner der Haifangboote. Vielleicht schmeckt er uns ja im Lauf des Frühjahrs.« Die Pflanze trug den märchenhaften Namen Begonie und verhieß große Pracht in Form dreier noch geschlossener Knospen. Sie bekam einen Ehrenplatz in der Mitte des Esstischs. Die alten Madamen freuten sich wie Kühe im Frühling, doch keiner war so begeistert von dieser Wunderpflanze wie der Pastor, und nur er allein durfte ihr Wasser geben. »Er trinkt durch die Blume«, grummelte Halldóra in der Küche in einen Topf leise wallender Roggenmehlgrütze.

Eine Zimmerpflanze hatte man im Segulfjörður noch nie gesehen, und Fräulein Begonie Thorgilsen, wie die Spaßvögel sie tauften, wurde bald zu einem vielerörterten Gesprächsgegenstand in den Wohnstuben des Fjords. »Wie kann denn eine Blume in einem geschlossenen Haus wachsen? Die haben im Madamenhaus doch keine Fußböden aus gestampfter Erde, oder?« Die Leute hatten keine Fantasie bei all diesen Wundern.

Nach einem Monat war die Pflanze so berühmt, dass die Leute auf ihren Wegen zum Anleger oder zum Krónu-Laden eigens Umwege am Madamenhaus vorbei einschlugen, um möglichst einen Blick auf das Prachtstück zu erhaschen. Das ging so weit, dass Séra Árni seinem Gemeindebrief einen Anhang anfügte, in dem er von neuen Entwicklungen im christlichen Gemeindeleben schrieb und ankündigte, das Madamenhaus werde am letzten Aprilsonntag seine Türen für alle Fjordbewohner öffnen, die die Blume sehen und streicheln wollten. An die dreißig Besucher machten sich auf den Weg, warteten auf der Treppe, bis sie unter dem strengen Blick von Hauswirtschafterin Halldóra in kleinen Grüppchen eingelassen wurden.

»*Uh, min gud, hvor det er skönt*«, sagte Rebekka von Selbær ergriffen, als sie sich über die drei rosa Blüten beugte, die im Lauf der Woche aufgegangen waren. Trotz ihrer drachenhaften Gestalt und einer gewissen Grobmotorik in ihren Bewegungen – mit ihrem ausladenden Hinterteil war sie auf dem Weg ins Wohnzimmer gegen ein Beistelltischchen gestoßen, sodass die darauf auf einem Häkeldeckchen stehende Vase auf den Boden fiel und in drei Teile zerbrach – hatte etwas in ihrem Inneren ihr geraten, die Blume auf Dänisch anzureden, genauer gesagt mit dem einen Satz, den sie sich in ihrer Kindheit gemerkt hatte. Begleitet wurde sie von ihrer Tochter, der backenschlenkernden Sunna, einem rötlichen Mädchen mit einem Schauer von Sommersprossen im Gesicht, einem kräftigen Bäuchlein und knöchelrissigen Männerhänden. Als sie nach der Blumenschau die Treppe herabkam, starrte sie Gestur dermaßen an, dass sie auf der letzten Stufe stolperte. Gestur hatte die Weiblichkeit von Ytri-Skriða über den Fjord gesetzt, also Sæbjörg, Snjólka und Helga, weil die jene Blume ebenfalls eigenäugig zu sehen begehrten, und er hatte sich dann entschlossen, sie zum Haus des Pfarrers zu begleiten, sodass er einer der wenigen Männer war, die an diesem Tag das Haus betraten. Was er vor allem tat, weil er sich Sorgen um seine Konfirmation machte, da es derzeit ja keine Kirche gab.

»Sei willkommen, mein Freund, du bist doch Lásis Junge, der, den ich in der Küche von Bæjarkot aufgestöbert habe, nicht wahr? Nein, ich fürchte, es wird dieses Jahr nichts mit der Konfirmation. Aber wir hoffen, im nächsten Sommer ersteht hier eine neue Kirche, und dann können wir euch im Herbst konfirmieren«, sagte Séra Árni, als er mit dem Jungen im Hausflur zusammentraf.

Außer Gestur sollten auch besagte Sunna und ein weiteres Mädchen namens Anna, Tochter von Metta in Mjölkot, ein stilles, blasses Wesen, das manchmal mit einem leeren Wassereimer auf Eyri unterwegs war, konfirmiert werden. Gestur hörte sich die Worte des Pfarrers an und betrachtete das Lächeln, das mit ihnen einherging, es sah ganz so aus, als würde der Pfarrer Freudenbotschaften verkünden. Machte er sich denn gar keine Sorgen über die Situation? Dann gingen sie beide, um den drei Frauen aus Skriða beim Inspizieren von Wohnzimmer, den Madamen und der Blume zuzusehen. Für die armen Leute bedeutete dieser Tag der offenen Tür nicht zuletzt auch eine Gelegenheit, sich endlich einmal im Madamenhaus umzusehen. Zu Zeiten von Séra Jón waren nur die wohlhabenderen Bauern zu einem Umtrunk vor und nach dem Gottesdienst ins Haus eingeladen worden. Das abgemagerte einfache Volk und die torfhausgeräucherte Weiblichkeit hatten dagegen noch nie zu sehen bekommen, wie die Ortshäuptlinge wohnten, und all die rachitischen Baðstofagestalten mit ihren kältezerfressenen Gesichtern und feucht verklebten Haaren achteten sehr darauf, jede Kommode, jede Anrichte, jede Vase, jeden Fensterrahmen, jeden Abstelltisch, jeden Schoß und jede Brust, Kleider, Bänke, Filigranarbeiten, Handrücken, Gesichter, Hauben, Quasten, Zöpfe und Frisuren genauestens in Augenschein zu nehmen, bevor sie sich der neuen Zimmerzier zuwandten, dem rosablühenden, grünblättrigen Gewächs in einem dunklen Zinntopf. Danach ging es denselben Weg zurück ... Ach, guck mal, das nennt man sicher Türklinke ... Nein, ich traue meinen Augen nicht, Betttücher auf dem Boden ...

Die alten Schlachtrösser, die weißhaarigen Witwen, saßen auf Stühlen rechts und links am Esstisch wie Puppen in Medium und Small oder einigermaßen lebensechte Figuren aus einem Wachsfigurenkabinett und bewegten kaum einmal die Augenlider. Mit herabgezogenen Mundwinkeln wehrten sie die Stallgerüche ab, die all diese Menschen hereinschleppten, die muffigen Dünste von verräucherten Hütten, den Qualmgeruch aus Küchen mit offenen Kochstellen, und bedachten Árni im Stillen mit unfrommen Worten. Jahrzehntelang hatten sie unbehelligt von der umwohnenden Gesellschaft gelebt, beschützt von der geistlichen Obrigkeit des Landes, unterhalten vom Fonds für Pfarrerswitwen, zwei unterdrückte Doppelkinne, die hier ihren langersehnten Hausfrauenurlaub verlebten, in Frieden vor ihren schrecklichen Männern und deren ebenso schrecklichen Gemeinden, und nun mussten sie mitansehen, wie niednagelige Weiber und ihre keuchhustengeschüttelte Brut sowie gelegentliche Fischer und Syphilitiker durch ihre gute Stube trampelten. Beide hatten überlegt, oben in ihren Zimmern zu bleiben, doch von zwei Übeln hielten sie es für das geringere, ihren Besitz zu bewachen. Unglaublich, einige dieser Leute hatten einen dreistündigen Fußweg auf sich genommen, nur um drei blassrosa Blüten an einem Stängel zu sehen!

Diesen Leuten ist nicht zu helfen, dachte Vigdís und trippelte mit ihren Augen zu ihrer Freundin. Beide saßen in einer Ecke nahe der Tür, und Súsanna hatte sich vorgebeugt, um diesen Jungen zu sehen, mit dem sich Árni im Hausflur unterhielt.

»Ist es denn sicher, dass im nächsten Sommer eine neue Kirche gebaut wird?«, fragte Gestur, der sich gerade sehr erwachsen gab.

»Ja, ich glaube, die Sache ist auf einem guten Weg«, antwortete der Pfarrer, hörte sich aber nicht sehr überzeugend an. Vielleicht hörte er auch nicht sehr aufmerksam zu. »Ach übrigens, hier ist neulich ein Brief für Sie angekommen. Sie heißen doch Elísson, nicht wahr? Gestur Elísson?«

»Nein, Eilífsson.«

»Eilífsson, natürlich. Warten Sie einen Moment.«

Gestur blickte dem Mann mit dem Schnauzbart nach, der, zwei Stufen auf einmal nehmend, die Treppe hinaufstieg. Dieser Pastor war gut zu Fuß. Augenblicke später kam er die Treppe schon wieder herabgeeilt und reichte dem unkonfirmierten Jungen einen weißen Briefumschlag. Gestur las seinen Namen, behutsam geschrieben von weiblicher Hand, darunter die Angabe des Fjords. In der rechten Ecke klebte eine hübsche blaue Briefmarke mit einer Krone und der Aufschrift »ÍSLAND« und »40 AUR«. Jemand hatte ihm einen Brief geschrieben. Wer hatte ihm einen Brief geschrieben? Noch einmal las er seinen Namen, und es wurde ihm dabei etwas schwummrig vor Augen, ihm kamen Zweifel, ob es wirklich sein Name war, ob er tatsächlich Gestur Eilífsson hieß. Dann kam er wieder zu sich, wandte den Blick von dem Brief, und von einem völlig neuen Standort, als wäre unter seinen Füßen ein kleiner Hügel aufgeworfen worden, sagte er zum Pfarrer:

»Was den Neubau der Kirche angeht, dachte ich ... könnte mein Vater Lási nicht Arbeit beim Bau bekommen?«

»Äh ... ja, Lási? Der Zimmermann? Ja, doch, das wäre zu überlegen.«

Gestur wurde kurz abgelenkt, denn gerade reckte die blonde Súsanna den Kopf noch weiter vor, und ihre Augen trafen die seinen, und sie stieß ein kurzes spöttisches Lachen aus; er konnte nicht anders als zurückzulächeln und wurde dabei ganz rot. Was für ein schlanker Hals! Überhaupt, was für ein Hals! Sein Blick wanderte daran hinab zum Ausschnitt, ihm wurde heiß.

»Bitte? Was haben Sie gesagt?«

»Wir werden darüber nachdenken.«

»Könnte ich dann nicht auch Arbeit bekommen? Ich bin sein Handlanger.«

Er klang wirklich sehr erwachsen. Er wunderte sich über sich selbst.

»Sie? Beim Bau der Kirche?«

»Ja.«

»Äh, na ja, darüber könnte man auch nachdenken.«

»Können wir das nicht gleich verabreden?«

In diesem nicht einmal konfirmierten Jungen steckt eine Menge Durchsetzungswillen, dachte Séra Árni. Der hatte aus dem rußdunklen Winkel in der Küche von Bæjarkot schon einen beachtlichen Weg zurückgelegt.

»Wir müssen erst abwarten, wann die Bauarbeiten beginnen.«

»Beginnen sie also vielleicht doch nicht im Sommer?«

»Ja, doch, so ist es geplant.«

»Wie wird man für die Arbeit bezahlt?«

»Was meinen Sie?«

»Mein Vater Lási hat drei Wochen beim Bau der Landungsbrücke gearbeitet, aber dafür bis heute keinen Lohn erhalten.«

Sieh an, der Skriðabauer hat nicht nur einen Sohn, sondern auch einen Agenten bekommen.

»Keinen Lohn erhalten?«

Súsannas Kopf schoss nun wieder in den Türspalt vor, diesmal mit leicht neugierigem Gesicht, und es lag sogar etwas wie Respekt in ihrem Blick. Diese Grübchen! Diese Haut! Was für Lippen!

»Nein, man hätte ihm ein Guthaben im Krónufélag gutschreiben sollen, im Wert von fünf Lämmern, aber das ist bis heute nicht passiert. Er lebt in Gedichten, nicht in Geldgeschichten, und hakt nicht richtig nach. Wer wird für die Arbeit bezahlen?«

Gestur merkte, dass der Brief großen Einfluss auf ihn ausübte und ihn dazu brachte, sich hoch aufzurichten. Oder war es der Blick der jungen Frau mit dem langen Hals, der ihn verrückt machte und so anmaßend laut und clever sprechen ließ? Oder ging es vielleicht um seine Frauen, die sich noch im Wohnzimmer umsahen, spielte er das Theater für sie? Wollte er ihnen zeigen, dass er auf diesen Dielenbrettern zu Hause und kein Torfhauskind war? Dass er mit Amtsträgern reden konnte wie ein Erwachsener? Die richtige Antwort darauf fand er nicht, er wusste nur, dass er nicht an sich halten konnte, die Worte kamen von allein.

»Das ... das muss ich noch in Erfahrung bringen«, sagte der Pfarrer ein wenig verunsichert und unzufrieden darüber. »Ich nehme an, es ist die Staatskirche.«

»Schön, es wäre gut, das herauszufinden, bevor die Arbeit anfängt.«

Séra Árni hatte jetzt genug von diesem Rotzlümmel, der sich tatsächlich erdreistete, ihm Anweisungen zu geben! In dem Moment kamen die Frauen von Skriða aus dem Wohnzimmer, sie hatten ihre rosa Blümchenschau beendet und verbeugten sich stumm vor dem Gottesmann, nur Snjólka sagte mit großer Grimasse und noch größerer Entrüstung: »Redstu mit'm Paster?«

»Ja«, antwortete Gestur.

»Zuerst musstu konfermiern.«

Die kleine Helga, inzwischen neun Jahre alt, blickte langsam an dem langen Pfarrer hinauf, bis ihre Augen bei dem berühmten Schnauzbart haltmachten, dann sah sie Gestur mit einem Ausdruck an, der besagte: Ja, natürlich spricht er mit dem Pastor. Er hat ihn gefragt, wann die neue Kirche kommt, damit er uns trauen kann. Gestur rollte über Snjólkas Äußerung mit den Augen und begegnete dabei denen Súsannas, dieser schönen, erwachsenen Frau. Erst jetzt sah er, dass Madam Vigdís neben ihr saß – ah, natürlich, sie war das, ihre Freundin aus dem Westen, er hatte die Jungen von Eyri über sie reden gehört. Er hatte noch nie eine so schöne Frau gesehen. Er blickte auf Helga und erschrak leicht über das entschlossene Brautgesicht, das sie hier in geweihter Gegenwart aufgesetzt hatte, doch da hörte er schon ihre Mutter mit den Kälberzähnen poltern: »Ab, nach Hause, abnehmen!«

Kapitel 41

Katenkind

Das Leben war wirklich komisch. Die herzenswarme Grandvör hatte eine eiskalte Tochter bekommen, die den begabtesten Mann des Fjords geheiratet hatte, und zusammen hatten sie dieses einfältige, lästige und hässliche Arbeitstier bekommen, das wiederum mit jenem blechherzenen Hänfling das schönste Kind im Fjord gezeugt hatte, ein Mädchen mit rauschender Liebesleidenschaft im Blut. Gestur konnte sich durchaus vorstellen, dieses Mädchen irgendwann zu seiner Frau zu machen, wenn es erst einmal erwachsen war, nur ihre Liebeskrankheit war so schwer auszuhalten. Diese flehenden, großen Augen, die ihn tagtäglich anhimmelten, die ihn aus jeder Nische, aus jeder Stallecke und jedem Schuppenwinkel beobachteten, trieben ihn in den Wahnsinn. Er folgte seinen berockten Frauen zur Tür wie ein Hirte seinen Schafen, drehte sich aber auf der Schwelle noch einmal um und schickte einen Blick zum Türspalt, durch den ihn Súsanna erneut anlächelte.

Die Nächsten, die eintreten wollten, waren Steinka von Bæjarkot und ihre Tochter Margrét, die bei des Pastors Hausbesuch im vorletzten Jahr krank unter der patschnassen Decke gelegen hatte. Sie war jetzt eine neun Jahre alte Bohnenstange. Gestur erkannte sie, grüßte aber nicht, und trat auf die Freitreppe.

Ihm war nicht klar, ob es gut oder schlecht war, nicht konfirmiert zu werden. Zwei Jungen von Eyri standen unten, er kannte die beiden,

Hemmi Góss und Valdi von Mjólkurbær. Sie waren ganz groß darin, auf ihn herabzusehen, obwohl er oben auf der Treppe stand, sein Gesicht straff und gespannt nach der Unterredung mit dem Pfarrer, und er sogar einen an ihn persönlich adressierten Brief in der Hand hielt. Gestur ging die Stufen hinab, ohne sie eines Blickes zu würdigen, und folgte seinen langen Röcken zum Anleger wie ein kleiner, nicht-konfirmierter Familienvater mit Frau, Tochter und Schwiegermutter. Er schritt einher wie ein erwachsener Mann, wie ein aufgeblasener Häusler, aber bei genauerem Hinsehen war an seinem Gang der unterdrückte Wunsch abzulesen, am liebsten davonzulaufen.

Der April summte in den Berghängen, Wind schnappte aus den Scharten und Klüften, die Hauswiesen waren übersät mit tauenden Schneehaufen, auf den Südseiten der Häuser lagen noch altersmüde Schneewehen, grobkörnig und aufgeweicht, zu den Wänden hin aufsteigend zu übergroßen Kittklumpen, die dazu gedacht waren, beim nächsten Ansturm die schäbigen Baracken auf Eyri festzuhalten. Über dem Kirchenfundament flatterte ein mies gelaunter Rabe.

Gestur hörte Góssi, den einzigen echten Kaufmannssohn im Segulfjörður, ihnen nachrufen, indem er die Missgeburt Snjólka nachahmte: »Ab, nach Hause, abnehmen! Es gibt sowieso nichts zu fressen, hahaha!«

Überraschenderweise schlief der Wind ein, sobald Gestur vom Land abstieß, und der Fjord zeichnete ein Spiegelbild der Berge, das Gestur mit seinen Ruderschlägen zerstörte, doch das Bild sah er ohnehin nicht, weil sein Kopf noch immer voll war von dem Gespräch, der Briefsendung und Súsanna. Ihr Gesicht hatte ihn ebenso angesprochen wie ihre niedliche Nase. Eine solche Frau hatte er noch nie gesehen. Eine Frau, die ihr gutes Aussehen pflegen konnte, eine Frau, die weder vor Müdigkeit dunkle Ringe um die Augen hatte, noch von Kälte angefressen und von Rauch grau war. Den Brief hatte er in die Unterhose gesteckt, nachdem Snjólka ihn fixiert hatte, und jetzt hörte er ihn bei jedem Ruderschlag rascheln.

Die drei Frauen saßen ihm gegenüber im Heck, und erst als er viele

Bootslängen zurückgelegt hatte und ihm ordentlich warm geworden war, sah er sie an, und vielleicht zum ersten Mal kam ihm der Gedanke, dass sie zu ihm gehörten. Sie waren vielleicht nicht seine Familie (die bestand in seiner Vorstellung noch immer aus Kopp und Malla und den Schwestern Sigga und Tedda), aber sie standen ihm mittlerweile nahe, sie lagen ihm am Herzen, wie er jetzt feststellte, denn plötzlich fühlte er eine überraschende Zuneigung zu ihnen.

Da saß die kleine, verliebte Helga mit ihren großen Augen, die sie nie von ihm ließ. Dahinter hockte ihre Großmutter Sæbjörg in Rock und Kopftuch mit verkniffenem Mund und schaute übers Wasser, ohne seinem Blick zu begegnen, sie hatte einen ausgesprochenen Widerwillen gegen das Meer. Obwohl er seit bald zwei Jahren im Haus dieser Frau lebte, stand sie ihm noch immer so fern wie am Tag seiner Ankunft. Es war wohl kein leichtes Los, Lásis Frau zu sein. Oder war es generell nicht leicht, eine Frau zu sein? Er versuchte sich vorzustellen, woran diese schmallippige Frau mit den schlaffen Wangen Gefallen haben mochte, aber es fiel ihm nichts ein, sie hatte an allem etwas auszusetzen, nicht einmal ihre Enkelkinder Helga und Baldur schienen ihr Freude zu bereiten. »Passt auf, verschüttet nichts!«

Neben Helga saß ihre hässlich entstellte Mutter Snjólaug Sigurlásdóttir und gaffte mit ihren großen Schneidezähnen auf den Fjord. Gott allein mochte wissen, was im Kopf dieser Frau vorging, die man so schwer gern haben konnte, die aber alle doch irgendwie mochten. Selbst Gestur, so stellte er nun zur eigenen Überraschung fest, bedauerte die treue Seele auf einmal dafür, in diesem abstoßenden Körper eingesperrt zu sein. Er erkannte, dass sie es war, die das Haus zusammenhielt, das Leben dort am Hang, sie hielt es tagein, tagaus in Gang, sie molk Kühe und Schafe, lief Mensch und Hund hinterher, strickte für drei und liebte für sieben (denn der liebt am meisten, der keine Gegenliebe erhält). Ja, klar, sie war die Einzige auf diesem Hof, die mit jedem verwandt war – abgesehen von ihm natürlich. Sie war das Herz der Familie. Wer nur die Oberfläche der Dinge betrachtet, versteht das Leben nicht. Wer Menschen nach dem Äußeren beurteilt, macht damit gleichzeitig deren Äußeres zum Spiegelbild seines Inneren. Von beiden Möglichkeiten war es die wahrlich schlechtere, äußerlich schön und innerlich hässlich zu sein. Obwohl die Frontseite des Kotten das Ärgste vermuten ließ, barg er hinter der Fassade beträchtliche Reichtümer, wie er gelernt hatte, Schätze, deren Wert er vielleicht nicht immer oder ganz ermaß, doch deren Bedeutung ihm einigermaßen klar wurde. Lásis Bücher, sein Wissen und seine Poesie, die Kaldanesrímur, die Werkstatt mit all ihren Gerätschaften, die alte Grandvör und der junge Baldur, die Produktion von Wollhandschuhen, die Lawinensicherungsleine und sein Schäfchen, die Jakalín, das ganze lebendige System, das in dem Wort »Kate« nicht ausreichend Platz fand. Dabei vergaß er noch Júnó, die liebe Hündin, die im Kirchensturm Anfang des Jahres verschollen und zwei Wochen später ohne Erklärung wieder aufgetaucht war, als wäre sie mal eben zu einer Hundereinigung im Himmel gewesen. Wäre es vielleicht das Beste, die Liebe, die ihm da auf der Ruderbank gegenübersaß, zu akzeptieren, Snjólaugs Schwiegersohn zu werden und später den Betrieb auf Ytri-Skriða zu übernehmen und Bauer unter Bauern zu werden?

»Rudern!«, schrie ihn Snjólka das Monstrum an, er hatte sich in seinen Zukunftsspekulationen verloren und die Ruder nicht kräftig genug durchgezogen.

»Nach Hause, abnehmen!«

Kapitel 42

Die Schönheit, die Armut

Nach wie vor strömten tagaus, tagein die Trolle aus den Grassodenhäusern ins Madamenhaus, um die einzelne Blume zu bewundern. Séra Árni bat jeden von ihnen mit dem gleichen Lächeln herein, selbstverständlich auch Steinka von Bæjarkot, denn war nicht unter ihrem bescheidenen Dach die isländische Musikakademie entstanden?

Von allen älteren Frauen im Fjord war sie die unansehnlichste, nahezu kahlköpfig, die letzten Strähnen baumelten ihr über die frostzerbissenen Backen, jede einzelne Falte saß voller fettem Ruß, sodass sie von schwarzen Narben bedeckt zu sein schien, auf der Stirn prangte über der linken Augenbraue ein roter Pickel oder Knoten, der manchmal eine undefinierbare weißliche Flüssigkeit absonderte, die in die Braue rann und in den Haaren dort stockte, sodass sie eine dicke Kruste über dem Auge trug. Ihre Lippen waren aufgesprungen, und einige der Risse nässten blutig. Oben fehlten beide Schneidezähne, und das schien sie geradezu als Abschreckung einzusetzen, denn wenn sie den Mund aufriss, entblößte sie immer bis zum Zahnfleisch den Oberkiefer, der weit über den unteren vorstand. Bei dieser Zahnfleischentblößung erschraken die Leute, weil die doppelte Zahnlücke ganz schwarz war, und sich diese Schwärze bis weit über den Gaumen erstreckte, als wären ihr die Zähne im Mund verkohlt. Ihre Kleidung war verschlissen, kaputt und schmutzig. An der Rückseite ihres Überrocks hing ein glasharter Mistkötel, vermutlich bereits seit Weihnachten.

Sie hatte seit dem neunzehnten Jahrhundert nicht mehr ihre Wäsche gewechselt.

Übelkeit stieg in Vigdís auf, sobald sie diese krumme Frau steifbeinig ins Wohnzimmer wackeln sah, die Arme in Strickhaltung, sodass ihre Ellbogen abstanden wie gerupfte Flügel. Anders als die anderen Besucher nahm sie sofort Kurs auf den Tisch, denn trotz ihrer Unreinlichkeit ging sie im Übrigen alle Dinge direkt an. Vigdís und Súsanna waren schon in der Kirche auf das armselige Weib aufmerksam geworden und hatten sich geschüttelt, aber sie hier zu sehen, in diesem feinen Salon, auf der Bodendielenbühne ihres eigenen Wohnzimmers, das war noch schauderhafter. Die Freundinnen hatten noch nie ein solches menschliches Schandmal erlebt, sie stank, als würden ihr achtzehn aufgerichtete Leichen folgen. Dass Árni sie mit Händedruck begrüßt haben sollte … Das hier war doch keine Umgebung für eine kranke Frau! Diese Hexe konnte Gelbsucht oder die Franzosen haben oder sogar Lepra. Es hieß, sie habe mit Gift und einem Hammer ihren Mann umgebracht. Aus all diesen Gründen war es geradezu eine Offenbarung, dass das Mädchen, das ihr in der erstickenden Duftwolke folgte, eine der schönsten Blumen war, die die Freundinnen je gesehen hatten. Es war sogar noch schöner als das hübsche Mädchen, das eben erst das Haus verlassen hatte, Helga, die Tochter der Snjólka von Ytri-Skriða. Wenn gerade ein dänischer Fotograf zur Stelle gewesen wäre, dann wären die beiden Mädchen sofort auf Postkarten gelandet. Wie konnte nur aus der schwarzen Mundhöhle ihrer Mutter solche Schönheit hervorgehen?

Keine Besucherin blieb so lange wie Steinka von Bæjarkot, keine war von der Blume so begeistert wie sie.

»Unglaublich, wie schön sie ist«, seufzte sie, nachdem sie sich so über das farbige Heiligenbild gebeugt hatte, dass sich ihre Zahnlücke gegen das helle Sonntagsfenster abhob. Die alten Madamen klappten zweimal mit den Augendeckeln, als wären es Fächer, mit denen sich der schreckliche Gestank wegwedeln ließ, der von der Bäuerin ausging, doch sonst bewegten sie nichts, weder Lippen noch Finger.

»Oh ja, wunderschön ist sie«, seufzte Steinka. »Ist das der Kindersegen vom Herrn Pastor? Bringt er nichts anderes zustande als diese Blumenpracht? Er muss ein Heiliger sein. Wie nennt man eigentlich diese Farbe?«

Niemand traute sich, ihr eine Antwort zu geben. Alle waren von ihren unverschämten Worten schreckgelähmt. Draußen im Flur schluckte Séra Árni heftig.

»Wie heißt so eine Farbe?«

»Das ist Rosa«, sagte Súsanna schließlich.

»Rosa? So eine Farbe gibt es in unserer Sprache nicht. Das ist was Dänisches.«

»Rosa ist ein urisländisches Wort. Gunnar von Hlíðarendi in der Saga von Brennu-Njáll benutzt es«, erklärte Vigdís mit belehrendem Nachdruck in der Stimme.

»Und das wurde sein Tod«, zitierte die Alte schrill. Und tat nun etwas, was noch keiner getan hatte: Sie streckte den Kopf, diesen umstrittenen Schädel, über den Tisch, bis ihre Nasenspitze zwischen den zauseligen Strähnen die größte Blüte erreichte, diese blassrosa Pracht, und schnupperte kräftig daran, sog den Duft so vernehmlich ein, als ginge es um Leben und Tod, als stünde sie an einem Jungbrunnen und könne mit jedem Atemzug ihr Leben um ein Jahr verlängern. Vigdís sprang auf und trat einen Schritt vor. Was machte dieses Weib da? Schmatzte es etwa auf ihrer Pflanze herum? Nein, das wohl nicht, aber saugte sie ihr nicht die Lebenskraft aus? Würde sie die Blume nicht umbringen, wenn sie so weitermachte? Margrét, die Tochter, stand neben ihrer Mutter und sah mit ihrem engelsgleichen Profil unbeteiligt aus dem Fenster; an der rosafarbenen Blumenschönheit zeigte sie kein Interesse. Súsanna und Vigdís konnten kaum die Augen von ihr lassen, hatte Gott sich einen Engel in einer armseligen Hütte erschaffen? Was sie am meisten irritierte, war der Umstand, wie ähnlich sich Mutter und Tochter sahen. War die Mutter etwa auch einmal eine solche Schönheit gewesen, und die harten Lebensumstände hatten sie erst im Lauf der Zeit zu dem gemacht, was sie jetzt war? Würde auch der Engel nach einigen Jahrzehnten zu so einer Hexe werden? Wie erbarmungslos war dieses Land!

»Oh, was für eine Herrlichkeit und Pracht! Oh, wie herrlich …!«, seufzte Steinka von Bæjarkot zwischen ihrem schnüffelnden Einatmen.

Vigdís war fast so weit, das Weib anzustupsen – wollte sie sich die Blüten am Ende noch in die Nase schieben? –, aber sie verbot es sich, weil sie dieses Gerippe von einer Schulter nicht berühren mochte, der Stoff darüber war blankgescheuert von der Reibung an der Sense und den Flanken der Kuh. Es war aber auch nicht nötig, denn bevor die übelriechende Frau alles Leben aus der Pflanze gesaugt hatte, zog sie den Kopf zurück und drehte sich um. Die junge Pfarrersfrau hatte nie zuvor solch hässliche Freude, eine so schöne Hexenfratze gesehen, das Gesicht der Frau strahlte über all seine Pickel und Geschwüre, blutigen Risse und Zahnschluchten, als hätte das helle Rosa der Blume alle Schattierungen des Gesichts überzogen und rötlich schimmernde Freude zum Vorschein gebracht. Auf der Nasenspitze, auf dem höchsten Punkt der Seepocke auf ihrer linken Augenbraue, auf dem Eiter auf der Stirn, auf der glänzenden Oberlippe, in den schafsgrauen, immerfeuchten Augen, überall waren stecknadelgroße rosafarbene Begonientupfer zu sehen; sie hatte sich in der Schönheit der Blume gebadet, ihre Farbe und ihren Duft, ihre Beschaffenheit und ihre Pracht in sich aufgesaugt und stand nun vor Vigdís' Nase wie eine Erlöste, die nur noch zu sagen brauchte, ja, jetzt kann ich in Frieden sterben.

Sie bedankte sich, trieb ihre Tochter an und verschwand – mit zurückgewinkelten, stoffglänzenden Ellbogen – aus dem Raum. Die Freundinnen aus dem Westen blieben auf ihren Plätzen zurück und konnten sich des Gefühls nicht erwehren, sie alle und nicht die Frau, die gegangen war, wüssten Schönheit nicht hinreichend zu würdigen, weil sie für sie zu alltäglich geworden war.

In der Diele verabschiedete sich Steinka vom Pfarrer, und als sie mit ihrer Tochter hinaus auf die Treppe trat, hörte man sie lauthals sagen: »*Jœja*, Magga, jetzt hast du mal einen Einblick bekommen. Ein Elend ohne Vieh und weiter nichts ...«

Im Herbst brachte eine zwanzigjährige Magd in Mjólkurbær ein Mädchen zur Welt, das im Wohnzimmer des Madamenhauses auf den Namen Begónía Árelía Andrésdóttir getauft wurde, in Anwesenheit ihrer Namenspatronin in dem dunklen Zinntopf. Als Vater wurde kein anderer als der Kapitän eines norwegischen Walfängers angegeben, Anders Nyvoll.

Kapitel 43

Kissengeplauder am Abend

Bei Vigdís hinterließ das Ereignis, wie dieses schneegezeichnete Gesicht seinen Frühling, seine Freude, seine Lebhaftigkeit wiedergefunden hatte, einen solchen Eindruck, dass sie am Abend noch lange nachdenklich auf dem Kissen wachlag und ihren Mann genauer über seinen Besuch in Bæjarkot ausfragte. Am liebsten hätte sie die Kate gleich am nächsten Morgen aufgesucht, denn ein so unheimliches Wesen hatte sie noch nie gesehen. Wie lebten solche Menschen? Und was war mit dem Mädchen, Margrét, wie würde sein Leben einmal verlaufen?

»Es ist ein Bau mit Querbalken und einer Stallbaðstofa. Nässe und Gestank waren heftig, aber trotz allem wirkte es irgendwie warm, und schließlich bin ich dort meinen Schicksalsmächten begegnet. Du könntest einmal mit Hafsteinns Frau Milda hingehen, sie bringt ihnen regelmäßig irgendwelche Dinge.«

»Aber es heißt, sie habe ihren Mann getötet.«

»Ich weiß nicht, an der Leiche waren keinerlei Hinweise darauf zu sehen. Es waren allerdings jede Menge Flüssigkeiten ausgetreten, unter ihm war alles eine Suppe. Wenn jemand weiß, was passiert ist, dann sind es die Kinder, Margrét und ihr Bruder Gísli, und auch Gestur in Ytri-Skriða, er war bei ihnen, als Einar gestorben ist.«

»Diese Margrét ist unglaublich; als stamme sie aus einem Elfenhügel.«

»Ja, die schönsten Blumen wachsen auf dem Misthaufen, heißt es doch.«

»Und Gestur? Ist das der Junge, der heute mit den Frauen kam, dieser ungehobelte ...?«

»Ja, ein begabtes Bürschchen, hätte im Frühjahr konfirmiert werden sollen.«

»Ja, man sieht da so etwas in seinen Augen unter all diesen Haaren. Súsanna findet, er sieht nicht dumm aus, und sogar gut.«

Die Pfarrersfrau lachte leise über ihre Freundin und seufzte mit den schönen Augen, dann drehte sie sich zu ihrem Mann und zog die Daunenbettdecke über die Schulter.

»Ja, ich habe auch das Gefühl, dass einiges in ihm steckt, obwohl er es bisher im Leben nicht leicht hatte.«

»Wieso?«

»Nun ja, seine Mutter und seine Schwester sind in einer Lawine ums Leben gekommen oder unter der Schneelast erstickt, als er zwei Jahre alt war, und sein Vater starb nicht viel später. Man gab ihn zu einem Kaufmann in Fagureyri, von dem manche behaupten, er sei sein leiblicher Vater, denn er sei früher oft zum Angeln am See und am Fluss hier gewesen. So hat man mir jedenfalls gesagt. Und Kristmundur auf Hvammur hat mir ins Ohr geflüstert, dass seine Mutter die Geliebte des Kaufmanns gewesen sei, sie war wohl sehr attraktiv. Vorher war sie auf Hvammur in Stellung. Derselbe Kaufmann hat im Hinterland von Fagureyri noch drei weitere ›Kinder der Freude‹, wie man so sagt, und seine Frau, die ... Gott sei ihr gnädig, die ist das reinste Wrack geworden.«

»Und wie ging es dann mit dem Jungen weiter?«

»Ja, der, nun, der, also der Kaufmann hat es irgendwann abgebrochen, ihn bei sich großzuziehen, ich weiß nicht, aus welchem Grund, und hat den Jungen hierher zu Lási geschickt. Ich vermute, es war wegen seiner Frau, sie hat sich wohl nie mit dem Jungen abgefunden. Dem hat es hier aber nicht gefallen, und schon kurz nach seiner Ankunft ist er an Bord eines französischen Schiffs durchgebrannt und verbrachte einen Sommer unter Franzosen. Nach dem, was man davon hört, wie sie ihre eigenen Schiffsjungen behandeln, war das bestimmt kein Zuckerschlecken. Kristmundur hat mal einen von ihnen am Ufer gefunden, das heißt seine Leiche, man hatte ihm zwei Finger abgeschnitten. Gestur hat es geschafft, sich von Bord zu stehlen, aber er traute sich nicht zu Lási zurück und hielt sich bei Steinka versteckt, dieser Frau mit dem Horn auf der Stirn ...«

»Aber jetzt lebt er bei ...«

»Ja, inzwischen wohnt er seit zwei Wintern wieder bei Sæbjörg und Sigurlás und entwickelt sich gut.«

»Überall gibt es Geschichten. Es passiert so viel Bemerkenswertes. Diese Frau heute bei der Blume zu sehen, das war ... sie sah aus wie ... wie eine zauberkundige Hexe ... oder wie die Vorzeit in Person.«

»Ja, aber was sagt die Zukunft?«, erkundigte sich der Pfarrer und setzte sein Glückslächeln auf, um dieses ernsthafte Gespräch zu beenden und dem Leben das Wort zu erteilen, wobei er mit der Hand unter Vigdís' Decke fuhr und ihren gewölbten Bauch streichelte.

»Ich spüre es. Es bewegt sich.«

Dann kicherten sie wie zwei Glückskekse, und Séra Árni fragte sich, wie lange solches Glück anhalten mochte, und wurde gleich ein wenig geknickt, weil die Antwort auf der Hand lag: Bis es hier wieder eine Kirche gäbe.

Kapitel 44

Schafstalllektüre

Am selben Abend ging Gestur in den Schafstall und nahm einen Kerzenstummel mit, den er an einer kleinen Flamme in der Küche angezündet hatte. Er konnte sie bis in den Stall am Flackern halten und ließ sich dort auf einer Krippe nieder, um den Brief zu lesen. Die Schafe warfen ängstliche Blicke auf die Flamme, während sie die letzten Büschel des Winters wiederkäuten.

Gestur schlitzte den Umschlag mit dem gebogenen Nagel des kleinen Fingers vorsichtig auf, sein Puls legte zu, sobald er die Unterschrift sah. Sollte sie etwa seinen hölzernen Brief bekommen haben? Nein, sicher nicht, er hatte ihn ja nie abgeschickt. Zuletzt hatte er ihn an einer Hauswand liegen gesehen, der Wind hatte ihn dorthin geweht wie andere seiner Spielzeuge auch, die hineingeschnitzten Buchstaben waren schon völlig unleserlich geworden. Aber sie war ja vollkommen einzigartig, sie brauchte keinen Brief, sie hatte über Fjord und Fjell seine Gedanken vernommen.

*Gvendarstaður, am dritten Tag des Monats Februar
im Jahr 1901*

*Mein allerliebster Gestur!
Ich schreibe Dir diese Zeilen, um Dir Nachrichten von hier und
von deiner armen Malla zu schicken. In der vergangenen Zeit*

habe ich des Öfteren an Dich denken müssen und mir schon vor Langem vorgenommen, Dir einen richtigen Brief zu schreiben. Ich hoffe, Du vergibst mir meine Säumigkeit, doch die tägliche Arbeit hat dafür gesorgt, daß ich nun bereits sehr lange nicht dazu gekommen bin.

Du sollst wissen, mein Lieber, daß die Abschiedsstunde wahrlich übereilt kam, das hat uns noch lange bedrückt, so nah wie Du mir, wie Du uns gestanden hast und noch stehst. Bald nachdem Du das Heim des Ehepaars Kopp verlassen hast, schlug auch mir die Abschiedsstunde. Das Unglück kreißte, und ich musste mich dem beugen. Ich vermisse noch immer das gute Leben, welches mir der Kaufmann in seinem Hause vergönnte, und ich bete jeden Tag für seine Frau. Ich war genötigt, mich östlich der Hochheide zu verdingen, und bin nun seit zwei Wintern bei einem Witwer hier in Stellung. Es ist eine überaus erträgliche Stelle, aber mit unseren guten Jahren in Fagureyri lässt sie sich nicht vergleichen.

Mein liebes Kind, Du sollst wissen, daß ich jeden Tag an Dich denke und hoffe, es geht Dir in Deinem Fjorde gut. In der Adventszeit kam ein Landstreicher hier vorbei, der Dich und Deine jetzige Umgebung kennt. Er wußte Gutes zu berichten und brachte auch Lieder mit. Viel gäbe ich dafür, Dich hier bei mir zu sehen, lebendig im Lampenlicht, aber das erlaubt das Leben leider nicht. Darum muss ich es bei diesem Briefe bewenden lassen. Doch denke an mich, mein bester Fúsintes*! Du erinnerst Dich sicher an die alten Kinderreime, die ich Dir vorgesagt habe. Du sollst einen Schmalzkringel dafür bekommen.

Mögen alle guten Mächte über Dich wachen und Dein Leben stets und überall glücklich sein. Dein Wohlergehen wird mir immer am Herzen liegen.

Deine liebste Malla

---

* Held einer isländischen Reimballade für Kinder.

PS: Solltest Du einmal an mich denken, dann sag die kleine Strophe auf, die Du hoffentlich noch kennst. Dann bin ich selig.

Gestur, wie ein großes Kind in der Krippe liegend, blickte von dem raschelnden Briefpapier auf und sah ins Auge seines einen Winter alten Schäfchens Jakalín, das auf seinen Minuten auf der Erde herumkaute. Waren nicht auch seine Augen feucht? Weiter hinten im Pferch wurde laut gemäht. Welche Strophe meinte die Mallamama? Er hatte sie wohl doch vergessen.

Aber das hatte die gute Haushälterin mitbedacht. Auf der Rückseite des Blattes fand Gestur vier kleine Zeilen und las:

In der Kammer ging es Gestur gut,
konnte Kekse mümmeln da.
Des Lebens Wetter wird bald gut,
verspricht Dir Deine Malla.

Verspricht Dir Deine Malla. Gestur weinte. Die vierzehn Schafe stellten das Wiederkäuen ein und lauschten seinem Schluchzen. Sein Heulen war ein gedämpftes Wimmern, der reine isländische Ton zu Anfang des Jahrhunderts, beleuchtet von einer einzelnen Kerze in einem dunklen Schafstall.

3. Buch

Morgen auf dem Mars

Kapitel 1

God dag!

Im Frühjahr um drei Uhr nachmittags erschien vor Segulnes die voll beladene Zukunft und ließ wenig später auf dem Pollur den Anker fallen. Es war ein heller, stiller Dienstag. Eine leichte Brise kräuselte hier und da die Wasserfläche, die ansonsten dem Himmel ein Spiegel war.

Es lief das größte Segelschiff ein, das der Fjord je gesehen hatte, die prächtige *Attila*, am Heck wehte die norwegische Fahne mit dem schwedischen Unionsabzeichen, denn offiziell gehörte Norwegen noch den Schweden, so wie Island den Dänen gehörte. Die Leute standen Kopf wegen der Ankunft des Schiffs – jemand ließ die Bezeichnung »Brigg« fallen –, von der nicht einmal der verehrte Herr Gemeindevorsteher und Hafenmeister etwas gewusst hatte. Was für eine Besegelung, dieser Bugspriet, und die Kielspur! Ein Dreimaster, der vier Segel am Fockmast führte und fünf am Großmast. Leichtgekleidete Matrosen turnten in diesem Segelwald wie Klettermäuse, um all die Segel zu setzen oder zu reffen.

Oh, was für eine himmelhohe Welt!

Gestur stand mit seiner Schafherde auf halber Höhe am Hang und starrte wie gebannt auf dieses Wunderwerk. Die Ära der Segelschiffe, die einige tausend Jahre Bestand hatte, verabschiedete sich auf eindrucksvolle Weise. Gestur konnte die Augen nicht von dem Schiff wenden und verfolgte es, bis es im inneren Teil des Fjords hinter

Eyri die Anker fallen ließ. Das hallte laut zwischen den Bergwänden wider, denn es erscholl ein Rattern und Rasseln, als die Ankerketten aus den Klüsen rauschten. Der Hirte besann sich und sah, dass seine Herde bei dem Lärm auseinandergelaufen war, und Júnó war verschwunden. Derartige Geräusche passten überhaupt nicht in das altgriechische Leben, das man hier führte, in diese Welt eines bukolischen Landlebens, in dem Hundegebell der größte Lärm war. Gestur sah Lási aus dem Haus stürzen und den Hang hinaufschauen, ob sich ein Erdrutsch vom Berg gelöst hatte.

An Deck des Schiffs lagerte ein riesengroßer Stapel Holz von sägeheller Farbe. Der Schoner war natürlich zu großmächtig, um an der schönen Landungsbrücke festzumachen (die auf einmal betaut zu sein schien). Darum warf man das Holz unter großem Platschen über Bord ins Wasser und zog es von dort an Land. Es war Baumaterial für eine Anlage zur Heringsverarbeitung: ein Heringsanlandekai, eine Plattform zum Einsalzen und ein Lagerhaus für Salzhering.

Was für Bezeichnungen! Fremd und langersehnt zugleich. Wenn die Leute sie hörten, wollten sie gleich abseits gehen und sie sich ganz allein auf der Zunge zergehen lassen: Heringsverarbeitungsstation – in all diesen S-Lauten war schon das geschäftige Treiben zu hören, welches das Wort verhieß. Die Leute sahen ihr Leben schon wie einen Mast mit salzigem Zischen aus dem Meer aufsteigen.

Bereits im vergangenen Jahrhundert hatten Norweger in einigen isländischen Fjorden Heringsfang betrieben, mit primitiven Methoden und durchwachsenem Erfolg. In manchen Jahren füllten sich Fässer und Geldbeutel, dann folgten wieder Sommer ohne Hering, dafür mit Treibeis und großen Schiffsverlusten. Jetzt stand offenbar ein neuer Versuch bevor, an einem neuen Ort und mit größerem Einsatz als früher. Die Segulfjorder hatten zuvor nur vage Andeutungen von einem isländischen Risikospiel der Norweger gehört und nichts von ihren konkreten Plänen.

Der Gemeindevorsteher hatte sich in seine Galauniform geworfen – blauer Rock mit vergoldeten Knöpfen und passender Mütze –

und wartete vor der Landungsbrücke, ein Fuß auf festem Boden. Er fand es wahrscheinlich zu kokett, sich weiter vorn zu postieren, und wartete nervös wie ein Bräutigam am hinteren Ende dieses Kirchenfußbodens der Ökonomie darauf, dass die Zukunft über diese schöne Bühne auf ihn zuschritt, denn es hatte ein Beiboot von dem Schiff abgestoßen und näherte sich der Brücke. Vielleicht malte sich Hafsteinn aus, dass von hundert Gemeindevorstehern im Nordland gerade er auserwählt war, eine neue Zeit zu begrüßen, ein neues Jahrhundert, denn hier war ganz offensichtlich das zwanzigste mit seiner geballten Macht unter vollen Segeln eingelaufen, dasselbe, das in den letzten Monaten seines ersten Jahres noch an Fjord und Volk vorbeigesegelt war. Vielleicht rechnete Hafsteinn damit, dass ihm die Personifikation der neuen Zeit als junger, fremd leuchtender, technisch denkender Übermensch aus der Wunderwelt der Segel und Rahen entgegentreten würde. Aber die Geschichte verläuft niemals wie in einer Geschichte, und das Antlitz eines Augenblicks ist stets eine übergenaue Ausgabe dessen, was wir nicht erwarten.

Die Brücke erkletterte ein überaus gemütlich wirkender, hängebäuchiger und breiter Altergenosse des Gemeindevorstehers mit Kapitänsmütze; die Pfeife im Mundwinkel und kurze Rockschöße um die O-Beine flatternd, schritt er über die Bohlen.

»*God dag!*«, grüßte der Norweger mit einem Autorität gebietenden Händedruck, der alles gleichzeitig ausdrückte:

Wir sind angekommen, danke, und wir werden hier die nächsten Jahre, vielleicht auch Jahrzehnte, bleiben, wir werden dafür Abgaben zahlen, machen Sie sich deswegen keine Sorgen, aber denken Sie auch nicht, wir hätten kein Recht, hier einen Stützpunkt zu errichten, denn was haben Sie denn selbst? Nichts! Sicher werden sich daraus Konflikte ergeben, es wird zu Knüffen, Stößen und Prügeleien kommen, besonders wenn Alkohol im Spiel ist, und seien Sie versichert, Alkohol wird im Spiel sein! Es werden sich unter Alkohol Techtelmechtel ergeben, daraus werden Kinder entstehen, aber keine Sorge, wir sind Äste vom selben Stamm, und es ist längst an der

Zeit, einmal das Erbgut aufzufrischen, für eine Injektion, Einspritzung, denn wenn Sie nicht so ein fürchterlich einheimischer Beamter wären, dann würden Sie sehen, dass hier kein Geschmack an den Dingen ist, kein Drive, kein Leben, keine Zukunft, keine Träume und Visionen. Hier stagniert alles in Abgeschiedenheit, Distanz und Isolation, Mangel an Menschen, es gibt nicht einmal eine Kirche. Brauchen Sie eine Kirche? Wir können Ihnen in drei Tagen eine hinstellen, wenn Sie möchten, und eine Kirche muss man haben, abgemacht also, wir bauen eine Kirche. Guten Tag!

Nachdem er all das in blitzartiger Geschwindigkeit und ohne mehr als die zwei Wörter »*God dag*« auszusprechen von sich gegeben hatte, lächelte dieser verschmitzte Skipper Hafsteinn aus seinen großen Augensäcken so schelmisch an, dass der nicht anders konnte, als zurückzulächeln, in Gedanken ein »*storartig*« einzuflechten und seinen Tabaksbeutel zu offerieren. Der Norweger wedelte nur mit der Pfeife und brachte wiederum wortlos die elaboriertesten Phrasen zum Ausdruck:

Danke nein, ich rauche nur richtigen Tabak, und zwar englischen, nur habe ich leider vergessen, meine Pfeife zu stopfen, bevor ich an Land ging, und meine Tabaksdose ist an Bord geblieben, aber ohne meine Pfeife gehe ich nirgends hin. Fehlt nur noch, dass ich sie mit ins Bett nehme. Eine Pfeife ist nämlich die beste Freundin eines Kapitäns, weil er sich an etwas festhalten muss, wenn das Schiff schaukelt und das Dasein seinen Halt verliert; dann kommt es darauf an, etwas fest in der Hand zu halten, ganz fest in der Hand. Und das ist also der Segulfjörður, ein hübsches Örtchen an so einem Tag, aber wie ich gesagt habe, ohne Elan und ohne alles. Wo sind denn eure guten Herrschaften? Wo stecken die Dänen? Ich sehe keine. Hier sind keine Dänen, hier ist niemand, nichts, aber jetzt kommen wir, die Norweger! Vergesst die Dänen, die verstehen nichts von Seemannschaft und nichts vom Fischfang, die können bloß Zölle erheben und Schweine schlachten. Aber jetzt sind wir da. Wo es nichts gibt, da gibt es uns, die Norweger.

Trotz der deutlichen Ansagen des Skippers, die so blank glänzten wie eine frisch geprägte Two-Pence-Münze, hatte der ältere Herr eine wundersam beruhigende Wirkung auf den Gemeindevorsteher. Hafsteinn hatte befürchtet, sein Norwegisch reichte womöglich nicht für ein so großes Schiff, doch nun war ein Mann erschienen, der nicht mit der Zunge sprach, sondern mit den Augen, und der alles verstand, besonders das, was nicht ausgesprochen wurde. Solche Menschen gab es selten, doch hier war einer, und er stellte sich als Leif Lauritzen vor. Der Gemeindevorsteher lud ihn zu sich ein, und sie stiefelten den staubigen Pfad entlang, der eine vierschrötig und schaukelnd, der andere rundlich und o-beinig.

Die anti-norwegischen Spaßvögel an den Hausecken warfen ihnen finstere Blicke zu, aber die beiden schienen sich köstlich zu amüsieren. Das ist nun ganz die Art des Gemeindevorstehers! Hat er ihm nicht auch noch gleich seine Frau angeboten? Ich schätze, das wird ein hübsches Norwegergehopse geben! Seht euch nur diese Unterwürfigkeit an, diese Arschkriecherei! Er hat sogar seinen Gang geändert.

Daran war etwas Wahres. Hafsteinn war seltsam zumute. Das hier war zu groß. War es nicht zu groß? Doch, das war es, allzu groß, zu viel, ganz storartig. Wohin würde sich das alles entwickeln? Dieses Schiff, diese Segel, dieses Bauholz, dieses Vorhaben ... und dann der Name: *Attila!* Handelte es sich nicht um eine Invasion? Musste er das nicht der Regierung melden, oder sogar dem König? Dämpfe stiegen in ihm auf, heiße, fremde Dämpfe, die sich zwischen den Organen ihren Weg suchten und unter der Schirmmütze des isländischen Gemeindevorstehers auf seiner Stirn zu Schweißperlen kristallisierten. Der Gedanke an all das Holz machte ihn schwindlig. Hatte er nicht Sprungfedern unter den Fußsohlen? Er hatte das Gefühl, gleich in hohem Bogen über den Kapitän katapultiert zu werden wie ein Springteufel, und er musste sich Mühe geben, am Boden zu bleiben. Hoffentlich war ihm nicht anzusehen, wie er sich fühlte; da standen zwei junge Kerle an einer Hauswand und beobachteten ihn mit finsteren Blicken. War der eine nicht der Bastard Kristmundurs auf Hvammur?

Der Gemeindevorsteher konnte nicht von der Vorstellung lassen, all das helle Holz auf Eyri aufgeschichtet zu sehen wie einen riesigen Wall oder eine Palisade, fremd und bedrohlich. Durfte er als Gemeindevorsteher Derartiges erlauben? Lieferte er ihnen nicht das Land aus? Durfte man Ausländern Land abtreten? Würde Séra Árni seine Zustimmung geben? Gehörte nicht alles Land auf Eyri der Kirche? Er war so durcheinander, dass er nicht einmal mehr wusste, was er wissen musste.

Wo steckte überhaupt dieser Pfarrer? Wieso kam er nicht? Seine verflixte Familienseligkeit ging reichlich weit. Seit die Kirche weggeflogen und der Nachwuchs zur Welt gekommen war, war der Pfarrer kaum mehr ein Pfarrer, geschweige denn ein Mitglied des Gemeinderats, sondern steckte nur noch bei seinen Weiberröcken im Madamenhaus, beschäftigte sich mit Liebe und Musik! Man konnte alles übertreiben. Hafsteinn befahl seinem jüngeren Sohn Lárus, der ihm und dem Kapitän entgegengelaufen kam, den Pastor zu holen. Er hatte das Gefühl, Verstärkung zu brauchen. Denn als der untersetzte Gemeindevorsteher vor dem norwegischen Kapitän flink die Treppe zu seinem Haus aufenterte, sah er den weißhaarigen Kristmundur, die Faust schüttelnd, herankommen: »Was ist mit dem Haifang, Hafsteinn?« Und die ihm Folgenden riefen: »Lass den Arsch zahlen!« »Keine ausländischen Unternehmen in unserem Fjord!« »Norwegernutte!«

All dem zum Trotz schloss er der neuen Zeit sein Haus auf und lud sie ein, einzutreten. Auf dem obersten Treppenabsatz drehte er sich kurz um, um einen Blick auf den Siebenstein zu werfen. Er funkelte auf der alten Brunnenfassung sternenhell in der Frühlingssonne, und es war nicht zu verkennen: Der Stein schien ihn geradezu anzulächeln. Ganz storartig!

Hatte das Abenteuer begonnen?

Hafsteinn fühlte sich wie viele, die überraschend und ungewollt plötzlich an einem Scheideweg des Lebens stehen. Einen langen und dunklen Winter hatte er damit zugebracht, in endlosen Briefwechseln und Gesprächen über Abgaben für das Lagern von Walen, über einige Tage oder Stunden mehr oder weniger, über denkbare Mengenrabatte und niedrigere Gebühren an Sonntagen, ein paar Kronen und Öre zusammenzubekommen ... Und auf einmal verblasste dieses ganze kleinliche Hickhack vor einer solchen urplötzlichen Sturzflut von Frühling und Erblühen, dass keiner mehr wusste, worüber man sich in der dunklen Jahreszeit überhaupt so in den Haaren gelegen hatte. Das ist der Lauf der Geschichte. Sie lässt uns um Millimeter feilschen, bis wir nicht mehr können. Dann erscheint sie und stopft ganze Meter in uns hinein. Und wir sind dann bereits so erschöpft, dass wir sie nur noch still schlucken können.

Der Sohn des Gemeindevorstehers kam abgehetzt mit der Auskunft zurück, Séra Árni sei zum Sammeln von Liedern im Heiðinsfjörður. Er sei am Morgen zu Pferd aufgebrochen und werde nicht vor dem nächsten Tag zurückerwartet. Ach ja, ungleich ist der Fjorde Lohn, dachte der Gemeindevorsteher und schickte den Jungen weg, doch Lárus kam gleich darauf zurück und verkündete ganz aufgeregt: »Sie haben angefangen, die Stöcke an Land zu bringen!« Dann rannte er durch Eyri zurück.

Die große *Attila* hatte kaum den Ruck an der Ankerkette gespürt, als schon das Holz über Bord geworfen wurde, und jetzt, da der Kapitän bei brühheißem Kaffee im Wohnzimmer des Gemeindevorstehers saß, wanderten Pfosten und Pfeiler an Land.

Ging das nicht zu schnell und war des Guten zu viel? Jedenfalls wurde die Geschäftigkeit auf einem der Hofvorplätze verwünscht, wo ein Bauer breitbeinig hingepflanzt dastand und, die Augen mit der Hand beschirmend, das Treiben auf Eyri beobachtete und in den Bart fluchte.

Und dazu noch diese schreckliche Frühlingswärme ... Was war hier eigentlich los? Ging gerade alles zum Teufel?

Kapitel 2

Stubenrauch

Lauritzen ehrte jeden Schluck, indem er kurz die Pfeife aus dem Mund nahm, sie jedoch nicht ablegte, sondern mit der rechten Hand den Pfeifenkopf umklammerte wie andere sich an eine Rettungsleine klammern, während er mit der Linken die Tasse zum Mund führte. Er kippte den heißen Kaffee, ohne zu schlürfen.

Wie andere Norweger redete der Kapitän Hafsteinn ständig mit »Lensmann« an, und das hob das Kinn des einfachen isländischen Gemeindevorstehers jedes Mal merklich in die Höhe. Lauritzen verkündete ihm den Zeitplan für den Sommer und sprach dabei keineswegs nur mit den Augen: Die *Attila* würde nur kurz vor Anker liegen, aber sie würde drei norwegische Handwerker hier zurücklassen, wahre Wundermänner, die ihr Fach verstünden und sogar einen »Gesellenbrief« besäßen, was immer das auch sein mochte. Dann käme das große Schiff mit einer Ladung leerer Heringsfässer und Salz zurück, später ein anderes Schiff derselben Reederei, doch kein Last-, sondern ein Fangschiff.

»Haben Sie den Brief von Sødal nicht bekommen?«

»Nein. Haben Sie uns einen Brief geschickt?«, wunderte sich Hafsteinn.

»Nein, Sødal. Aber es kann sein, dass er auf dem untergegangenen Postschiff war. Sødal ist der Mann jenseits des Meeres.«

»Aha? Der Mann jenseits des Meeres?«

»Der Mann jenseits des Meeres. Ihm gehört alles.«

Es folgte ein kurzer Lebensabriss des Johan Sødal. Er war Mitte vierzig, Reeder in Kristiansund und Eigner der *Attila*, Besitzer des ganzen Holzes, das sie geladen hatte, sowie sämtlicher Ideen, die in dessen Astlöchern steckten. Kristiansund war ein schnell wachsender Fischereiort an der Westküste Norwegens zwischen Molde und Trondheim im Fylke Romsdal og Møre. Sødal hatte schon früh mit dem Fischen angefangen, war auf verschiedenen Booten gefahren, bis er schließlich selbst auf der Brücke stand und Großschiffe steuerte. Inzwischen besaß er ein stattliches Kontor an Land und dirigierte von dort aus vier Kabeljaufänger in norwegischen Gewässern und etliche Heringsfänger, von denen zwei im letzten Sommer vor Island gefischt hatten. Berühmt war Sødal geworden, als er, unzufrieden mit dem Preis, der für Trockenfisch gezahlt wurde, seinen Fisch selbst zur spanischen Biskayaküste brachte und dort einen Rekordpreis erzielte. Das war die Grundlage seines Wohlstands und seines Imperiums, das seine gutbesegelten Verzweigungen jetzt bis zu diesem Arsch der Welt vorstreckte. Inzwischen hatte sich in den Kontoren die Neuigkeit verbreitet, dass der norwegische Hering seine Sommerferien westlich und nördlich von Island verbrachte. Da konnte man ihn kriegen.

Nach dem Ende seiner Eloge auf seinen Besitzer nahm der Skipper mehrmals die Pfeife aus dem Mund und einen Schluck Kaffee. Der Gemeindevorsteher hatte ihm Schnaps angeboten, doch Leif der Norweger hatte nur gelacht und geantwortet, auf allen Schiffen Sødals gelte die Regel, dass ihr Kapitän ausschließlich mit seiner eigenen Ehefrau anstoßen dürfe. Hafsteinns Blick fiel in den leeren Pfeifenkopf, den der Skipper so in seiner Faust hielt, dass die Finger an der salzgeröteten Hand weiß hervortraten, und da fiel ihm seine eigene Pfeife ein. Er holte den Tabaksbeutel aus einem Schemel und bot dem Kapitän davon an, doch der lehnte dankend ab, da er sich erinnerte, dass er noch ein Beutelchen Tabak in einer übersehenen Innentasche haben musste. Lauritzen tastete seinen von der See mitgenommenen

Mantel ab, dann die geräucherte Jacke, die kaffeefleckige Weste und zuletzt die schweißfeuchte Brusttasche seines Hemds. Er zog einen kleinen Leinenbeutel daraus hervor, füllte daraus seine Pfeife, stopfte mit dem Daumen nach und gab Feuer. Dann bot er dem Lensmann eine Füllung für sein Pfeifchen an. Hafsteinn konnte aber den Blick gar nicht von der bunten Streichholzschachtel wenden, ein solches Wunderwerk hatte er erst ein einziges Mal in seinem Leben gesehen.

Na, ist das nicht storartig, der Norweger verwahrt das Feuer in seiner Tasche. Hafsteinn musste sich jedes Mal Feuer aus dem Herd holen und rauchte daher nur zu Hause.

Lauritzen war es von seinem Verkehr mit Ruderbootnationen gewöhnt, dass ihre Angehörigen von den berühmten norwegischen Streichhölzern fasziniert waren, und reichte dem Gemeindevorsteher das kostbare Schächtelchen. Hafsteinn betrachtete das Kleinod eine gute Weile, stand dann auf und trat zu seiner Frau, die mit ihrem Strickzeug auf einem Lehnstuhl unter dem Nordfenster saß.

»Sieh mal, Milda, ist das nicht wirklich storartig?«

Sie bestaunten das kostbare Stück so andächtig wie Menschen früherer Zeiten einen Fernseher betrachten würden. Auf rotem Grund waren drei Giraffen zu sehen, darüber stand auf einem geschwungenen Band auf Englisch: *Impregnated Giraffe*, und unter ihren Füßen: *Safety Match, Made by Nitedals Norway*.

»Und guck hier, in dieser Schublade liegen die Donnerstäbchen«, sagte Hafsteinn und ließ seine Frau hineinsehen. »Sieh mal, wie viele Feuer da drin Platz haben.«

»Ja, das ist ein nützlicher Zugewinn«, sagte die Gemeindevorstehersfrau, klebte die Lippen über ihrem mächtigen Kinn wieder aufeinander, und die Stricknadeln klapperten wieder los. Aber in ihrem Kopf loderte die Landnahmeflamme, die in diesem Fjord ohne Unterlass brannte, seit der erste Norweger sie mit Streichhölzern aus der allerersten Nitedals-Fabrik entzündet hatte, und von der sämtliche Feuer im Segulfjörður abstammten; hier hatte man seit tausend Jahren kein neues Feuer zu machen brauchen.

Der Gemeindevorsteher setzte sich wieder zu Leif Lauritzen, gab ihm die Schachtel zurück und starrte die norwegische Pfeife an, während er an seiner eigenen nuckelte. Eine so großartige Pfeife hatte er noch nie gesehen, und er hatte schon mit vielen Skippern zusammengesessen. War ein solches Rauchgerät etwa nur den größten Schonern vorbehalten? Im Vergleich zu diesem handlichen Schornstein war sein Pfeifchen nicht mehr als ein Fingerhut und die Rauchentwicklung entsprechend. Aus der großen Pfeife stieg schön dicker, bläulicher Rauch auf, verschwand aber rasch im Schatten der Qualmwolken, die der Pfeifenschmaucher ausstieß. Das waren dicke, gesättigte und an Umfang zunehmende Wolken, die sich nur langsam wieder ausdünnten. Bald hockte das Gemeindevorsteherpaar in seinem eigenen Wohnzimmer wie ein Trollfelsen im Nebel und konnte Lauritzen nicht mehr sehen; so dicht war der Qualm.

»Sødal denkt immer groß, aber jetzt denkt er in ganz großem Maßstab«, tönte es aus dem Nebel. »Denn jetzt soll hier endlich Heringsfang in großem Stil betrieben werden, und er will der Erste sein.«

»So? Und wie gedenkt Ihr den Hering zu fangen? Mit einem Netz?«

Lauritzen beugte sich so weit vor, dass sich sein Gesicht im Nebelgrau abzeichnete, und sagte leise, aber deutlich:

»Mit Ringwadennetzen.«

Der isländische Gemeindevorsteher schaute der Zukunft fest ins Auge, und die seinen zitterten ob des Worts wie in jüngerer Zeit ein Basketballkorb nach einem guten Wurf. Ringwadennetz.

»Wir bringen das Netz im Kreis um den Hering aus und ziehen es dann zu wie einen Sack über einem Kätzchen.«

Man hörte die Frau des Gemeindevorstehers zweimal husten. Das Gesicht des Kapitäns war wieder im Qualm verschwunden, aber Hafsteinn erkannte immerhin noch seine zusammengekniffenen Augen, und die nahmen tatsächlich die Form von zwei Heringen an, die dunkel im hellen Grau schwammen. Doch jetzt hatte der Gemeindevorsteher genug. Sicher, Norweger waren großartig, aber ihre Arroganz konnte einem auch gehörig auf die Nerven gehen, diese

Überheblichkeit, die sie manchmal gegenüber Isländern heraushängen ließen.

»Ach, tatsächlich? Ein solches Netz taugt aber wohl kaum in flachem Wasser«, getraute sich der Lensmann zu entgegnen. Bislang war der Heringsfang nämlich in Ufernähe vonstattengegangen, wo man die Schwärme mit den sogenannten »Heringssperren« und »Landnetzen« in die Enge trieb wie silbrige Ratten. Seit zwei Jahren war den Norwegern dieser Heringsabtrieb allerdings untersagt, denn da hatten die Isländer ihre Hoheitsgewässer auf drei Seemeilen ausgedehnt, und die Norweger mussten weiter draußen fischen, mit einer speziellen Art von Treibnetzen. Ein Ringwadennetz setzte aber noch größere Tiefe voraus, so viel wusste sogar der Gemeindevorsteher.

Der Qualm lichtete sich etwas über dem Tisch, und der Kapitän erschien auf seinem Stuhl wie ein dunkler Klotz, der antwortete: »Ja, nein, das ist schon richtig. Aber jetzt soll auf offener See gefischt werden.«

Darauf musste Hafsteinn lächeln.

»Auf offener See? Hering fischen?«

»Ja. In Amerika haben sie das ausprobiert, und es war erfolgreich. Das Ringwadennetz ist dort erfunden worden. Jetzt werden ganze Schwärme mit solchen Netzen eingesackt. Es wird hier von Heringen wimmeln!«

Dem Gemeindevorsteher entfuhr ein leises, abgehacktes Lachen, das dem norwegischen Leif aber nicht entgehen konnte. Es wusste doch jeder, dass Hering nicht das offene Meer aufsuchte, sondern sich unter Land aufhielt, noch nie hatte man Hering auf hoher See gesichtet. Noch dazu: Wie wollte man denn im offenen Meer vor Island mit einem so komplizierten Gerät wie einem Ringwadennetz zurechtkommen? So clever diese Segelmeister auch sein mochten, hatten sie offensichtlich keine Ahnung, was für ein Biest das Meer um Island war. Natürlich käme es sofort herangetobt und würde sich mit Brechern auf dieses niedliche Netz stürzen, und die Norweger würden nichts anderes fangen als sich selbst.

Die Frau mit dem Kinn hustete wieder im Nebel.

»Der qualmt ja wie ein Drache«, sagte sie auf Isländisch.

»Ja, ich denke, das ist typisch für ihre Pläne. Sie sehen nie voraus, was am Ende dabei herauskommt«, antwortete ihr Mann ebenfalls auf Isländisch und erhob sich, um zu lüften. Er ging in den Flur und hinaus auf die Treppe und fragte sich und den Siebenstein, ob Männer auf solchen Großschiffen Narren sein könnten. Der Stein gab keine Antwort. Er glänzte weiter im maikühlen Sonnenschein, doch über dem Kopf des Gemeindevorstehers stiegen Rauchzeichen auf, aus dem Haus quollen weiße Qualmwolken, schwebten in der nachmittäglichen Windstille majestätisch in den Himmel und formten Zeichen, die niemand zu deuten verstand.

»Was ist denn da los, hat der Nordmann den Alten angezündet?«, sagten sie weiter draußen auf Eyri, denn von dort sah es tatsächlich so aus, als stiege der Rauch direkt aus dem Gemeindevorsteher auf.

Kapitel 3

Betriebskostensteuer

Hafsteinn ging ins Haus und ins Wohnzimmer zurück, das der Invasionskommandant mit Qualm gesättigt hatte, und trieb die Worte vor sich her: »Auf hoher See, sagen Sie …« Der Nebel im Zimmer lichtete sich, und er erkannte jetzt die Umrisse seiner strickenden Frau am Nordfenster.

»Was möchten Sie für die Einrichtungen hier haben, für Landungsbrücke, Vorplatz und Schuppen?«, fragte Lauritzen vom Tisch, ohne sich umzudrehen. Oben auf seinem Schädel war im weißgelben, fettigglänzenden Haar eine erste hautfarbene Lichtung zu sehen. Hafsteinn ging zum Kopfende des Tischs und nahm wieder Platz. Es war so weit. Jetzt musste er seinen Mann stehen. Er hätte sich besser gefühlt, wenn er die anderen aus dem Gemeindevorstand an seiner Seite gehabt hätte, aber Séra Árni hielt sich gerade in einem anderen Fjord auf, und der ehemalige Gemeindevorsteher, Siggeir von Fanná, war ja altersbedingt bettlägerig. Glücklicherweise hatte seine Milda einen Wohltätigkeitsbesuch in Bæjarkot verschoben, als die *Attila* in der Fjordmündung erschienen war, und saß jetzt mit ihren wachsam besorgten Augen wie ein Fels im Qualm ihres Mannes. Er warf ihr einen Blick zu, bevor er sich an den norwegischen Skipper wandte und, um ein paar Sekunden zu gewinnen, fragte: »Was haben Sie gesagt?«

»Was möchten Sie für die Einrichtungen hier, für Landungsbrücke, Vorplatz und Schuppen, haben?«, wiederholte der Norweger.

Der isländische Lensmann war lange genug in der Welt beschäftigt, um zu wissen, dass die Zeit ebenso konkret und greifbar war wie jede andere Gans, es kam nur auf den richtigen Moment an, sie zu packen, und diese Gelegenheit war hier und jetzt, sie würde nicht wiederkommen. Er musste jetzt allein seine Entscheidung treffen.

Bisher hatte Hafsteinn mit neunhundert Kronen für den Sommer operiert, neun Kuhwerten, das war die Summe, die die norwegischen Walfänger in den letzten Jahren für die Nutzung seiner Anlagen bezahlt hatten. Doch als er bei der Brücke gestanden und all die Mastbäume gesehen hatte, diesen schwimmenden Kiefernwald, hatte sich die Zahl ganz von allein auf zweitausend Kronen erhöht. Und nun, nachdem er von den aberwitzigen Plänen dieser Leute gehört hatte, war er versucht, dreitausend Kronen zu sagen. Sie hatten nichts anderes verdient. Die Ziffer, die ihm schlussendlich herausrutschte, als er dem ihm gegenübersitzenden Pfeifenskipper in die Augen sah, überraschte ihn selbst.

»Zehntausend Kronen.«

Er hörte, wie seine Frau einen Nadelfall erlitt.

Was hatte er getan? Hatte er es überzogen und sie abgeschreckt? War ihm das egal? War ihm der Tabaksqualm zu viel geworden? Der Mann hatte ihn ja praktisch aus seinem eigenen Haus geräuchert. Er verstand sich selbst nicht. Er hatte gegenüber diesem Großseglermeister nicht nur Überheblichkeit an den Tag gelegt, gegenüber diesem Mann, von dem er inzwischen wusste, dass er den Atlantik überquert hatte wie sein Namensvetter mit dem Beinamen »der Glückliche«, bis nach Amerika (der Kapitän hatte dem Wort ein e eingefügt) und zurück. Er, ein Gemeindevorsteher in Island, hatte nicht bloß gewiehert vor Lachen und einen solchen Mann bezichtigt, nichts vom Fischen und vom Meer zu verstehen, nun forderte er mit der Gier des Habenichts und der Dreistigkeit des Armen von ihm obendrein noch eine Summe, die ebenso aberwitzig war wie das Gerede dieses Norwegers von der Heringsfischerei auf offener See. Das musste ja geradezu eine Beleidigung sein für einen derart weltbefahrenen Mann, der Geschäfte in großem Stil betrieb. Mit Sicherheit würde er gleich aufstehen und das Haus verlassen und sich in einen anderen Fjord begeben, der ihm einen günstigeren Preis bot.

Lauritzen aber nahm die Pfeife aus dem Mund, zwinkerte freundlich und streckte die freie Hand über den Tisch:

»Zehntausend Kronen, abgemacht.«

Die Sicht im Raum hatte sich so weit gebessert, dass Hafsteinn erkennen konnte, wie der Kapitän sein Einverständnis erklärte, ohne noch einmal mit den Augen zu blinzeln. Als wäre er von Anfang an mit der Zahl Zehntausend gerüstet hier aufgelaufen. Der Gemeindevorsteher hörte die Berge um sie herum einstürzen und sah sich selbst im Erdboden versinken. Die Erde drehte sich für einen Moment wie von selbst verkehrt herum. Er schaffte es gerade noch, sich vom Tisch zu erheben und den Mann hinauszugeleiten.

In den folgenden Nächten fand er kaum Schlaf. Warum hatte er nicht fünfzehntausend Kronen gefordert? Oder zwanzigtausend? Oh ja, er hatte neuntausendeinhundert Kronen in die Gemeindekasse gezahlt. Eine unglaubliche Summe. Man hatte kalkuliert, dass eine neue Kirche rund dreitausend Kronen kosten würde. Jetzt musste er Standorte für drei Kirchen finden.

Halt, gingen jetzt die Pferde mit ihm durch? Er hatte wieder diese verfluchten Sprungfedern unter den Sohlen.

Die vereinbarte Betriebskostensteuer war so hoch, dass er keinem etwas davon erzählte und seiner Frau strikt verbot, davon etwas zu irgendjemandem durchsickern zu lassen. »Wahrscheinlich hat Siebenstein am Tisch gesessen, aber nicht Hafsteinn«, sagte seine Frau mit todernstem Gesicht, sie machte niemals Scherze. Er drehte den Kopf und betrachtete ihr Profil auf dem Kissen. Sie meinte, was sie sagte. »Das Abenteuer ist über dich gekommen«, setzte sie hinzu und drehte sich zu ihm, den Anflug eines zarten Lächelns auf den Lippen.

Das Ehepaar schlief auf der Zahl wie ein oder zwei Wiesenpieper auf einem goldenen Ei. In Wahrheit schlief nur Milda, Hafsteinn lag wach und starrte aus seinem Bart die schön getäfelte Schlafzimmerwand an, die sich in der Frühlingsnachthelle bläulich abhob. Das musste man sich einmal vorstellen, er hatte ein solches Riesenschwein gehabt, und der Gemeinde in einer Augenblickseingebung zwei zusätzliche Kirchen samt Ausstattung beschert. Zuerst konnte er das bejubeln, doch dann sah er es in zunehmend schwärzerem Licht, ja, der Gedanke wurde ihm fast unerträglich. Es war einfach unmöglich, die Vorstellung von zehntausend Kronen mit der Fjordrealität in Übereinstimmung zu bringen, sie passten ebenso wenig hierher, wie das Klirren der Ankerkette den Hausschafen auf Ytri-Skriða gepasst hatte. Und wie sollte er einen solchen Betrag vor dem Bezirksrichter verteidigen? War es nicht besser, ihn in der Buchhaltung irgendwo zu vertuschen? Oder nur einen Teilbetrag auf dem Gemeindekonto gutzuschreiben und den Rest im Nachttopf unter dem Bett zu verstecken?

Noch einmal hatte der Gemeindevorsteher an der Grenze zweier Zeitalter gestanden, auf dem Boden der Anarchie, die entsteht, wenn eine Realität auf eine andere trifft, und sie jeweils die Gesetze der anderen nicht kennen, wo Geschäft und Gewerbe auf pure Subsistenz prallen, wo ein qualmender Schornstein in einer Wohnstube Platz nimmt. Mit einem Riesendusel hatte er das trollhafte Untier durchschaut, und das hatte er nicht seinem Verstand zu verdanken, ganz andere Körperteile hatten intuitiv erfasst, welche Gelegenheit sich da bot, wahrscheinlich seine Zunge und seine Lippen, die gemeinsam die Zahl Zehntausend formten.

Erstaunlich allerdings, wie ungesund ein solcher Profit für die Psyche war. Offensichtlich hatte sie schwer damit zu kämpfen, sie steckte scheinbar Tag und Nacht in einer Art Zentrifuge, die dem Gemeindevorsteher den Schlaf raubte, er fiel höchstens in einen Verzweiflungsschlaf und stand tagelang neben sich. War dieses Geschenk nicht eher ein böses aus der Werkstatt des Teufels, wenn es eine solche Wirkung auf einen ausübte?

Kapitel 4

Handwerksgötter

Am Abend war der Großsegler wieder verschwunden. War er überhaupt jemals dagewesen? Doch, die Zimmerleute waren noch da und hatten sogar schon begonnen, zu sägen und zu hobeln, den Platz für die Brücke zu vermessen, Löcher für die Pfeiler auszuheben. Sie arbeiteten den lieben langen Tag, solange es hell war, und abends versammelten sich die Ortseinwohner und sahen diesen Wunderkerlen aus dem Waldland bei der Arbeit zu, wie man es bei Straßenkünstlern tut, scheu und schweigend, aus gebührender Entfernung, sodass man ihnen weder zulächeln noch sie um Hilfe bitten konnte.

Nur die Jugend traute sich näher, darunter auch die Freunde von »drüben«, Magnús von Innri-Skriða und Gestur von Ytri-Skriða, der eine wegen seiner Kurzsichtigkeit, der andere aus schierer Lust am Werkeln. Sie hatten die Erlaubnis bekommen und ruderten jeden Abend hinüber. Gestur war das Arbeiten mit Holz seines Ziehvaters vertraut, und er hatte seine Freude daran, vor allem seit er mithelfen durfte, denn seine Interessen waren ganz auf Sicht- und Greifbares gerichtet. Im Vergleich zu den Künsten dieser norwegischen Handwerkergötter war ihre eigene Bastelei jedoch unbedeutend. Ihr Werkzeug trugen die Norweger in besonderen Schürzen vor dem Bauch, deren Taschen schwer waren von Nägeln. Und wie sie auftraten, Herrgott! Ruhig, abgemessen und bedächtig, hellblond, muskulöse

Oberarme – obercool. Der Beste von ihnen versenkte einen Vierzöller mit drei Hammerschlägen komplett.

Wie die allertreusten Fans rückten die Jungen der Bühne immer näher, bis sie schließlich darauf standen. Nur wenig später packten sie als Handlanger mit an und erhielten dafür keinen anderen Lohn als die Reste, die beim Sägen abfielen, und die sie am Ende des Tages aufsammeln und auf die andere Fjordseite mitnehmen durften. Lási wurde darauf nach und nach so scharf wie auf neue Gedichtstrophen aus dem Süden. Als Gestur eines Abends mit den Schafen nach Hause kam, stand im Pferch ein nigelnagelneuer Melkschemel, ein Beispiel für die Innovationswirkung von König Attila. Und auch als über Magnús ein Ausreiseverbot verhängt wurde – wegen der Risiken, die von der Invasionstruppe ausgingen: »Er könnte sich noch Holzwürmer einfangen. Was weiß man schon, was in all diesem Holz steckt?« –, setzte Gestur nach wie vor allabendlich auf die andere Seite über und kam erst um die helle Mitternachtszeit nach Hause.

In Märchen wird keiner müde.

Brücke, Plattform, Haus und Lagerschuppen. In kürzester Zeit entwickelte sich das südliche Ende von Eyri zum Muster eines im Entstehen begriffenen Hafenorts. Das Zimmermannstrio war ein gut eingespieltes Orchester, das sich Bretter und Kellen anreichte, einer sägte, einer schnitt zu und passte ein, der dritte nagelte. Pfosten, Balken, Sparren und Dielen, bald stand ein Haus.

Am ersten Sommertag nach dem Kalender stellten sie die Arbeit ein, gingen in den Ort und erkundigten sich, wo die Kirche sei. Sie müssten unbedingt den Gottesdienst besuchen. Nur wenige verstanden Norwegisch, und noch weniger trauten sich zu sagen, wie die Dinge lagen. Die Leute setzten ziemliche Schafsgesichter auf. Sie fanden es eigentlich ganz bequem, die Kirche und die ganzen Förmlichkeiten los zu sein, die zu ihr gehörten (obwohl einige den Gesang der Madamen vermissten), doch sobald sie danach gefragt wurden, noch dazu von Ausländern, wurde die Sache natürlich ein bisschen peinlich. Waren wir nicht echte Barbaren? Warum gab es anderthalb

Jahre, nachdem die alte weggeflogen war, noch immer keine neue Kirche? Man schickte die Handwerksgötter zum Pastor.

Séra Árni bat das Kleeblatt herein, stellte es seinen drei Pfarrersfrauen vor und trug Halldóra auf, Kaffee zu kochen und Pfannkuchen zu backen. Die Handwerksgötter sahen prächtig aus, in Sonntagskleidern und mit gestriegelten Bärten, als sie im Madamenhaus in die gute Stube traten, doch nachdem sie Platz genommen, die grobknochigen Hände auf die Häkeltischdecke gelegt hatten und sich mit von der Arbeit im Freien geröteten Wangen zwischen Plüsch und Paradekissen umblickten, wirkten sie ein wenig albern und deplatziert. Der Jüngste und Blondeste von ihnen hing mit seinem Blick derart an Vigdís, als hätte er vergessen, was eine Frau war. Súsanna blieb im Obergeschoss, wo sie auf das kleine Glückssternchen, die eineinhalbjährige Kristína Árnadóttir, aufpasste.

Séra Árni hatte neulich gehört, wie Lási auf Skriða einem Außenstehenden die Kirchenlosigkeit im Fjord erklärt hatte, und er wollte sich diese lustige Geschichte nun zusammen mit seinen Dänischkenntnissen ins Gedächtnis rufen, wobei ihn seine Frau, die Dänisch fließend beherrschte, nach Kräften unterstützte. Hin und wieder aber schloss Vigdís die Augen, wenn ihr Mann die Wörter, die sie ihm vorsprach, falsch verwendete oder seine Geschichte nicht recht zündete, zumal sie der Meinung war, ihm, einem Geistlichen, käme es nicht recht zu, eine solche Geschichte zum Besten zu geben. Dazu kam noch die Tatsache, dass Séra Árni die meisten anderen Künste besser beherrschte als die, Geschichten zu erzählen. Die ursprüngliche Fassung des Poeten von Skriða ging wie folgt:

Unser schöner Ort ist ohne Kirche, seitdem unser gutes Gotteshaus in einem der schrecklichsten Stürme, die je durch diesen Fjord tobten, von seinem Sockel gehoben wurde. Gott hatte am nämlichen Tag seinen besten Mann, das gläubigste Mitglied der Gemeinde, zu sich gerufen, den ersten der »drei Propheten«. So nannte man hier die Gottesfürchtigsten, die in der Heiligen Schrift so belesen waren, dass sie manchmal den Pfarrer im Gottesdienst korrigierten. Einen von ihnen hatte, wie gesagt, Gott zu sich gerufen, und er wollte ihm dazu ein geeignetes Fahrzeug zur Verfügung stellen. Das Schöne daran ist, dass Sakarías wahrscheinlich der einzige Mensch in der gesamten Geschichte der Christenheit ist, der auf solche Weise ein Grab bekommen hat, kein Sarg, sondern eine Kirche. Und nun stand das Haus des Herrn prächtig und unversehrt am Grund der blauen Welt, und die Leiche des Propheten trieb sacht vor dem Altar wie eine Flunder im Totenhemd. So heilig war dieses Mausoleum, dass sich kein Hai hineinwagte, auch nicht durch die zerbrochenen Fenster. Vielmehr knirschten sie draußen vor dem Kirchenportal aus Gier nach dem Fleisch des heiligen Mannes mit den Zähnen. Aufgrund dieser ganz besonderen Umstände ehrte die Gemeinde das Angedenken an Sakarías und die Einzigartigkeit seiner Abberufung aus dieser Welt, indem sie sich nicht voreilig an den Bau einer neuen Kirche machte. Es gab auch unterschiedliche Ansichten zum Standort für einen solchen Neubau, zum einen, ob das Andenken des heiligen Mannes nicht entehrt würde, wenn man einfach eine andere Kirche an der Stelle baute, wo die seine gestanden hatte, und zum anderen, ob man sie in dem Fall »richtig« ausrichten solle, das hieß nach Osten und nicht nach Norden, wie es bei der alten der Fall gewesen war. Die beiden noch lebenden Propheten hatten zwar in zwei Schlachtzeiten Eingeweideschau betrieben, aber gesagt, sie bräuchten noch eine dritte, um zu einem Ergebnis zu kommen.

So in etwa lautete Lásis geflunkerte Geschichte, auf die der Pfarrer zurückgriff, weil er doch nicht die Wahrheit berichten konnte, dass wegen der landesüblichen Entschlusslosigkeit (und auch vorsätzlich) die Entscheidung über den Neubau einer Kirche nun schon anderthalb Jahre lang auf dem Seeweg rund um die Insel verschoben wurde. Ein guter Geschichtenerzähler muss selbst an seine Lügen glauben, doch das konnte Séra Árni nicht, zumindest nicht nüchtern und in Anwesenheit seiner Frau, und so wurde den Handwerksgöttern lediglich die halbe Geschichte und die auch nur halbherzig aufgetischt. Dennoch schluckten sie sie interessiert und mit großen Augen, die vor vollständiger Verständnislosigkeit brannten. »Wirklich?« Denn auch wenn sie nach einem Gottesdienst dürsteten, so war ihr Christus der Zollstock; sie glaubten an Zentimeter und hatten kein Verständnis fürs Sentiment.

Es spielte hier auch der nicht zu leugnende Unterschied in der Mentalität von Isländern und Norwegern mit. Tausend Jahre Trennung hatten, wie gesagt, Auswirkungen. Wo die Isländer eine gute Saga sahen, suchten die Norweger eine Säge. Aufgrund der Umstände (kein Holz, nur Hagel und hartes Wetter) hatten die Erstgenannten gelernt, vorwiegend im Kopf zu leben. Für die Einheimischen war also Lásis Geschichte de facto besser als eine Kirche, zumindest konnte sie eine Kirche vollständig ersetzen. Als die norwegischen Zimmerleute vor dem leeren Bauplatz in der Mitte des Friedhofs standen (Séra Árni hatte sie hingeführt, während der Kaffee zubereitet wurde, um ihnen den Beweis zu liefern), war an ihren Mienen deutlich abzulesen, dass diese Männer niemals ein Haus gegen eine gute Geschichte eintauschen würden.

Nachdem sie ins Madamenhaus zurückgekehrt waren, erbot sich Séra Árni, mit ihnen, als eine Art Hausgottesdienst, im Evangelium zu lesen. Doch nachdem sie den Verlust der Kirche eigenäugig gesehen hatten, kam für sie nichts anderes mehr infrage, als umgehend mit dem Bau einer neuen Kirche zu beginnen, wozu sie gleich ihre Hände anboten.

»Aber verehrter Herr Pfarrer, wir haben mehr als genug Bauholz. Sie könnte nächsten Sonntag fertig sein.«

»Nächsten Sonntag? Nein, ich fürchte ...«

»Was?«

»Dass ...«

»Wo soll sie stehen? Am selben Platz wie vorher? Und in welcher Ausführung möchten Sie sie haben? Als neumodische Kirche mit Turm, nach Art eines alten isländischen Bauernhauses oder als Stabkirche? Vierzig Sitzplätze, siebzig, hundert oder hundertzwanzig? Ihre Entscheidung, Holz gibt es genug.«

Séra Árni befiel bei der Vorstellung leichter Schwindel. Was für eine Hetze! Nur mit der Ruhe, hierzulande brauchten Kirchenbauten ihre Zeit, die Leute wollten sich erst an Formalitäten wärmen, und noch war das Einverständnis des Bischofs nicht eingetroffen. Bis nächste Woche? Moment mal, und was haben sie gesagt, eine Stabkirche?

Im Lauf der inzwischen verstrichenen siebzehn Monate hatte sich Séra Árni natürlich an das Fehlen der Kirche gewöhnt und es nur zu sehr schätzen gelernt. Es gab nicht viele Geistliche in seiner Lage, keinen Gottesdienst halten zu müssen und sich anderen Themen zuwenden zu können, als an Sonntagen die Seelen einzuschläfern. Allerdings hatte er in der Zwischenzeit drei Beerdigungen vornehmen müssen, die Leute hatten nicht länger an sich halten können, und drei hatten kapituliert. Das Abhandenkommen einer Kirche brachte nicht die Lösung aller Probleme. Einer der zu Bestattenden war ein Herr aus dem Osten der Insel, der gekommen war, um Erbansprüche auf ein Stück Land im hinteren Teil des Fjordes zu erheben, doch schon nach drei Tagen war er gestorben und lag nun mit seinem Anspruch unter der Erde. Dreimal hatte Séra Árni also das Lagerhaus des Krónufélags nutzen müssen, und die Särge hatte man auf dem Friedhof beigesetzt, der ja noch nicht davongeweht war.

Ansonsten vertiefte er sich voll und ganz in seine Volksliedsammlung. Sie umfasste mittlerweile sechsundachtzig Lieder, und er war noch weit davon entfernt, am Boden dieses Brunnens anzukommen. So hatte er sich zum Beispiel für die fragliche Maiwoche vorgenommen, die Lieder ins Reine zu schreiben, die er vor Kurzem aus dem Heiðinsfjörður mitgebracht hatte, darunter zwei wunderschöne Volksliedtexte. Schon aus diesem Grund konnte er sich jetzt gerade gar nicht mit einem Neubau der Kirche befassen. Er warf seiner Frau einen ratlosen Blick zu; sie riet ihm auf Isländisch, das gute Angebot anzunehmen. Selbstverständlich musste es hier eine Kirche geben, es gab keine Pfarrersstelle ohne Kirche. Warum sollten die Männer die Kirche nicht bauen, wenn sie es schon anboten? Sie waren die reinsten

Künstler als Zimmerleute. Und wo sollte sie singen, wenn es keine Kirche gab?

Na, selbstverständlich stand sie auf ihrer Seite, daran hatte er nicht gedacht, Frauen brauchten doch immer ihr Tingeltangel. Und ich hatte mir vorgestellt, mir bliebe der nächste Winter, um in Ruhe meine Sammlung abzuschließen ... So dachte Séra Árni, während er sich mit seinen sensiblen Händen (die, wie man nun sah, vom vielen Notenschreiben an den Kanten voller Tintenflecken waren) die Haare aus der Stirn strich und keinen leisen Dunst hatte, was er antworten sollte. Und so verwandelte er sich schließlich in den Typ Beamter, den die Isländer am ehesten gewohnt waren und den er selbst als junger Mann auf der Tour durch Reykjavíker Amtsstuben zu verachten gelernt hatte.

Das heißt, er wechselte komplett das Register, setzte sein verbindlichstes Lächeln auf, bot mehr Kaffee an, dankte ihnen für den großartigen Vorschlag, den er begrüße und gern den Zuständigen zur Kenntnis bringen werde, er werde sie auf dem Laufenden halten. Diese Taktik gegenüber den Untertanen anzuwenden, hatten die dänischen Vorgesetzten ihre isländischen Beamten früh gelehrt, natürlich ohne zu erwähnen, dass sie sie zuvor an ihnen perfektioniert hatten. Niemals nein sagen und schon gar nicht ja, sondern die Leute in der vagen Vorstellung halten, es bewege sich tendenziell auf Letzteres zu. Lästigen Bittstellern sollte man ein positives Gefühl vermitteln.

So entließ Séra Árni die norwegischen Handwerksgötter mit der Aussicht in den Sonntag, sie könnten eventuell schon in der kommenden Woche mit dem Bau der Kirche beginnen. Diese Hoffnung schien die Bauholzkünstler unglaublich zu beflügeln, denn binnen kürzester Zeit wuchsen nun eine hölzerne Pier aus dem Meer und ein Lagerhaus aus dem Boden, ein himmelhohes, durchsichtiges Gerüst aus duftendem, frischem Holz, das im Sonnenuntergang wie Gold leuchtete. Eine solche Konstruktion hatten die Segulfjorder noch nie gesehen, und sie gafften den Neubau ziemlich rindviehisch an. Als

Gestur sich in dessen Mitte stellte, hatte er den Eindruck, das Bauwerk könne den ganzen Fjord aufnehmen; die Bergkämme fluchteten exakt mit der Oberkante der Außenwände. Was das einmal für ein Palast werden würde! Die selige Kirche hätte man in diesem Umriss eines Lagerhauses selbstredend unterbringen können, ohne dass ihr Kreuz an den Firstbalken gereicht hätte.

Und als der nächste Ruhetag fortschritt und die Leute sich aus ihren Häusern bückten, um sich einmal zu strecken, erblickten sie einen vergleichbaren äußeren Umriss einer Kirche, den kompletten Rahmen eines neuen Gotteshauses auf dem Fundament des alten, mit der gleichen Geschwindigkeit errichtet, mit der die Sonne aus dem Meer steigt.

Davor standen die beiden Propheten Jónas und Jeremías und fragten sich, ob dieser Sarg wohl für sie bestimmt war.

Kapitel 5

Streit und Schnuller

»Ist das nicht wirklich storartig, wie die Norweger zu bauen verstehen? Schnell *und* gut«, sagte der Gemeindevorsteher in seiner allbekannten Gelassenheit und Menschenfreundlichkeit während einer weiteren erhitzten Aussprache im Krónufélagslager. Thema war der Riesenskandal, dass Ausländer hier den Grundstein zu einer Kirche gelegt hatten, während die Ortsansässigen ihren Rausch von einem gemütlichen Kognakabend bei Hákarl-Jói ausschliefen, der manchmal an geheime Bestände des Franzosengesöffs kam.

Gefragt wurde: 1. Ist Derartiges rechtens? 2. Kann eine solche Kirche eine isländische sein, wenn sie für ausländisches Geld von Ausländern erbaut wird? 3. Kann ein solches Bauwerk – sofern es gestattet wird – anders denn als Bestechungsgeld an die Gemeinde bezeichnet werden, um ihr den Einmarsch der Norweger erträglicher zu machen? 4. Wurde Island nicht gerade von Menschen besiedelt, die vor dem Erstarken und den Übergriffen der Staatskirche als Geisel in der Hand Olavs des Heiligen flohen? Ging es da nicht zu weit, wenn sein Christianisierungszwang nun tausend Jahre später eben diese Flüchtlinge an fernen Ufern noch einholte? 5. Wollte sich etwa jemand auf Norwegisch beerdigen lassen?

»Sie brauchen aber eine Kirche, sie sagen, sie müssen eine haben.«

»Schön, aber auch wir brauchen eine verdammte Kirche. Und wir sind doch wohl imstande, selbst eine zu bauen!«

»Einverstanden, aber diese Kirche ist im Staatsrat noch nicht beschlossen worden ...«

»Was sagt denn der Pastor? Ist es nicht an der Zeit, dass er auch einmal seine Meinung dazu kundtut?«

»Unbedingt. Séra Árni, bitte seien Sie so gut.«

Der Schnauzbärtige trat ans Pult und hielt eine Rede, um die ihn Politiker aller Zeiten beneidet hätten. Natürlich verstehe er den Unmut der Leute, und ihre Reaktion würde ihn am allerwenigsten überraschen, denn im ersten Moment sei auch er verärgert gewesen, schließlich sei kein zustimmender Beschluss ergangen (»Sie behaupten, sie hätten dein Einverständnis bekommen«, rief jemand dazwischen), keineswegs, doch die jetzt eingetretene Situation sei kompliziert und sicher keine wünschenswerte, denn was geschehen sei, lasse sich nicht ungeschehen machen, illegitim sei das Bauwerk als solches zudem nicht (»Illegal!«), und dann warf sich der Pfarrer zu der Frage auf, ob es nicht letzten Ende unerheblich sei, woher ein gutes Werk käme (Gemurmel im Raum), bevor er damit schloss, die Angelegenheit müsse genauer untersucht werden, besonders ihre juristische Seite, nicht zuletzt im Hinblick auf internationales Recht und unser staatsrechtliches Verhältnis zum Unionsvolk der Dänen einerseits sowie das der Norweger als Unionsnation der Schweden andererseits. Daran zeige sich, wie kompliziert die Sache sei.

»An Bauholz und Zollstock ist nichts Kompliziertes!«

Für dieses Argument aus der Menge schien es Applaus zu geben, doch handelte es sich nur um norwegische Hammerschläge, die aus dem Frühlingsabend hereindrangen, von dem rasch wachsenden Lagerhaus draußen auf Eyri.

Der kinnlose Magnús von Ytri-Skriða ergriff von seinem Platz aus als Nächster das Wort:

»Hat eigentlich irgendwer unsere guten Kolonialherren gefragt, ob so etwas legal ist? Dass Norweger hier aufkreuzen und so tun, als seien sie nach Hause gekommen? Was ich sagen will, ist, brauchen wir nicht die Erlaubnis der Dänen dazu?«

Das war ein wirklich bedenkenswertes Argument. Doch niemand traute sich, dazu eine Einschätzung abzugeben; dafür fehlte es an Experten für internationales Recht. Irgendwann erhob sich aus der Mitte der Versammelten ein älterer, dickbäuchiger Mann und redete in einem Norwegisch los, das sich nach Kräften bemühte, Isländisch zu klingen. Das Einzige, was diese Bemühung behinderte, war das alkoholisierte Lallen in der Stimme. Es sprach der Walwart Egertbrandsen:

»Liebe Freunde! Meine lieben isländischen Freunde! Ich begreife nicht ganz, wo das Problem liegt. Es gibt hier keine Kirche, sie ist weggeflogen. Es fehlt hier eine Kirche, denn irgendwo müssen Menschen ... beten, getauft und konfirmiert werden, heiraten und beerdigt werden. Ich habe gehört, dass es inzwischen neun ungetaufte Kinder in der Gemeinde gibt. Das geht natürlich nicht. Das kann einfach nicht sein. Ist es nicht die Hauptsache, dass dieser Ort eine Kirche bekommt, und nebensächlich, wie er sie bekommt? Wir können genauso eine Debatte darüber führen, ob der Sturm, der die Kirche mit sich genommen hat, aus den Nasenlöchern Gottes oder des Teufels kam. Dazu sage ich bloß, was geschrieben steht: Der Herr hat's gegeben, der Herr hat's genommen. Und jetzt will er uns eine Kirche geben. Dafür muss man doch vor allem dankbar sein, oder nicht? Alles andere wäre Undankbarkeit. Ehrlich gesagt, wäre der Ausdruck, der mir dafür vor allem einfällt, Habenichtsestolz. Jawohl, Habenichtsestolz. Und das ist ein Teufel, den man nicht so leicht überwindet. Denn der erste Schritt aus der Armut besteht darin, seine Lage zu erkennen. Jemand, der in ein offenes Grab gefallen ist, macht sich erst einmal seine Lage klar. Das tut er. Und auch wenn am Rand des Grabes jemand mit einem Grinsen stehen sollte, erlaubt er es seinem Stolz nicht, die Hand auszuschlagen, die ihm gereicht wird. Ich höre aber, dass es hier drinnen Leute gibt, die sich in diesem Grab pudelwohl fühlen und am liebsten darin bleiben würden. Dafür kann man Verständnis haben ... Und wer in einem Grab wohnt, möchte es am liebsten für sich allein haben. Bis irgendein Däne des Weges kommt.«

»Was redest du für einen Stuss, Mann?! Du bist ja besoffen«, rief jemand in seinem Rücken. Er sah nicht, wer es war, sah aber einen Moment zur Seite und schwieg. Die Bemerkung schien ihn getroffen zu haben, denn er fuhr noch eifriger fort:

»Was euch Isländern fehlt, ist *stabilitet*, Geradlinigkeit. Ihr scheint nicht zu begreifen, was dieses Prinzip bedeutet. Mir ist nämlich während meines kurzen Aufenthalts hier aufgegangen, dass die Isländer Menschen sind, die den Kuchen erst verdammen und ihn dann essen. Wenn ich mir diese Versammlung hier anschaue, sehe ich darin Männer, die im letzten und im vorletzten Jahr unsere toten Wale morgens verflucht und sich abends ein gutes Stück aus ihnen herausgeschnitten haben. So etwas wie einen geraden Kurs zu halten, existiert hier nicht. Hier ist sogar die Prinzipienlosigkeit prinzipienlos, denn den einen Tag hält man sich an sie, den nächsten schon nicht mehr. Ihr wisst es vielleicht nicht, aber im Buch der Bücher steht, wer von jemandes Brot isst, kann unter keinen Umständen ein Geschenk von diesem Jemand zurückweisen. Denn das Recht dazu hat er damit verwirkt. Wer die Flosse eines Wals isst, bekommt auch eine Kirche vorgesetzt. So ist es einfach. Kein Wort mehr dazu!«

Der großnäsige Egertbrandsen plumpste zurück auf seinen Stuhl, und Schweigen machte sich breit. Seine Leidenschaftlichkeit ließ die Leute ebenso verstummen wie sein Zitat aus der Bibel, das niemand kannte. (Séra Árnis Gesicht drückte Unsicherheit aus, und er musterte angelegentlich Bodenbretter und Mehlsäcke.) Hinzu kam, dass etliche der Versammelten dem Mann ganze Abende voller gutem Aquavit zu verdanken hatten, und sicher würde es noch weitere geben, folglich legte man sich besser nicht mit Egertbrandsen an, der im Übrigen ein netter Kerl war. Was hat er eigentlich über uns gesagt? Ich habe es nicht ganz verstanden. Prinzip? Was ist das?

»Tja«, sagte Gemeindevorsteher Hafsteinn schließlich. »Da gibt es vieles zu bedenken.«

»Wer hat denn diesen Bau hier errichtet?«, tönte eine helle, jugendliche Stimme, die aber laut durch den Raum trug. Die Männer drehten die Köpfe, bis sie einen Jungen mit helmartigem Schopf erblickten, der auf einem Stapel Säcke saß: Gestur. Er wollte schlau sein und hatte die Antwort schon parat: »War es nicht ein dänischer Kaufmann, der dieses Haus, dieses Lager hier gebaut hat? Und ist Haus nicht gleich Haus? Wer hat sich denn damals aufgeregt?«

Der neben ihm Sitzende, ein junger Haifischer, las seine Gedanken, schüttelte den Kopf und murmelte dazu: »Das war der Krónufélag.«

Gestur lief unter dem blonden Helm rot an und spürte, wie Hitze in ihm aufstieg. Was hatte er sich denn nur gedacht? Lási warf ihm einen Blick zu, falls ihm das helfen konnte, aber Gestur ging nicht darauf ein und sah nur noch seine Schande. Was hatte er denn zu melden, ein nicht einmal konfirmierter Bengel in einer Versammlung einflussreicher Bauern und der Wortführer des Orts? Seine einzige Chance bestand darin, dass die Männer so taten, als hätten sie nichts gehört oder als hätte eine Frau gesprochen.

Die Bauern und die Ladenangestellten sahen, dass man in der Angelegenheit nicht weiterkam, der schwer betrunkene Norweger hatte alles niedergewalzt. Die Kirche würde erstehen, keiner schlägt ein Geschenk seines Retters aus. Doch da man schon einmal zusammengekommen war, konnte man auch gleich noch andere Dinge erörtern. Der verängstigt dreinblickende Þórður von Strönd (so hieß eine kleine, irreguläre Kate am nördlichen Rand von Eyri) bat ums Wort und beklagte sich heftig, dass die norwegischen Handwerker sich vor seinen beiden Töchtern, beide in einem Alter, in dem sie anfällig für Verführungen waren, »entblößt« hätten. Halldór, ein Verkäufer im Laden des Kaufmanns, erklärte dagegen, die Norweger hätten lediglich die Hemden ausgezogen, weil der Tag warm gewesen sei und die Männer schwer gearbeitet hätten. Daran entzündete sich eine Diskussion über die Frage, wo sittenwidrige Nacktheit beginne. Bei den Ellbogen, an der Schulter oder unterhalb des Brustbeins?

Kaufmann Kristján Góss stand an der Wand, der schön und kräftig gebaute Mann, der sich aus Strandgut ein Haus gebaut hatte, das nach Calvados duftete, und er gleich mit. Er hatte sich mit seinem Spitznamen »Góss« so gut wie versöhnt, denn er klang so dänisch, und auf dem Kopfkissen spielte er manchmal mit dem Gedanken, ihn zu seinem offiziellen Familiennamen zu machen und auch seinen Vornamen dänisch zu schreiben: *Christian Goss*. Er stand also an der eigenen Wand mit seinen ausladenden und doch durch und durch isländischen Kiefern, grinste und kaute so heftig einen Priem, dass sich sein Bart in ständiger Bewegung befand. Er folgte der Diskussion, ohne sich zu beteiligen, und erweckte den Anschein eines Mannes, der seine Räumlichkeiten zur Verfügung stellt, aber nicht mitdiskutieren will, sondern versucht, neutral zu bleiben, und dadurch selbst das Aussehen des Raums annimmt. Eigentlich gehörte Kaufmann Góss auch gar nicht in die kleine Ortsgemeinschaft, er hielt sich lediglich vorübergehend hier auf, für ihn war es nur eine Etappe auf seinem Weg in den Großhandel in Fagureyri und auf die Position eines Geschäftsführers des Krónufélag. Seine Gedanken befanden sich bereits dort, auch wenn sein Körper noch hier festsaß. Insofern war er ein typischer Isländer, denn es hieß, Bilokation sei eine grundlegende Eigenschaft der bedächtigen und bei Bedarf doch wie Berserker reinhauenden Isländer, ein Phänomen, das sich schon in den ersten Jahrhunderten der Besiedlung bei Männern vornehmer Abstammung wie Egill Skallagrímsson gezeigt habe, der auf Borg á Mýrum »wohnte«, aber stets andere Orte im Sinn hatte. Berühmt ist auch folgende Strophe über diesen nationalen Charakterzug:

> *Ich bin nur halb im Hier und Nu,*
> *halb ich in der Zukunft lebe.*
> *Mein inn'res Wesen kennst nicht du,*
> *denn drin ich noch ein andres hege.*

Kaufmann Kristján Góss hegte gewisse Befürchtungen über die Situation im Hier und Nu, und er hatte sich noch keine abschließende Meinung zur norwegischen Invasion gebildet. Die Zimmerleute arbeiteten nun seit zwei Wochen hier und hatten noch nichts in seinem Geschäft gekauft. Entweder waren sie verdammt gut untergebracht, oder sie waren noch sparsamer als er selbst. Und er kannte keinen lebenden Menschen, der sparsamer als er gewesen wäre. Doch wenn hier bedeutende Fänge angelandet würden – wenn sie denn gelandet würden –, und wenn das Einsalzen hier begänne – wenn es denn hier stattfände –, dann befände sich sein Krónufélag natürlich in der optimalen Position, da jegliche Geschäftstätigkeit jetzt und in Zukunft durch ihn abgewickelt würde. Standen nicht goldene Zeiten bevor?

Als sich der Streit um das Entblößen norwegischer Oberarme (es war das erste Mal, dass nackte Oberarme außerhalb geschlossener Räume zu sehen gewesen waren) zu einer Kakophonie gesteigert hatte, bei der vier Mann auf einmal redeten, sah Gestur, wie Kristmundur auf seinem Platz herumrutschte, bevor er seine mächtige Stimme ertönen ließ:

»Wir sollten uns nicht in Kleinkram verzetteln, Jungs. Und wir sollten unseren guten Egertbrandsen und seine Worte von vorhin würdigen. Es lässt sich aber auch nicht übersehen, dass es bisher noch keine Auskünfte über die Miete jener hohen Herren gibt. Welche Verträge hat der Gemeindevorsteher für uns abgeschlossen? Ist das bekannt? Sind überhaupt Verträge diesbezüglich geschlossen worden? Das Land gehört der Gemeinde, Hafsteinn! Das solltet Ihr nicht vergessen! Die Spitze von Eyri und alles bis zur Landungsbrücke befindet sich im Besitz der Gemeinde. Ihr könnt sie also nicht, mir nichts, dir nichts, hier einfach eine Brücke und eine Walfangstation bauen lassen ...«

»Eine Heringsverarbeitungsanlage.«

»Bitte was?«

»Sie haben vor, auf dieser Plattform Heringe einzusalzen. Ist das nicht storartig?«

»Das nenne ich eine große Plattform für einen kleinen Fisch. Aber bezahlen müssen sie, ohne Kniffe und Ausflüchte. Sonst gehört dieses Bauwerk so schnell wie möglich abgerissen!«

»Das nenne ich eine beherzte Reaktion.«

»Du trittst hier auf wie ein Agent des Satans, Siebenstein.«

»Sieben...?«

»Ja. Oder wie sein Flittchen. Tust nichts anderes, als dich vor ihm auf den Rücken zu legen.«

Im Gesicht des netten Gemeindevorstehers zeichnete sich Wut ab. Das Außergewöhnliche war eingetreten, die Anwesenden erkannten die Grenzen seiner weitreichenden Geduld, jenseits davon wurden die Abgründe seines Zorns sichtbar. Hafsteinn am Pult schloss die Augen und holte ganz tief Luft; er fühlte sich gerade wie der Kapitän, der er nie geworden war, vor ihm lag eine aufgewühlte See, die so über das Deck spülte, dass er das Schiff nicht sehen konnte, das er steuerte, doch gerade da, in der tiefsten Verzweiflung, kam es darauf an, ruhig Blut und Standhaftigkeit zu bewahren.

»Sagt mir doch bitte, liebe Freunde. Was tut man, wenn auf einmal die Zukunft bei einem vor der Tür steht, die Arme voll neuem Bauholz und ... Na, was macht man dann?«

Der untersetzte Gemeindevorsteher setzte seine Gemeindemitglieder einer Stille aus, die von norwegischen Hammerschlägen unterbrochen wurde, bevor er eine weitere Frage stellte:

»Sagt man da, ach nein, ich habe mir erst noch ein paar Treibeisjahre vorgenommen, oder bittet man sie herein?«

»Jetzt hat das Flittchen in dir aber richtig Feuer gefangen«, rief einer der Spaßvögel, und seine Kumpel, die auf der Treppe den Rauch aus dem Gemeindevorsteher aufsteigen gesehen hatten, lachten, bis Kristmundur in der ersten Reihe mit verschränkten Armen fragte:

»Was zahlt der Norweger für die Anlagen?«

»Wir, das heißt Herr Lauritzen, der Kapitän der *Attila*, und ich, haben uns geeinigt auf zehn...«

»Auf zehn Kronen?«

»Auf zehntausend Kronen für diesen Sommer.«

Die Zahl Zehntausend schwebte wie eine unsichtbare Bombe im Raum. Es dauerte einige Sekunden, bis den Anwesenden die Höhe der Summe aufging, einige Minuten, bis sie sie glaubten, und einige Tage, bis sie das verdaut hatten. Mit solchen Beträgen konnten sie nichts anfangen. Für so viel Geld konnte man drei Kirchen kaufen oder fünf Haifangboote oder hundert Kühe! Und auch wenn der Gemeindevorsteher auf dieser Summe schon zwei Wochen geschlafen oder auch kaum geschlafen hatte, wurde ihm erst voll und ganz bewusst, was er da vollbracht hatte, als er nun die Gesichter seiner Gemeindemitglieder sah, diese stumm starrenden Augen, und ihre Reaktion betrachtete, die allein darin bestand, sich im Nacken zu kratzen.

»Zehntausend«, das war der Schnuller, der ausreichte, um dieses Fjordmaul zu stopfen.

Kapitel 6

Raumfahrer

Historische Ereignisse gehen meist langsam und schnell zugleich vor sich. Sie haben Vorzeichen, auf die niemand achtet und sie schwimmen untergetaucht, bis sie am richtigen Datum ihren historischen Kopf aus dem Wasser heben. Nichts geschieht aus dem Nichts. Wenn man Geschichte aus der Distanz betrachtet, wird erkennbar, dass kein bedeutendes Ereignis im Fluss der Zeit vollkommen unsichtbar bleibt, die Menschen wurden vorgewarnt, doppelt und dreifach, aber das ist vergraben und vergessen, wenn die historische Stunde schlägt. Dann trifft es sie alle unvorbereitet. Gelähmt vor Staunen stehen die Menschen vor dem Großereignis, das in den Stiefeln der Geschichte majestätisch an Land steigt, groß und blond, salz- und wettergebräunt, gutaussehend, den Männern zieht es im Unterleib, die Frauen bekommen weiche Knie.

Arne Mandal sah aus, wie Raumfahrer aussehen sollten, wenn sie zum ersten Mal ihren Fuß auf fremde Planeten setzen: ein strahlender Filmstar und Frauenschwarm, respekteinflößend, blond, langgliedrig, um die Dreißig. Er stammte aus dem Ort Rivedal an der Westküste Norwegens, etwa aus derselben Gegend, in der Islands erster Landnehmer, Ingólfur Arnarson, aufgewachsen war, und er steuerte einen Knörr, der auf den Namen *Marsey* getauft war.

Island war also die Insel Mars.

Es war am 8. Juli, Himmel und Meer badeten in Sonnenschein. Die

Hirten auf den äußersten Höfen des Fjords, Gestur und seine Kameraden, gaben den Ruf die Hänge entlang weiter, bis er Eyri erreichte, wo nun eine fertige Kirche stand, nagelneu und noch ungestrichen und ein bisschen unwirklich, um einen Vorraum größer als die alte. Bald standen alle, die laufen konnten, unten an der Landebrücke versammelt, bis auf den Gemeindevorsteher, den Kaufmann und den Pfarrer; die saßen bei ihrer wöchentlichen Besprechung, in der beraten wurde, wie man mit den ins Haus stehenden fetten Jahren umgehen solle. Schon seit sieben Wochen hielten die Hirten die Fjordmündung im Auge und warteten darauf, dass die große *Attila* wiederkäme, eine Warterei wie ein täglicher Wechsel auf Enttäuschung, die Segel am Horizont gehörten immer nur zu den alltäglichen Haifangbooten, Kabeljaukuttern, Küstenschiffen oder diesen nicht näher bestimmbaren Kähnen, die die Meere gefüllt haben, seit die Menschen sich auf See trauten, und von denen niemand weiß, woher sie kommen und wohin sie fahren, und die allein von Sinnlosigkeit angetrieben werden.

Doch dann kam endlich der windstillschöne Morgen, an dem sie ein Schiff erblickten, das sich abhob, ein Schiff von Bedeutung, obwohl es nicht annähernd so groß war wie die *Attila*. Es war nicht zu verkennen, dass es sich um ein Schiff handelte, das Neues brachte, ein gut getakelter, schwarzer Zweimaster mit zwei schönen Klüvern über dem Bugspriet. Die Sonne reflektierte vom vorderen, dem Flieger, während sich das Großsegel in einer kaum spürbaren auflandigen Brise wölbte und das Schiff in den Fjord trug. Die Hirten kamen schräg die Halden herabgesprungen und ließen ihre uralte Wirtschaftsweise hoch oben am Hang zurück, den Hund immerhin auch. Sie schoben ein Boot ins Wasser und kamen eher an der Landungsbrücke an als das Märchenschiff mit seinen sieben Segeln. So standen sie in der vordersten Reihe der Einheimischen, die sich aus historischer Gehorsamkeit wie ein etwas komisch geratenes Empfangskomitee aufgestellt hatten: Die Marsmenschen warteten neugierig auf das Raumschiff von der Erde.

Gestur hatte Herzklopfen. Er war ohne Erlaubnis von seiner Herde weggelaufen, hatte sie im Stich gelassen, aber er wollte, er konnte das hier nicht verpassen, die Alltagsaufgaben mussten zurückstehen, wenn etwas Feiertägliches erschien. In seinem tiefsten Inneren wusste er, dass der Fjord nach diesem Tag nicht mehr der gleiche sein würde. Außerdem war ja die gute, alte Júnó bei den Schafen.

Die *Marsey* bog um die Spitze von Eyri, schwang elegant um zwei Bojen zum Vertäuen von Walen und ließ kurz vor den Landebrücken den Anker fallen, denn es gab jetzt zwei, die eine schon dunkel von den Jahren, die andere jungfräulich hell. Das Schiff ankerte querab zu ihnen und dem Ufer, der Menge an Land die gesamte Takelage, die Pracht der Segel darbietend, sodass sie starr vor Staunen dieses Wunderwerk norwegischer Handwerkskunst und sein Spiegelbild bewundern konnte. An Deck lagerten etwa zwanzig aufrecht stehende, offene Fässer, anders als die üblichen, kleiner und leichter dem Anschein nach, mit gewölbten Dauben, sodass die Mitte dicker war und sich die Fässer nach oben und unten verjüngten. Es glitzerte und blinkte in ihnen, und das Glitzern fiel den Leuten in die Augen, die Fässer schienen voller Sonnenlicht zu sein. Neben ihnen standen bärtige Matrosen wie orientalische Schatzhüter, einer von ihnen trug tatsächlich so etwas wie einen Turban auf dem Kopf.

Was war das? Was befand sich in diesen Fässern? Gold?

Jeder fragte sich, aber nicht die anderen. Die Menschen blieben stumm vor Staunen und Erwartung, die Atmosphäre vibrierte geladen – schickte Gott uns eine Aufmerksamkeit? Nur die jungen Burschen, Gestur und einige jüngere Lümmel aus Eyri, trauten sich auf die Brücke, die anderen blieben an der Giebelwand des Lagerschuppens oder vor der Trankocherei stehen. Weniges schüchterte die Menschen mehr ein als ein fluchbeladener Glücksspielkasten. Kaufmann Kristján stand breitbeinig vor seinem Laden und kniff Augen und Bart zusammen.

Endlich schien das Segelschiff ein Boot zu gebären, denn hinter seinem Heck wurde eine Jolle hervorgerudert, in der drei Männer saßen. Ihre Kielspur wob sich ein glitzerndes Band aus Sonnenlicht, als ob sie einen Sonnenball im Schlepptau hätte. Einer der drei Bootsinsassen trug den Kopf höher als die anderen, er hatte einen langen Hals und hielt den Rücken kerzengerade, sein sonnengebleichtes Haar wehte ihm von der Stirn wie ein Wolkenschleier von einer Felskante. Er war es auch, der als Erster die Landungsbrücke enterte. Gestur sollte nie den Augenblick vergessen, in dem Arne Mandal, Kapitän der *Marsey*, seinen Schopf in seine Welt hob. Dieser Gesichtsausdruck stammte aus einer anderen Welt, das Gesicht von einem anderen Planeten, dieser Raumfahrer war einen lichtjahrelangen Weg gekommen und leicht verwundert, dennoch glücklich und voller Anliegen. Das Schönwettergesicht sah gesund aus, mit hellen Brauen und tiefliegenden blauen Augen neben einer vornehmen Nase. Das kräftige, gewölbte Kinn sprang wegen der Art, wie der Hals gehalten wurde, vor und kündete so von einer gewissen Ungeduld seines Trägers, etwa wie ein Pferd, das am Start seine Mähne sträubt. Hier trat ein Mann auf, der vorhatte, einen ganzen Fjord in die Zukunft zu ziehen. Und als er ganz auf der Brücke stand, sahen die, die es sehen wollten, dass hier wirklich ein Mann erschienen war, der einen ganzen Fjord in die Zukunft zerren konnte. So groß war er und hoch aufgeschossen und tüchtig in jeder Hinsicht, dieser Gunnar von Zeitenende.*

Dieser Raumschiffskapitän nickte nun ihm, dem Marsmenschen Gestur, zu und äußerte etwas, das »Guten Tag« oder auch »Möge die Zukunft mit dir sein« heißen mochte. Der Junge spürte etwas Historisches in diesen Worten, obwohl er sie nicht verstand. Hier hatte der erste Mensch des zwanzigsten Jahrhunderts seinen Fuß auf die-

---

* Der hier auftretende norwegische »Raumfahrer« Arne Mandal wird in seiner ganzen äußeren Erscheinung beschrieben wie der berühmteste Held der Isländersagas: Gunnar von Hlíðarendi. Diese Analogien führt Helgason hier zusammen, indem er den Norweger einen Gunnar von Tiðarendi nennt, wobei Tiðarendi »Ende der Zeit« bedeutet.

sen Islandmond gesetzt, und der erste Bewohner, den er ansprach, war er, Gestur Eilífsson! Es hätte sein jugendliches Gemüt nicht in größere Aufregung versetzen können, wenn Jesus Christus persönlich ihm zugenickt hätte. Anschließend sah er den Norweger mit langen Schritten den Landungssteg entlanggehen, in diesen berühmten Stiefeln, die sie alle staunend anstarrten. Sie waren nicht allein aus einem Wundermaterial, das »Gummi« genannt wurde, er hatte sie auch noch derart umgeschlagen, dass die weiten Schäfte die Holzschuhe fast gänzlich verdeckten, und es aus der Ferne so aussah, als ginge er auf zwei klumpigen Hufen.

War es vielleicht doch eher der Teufel als ein Gott?

Am Ende der Brücke erwartete ihn das gemeine Volk, die isländische Nation in ihrer schafsgrauen Wollkleidung in der Sommerwärme. Zwei Schnitter aus Gamlibær standen mit großen Augen und ihren Sensen nur in langen Unterhosen und Unterhemden dort, sowie in dem Schuhwerk, das die Norweger »Nachtschuhe« nannten, die Isländer aber »Schaflederschuhe«. Nicht viele Völker auf dieser Erdhalbkugel erlaubten sich, nur in Nachtkleidern draußen herumzulaufen, und Besucher aus dem Ausland hatten öfter Probleme mit diesem harngelben Anblick, da es weniger Waschtage gab als Tage, an denen mal etwas nachtröpfelte.

Im selben Maß, in dem der Mann näher kam, gab es in der Menge etwas Schwund, vielleicht gefielen manchen diese klumpigen Hufe nicht. Einige aber blieben stehen, die Hände in den Taschen, wo sie sie auch weiterhin verbargen, obwohl der Norweger nur noch zwei Schritte von ihnen entfernt war und bereits einen guten Tag gewünscht hatte. Doch damals war es in Island nicht Sitte, Fremde zu grüßen. Also antwortete ihm keiner, niemand erwiderte seinen Gruß, und keiner hielt ihm seinen Tabaksbeutel hin. In der Menge stand aber ein junger Herumtreiber, ein breitgesichtiger, bartloser Spaßmacher, der ein paar Brocken Norwegisch konnte und dem das Talent zur Schüchternheit bei den anderen fehlte.

»Was ist in den Fässern?«, fragte er grußlos, laut und vorwitzig.

»Darin, kann ich dir sagen, befindet sich Hering.«

»Hering? In Fässern?«

»Ja. Wir haben ihn heute gefangen, gerade eben erst, mit unserem neuen Netz, einem Ringwadennetz.«

»Ringwadennetz?«

»Genau. Damit haben wir den Heringsschwarm eingekreist, und es dann zugezogen; danach brauchten wir das Gold nur noch aus dem Netz zu scheffeln. Wir haben so viel gefangen, dass wir damit die Laderäume und auch noch die Fässer füllen konnten, von denen wir angenommen hatten, sie würden für die ersten Tage reichen, bis die *Attila* kommt. Es war unglaublich, innerhalb einer halben Stunde waren wir randvoll beladen! Da draußen wimmelt es von Hering. Das Netz war dermaßen voll, dass ich zeitweilig Angst hatte, es würde das Schiff unter Wasser ziehen. So etwas muss man sich vorstellen, der Fang überlastet ein Schiff!«

Dann lachte er leicht, ohne Überheblichkeit und so herzhaft, dass die Leute versucht waren, einzustimmen, obwohl man hier nicht außerhalb geschlossener Räume lachte und obwohl die meisten kaum ein Wort dieser Weltraumsprache verstanden hatten. *Sild* aber bedeutete »Hering«. Dieser große, gutaussehende Mann sprach von Hering wie andere von Gold. Wie konnte er so unsinnig goldig von einem so unbedeutenden Fisch reden? Sehr seltsam, diese Norweger, sie fingen entweder die größten Geschöpfe dieser Erde oder die kleinsten.

»Und was soll mit diesen Heringen passieren?«, erkundigte sich der Spaßvogel.

»Nun ja, wir haben vor, ihn hier anzulanden«, sagte Kapitän Mandal und schaute zum Lagerhaus, das fertig am Ende der neuen Landungsbrücke stand. Die Zimmermänner hatten ihr Werk vor drei Tagen beendet, ebenso den Neubau der Kirche, und lagen nun schon die dritte Nacht in Folge bei Egertbrandsen, um sich richtig auszuschlafen.

»Hier anlanden?«, käuten die Leute wieder und glotzten zum

Schiff und seinen zwanzig Fässern voll glitzerndem Trangold. Nach tausend Jahren Schufterei in Kälte und Dunkelheit sollte also endlich das Licht in diesen Fjord gebracht werden. Die Landnahme I war so lala verlaufen, Landnahme II schien besser anzulaufen. Oder? War dieser Mann nicht doch im Auftrag Satans unterwegs, auch wenn er zusätzlich zu den Hufen nicht mit Schwanz und Hörnern ausgestattet war? War das alles nicht bloß ein Possenspiel? Welcher Verrückte stellte leere Fässer auf sein Deck und füllte sie dann mit Fisch? Sie schienen nicht einmal verzurrt zu sein. Nein, das war nichts anderes als Täuschung, Vorgaukelei! Wie konnte so ein Schönling überhaupt Skipper sein? Schönheit am Steuer, das geht nie gut. Und was steckte hinter diesem anhaltend so verflixt guten Wetter? Ging denn hier alles den Bach runter?

Isländer akzeptierten Wohltaten nicht so leicht und verfluchten jeden Kuchen, bis sie ihn in einem Bissen verschlangen.

Gestur ging zurück zum Ende der Brücke, um sich die schön gewölbten Behältnisse genauer anzusehen, die aus senkrecht nebeneinander angeordneten und gebogenen Brettern bestanden, die von drei hölzernen Fassreifen zusammengehalten wurden. Das Gesicht der neben ihnen stehenden Matrosen drückte Stolz aus, besonders das salzbraune, hagere Gesicht des Mannes mit dem weißen Tuch um den Kopf. Er hielt sich wie das Besatzungsmitglied eines Raumschiffs, das den Fang bewacht, eine seltene Art von Meteoriten, die sie auf dem Flug zum Mars in ihrem Magnetfeld gefangen hatten.

Kapitel 7

Sternenstunde

Arne Mandal hatte in der Menge einen komischen alten Vogel ausfindig gemacht, der ihm am ehesten einem Lensmann in diesem baumlosen Leben ähnlich zu sehen schien, weil er der Einzige war, der so etwas wie eine Schirmmütze trug. Es handelte sich um den alten Jón von Vindheimar, dessen Hof nach seinen Blähungen genannt wurde und wie eine Einsiedlerklause über einer Kiesbank aussah, die eigentlich ein Haufen Geröll und in der Art winddicht war, dass dort niemand eingelassen wurde. Jón besaß nur ein Auge, das stets weit aufgerissen war, seit einem halben Jahrhundert hatte er nicht mehr geblinzelt, und sein Gesicht war darum herum in einer zusammengekniffenen Maske erstarrt, als würde er beständig durch ein Fernrohr spähen. Über diesem unsichtbaren Fernrohr trug er diese schirmmützenähnliche Kopfbedeckung, die seine Begriffsstutzigkeit so beschattete, dass der norwegische Kapitän annahm, der Mann verstehe seine Sprache, und ihm nun die Ohren mit einer langen Rede vollquatschte, die obendrein viele Fragen enthielt.

Der alte Jón verstand kein Norwegisch, doch durch sein verkniffenes Gesicht war ihm das nicht anzusehen, im Gegenteil erweckte er damit den Eindruck, der weiseste Greis zu sein, der die Ansprache des Raumschiffkommandanten mit klugem Schweigen quittierte. Seine einzige Reaktion bestand darin, Arne und seinen Begleitern, ganz gewöhnlichen jungen Kerlen, die allerdings auch solche Gummidinger trugen, ein Zeichen zu geben, ihm zu folgen. Er setzte sich in Richtung von Egertbrandsens neuem Haus in Bewegung, das neben dem Norwegerhaus stand und von den Scherzkeksen »Aquawitz« genannt wurde.

Der Walwärter kam völlig verschlafen, verkatert und noch nachtumnebelt im Kopf in weißem Unterhemd an die Tür. Sein Bauch wölbte die Hosenträger so, dass sie wie die Dauben der Decksfässer aussahen. Aber als er Landsmänner erkannte, kam große Freude auf, und die vier plauderten miteinander wie eine Gruppe von Kosmopoliten unter Primitiven, denn eine ansehnliche Horde von Jungen und Mädchen, Männern, Hunden und Landstreichern war dem großen Blonden gefolgt und umringte ihn wie einen Popstar späterer Zeiten. Gestur verschlang die großen Männer mit den Augen und versuchte, ihre Art zu reden und ihr ganzes Auftreten in sich aufzusaugen.

Die Norweger unterbrachen ihre Unterhaltung, als der alte Jón derart krachend einen fliegen ließ, dass sie zuerst an Steinschlag in einem der Berghänge glaubten, oder, dass an Bord der *Marsey* eine Ankertrosse gerissen sei, und entsprechend irritiert um sich blickten. Doch da folgte ein zweiter Furz, der menschlicher klang, und sie erkannten, worum es sich handelte, zumal ihnen Egertbrandsen die Sachlage erklärte. Sie lachten erleichtert und noch lauter, als sie der Geruch erreichte. *Ho, ho! Herregud!* Dabei fiel ihnen auf, dass keiner der Eingeborenen das Gesicht verzog, sie standen noch ebenso ernst und mit großen Augen um sie herum wie vorher und schienen keinerlei Anstoß zu nehmen. Niemand zuckte, als sei Furzen in der Öffentlichkeit allgemein üblicher Brauch in diesem Land. Allerdings ließ sich aus diesen wettergegerbten Gesichtern nicht herauslesen, ob ihre unbeteiligte Miene auf Takt, Co-Abhängigkeit, Ermattung oder einen Hang zum Schnüffeln zurückzuführen war.

Doch nun hörte man jemanden rufen und sah eine dreiköpfige Gesandtschaft vom Madamenhaus kommen; die Honoratioren des Orts hatten ihre Konferenz beendet und schritten zur Begegnung mit den neuen Landnehmern. Der Gemeindevorsteher, der Pfarrer und der neue Arzt, Guðmundur Hermannsson, ein stämmiger Brillenträger mit schaukelndem Gang. Die Marseyjer stiegen von den Treppenstufen Aquawitzs, während der Walwärter ins Haus eilte, um sich etwas überzuziehen. Er stieß wieder zu der Gruppe, als sich beide Seiten gerade trafen und die dreiköpfige Besatzung dem dreiköpfigen Gemeindeausschuss die Hände schüttelte. Sieh an, die Isländer sehen doch nicht so anders aus als wir, dachte Arne Mandal, jedenfalls hat dieser Pfarrer unglaubliche Ähnlichkeit mit meinem Vetter Végard. Die gleichen buschigen Augenbrauen und der gleiche gerade Rücken, der gleiche Stolz unter dem Schnauzbart verborgen. Auf diese Männer verstand er sich sofort, hier trafen sich alte Verwandte an einem schöneren Ende der Welt.

Kapitel 8

Die Frau des Pfarrers

Séra Árni lud in sein Haus ein, wies den vier Norwegern und zwei Isländern Plätze am Tisch an und verschwand dann, um der Hauswirtschafterin Halldóra Anweisungen zu erteilen. Kaffee und Schmalzgebäck!

Es dauerte einen Moment, bis die Seeleute ihre Gummistiefel ausgezogen hatten, was sogleich zu einem Gespräch über dieses Schuhwerk führte. Zwar kannten die Isländer »Klompenstiefel« aus schenkelhohem Leder, das auf Holzschuhe genagelt war, von den bretonischen und flämischen Fischern, und manche trugen solche auf den Haifangbooten sogar selbst, aber Kautschuk auf Holzschuhe geleimt, das hatten sie noch nie gesehen. Die Behauptung der Norweger, sie seien völlig wasserdicht, wurde glaubhaft von dem Geruch unterstrichen, der sich ausbreitete, als sie endlich ihre schweißnassen Füße und Socken aus diesen großen Hufen befreit hatten.

Gemeindevorsteher Hafsteinn wusste eine Konversation mit Gästen zu führen und forderte die Marseyjer auf, von ihrer Fahrt zu berichten, während durch die Holzdecke Frauenschritte zu hören waren. Der Arzt rutschte sich mehrfach auf seinem Stuhl zurecht und räusperte sich. Er war ein stiller Mann, dem es leichter fiel, mit Kranken umzugehen als mit Gesunden. Seine Interessen lagen nahezu ausschließlich im Gebiet menschlicher Krankheiten. Seine Anwesenheit übte jedoch stets guten Einfluss auf alle aus, die Leute fanden es gemütlich, dem Rascheln seiner Koteletten auf dem steifen Hemdkragen zu lauschen. Es war zu hören, dass der Pastor die Treppe hinaufging, während Arne Mandal erklärte, was er »umlaufenden Wind« nannte: Verhältnisse, bei denen der Wind immer aus der Richtung wehte, in der die Sonne stand, ob sie nun gerade im Osten auf- oder im Westen unterging. Solchen Wind hatten sie während der gesamten Überfahrt gehabt, und von Kristiansund bis zum Segulfjörður hatten sie nicht länger als drei Tage gebraucht; es war die weiteste Reise, die Schiff und Kapitän bisher unternommen hatten.

»Na, das war doch storartig!«, lachte der Gemeindevorsteher, drehte sich auf seinem Stuhl um und fuhr beim Eintritt Séra Árnis auf Norwegisch fort: »Und hier kommt unser Pastor mit all seinen Frauen!«

Ihm folgten in den Salon: Sigurlaug, Guðlaug, Vigdís und Súsanna, alle in langen Kleidern oder Röcken, die schöne Welt der Weiblichkeit. Aufgesteckte Haare, gemusterte Schultertücher, verlegene Gesichter und flink umherflitzende Blicke.

»Vier Frauen!«, sagte Egertbrandsen, und norwegisches Gelächter füllte den Salon des Madamenhauses. »Auf Island gibt es keine Katholiken, hier dürfen die Pfarrer vier Frauen haben!« Neuerliches Gelächter.

Arne hatte sich erhoben, stand am gedeckten Tisch und reckte das Kinn; er war einer von den Männern, die für Frauen aufstanden, auch wenn nicht klar war, ob er das nur aus Anstand und Bewunderung tat oder weil ihn sein Aussehen mit der Zeit gelehrt hatte, dass es vorteilhaft war, sich Frauen gegenüber so zu betragen. Zumindest schien er weibliche Bewunderung gewohnt zu sein, und er hatte sich – ein wenig wie ein gelangweilter Zirkuselefant – gewisse Manieren zugelegt, um diese Bewunderung noch zu befördern.

Das Schweigen war von Kleiderrascheln erfüllt, und Arne ließ seinen Blick von einer Frau zur nächsten wandern, über das ganze Spektrum weiblicher Schönheit, bis er auf Súsanna landete, die ihrerseits den Blick vom Boden auf den Tisch hob, von dort auf den Rücken des

Gemeindevorstehers und von dort zu dem jungen Kapitän oder vielmehr seiner Silhouette, dem Schattenriss eines hoch aufgerichteten Mannes vor einem sonnigen Fenster. Wegen der Helligkeit konnte sie sein Gesicht nicht sehen, nur den dunklen Umriss, den langen Hals und das wie eine Rauchwolke aufqualmende Haar; er aber sah ihr Gesicht, und obgleich er gerade erst an Land gekommen war, warf sein Herz alle Leinen los, seine Brust lief voll wogender See, und die Wellen schlugen hoch über allem zusammen, was er zu kennen und zu können glaubte, so sehr ächzte und knarrte es im segelgezierten Seelennachen. Spannungsgeladene Sekunden verstrichen, ganze Menschenleben vergingen, Berge rannten davon und Fjorde liefen leer; war sie, diese blonde, schlankhalsige, weichwangige, grübchengeschmückte, ernste, dunkelbrauige Schönheitskönigin, etwa die Frau des Pfarrers?

Schließlich hielt er es nicht mehr aus und grüßte die junge Frau mit einem Diener, der aber viel zu kurz ausfiel, als wolle er sich vor den Gedanken ducken, die in seinem Kopf fochten. Für die anderen im Raum sah die schnelle Verbeugung aus, als habe er einen heftigen Faustschlag in den Magen bekommen und krümme sich vor Schmerz. Manchmal ist die Liebe ein Boxer. Seiner Meinung nach hatte er sich tief vor der Schönheit der Welt verneigt und wünschte jetzt nichts so heiß und innig, als dass sie wirklich die Frau des Pfarrers sei, das wäre das Beste, ich ertrage den Seegang in der Brust nicht länger, mir ist, als hätte sich der ganze Ozean zwischen Norwegen und Island um meinen Hals gelegt, ich kann kaum atmen, hängt es womöglich damit zusammen, dass sich jetzt nach tausend Jahren der Trennung unsere beiden Völker wiederbegegnen? Hier muss ein gewaltiges Schicksal walten, anders kann es nicht sein, dieses Meer, das in mir wogt, ich hatte noch nie ein solches Gefühl, ich ...

All das schoss dem jungen Kapitän während seiner Verbeugung durch den Kopf, als sein Blick auf ihren Zehen (in ausländischen Pantoffeln) vor seinen grauen Wollsocken ruhte, und doch verharrte er nicht ungebührlich lange in dieser Stellung. Er glaubte zu hören, wie über ihn hinweg erklärt wurde, welche der Damen die Pfarrersgattin sei, aber er bekam es nicht mit, weil sein Kopf von so vielem erfüllt war.

Als er sich endlich aufrichtete, schlug sein Herz tausend Schläge mit einem Klang, wie ihn eine Glocke kurz vor dem Schlagen von sich gibt, tausend Schläge in einem einzigen dahintröpfelnden Ton, einer für jedes Jahr, das sie getrennt hatte, sein Blick fand wieder den ihren, das Höllentheater ging von vorne los, die Liebe war ein Schlag, ihr Gesicht der Klöppel, ihn trafen die Schläge, und nun wurde ihm klar, dass mitten in diesem Liebesleid ein Geistlicher stand, etwas hier musste weichen. Wenn diese Frau, diese Grübchenfee, dieses ... Mädchen, diese Schönheit des Lebens, die Ehefrau dieses schnurrbärtigen Priesters sein sollte, der seinem Vetter Végard so ähnlich sah, dann musste der weichen, mit gebrochenem Rückgrat oder ermordet. Jawohl, ganz und gar ermordet. Einen solchen Ansturm der Liebe beantwortete man nur auf diese Weise: entweder mit einem Schlag gegen sich selbst oder mit einem Mord. Kapitän Arne war nur drei Atemzüge, nachdem er die isländisch-dänische Súsanna erblickt hatte, vollkommen klar, dass er für sie den Pfarrer umbringen würde.

Das Herz denkt am klarsten, das ein Meer überquert hat.

Er stellte sich vor, und seine Lippen zitterten, als er ihr den Namen bekanntgab, den sie bis zu ihrem Todestag tragen sollte. Súsanna Mandal. Es gab keinen anderen Weg mehr, sie hatten sich in die Augen gesehen, sie hatten sich die Hand gegeben, sie hatte ihm ihren Namen genannt, er ihr den seinen, es gab kein Zurück, sein Leben zappelte in ihrem Ringwadennetz. Sein Schattenrissprofil vibrierte, als er sich wieder an den Tisch setzte, und unwillkürlich führte er die Hand an die Stirn, um sich den Schweiß abzuwischen. Diese Rolle war er nicht gewohnt, darum schwitzte er. In der Regel waren es die Damen, die in seiner Gegenwart ins Vibrieren oder Schwanken gerieten wie Boote am Kai. Seine Begleiter sahen ihn verwundert an. War etwas? Er fühlte ihre Blicke und riss sich zusammen, legte die Hände auf die Tischplatte und richtete sich auf, sein Gesicht war feuerrot, und zu dieser Röte leuchteten die blonden Haare im nicht sehr dichten Bart, in den Brauen und auf dem Kopf wie nie zuvor.

Egertbrandsen scherzte noch immer mit dem Pfarrer und den Frauen, Mandal hörte es nicht, und noch immer wurde gelacht. Er lachte sicherheitshalber mit, schob den Stuhl vom Tisch ab und versuchte, sich wie ein Mann zu setzen, dabei summten seine Augen wie zwei Hummeln durch den Raum und landeten schließlich auf den geschlossenen Lidern der blonden Frau, die sich in der Südecke des Salons an der Tastatur des Pianofortes niedergelassen hatte und artig schwieg.

Wenig später erschien die großgesichtige Haushälterin mit einem kleinen, dunkelhaarigen Mädchen auf dem Arm in der Tür, der zweijährigen Tochter in einem blassrosa Kleidchen mit Schleife. Die Männer reagierten nicht, nur der blonde Kapitän dehnte seine Rippen. Die Haushälterin setzte das Kind an der Schwelle ab, und die Kleine tippelte, erschrocken über all die rauen Seeleute, hinter deren Stühlen vorbei geradewegs auf die Blonde mit dem schlanken Hals in der Ecke am Fenster zu. Súsanna lächelte sanft und nahm die kleine Kristína auf, flüsterte ihr mütterlich etwas ins Ohr, und das Kind sah sich im Raum um. Es hatte große Bäckchen, einen schüchternen, aber intelligenten Blick, und nur der Schnurrbart fehlte, um es zu einer perfekten Kopie seines Vaters zu machen.

»Das ist unsere kleine Kristína«, erklärte der Pfarrer auf seinem Stuhl Mandal gegenüber, der höflich lächelte, während er überlegte, wie er seinen Rivalen aus dem Weg räumen könnte. Es handelte sich nicht mehr um ein fiktives Liebesdrama, vielmehr war Mandal nun im Ernst überzeugt, dass er diesen isländischen Pfarrer umbringen musste.

Halldóra kam mit Tassen, Vigdís nahm sie ihr ab und stellte sie auf den Tisch, damit Halldóra weiteres Geschirr holen konnte. Arne folgte dem Tischdecken mit den Augen und nutzte die Drehungen seines Kopfes, um weitere Blicke auf Súsanna und ihre Tochter abzufeuern. Er musste also die Vaterschaft dieses Kindes übernehmen, oder war es besser, es auch zu töten? Was für Gedanken, raunte sein Verstand entrüstet, sah dann aber seinen Besitzer in eins der besseren Geschäfte Bergens treten und für Súsanna ein Halstuch aus chinesischer Seide kaufen, hörte die Ladenglocke klingeln, als er die Tür öffnete. »*God dag!*« Der Verteidiger seines Empfindens musterte in der Zwischenzeit Séra Árni und setzte in Gedanken ein Rasiermesser prüfend an den geweihten Hals. Halldóra stellte eine Kanne auf den Tisch, und der Pastor erhob sich.

»Darf ich Ihnen eine Tasse Kaffee anbieten, verehrter Namensvetter?«

Kapitel 9

In Wolle geschrien

Das Pianoforte hatte der Pfarrer im letzten Herbst bekommen, eine edle Neuanfertigung, die sechs Mann vom Kai zum Haus tragen mussten, weil der hohe Kasten die gesamte Musikgeschichte enthielt, und Bach und Beethoven waren ganz schön schwer. Was es für einen Unterschied machte, im Fjord ein Instrument zu haben, ein richtiges Musikinstrument. Für die Pfarrersfrau wog es eine ganze Kirche auf. Im Winter hatte das Ehepaar drei Konzertabende für die feinere Gesellschaft im Ort gegeben, für Menschen, die auf Stühlen sitzen konnten. Lieder von Grieg und Gade gemischt mit leichterer Kost und natürlich den »neusten« isländischen Volksliedern, die aus Séra Árnis Umhängetasche aufgetaucht waren. Endlich fand Vigdís, es ließe sich aushalten in Fanneyri, auch wenn draußen kulturbanausige Schneestürme tobten.

Nachdem das Kaffeetrinken zu Ende und der unumgängliche Papierkram erledigt war, wollten die Heringsfischer an die Arbeit gehen, die Ladung war wertvoll, doch der Pfarrer bat sie, bitte noch fünf Minuten zu bleiben, denn sie wollten den schönen Tag und die lieben Gäste mit einem Lied feiern, das er eigens für diesen Anlass komponiert hatte: »Oh, norwegische Brüder neue Zeit / mit neuem Geist uns bringen …« Der Pfarrer setzte sich ans Klavier, Vigdís stellte sich an dessen Ende bei der Tür, und dann sangen sie beide zusammen, sie ein wenig höher und besser, dieses speziell für die Anwesenden komponierte Lied: »... lächelt der Fjord in Güte / und Kinder lernen Freude.« Die Gäste schlossen die Augen und lächelten wie der Fjord bei Sonnenschein, sogar der blonde Kapitän, obwohl er seinen Blick ständig von der Frau, die am Ende des Instruments saß, zum Nacken des Klavierspielers wandern ließ.

Als das Lied beendet war, die Sängerin sich verneigt und den Applaus der Gäste entgegengenommen hatte, lief auf einmal das Kind im niedlichen Kleidchen vom Arm der schönen Súsanna auf die Sängerin zu und rief: »Mama!« Vigdís schloss die Kleine lachend in die Arme und verbeugte sich noch einmal mit ihr auf dem Arm, worauf der Applaus noch lauter wurde. Egertbrandsen rief Hurra, und das Herz des Kapitäns schwebte wie ein mit Flügeln versehenes Säckchen Blutwurst auf – welche Erleichterung! Alle Mordgelüste lösten sich auf, und die Liebe tanzte ausgelassen in ihren Stiefeln über das nasse Deck. Er sah Súsanna an, und sie schien seine Gedanken gelesen zu haben, denn jetzt erwiderte sie seinen Blick.

Der ihre war allerdings so neutral wie zwei Korken in zwei Flaschen, die nichts von deren Inhalt preisgaben, all den Überlegungen, die hinter dem Glas schlummerten über bekannte Phrasen wie, es seien Fremde gekommen, und neue Gesichter bedeuteten immer Abwechslung und Neues; dieser große Blonde sah in der Tat außergewöhnlich gut aus, doch sein Glück auf See würde noch zu Unglück an Land führen, das sah man an seinen scharfen Augenbrauen, oder nicht? Ach, wie er mich anschaut! Mein Verstand hat mir verboten, noch einmal Blicke mit gutaussehenden Männern zu wechseln, zweimal ist zweimal zu viel, die beiden hatten sich als hohle Fässer herausgestellt, bedauerlich hohle Fässer.

So sprachen die beiden Korken, aber Liebe auf den ersten Blick hat nur Augen, keine Ohren, und Arne Mandal war kurz davor, den Pfarrer zu bitten, gleich mit ihnen in die noch nicht gestrichene neue Kirche zu gehen und sie zu trauen. Augenblicklich. Das Einzige, was dagegen sprach, war der Umstand, wie vorhersehbar und offensichtlich es war, dass sie, diese beiden jungen, blonden und schönen Menschen, zusammengehörten. Doch Augen logen nicht, nicht solche Augen, die Sache war längst entschieden. Er sah schon seine Mutter Mathilde in der blauen Küche zu Hause in Rivedal ihre Arme ausbreiten und seine Frau für immer in ihre Umarmung schließen. »Meine Güte, wie *vakker* sie ist!«, rief sie entzückt und lachte ihr glucksendes Lachen mit allen sechzehn Kinnen.

In dem Moment klopfte es an der Tür. Magnús Mannlos ging, um zu öffnen, und er war von der Menge überrascht, die vor dem Haus stand, die Schar von Alten und Kindern, auch einige Arbeiter und Knechte hatten sich dazugesellt, selbst Hákarl-Jói war dabei, Jón von Vindheimar, Metta aus Mjölkot, ihre Tochter Anna und ihr pummeliger Sohn Baldvín mit strengem Gesicht sowie, etwas abseits stehend, die beiden Propheten und … oh ja, oben auf dem Treppenabsatz vor Magnús stand Kaufmann Kristján höchstpersönlich, im feinen Zwirn, und begehrte Einlass. Magnús ließ ihn ein, und der Kaufmann erschien mit gebürstetem Bart und würdiger Miene im Türrahmen zum Salon. Er grüßte die Versammlung wie ein Staatsoberhaupt, indem er mit der Rechten winkte, schritt dann über die Schwelle, nahm aber nicht Platz, sondern begann seine Ansprache stehend. Er sprach tadelloses Dänisch mit hartem isländischem Akzent, und es kostete die Norweger etwas Zeit, ihre Ohren auf diese Wellenlänge einzustellen; anschließend mussten sie auch noch ihr Hirn feintunen, um zu begreifen, was der Mann ihnen sagen wollte.

Kaufmann Kristján bot dem Kapitän Logis an sowie die Übernahme sämtlicher Hafen- und Landungsgebühren für die *Marsey*. Die sollten seine Sorge sein. Darauf folgte ein selbstsicherer Blick auf Gemeindevorsteher Hafsteinn, der mit seinem Tabaksbeutel am nahen Tischende saß. Kapitän Mandal bat ihn überrascht, sein Angebot noch einmal zu wiederholen, Egertbrandsen hustete kräftig. Jawohl, der Kaufmann erbot sich, sie anlässlich des großen Ereignisses bei sich aufzunehmen, und nicht zuletzt, um den neuen Landnehmern echte isländische Gastfreundschaft zu erweisen, mit anderen Worten, sie im hiesigen Fjord willkommen zu heißen, erklärte sich Krónufélag bereit, ihre sämtlichen Abgaben an Hafen und Gemeinde zu übernehmen.

»Und sich um das Löschen der Ladung und deren Verarbeitung zu kümmern?«, fragte Mandal. Es fiel ihm schwer, das Gesagte zu begreifen. Wer war dieser Mann, und was war seine Kronengesellschaft? Eine königliche Reederei?

»Verarbeitung?«, fragte der Kaufmann.

»Sicher«, sagte der Kapitän. »Die Heringe müssen ausgenommen, in Fässer eingelegt und gesalzen werden. Haben Sie Salz?«

»Gesalzen?«

Mit einem Mal stand dieser isländische Kaufmann in der neuen Gegenwart, den Kopf aber noch voll der alten. Der norwegische Kapitän erkannte, dass dieser Mann von der Heringsverarbeitung keine Ahnung hatte und auch nicht erschienen war, um jemandem eine Wohltat zu erweisen. Er wandte sich an Egertbrandsen. Sie wechselten einige Sätze in so speziellem Norwegisch, dass die Isländer nichts verstanden. Der Walbeaufsichtiger schien seinem Landsmann einiges zu erklären. Im Anschluss daran stand der Kapitän auf wie der Tribun eines unterdrückten Volkes am kochend heißen Verhandlungstisch und sprach den Kaufmann in verständlichem Norwegisch ruhig und überlegt an:

»Sie möchten also unsere Abgaben übernehmen?«

»Ja.«

»Sie wissen, dass es, um diesen Fang zu verarbeiten – wir haben zwanzig Fass an Deck und dreihundert im Laderaum –, viele arbeitende Hände braucht.«

»Ja.«

»Und Ihnen ist bekannt, dass wir diesen Arbeitern Lohn bezahlen wollen.«

»Ja, mein Herr.«

»Und das möchten Sie mit Ihrem Angebot verhindern?«

»Jetzt verstehe ich Sie nicht.«

»Sie möchten verhindern, dass wir den Menschen Lohn zahlen.

Sie erbieten sich, unsere Kosten zu übernehmen, damit das gesamte Geschäft über ihr Unternehmen läuft und der Lohn auf diesem Weg Ihnen und nicht den Arbeitern zufließt. Mit anderen Worten, anstatt den Leuten für die Verarbeitung des Fangs Lohn zu zahlen, wollen Sie, dass wir stattdessen Ihr Unternehmen bezahlen. Sie möchten den Lohn der Arbeiter einstreichen?«

Schweigen. Der Kapitän warf rasch einen Blick in die Ecke, zu seiner Geliebten (was für eine Frau! Was für ein Leben liegt vor mir!), sah dabei durch das Fenster aber auch die draußen stehende Menschenmenge, bärtige Männer in grauen Pullovern und verlegene junge Dorschfischer, blass im Sonnenschein. Unter ihnen stand auch der Junge, dem er als Allererstem auf der Landungsbrücke begegnet war. Er wandte sich wieder Kristján Krónufélagsmann zu und spürte Súsannas Blick im Nacken und auf dem Rücken; das war die Gelegenheit, sich zu beweisen und in ein günstiges Licht zu stellen. Er hob die Stimme:

»Sie möchten, dass wir Ihnen den Lohn der Arbeiter zahlen, weil Ihnen diese Menschen und ihre Arbeit gehören?«

»Ich fürchte, ich ...«

»Haben Sie diesen Fang eingebracht? Haben Sie unsere Landungsbrücke gebaut? Gehören diese Menschen Ihnen? Gibt es in Island Sklaverei? Sind Sie der König dieser Männer und Frauen?«

»Ich fürchte ...«

»Nein, Sie brauchen nichts zu fürchten, kommen Sie mit mir raus, begleiten Sie mich vor die Tür!«

Arne Mandal war jetzt in Rage, von Liebe und gerechtem Zorn getrieben; er kannte diese Landratten, die sich manchmal geschniegelt und gebügelt zwischen Fang und Volk drängen wollten, die sich von dem Haken bereichern wollten, mit dem andere fischten. Er trat auf den Kaufmann zu und ging an ihm vorbei zur Tür. »Kommen Sie!« Und als Kristján zögerte, fragte er: »Oder haben Sie Angst vor Ihren eigenen Leuten?«

Der lange, hellhaarige Norweger öffnete mit zornroten Wangen die Tür des Madamenhauses und trat auf den im Sonnenlicht liegenden Treppenabsatz. Mit einem Mal hatte Island seinen Revolutionsführer bekommen. Er winkte Kristján, er solle nur kommen, und dann stand der Kronenmann wie ein Verurteilter an der Seite des Norwegers. Die Leute unten scharten sich enger um die Treppe, etwas bahnte sich an, da standen schlecht behütete Haifänger neben krummen Tagelöhnern und Mägden aus Gamlibær mit Flusen auf den Wangen und sahen zu dem langen, blonden Mann auf. Der Kapitän sprach nun mit lauter Stimme und im verständlichsten Norwegisch, dessen er mächtig war, direkt zum Volk.

»Dieser Mann hier, euer Kaufmann, will, dass ihr von nun an die Verarbeitung des Herings übernehmen sollt, aber den Lohn für eure Arbeit möchte er in seine eigene Tasche stecken. Wollt ihr das?«

Die Leute sahen ihn ausdruckslos an, doch war ein leises Grummeln in der augenblicklich eingetretenen Stille zu vernehmen. Mandal fuhr fort:

»Ich sage nein. Wir wollen euch in Bargeld entlohnen. Eine neue Zeit ist zu euch gekommen, ihr erhaltet die Freiheit! In Zukunft werdet ihr nicht länger für ihn, sondern für euch selbst arbeiten. Eine neue Zeit ist angebrochen.«

Er beendete seine Ansprache damit, die geballte Faust in die Luft zu recken, und eigentlich hätten nun Freudenrufe und Tumult losbrechen müssen, aber das einfache Volk in Island verstand weder genügend Norwegisch noch sein Gerede über Freiheit.

»Er sagt, wir würden jetzt frei«, erklärte ein älterer Mann halblaut einer Schürze tragenden Frau mit eingefallenen Wangen, die in der Sonne die Augen zusammenkniff. Es war Metta von Mjölkot.

»Wieso? Ist hier jemand unfrei?«

Der junge Skipper blickte über die Menge und versuchte diese Menschen zu verstehen. Er begriff ihre Reaktionslosigkeit nicht, hatten sie ihn nicht verstanden? Wo war der Mumm in diesen Leuten? Wo steckte der Wunsch nach Freiheit? Er stand hier vor einem Volk, dessen Angehörige alle auf die eine oder andere Weise in Ketten lagen. Die Fischer lieferten an jedem zu Ende gehenden Tag dem Kaufmann etwas ab, damit sie am nächsten leben konnten, die Tagelöhner zahlten ebenfalls täglich etwas ein, um am folgenden Tag etwas entnehmen zu dürfen, Knechte und Mägde waren der Besitz ihres Bauern, denn das Ergebnis jeder Arbeit, die sie ausführten, blieb sein Eigentum, sie selbst durften nichts besitzen, die einzige Freiheit, die sie besaßen, bestand darin, an einem einzigen Tag des Jahres ihren Hausherrn wechseln zu dürfen, aber auch das nur innerhalb des Fjords. Sich in einem anderen Bezirk zu verdingen, war ihnen verboten. Und jetzt, als ihnen ein Ausländer zum allerersten Mal in der Geschichte des Landes Arbeit für Lohn anbot, da wollte der Kaufmann, der de facto der Obereigentümer aller Bauern und ihres Gesindes war, weil jede Krone und das ganze absonderliche ökonomische System als Ziffern in seinen Büchern standen, nun wollte er sich auch noch ihre Arbeit aneignen. So sah die isländische Sklaverei aus, und sie bestand seit so langer Zeit und so wenig wurde überhaupt über sie geredet, dass sich alle daran gewöhnt hatten und keiner etwas daran auszusetzen hatte. Dazu musste erst ein Ausländer kommen.

Die Isländer nahmen die überraschende Neuigkeit ihrer Befreiung aus den Banden der Vergangenheit mit Gleichgültigkeit zur Kenntnis. Das war doch nichts anderes, als in Wolle zu schreien.

Er stand auf Strümpfen und in marineblauem Seemannspullover in der Morgensonne und hielt sich erst seit eineinviertel Stunden im Land auf, aber er hatte sich schon eine zukünftige Frau besorgt, Hering und die Zukunft ins Nordland gebracht, den Lauf der isländischen Geschichte geändert und die gesamte Gesellschaft mit seiner bemerkenswerten Idee für längere Zeit in ihren Grundfesten erschüttert: Menschen für ihre Arbeitsleistung mit Geld zu bezahlen. Hier auf dem Grundstück des Madamenhauses endete das längste Kapitel der Geschichte Islands, obwohl sich die Personen dieser Geschichte dessen nicht bewusst waren.

Mandal wandte sich an Kristján und fragte: »Möchte der Kaufmann dazu etwas sagen?«

Doch der Boss der alten Zeit fand für die neue keine Worte und schüttelte bloß den Kopf. Was sollten die Leute denn mit dem Geld anfangen? Sollte sich der Kaufladen etwa eine Bargeldkasse zulegen?

»Also, gute Leute, an die Arbeit! Jeder, der möchte. Der Fang wartet, die Sonne schmachtet. Und ganz gleich, was andere behaupten, jeder Handschlag wird mit Geld entlohnt.«

Der Kapitän war nun so in Schwung, dass er nach diesen Worten auf Strümpfen die Treppe hinab und auf die Wiese lief; da drehte er sich aber noch einmal um und rief dem Steuermann, der gerade auf der Treppe erschien, zu, er solle seine Stiefel mitbringen. Der Kaufmann stand noch immer oben auf dem Absatz, absolut still, und trotz des Sonnenscheins war er bereits zu einer Schattengestalt des Vergangenen geworden, zu einer Person, die noch auf der Bühne stand, obwohl das Scheinwerferlicht weitergewandert war. Der Lichtkegel folgte einem anderen, einem großen, blonden Revolutionsführer auf Socken.

Am Fenster des Salons stand Súsanna und beobachtete das Treiben. Gestur sah zum Fenster auf, sah den Ausdruck im Gesicht der Freundin der Pastorsfrau und begriff, dass hier lebendige Blitzeskräfte in der Luft lagen, nach tausend langen Jahren waren Dinge in Bewegung gekommen. Er lief der Menge nach und holte den Kapitän ein. Der trug nun seine Stiefel, stürmte mit ausgreifenden Schritten voran und sah weder nach links noch nach rechts, er war immer noch sichtlich erregt. Binnen einer Stunde hatte er sich aus einem lebenslustigen Landnehmer in einen hartgesottenen Mörder verwandelt und aus diesem in ein weichherziges, verliebtes Vögelchen, und dann war daraus urplötzlich ein Blitz und Donner redender Volkstribun geworden. Gestur drehte sich um und sah Súsanna noch immer am Fenster stehen und ihnen nachsehen. Dann verschmolz er mit dem grauen Haufen, der diesem entflammten Mann folgte, und achtete genauestens darauf, immer der Erste in dieser Menge zu sein.

Kapitel 10

Der erste Einsalztag

Während die Norweger Kaffee tranken, sich verliebten und die Gesellschaft revolutionierten, loteten die Matrosen die Wassertiefe am neuen Landungssteg aus und ließen an einer langen Logleine befestigte Steine zum Grund sinken. Nachdem das Ergebnis ermittelt war, hielt es der Kapitän für unbedenklich, mit dem Schiff am Steg festzumachen. Allerdings lauerte etwas weiter draußen eine Felsrippe, und das Schiff lief dort auf Grund, sodass die Arbeiter einen guten Teil des sonnigen Tages darauf warten mussten, dass einige von ihnen und die Besatzung das Schiff unter Aufbietung aller Kräfte und mit dem Einsatz von Trossen wieder flott bekamen. Am Ende glitt die *Marsey* an die Brücke und ging an ihrem Ende längsseits. Da war der Nachmittag fast vorüber, und die Sonne stand im Westen, die Jungen rannten los, um die Arbeiter zusammenzutrommeln, die nicht mehr gewartet hatten und nach Hause gegangen waren, um ihren Hunger zu stillen.

Gestur war geblieben und hatte fasziniert zugesehen, wie die Seeleute das Schiff wieder frei bekamen. Bei all dem, was seine Augen geschluckt hatten, war er nicht hungrig geworden. Nun rollten die Goldfässer auf sogenannten »Schubkarren« an Land, einer Erfindung, welche die Segulfjorder noch nie gesehen hatten und sehr bewunderten. Es waren die ersten Räder, die sich an diesem Ort drehten.

Auf seinem Hofplatz auf der gegenüberliegenden Fjordseite stand

Bauer Sigurlás und versuchte, die Vorgänge des Tages trotz der übergroßen Helligkeit zu verfolgen. Die Abendsonne glitzerte auf allen Uferstrecken und knallte auf die ebenen Flächen, es herrschte völlige Windstille, keine Welle regte sich. Für Lási sah es so aus, als seien die Bakkabrüder* aus den volkstümlichen Geschichten am Werk, denn es glänzte und glitzerte dort drüben dermaßen, als würde der Sonnenschein selbst an Land schafft, und Fässer voll mit demselben Material standen noch auf dem Deck des Schiffes.

Die Arbeitsmethoden waren jedoch etwas primitiv, denn am Fuß der Landungsbrücke kippte man die funkelnde Helligkeit einfach am Ufer aus. So bildete sich in dem Maß, in dem die Zahl der Fässer an Bord abnahm, auf dem Uferschotter vor dem neuen Lagerhaus bald ein verteufelt großer Silberhaufen, und von den Höfen bei Skríða nahm sich dieser Haufen Heringe aus wie intensivster Sonnenschein.

Natürlich hätte es an der Stelle ein hölzernes Podest zum Einsalzen der Fische geben sollen, doch da die Handwerker sich ungeplant auf den Bau der Kirche konzentriert hatten, war alles noch vorhandene Holz dafür aufgewendet worden. Niemand hatte angezweifelt, dass der Kirche Vorrang vor dem Podest gebührte, und außerdem erwartete man ja die große *Attila* mit einer neuen Holzladung. (Für die Norweger standen die Prioritäten fest: zuerst das Schiff, dann die Besatzung, es folgten Gott, Fang, Schnaps, Prügeleien, Weiber.)

Als die Fässer vom Deck ausgeladen waren, ging es in die Laderäume, in denen die Heringe lose lagerten. Sie mussten also in bereitgestellte Fässer geschaufelt werden, die man auf den Schubkarren über den Steg an Land schaffte und auf den Haufen leerte. Dazu be-

---

* Eine dieser verbreiteten Geschichten berichtet, die etwas einfältigen Brüder meinten herausgefunden zu haben, dass die winterliche Kälte in den Häusern von der Zahl der Fenster abhinge. Darum bauten sie sich ein Haus ohne Fenster. Da es in diesem Haus stets stockfinster war, nahmen sie an einem sonnigen Sommertag ihre Mützen, schöpften damit die Dunkelheit drinnen, trugen sie hinaus und im Gegenzug Sonnenlicht hinein.

nutzte man den Ladebaum, an dessen Flaschenzug eine Art Förderkorb befestigt wurde, den man in die Masse aus Fischleibern absenkte. Die schiere Menge dieser silbrigen Fische machte die Leute schwindelig. Wie konnte ein einziges Schiff dermaßen viele Fische fangen? Die Seeleute karrten den Hering an Land, allerdings gab es nur drei Schubkarren. Da bewiesen die einheimischen jungen Burschen dem Kapitän ihren Ehrgeiz, indem sie alte Bottiche, Wannen und Trankocheimer aus der Welt der Haie organisierten, sie von dem Mann am Ladebaum füllen ließen und sie jeweils zu zweit an Land trugen. Auch Gestur und Magnús schleppten einen solchen Haieimer, zum Überlaufen voll mit Hering, den sie über den Steg schleppten und an dessen Ende so auf den Haufen kippten, dass die Fische zu ihren Kollegen flossen, einer unter ihnen zappelte so, dass er in die Höhe schnellte. Gestur dachte an die Fischer aus Hvammur, die mitten im Fjord in der Masse aus Fischen steckengeblieben waren. Jetzt entdeckte er sie unter den Neugierigen am Ufer, die das Schauspiel mit großen Augen verfolgten.

Einige von der Besatzung der *Marsey* bereiteten das Ausnehmen und Einsalzen der Fische vor. Dabei musste »nach Gehör« gespielt werden. Sie winkten einige Frauen heran, Mägde aus Gamlibær, die Schwestern von Fanná und einige mehr, ließen sich von ihnen Schürzen umbinden, eingeölte und speckig glänzende Schürzen, die nach Betriebsamkeit, Messern und Fäustlingen rochen, und zeigten ihnen die richtigen Handgriffe. Auch eine von Kristmundurs Mägden war unter ihnen, Hugljúf, die der Bedeutung ihres Namens, etwa die Angenehme oder Hübsche, nicht ganz gerecht wurde. Jede bekam ein leeres Fass neben sich gestellt, dann brachte man ihnen bei, sich vor den Haufen zu knien und auf einem flachen Stein oder, falls zur Hand, einem Brett einen Hering auszunehmen, indem man ihn unterhalb der Kiemen mit einem v-förmigen Schnitt von der Kehle abwärts aufschlitzte und die Innereien herauszog. Anschließend war der Fisch in einem alten Bottich, den die Norweger auf dem Schiff aufgetrieben hatten, in Salz zu wälzen, bevor er in das Fass gelegt wurde. Wie gesagt, waren die Arbeitsbedingungen an diesem ersten Heringstag noch etwas primitiv und für die Frauen und Männer ungünstig. Die Norweger erklärten ihnen, in Norwegen arbeite man an eigens dafür gebauten Spezialtischen, aber die verrückten Zimmerleute hätten es ja vorgezogen, stattdessen einen Altar zu zimmern, und darum müsse jetzt improvisiert werden.

Der Hering musste in einer ganz bestimmten Ordnung in die Fässer gelegt werden, die sich im Lauf vieler Jahrhunderte bei den Heringsfang betreibenden Nationen herausgebildet hatte, vornehmlich bei Holländern und Engländern, und die einem ganz einfachen Tanzschritt folgte: ein Hering, zwei Heringe, ein Hering, zwei Heringe, ein Hering, zwei Heringe ... Was die Sache für die Anfänger verkomplizierte, war die Anweisung, dass von den Einzelexemplaren immer abwechselnd einer nach Norden und der nächste nach Süden zeigen sollte. In allen Lagen sollte die Bauchseite nach oben zeigen, nur in der obersten Schicht sollten die Heringe auf dem Bauch liegen.

»So, ja, immer schön dicht und ordentlich packen«, sagte ein norwegischer Matrose zu einem Torfhofmädel, das noch nie am Ufer gestanden hatte, und erklärte ihm dann, wie man Salz drüberstreute, wenn der Fassboden bedeckt war.

»Salz! Wir brauchen Salz!«

Alles war jetzt in Bewegung, voll neuer Menschen und Gesichter, manche verschwitzt, andere sahen nur zu. Gestur war von Beginn an mit einer zupackenden Freude dabei, die mit dem Elan beim Heumachen verwandt war, nur dass es hier um mehr ging, alles war so funkelnd neu. Die Norweger trieben alle mit Eifer und lauten Rufen an, weil der Fisch durch das Festsitzen des Schiffs schon sehr lange an Deck gestanden hatte, aber es befand sich eben auch alles noch im Anfangsstadium, und es fehlte sowohl an Stiefeln als auch an Handschuhen. Die Schürzen schützten beim Knien die Knie, aber die Schaffellschuhe waren bald vom Fischseim durchnässt und die Wollfäustlinge eigneten sich schlecht für das Hantieren mit Messern. An denen fehlte es auch bald, und die Frauen, die sich ebenfalls beteiligen wollten, wurden erst nach Hause geschickt, um kleine Messer, Sichelklingen oder anderes zu holen, mit dem sich eine Heringskehle aufschlitzen ließ.

Die Norweger ließen keinen Zweifel, denn so war es auch bei ihnen zu Hause: Das Ausnehmen der Fische war Frauenarbeit. Frauen verfügten über geschickte und schnelle Hände und genügend Ausdauer; es war eine pingelige Arbeit, die Genauigkeit verlangte, während Männer besser zupacken und reinhauen konnten, aber wenig Geduld für ewige Wiederholungen aufbrachten. Zu Hause in Kristiansund schafften es manche Mädchen, an einem Tag zehntausend Heringe auszunehmen und zwanzig Fass einzusalzen!

Den Isländern kam es dagegen merkwürdig vor, untätig dabeizustehen, während die Frauen an der Arbeit waren, aber es gab am Anleger nicht genügend Platz für alle, nur hatten hierzulande gestandene Männer nie die Hände in den Schoß gelegt, wenn die Frauen schufteten, und manch einer wusste nicht, wie er sich verhalten sollte. Ein Unbeherrschter in der Menge verfluchte alles in Grund und Boden und schleuderte dann seinen Hut in das unsinnige Getümmel. Die schäbige, hellbraune Kopfbedeckung landete bei Gestur, der nach seiner zwölften Tour mit dem Haibottich zusammen mit Magnús gerade einmal wieder zu Atem kommen wollte und sich das ganze Theater ansah. Er bückte sich nach dem Hut, doch als er aufgebrachte Rufe von den Arbeitern hörte, warf er ihn streitlustig noch weiter weg; der Hut aber schwebte überraschend würdevoll wie eine fliegende Untertasse Richtung Heringshaufen und landete auf dessen Spitze, wo er wie eine Weintraube auf einer Torte saß. Sein Eigentümer würde warten müssen, bis alles eingesalzen war, oder bis zur Hüfte durch den Matsch waten. Der Hutbesitzer drohte Gestur wütend mit der Faust, woraufhin der sich in einer Gruppe Norweger versteckte, bis der Mann, einer von Kristmundurs Knechten, wütend davonstampfte. Seine Kollegen sahen weiterhin schweigend den Frauen bei der Arbeit zu. Soso. War ja die reinste Strickarbeit, dieses Kehlen. Und wer sollte den Dreck überhaupt essen?

Die Fjordtöchter knieten bei der Arbeit und machten weiter; trotz der Rufe hatten sie vom Flug des Huts nichts mitbekommen. Gestur stellte fest, dass die fleißigste wohl die älteste war: Hugljúf von Hvammur. Sie, sonst für ihre schlechte Laune bekannt, strahlte nun inmitten der Pampe wie eine Lichtgöttin und schlitzte selig einen Hering nach dem andern auf. Ihr und anderen war anzusehen, dass Ausdrücke wie Mühe und Arbeit dieses lebendige Treiben nicht annähernd beschrieben. Hier leuchtete Freude so hell wie die Sonne.

Käpt'n Mandal stand prächtig gelaunt an Deck seines Schiffs, hielt sich glückselig an einem Stag fest und betrachtete die rege Geschäftigkeit, die jetzt überall in Gang gekommen war, vom Heringsgewimmel in den Laderäumen über den fischseimtriefenden Landungssteg bis zu dem glitzernden Haufen am Ufer. Er lächelte vor sich hin: Das sind tüchtige Leute hier. Dazu schönes Wetter. Der Fjord so, wie wir es von zu Hause kennen. Und obendrein schöne Frauen. Dazu zählte er nicht nur Súsanna, denn er hatte festgestellt, dass unter diesen Heringsarbeiterinnen eine hübscher war als die andere. Das war ein seltsames Land. Die Männer waren entweder einäugige Furzer oder aufgeblasene Stutzer, aber so gutaussehende Frauen hatte er seit Klakksvík nicht mehr gesehen. Dort waren die Mädchen weich wie Flunderkiemen.

Hier aber lag die Freude nicht so offen zutage. Die meisten Gesichter waren von erschöpfter Müdigkeit gezeichnet, sahen nach abgearbeiteten, freudlosen Menschen aus. Doch konnte man unter diesem äußeren Anschein ein Glitzern in den Augen, Kraft in den Armen und sogar Hoheit in den Schultern erkennen. Diese Menschen waren zu allem fähig und bereit.

Der Eindruck des Norwegers traf zu. Tausend Jahre lang hatte die isländische Arbeitskultur unverändert Bestand. Tätigkeiten folgten in einer ewiggleichen Reihenfolge aufeinander: Lammen, Entwöhnen, Almauftrieb, Heuernte, Schlachten, Strickwochen, winterliche Fangzeit, Frühjahrsfangzeit … Jeder Arbeitstag bedeutete die logische Fortführung des vergangenen und die Vorarbeit für den folgenden. Die Schinderei beförderte die Menschen immer nur ein Glied in der Kette weiter, aber nie zu etwas Neuem. So etwas wie Fortschritt existierte nicht. Die Menschen erarbeiteten sich nie Ersparnisse, sondern höchstens das Recht, weiterschuften zu dürfen. Die Zukunft enthielt für das Volk keine Hoffnungen, keine Träume, nichts Aufregendes, sie würde lediglich ein Abbild des Vergangenen sein. Das war das große Vorhängeschloss, welches das Leben in Island zusperrte.

Diese seltsame neue Arbeit lieferte den Menschen daher eine langersehnte Abwechslung. Zum ersten Mal in der Geschichte Islands versprach die aktuelle Tagesarbeit die Aussicht, dass der morgige Tag *anders* aussehen könnte. Endlich war die Kette der Arbeitstage zu einer Stufenleiter geworden. Auch wenn sie gerade mit gekrümmten Rücken auf den Knien lagen, ging es nun aufwärts.

Kapitel 11

Fischschleim und Baumwolle

Um die Kaffeezeit kam das Gemeindevorsteherpaar mit einem Tablett voll zusammengerollter Pfannkuchen, und der Pastor ließ seinen Magnús Wasser an die Leute austeilen, weil es ein warmer Tag war. Er goss es aus zwei Milcheimern den Leuten direkt in den Mund, denn es gab keine Trinkgefäße, und alle Hände waren schmutzig und voller Schleim und Schuppen. Die frischgebackenen Heringsarbeiterinnen standen auf, ächzten die Rückenschmerzen weg, ließen sich von den Kindern Pfannkuchen in den Mund stopfen und gingen wieder an die Arbeit. Gestiefelt bis zu den Knien und ebenfalls voller Fischseim kam Arne, um die Zuschauer zu begrüßen, und entdeckte seine zukünftige Frau, die sommerlich gekleidet zusammen mit Madam Vigdís und der kleinen Kristína draußen stand, auch sie waren neugierig auf die neue Zeit.

»Möchten Sie es nicht auch einmal ausprobieren?«, fragte der Kapitän mit einem freundlichen Lächeln.

»Mit solchen Arbeiten kenne ich mich nicht aus«, gab Súsanna auf Dänisch mit isländischem Akzent zurück. Sie trug das Haar aufgesteckt und ein helles, kurzärmeliges Baumwollkleid und genoss es, einmal ohne Mantel in der Sonne stehen zu können, trat aber, als Kapitän Mandal auf sie zukam, einen halben Schritt zurück, damit ihr Kleidersaum nicht mit schleimigen Innereien in Berührung kam.

Arne achtete sorgfältig darauf, seinen Blick nicht unterhalb ihres

Kinns wandern zu lassen, denn dann glitte er leicht ihren Hals herab – oh, diesen Hals! –, und von da gäbe es kein Zurück und kein Halten mehr. Doch diese Liebe war keine von jener Art. Sie blieb über dem Meeresspiegel.

»Ich könnte es Ihnen beibringen.«

»Ich bin eine sehr schlechte Schülerin.«

»Warum sagen Sie das?«

»Ich war in der Schule nicht besonders erfolgreich.«

»Vielleicht liegt Ihnen das Praktische mehr.«

»Ich weiß nicht. Das ist …«

»Schmutzig, ja, aber es macht Spaß, wenn man erst mal angefangen hat. Und ist man selbst einmal vollgeschmiert, dann mag man den Schleim.«

Das war unglücklich ausgedrückt. Sie sah ihn an, als sei der kulturelle Abstand zwischen ihnen doch zu groß. Er war Seemann, sie eine Zimmerpflanze. Und das erschien ihm jetzt, ganz entgegen seiner früheren Überzeugung, doch als Problem. Es sollte kein Problem sein! Wahre Liebe war einfach, leicht, problemlos. Und diese war es auch. Sie gehörten einfach zusammen! Sie brauchte bloß in den Fischschleim zu treten.

»Diesen Schleim mögen?«

»Genau, diesen Schleim mögen.«

Er lachte verlegen, sein Elan war dahin. Die neben ihrer Freundin stehende Vigdís maß ihn mit einem Blick. Wäre er innerlich nicht so aufgewühlt gewesen, hätte er ihn folgendermaßen gedeutet: Du brauchst dir nicht einzubilden, dass du etwas für sie sein könntest. Wir sind kultivierte Damen, du bist ein salzäugiger Seemann, deine Welt ist die, die draußen vor unserem Fenster anrollt, zwischen uns wird immer eine Trennscheibe stehen.

In dem Moment ertönte ein Schrei. Der Ladebaum hatte mit einem vollen Korb einen Mann am Kopf getroffen, der nun am Boden lag. Der Kapitän ließ die Frauen stehen, ohne sich zu verabschieden, und rannte auf die Brücke. Es war Magnús von Skriða, der aufgrund seiner

Kurzsichtigkeit den Heringskorb abbekommen hatte und nun bewusstlos auf der glitschigen Brücke lag. Der Kapitän schob die Umstehenden beiseite, beugte sich über ihn, hob ihn im Nacken an und gab ihm rechts und links einen Klaps, worauf der Junge wieder zu sich kam.

»Geht's wieder? Wasser! Bringt etwas Wasser!«

Súsanna sah aus der Entfernung zu. Gewiss, all diese Tätigkeiten hier waren unappetitlich, und es roch auch so, ihre gleichaltrigen Geschlechtsgenossinnen waren mit Schleim und Schuppen besudelt, aber es herrschte rege und muntere Betriebsamkeit, und es war offensichtlich, dass die Menschen ihre Freude an dieser neuen Art von gemeinschaftlicher Arbeit unter freiem Himmel hatten. Noch dazu, wo das Wetter so schön war, wie es hier überhaupt sein konnte. Und da hockte dieser Kapitän bei dem Jungen und erteilte Anweisungen, half ihm auf die Beine und hielt ihn noch eine Weile untergehakt. Es schien doch ein guter Kern in ihm zu stecken, und welcher Feuereifer in seinen Augen loderte. Auch hatte sie noch nie einen Mann getroffen, der so voller Selbstvertrauen und ungebrochener Siegeszuversicht steckte; wie er alles in die Wege geleitet, die Menschen ans Ufer und zu dieser neuen Art von Arbeit geführt hatte – all das hatte er innerhalb eines halben Tages vollbracht. Wie schade, dass sie nichts gemeinsam hatten. Sie seufzte und wandte sich Vigdís zu. Oh, was für ein Glück die gehabt hatte! Sie hatte einen Mann abbekommen, der sogar auch ihr Freund war, manchmal hörte sie sie im Schlafzimmer zusammen lachen. Hier aber war nun ein weiterer Glücksritter aufgetaucht, dachte sie und sah dem Kapitän nach, der gerade an Bord zurückkehrte.

»Nun, sollten wir nicht zurückgehen?«, fragte sie, und Vigdís stimmte zu.

»Komm, Stína!«

Das kleine Mädchen stand wie verzaubert und füllte seine großen Augen mit Heringen und Karren, Tragen und Tonnen, Männern und Frauen, Jungen und Hunden und Ladebäumen, Körben und den hundert Möwen, die darüber segelten. Eine schwebte zum Heringshaufen herab und ließ sich gleich daneben auf einem Stein am Ufer nieder, makellos weiß. Dann hob sie sich wieder in die Luft, flog aber nur ein kurzes Stück, breitete die Flügel über einer kauernden und schuppenglänzenden jungen Frau aus und landete auf dem Rand des Fasses neben ihr, doch gleich sprang einer der Matrosen der *Marsey* herbei, übergoss den Vogel mit einer Flut von Schimpfwörtern und schüttelte drohend seine nassglänzende Klinge. Die Möwe hob ab, entkam aber nicht einer Ladung tabaksbrauner Spucke, die der Matrose in einer unglaublich flinken und geschmeidigen Bewegung auf sie abfeuerte. Dazu formte er mit den Lippen eine Rinne, schnellte mit dem Kopf vor und rotzte die Spucke auf den Schwanz des Vogels, der sich gerade in die Luft schwang und den braunen Flatschen sekundenlang mitschleppte, bis er abrutschte und nicht weit von dem Hut auf dem silbrigen Haufen landete.

Weiße Möwe, braune Spucke, silberner Hering: daraus setzte sich am Tag des ersten Heringssalzens das erste Erinnerungsbild der Pfarrerstochter im Segulfjörður zusammen.

Kapitel 12

Frau, auf dem Kopf stehend

Trotz der Tüchtigkeit der Einheimischen (der jüngsten Arbeiterklasse der Welt) zog sich die Arbeit in die Länge. Außerdem gingen gegen Abend die Fässer aus, und es trat eine Pause ein, in der die Zimmerleute aus Abfallholz behelfsmäßige fassähnliche Behältnisse zimmerten. Selbst die erst in groben Zügen fertiggestellte Kanzel wurde aus der Kirche geholt, um sie mit Hering zu füllen. Ehrfurcht und Respekt waren wie weggeblasen. Alles für den Fang!

Während der Zwangspause für die Arbeiter lud Arne Mandal sie zur Feier des Tages, des Abends und der Liebe zu einem Imbiss an Bord der *Marsey* ein, und vor der Ausgabeluke der Kombüse bildete sich eine beträchtliche Warteschlange.

Viele der Frauen standen zum ersten Mal auf Schiffsplanken und waren erst recht noch nie unter Deck gegangen. Der verärgerte dänische Koch Præst* stand schwitzend über seine Heilbutttöpfe gebeugt und verfluchte den Skipper für seine Gastfreiheit. »Darüber hat er vorher nicht mit mir geschnackt, oh nein!« Dazwischen bediente er sich aus der Rumflasche, die er in seinem persönlichen Flaschendepot über einem der Decksbalken versteckt hielt. Zum Nachtisch bekamen Gestur und seine Kollegen leckere Schiffsbiskuits mit warmer, angebräunter Milch, die nach den schönsten Stunden der

---

* Præst ist das dänische Wort für »Priester«.

Zukunft schmeckte. Niemand würde je diesen Tag, diesen Abend und diese Nacht vergessen.

Die Sonne rollte auf der Westseite der Fjordmündung die Berghänge herab wie ein übergroßer, langsamer Schneeball und blieb auf dem abendstillen Meeresfußboden liegen. Dort nahm das Licht an Intensität zu, weil das Wasser seine Strahlen vervielfachte, zur gleichen Zeit fiel der Schatten des neuen Lagerhauses auf den Heringshaufen. Vorher hatte die arbeitende Bevölkerung des Fjords nie den kühlen Abendschatten begrüßt, aber den Frauen tropfte der Schweiß von der Stirn, und einige Tropfen davon landeten in jedem Fass. Sogar Anna von Mjölkot hatte im Gesicht Farbe angenommen. Nein, die Mägde und Mädchen hatten noch nie so blühend ausgesehen wie jetzt, wo sie mit glühenden Wangen müde und heilbuttgesättigt und mit brandneuen Blasen an den Handflächen im Schuppenschatten saßen. Während Hugljúf von Hvammur ihr scharfkantiges Profil zum Himmel reckte, amüsierten sich die Mägde aus Gamlibær über die Vorstellung, wie ein schweinefeister dänischer Graf später die Heringe in sich hineinschlabberte, die in ihrem Schweiß eingelegt waren.

Kaufmann Kristján traute sich nur noch bis zur Ecke seines Lagerhauses vor und verfolgte von dort die herrliche Betriebsamkeit der Arbeitenden unter den hohen Masten und dem Möwenschwarm darüber.

Kapitän Arne Mandal erschien an Deck, noch immer verärgert über einen Wortwechsel mit dem dänischen Koch, und warf rasch einen Blick auf den Hering – gerade kam wieder ein randvoll mit Fischen gefüllter Korb aus den Eingeweiden des Schiffs herauf, die Leinen glänzten im Licht der Mitternachtssonne – und ging zum Heck. Möwen flatterten auf den Gaffelbaum, setzten sich in die Takelage und machten so auf der vogelkotbekleckerten Reling Platz für den Skipper, der seine Ellbogen aufstützte, sich die Müdigkeit aus dem Gesicht wischte, ins schleimige Wasser spuckte und sich das Bild der Menge ansah, die er an diesem einen Tag zusammengebracht hatte. Er sah Egertbrandsen, seines dicken Bauches wegen breitbeinig auf einem Brückenpoller sitzen und eine Pfeife schmauchen. Der Rauch stieg senkrecht auf und verlieh dem Abend einen ebenso harmonischen Eindruck, wie es Akkordeonmusik getan hätte. Bekommt er heute Abend nichts zu trinken, dachte der Kapitän und sah direkt in die Sonne, die inzwischen östlich des Lagers angekommen war und in der Fjordmitte stand, zu einem Drittel unter dem Horizont getaucht wie eine Kreissäge, die sich in Holz fräst. Auf dem First des Lagerhauses saß ein pechschwarzer Rabe und beobachtete alles mit scharfen Augen wie ein dänischer Aufseher.

Plötzlich entdeckte Arne, dass ein Stück weiter weg am Ufer eine Frau auf einem Stein stand, etwas unterhalb einiger grasbewachsener erdhügelartiger Behausungen. Eine blonde Frau in einem dunklen, wadenlangen Mantel stand da auf einem Stein und blickte wie in Trance auf den Fjord. Sie war es. Sie stand da allein auf dem Stein wie eine Statue, wie eine Erscheinung ... Er rieb sich die übermüdeten Augen und zog Grimassen. Nein, doch, sie stand noch immer da. Auf einem Stein auf einer winzigen Landzunge, sodass sich ihr Abbild auf dem abendlich stillen Wasser der kleinen Einbuchtung spiegelte. Gab es etwas Schöneres als eine schöne Frau, die am Abend auf einem Stein steht und die der Abend so in seinem silberklaren Kaleidoskop spiegelt, dass das Bild auf dem Kopf steht und ebenso jeder, der es betrachtet?

Der Kapitän fühlte sich auf einmal, als hieve ihn etwas vom Deck und hänge ihn in die Takelage wie einen Piraten, sein Leben wurde auf den Kopf gestellt, er sah alles verkehrt herum, sein Blut strömte ihm in die Augen und er sah seinen Traum durch eine salzige Flüssigkeit: Vor dem glitzernden, sanftbewegten Spiegelbild der Berge in der hellen Nacht stand seine Göttin auf einem Stein, und neben ihr leuchtete ein langer rötlicher Sonnenstrahl, die Sonne selbst stand darunter, sodass sich daraus ein grelles Ausrufezeichen zusammensetzte, denn die schattendunkle Landzunge schob sich zwischen Strich und Punkt. Dieses Bild war sonnenklar und besagte nur eins:

Sie!

Als der Kapitän wieder etwas zur Besinnung kam und den Decksboden unter seinen Füßen spürte, vermochte er den Gedanken zu fassen: Das ist der Tag, der mein ganzes bisheriges Leben verschluckt hat. Gleichzeitig merkte er, wie sein Puls schneller wurde, als wollte sein Herz aus der Brust und über die Reling an Land springen, am Ufer entlang zur Sonne und zu jener Frau eilen. Sollte er dem nicht folgen? War die Position, die sie eingenommen hatte, kein Aufruf? Hatte sie sich nicht so hingestellt, dass der Seemann sie mit den Augen des Meeres sehen konnte? Auf dem Bild, das es selbst von ihr malte. Oder wäre es zu aufdringlich, zu ihr hinzustürmen? Sein Übereifer hatte ihn schon einmal zu Fall gebracht. Es gab Frauen, denen es lieber war, eine bescheidene Blutprobe aus einem verliebten Herzen zu bekommen, als gleich vier Liter aus der großen Kanne. Was sollte er tun?

Er hatte das Gefühl, sie schaue zu ihm hin, doch eine Bestätigung dafür gab es nicht, der Abstand war zu groß. Jetzt drehte sie sich um und blickte in den Sonnenuntergang, bevor sie auf die Landzunge trat. Arnes Herz schlug alle Bedenken zu Boden, er stürmte übers Deck, dass die Möwen aufstoben, flankte über Bord und lief den Anleger entlang, wäre um ein Haar über einen Hund gestolpert, den er nicht gesehen hatte, ließ das Fischseimfestmahl links liegen und rannte am neuen Lagerhaus vorbei. Die Sonne war nun zum größten Teil im Meer versunken, nur ihr oberster Rand schaute noch heraus, und Arne glaubte, wenn er die Frau nicht erreichte, bevor die Sonne ganz unterging, wäre sein Leben auf ewig verdunkelt. Er sah sie hinter einem dieser Torflöcher verschwinden, die hier als Behausungen dienten.

Kapitel 13

Hugljúf

»Begga, du schneidest zu weit oben in den Kopf!«

Das rief Hugljúf von Hvammur ihrer nächsten Kollegin zu, als sie neben ihrem Fass eine kurze Pause einlegte. Begga kniete, über ein primitives Schneidebrett gebeugt, das aus einer abgebrochenen Planke bestand, in Hugljúfs Nähe und nahm eifrig Heringe aus. Es war längst nach Mitternacht, und Müdigkeit legte sich auf die Arbeitenden. Begga setzte ihre Schnitte oberhalb der Kiemen an und nicht unterhalb, wie es gemacht werden sollte.

»Ich schneide dir gleich deinen ab, wenn du nicht das Maul hältst«, gab Begga zurück und löste ein Gelächter rund um den Haufen aus, der beträchtlich abgenommen hatte. Die Männer hatten das Löschen der Ladung vor Stunden beendet. Der Hut aber lag noch immer auf dem Haufen, inzwischen ordentlich verschmiert. Hugljúfs Reaktion bestand darin, dass sie sich den Hut mit einer abrupten, schnellen Bewegung auf den Kopf setzte, bevor auch sie sich wieder über die blutglänzenden Steine beugte. Sie war die Älteste in dieser Pioniertruppe isländischer Heringsarbeiterinnen, schon deutlich über dreißig.

Sie war als uneheliches Kind einer Magd auf Hvammur zur Welt gekommen, die bald nach der Geburt starb. Der Hausherr hatte ihr unter seinen Fischern einen Vater ausgesucht und ihr den ungewöhnlichen Namen gegeben: Hugljúf Halldórsdóttir. Manche hielten es für einen Witz. Doch sie war auf Kristmundurs Hof aufgewachsen, hatte im Alter von sechs Jahren angefangen, als Dienstmädchen zu arbeiten, und war auf dem Hof geblieben. Nie hatte sie einen Mann finden können und nie die Wonnen der Liebe genossen, außer mit negativen Vorzeichen die wenigen Male, als ihr schönhaariger Hausherr sie beschlief, wovon nahezu jeder wusste. In jenem Jahr trieb ihre Jungfräulichkeit eine Blüte hervor. Daraus erwuchs eine Frucht, die der gütige Herr nicht aussetzen ließ, sondern zur Aufzucht in den nächsten Fjord gab. Damals war Hugljúf so hübsch, wie ihr Name es versprach, und auch jetzt war unter den Spuren ihres harten Lebens noch immer ein schönes Gesicht mit gerader Nase und hohen Wangenknochen auszumachen. Allerdings hatten die Strapazen und Härten des Lebens ihre Lippen zusammengepresst, ihre Wangen ausgezehrt und ihre Augen versteinern lassen. Über und unter den Augen sah man die Vertiefungen der Stäbchen, mit denen man sie offen hielt.

Die jetzige Art der Schufterei aber war etwas ganz Neuartiges. Eine Abwechslung von der Sklavenarbeit auf dem Hof. Nach einem Arbeitstag im Heu war sie zusammen mit anderen aus dem Gesinde nach Eyri gegangen und hatte sich (nach einem ganzen Tag mit dem Heurechen) aus purer Neugier und Gedankenlosigkeit in diese neue Arbeit gestürzt. Erst nach dem ersten Fass hörte sie davon, dass ihr Brotherr seinen Leuten verboten hatte, sich diesem Unfug auch nur zu nähern, doch da war sie schon auf den Geschmack gekommen und mochte nicht aufhören. Erklären konnte sie es nicht, aber diese Art von Arbeit war eher ein Vergnügen, vielleicht lag es an der Geselligkeit, an den ganzen Gesichtern um sie herum und vielleicht auch an den Norwegern. Der, der ihr die nötigen Handgriffe beigebracht hatte, hatte anschließend lachend den Arm um sie gelegt, und sie hatten sich in die Augen gesehen. Er war auf eine Art mit ihr umgegangen, die sie nicht kannte, die man aber wohl respektvoll nannte, und außerdem hatte sie seit dem vorigen Jahrhundert kein Kerl mehr angesehen. Sie hatte sich mit einem Mal wieder jung gefühlt.

Zweimal waren Arbeiter Kristmundurs erschienen (dieselben, die einmal in Heringsschwärmen gestrandet waren) und hatten versucht, sie von ihrem Fass wegzuzerren, beide Male aber waren Norweger mit erhobenen Dechseln und Reifhämmern eingeschritten, und die Isländer hatten sich trollen müssen. Inzwischen war sie so geübt in ihrer neuen Tätigkeit, dass sie zu einer Art Vorarbeiterin geworden war und ihren Kolleginnen Anweisungen erteilte. Was für ein Gefühl ihr das gab!

Hugljúf rückte die Schürze unter ihren Knien zurecht, die sie bisher noch einigermaßen trocken gehalten hatte, es tat auch so schon weh genug, halbe Stunden lang auf den nackten Ufersteinen zu knien, und nahm voll Eifer ihre Arbeit wieder auf. Sie musste allerdings grinsen, als ein Norweger mit lautem »*Nei, nei!*« herbeisprang, nachdem er Begga beim Ausnehmen beobachtet hatte, und ihr die Handgriffe noch einmal vormachte.

Kapitel 14

Kopf und Schwanz

An Bord des Schiffs, das im Hintergrund dieser Szene ruhig im Wasser lag, war zu sehen (obwohl es niemand sah, weil keiner beobachtet hatte, dass sie über die Landungsbrücke gegangen waren), wie ein hochgewachsenes blondes Paar auf dem Deck der *Marsey* stand und sich an einem Schneidebrett betätigte. Arne hatte seine Hände um die von Súsanna gelegt und zeigte ihr die Handgriffe, drückte das scharfe Messer in die Kehle des Herings unterhalb der Kiemen und führte daraufhin einen zweiten Schnitt so aus, dass sich der Fisch zu einem Dreieck aufklappen ließ, dann zog er die Innereien heraus und warf sie aufs Deck. Er arbeitete mit seinen bloßen Händen, doch sie trug feine Arbeitshandschuhe aus einem unbekannten Material und hatte eine hübsche Schürze aus Ölzeug umgebunden, den Mantel hatte sie abgelegt. Ihre schlanken Beine steckten in Stiefeln, die ihr viel zu groß waren. Außer Schneidebrett, Messer und Schutzkleidung hatte der Kapitän auch Salz in einer einfachen kleinen Kiste und ein leeres Fass daneben bereitgestellt. Es handelte sich um Privatunterricht Erster Klasse für eine erstklassige Schönheit und für eine Liebe, die den Fjord von Talwand zu Talwand taghell erleuchtete, obwohl die Sonne mittlerweile ganz verschwunden war.

»Danach nimmst du den Hering und legst ihn hier in die Kiste. Sie hat zwei Fächer, in dem kleineren verwahren wir das Salz und das größere benutzen wir, um den Hering im Salz zu wälzen, so, bevor er in das Fass gelegt wird ...«

»Warum Salz?«

Arne kam etwas aus dem Konzept und sah ihr in die Augen. Warum Salz? Das war eine grundlegende Frage. Sie hätte genauso gut fragen können, warum das Meer salzig ist, warum auf See und an Land Winde wehen, warum seine Haut so nach ihr rief. Er hatte darüber noch nie nachgedacht, die Methode einfach übernommen. Aber jetzt musste er eine Antwort finden, und er vertraute seiner Zunge.

»Weil ... weil sich eingesalzene Lebensmittel länger halten.«

»Wieso tun sie das?«

Es war ganz klar ein Nachteil, einer solchen Frau keine Antworten geben zu können, er sah schon sein Image bröckeln. Aber das wollte auch sie nicht und kam ihm zu Hilfe:

»Ist es vielleicht deswegen, weil das Meer salzig ist und alles, was aus ihm kommt, daher Salz braucht?«

Er wurde ganz still und sah sie mit großen Augen an. Sein Kopf war ihr nun so nah, dass es nur noch eines kleinen Orchesters an Deck bedurft hätte, Bläser und Streicher, und ein Kuss wäre überfällig gewesen.

»Ja, *akkurat*!«, sagte er in seinem munteren Norwegisch, das am besten in solchen Kurzsätzen zum Ausdruck kam. Dann fuhr er mit seiner Heringeinsalzlektion fort wie ein Mann, dem plötzlich himmelangst um seine Liebe wird, wie ein Mann, der sich, anstatt die ihm angebotene Frau zu nehmen, in ein Fass zurückzieht. Na ja, war er nicht letztlich auch nur ein Heringsskipper? Gut anzusehen auf See, aber ein Fisch an Land? Sie bekam einen salzigen Geschmack im Mund.

»Schau, du nimmst ...« Er kam wieder aus dem Fass. »Lass uns noch ein paar Heringe ausnehmen! Ja, genau so. Jetzt die Innereien entfernen ... und jetzt in die Salzkiste, richtig. Jetzt nimmst du den Hering und legst ihn mit dem Kopf nach Norden ins Fass, dann packst du zwei weitere daneben, dann wieder einen einzelnen, diesmal mit dem Kopf nach Süden, so, siehst du, sodass der Kopf den Schwanz küsst.«

»Der Kopf küsst den Schwanz?«

»Äh, oder berührt. So, siehst du …?«

Er trat vom Fass zurück, und sie beugte sich darüber, ihre Nase wurde von salzigem Fischgeruch umspült, sie hatte das Gefühl, durch ein Missverständnis in einen Keller unter der Welt eingewiesen worden zu sein, einen dunklen, feuchten und muffigen Keller im Untergrund, und dabei war sie doch in den oberen Stockwerken des Lebens aufgewachsen. Auf dem dunklen Boden dort lagen ein paar schwach schimmernde Paare, frisch ausgenommene, tote Paare, und ihr Unterbewusstsein sah in diesen Heringspaaren etwas Symbolisches: So verfuhr die Liebe mit ihren Besten.

Diesem Anblick zum Trotz richtete sie sich fröhlich auf, sah diesen norwegischen Árni an (warum schenkte das Leben ihrer Freundin einen Pfarrer und ihr einen schleimigen Fischknochen?) und überraschte sich selbst. Denn entgegen sämtlichen guten inneren Ratschlägen wurde sie von einem unbeschreiblichen Verlangen nach ihm überflutet, danach, ihn zu küssen, ihn zu umschlingen und seine Beharrlichkeit zu stärken, das Quecksilbrige aus ihm herauszuschütteln, mit ihm zu verschmelzen, ihn geil zu reiten. Ist eine Frau nach ein Uhr in der Nacht etwas anderes als ein Tier? Indem er ihren Kopf in das leere Heringsfass tauchte, hatte er sie für die salzige Welt getauft.

Er fühlte ihre Lust und Gier und entzog sich.

Kapitel 15

Ein Armer

Langsam stieg der Mond über den Berg Selbæjarhyrna, es war ein schartiger Mond, der wie ein zerhauener Schild aus einer verlorenen Isländersaga über dem nachtblauen Gipfel schwebte. So wirkten die Kräfte der Erde. Die Sonne ging unter, der Mond ging auf. Eine Frau will lieben, ein Mann entzieht sich.

Er verstand sich selbst nicht. Was, zum Donnerwetter, tat er hier an Land, wenn sie an Bord war und Hering einsalzte? Unter Aufbietung seines ganzen Charmes hatte er sie an Bord gelockt (»Schön ist die Nacht und die Frau ebenso …«), und dann war er an Land gerannt! Mit klopfendem Herzen überquerte er den Verarbeitungsplatz, kontrollierte die Heringsmädchen, die Salzjungen und Fässerstapler. Die Arbeit zog sich hin, es wurde bald zwei Uhr. Sollte er die Leute nicht noch in der Nacht entlohnen? Doch, das wäre das Beste. Der erste Arbeitstag musste mit einer Lohnzahlung enden. Das war sehr wichtig. Er wollte, dass alle zufrieden nach Hause schlafen gingen, denn der Lohn des Tages versüßt die Nacht. Er sah zum Schiff. Súsanna stand noch immer bei ihrem Fass und beugte sich gerade hinein, ihn überlief ein Wonneschauer, vom Herz bis zu den Ohren, zur Hälfte war sie sein.

»Wir kommen jetzt langsam zum Ende. Alle hier haben sich wacker geschlagen. Ich erinnere noch einmal daran, wenn das Salzen beendet ist, zahlen wir euch den Lohn aus, vor dem Lagerhaus, und denkt daran, Mädels, zeigt eure Fässermarken vor!«

Die Heringsfrauen verstanden ihn kaum, unterbrachen aber kurz ihre Arbeit und hörten mit schmerzenden Rücken und Knien seine Ankündigung. Die Fässermarken bestanden aus kleinen Metallplättchen mit den eingeprägten Initialen »JS« für Johan Sødal, den Reeder des Gesamtunternehmens. Für jedes gefüllte Fass erhielten die Frauen so ein Märkchen ausgehändigt, das sie in der Rocktasche verwahrten. Es wurde also im Akkord gearbeitet und darauf gesetzt, dass die Konkurrenz unter den Frauen das bestmögliche Ergebnis zeitigte. Allerdings hatten diese an diesem ersten Tag wenig auf das Tempo und die Arbeitsleistung der anderen geachtet, jetzt aber wetteiferten sie um die letzten Heringe, um ihr Fass möglichst noch vollzubekommen. Am Ende lag nur noch der Hut des Knechts aus Hvammur auf dem schuppenglänzenden Strandwall.

Gestur stand mit großen Augen bei den aufgestapelten Fässern und verfolgte jeden Schritt des Kapitäns. Sein Freund Magnús war nach Hause gegangen. Er war nach dem Zusammenstoß mit dem Lastkorb etwas benommen und mit den Leuten aus Selbær gefahren. Gestur aber konnte sich von dem Treiben einfach nicht losreißen. Außerdem hatte er im Lauf des Tages einige norwegische Brocken aufgeschnappt und verstand, dass *betale* »bezahlen« bedeutete und *lønn* »Lohn«. Am liebsten hätte er laut gerufen: »Und wir? Was ist mit uns? Wir haben keine Fässermarken, wie werden wir entlohnt?«

Es kam jedenfalls nicht infrage, nach Hause zu gehen, bevor er seinen Lohn erhalten hatte. Seit zwei Stunden, ungefähr seit Mitternacht, hatte er beschäftigungslos herumgelungert, und die Wärme von der körperlichen Arbeit war längst verflogen. Selbst nach dem wärmsten Tag des Jahres wurde die isländische Sommernacht wieder so kühl wie der erste Wintertag, denn mit den Jahreszeiten verhielt es sich in Island so, dass sie niemals völlig verschwanden, sondern draußen auf dem Meer in Wartestellung gingen und jederzeit bereit waren, einzuspringen, wenn eine andere aufgab oder ausfiel.

Gestur war nur im Pullover erschienen und versuchte sich nun warm zu schütteln, während er auf das Ende dieses historischen Arbeitstages wartete. Egertbrandsen war auf seinem schwankenden Heimweg bei ihm stehen geblieben und hatte ihm, als er sah, wie der Junge fror, einen Schluck Aquavit angeboten. Gestur lehnte dankend ab, doch das kam für den Walwächter gar nicht in die Tüte, und er setzte dem Jungen selbst die Flasche an den Mund. Gestur machte aus seiner Zunge einen Stopfen und vermied so, das Zeug zu schlucken, aber seine Lippen brannten in der abendlichen Kühle noch lange nach. Er hatte nicht das geringste Verständnis dafür, dass Menschen an der Brust dieser Giftnatter saugten, die das Feuerwasser darstellte und die die besten Männer zu unbeholfenen Kälbern machte. Er blickte dem hängebäuchigen Norweger nach, der nach Eyri wankte wie ein Matrose an Bord bei heftigstem Seegang und in großen Bögen Kurs auf sein Haus nahm. Seine Augen wisperten seinen Ohren etliche denkbare Erklärungen für dieses seltsame Verhalten zu. War der Durst auf Schnaps vielleicht ein verkapptes Verlangen nach der rauen See? Die Männer soffen den Sturm in sich hinein, in dem Versuch, ihn zu begreifen oder ihn wenigstens dadurch zu spüren, dass sie ihn durch ihre Adern rauschen ließen ... Nein, es handelte sich allein um reinen Selbsthass, die Menschen vergaßen sich vor Verlangen danach, ihr eigentliches Wesen in sein Gegenteil zu verkehren und es mit Beschimpfungen, Fäusten und Knöcheln traktieren zu lassen.

Ohne auf all diese Einsichten zu hören (sie sollten noch Jahrzehnte in seinen Gehörgängen liegen bleiben), wandte er sich ab und bewunderte das Warenzeichen auf den gestapelten Fässern, deren Böden nach vorn zeigten. Auf jedem befand sich dasselbe runde Abzeichen: Das etwas plumpe Bild eines Herings nahm die Mitte ein, darüber stand in großen Lettern SØDAL, darunter SILD. Rund um den Boden lief die Aufschrift: KRISTIANSUND NORGE NORWEGIAN HERRING. Die dunklen Buchstaben schienen ins Holz eingebrannt zu sein und waren bereits etwas verblasst. Die Fässer hatten augenscheinlich schon einige Jahre auf dem Buckel.

An einer Ecke des Stapels standen zwei Halbstarke aus Eyri und imitierten Gesturs Hüpfen, mit dem er gegen die Kälte ankämpfte, und lachten sich darüber kaputt. Es waren die Pausenbrotfreunde Hans und Baldvin. Sie waren ein paar Jahre älter als Gestur und eigentlich schon zu erwachsen für solche Albernheiten, aber ihre Freundschaft lebte davon, sich über andere lustig zu machen. Sie waren im ganzen Fjord für ihre angeberische Art bekannt, einige mochten sie aber auch dafür, dass sie Leben und Spaß in den Fjord brachten. Sie konnten fast alle im Fjord nachmachen, erinnerten sich noch an Sprüche, die sie vor Jahrzehnten einmal fallengelassen hatten, und schienen für jeden Karteikarten angelegt zu haben, denn sie wussten alles über alle. Vor den Respektspersonen aber machte ihr Spott halt; niemals imitierten die beiden Séra Árni, den Gemeindevorsteher oder Kristján Góss.

Hans und Baldvin zeichneten sich vor anderen jungen Männern auf Eyri dadurch aus, dass sie »dänische Schuhe« trugen, geschnürte, schwarze Lederschuhe, die ihnen zwei Nummern zu groß zu sein schienen. Die Schuhe verliehen ihnen das, was man später einmal »Alleinstellungsmerkmal« nennen sollte, und zudem jede Menge Selbstbewusstsein. Sie standen auf einer ganz anderen Ebene als der schafslederbeschuhte Pöbel. Besonders gemein waren Hans und Baldvin zu Gestur und seinen Kameraden, weil das Duo jeden verachtete, der jünger war als sie. Trotz ihrer ganzen Arroganz kamen sie beide aus Häuslerverhältnissen, der dicke, dunkelhaarige Baldvin war der ältere Bruder der Anna aus Mjölkot und Sohn von Metta. Es hieß, er sei ein Sohn des alten Arztes, dem man nachgesagt hatte, alles zu trinken, was ihm in die Finger kam, darunter auch die Urinprobe von Madam Vigdís. Als Vater von Baldvin wurde offiziell ein Eiður angegeben, von dem aber noch nie jemand etwas gehört hatte. Baldvins Schwester Anna war eine Sigurðardóttir. Mutter und Tochter waren beide gertenschlanke Frauen, hellhäutig wie Schellfischgräten, und sahen unterernährt aus, wogegen Baldvin, der Mann im Haus, richtig pummelig und als unersättlicher Fresser bekannt war. Es hieß, Baldvin würde den Frauen in Mjölkot stets die halbe Portion wegfuttern.

Sein Kumpel Hans war der Sohn eines Knechts und einer Magd in Gamlibær. Ein blonder, spindeldürrer Schlacks, der seine ärmliche Kleidung penibel sauber und tiptop in Ordnung hielt und sich zusätzlich zu seinen Schuhen auch noch eine schmale, vornehme Brille zugelegt hatte, die er einem französischen Seemann abgehandelt hatte. Hans war der am wenigsten arbeitende Arbeiter im ganzen Fjord, kam damit aber durch, weil er die Gabe hatte, die Leute zu unterhalten, besonders indem er anderen bei der Arbeit zusah, ihre Bewegungen analysierte und anschließend ihre Marotten nachmachte. Und indem er Klatschgeschichten von anderen Höfen zum Besten gab.

An der Heringsarbeit beteiligten sich Hans und Baldvin nicht, für solche Fischschleimerei waren sie sich zu gut, aber Material für ihre Geschichten fanden sie hier jede Menge, die Leute mussten erst in ihre neuen Aufgaben in der neuen norwegischen Welt hineinwachsen, und dabei ergaben sich viele komische Momente. Jetzt entdeckten sie Gestur und nahmen ihn sogleich aufs Korn.

»Sieh an, Herr Evighedsen! Der verehrte Tonnenmeister«, fing der dickliche Baldvin an.

»Der unkonfirmierte Lásisohn. Sie bibbern ja wie eine Jungfrau auf hoher See«, schaltete sich Hans ein.

»Wie ein Bettler auf der Suche nach Essbarem. Warum arbeitest du nicht weiter? Du musst tüchtig sein. Du weißt doch, dass dein Alter dafür bezahlt wird, dass er dich beköstigt. Du bist ein Gemeindearmer. In Wahrheit hältst du seine Hütte aufrecht.«

»Wenn es dich nicht gäbe, hätte Lási längst mit seinen unnützen Fressern und seinen ollen Schwarten in Hvammur unterkriechen und endlich wie ein Mann arbeiten müssen.«

Gestur sah kurz in ihre Gesichter, starrte dann aber wieder auf das Schuhwerk der beiden und versuchte sich vorzustellen, wie sie jemandem diese feinen Schuhe abgeschwatzt hatten. War er wirklich ein Gemeindearmer? Das hatte vorher noch nie jemand zu ihm gesagt.

»Man braucht keine langen Beine, um das Dach eines Kotten zu stützen«, sagte Baldvin.

»Es bewahrheitet sich auch, dass die, die nicht konfirmiert werden, nicht mehr wachsen«, sagte Hans.

»Die Oblate, mein Guter, ist das Brot des Lebens«, fuhr Baldvin fort und äffte dabei sehr gekonnt den seligen Séra Jón nach, den Pfarrer, der bei der Beerdigung von Guðný und Lára, Gesturs Mutter und Schwester, selbst ums Leben gekommen war. Einen toten Pastor nachzumachen, war nicht riskant.

Gestur war zu jung, um den Scherz dieser Imitation zu begreifen, der nächste Stich aus Hans' Mund erwischte ihn dafür kalt:

»Du hast Glück gehabt, aus den Händen der Franzosen zu entwischen. Das hat vorher noch kein Haiköder geschafft. Oder haben sie dich auf andere Haken gespießt? Hast du dich ein bisschen ins Arschloch pimmeln lassen? Dann hast du jetzt die Franzosen.«

»Ganz sicher hat er die Franzosen«, pflichtete Baldvin bei und trat einen Schritt zurück, als hätte er Angst, sich anzustecken.

Die Worte trafen Gesturs Ohren, und sein Verstand verkeilte sich zwischen ihnen wie Steinschlag zwischen den Wänden einer engen Schlucht. Dabei verstand er nicht einmal die Hälfte von dem, was sie sagten. Was waren die Franzosen? In dem Moment ertönte die Pfeife des Kapitäns. Der erste Arbeitstag der Heringsverarbeitung war zu Ende und vor dem Lagerhaus hatte die Lohnauszahlung begonnen. Das musste man Gestur nicht zweimal sagen, und er ließ die beiden Scherzkekse einfach am Fässerstapel stehen. Mit aufgerissenen Augen blieben sie zurück und sahen in ihren zu großen Schuhen ein wenig wie böse Clowns aus. Selbst Hans und Baldvin hatten in dieser norwegischen Welt ihren Platz noch nicht ganz gefunden.

Kapitel 16

Zahlnacht

Die Frauen richteten sich auf und seufzten, hundemüde und glücklich, und ließen sich von dem Norweger zum Lagerhaus führen. Einige hatten das mit der Lohnzahlung noch immer nicht begriffen. Wofür sollten sie Geld bekommen? Wieso sollten sie für die Teilnahme an einem solchen Abenteuer bezahlt werden? Es hatte doch so viel Spaß gemacht! Und was sollten sie mit Geld anfangen? Wo sollten sie es aufbewahren? Begga band sich ihre selbstgemachte Schürze ab, warf sie von sich und stampfte davon, sie wollte kein verdammtes Geld haben.

»Aber es ist dein Geld«, rief man ihr nach.

»Nein, nein, nein!«, schnaubte sie.

»Doch, es gehört dir.«

»Dann wird er es holen.«

Sie ließ die Leute mit ihren unbeantworteten Fragen stehen und stapfte über die Halbinsel davon zu ihrer Behausung, die etwas weiter außerhalb am Westufer des Fjords stand, Fanná, wo sie arbeitete, seit sie acht Jahre alt war und ihre Mutter sich dort für den Preis eines Stierkalbs verdingt hatte. Ihr unebener Wiesenhöckergang, mit dem sie durch das leberverbrannte Kleingesträuch auf Eyri an der ungestrichenen Kirche vorbei nach Norden stapfte, passte gut zu dem mit drei Bohlen verschalten Erdhügel am Ufer, der sich Mühe gab, in der Helligkeit der Sommernacht sichtbar zu sein. Die Sonne war noch nicht wieder über den Horizont gestiegen, aber der Meeresspiegel glänzte wie eine Lichtquelle in zähflüssiger Form.

Mandals Steuermann, ein weißbärtiger Breitschädel mit schnapsroter Nase und hellblauer Schirmmütze, hatte sich auf einem Hocker hinter zwei Heringsfässern niedergelassen; auf dem einen stand die Geldkassette der Firma, auf dem anderen lag eine Liste der Arbeiterinnen. Die Frauen bildeten einen kleinen Auflauf vor den Fässern, und zwei norwegische Fassbauer versuchten ziemlich erfolglos, sie dazu zu bewegen, sich in einer Reihe aufzustellen. Die einzige Warteschlange, die dieses Volk in seiner Geschichte je gekannt hatte, war die vor dem Hinrichtungskolk in der Öxará auf Þingvellir, wenn der Henker viel zu tun hatte.

Hinter seinem Steuermann und Zahlmeister stand Kapitän Mandal und sah zu, wie die Frauen ihre Fassmarken ablieferten, dabei versuchte er sich ihre Namen einzuprägen. Sigfríður, Guðmunda, Kristrún ... In seinen Ohren klangen sie wie uraltes Norwegisch, als sei er in sein Herkunftsland zurückgekehrt, in dem das norwegische Volk aufgewachsen war, bevor es in die Welt hinauszog, als stünde er hier an der Quelle, am Ursprung. Ja, er hatte plötzlich das Gefühl, die Isländer seien die ältere Nation, und das, obwohl sie erst vor zwanzig Generationen aus den Norwegern hervorgegangen waren. Die Namen dieser hübschen jungen Frauen hörten sich an wie die Namen seiner Urahninnen. Ihre bescheidene, beherzte, schweigsame Art enthielt auch viel Erfahrung und Weisheit, eine Art geistiger Überlegenheit.

Viele warfen ihm mit selig erfüllter Brust und feuchten Augen dankbare Blicke dafür zu, dass sie den Abend in Gemeinschaft von so vornehmen Menschen hatten verbringen dürfen, und nahmen schweigend die norwegischen Geldscheine in Empfang. Die meisten hatten ganze zehn Kronen verdient, und der weißbärtige Steuermann versicherte ihnen, zehn norwegische Kronen seien genauso viel wert wie zehn dänische und zehn isländische Kronen. Die Krone sei die gesamtnordische Währung. Allerdings verlor er kein Wort darüber, wo sie ihre Geldscheine in die Eiswährung umtauschen konnten, die an der Theke des örtlichen Kaufladens galt. Bestimmt gäbe es doch den einen oder anderen Bankautomaten in den Schluchten am Ende des Fjords, die einen der Scheine mit dem Bild zweier unbekannter mächtiger Männer mit Halstüchern wechselten.

Einige Frauen verließen wie hypnotisiert von ihrem Geldschein den Schauplatz und hielten ihn auf dem Heimweg mit beiden Händen vor den Augen, als trügen sie eine Schatzkarte der Zukunft, während andere sich von dem Schifferklavier anlocken ließen, mit dem der rundliche Steward auf dem Landungssteg den Leuten aufspielte. Ein Matrose skandierte die norwegische Hymne *Ja, vi elsker dette landet*, und ein anderer versuchte, zwei Isländerinnen zum Tanzen aufzufordern, aber die wehrten lachend ab.

Kapitän Mandal sah sich das alles an und schaute dann zu seiner Zukünftigen, die noch immer an Deck der *Marsey* stand und Heringe einsalzte. Oh ja, eine tüchtige Frau.

Noch eine andere Frau hob sich von den anderen ab, die älteste unter ihnen. Sie hatte mehr Fische verarbeitet als alle anderen, im Wert von fünfzehn Kronen, und dafür bekam sie zwei Geldscheine. Auch ihr Name unterschied sich von dem der anderen, Hugljúf hieß sie, doch ebenso unterschied sie sich durch ihr Auftreten und ihre Haltung. Ein steinkalter Blick bohrte sich in die tiefliegenden Augen des Kapitäns, als der sie mit wohlgesetzten Worten lobte. Die schien sie nicht hören zu wollen, denn sie senkte das Kinn und nickte mit dem Kopf, sodass ihr eine Strähne ins Gesicht fiel. Sie schaute wieder auf, als ein Junge mit einem völlig durchnässten Hut angelaufen kam, der einem der Knechte auf Hvammur gehöre und den sie dort abgeben solle, er habe ihn auf dem Strandwall gefunden.

Die Möwen hatten jetzt die Arbeitsstätte okkupiert und pickten die aussortierten Heringe und die leckeren Innereien auf, die noch hier und da zwischen den Steinen lagen. Ein mürrischer Rabe kreiste über ihnen.

Nachdem die Frauen ihren Tageslohn erhalten hatten und entweder nach Hause gegangen oder sich zu der Ziehharmonika gesellt hatten (zwei Paare tanzten), kam die Reihe an die jungen Männer. Einige hatten nicht mitgearbeitet, wollten aber versuchen, ob sie nicht trotzdem etwas Geld bekämen. Arne Mandal hatte ein gutes Personengedächtnis und sortierte die Schwindler umgehend aus, indem er sie fragte, wie sie denn bei dieser Arbeit ihre Hosen so sauber gehalten hätten. Als Gestur an die Reihe kam, sah Mandal ihm seinen harten Arbeitseinsatz an und außerdem erinnerte er sich, dass er ihn gesehen hatte, wie er in einem primitiven Behälter Hering über die Landungsbrücke getragen hatte. Ach, und war das nicht auch der junge Bursche, der ihn auf der Brücke empfangen hatte, als er an Land gestiegen war?

Gestur wusste nicht, was er sagen oder verlangen sollte, und sah Steuermann und Kapitän mit unsicherem Blick an, bis Letzterer meinte, er sei tüchtig gewesen.

»Gib ihm fünf Kronen.«

Dann schaute der Kapitän den Anleger entlang zum Schiff und sah, dass Súsanna nicht mehr bei der Heringstonne an Deck stand. War sie nach Hause gegangen? Er überflog das Gelände bis zum Madamenhaus, ohne ihr blondes Haar zu entdecken, und spürte, wie sein Herz seine Ruhe aufzehrte. War sie nach Hause schlafen gegangen? Einfach so? Ohne sich für den Abend und die Nacht zu bedanken, ohne … Wollte sie ihm keinen Platz in dieser Nacht einräumen, die doch alle Anzeichen trug, eine Nacht des Lebens zu sein? Aber er hatte ja das Schiff verlassen, irgendeine unbegreifliche, dumme Kraft hatte ihn dazu bewogen, sie an Bord stehen zu lassen. Hatte er sich wirklich vor ihrer Leidenschaft und der Begierde in ihrem Blick gefürchtet? Aber sie musste doch verstehen, dass ihn die Pflicht gerufen hatte, er musste doch sein Versprechen halten und den Lohn auszahlen … Wohin mochte sie gegangen sein?

Kapitel 17

Schweißgold

Eine halbe Stunde später stand ein fünfzehn Jahre alter Junge noch immer auf der Halbinsel Eyri und starrte auf einen Geldschein, der mit einem Muster violettblauer Linien in Wikingerdesign überzogen war und in der Mitte die Olavsrose zeigte, das Glückssymbol des Norwegerkönigs Olav des Heiligen; so hatte es ihm jedenfalls einer aus der Schiffsbesatzung erklärt. Gesturs Augen folgten dem verschlungenen Muster, das aus heidnischer Zeit stammte, das sich aber ein christlicher König angeeignet hatte, und er ließ sich davon gefangen nehmen. Wieder und wieder befühlte er den Schein, bis er glaubte, dass er wirklich hier stand und fünf Kronen in der Hand hielt, ein schön gedrucktes Zeugnis dafür, dass seine Tüchtigkeit geschätzt wurde, dass er einen Wert besaß in dieser Welt. Und sollte er ein Gemeindearmer sein, was er bezweifelte, dann wäre er zumindest kein gewöhnlicher Gemeindearmer. Er war fest entschlossen, Lási diesen norwegischen Geldschein abzugeben.

Gestur war so von dem schönen Schein fasziniert, dass er nicht einmal merkte, wie die Sonne wieder aus der Tiefe aufstieg, erst wie ein Wal, dann wie die Schädelkuppe Gottes und schließlich wie eine blutgefüllte Fruchtblase, die frührot über der Lebensquelle des Meeres leuchtete. Es zogen einige der schönsten Momente in der Geschichte des Fjords herauf. Die norwegischen Matrosen mit Flaschen in den Händen unterbrachen ihre Gespräche und standen schweigend und fassungslos staunend auf der Brücke, wo das Schifferklavier spielte, doch selbst die tanzenden Paare hielten inne, um dieses lichte Schauspiel zu betrachten, auch wenn die Töne sie weiter wie Rauchschleier umwehten. Die Sonne macht alle Menschen zu Kindern. Selbst Gestur warf einen kurzen Blick zum Horizont, dachte aber, die traumhafte Schönheit dort sei nicht mehr als ein Abglanz der überragenden Macht, die von dem Schein in seiner Hand ausging.

Geld! Was war die Sonne im Vergleich zu Geld?

Jenseits der Fjordrinne, fast in Reichweite, stand der Skriðahof, und er war dem Jungen noch nie derart windschief und brüchig vorgekommen, wie eine Luftnummer aus vergangener Zeit. Wie viele solcher Geldscheine musste er wohl noch verdienen, bis ihnen Lási der Zimmermann ein ordentliches Haus mit Fußböden und Treppen bauen könnte?

Irgendwann kam er wieder zu sich und hielt nach Lásis Boot Ausschau, mit dem er und Magnús am Morgen über den Fjord gesetzt hatten. Sie hatten es bei der Hütte von Hákarl-Jói aufs Ufer gezogen. Doch es war nicht mehr da. Bestimmt hatten sich die Spaßvögel Hans und Baldvin dafür gerächt, dass er sie mitten in ihrem Schabernack stehengelassen hatte. Er ging zur Spitze der Landzunge und wieder zurück; das Boot war nirgends zu sehen. Alle anderen Boote waren zur Ruhe gebettet, und es bestand keine Aussicht, von jemandem übergesetzt zu werden. Die meisten waren längst zu Hause, das Treiben auf dem Landungssteg war zu wenigen alkoholgelähmten vertraulichen Gesprächen herabgetönt, ein frisch gestiftetes norwegisch-isländisches Paar schlich sich die Wand des Lagerhauses entlang, und der Möwenschwarm war noch lärmend damit beschäftigt, den Strand von den Fischabfällen zu säubern. Gestur trabte mit seinem Fang fjordeinwärts und war noch immer so ausgefüllt von den Ereignissen des Tages, des Abends und der Nacht, dass er nicht einmal darüber fluchte, den längeren Heimweg nehmen zu müssen; der zweistündige Fußweg würde nicht einmal reichen, um sich all die Bilder und Eindrücke in Erinnerung zu rufen, die er an diesem einen

Tag in sich aufgenommen hatte. Über all das hinaus trug er auch noch einen Geldschein in der Tasche! *Fem kroner!*

Er überquerte den Verarbeitungsplatz zwischen Möwen und Landungsbrücke. Lärm drang von der *Marsey* herüber, die mit ihren hohen Masten majestätisch am Brückenkopf vertäut lag. Gestur sah, dass an Bord eine Rauferei im Gange war, die in lautstarkes Gebrüll ausartete, das durch die Stille hallte, und Sekunden später war ein lautes Platschen zu hören. Irgendwas oder irgendwer war über Bord gefallen, ein Fass oder ein Mensch.

Typisch Norweger.

Gestur ging weiter, vorbei am Madamenhaus, wo die schöne Súsanna im Obergeschoss schlief, und weiter nach Eyri hinein. Neben dem Haus des Gemeindevorstehers stand der pimmelverderbende Siebenstein im milden Licht der späten Nacht auf der alten Brunnenfassung und glänzte wie ein Klumpen Gold, da der Sonnenschein noch nicht alle Tautropfen der Nacht aufgeleckt hatte.

Das Wort, das der geschätzte Stein ausstrahlte, lautete: »Schweißgold«.

Kapitel 18

Eine Magd kommt spät in der Nacht nach Hause

Gestur sah vor sich eine seltsame Gestalt, entweder war es ein Mann in einem Frauenrock oder eine Frau mit einem Männerhut.

Es war Hugljúf von Hvammur auf ihrem Heimweg. Sie hatte ihre Röcke gelüpft und stakste nun vorsichtig durch die dicht bewachsene Wiese, weil ihre Füße fast trocken waren und der kalte Tau sie nicht erneut nass machen sollte. Ihre Hände steckten ebenso wie die beiden Geldscheine beiderseits in den Rocktaschen verwahrt. So war es sicherer. Sie summte leise vor sich hin, wahrscheinlich eine der Melodien, die sie zuvor auf der Brücke gehört hatte, war ungewöhnlich fröhlich und wirkte richtig imposant in ihren drei Röcken. Gerade zog sie die linke Hand aus der Tasche, ohne den Geldschein loszulassen, und rückte den Hut zurecht, den sie auf dem Hof zurückgeben sollte, der ihr aber ein ganz neues Selbstwertgefühl verlieh, sie stand ihren Mann.

Und fühlte sich wie eine Frau, denn ihre Gedanken weilten immer noch bei dem norwegischen Fassmacher, dem ältesten, dem mit der Narbe auf der Stirn, der ihr während der Arbeit einen Blick zugeworfen hatte. Das Leben war so traurig, wenn man von niemandem beachtet wurde. Da brauchte es nur einen kurzen Blick, und schon fühlte man sich besser.

Was aber sollte sie mit den beiden Geldscheinen anfangen? Sie waren der einzige Schatten, der auf diesen Tag gefallen war. Sie verunsicherten sie und machten ihr Angst. Wo konnte sie die bloß vor dem anderen Gesinde auf Hvammur verstecken, vor Hermann, Gunna und den anderen? Und was waren diese Zettel wert? Was konnte sie sich dafür wohl kaufen? Ihr fiel nur eins ein: Wenn das nächste Mal ein fahrender Fotograf in den Fjord käme, wie jener Däne vor ein paar Jahren, dann würde sie ihn dafür bezahlen, in den Heiðinsfjörður zu gehen und ein Foto ihrer Tochter Sigrún zu machen, die dort auf Víkurbær aufwuchs. Sie wollte so gern einmal ihr Gesicht sehen. Vielleicht reichten fünfzehn Kronen dafür, vielleicht auch nicht. Aber möglicherweise würde es bald wieder Fassarbeit geben, hatte der Kapitän, dieser hübsche, große Blonde, in Aussicht gestellt, das hatten zumindest einige Leute behauptet.

Eine von des Gemeindevorstehers Kühen, die sich zwischen den taunassen Wiesenhöckern niedergelassen hatte und dort ihr Futter wiederkäute, sah der an ihr vorübergehenden Frau unter dem Hut nach. Oben am Hang standen drei ihrer Klauenschwestern schwanzschwingend beim Frühstück. Was für eine wunderbare Nacht!

Hugljúf kam ihrem heimatlichen Gehöft näher, dem Haupthof des Fjords, der etwas oberhalb des Weges um den Fjord stand und zu dem ein Abzweig hinaufführte. Sie sah die Waisenlämmer ihr entgegenblicken, halb vom hohen Gras vor einer Schuppenwand verborgen. Brauchten die Kleinen eigentlich nie zu schlafen, immer nur fressen? Eins von ihnen kam ihr den Weg entlang entgegengelaufen, war das nicht der schlaue Slyngur? Ja, doch, das war er, das liebe Kerlchen. Auf dem Hofplatz stand jemand, ein großer, weißhaariger Mann in einem langärmeligen, weißen Unterhemd. Das war doch der Hausherr persönlich. Ja, es war Kristmundur. Er stand vor seinem ein wenig unordentlichen Prachthof und rauchte Pfeife, blies bläuliche Wolkenschwaden in die Luft und schien so gut gelaunt wie das Wetter, das Licht und die Nacht. Doch beim Näherkommen wurden unmutig gerunzelte Brauen sichtbar.

»Was soll das? Wo kommst du her? Noch dazu mit einem Hut auf dem Kopf. Warst du bei einem Kerl?«

Sie kam die Senke vor dem Hofplatz herauf, und er schleuderte ihr die Worte wie Mistkugeln um die Ohren.

»Nein. Nein, nein.«

»Wo kommst du dann her?«

»Ich habe diese neue Arbeit mit dem Fisch ausprobieren dürfen. Hering.«

Sie blieb vor dem Großbauern stehen und nagte an der Unterlippe. Er war einen Kopf größer als sie.

»Beim Norweger?«

»Ja.«

»Was, zum Teufel! Und wo hast du danach gesteckt? Bei einem Kerl?«

»Nein.«

»Hast du etwa einen Norweger rangelassen?«

»Nein. Wir sind erst vorhin mit der Arbeit fertig geworden. Ehrlich.«

»Vorhin erst fertig geworden? Mit der Arbeit? Treibt man so was bis in die tiefe Nacht?«

»Ja, die Arbeit musste fertig werden. Der Hering durfte wohl nicht länger ungesalzen bleiben.«

»Ungesalzen?«

»Ja, man packt Salz mit in die Fässer.«

»Aha. Da ist wohl Wissenschaft im Spiel. Und wieso trägst du einen Hut?«

»Einer der Männer hat ihn dort vergessen. Ich glaube, er gehört Gunni Grímsson.«

»Sie haben mir erzählt, du habest heute bis obenhin in den Fässern gesteckt, beim Norweger.«

»Stimmt, es hat Spaß gemacht.«

»Was, da in diesem Schleim herumzuwühlen?«

»Ja.«

»Ich hatte gesagt, dass meine Leute sich nicht an Derartigem beteiligen. Das war dir bekannt, nicht wahr?«

»Die Jungs haben etwas in der Art erwähnt, aber ich habe ihnen nicht geglaubt.«

»Das waren meine Anweisungen!«

Der Bauer paffte nicht länger an seiner Pfeife und hielt das edle Rauchwerkzeug ein Stück von sich weg, sodass die blauen Schwaden gerade in die Luft aufstiegen, dabei sah er seine Magd streng an. Sie hatte den Hut abgesetzt und schüttelte ihr Haar, indem sie den Kopf schnell nach vorn und dann zu den Seiten warf, wie es ihre Angewohnheit war. Es war schön dicht.

»Ja«, schniefte sie zur Erde, sodass ihre helle Kopfhaut entlang des Scheitels böse aufschien. Dann hob sie den Kopf und blickte auf den Fjord. »Das habe ich nicht gewusst.«

»Meine Frauen arbeiten nicht für andere Männer!«

»Nein.«

»Erst recht nicht für ausländische Männer!«

»Nein.«

»Und schon überhaupt gar nicht in diesem Dreckszeug ... Hering! Bah!«

»Nein.«

»Hast du verstanden, Weib? Du arbeitest nicht für Norweger! Du bist meine Magd.«

»Es war eigentlich gar keine Arbeit.«

»Ach, nein?«

»Nein, es war mehr so ... Spaß.«

»Du kreuzt hier mitten in der Nacht auf, nachdem du seit gestern geschuftet hast, und behauptest, das sei keine Arbeit gewesen?«

»Es hat jedenfalls Riesenspaß gemacht.«

»Wie bitte? Du bist bei mir in Kost und Logis. Nicht beim Norweger.«

»Ja, ja.«

»Du kannst nicht zwei Herren dienen.«

Das erschien jetzt selbst Kristmundur etwas zu heftig. Er wandte sich ab, steckte die Pfeife in den Mund und fuhr sich mit der anderen Hand von der Stirn bis in den Nacken durch die weißen Haare. Er nahm einen tiefen Zug aus der Pfeife und milderte seinen Ton, ja, so sanft wie nun hatte er selten zu ihr gesprochen, jedenfalls seit seine Lust auf sie endgültig vergangen war:

»Hulla, ich halte dich nicht im Futter, damit du für andere umsonst arbeiten kannst. Du musst einsehen, dass so etwas nicht geht.«

»Ich habe nicht umsonst gearbeitet. Wir sind bezahlt worden.«

»Ach, und was für Versprechen haben sie euch gegeben? Das Himmelreich auf der norwegischen Seite?«

»Nein, wir haben Geld bekommen.«

»Geld?«

Der Bauer bekam einen Hustenanfall. Derartiges hatte er noch nie gehört.

»Geld?«, wiederholte er, nachdem der Husten abgeklungen war. »Und wann soll das kommen? Mit dem nächsten Schiff?«

»Nein, wir sind gleich ausgezahlt worden. Hier ...«, sagte die Magd und streckte ihre Hände vor. In jeder Hand lag ein violettblauer norwegischer Geldschein, FEM KRONER und TI KRONER von NORGES BANK.

Kristmundur missverstand allerdings Hugljúfs Geste und dachte, sie wolle ihm das Geld geben, und vielleicht wollte sie das auch, aber es blieb keine Zeit, das herauszufinden oder zu entscheiden, denn der Bauer stieß seine Magd so heftig zurück, dass sie hinfiel und die Scheine über den Hofplatz flatterten.

»Du wirst mir kein Geld geben!«, schrie der Bauer von Hvammur in höchster Erregung und baute sich vor seiner Magd auf, die böse auf den rechten Ellbogen gefallen war und vor Schmerz das Gesicht verzog, allerdings in einer eher müden Grimasse, die erkennen ließ, dass dieser neuerliche Schmerz nur einer von vielen vorangegangenen war.

»Du ... du beleidigst mich nicht mit so was!« Er wollte noch mehr sagen, fand aber keine Worte. Doch die Position, in der er da stand, ein älterer Mann über einer jüngeren Frau, fachten in ihm ein paar vor langer Zeit erloschene Funken an, und er schleuderte ihr mit Spritzern von Tabaksspucke ins Gesicht: »Du darfst dich glücklich schätzen, dass ich auf dich keine Lust mehr habe, Hugljúf Halldórsdóttir!«

Der Bauer näherte sich ihr und wollte ihr anscheinend auf den Leib rücken, sodass sich die Magd mehr schlecht als recht aufzurichten und von ihm wegzurobben versuchte. Da steckte er die Pfeife in den Mund und packte sie an ihrem verletzten Ellbogen (sie stieß unwillkürlich einen Schmerzensschrei aus), riss sie an sich und zerrte an ihren Röcken. Eine alte Saite schien noch einmal angeschlagen. Sie wand sich in seinen Händen.

Es war genau diese Szene, die Gestur erblickte, als er im Sonnenschein seinem Schatten auf dem Fjordweg unterhalb des Hofs folgte. Der weißhaarige Bauer vor seinem Haus in enger Umschlingung mit der Röckefrau; den Hut hatte sie verloren. Gerangel hier, Rauferei da, der schöne Tag sollte wohl in Streit enden. Verliefen alle Epochenwechsel auf diese Weise, indem die alte Zeit der neuen die Fäuste zeigte? Gestur hatte gerade diesen Gedanken gefasst, als ein lauter Schuss durch den Fjord hallte.

Er blickte sich um, sah aber keine Waffe und nirgends Rauch, registrierte nur, dass der Bauer genauso erschrocken war wie er. Kristmundur stand allein auf seinem Hofplatz und spähte über Fjord und Halbinsel. Hinter ihm verschwand ein Rockzipfel im Haus.

Kapitel 19

Platsch!

Kapitän Arne Mandal war in Panik über die Brücke gerannt und atemlos an Bord gestürzt. Wo war sie? Wieso war sie verschwunden? War sie nach Hause gegangen? Kaum. Er traute seiner Intuition, erst recht, als er ihre Schuhe, diese Schuhe aus der Holzhauswelt, neben der Heringstonne stehen sah, in die sie die von ihr eingesalzenen Heringe gelegt hatte. Sie war etwa zur Hälfte gefüllt.

Er eilte unter Deck zur Kajüte seiner Besatzung, wo alles in tiefem Schlaf lag, hemdgekleidetes Schnarchen in jeder Koje. Er warf einen raschen Blick in den Laderaum, in das salzige Halbdunkel dort, bevor er in zwei Sätzen den Niedergang hinaufsprang und über das Deck hastete. Hinter einem Wasserfass lagen zwei Matrosen im letzten Stadium der Trunkenheit und lallten *Solveigs Lied* von Grieg, wie es Reeder Sødal singen würde, und darüber lachten sie sich kaputt. Der Kapitän fragte sie kurz nach Súsanna, ob sie sie gesehen hätten, aber er bekam wenig aus ihnen heraus, und er eilte weiter zum Heck und zur Kapitänskajüte und stieg den Niedergang hinab. Seine Kajüte stand offen und war leer, die Tür zur Kabine des Kochs und des Steuermanns aber war geschlossen, und es drangen besorgniserregende Geräusche heraus, unterdrücktes Wimmern. Mandal rüttelte an der Tür. Sie war verschlossen. Er trat sie mit einem splitternden Krachen ein und blickte in sein tiefstes Erschrecken und Entsetzen, als sei seine Brust aufgerissen und er sehe sein eigenes Herz, über das sich ein Wolf mit scharfen Reißzähnen hermachte, die Gottlosigkeit glomm im Weiß seiner Augen, während er einen Bissen aus dem roten Muskel riss.

Præst, der dänische Koch, der Súsanna mit einer Hand am Hals gepackt hielt und mit der anderen an ihren Unterkleidern zerrte, war völlig von seiner Gier in Beschlag genommen. Im Zwielicht der Kabine leuchtete sein sommersprossengezierter, knochentrockener Schädel mit der faltengefurchten Stirn. Sein ganzes Gesicht war ein Bild von Geilheit, und ihm tropfte Schaum vom Mund, er schien das Krachen der aufspringenden Tür kaum gehört zu haben. Aus seiner geilen Miene sprach keinerlei Überraschung. Aus den vorquellenden Augen der jungen Frau über den kräftigen Knöcheln des kleinen, aber starken Mannes flammten Vorwurf und Hilferuf zugleich: Da bist du ja. Endlich! Rette mich!

Der Kapitän machte einen Satz über die hohe Schwelle und tat, was jedem Kapitän verboten ist: Er erschlug seinen Koch.

Es ist nicht sicher, dass er gleich durch den ersten Schlag starb. Und auch nicht, ob nach dem zweiten oder dritten. Es steht nicht einmal fest, ob er schon tot war, als Mandal ihn den Niedergang hinaufschleifte, wobei der massive dänische Schädel mehrfach auf die Stufen schlug, gefolgt von Wehklagen, das ohne Unterlass aus der Kabine scholl: Nein, nein, nein! Es lässt sich nicht sagen, ob der Koch seinen letzten Atemzug tat, als er an Deck lag und der Kapitän ihm mit voller Kraft Tritte in den Unterleib und gegen die Brust versetzte, oder als sein schwerer Körper, von einem löwengleichen Schrei des Kapitäns begleitet, über Bord gehievt wurde, mit der Folge, dass er mit einem lauten Platschen auf dem Wasser aufschlug. Aller Wahrscheinlichkeit nach aber nahm der Tod den Dänen in seine Arme, als der untersetzte Leib im vier Grad kalten Wasser versank und nicht wieder auftauchte.

Es war ein schrecklicher Anblick, den Kapitän auf seinem eigenen Deck auf und ab tigern zu sehen, einen Schwächeanfall in den Adern und die Schönheit der Berge in die Augen strömend, sein gesamtes Wesen stand weit offen, der große, stattliche Mann war zu einem leeren Fass geworden, in das alles hinein- und gleich wieder herausströmte. Er wusste nicht, was geschehen war. Was hatte er getan? Was war über ihn gekommen? Was in drei Teufels Namen war passiert? Sein Kopf wackelte, sein Herz bebte, seine Hände zitterten, er suchte Hilfe an der Reling, klammerte sich an sie und versuchte sich zu beruhigen, starrte in die Tiefe. Was hatte er getan? Mandal war völlig steif geworden, als sich zwei Matrosen rechts und links neben ihn stellten, schaukelnd auf ihrer inneren hohen Dünung, und sich auch bald an der Reling festhalten mussten. Sie sahen den Kapitän an und murmelten etwas ohne Worte, bis er ihnen Antwort gab:

»Der Koch.«

»Der Koch?«, wiederholten sie, besoffen sabbernd, und blickten dann mit ihm in die Tiefe wie minderbemittelte Komödianten.

»Der Koch«, sagte der Kapitän noch einmal in seinem Postmordstupor.

Præst der Däne war verschwunden, untergegangen, tot. Hatten diese besoffenen Idioten wirklich nicht gesehen, wie Arne die Dänenwampe über das Deck gezerrt, mit Tritten traktiert und schließlich über Bord in die brandungssalzige Hölle gekippt hatte?

»Der Koch ist tot, er ist in der Tiefe verschwunden. Wie kann es sein, dass ihr dermaßen besoffen seid? Ihr wisst doch, dass wir morgen auslaufen«, schnauzte der Kapitän seine Untergebenen an, die mit wackelnden Köpfen vor ihm standen.

Dann spuckte er kräftig über die Bordwand, ließ die Reling los, tappte zum Niedergang und stieg durch die Luke nach unten. Súsanna saß auf der Koje des Kochs, das Gesicht in den Händen vergraben, weinte lautlos und schniefte manchmal. Arne machte sich bemerkbar, beugte sich zur unteren Koje und setzte sich neben sie, legte die Hand auf ihren bebenden Rücken, war aber noch zu geschockt, um ein Wort herauszubringen. Schließlich richtete sie sich auf, wischte eine Träne aus den Wimpern und sah ihn an, doch er erwiderte den Blick nicht, sondern sah nur starr geradeaus. Sie schaute sich sein Starren an, bis er etwas sagte.

»Teufel, Teufel.«

»Was hast du mit ihm gemacht?«

Er wandte ihr den Kopf zu, und sie sah den Tod in seinen Augen; er hatte jemanden umgebracht, er hatte ihretwegen einen Menschen ermordet und ins Meer geworfen. Und er sah in ihren Augen, dass er nicht nur einen Menschen ermordet hatte, sondern zugleich auch sie, die Liebe. Sie trug das Zeichen des Todes, war selbst tot, und dabei hatte sie ihnen beiden nicht einmal einen einzigen Kuss zugestanden.

Sie schloss die Augen (war es damit zu Ende?) und lehnte ihren Kopf an seinen langen Hals, er legte den Arm enger um sie (war doch noch nicht alles zu Ende?). Seine Augen hatten sich an das Dämmerlicht in der Kabine gewöhnt und erblickten eine kurze, schwarze Hose, die an breiten, hellen Hosenträgern hing. Sie hatte abgewetzte Beulen an den Knien, die den Kapitän jetzt anschauten wie angsterfüllte und vorwurfsvolle Augen:

Du hast meinen Herrn umgebracht! Wieso hast du meinen Herrn erschlagen?

Weil er dich ausgezogen hat, war die naheliegende Antwort, doch nun stürzten Bilder auf ihn ein, glühend heiße Bilder: Mit Schmerzen in der Faust stand er vor dem Mann, und der Däne murmelte Blut in seiner Ecke. Wie lange hatte er so dagestanden? Sekunden? Minuten? Und als der Mann sich wieder regte, bekam er den zweiten Schlag und den dritten, und da wimmerte die Frau und rief Nein, nein, nein auf Isländisch. Dann überwältigte ihn der Jähzorn noch mehr und er zerrte den Kerl aus der Ecke und über die Schwelle. Wie, um alles in der Welt, hatte er es geschafft, dieses eisenarmierte Schlachtross die Stufen hinaufzuschleppen? Es war untergangen wie ein Stein, das Meer hatte es mit einem tiefen Rülpser verschluckt. Warum hatte er sich von Sødal diesen Teufel aufschwatzen lassen, der die ganze Fahrt über trank und nichts anderes kochen konnte als Schwein?

Sie löste sich aus seiner Halsgrube, und sie sahen sich in die Augen;

jetzt standen Lippen Wege offen, alle Entfernung zwischen ihnen war entfernt worden, sie sanken sich in die Arme, küssten sich, hielten einander, rieben sich aneinander in der Koje des dänischen Kochs. Es waren vor Erregung zitternde Umarmungen, Küsse voller Leidenschaft, von brünstiger Hitze befeuert und mordlüsternem Liebeswahn. In Koje und Bettzeug des Ermordeten brandete das Leben, fanden Lust und Gier ihren Weg und warfen alle wohlerzogenen Bräutigamsträume und Kapitänsmanieren über Bord. Die Lebenslust konnte nicht größer werden als so: einer Frau wegen einen Mann töten und sie nur Minuten später im Bett des Getöteten nehmen. Zwei Männer um sich kämpfen zu sehen und anschließend mit dem Überlebenden ins Bett des Gefallenen zu gehen.

Was war das Leben für ein Ding? An einem stillen Morgen unter Deck, in einem Fjord, unter Bergen und Sonnenschein.

Die Leidenschaft war so stark, das Treiben so heftig, dass selbst der Großmast auf dem großen Schiff, der mächtige Mast, der aus dem feuchten Laderaum bis in luftige Höhen reichte, leicht in der Morgenstille vibrierte und dadurch eine Möwe verscheuchte.

Kapitel 20

Weckruf

Eine Liebesglut später stiegen sie in die Überhelle des Morgens wie zwei unausgeschlafene Nachtschichtarbeiter und gingen an den beiden betrunkenen Seeleuten vorbei (von denen einer an der Bordwand eingeschlafen war) übers Deck zum Landgang, als plötzlich ein lauter Schuss knallte. Sie sahen Egertbrandsen völlig verwirrt auf der Treppe des Norwegerhauses stehen und selbstzufrieden eine Pistole hoch über den Kopf halten. Weit darüber löste sich ein weißes Rauchwölkchen in der Luft auf. Sie blieben stehen und betrachteten den Anblick. Der Knall hallte in ihren Ohren nach und erfüllte den Fjord von Bergwand zu Bergwand.

Wie einige andere auch vernahmen und begriffen sie, was dieser Schuss alles enthielt, denn in dem einen Knall war alles zusammengekommen, die historische Ordnung, Nachrichten und Ereignisse vergangener Zeit ebenso wie die frischen Ereignisse dieses Morgens. Der eine laute Schuss des Walwächters auf der Treppe in der Morgensonne war gleichzeitig ebenso der letzte Salut einer vergangenen Ära wie der Weckruf einer neuen. Dazu enthielt er ein ganzes Menschenleben, einen Mord und die ganze Schuld, die damit verbunden war und die er zugleich in die Luft schoss. In diesem Schuss konnte sich alles anhäufen, was quälte, und zugleich kündete er von einem Sieg des Glücks. Hier war ein Korken aus der Flasche geknallt. Hier wurde ein prächtiges glückliches Paar zusammengegeben.

Was aber alle hörten – Zaunkönige, Menschen und Füchse – und was das Wichtigste war: Die Stille war durchbrochen.

Arne geleitete Súsanna über die Gangway und die Brücke. Dabei schauten sie derart brautpaarmäßig drein, dass sich sogar die Möwen schweigend verneigten, bevor sie vor dem jungen Glück aufflatterten, das den kürzesten Weg zur Kirche zu nehmen schien. Oh ja, die nagelneue Kirchentür öffnete sich wie im Märchen. Alles stand ihnen offen. Das Märchen endete jedoch abrupt, denn aus der Tür trat der Prophet Jeremías mit langem Bart und nackten Beinen unter einem Nachthemd, schloss sie hinter sich und tappte dann Richtung Gamlibær davon.

Das Paar ging zum Madamenhaus, weil Súsanna in ihrem eigenen Bett aufwachen wollte. Zärtlich zwitschernd nahmen sie auf der Treppe Abschied. Ein Regenbrachvogel flog flötend ums Haus, und auf der Friedhofsmauer stand eine schneeweiße Möwe.

»Wir laufen mit der Flut aus«, sagte der Norweger.

»Mit einer Flut von Küssen«, lachte Súsanna und setzte ernst hinzu: »Du musst am Abend wiederkommen!«

»Heute Abend oder morgen. Sobald wir alles gefüllt haben.«

»Mit Liebe oder mit Hering?«, fragte sie und lächelte so schelmisch liebevoll dazu, dass er auf der Stelle sein Leben geben wollte.

Als er sich langsam vom Pfarrhaus entfernte, ging ihm auf, dass sich sein Gedanke beim ersten Landgang bewahrheitet hatte: Für eine so große Liebe musste man einen Priester töten.

Kapitel 21

Unglück am Morgen

Die ganz frühe Morgenstunde war vorüber, als Gestur endlich in Skriður ankam. Júnó lief ihm schräg den Hang hinab schwanzwedelnd entgegen. Der Junge ließ sich ins Gras fallen und tollte mit ihr herum. »Júnó, altes Mädchen, willst du nicht morgen mit mir zur Arbeit gehen? Du kennst dich doch mit Heringen aus, altes Heringshundchen, du!«

Vor und hinter Eyri war der Fjord ein wolkenloser Spiegel, und die Sonne segelte langsam über Segulnes. »Gold« war ein zu billiges Wort für diese Morgenstunde.

Aus der Helligkeit bückte er sich in den dunklen Hauseingang. Der Pistolenschuss sang noch immer in seinen Ohren, und er hörte das Gespräch nicht, das bis in den Gang zu hören war, er sah jedoch Leute im Gästezimmer. Sigurlás saß auf der Schlafbank, die Hände im Schoß, und neben ihm ein dickliches Mädchen, in siebzehn Schals gewickelt wie eine Stoffpuppe. Um die Augen hatte es einen roten Ausschlag oder vorher viel geweint, und die große Nase war blau gesprenkelt, der dicke Hals voller lila Flecken. Mit großen Augen sah es den Jungen an, der im Rahmen zum Gang erschienen war. Der Mund war offensichtlich in einer Bewegung erstarrt. Lási sah auf und erblickte seinen Jungen, sie hatten ihn nicht kommen gehört, das war der Vorteil von Schaflederschuhen auf gestampfter Erde.

»Ach ... Wo bist du gewesen?«, fragte der alte Mann schließlich.

»Sie haben das Boot versteckt. Ich habe es nicht finden können.«

»Wie? Wer?«

»Ich glaube, es waren die mit den Schuhen.«

»Oh. Nun ja, ein Boot kommt nicht weit. Und du bist um den Fjord herumgelaufen?«

»Ja.«

»Habt ihr so lange gearbeitet?«

»Ja.«

»Und der gesamte Sonnenschein ist jetzt an Land? Verarbeitet und gesalzen?«

»Was?«

»Was war das vorhin für ein Knall?«

»Ich weiß es nicht.«

»Na, dann geh du mal schlafen. Ich muss mich noch ein wenig mit Mófríður unterhalten.«

War sie seine Tochter? Oder sonst wie mit ihm verwandt? Ein gewisser Ernst lag über ihnen, der dem Dichterbauern schlecht stand, sein Blick war flüchtig, und er fuhr sich etwas zu häufig durch die spärlichen Haare, die seinen Schädel umgaben. Das Mädchen ließ seine Blicke ständig zwischen ihm und Gestur hin und her gehen, und dabei knetete es mit roten Fingern die roten Finger auf ihrem Schoß. Gestur fand, dass der Raum irgendwie nach Tränen roch. Heute Morgen wurde auf allen Höfen gekämpft, und das bei diesem herrlichen Wetter. Gestur blieb noch stehen und betrachtete die beiden genauer. Was hatte dieses Mädchen hier verloren? Sollte es bei ihnen wohnen? Besucher verirrten sich doch sonst nie hierher. Sie saßen auf derselben Gästeschlafbank, auf der einst sein Vater Eilífur gelegen und von Amríka geträumt hatte, und sahen aus wie zwei vom Schicksal Gebeutelte. Irgendetwas plagte sie, aber was?

Drei Stunden später kam er in seinem Bett wieder zu sich. Die Erwachsenen eilten geschäftig durchs Haus, die Kinder waren draußen, was ihn aber geweckt hatte, war lautes Kinderweinen, das aus dem Gang in die Baðstofa drang. Kurz darauf kam Sæbjörg, die Hausfrau, herein und überschüttete ihn mit Gezeter und Schimpfworten: »Also, Gestur! Raus jetzt mit dir! Du kannst dich nicht vor dem Tag drücken, nur weil du die Nacht auslässt. Ab mit dir in den Stall! Los! So lange du hier wohnst, bist und bleibst du der Hirte. Du hast gestern deine Arbeit nicht gemacht. Das wird nicht noch einmal vorkommen.«

In der Hand hielt sie eine dampfende Tasse und brachte sie ihrer Mutter, die wie immer an ihrem Platz auf dieser Welt saß, den sie seit Jahrzehnten, außer um ihre Notdurft zu verrichten, nicht verlassen hatte, nicht seitdem dieses Haus gebaut worden war. Auch an diesem zweitschönsten Morgen des Sommers saß sie im feuchtkühlen Dämmer, der durch das kleine Oberlicht hereinsickerte, und strickte. Sæbjörg schimpfte weiter, was an sich nichts Neues war, aber ihr Ton war ein anderer als sonst.

»Dieses verflixte, kleine Luder, pfui!«

»Wo ist er?«, fragte die alte Grandvör.

»Weg. Abgehauen, der Feigling.«

»Wo ist er hin?«

»Das Boot suchen, hat er gesagt. Um sie ans Ende des Fjords zu bringen, habe ich ihn gefragt.«

»Wie alt ist er?«

»Der Junge? Hast du doch gehört. Frisch zur Welt gekommen, zur Zeit des Lammens, ein gehörnter Teufel mit roter Blesse.«

Sie kam zurück und giftete, als sie an Gesturs Bett vorbeiging, noch einmal: »Los, aufstehen! Raus mit dir!«

Damit rauschte sie mit flatternder Schürze und wehendem Rock aus dem Raum, draußen weinte noch immer ein Kind. Im Gästezimmer? Hatten Sæbjörg und Lási noch ein Enkelkind bekommen? Oder war es ein Kind aus der weiteren Verwandtschaft? Und wollten sie es nicht bei sich aufnehmen? War er, Gestur, der Grund? Gab es keinen Platz mehr für weitere Mäuler? Aber er könnte doch Geld verdienen und für seine Kost bezahlen. Der gute Geldschein fiel ihm wieder ein, der Fünfkronenschein der Norwegischen Bank. Wo hatte er den? Unausgeschlafen und mit zerzaustem Haar setzte er sich auf und zog die Hose zu sich heran. Ja, da steckte er noch in der Tasche. Der junge Arbeiter betrachtete den Schein noch einmal, was für ein Goldstück, was für ein Eintrittsbillett in eine andere Welt, in eine neue Zeit ... Doch da erschien die Frau wieder in der Tür und keifte durch das Kindergeschrei lauter noch als zuvor: »Das geht nicht, dass du dich nach dem Melken drüben auf Eyri herumtreibst. Du hast hier deine Pflichten!«

»Aber sie könnte sich vielleicht nützlich machen«, ließ sich die alte Frau hören. Sicher sprach sie von dem Mädchen, dieser Mófríður. »Sie könnte zum Beispiel beim Melken zur Hand gehen.«

»Die rührt unsere Schafe nicht an! Sie bleibt nicht hier«, donnerte Sæbjörg und verschwand wieder. »Dieses verflixte, kleine Luder«, hörte man sie von draußen noch zetern.

Gestur zog sich an und sah kurz nach der Strickerin.

»Weißt du, was Franzosen sind?«, fragte er.

Die Stricknadeln standen einen Moment still, während sie Gestur über das Trennbrett hinweg ansah, dann klapperten sie wieder los. Einen Atemzug später sagte sie: »Sündenwunden.«

»Sündenwunden?«, wiederholte der Junge nachdenklich.

»Der Gute weiß zu strafen.«

»Wo bekommt man diese Wunden?«

»Sie finden sich an jener Statt, wo man es am liebsten hat.«

Gestur sah gleichzeitig die alte Unglückskrähe und den roten Teufelsprügel mitsamt dem glänzenden Sekret, das vor dem weißen Erguss aus der Blase quoll. Die Franzosen hatten die Franzosen. Er war kein Franzose. Warum hatten die Schuhträger das behauptet? Draußen hob das Kind ein neues Geschrei an und befreite Gestur von diesen Gedanken. Er raffte sich auf und fragte:

»Wer ist denn das ...?«

»Oh, das ist das Unglück. Es kommt alle siebzehn Jahre.«

Er musterte eine Zeitlang diese eingeschrumpfte Frau mit dem Schal um die Schultern, die in ihren Händen die Stricknadeln wirbeln ließ wie Trommelstöcke auf einem seltenen asiatischen Schlaginstrument. Jedes Mal, wenn er sie ansah, erschien vor ihm das Bild einer Traumlandschaft mit waldbewachsenen Hügeln, fremdem Himmel und großer Stille. Sie hatte etwas Ausländisches an sich, vielleicht lag es daran, dass er nur die Hälfte von dem verstand, was sie sagte. Was meinte sie mit ihrer letzten Äußerung? Welches Unglück?

»Das verstehst du später.«

Danach saßen sie noch siebzehn Sekunden schweigend zusammen in der Baðstofa, doch zwischen sich spürten sie erneut eine Verbindung, Bande, die sie nicht erklären konnten, die sich aber dem Umstand verdankten, dass sie beide eine Lawine überlebt hatten.

Kapitel 22

Mutterbrust im Morgenlicht

Gestur traute sich nicht in die Küche, um nach etwas zu essen zu fragen. Das herausdringende Töpfescheppern besagte laut und deutlich genug, welches Feuer in der Frau des Hauses loderte. Soweit Gestur hören konnte, stimmte ihre Tochter Snjólaug in das Geschimpfe ein und goss noch kräftig Öl ins Feuer. Auf seinem Weg durch den Gang warf er einen verstohlenen Blick ins Gästezimmer, konnte aber nichts erkennen. Er trat hinaus in den strahlenden Tag und sah sofort, dass der Schoner *Marsey* nicht mehr an der Brücke lag. Ohne ihn glich Eyri einer kopflosen Henne. Was nun? Waren sie davongesegelt? War es bloß ein Traum? Kämen keine weiteren Tage dieser Art, keine Fässer, keine Geldscheine?

Er hörte ein Schmatzen in seinem Rücken und drehte sich um. Auf einem niedrigen Sitz vor der Hauswand saß diese Mófríður mit der blaugesprenkelten Nase, den grauen Augen und dem lila gefleckten Hals, lehnte mit dem Rücken am Moderwerk, hielt einen Säugling in ihrem kräftigen Arm und gab ihm die Brust. Über dem kleinen, dunkelhaarigen Köpfchen wölbte sich die mächtige Drüse, rahmweiß und wunderbar anzusehen, sie leuchtete wie Erstmilchpudding im Sonnenlicht – ein helles, fleischliches Leuchten inmitten der Wollschalstränge, die die füllige Frau umgaben. Gestur war wie vom Donner gerührt. Natürlich hatte auch er einmal solche Mahlzeiten erhalten, an der Brust seiner Mutter gesaugt, doch diese Erinnerung lag unter dem Schnee der Zeit verborgen, der Argumentenmaschinerie seines Verstandes zufolge hatte er seine Mutter nie gekannt, nur eine Ziehmutter. Die hatte ihm zwar erzählt, in den beiden ersten Jahren seines Lebens habe er eine leibliche Mutter gehabt, doch was einem erzählt wird und was man selbst weiß, kann man selten zur Deckung bringen. Er erinnerte sich an keine andere Mutter als an die Haushälterin Málfríður, Malla, die nicht mehr bloß im überüberübernächsten Fjord wohnte, sondern noch viel weiter entfernt, hinter den sieben Bergen, in einem anderen Leben.

Vielleicht starrte er wegen all dieser Dinge so intensiv diese junge Frau an, die noch dazu diesen Namen trug: Mófríður. Er klang doch Málfríður so wundersam ähnlich. Die junge Frau blickte auf und sah den Jungen eindringlich an, bis sich sein Blick von ihren halb entblößten Brüsten hob und dem ihren begegnete, aus grauen Augen, aus denen die gleiche Stumpfsinnigkeit sprach wie in der frühen Morgenstunde, in der er sie auf der Bettkante in Lásis Gästezimmer gesehen hatte.

»Ist das …?« Er wusste nicht genau, wie er seine Frage vollenden sollte, und kürzte ab: »… dein Kind?«

»Ja.«

»Bist du … irgendwohin unterwegs? Willst du nach Segulnes?«

»Nein.«

»Wo kommst du her?«

»Ich war bei Steingrímur auf Stund in Stellung. Bis gestern.«

Ihre Stimme klang jämmerlich wie das Piepsen eines gerade von seinen Eltern getrennten Alks.

Die Unterhaltung gab Gestur Gelegenheit, einen Schritt näherzutreten, und so konnte er genauer sehen, wie das Kind an der Brust saugte. Sie wölbte sich in den kleinen Mund wie die untergehende Sonne, an der ein ewig bewegter Wellenmund saugt und deren Umriss sich dort etwas ausbuchtet, wo er den Horizont berührt. Woher wusste das Kind, dass es saugen musste? Wer hatte so ein Neugeborenes das gelehrt? War die Natur des Menschen von der des Schafs gar nicht so sehr verschieden? Das Kind nuckelte an der Zitze wie ein Lamm. Hatte nicht auch Sæbjörg das Kind vorhin mit einem Lamm gleichgesetzt?

»Ist es ein Junge?«, fragte Gestur und stand jetzt fast direkt über der Mutter und ihrem Kind. Er konnte einfach nicht aufhören, dieses Wunder anzustarren. Das Kind lebte von seiner Mutter wie eine Laus, wie ein Floh, wie ein Blutsauger in den Obstländern, von denen ihm sein Freund Magnús erzählt hatte.

»Ja«, antwortete sie und zog die Nase hoch. »Olgeir heißt er.«

»Und, ähm, tut das nicht weh, wenn er ...«

»Nein, das ist in Ordnung.«

Aus dem Gang tauchte Snjólka auf und krähte laut: »Hegga!« Dann trat sie in den Sonnenschein, räusperte sich gründlich, bevor sie mit zusammengekniffenen Augen und aufgerissenem Mund, der ihren Gaumen hinter den Kälberzähnen sehen ließ, rief: »Hegga! Baddur!« Irgendwo kläffte der Hund, aber die Kinder ließen sich nicht blicken, und Snjólka schnaubte und drehte sich um, gewahrte dabei Gestur und die stillende Frau an der Hauswand, schnaubte noch mehr, ging einen Schritt auf Mófríður zu und herrschte sie an:

»Du bis'n Luda!«

Darauf spuckte sie die Stillende an. Die reagierte unwillkürlich, indem sie die Schulter von der Wand wegdrehte, um ihr Kind abzuschirmen. Die helle, gelbgefleckte Spucke landete auf dem Kopftuch nahe ihrem linken Ohr und glitt ein Stück in dessen Richtung. Gestur war erschrocken und spürte den Impuls, Mutter und Kind in diesem heiligen Moment zu schützen, sah schon seine Hand Snjólka wegstoßen und hörte seine Stimme sie verjagen, doch er blieb stumm, bewegungslos und ohnmächtig gegenüber diesem Wutausbruch stehen. Snjólaug wandte sich an ihn und sagte scharf:

»Nich mit ihr reden! Die Schafe warten. Ab mit dir!«

Damit stürzte sie ins Haus zurück. Gestur traute sich nicht, tiefer in diese Frauenwelt vorzudringen, nicht an einem Morgen wie diesem, nicht in Schneestürmen, wie sie dort gerade tobten, und trat von der Frau mit den Brüsten zurück. Aber was für eine Demütigung, sich von diesem ekelhaften Weibsstück zur Arbeit antreiben zu lassen! In dem Moment kam Helga um die Hausecke gelaufen, einen Knochen in der Hand, Baldur, mit einer winterlichen Rotzfahne und einem nackten Fuß, folgte ihr und wollte den Knochen haben. »Das gehört mir. Das ist mein Pferd!« Júnó kam als Letzte und schaute freundlich von Gestur zu der Besucherin an der Hauswand. Helga warf Gestur einen ihrer üblichen verliebten Blicke zu, ehe sie wie die Hündin die Frau kurz mit einem, allerdings kühleren, Blick bedachte und ins Haus rannte. Baldur greinend hinterher. Gestur bückte sich zur Hündin, packte sie am Nackenfell, drückte und kraulte sie zärtlich und fragte die Frau mit dem Säugling endlich: »Willst du hierbleiben?«

Es vergingen einige lange Schlucke, ehe sie das Kind von der Brust nahm und seine Wange mit dem Zipfel eines ihrer Schals abtrocknete, dann legte sie es über die Schulter und klopfte ihm leicht den weißgewickelten Rücken.

»Ich kann nirgendwo bleiben. Wo geht man hier am besten ins Wasser?«

»Wie? Nein ... das geht nicht ... das darf nicht sein!«

»Ich darf gar nichts.«

»Warum sind sie so eklig zu dir?«

Ein kleines Bäuerchen drang durch den Sonnenschein, und sie legte sich das Kind auf den Schoß, zog die Nase hoch und wiegte es dort halbherzig und mechanisch. Dann fragte sie Gestur:

»Bist du sein Sohn?«

»Nein. Oder doch, er ist mein dritter Vater. Ich hatte noch zwei andere. Einer ist tot, der andere ist ... ein Kaufmann.«

»Wirklich? Ist gut, drei Väter zu haben. Die meisten haben nur zwei.«

»Was? Die meisten haben zwei?«

»Einen durchs Blut, den zweiten auf einem Blatt.«

»Und ... wie viele Väter hat der da?«, fragte Gestur und zeigte mit einem Nicken auf den Kleinen, der auf dem Schoß der Frau schaukelte.

»Olgeir? Der hat keinen.«

»Keinen? Wieso ...?«

Weiter kam er nicht, weil die hübsche Helga aus dem Haus trat. Sie war in diesem Sommer um eine Kinnlänge gewachsen und hatte den ersten, zarten Ansatz einer Brust entwickelt. Gertenschlank und vornehm sah sie wie ein Bogen aus, der eine Geige versprach. Sie konnte ihre Anbetungsmiene leidlich unterdrücken und hielt dem Hirten seinen Proviantbeutel hin. Gestur drückte den Beutel an sich und fühlte, dass er ein paar Kleinigkeiten enthielt. Es war ein besonderer, etwas seltsamer Beutel, weil er aus der Blase eines Stiers gefertigt war, der möglicherweise der Vater der Kuh Helga gewesen war, der Namensvetterin der Tochter auf Ytri-Skriða, die in dem unter Schnee begrabenen Stundarkot den kleinen Gestur am Leben gehalten hatte. Dieser Lederbeutel war das Einzige, was der verstorbene Eilífur seinem Sohn in das Leben auf Ytri-Skriða mitgegeben hatte.

»Großmutter sagt, die Schafe warten auf dich. Sie sind längst gemolken«, sagte der hübsche Fiedelbogen und warf Mófríður und dem Säugling einen bösen Blick zu.

»Aha?«

Gestur rief den Hund und machte sich auf den Weg zur Hürde, die ein Stück vom Hof entfernt und etwas tiefer am Hang lag. Auf einem Wiesenhöcker zögerte er und drehte sich noch einmal um. Die junge Frau saß noch immer vor dem Haus und wiegte ihr Kind. Was hatte das alles zu bedeuten? Warum waren sie so gemein zu einer so jungen Mutter? Dann machte er kehrt und folgte Júnó mit seinem Beutel zur Hürde mit den dreizehn Schafen. Er freute sich auf sie, die eindeutig um einiges erwachsener waren als die Frauen zu Hause.

Kapitel 23

Dreizehn Schafe und ein Schiff

Er zog mit den Schafen über den gewundenen Pfad um die Náskriður und hinaus nach Segulnes, um möglichst die *Marsey* noch einmal zu sehen. Sie mussten zu einer Fangfahrt ausgelaufen sein. Sie mussten zurückkommen. Es konnte nicht bloß das Abenteuer eines einzigen Tages gewesen sein.

Das Innere des Fjords lag ganz still und glatt, doch weiter draußen hatte der Wind das Zepter an sich gerissen und quirlte den Meeresspiegel blau, einzelne Wellen spuckten Weißes. Wenn in diesem Teil der Insel die Sonne in einen Fjord schien, entstand ein Temperaturgefälle zwischen Land und Meer, das Land erwärmte sich und saugte Luft vom kalten Meer an. Die Folge davon war, dass sich vormittags regelmäßig ein auflandiger Wind erhob, der bis zum Abend anhielt, wenn die Sonne sank und das Land sich wieder abkühlte. Im großen, ausladenden Eyrarfjörður konnte dieser Wind an guten Tagen Sturmstärke erreichen, denn der Fjord reichte tief ins Binnenland hinein, wo die Erwärmung noch stärker ausfiel als an der Küste. So wurde der Fjord zu einer riesigen Winddüse. Wenn die Seeleute unter diesen Bedingungen Segel setzten, schossen ihre Boote in Rekordzeit zum Heimathafen. Aus dem gleichen Grund mussten die, die auslaufen wollten, zeitig aufstehen, bevor sich der auflandige Wind erhob.

Der Segulfjörður lag dagegen zu weit draußen an der Küste und war zu kurz und zu eng von Bergen umstellt, den Seewind anzusaugen, und so wurde er manchmal zu einer regelrechten Oase, die Schutz bot vor den isländischen Wüstenwinden, die sonnige Tage im Nordland ausfüllten. Seefahrer konnten dadurch bei der Ein- und Ausfahrt Schwierigkeiten bekommen. Viele waren jedoch der Meinung, das Problem erledige sich demnächst von selbst, da jetzt das Zeitalter der Dampfschiffe anbreche, während andere diese »Nebelmaschinen« lediglich für eine vorübergehende Modeerscheinung hielten.

Gestur bezog eine grüne Mulde hoch oben in den Felsen von Segulnes mit Aussicht bis hinaus zur Insel Gramsey. Ein paar kleinere Segel waren auf dem Meer unterwegs, aber das norwegische Märchenschiff konnte er nirgends ausmachen. War es doch mit hoher Geschwindigkeit Richtung Heimat abgesegelt? Wollten sie vielleicht noch mehr Fässer besorgen? Nicht weit vor dem Kap segelte ein Boot querab auf munteren Wellen, wahrscheinlich ein Haifangboot unterwegs zum Kabeljaufischen. Lási hatte ihm Geschichten über seinen Vater Eilífur erzählt, »einen der besten Haifänger dieser Gegend«, er selbst aber war nach seinem Sommer auf dem Franzosenboot für sein Leben geimpft. Den Burschen auf Eyri zufolge gab es drei Sorten Menschen: 1. Landkrabben, die immer und für alle Zeiten seekrank würden. 2. Randkrabben, die drei Tage lang kotzend am Rand schwebten und danach nie wieder, und 3. dem Meer Verfallene, die es auf festem Boden nur schwer aushielten, sich Seewind und Seegang ansoffen und das Landleben auskotzten.

Er selbst hatte die ersten beiden Wochen gekotzt. Doch hatte er das eher all dem komischen Essen und dem roten Gesöff zugeschrieben, das sie ihn immer wieder unter grölendem Gelächter zu trinken gezwungen hatten.

Die Schafe verteilten sich über den Hang und grasten ohne Unterlass. Der Hirte öffnete seinen Beutel und fand darin Trockenfisch, ein paar Flöckchen Butter sowie ein altes Pillenglas mit entrahmter Magermilch. So sah die Morgenmahlzeit des nördlichsten Mannes der Insel aus. Nachdem er sie beendet hatte, fühlte sich der Junge schläfrig, denn von der Nachtschicht und dem bisschen Schlaf, das er bekommen hatte, war er noch immer müde. Es war generell nicht gut, wenn ein Hirte beim Hüten einschlief, weil es in der Natur des Islandschafs lag, permanent nach noch besseren Weiden zu suchen, und weil es stets das Gras jenseits des nächsten Bachlaufs für grüner hielt als das in seiner Nähe. Im Grunde teilten die Isländer diese Eigenschaft mit ihren Schafen, aber sie waren zu lange in den Zwängen des sich verdingen Müssens gefangen, in dem System, das ihnen jegliche Mobilität verbot und ihnen so schlecht bekam. Darum waren sie neidisch auf ihre Schafe und rächten sich, indem sie sie für dumm erklärten.

Gestur kam nicht dagegen an und schlief ein; in der Zeit übernahm Júnó das Hüten. Die *Marsey* sah er vor dem Einschlafen nicht und nach dem Aufwachen auch nicht, und er hatte das Gefühl, das wichtigste Schaf fehle in seiner Herde.

Es kostete ihn nahezu zwei Stunden, die Schafe wieder zusammenzutreiben, und als er die Herde am Nachmittag zurück in die Hürde gebracht hatte, fiel die Enttäuschung wie Dunkelheit über ihn, denn es lag noch immer kein Schiff an der Landungsbrücke. Bedeutete das kein »Norwegerhätscheln« mehr im Fjord? Die Vorstellung fand er unerträglich. Doch da hörte er vom anderen Fjordufer Hammerschläge herüberhallen und erblickte das norwegische Handwerkertrio wieder bei der Arbeit. Diesmal bauten sie eine Plattform für das Einsalzen. Die *Marsey* hatte anscheinend eine Ladung Holz gelöscht. Sie hämmerten bis weit in den Abend hinein, und Gestur saß wie verzaubert auf einem Grashöcker unterhalb des Hofs und lauschte der schönen Nagelsinfonie zusammen mit einem dunkelbraunen Hund mit gespitzten Ohren.

Er setzte jedoch nicht über, sondern aß, was er konnte, und ging früh zu Bett, legte sich neben den leise schnorchelnden Baldur und träumte von mehr Geld. Jawohl, er würde bei der Familie für den Unterhalt eines Gemeindearmen aufkommen, denn schließlich war er kein leiblicher Sohn und gehörte ursprünglich auch nicht in diese Gemeinde. Dann konnten die Frauen dieses Sticheln und Stänkern gegen Frauen mit Neugeborenen unterlassen. Doch was war aus dem blaunäsigen Mädchen mit den vielen Schals und dem Wickelkind geworden? Sie war vom Hof verschwunden, und er hatte nicht gewagt, nach ihr zu fragen, nicht einmal Lási, der lange nach seinem Boot gesucht hatte, bis er es endlich am Nordufer von Eyri aufspürte, kieloben auf dem alten Mjólkurbær. So viel Mühe hatten sich die beiden Spaßvögel Hans und Baldvin gemacht.

Kapitel 24

Lausibengel

Über solche komischen Bilder schlief der Hirte ein, schrak dann aber am Morgen hoch, als markerschütterndes Geschrei eines Kleinkinds die Baðstofa füllte. Was war das? Waren sie doch noch immer hier? Es war das gleiche Weinen, das ihn am Morgen davor geweckt hatte. Die Baðstofa war so hell, wie sie ohne Tranlampen werden konnte, denn die Helligkeit des frühen Sommermorgens fiel durch das Oberlicht herein. Es saß über Snjólkas Bett auf der anderen Seite des Mittelgangs und beleuchtete auch sein und Baldurs Bett. Jegliches Schnarchen war verstummt, von dem lauten Geschrei waren alle aufgewacht, der Bauer, seine Frau, die alte Grandvör und Snjólaug. Nur der kleine Baldur schlief hörbar weiterhin seinen Schlaf mit verstopfter Nase. Noch war niemand aufgestanden, es waren keine Schritte zu hören. Gestur richtete sich auf und sah, dass Helga im gegenüberstehenden Bett auch noch schlief oder so tat, in den anderen Betten regte sich ebenfalls nichts.

Das Kind weinte lauter als je zuvor, ein herzerweichendes hungriges Weinen. Gestur glaubte zu hören, dass es nicht aus diesem Raum kam, sondern vom Gang draußen. Waren Mutter und Sohn zurück im Gästezimmer? Hatte sich die Frau wieder hineingeschlichen, als alle schliefen? Oder war alles nur Einbildung? Schliefen hier alle, und es gab nur das Weinen von Geistern? Oder lagen alle wach und lauschten mit gespitzten Ohren dem, was man das »Heulen der

Ausgesetzten« nannte? Nein, in Island waren Kinder nie im Sommer ausgesetzt worden, in den taghellen Nächten, in denen Gott am besten sah, jedenfalls sagte man so. Vielleicht war es aber auch nur leeres Gerede. Das Kind weinte und weinte. Was für Ungeheuer mussten sie sein, wenn sie vor solcher Not die Ohren verschlossen! Doch auch er selbst legte sich wieder hin, die Mutter würde sich des Kindes früher oder später annehmen.

Als aber das jämmerliche Weinen den Raum eine ganze Weile erfüllte, konnte er nicht länger liegen bleiben. Er stand auf und sah sich genauer in der Stube um. Lási sah geradezu komisch aus, wie er sich auf seiner schmalen Liege neben seiner Büchertruhe schlafend stellte (und dabei dem toten Bauern in Bæjarkot ähnlich sah), seine Frauen hatten sich alle der Wand zugedreht. Das Weinen steigerte sich noch, pure Verzweiflung gellte in Gesturs Ohren.

Er schlich leise in den Hausgang und folgte dem Geheul. Der Hund, der gewöhnlich unter den Betten oder vorn im Gang schlief, kam ihm schwanzwedelnd entgegen. Im Gästezimmer war niemand, nur das Sommerlicht, das durch ein schmutziges, viergeteiltes Fenster in der Fassadenwand einfiel und die Klampsoden in der Wand hinter dem Bett zählte. Doch, die Quelle des Weinens war in dieser Kammer zu finden, daran bestand kein Zweifel. Hinter dem Schutzwall einer zusammengeknüllten Bettdecke am hinteren Kopfende, das zum Fenster wies, war ein kleines, von Not und Wut rot verheultes Gesichtchen zu sehen; richtig, über die Mitte der Stirn verlief ein dunkler Storchenbiss zur Nasenwurzel. Das faustgroße Köpfchen, das aus einem Kokon weißer Tücher ragte, sah sehr verlassen aus, weil auch die Ärmchen in dem Bündel steckten. Stillkinder wurden in solche Tücher, Stofffetzen und Binden gewickelt wie Gegenstände, die Ärmchen mit eingebunden, um das Berühren von Mund und Fingern zu verhindern, denn es galt vieles zu beachten in jenen ansteckenden Torfzeiten, als der Tod von Kleinkindern üblicher war als ihr Überleben. Außerdem sollte das Einwickeln die Kinder ruhigstellen.

Gestur blieb einige Augenblicke vor dem schreienden Etwas stehen und suchte das Zimmer ab, auch unter dem Bett und hinter einem alten Skyrbehälter in einer Ecke, aber nein, eine Mutter war nicht zu finden. So schnell er konnte, lief er aus dem Haus.

Bodennebel verhüllte Eyri und den Pollur und schob sich über den Hofplatz auf ihn zu, darüber aber wölbten sich ein völlig klarer Himmel und die steinigen Berge, Sonne auf den Gipfeln. Eine Möwe mit gelbem Schnabel schwebte träge über dem Ufer.

Jeder Tag besaß seine eigene Schönheit.

»Mófríður!«, rief Gestur in den frühen Morgen. War sie vielleicht nach draußen gegangen, um zu pinkeln? Er rief noch einmal. Wie seltsam, so angelegen nach einem Menschen zu rufen, den man im Grunde kaum kannte. Danach wartete er einige Atemzüge, den Hof in seinem Rücken. Júnó setzte eine gewichtige Miene auf, als habe sie vor, die Frau im Nebel zu entdecken. Das Weinen drang noch immer durch die dünne hölzerne Wand.

Dann hielt Gestur es nicht mehr aus; er rannte ins Haus zurück, beugte sich über den Kleinen, nahm ihn hoch und redete ihm beruhigend zu, als wäre er, dieser fünfzehnjährige Junge, die Mutter aller Kinder. Das Weinen ließ ein wenig nach, wahrscheinlich aus Überraschung, doch dann legte der Kleine wieder los. Gestur sah in das aufgerissene Mündchen, hinab bis auf das grundlegendste menschliche Bedürfnis, und er verstand, woran es fehlte. Er verschwand mit dem Kleinen in der dunklen Vorratskammer, die gegenüber der Küche vom Gang abzweigte, legte den Weinenden auf ein schummeriges Regalbrett wie eine Hausfrau ein frisch gebackenes Brot und schnupperte in dem Behälter, der die Essensreste des Vortags enthielt, wobei er immer weiter »ruhig, ganz ruhig« vor sich hin murmelte. Blitzschnell drehte er sich um und bekam das Wickelkind gerade noch zu fassen, bevor es vom Regal rollte. Wo hatte er bloß seine Gedanken? In dem Bündel steckte ein menschliches Wesen mit Augen, Zähnen und einem ganzen Leben vor sich!

Er verwahrte das Weinen nun in seinem Arm und fand mithilfe von Nase und Fingern endlich den Milchzuber. Er hob den Holzdeckel ab, und fette, weiße Schafmilch leuchtete ihm im Dunkel der Kammer entgegen wie ein voller Mond. Er griff nach oben und fand die Schnur, die wie eine Wäscheleine zwischen den Wänden der Kammer gespannt war und an der die Kellen hingen. Er ertastete eine aus Zinn, die er in die dicke Schafsmilch tauchte, zur Hälfte mit dickem Mondlicht aus den Eutern von Mutterschafen füllte und dem Kleinen an den Mund hielt. Es war ein unbeholfener Versuch, und die Hälfte lief über Kinn und Wangen, aber der Sprachlose mochte den Geschmack und stellte das Weinen ein. Hier gab es Milch. Zwar keine Muttermilch, sondern welche aus anderen, reiferen Geschöpfen, die auch nicht zu verachten war. Gestur tauchte die Kelle erneut ein und stellte sich nun etwas geschickter an, er setzte den Kleinen auf und führte die Kelle vorsichtiger an seine Lippen. Donnerwetter, der Kleine schluckte ordentlich, die Geräusche klangen überzeugend, auch wenn sein Gesicht von der Kelle weitgehend verdeckt wurde.

»Was hast du hier in der Speisekammer zu suchen?«

Gestur erschrak. Es war Sæbjörgs Stimme, eiskalt und schneidend.

»Ich wollte bloß ein bisschen Milch für den ...«

»Ein Hütejunge hat nichts in der Vorratskammer verloren. Raus mit dir! Los! Auf der Stelle!«

Gestur gehorchte und erschien im Licht des Hausgangs, eine Schöpfkelle und einen milchbärtigen Säugling im Arm. Die Frau riss ihm mit einem Schnauben die Kelle aus der Hand.

»Stiehlst du etwa aus der Milchkanne?!«

Sie dampfte mit der Kelle in die dunkle Kammer. Gestur blieb mit dem Kind auf dem Arm im Gang stehen; es begann wieder zu weinen. Sæbjörg tauchte wieder auf und starrte ihn mit einem bösen Blick an. Er verteidigte sich mit der Frage:

»Was soll ich ihm denn sonst geben?«

Sie antwortete mit einem noch strengeren Blick. Gestur senkte den seinen auf das heulende Elend in seinem Arm und hob dann die Augen wieder in Sæbjörgs Starren.

»Wieso? Er ist doch ... nur ein Kind.«

»Ein Hurenkind«, sagte die Frau leise, doch voll derart lautem Schmerz, dass der Junge plötzlich einen Zipfel von dem zu fassen bekam, womit sich das Leben in seinen innersten Bezirken beschäftigte, einem Vergehen, das vor fast einem Jahr, im Herbst, im Dunkel der Nacht begangen worden war, fröhlich betrunken, in einem Winkel eines anderen Gehöfts. Das Kind in seinem Arm war ein Sohn des Hausherrn, war Lásis Sohn. Ein Lausibengel.

Kapitel 25

Euterspende

»Früher hat man das Zutragen genannt«, hörte Gestur die alte Frau viele Tage später sagen. »Statt die Kinder auszusetzen, hat man sie einem anderen Hof zugetragen.«

An jenem Tag aber war Gestur keine andere Möglichkeit geblieben, als das Weinen aus dem Haus in den kühlen Frühnebel hinauszutragen. Die Frau hatte ihm Asyl im Gästezimmer untersagt und ihn mit ihrem starrenden Blick und zusammengepressten Lippen, die mehr sagten, als die Zunge hätte sagen können, sowie einem nebelgrauen Schal, den sie eilig wie ein großes X über ihrer harten Brust gekreuzt hatte, den Gang entlang aus dem Haus getrieben. Dieses Balg kommt mir nicht auf den Hof, drückte sie mit allem aus. Da stand er also mit diesem neuen Leben in den Händen vor dem Haus und ließ sich vom Hund fragend ansehen. Über drei grasbewachsenen Giebeln stürzte eine Bekassine mit entsprechendem Flattergeräusch vom Himmel, und in den Kopf des Jungen stürzten drei Fragen: Sie wollen ihn nicht noch einmal sehen. Soll ich ihn aussetzen? Oder verlassen wir beide den Hof? Ob ihn in Segulnes jemand nimmt?

Vor dem nächsten Schritt legte er den weinenden Säugling erst einmal auf dem Boden ab, befahl Júnó, auf ihn aufzupassen, und eilte noch einmal ins Haus, um seine Stierblase zu holen, den Proviantbeutel, der unter seinem Bett lag. Anschließend stürzte er pfeilschnell in die Vorratskammer, und schon stand er wieder auf dem Hofplatz, bevor die Frau des Hauses etwas mitbekommen hatte.

Das Weinen wies ihn hinab zur Schafhürde. Normalerweise grasten die Schafe nachts dort in einem Gehege. Oder nicht? Doch, Júnó spürte sie im Nebel rasch auf, und gemeinsam hatten sie sie schnell zusammengetrieben. Der Nebel verschluckte das Hungergreinen genauso wie das Wimmern ausgesetzter Kinder. Im Pferch war es eng und schmutzig, doch die Schafe stellten sich in der Regel von allein in zwei Reihen an den Längsseiten des Pferchs auf, sechs an der Hangseite, sieben an der Seeseite, denn im Lauf von hundert Generationen hatten sich die Schafe damit abgefunden, dass ihnen die Menschen am helllichten Tag den Saft aussaugten. Den Kleinen auf dem linken Arm, hockte sich Gestur hinter Frigg, das Mutterschaf mit dem größten Euter, und tastete zwischen seinen Hinterbeinen nach einer Zitze. Der Hirt hatte erst ein einziges Mal gemolken, und anfangs hatte er keinen Tropfen aus dem Vieh herausbekommen. Üblicherweise hielt man den Vorderteil des Euters mit einer Hand und molk mit Daumen und Mittelfinger der anderen. Jetzt aber hatte er nur eine Hand frei. Mit viel Mühe und Ausdauer schaffte er es am Ende, einen weißen Strahl aus der großen Zitze zu pressen. Darauf hielt er den kleinen Kindskopf vor Friggs kotverklebte Hinterbeine und ließ den Strahl ins Gesicht des Säuglings spritzen. Der wollte die Zitze im Mund haben und protestierte lautstark, als er sie nicht bekam, weil Gestur zum einen fürchtete, das Schaf könnte vor dem Mund einer anderen Art scheuen, und zum anderen, dass der kleine Mund aus einer solch dicken Zitze nichts herausbekäme. Klein-Olgeir lernte aber schnell, sich die Milch in den Mund spritzen zu lassen und schluckte bald wie ein Feldherr eine Salve nach der anderen.

Nach dem Füttern legte Gestur den Kleinen satt, still und eingenässt in das Nest eines nahen Grashöckers und sich selbst daneben. So dösten sie ungesehen von den Frauen, bis das Melken vorüber war. Sie riefen einige Male nach Gestur und schimpften über ihn, aber er gab sich nicht zu erkennen. Sobald Mutter und Tochter zum Haus verschwunden waren, ging er jedoch zum Pferch und ließ die Schafe raus. Dann wanderte er, den Kleinen auf dem Arm, mit seiner braunen Hündin hinter dreizehn Schafen her, als sei gerade die jüngste Familie des Landes unterwegs.

Kapitel 26

Junge mit Kleinkind

Der Sohn dreier Väter war selbst Vater geworden. Der kleine Olgeir schlief erst auf seinem Arm, dann unter einem moosgefleckten Stein, als Júnó entschieden hatte, der richtige Ort zum Weiden sei erreicht. Gestur hatte versucht, sie aus dem Nebel herauszuführen, weil zwischen der Nebelzone und der von der Sonne beschienenen Region darüber ein merklicher Temperaturunterschied bestand. Doch sie konnten so hoch steigen, wie sie wollten, die Nebelschleier kratzten doch immer wieder am Sonnenschein. Gestur hockte sich neben den Säugling und zählte seine Atemzüge, er konnte sich gar nicht von dem Leben losreißen, das jetzt seiner Obhut übergeben war. Diese winzige Nase und diese kleine Schnute! Die schön bewimperten Augen, die das Kind im Glückszustand von Schlaf und Sattheit geschlossen hielt! Der rote Zornesfleck auf der Stirn war verschwunden, das Gesicht wieder schön blass mit zart geröteten Bäckchen.

Atmete er noch? Nein! Er hatte aufgehört zu atmen. Hm, war das nicht doch die beste Lösung?

Zwischen Hoffnung und Verzweiflung stupste Gestur den Kleinen an, und ihn überlief ein erleichterter Schauer, als sich das Mündchen irritiert verzog, ganz wie das Gesicht eines älteren Menschen, der im Schlaf angestoßen wird. Er lebt! Er ist am Leben!

Als Nächstes befiel den Hirten die Sorge, dem Kurzen könne kalt sein. Darum zog er seine abgetragene Lodenjacke aus und deckte ihn damit zu. Gibt es etwas Schöneres als ein Kind, das unter den Vorgängen am Himmel auf der Erde schläft? Der Nebel löste sich nun zügig auf, und die Sonne brach durch. Gestur setzte sich auf der Sonnenseite neben den Kleinen, um ihm Schatten zu spenden, und fühlte, wie sich sein Rücken erwärmte. Der Säugling schmatzte leise im Schlaf und drehte den Kopf auf die rechte Wange, rückte sich besser zurecht, fast behaglich. Was dem Hirten besonders auffiel, war, wie genau diese Miniaturausgabe erwachsene Menschen imitierte. Vom ersten Tag an war alles vorhanden, Gähnen und Rülpsen, selbst die Nägel an den Fingern waren so perfekt ausgebildet, dass sie der schönsten Miss Iceland Ehre gemacht hätten. Keine Macht der Welt oder des Himmels konnte ihre Form und Weiterentwicklung ändern. Sie würden so werden, wie sie eben werden sollten. So, wie sie schon jetzt waren. Das Leben war vom ersten Tag an festgelegt und vollkommen, die einzige menschliche Zutat zu diesem kleinen Köpfchen war der Name Olgeir, ach ja, und ein Bauchvoll euterwarmer Schafsmilch.

War er nun ein Sigurlásson? Olgeir Sigurlásson? Was mochte aus der Mutter geworden sein, der Magd von Stund? Die zu Hause sollten sich eines Besseren besinnen, er würde den Kleinen am Abend wieder zu ihnen bringen. Er war doch der Sohn, der Lási bisher versagt geblieben war. Oder würde sich Sæbjörg zu dem Säugling schleichen und ihn im Schlaf ersticken?

Die Sonne brach schließlich ganz durch und hatte bis zum Mittag den Nebel vollständig aus dem Fjord vertrieben. Die *Marsey* lag nach wie vor nicht am Kai, doch im Schatten des Norwegischen Hauses war zu erkennen, dass die frischholzhelle Plattform wuchs und wuchs. Sonnenlicht leuchtete vom ungestrichenen Dach des Kirchturms, die Giebelseite war zur Hälfte angestrichen, in Weiß. Die alte Kirche war immer schwarz gewesen.

Der Hirte kümmerte sich nun um seine Schafe und seinen Proviantbeutel, hielt aber stets ein wachsames Auge auf das Kind und verscheuchte zweimal einen hinterlistigen Raben, auf den ihn Júnó aufmerksam machte. Der Schwarzgefiederte schwebte in niedriger Höhe über den steinbestreuten Abhang, ließ sich dann etwas oberhalb auf einem überwachsenen Felsen nieder und krächzte vor Heißhunger auf zwei Monate alte Augen. Gestur setzte sich und packte sein Essen aus. Er hatte sich eine größere Scheibe Topfbrot gemopst, als ihm üblicherweise zugeteilt wurde. Da die Herde aus aufgeschichteten Steinplatten keine Backröhren besaßen, hatten die Hausfrauen auf der Insel gelernt, Brot auf der Herdplatte zu backen, indem sie einen Topf darüberstülpten und so eine Art Backofen improvisierten. Sæbjörgs Topfbrot war nicht das Schlechteste und bildete mit einer messerrückendicken Schicht Butter meist den Hauptbestandteil des Essens über Tag. Dazu leerte er das braune Glas mit der Magermilch. Das war die Sternstunde des Tages für den Hirten.

Nach der Mahlzeit sah er nach Olgeir, der unter seiner Jackendecke schlief, bis er aufwachte und wieder zu weinen begann. Die nächste Fütterung stand an. Gestur hatte den Tag nur bis zum ersten Schlummer vorausbedacht, und nun war guter Rat teuer. Wie dumm von ihm, dass er gerade den letzten weißen Schluck genommen hatte! Er konnte die Schafe nicht hier im offenen Hang melken. Er griff noch einmal in den Blasenbeutel und suchte nach etwas Weichem, fand aber nur Krümel von Trockenfisch, ein Stück Hákarl und einen Würfel Talg, außerdem zwei Stücke Fischhaut, die Snjólka im Frühjahr gebraten hatte. Ein Dorschkopf fand sich auch noch, den er seit Wochen in dem Beutel mit sich herumgetragen und an dem er manchmal genagt hatte, aber das war alles hartes Zeug. Warum hatte er selbst das Topfbrot ganz aufgegessen? Er dachte aber auch an gar nichts! Bestand er denn nur aus Eigenliebe?

Höchstens das Stückchen Butter hätte sich für das zahnlose Mäulchen geeignet, doch das mochte er nicht gern hergeben. Aber halt, hier war noch ein Stück hartes Fladenbrot von Mittsommer, das ihm die Alte zugesteckt hatte. Er brach etwas davon ab, steckte es in den Mund, weichte es lange mit Speichel ein und gab es dann dem

Kind. Aber der Bissen war wohl doch nicht weich genug, denn der Kleine begann zu husten und zu röcheln, das Brot schien in seinem Hals festzustecken. Was hatte er sich nur wieder gedacht? Gestur wurde blass und nahm den Zwerg, hielt ihn mit dem Kopf nach unten und klopfte ihm den Rücken, als hätte er eine Zehn-Öre-Münze in ein Branntweinfässchen fallen lassen und wollte es nun durch das Spundloch wieder herausklopfen. Der Kleine blieb stumm, Gestur drehte ihn ratlos wieder um. Da kam endlich ein kleines Husten, und der Bissen erschien auf der Zunge. Der Kleine holte Luft und heulte wieder los, zu Gesturs großer Erleichterung.

Er seufzte einige Male und blickte sich um. Die nächsten Schafe standen nicht weit entfernt, aber leicht zu fangen wären sie nicht. Er legte den Jungen zwischen Stein und Grasbüschel und befahl Júnó, zu den beiden Schafen zu laufen, die ein Stück entfernt im Sonnenschein am Hang weideten. Sie hatten beide keine Hörner, sodass man sie nicht leicht zu packen bekam, aber das Weinen bat ihn, es dennoch zu versuchen. Die Hündin gehorchte und knurrte die Schafe böse an, die daraufhin scheuten und hintereinander den Hang hinabliefen. Der Hund war schneller, und die Schafe verharrten mit hin und her ruckenden Köpfen zwischen Hund und Hirte. Eins der Schafe mähte jämmerlich wie ein bettelnder Säufer an der Ladentür. Gestur mit seinem kleinen Heuler sah zu, bevor er langsam den steinigen Hang hinab auf die Schafe zuging und Júnó mit den Augen befahl, ihm entgegenzukommen. Die Hündin zeigte den Schafen die Zähne und sprang nach Norden, wenn sie nach Norden ausweichen wollten, und nach Süden, wenn sie sich dorthin wandten. So bildeten Hund und Hirte einen unsichtbaren mobilen Pferch, und Gestur bereitete sich darauf vor, einem der Schafe an den Hals zu springen und mit seinen Armen den rasenden Herzschlag zu umklammern, der in der kurzwolligen Brust pochte. Doch da raste Júnó plötzlich wütend bellend und kläffend den Hang hinauf.

Gestur sah den Raben über dem kleinen Kind hüpfen, und Angst füllte seine Brust, wie eine Sturzsee einen Niedergang flutet. Doch ein Raubtier schoss schneller als der Blitz auf den Raubvogel zu, und der Rabe konnte sich gerade noch in die Luft schwingen, in sein geflügeltes Reich, bevor ihm der Hund einen Flügel abriss. Ermüdet von ihrem Sprint stolperte Júnó den Hang hinab, bellte noch einmal den Vogel an und blieb dann bei dem Kind stehen, das lauter schrie als je zuvor. Júnó beschnupperte es und das Gras in seiner Nähe.

Gestur hetzte den Hang hinauf und warf sich keuchend über den Kleinen, schockiert über den Anblick: Das linke Auge war eine einzige schmierige Wunde, aus der rote Flüssigkeit lief, als würde der Säugling Blut weinen. Der Rabe hatte sein schwarzes Messer in das Auge des Kindes gestoßen. Dunkelheit fiel über Gestur und er spürte eiserne Krallen seinen Nacken streifen. Er sandte ein Stoßgebet zum Himmel, dass das Auge nicht verloren sein und der Kleine überleben und dass er sich bessern möge. Denn wie, um Himmels willen, hatte er sich so dumm verhalten können?! Er hatte den Raben doch kreisen gesehen. Wie blöd konnte man sein?! Seitdem ihm dieses Leben in die Hände gelegt worden war, hatte er einen Fehler nach dem anderen begangen.

Und plötzlich überfiel diesen Jugendlichen wie eine Lawine das Gefühl, das Leben auf dieser beschissenen Kinderaussetzungsinsel sei ein einziger Kampf, zu jeder Zeit, ein riesiger, unablässiger Kampf auf Leben und Tod. Schaute man nur einen Moment lang weg, war das Leben schon zu Ende, aus, vorbei. Gleichzeitig spürte Gestur ein überwältigendes Verlangen danach, Olgeir, dieses kleine Wunder, das ihm in heller Nacht zuteil geworden war, aufwachsen und groß werden zu sehen. Ein erstaunliches Bild erstand vor seinen Augen: Der Kleine kam auf zwei ausgewachsenen Beinen auf ihn zu, und an beiden trug er solche Gummistiefel, wie sie Arne Mandal und seine Mannschaft am zweiten Landnahmetag getragen hatten. Über einem Auge des Kindes saß eine schwarze Klappe. Diesem Bild folgte die Gewissheit, dass sein Vorhaben glücken würde, dass dieses kleine, Blut weinende Geschöpf noch erleben würde, dass ihm ein Bart spross.

Gestur nahm den Kleinen und trug ihn zu einem nahen Bach, wusch sein Auge mit kaltem Wasser und trocknete es sorgfältig mit einem Streifen seiner Windel. Der Kleine brüllte wie am Spieß, beruhigte sich aber ein wenig, als Gestur seine Mütze aus der Tasche zog, sie befeuchtete und auf das Auge drückte. Júnó stellte sich mitten in den Bachlauf und beobachtete alles mit neugieriger Miene, legte den Kopf schief und zog eine Braue hoch. Gestur dankte ihr im Stillen dafür, dass sie das Leben des Kindes gerettet hatte. Er nahm die Mütze von dessen Gesicht und besah sich den Blutkrater in der linken Augenhöhle; dazu fiel ihm ein, was er einmal in Góss' Laden gehört hatte: »Der Schnabel eines Raben ist so scharf wie ein Messer, wenn er den Bauch eines toten Schafs aufreißt.«

Dann saß er da wie die schlimmste Mutter der Welt mit seinem am Auge verletzten Kind und leistete ihm im Weinen Gesellschaft.

Kapitel 27

Arzt, Frau, Tränen, Hering

Er trieb die Schafe zur Hürde zurück, obwohl es zum Abendmelken noch lang hin war, schwankte und tapste mit dem blutgetränkten und mit einer roten Blesse gezeichneten Bündel in seinem Arm dahin, mit wehem Herzen und Selbstvorwürfe jammernd, aber immer die kühle, feuchte Mütze auf die linke Gesichtshälfte des Kindes drückend. Mit tatkräftiger Unterstützung Júnós schaffte er es, die Herde in die Hürde zu treiben, und wiederholte dann, was er am Morgen getan hatte, nur molk er diesmal das Mutterschaf Vör in seinen Schützling, was der anfangs gar nicht mochte. Der Schmerz war stärker als sein Hunger.

Die Wunde war geschwollen, noch immer lief Blut heraus und auch eine ihm unbekannte Flüssigkeit, die Gestur solche Angst machte, dass er vergaß, das Tor in der Hürde zu schließen, so eilig hastete er mit dem Kind zum Ufer hinab. Da fand er Lásis Boot, konnte es leicht ins Wasser schieben, weil Flut war, brachte den Kleinen darin unter und schwang sich selbst mit nassen Füßen hinterher. Júnó sah ihnen traurig nach. Wie von bösen Geistern getrieben, ruderte Gestur nach Eyri hinüber, legte an der Norwegerbrücke an und enterte hinauf. Eine Handvoll Kinder und zwei norwegische Zimmerleute beobachteten leicht verwundert die Eile, mit der er an der Heringsplattform vorbei in Richtung des Arzthauses lief.

Margrét, die Haushälterin von Doktor Guðmundur, war draußen.

Die kräftige Frau mit dem gutmütigen Gesicht stand mit einem Rechen in der Hand an der nördlichen Hausecke und unterhielt sich mit einer blonden Frau in langem Rock und kurzer, heller Jacke, die Gestur den Rücken zukehrte. Doch als er die Hauswiese erreichte und durch die frisch zusammengeharkten Heuschwaden ging, drehte sie sich um, und er erkannte sogleich Súsanna. Ohne seinen Namen oder den des Kindes oder die Wunde zu erwähnen, fragte er hastig nach dem Arzt. »Oh!«, riefen die Frauen und kamen ihm entgegen. Brachte er etwa einen verletzten Säugling? »Gott, allmächtiger!« Margrét ließ den Rechen fallen und eilte vor ihm die Treppe hinauf und ins Haus.

Doktor Guðmundur saß behaglich an seinem Schreibtisch und notierte die Tagestemperaturen. Um sechs Uhr, neun Uhr und zwölf Uhr. Außer seinem Beruf als Arzt übte er auch noch die Tätigkeit des örtlichen Wetteraufzeichners aus. Er legte den Füllhalter weg und drehte sich auf seinem eleganten Drehstuhl, dass die sorgfältig gestutzten Koteletten raschelnd über den weißen Vatermörder streiften. Er seufzte gutgelaunt und rieb sich unwissentlich die Hände wie ein Gourmet, dem man ein saftiges Steak serviert. Man sagte Guðmundur seit Langem nach, dass er auf Wunden »scharf« sei, und nun wurde ihm ein ganz besonderes *specimen* gebracht, ein Säugling, dem ein Rabe ein Auge ausgestochen hatte. Guðmundur bat Margrét, ihm zu assistieren, und wies Gestur mit einem einzigen Blick aus dem Zimmer, dann fiel die Tür ins Schloss.

Súsanna wartete draußen auf der Treppe und blickte zur Landungsbrücke. Der Junge hielt sich am Türrahmen fest, ließ den Kopf hängen und begann zu schluchzen. Die verliebte junge Frau drehte sich um, ging zu dem Jungen und legte ihm die Hand auf den zitternden Rücken. So verstrich eine lange Zeit, Gestur schluchzte, Súsanna schwieg, bis er den Türrahmen losließ und sich die blutige Mütze aufs Gesicht presste, es im Blut des Kindes vergrub, und sich dann mit der Mütze aus Kummer und Wut wieder und wieder ins Gesicht schlug. Die Folgen waren ihm gleichgültig. Als er sich schließlich der

Frau aus dem Madamenhaus zuwandte, die ihn etwas gefragt hatte, war sein Gesicht eine blutige Maske.

»Ist das dein Brüderchen?«

»Nein.«

»Du wohnst auf Skriða, stimmt's? Ytri-Skriða?«

»Ja.«

»Wessen Kind ist das?«

»Ich weiß es nicht. Es kam einfach zu uns. Es wollte keiner ...«

Seine Stimme klang schwach und tränenerstickt und brach beim letzten Wort ab. Niemand wollte es, keiner. Es gab bestimmt nichts Traurigeres, mehr zu Beweinendes auf der Welt als so ein winziges Wesen, das niemand sehen oder haben wollte.

Nun brach Gestur völlig zusammen, nun traf ihn der Schock mit voller Wucht. Er würde es sich niemals verzeihen, ein Kinderauge in einem Rabenschnabel verloren zu haben, vielleicht würde der Kleine sogar sterben ... Er ließ den Kopf auf die Brust fallen, Rotz lief aus seiner Nase und Tränen schossen ihm aus den Augen. Súsanna nahm ihn in den Arm und zog ihn an sich, obwohl sie eine helle Jacke trug und sein Gesicht von Tränen und Rotz troff. Er war einen Kopf kleiner als sie, und sein Kopf versank in einer anderen Welt, in einer weiblichen Welt, in den Busen der Erde und die Brust des Himmels, in den schönsten Ort, den die Welt enthielt: Er legte seine blutige Wange an eine Brust voller Liebe. Da ließ es sich vortrefflich weinen, und das tat er. Er hörte das Weinen in sich aufsteigen, konnte es aber nicht zurückhalten, der Schock war um so viel größer als er selbst, er heulte wie ein kastrierter Bock in einer überwachsenen Bodensenke, ein Weinen, das von der Umarmung einer Frau gedämpft wurde.

Er beweinte nicht nur einen Schnabel in einem Auge, er beweinte alles, was er erlebt hatte, und alles, was er nicht hatte erleben dürfen, alles, was er noch nie beweint hatte. Er beweinte seine Herkunft, sein Elternhaus, seine Mutter und seine Schwester, er beweinte seinen ewigen Vater und seinen Kurzzeitvater, weinte darüber, dass er weder mit dem Vater leben durfte, den er hatte, noch mit dem, den er nicht hatte; er weinte über seinen Sommer mit den Bretonen und ihrer ganzen Gier und Geilheit, er weinte über seine Wochen in Bæjarkot, die Teufeleien der Bäuerin dort, ihre Tötung ihres Mannes Einar und die anschließende Depression, die Armut in Skriða, die ganzen Unstimmigkeiten mit Lási, die Ausgrenzung hier auf Eyri sowie die generelle Aussichtslosigkeit eines Jugendlichen im Island zu Beginn des zwanzigsten Jahrhunderts, jenem zähen Beginn dieses Überjahrhunderts.

Es war das Weinen, das ausbricht, wenn alles vorbei ist, das Weinen, das kommt, bevor alles beginnt.

Auch Súsanna J. Jensen war nicht mit der Rolle vertraut, einen so blutigen und ihr völlig unbekannten Jungen zu trösten. Sie hatte doch ihr ganzes Leben in der Welt der Holzhäuser verbracht, hatte gegenüber niemandem Pflichten außer der Pfarrersgattin und ihrer Tochter. Doch inzwischen war sie frisch mit See und Segel liiert, hatte ihre Seele in einem Heringsfass gewaschen und ihren Leib in den Decken des Todes gesuhlt, und jetzt gebot ihr der Augenblick, vor den offenen Türen dieses sonnenlichtdurchfluteten Nachmittags zu stehen, am dritten aufeinanderfolgenden Tag mit trockenem Wetter, und diesem Hirtenjungen vom anderen Fjordufer eine Stütze und Hilfe zu sein. Sie streichelte seinen Rücken, strich ihm über den Kopf, führte ihn schließlich in Margréts Küche, löste sich von ihm, schaute an sich hinab, sah Blut und Rotz auf der Jacke, kümmerte sich nicht darum, sondern holte einen Lappen, befeuchtete ihn im Wassereimer und reichte ihn dem Jungen, erkannte aber, dass er zu größeren Bewegungen nicht imstande war, und sagte: »Darf ich?« Sie legte ihm die linke Hand auf die Schulter, damit er stillhielt, und wischte ihm behutsam das Blut aus dem Gesicht.

Ihm war, als würden Eisblumen von einer Scheibe geschabt, langsam wurde sein Blick wieder klar, und während sie ihm Blut von Wangen, Kinn und Hals wischte, betrachtete er das Gesicht der Frau. Auch in ihm wurden unbekannte Gefühle wach, noch nie hatte er so nah vor einem solchen Bild von einer Frau gestanden, und er spürte geradezu die Liebe, die sie ausstrahlte, sie rötete ihre Wangen und Lippen und strömte aus ihren blauen Augen, sie war voller Lebenswärme und Lebenslust. Und allmählich fühlte er die Woge in seinem Blut steigen, ein Kleinwal hob sich aus der Tiefe, alles geriet in Wallung, rätselhafte Gefühle erwachten.

Sie erschien ihm wie die Berghänge zu Hause, er schaute hinauf und hinauf und noch höher, auf diese Lippen, auf diese Wangen, auf ihnen könnte man tausend Schafe weiden, hoch oben unter ihren Augen konnte er sich vorstellen, mit Júnó und den dreizehn Schafen einzuschlafen. Ja, unter diesen mondweißen Wangen stieg sein Blut wie der Meeresspiegel: Die Flut befeuchtete sogar seine trockensten Gedanken. Bis sie ihm ein Mitleidslächeln schenkte, seinen Kopf in ihre Hände nahm und ihm einen Kuss auf die Stirn gab, als sei ihr klar, dass sich die Gedanken dahinter um sie drehten und dass sie dort am besten aufgehoben waren. Er verstand die Botschaft und sah nun ein Schiff hinter ihrem Gesicht, mit Masten und Rahen und berghohen Segeln.

»Wann kommen sie wieder?«

»Die Norweger?«

»Ja.«

»Sie sollten eigentlich gestern zurückkommen. Sie sind nach Hnísey gefahren, um Fässer zu holen. Sødal hat dort eine Niederlassung. Wahrscheinlich kommen sie heute Abend oder in der Nacht.«

Kaum hatte sie das gesagt, da sah er durchs Fenster ein Segel. Ein Schoner glitt hinter dem Lagerhaus hervor. Sein Inneres machte einen Sprung. Schlagartig vergaß er Weib und Weinen, Kind und Wunde.

»Guck! Sie kommen!«

Er stürzte ans Küchenfenster und sah das Schiff auf die Spitze der Landzunge an der Fjordmündung zugleiten. Sie kamen! Das Märchen war noch nicht zu Ende! Es gab mehr Hering! Und mehr Geld!

»Glaubst du, das ist die *Marsey?*«, fragte sie in seinem Rücken. Ein haarfeines Beben in ihrer Stimme verriet stürmische Erwartung, in die sich aber auch Befürchtungen mischten.

»Ja, ich kenne die Segel«, antwortete der junge Mann und lief aus dem Haus, auf die Treppe, auf die Hauswiese, an der Kirche vorbei – das Schiff passierte gerade Gamlibær –, und Gesturs Lippen entfuhr der Ruf:

»Sie kommen!«

Rasch verbreitete sich die Nachricht im ganzen Ort, und bald sah man den Gemeindevorsteher auf krummen Beinen der Landungsbrücke zustreben, gefolgt von Gesinde und Tagelöhnern, Jungen und Mädeln. Vielleicht stand ein zweiter Tag im Hering bevor! Je weiter die *Marsey* in den Windschutz des Fjords einlief, desto mehr verlor sie an Fahrt, und sie brauchte so lange bis zur Landspitze von Eyri, dass Gestur das Kind wieder einfiel, der kleine Olgeir, der Blut geweint hatte, und er blickte zurück zum Haus des Arztes, sah Súsanna auf dem Treppenabsatz stehen, die ihn herbeiwinkte. Er lief über Hauswiesen, die von Heuschwaden gestreift waren. Guðmundur hatte die Tür zu seinem Zimmer geöffnet, und Margrét, die Haushälterin, war zum Putzen in die Küche gegangen. Gestur beugte sich über das Kind, das nun in sauberen Windeln auf einer veritablen Behandlungsliege lag und seinen Krankenschlaf schlief, ein Auge verbunden und auch der halbe Kopf mit Binden umwickelt.

»Ich habe die Wunde so gut es ging gesäubert«, sagte der Arzt und raschelte mit seinen Koteletten.

»Und ... was ist mit dem Auge?«, fragte Gestur.

»Er wird einäugig sein. Wenn er überlebt«, antwortete Guðmundur mit aufgesetzter Unbeteiligtheit.

»Überlebt er ... denn nicht?« Gestur stand kurz davor, wieder in Tränen auszubrechen.

»Meiner Meinung nach hat er dazu beste Aussichten, doch sicher ist es nicht. Für einen so kleinen Jungen war es ein heftiger Schlag.«

»Ein Schlag?«

»Ja, ein Schlag, ein Schicksalsschlag.«

Gestur schwieg und betrachtete Olgeirs Gesicht, soweit es unter den Verbänden sichtbar war, er atmete schwach durch die Nase, sein Leben glomm wie ein kleiner Funke im Inneren eines großen Ofens. Er wollte den Kleinen hochnehmen, doch Súsanna trat dazwischen.

»Nein. Lass mich bitte!«

An ihren sanften Bewegungen erkannte der Hirte sofort, dass Olgeir bei ihr in besseren Händen war als in seinen eigenen unbeholfenen, denen so viele Missgeschicke unterliefen. Nur wo wollte sie mit ihm hin?

Sie waren die Treppe hinuntergegangen, als Súsanna stehen blieb und mit dem Kopf in Richtung des Schoners nickte, der gerade an der norwegischen Brücke anlegte. Dazu sagte sie:

»Du solltest zum Schiff gehen und sehen, ob du etwas tun kannst. Ich nehme ihn mit ins Madamenhaus. Er braucht jetzt Ruhe und guten Schlaf.«

Gestur sah ihr in die Augen und empfand ein sehr erwachsenes Gefühl, in etwa so, als würde er sich von Frau und Kind verabschieden.

Eine Stunde später ertranken er und der halbe Fjord in Hering.

Kapitel 28

Rettungskind

Súsanna trug das Bündel zum Madamenhaus und fand in ihm Halt und Kraft: Hier gab es eine Not, die größer war als ihre eigene. Seitdem sie den Kapitän frühmorgens kichernd auf den Stufen verabschiedet hatte, hatte sie kein Auge zugetan. Seitdem waren sechsunddreißig Stunden vergangen. Zuerst wogte nur ein Gefühl der Liebe durch ihre Sinne, doch nach und nach verflog es, und es blieben ganz andere Gedanken zurück: Was hatte sie getan? War sie mitschuldig geworden? War auch sie eine Mörderin?

Sie lag in ihrem Zimmer und starrte abwechselnd an die Decke oder vergrub ihren Kopf im Kissen. Hatte sie sich an einen Seeschurken und Gewalttäter vergeudet? Natürlich sah er gut aus, und natürlich hatte sie sich in ihn verguckt, aber ging es um mehr als um Lust und Begierde, um eine Liebesheirat gar, von der Vigdís' Mutter Arnfríður so oft und gern sprach? Er selbst hatte mittendrin wieder und wieder von Hochzeit gesprochen, sie immer wieder seine Königin der Welt genannt, doch am Ende hatten Wut, Grausamkeit und Mordgelüste gestanden. Er hatte jemanden umgebracht, und sie hatte zugesehen, wie er jemanden umbrachte. Er hatte für sie getötet. Und in ihrem Liebestaumel hatten sie sich von diesem Schrecken nur noch mehr befeuern lassen. Doch nach anderthalb Tagen auf See zeigte sich die Tat in vollem Ausmaß, so wie die Ebbe enthüllt, was die Flut anspült.

Ja, dieser dänische Teufel war ein Triebverbrecher, der nichts Gutes verdient hatte. Aber warum hatte sie sich überhaupt unter Deck locken lassen? Auf diese Frage folgten Stunden voller Selbstvorwürfe. War nicht alles ihre Schuld? Sie hatte ihren halben Landsmann mit freundlicher Höflichkeit behandelt und sich in ihrem allerbesten Dänisch mit ihm unterhalten. Aber sie hätte natürlich sehen müssen, was hinter seinen Worten steckte. So waren sie doch alle, sie war alt genug, um das zu wissen.

Dennoch. Mord blieb Mord. Zwei Nächte hatte sie nicht geschlafen, und das Wachliegen hatte ihre Gedanken geklärt. Ihr war nun vollkommen klar, dass ein Mord etwas Ernsteres war als die Liebe. Ein Mord war etwas Greifbares, ausgeführt und verübt, ein Mord war eine Tatsache, eine offensichtliche, wenn auch schleimige und rasch verwesende Tatsache, die Liebe aber war bloß ein um den schweren Kadaver flackerndes Irrlicht; federleicht das eine, kiloschwer das andere.

Wo war überhaupt die Leiche?

Über ihr Abenteuer an Bord wurde im Madamenhaus nicht viel geredet, es stand wie ein Fels des Schweigens in dem ganzen Tratsch, der durch Eyri schwappte. In den Gerüchten fiel nicht ein einziges Mal das Wort »Mord«, wobei es durchaus verschiedene Spekulationen über das Verschwinden des dänischen Kochs gab, der wohl betrunken über Bord gefallen sei, andere sprachen von Eifersucht. Vigdís aber bemerkte den Kummer ihrer Freundin und schlug ihr vor, den Arzt aufzusuchen, der hätte sicher ein paar Tropfen, die ihr beim Einschlafen helfen würden. Und mit diesem Anliegen hatte Súsanna in ihrer Unterhaltung mit Guðmundurs Haushälterin Margrét gestanden, als das unerwartete Bündel eingetroffen war. Als sie es jetzt mit nach Hause nahm und der gerade mit einer neuen Ladung Heringe eingetroffenen *Marsey* den Rücken zudrehte, da fand sie darin Zuflucht, sie konnte sich jetzt ganz auf die Not dieses armen, versehrten kleinen Kerlchens konzentrieren, statt in ihren eigenen Verfehlungen zu wühlen. Als sie die Stufen zum Madamenhaus hinaufging, fiel Súsanna ein, dass sie ihr Anliegen beim Arzt gar nicht vorgebracht hatte. Sie war losgezogen, um sich Tropfen zu besorgen, und mit einem Kind zurückgekommen.

Der Kleine löste im Pfarrhaus nicht gerade einen Sturm der Begeisterung aus, außer bei der kleinen Kristína, die ihn siebenmal am Tag sehen wollte und ihn »Olga« nannte. Aber Vigdís verstand, wie wichtig er für ihre Freundin war, und akzeptierte ihn. In Súsannas Zimmer im Obergeschoss wurde eine Wiege aufgestellt, und ihre Schlaflosigkeit erhielt eine höhere Bestimmung, bis die heilige Müdigkeit, die sich bei der Fürsorge für einen Säugling einstellt, die Oberhand gewann. Die Leiche des dänischen Kochs geisterte jedoch weiterhin am Grund ihres Gemüts, und Kapitän Mandal wurde unten im Salon bei einer höflichen Tasse Kaffee beschieden, Súsanna sei erschöpft und habe sich hingelegt.

Hinter der Gardine beobachtete sie, wie er zu seinem Schiff zurückging. Er war in der Tat ein Mann großer Schritte und stand selten still. War er mein Geliebter, mein zukünftiger Ehemann, dieser verschlossene Mensch, dieses Prachtexemplar, dieser verliebteste Mann der Welt, dieser Mörder …? Sobald die Ladung verarbeitet war, liefen sie wieder aus. Der Fässerstapel wuchs mit jedem Tag und jeder Nacht. Doch was wurde aus ihnen beiden? Súsanna seufzte und setzte sich wieder auf ihr Bett, neben die Wiege des vom Unglück verfolgten Kindes, saß dort bis in den Abend hinein und überdachte ihre Situation. Sollte sie einen Mörder heiraten, fragte sie sich, während sie sich über das Gesicht des Kindes beugte, das halb von Verbänden bedeckt war. Mit stockenden Atemzügen rang der Kleine um sein Leben, als wäre er ein Ausdruck ihrer eigenen Zerrissenheit und Zweifel.

Sie erschien mit dem Jungen nicht mehr unten, ließ sich das Essen nach oben bringen, weil sie das kühle Glitzern im Blick des Pfarrers gesehen und gemerkt hatte, dass es ihm am liebsten wäre, wenn diese Frucht der Unzucht aus seinem Haus verschwände.

Eines Nachts, nachdem die schöne, blonde, augenberingte Frau ohne Unterbrechung zehn Stunden mit fertig zubereiteter Milchflasche auf der Bettkante gewartet hatte, ob sich nicht eine Möglichkeit ergab, dem sich im Schlaf windenden Säugling seine Milch zu verabreichen, hörte sie jemanden im Flur, leises Sohlenschleichen auf den Holzdielen, als hätten unzählige Schmetterlinge ihre Flugfähigkeit verloren und müssten ihre Flügel jetzt allein mithilfe der Fühler fortschleppen. War er das? Die Liebe rammte ihren rotglühenden Kopf in ihre Brust, sodass sie ganz weich wurde. Hatte er sich hereingeschlichen? War auch er aus Liebe und Scham nachgiebig geworden?

Ihre Zimmertür war nur angelehnt (sie hatte sie nicht richtig geschlossen, nachdem sie sich unten rasch Wasser geholt hatte). Und nun erschien im Spalt ein Gesicht im Zwielicht der Spätjulinacht. Es war die alte, freundliche Pfarrerswitwe, die älteste Madam, die Königin des Fjords, Sigurlaug. Sie blieb kurz vor dem Türrahmen stehen, sodass die Schmetterlinge nicht mehr auf ihren Flügeln vorwärtsrutschten, sondern damit stattdessen vor ihren Augen schlugen. Als sich das Flügelschlagen legte, erschienen zwei graue Augen, und darin glitzerten zwei uralte Edelsteine zwischen der Faltenseide, zwei allessehende Augen, die die Geschichte im oberen Stockwerk verfolgt hatten und nun in der Sprache der Engel verlauten ließen:

Es schlägt nur, solange es schlägt.

Dann hob die Frau die Hände mit geöffneten Handflächen in einer ausgesprochen seltsamen Weise, als hielte sie eine erträglich warme Sonne darin, und dazu verzog sie den lippenglänzenden Mund zu etwas, das nur eine Haaresbreite von einem Lächeln entfernt war. Im Anschluss daran setzten sich die Schmetterlinge wieder schleppend in Bewegung, und die alte Pfarrerswitwe verschwand im Flur.

Súsanna blieb verwirrt zurück, obwohl die Botschaft der Madam sogleich in ihr zu wirken begann wie Wasser, mit dem man eine Pflanze tränkt. Ausgesprochene Worte werden vergessen, unausgesprochene nicht.

Kapitel 29

Juli, August

Der erste Heringssommer schritt voran. Es trafen noch zwei norwegische Schiffe ein, und später kamen vier weitere hinzu. Viele isländische Haifangboote verrieten daraufhin ihre Bestimmung und versuchten es auch mit den Kleinfischen, doch mit mäßigem Erfolg. Es fehlte ihnen an Wissen und an Fässern. Den Landarbeitern aber gefiel die neue Arbeit, und Geld sammelte sich unter den Matratzen der Laufburschen und Arbeiterinnen, obgleich so mancher Schein auch in der Schublade ihrer Brotherrn verschwand.

Die Bedingungen beim Ausnehmen und Salzen waren nicht mehr mit dem Anfang zu vergleichen, seit die große Plattform fertig war. Die Frauen brauchten ihre Arbeit nicht mehr mit krummem Rücken und auf den Knien zu verrichten, sondern standen an speziell angefertigten Langtischen, über die der Fisch unters Messer, ins Salz und in die Fässer schwamm. Wenn diese voll und verschlossen waren, wurden sie nördlich des norwegischen Lagerhauses aufgestapelt, und so entstand rasch ein kleiner Fassberg. An schönen Abenden spielte nach Schichtende ein Akkordeon, und da, wo vorher Fische aufgeschlitzt worden waren, wurde nun auf glitschigen Brettern getanzt. Viele nannten die Plattform die größte glatte Fläche des Landes. Darüber in fremden Armen zu »walzen«, seine Wange an eine fremde Wange zu lehnen, seinen Blick in zwei von weither kommende Augen zu senken, war die neueste Erfindung auf der Insel.

Den ganzen Winter lang verbreitete sich das Gerede darüber von Fjord zu Tal.

Faktor Kristján schrieb einen Brief nach Fagureyri und beklagte sich bitter. Sogar der Schnaps wurde inzwischen an ihm vorbei verkauft, direkt aus den Schiffsladeräumen an Land. »Wir sind im Begriff, die Kontrolle über die neugeschaffene Realität zu verlieren, die hier täglich an der Landungsbrücke festmacht. Es müssen Maßnahmen ergriffen werden.«

Konnten sich seine Herren nicht dafür verwenden, dass das Althing eingriff und Gesetze zum Schutz des guten, alten isländischen Lebens erließ?

Eines Abends stieg ein Paar vor aller Augen gemeinsam den Hang hinauf und setzte sich dort auf einen Stein, bis die Mitternachtssonne weiterwanderte. Es waren Súsanna und der norwegische Árni. Sie stiegen der Sonne nach und verschwanden mit ihr, tauchten Stunden später wieder auf und kamen, Hand in Hand, den schwierigen Steig herab, die Morgensonne auf ihren Schultern. Licht und Liebe hielten Händchen, während die dunkle Tiefe noch immer den dänischen Koch festhielt, als wäre er nur ein weiterer Walkadaver in norwegischem Besitz.

Im August wurde es nachts wieder dunkler, und der Ernst des Lebens erwachte.

Der kleine Olgeir Lásason schlief weiter bei Súsanna im Madamenhaus und kämpfte um sein Leben. Doktor Guðmundur sah täglich nach ihm, nicht zuletzt aus wissenschaftlichem Interesse, und bezeigte dem »Rabenauge« eher geringe Anteilnahme, wie die Leute fanden.

Frauen seufzten bei dem sehverminderten Anblick, zumal das Auge nach Tagen die Farbe wechselte, blau wurde, lila und schwarz. Die Entzündung schien nie abklingen zu wollen, aus den roten Stellen traten mehr oder weniger durchsichtige Flüssigkeiten aus und schließlich auch Eiter.

Wenn Súsanna der Liebe wegen das Haus verlassen musste, kümmerte sich Halldóra die Haushälterin um das Füttern. Der Kleine wurde mit leicht angewärmter Kuhmilch aus dem Stall von Gamlibær versorgt. Durch Zureden seiner Frau nahm Séra Árni den Zustand hin, brummte aber abends beim Lösen der Hosenträger, dass Gemeindearme wie dieser in der Holzwelt des Madamenhauses nichts verloren hätten.

»Wenn überhaupt, sollte er in Gamlibær untergebracht sein.«

»Du wirst ihn meiner Súsanna nicht wegnehmen! Oder siehst du nicht, wie wichtig er für sie geworden ist?«

»Wichtig ist ihr wohl eher das Herummachen mit diesem Kapitän, oder? Was Frauen ...?«

»Árni, sprich nicht so! Das ist Liebe.«

Sie lag im Bett und sprach vom Kopfkissen aus. Er hatte sich ausgezogen und kroch im Nachthemd alter Zeiten unter die Decke, dachte dabei an seine zahnlose Episode und ließ das Thema fallen.

Gestur ging wieder zwei Beschäftigungen nach, war tagsüber Hirte und abends Stauer, er schwieg beim Frühstück und Abendessen und dachte ausschließlich an die norwegischen Geldscheine und Olgeirs Auge. Der Gedanke daran quälte ihn. Und es wurde nicht besser dadurch, dass er ein Gespräch zweier Fischarbeiterinnen mit anhörte, die meinten, der Kleine werde sterben. »So etwas überlebt doch keiner.« Dennoch konnte er sich nicht ermannen, mit dem Kindsvater zu reden. Lási selbst hatte über das Verschwinden des Kleinen aus seinem Haus kein Wort verloren, sich nicht einmal nach seinem Verbleib erkundigt, und vom Verlust des Auges wusste er nichts. Das Einzige, was mit der Angelegenheit in Verbindung stand, war das tägliche Stänkern der Frau des Hauses, die ihrer Mutter vorwarf, diese widerlich unanständigen Reime aus ihrem Bett gezogen zu haben; diese vermaledeiten Kaldanesrímur hätten in ihrem Mann erst das »Stangenfieber« ausgelöst, wie sie es nannte.

Schließlich raffte Gestur sich doch auf und besuchte sein Kind, den Kleinen, den er aus dem Hass über Schafspfade und verschlungene Wege in die Holzwelt eingeschummelt hatte. Súsanna rückte die Verbände so zurecht, dass der Junge aus Skriða nur die rechte Gesichtshälfte sah, und wischte alle Zweifel beiseite. Sie versicherte Gestur, allem Gerede zum Trotz werde der Kleine am Leben bleiben, und am besten sei er bei ihnen im Madamenhaus aufgehoben. »Du solltest dir nicht zu viele Vorwürfe machen, Gestur. Du warst es schließlich, der sich des Jungen angenommen hat, als ihn keiner haben wollte.« Die Sommerwochen verstrichen, und langsam zeitigte die Behandlung von Doktor Guðmundur Erfolge, die Entzündung heilte, und dem Kind ging es besser.

Kapitel 30

Weihungen

Am dritten Sonntag im August hielten sich alle Norweger wie jeden Sonntag an Land auf. Die Kirche war inzwischen fertig und komplett gestrichen, weißer Korpus, schwarzes Haupt, und daher wurde die Einweihung der Kirche anberaumt. Ein ehrwürdiger Weihbischof, ein weingefärbter Rotbarsch mit grauem Bart, wurde dazu eigens zu Schiff aus Möruvellir im Eyrarfjörður geholt. Séra Árni war schmerzlich bewegt, als er gemeinsam mit dem leicht angesäuselten Kirchenvater, Frau und Tochter zum ersten Mal wieder im Talar vom Madamenhaus zur Kirche schritt, seit vor nunmehr neunzehn Monaten der selige Sakarías im vorigen Kirchenschiff ausgelaufen war. Er hielt eine inspirierte Rede, die allerdings mehr vom Silber des Meeres als vom Gold des Himmels handelte.

»Ein Sturm aus dem Süden hat unsere vorige Kirche hinweggeweht, doch nun hat uns Wind aus dem Osten ein neues und besseres Gotteshaus gebracht, das haben wir unseren guten Freunden aus Norwegen zu verdanken. Unser Dank und unsere besten Wünsche für Gedeihen und Wohlergehen auf dem Meer und guten Fang werden sie begleiten.«

Ein humorloses Lachen lief durch die Reihen.

Siebzig Plätze gab es in der neuen Kirche, und jede Bankreihe war dicht besetzt an diesem Tag, der in Wetterhinsicht durchwachsen etwas von allem bot, Schauer und Sonnenschein und böigen Wind aus wechselnden Richtungen. Die Besatzungen von drei norwegischen Schiffen waren anwesend sowie zusätzlich sieben Fischereiarbeiterinnen aus Norwegen, die wie eine eingespielte Handballmannschaft aus Ålesund wirkten. Die meisten Plätze wurden von Bauern und Bewohnern aus dem Segulfjörður eingenommen, doch auch von Besuchern aus benachbarten Gemeinden, denn entlohnte Arbeit, die Verarbeitungsplattform und der unglaubliche Fässerstapel hatten sich bis in den nächsten Fjord herumgesprochen. Der Aufschwung, die gute Arbeit, die Walzer auf Fischseim und das Geld zogen Menschen an. Am Morgen der Kirchenweihe hatte Gestur nicht weniger als siebenundfünfzig Fahrzeuge auf dem Pollur gezählt: Galeassen, Kutter, Slups und Schoner sowie zwei norwegische Dampfer, die nach der Sommerfangsaison eingetroffen waren. Es gab hier mehr Schlafplätze auf dem Wasser als auf dem Land, und Masten füllten den Fjord. Die Norweger hatten einen ganzen Wald mitgebracht.

Die Isländer saßen mit Schafsgesichtern in der neuen Kirche, wie immer, wenn man sie eng zusammenpferchte, und vielleicht sogar noch mehr als gewöhnlich, da es lange zurücklag, dass man die Messe gelesen hatte in Segló; so nannten einige den Ort jetzt.

Außer der Kirche sollte auch der Lausibengel Olgeir getauft werden. Halldóra die Haushälterin hielt den Kleinen mit der weißen Augenbinde übers Taufbecken, weil Súsanna und Gestur je anderweitig beschäftigt waren. Sie wartete im Brautkleid im Vestibül der Kirche, und er saß auf der östlichen Seite vorn in der ersten Reihe in einem Konfirmationsanzug, den Súsanna in den Beständen des Madamenhauses gefunden und dessen Ärmel und Hosensäume sie mit norwegischen »Sicherheitsnadeln« gekürzt hatte. Darunter trug er ein weißes Hemd und eine weiße Schleife. An diesem einen Tag waren nämlich gleich mehrere kirchliche Zeremonien nachzuholen, die infolge des Kirchenmangels der zurückliegenden Zeit aufgeschoben worden waren. (Im Lagerhaus des Krónufélags warteten außerdem zwei Leichname auf ihre Beisetzung, doch Pfarrer Árni hatte beschlossen, den ersten Gottesdienst im neuen Gotteshaus sargfrei zu feiern und sich auf die »freudigen Anlässe« zu beschränken.)

Die Zahl der Kirchenbesucher aus Ytri-Skriða war sehr reduziert. Sæbjörg hatte es entschieden abgelehnt, zur Taufe des halb blinden Hurenbalgs zu gehen, auch wenn gleichzeitig ihr Schafhirte konfirmiert wurde. Darüber hinaus hatte sie es auch ihrem Mann rundweg verboten, hinzugehen. Er, der sonst nie zur Kirche ging, hatte sich wütend widersetzt und gemeint, »schon dem seligen Eilífur zuliebe« müsse er zur Kirche, wenn dessen Sohn konfirmiert werde. Also saß Lási allein hinter all den Norwegern in der vierten Reihe auf der Ostseite, während seine Tochter Snjólaug und die hübsche Helga auf der anderen Seite des Gangs saßen. (Wegen der Hochzeit saßen die Männer auf der rechten Seite und die Frauen auf der linken, denn so war es Brauch in Island, wenn ein neues Paar zusammengegeben wurde, taten alle anderen so, als wären sie Junggesellen und Junggesellinnen.) Helga hatte darauf bestanden, mitzukommen, sie wollte dabei sein, wenn ihr Traumprinz gut gekleidet und gekämmt in die Gemeinschaft aufgenommen wurde. Wenn er endlich konfirmiert war, durfte er auch heiraten! Ihre Mutter zischte vernehmlich (das hatte sie ihrer Mutter Sæbjörg versprochen), als der Pastor der Gemeinde den Taufnamen verkündete: »Ich taufe dich, Olgeir, im Namen des Vaters, des Sohnes und des Heiligen Geistes ...«

Am Vatersnamen des Kleinen wurde noch gearbeitet. Magnús Mannlos aus dem Madamenhaus hatte vorgeschlagen, ihn Olgeir Alheimsson zu nennen, Sohn des Weltalls, während die üblichen Spaßvögel ihm den Namen Stífur Stundarkorn verliehen, Steifes Stündchen. Das verweise darauf, dass er auf dem Hof Stund gezeugt worden sei. Das Bauernpaar Steingrímur und Elsabet von Stund saß mit versteinerter Miene beiderseits des Mittelgangs, als wäre es nolens volens verantwortlich für dieses einäugige Beischlafbündel.

In der nagelneuen Kirche haperte es noch an einem Taufbecken, und daher verwendete Séra Árni eine edle Silberschale aus der Aussteuer seiner Frau, ein Erbstück der Thorgilsens. Nach geltendem

Kirchenrecht durfte man geweihtes Wasser nicht in ein ungeweihtes Behältnis gießen, und es verdross den Geistlichen sehr, dass er eine ganze Stunde auf den Unsinn verwenden musste, erst noch die Schale zu weihen. Er war noch immer voll und ganz von seiner großen Sammlung der Volkslieder vereinnahmt, den größten Teil der vierhundertachtzig Lieder, die er zusammengetragen hatte, hatte er mittlerweile in Reinschrift übertragen und ärgerte sich über jede Viertelstunde, die er für anderes erübrigen musste.

Nach vollzogener Taufe sang Pfarrersfrau Vigdís eins der Volkslieder, die ihr Mann von einem Landstreicher hatte, der im Frühsommer an ihre Tür geklopft hatte. Es passte nicht übel zu dem kleinen Einäugigen.

> *Blausternlein mangelt der Glanz,*
> *doch soll das trüben nicht*
> *deine Sicht ...*

Als Nächster kam Gestur an die Reihe, zusammen mit seiner Konfirmationsschwester Anna aus Mjölkot. Sunna von Selbær war von Séra Árni schon im Vorjahr zu Ostern in der Kirche im Heiðinsfjörður konfirmiert worden. Den Pfarrer hatten die Verwalter zu Schiff um die Segulnesbjörg gefahren, die Familie von Selbær war am Karfreitag zu Fuß über den Skeifuskarð-Pass gewandert und wäre dabei fast im Osterschneesturm umgekommen, der in dem Jahr schlimmer ausgefallen war als üblich. Sunna erlitt so schwere Erfrierungen an den Händen, dass sie am Konfirmationstag einen Finger verlor. Der unchristliche Dichterbauer auf Skriða reimte darüber:

> *Selbæjar-Sunna gekämmt zur Kirche kam*
> *durch Gottes freundlichen Erlass.*
> *Das Sakrament sie nicht vollständig nahm,*
> *ein Finger blieb oben im Pass.*

Die Strophe flog in Windeseile um den Fjord, doch waren einige der Meinung, der Dichter überspiele damit eigene Verfehlungen. Ein reimfertiger Knecht auf Hvammur replizierte darum:

> *Er eilt den Fjord stets ein und aus*
> *mit Kindermacherdrang.*
> *Doch füllt ihm Kinderschar das Haus,*
> *trägt er sie zu den Raben am Hang.*

Darauf folgten noch weitere Strophen, und manch einer legte die Geschichte von Odin, dem Heidengott, aus, der so einäugig war wie Olgeir und ebenfalls oft in Begleitung von Raben auftrat. So hatte der gerade erst getaufte Junge schon einen ganzen Kometenschweif von Reimstrophen verursacht.

Mjölkot-Anna hatte sich bei der Heringsarbeit kräftig entwickelt und ging mit einer gesunden Röte im Gesicht, mit großen Händen und langen Beinen zum Tisch des Herrn wie eine Heringsarbeiterin zum Fass, ihre Schritte hatten fast etwas Männliches an sich. Man munkelte, sie sei mit einem der älteren Matrosen der *Marsey* so gut wie verlobt, und der saß auch auf seinem Platz mit steifem Blick und einem Grinsen, das von einem Ohr zum andern reichte und Zähne und Zahnfleisch sehen ließ. Es war ein so strahlendes Lächeln, dass es das Konfirmationskleid beinah in ein Hochzeitskleid verwandelt hätte. Anna und Gestur leierten ohne Stocken ihr Glaubensbekenntnis herunter und wurden anschließend beide zu Christi Fleisch und Blut eingeladen. Ersteres bestand eindeutig aus Blätterteig aus Halldóras Backofen, Letzteres aus einem kräftigen Schluck Cognac aus den Beständen des Gemeindevorstehers. Gerade als sie, nun konfirmiert, beides schluckten, fegte ein glücklicher Windstoß über Eyri und schob die Wolken vor der Sonne weg, sodass alles Holz in der lackduftenden Kirche aufleuchtete.

Auf einer Bank im Chor auf der rechten Seite saß Arne Mandal, sehr blond, elegant und gut gekleidet, neben ihm der weißbärtige

Steuermann. Der Kapitän notierte im Geiste, dass die Wand über dem Altar dringend ein Altarbild benötigte.

Die Konfirmanden wurden angewiesen, zur Seite zu treten und sich mit dem Gesicht zur Gemeinde neben dem Altar aufzustellen. Organistin Vigdís haute in die Tasten des Harmoniums, und zu Ehren ihrer Freundin erklang volltönend der bekannte Hochzeitsmarsch. Die innere Kirchentür öffnete sich, und würdevoll trat Súsanna ein, an der Hand geführt von einem Herrn, den noch nie jemand hier gesehen hatte, der aber wohl ihr dänischer Vater sein musste. Doch das war nicht richtig, denn erschienen war in hocheigener Person Johan Sødal, der Reeder aus Kristiansund, der alles auf diesen kurzfingrigen Fjord in fernem Meer gesetzt hatte, und das, ohne vorher jemals seinen Fuß hineingesetzt zu haben. Sødal war ein korpulenter Mann mittleren Alters mit buschigen Augenbrauen, die Haare oben zwar schütter, dafür die Hände dicht behaart, seine Kleidung und sein Auftreten verrieten, dass hier ein sehr begüterter Mann erschien, und doch sahen alle, dass sein Fundament rau und grob und ungehobelt war, dass er aus einfachen Verhältnissen stammte und die Ballaststeine auf seinem eigenen, breiten Rücken an Bord getragen hatte. Breit war er überhaupt, bewegte sich langsam, hatte fleischige Backen und ein feistes Kinn, dicke Nase, dicke Lippen, die Augen verschwanden fast in seinem großen Hautreich. Er trug einen Schnurrbart, der in ausladenden, gewichsten Spitzen endete und einen gewissen Gegensatz zu seinem mächtigen Körper und seiner groben Haut bildete; er saß wie ein Besucher in seinem Gesicht, ein waagerechter Strich, der bis über die Wangen hinausreichte. In der Hand trug er einen weiteren, senkrechten Strich, einen edlen Spazierstock, der wie der Schnurrbart allein dem Zweck diente, seinen Träger noch gebieterischer erscheinen zu lassen.

Neben diesem Anker in Kleidern schwebte die Braut, eine schlankhalsige Seejungfrau, gerade aufgerichtet und mit meerwasserweichen Bewegungen. Der Schleier verbarg ihre Schönheit keineswegs, sondern hob sie auf geradezu teuflische Weise noch hervor. Bauern wie Seeleute, junge und alte Frauen, Kinder und Propheten gafften sich gleichermaßen die Augen aus dem Kopf, wurden bald verrückt. Eine solche Königin hatten sie noch nie geschaut, hatte dieser Fjord noch nie gesehen, ihr roter Lippenstift explodierte wie eine Bombe in ihren verwitterten Köpfen. Sie war wie ein Gemälde! Außer dem Lippenstift gab es etliche weitere Premieren, die den Aufzug für das Eisvolk noch faszinierender machte. Hochzeitszeremonien hatten hierzulande weder jemals Brautschleier noch Marsch oder den Einzug der Braut mit solchem Pomp gekannt. Gewöhnlich ging ein Brautpaar gemeinsam zur Kirche und saß die Trauung im sogenannten »Hochzeitsstuhl« aus. Hier aber wurden fremde und neue Bräuche in die neue Kirche eingeführt, und manche schimpften hinterher über das »überkandidelte Theater«.

Einen so vornehmen Spazierstock wie den Sødals hatten die Segulfjorder ebenfalls noch nie gesehen. Er glänzte lackschwarz, hatte einen vergoldeten Knauf und eine gleichfalls vergoldete Spitze.

Súsannas Brautkleid war lang und weit, eine weiße Woge, die sie im Gang zwischen den Bankreihen mit ihren Schritten aus dem Weg zum Altar räumte, und dort warteten sie Seite an Seite, der isländische und der norwegische Árni, der eine im Talar, der andere im Frack. Als Trauzeuge stand da auch der Steuermann der *Marsey*, der breitgesichtige, rotwangige Weißbart. Durch den Schleier sah die Braut Glanz und Gloria wie durch einen traumhaften Nebel, doch das verlieh ihr nur ein noch ausdrucksvolleres Auftreten. Sie schaute nur auf den Mann, der sie erwartete. Mein Gott, jetzt werde ich diesem Mann gegeben, diesem zugereisten Gott, dachte Súsanna unter ihrem Schleier und spürte einen Liebesschauer durch ihre Brust rieseln. Draußen hatte es zu regnen begonnen.

Der norwegische Reederfürst nahm in der ersten Reihe Platz (nachdem alle anderen um eine Hinternbreite zum Fenster gerutscht waren), mit etwas lächerlichem Stolz, der zu besagen schien: Kommt, seht euch diese Pracht an und dieses Kleid, das ich bezahlt und über das Meer mitgebracht habe, und dazu legte er seine große rechte Hand auf den Stab. Es blieb keinem verborgen, dass damit der Anfangsbuchstabe einer neuen Geschichte gekommen war, der Anfangsbuchstabe des neuen Segulfjörður. Diese große norwegische Pranke hielt in ihrem Griff die Zukunft des Orts. Er könnte auch alles, was ihm gehörte, morgen einpacken und abreisen. Weshalb war er mit all seinem Geld überhaupt hier erschienen? Um noch mehr Geld zu verdienen, war eine naheliegende Erklärung, die keinem in den Sinn kam, zu fest steckten die Leute noch in ihrem Anfangserstaunen und nahmen jedes Ereignis mit großen Augen einfach nur zur Kenntnis, die Fässer, die sich vor ihnen auftürmten, verstellten ihnen jede Sicht auf Beweggründe, Ursachen und Folgen. Siebenundzwanzigtausendzweihundertzweiundneunzig! In sechs Wochen! Es war unmöglich, sich etwas Größeres, etwas Unglaublicheres vorzustellen als das, und darum kam es auch zu keinen anderen Vorstellungen oder Gedanken. Siebenundzwanzigtausendzweihundertzweiundneunzig Fässer! Jedes hundertsechzig Kilo schwer. Nachts in ihren armseligen Betten träumten die Menschen von Fässern, mit Hering gefüllten Fässern, die durch ihre Köpfe rollten, mit Fassziehern gezogen oder mit Fasskarren abtransportiert wurden.

Der Stapel war inzwischen größer als die Lagerhalle des Krónufélags!

Der Bräutigam erfüllte seine Braut mit Herzklopfen und seinen Reeder mit Stolz, als sie sich ihm und seinem Glück näherten, dieser Augenblick war ein soeben gemaltes Märchen, ein hochaufragender Traum aus norwegischem Holz, mit fremden Bergen und einer liebreizenden Elfenfrau! Er war seit diesem Sommeranfang wahrhaftig in einen höchst irdischen Traum geraten. Kein anderer Mensch hatte solches Glück erlebt, solche Lust, solche Schönheit, wie er. Und das alles wurde noch durch die Fremdheit verstärkt, die einem an unbekannten Orten begegnet.

Nachdem das Harmonium geendet hatte, hörte man leichtes Tröpfeln auf den Fensterscheiben. Doch Arne ließ den Blick nicht von seiner Braut und ihren rotgemalten Lippen. Sie beherrschten seinen

Verstand dermaßen, dass ihm der Regen rot erschien, rot wie Blut, und er stand nicht nur in der Mitte seines Glücks wie ein Messer in einer Torte, sondern auch wie ein Messer in einer Wunde, in einem Mord, vor einem Geistlichen, bis zu den Knien im Blut des Geistlichen. Plötzlich warf sich die Leiche des Kochs über ihn, und das Geheimnis, das nur sie beide miteinander teilten, das Geheimnis, das sie in Schuld vereint hatte und das sie die Liebe füreinander tiefer empfinden ließ, als es anderen je möglich war. Gleichzeitig wurde ihm klar, dass sie ohne diesen Mord nicht hier stehen würden. Das Geheimnis hatte sie vereint und vorwärts getrieben. Das begriff er in diesem Augenblick. Für Súsanna hatte es nur eine Alternative gegeben: Entweder zeigte sie ihn wegen Mordes an, oder sie heiratete ihn.

Egertbrandsen hatte Gemeindevorsteher Hafsteinn das Verschwinden des Kochs gemeldet, und der hatte zu Protokoll genommen: »Abgang: M. Præst, Koch auf der *Marsey*, Däne, Trinker.« Der dänische Priester schien aber im Hochzeitsschauer ins Leben zurückkehren und wenigstens noch am Festmahl teilnehmen zu wollen, denn sobald die Trauung vorüber war, kamen zwei regendurchnässte Jungen zu Hafsteinn gelaufen und teilten ihm mit, man habe am Ufer bei Krókur eine Leiche gefunden. Der Gemeindevorsteher ließ zwei Pferde satteln und ritt mit Magnús Mannlos zum Fundort. Der Koch war völlig unkenntlich, die Gase seines Zorns hatten ihn aufgebläht wie eine weiße Mützenrobbe. Wäre er nicht noch in Kleidungsreste gehüllt gewesen, hätte man das Ganze kaum für die Leiche eines Menschen gehalten. Die Augen standen noch offen, nach sechs Wochen im Meer, und starrten unter bösen Brauen in wilder Wut in diesen Hochzeitstag, an dem er teilzunehmen gedacht hatte. Hafsteinn trug Magnús auf, die Leiche ins Lagerhaus zu schaffen, es wäre mithin der dritte Tote in diesem Leichenhaus, und ritt anschließend zurück zum Fest. Der Schauer war abgezogen, und das Brautpaar in Egertbrandsens Haus Aquawitz eingezogen, wo Kapitän Mandal das Fest für die Oberen von Ort und Schiffen eröffnete.

Gestur blieb auf der offenen Fläche zwischen dem Hochzeitshaus, dem Krónufélag und Góss' Kaufladen. Er war nicht nur konfirmiert, sondern auch ganz aufgeregt, starrte ständig die Rückansicht eines Mannes mit hohem Hut an, der gerade mit Kristján Góss die Außentreppe von Aquawitz hinaufging. Vor ihnen schritt Séra Árni in blasierter Konversation mit dem mächtigen Sødal mit dem Stock.

Gestur war der Mann ins Auge gefallen, als er mit weißer Schleife neben dem Altar stand, während der Pfarrer erst auf Isländisch und dann in einem ungelenken Dänisch die Trauung zelebrierte. Er sah Lási in der vierten Reihe vor sich auf die nächste Reihe starren, ohne einmal den Blick zu heben, obwohl sich alle seine Sitznachbarn wegen der Schönheit der Braut die Augen aus dem Kopf gegafft hatten, als die an ihnen vorüberschritt. Man hätte glauben mögen, der alte Mann fürchtete, die Schönheit könne ihm bedrohlich in die tief in seinem zerfurchten Gesicht liegenden, stahlgrauen Augen stechen.

Direkt vor ihm in der dritten Reihe saß unter lauter vollbärtigen Norwegern ein Mann mit Schnurrbart, kleiner Nase, feisten Backen und einer Röte im Gesicht, die eher vom Trinken als von Wind und Wetter herrühren mochte. Er trug eine Krawatte und war auch sonst gut gekleidet, den Nacken legte er so weit zurück auf den Mantelkragen, dass sein Kinn nach oben wies und die Speckfalten seines Doppelkinns hell aufglänzten. Sein Gesicht, die rötlichen Wangen, das Weiß darunter ließen Gestur an Hering denken. Kannte er diesen Mann nicht? Irgendetwas war an dessen angenehmer und einnehmender Erscheinung, an seiner ungezwungenen Miene, und dann schaute ihn der Mann plötzlich an, und sie sahen sich in die Augen. Gestur saugte diesen Blick ein, bis der Mann ihn hastig abwandte und stattdessen auf das Brautpaar und die Zeremonie richtete. Aber irgendwas war mit diesem Gesicht, es rührte an eine Saite in seinem Inneren.

In der von sprühenden Regentropfen nass werdenden Menge vor der Kirche entdeckte Gestur den Mann wieder. Er hatte nun einen vornehmen Hut aufgesetzt, einen hohen, glänzend schwarzen Hut, der ebenfalls eine Saite in dem fünfzehn Jahre alten Konfirmanden anschlug; er fühlte sich wie ein Weitgereister, der nach langer Abwesenheit den Schornstein des Hauses seiner Kindheit wiedersieht. Kurz darauf hörte er Kaufmann Kristján den Mann klar und deutlich mit dem Namen Kopp anreden. Sein Herz machte einen Sprung. Er war es, Kopp, sein Vater Nummer zwei! Natürlich war er es. Wieso hatte er ihn nicht gleich erkannt? Hatte sich in den letzten mehr als zwei Jahren so viel getan? Hatte er so viele Albträume erlebt, dass es ihn Zeit kostete, durch sie hindurchzusehen? Oder hatte sich der Kaufmann so verändert? Was tat er überhaupt hier? Hatte er von der Konfirmation erfahren? Oder war er als Hochzeitsgast geladen? Er konnte Mandal und die anderen aber doch kaum kennen. Gestur war einer Ohnmacht nahe, sein Kaufepapa war gekommen! Er war hier! Würde sein Leben nun erneut eine Wendung nehmen?

Der Junge kam wieder zu sich, als ihn Helga an der Jacke zupfte und ihm durch den Lärm der Menge zurief: »Konfirmiert!« Und dann stand auch Snjólka da mit all ihren Zähnen, die wie hufeisenförmige Berge die Szene überragten.

»Wo is Papa?«, fragte sie, und die Augen des Jungen suchten unwillkürlich nach einem schwarzen Zylinder. Dann gab sie sich selbst die Antwort: »Ach, da isser ja!«

Alle schauten sie in die Richtung, in der durch das Gedränge und vereinzelte Regentropfen der alte Handwerker von Ytri-Skriða zu sehen war. Er war zur Haushälterin des Madamenhauses an der Ecke der Kirche gegangen. Da stand er und betrachtete den Täufling auf ihrem Arm, dann legte er seine dickädrige Hand auf das Bündel. Halldóra lächelte peinlich berührt und entzog das Kind seinem Vater, dem Hurenbock. Dann wurde sie von einer Schar von Mädchen umringt, die die Augenklappe sehen wollten, und Lási stand für einen Augenblick allein, ein gebeugter und faltengezierter Mann mit grauen Haaren. Als durch das Regentropfenreich plötzlich ein einzelner Sonnenstrahl auf sein Gesicht fiel, sah der alte Bauer und Zimmermann aus wie von Rembrandt gemalt. Der Sonnenstrahl erlosch so schnell, wie er gekommen war, und Lási wischte sich mit dem Handrücken aus dem Augenwinkel, was ein anderes, kleineres Auge darin hervorgerufen hatte.

»Darfst du den Anzug behalten?«, fragte Helga.

»Nein, ich muss ihn zurückgeben«, antwortete Gestur und beobachtete, dass Kristján seinen Kollegen Kopp aus dem Gedränge in Richtung des Norwegerhauses, des großen Lagerhauses und des stattlichen Fassbergs führte. Das Brautpaar war schon auf dem Weg, die beiden rannten fast über die freie Fläche, und man konnte sehen, dass sie lachten. »Was für ein Leichtsinn!«, murrte jemand. Der Bräutigam hatte die Jacke ausgezogen und hielt sie wie ein Schutzdach gegen den Regen über sich und seine frisch angetraute Frau. »Ja, nichts Gutes bekommt der Grímur«, krähte jemand vom Rand der Menge in Anspielung auf ein bekanntes Lied über Heiraten bei Regen, derweil die Mägde von Gamlibær versuchten, die Propheten so schnell wie möglich nach Hause zu bringen. Jeremías war zur Hochzeit in löcherigen und gelbfleckigen langen Unterhosen erschienen. Lási sammelte seine Angehörigen ein und beorderte sie zum Boot, doch Gestur wollte noch bleiben und nicht nach Hause. Snjólka fragte empört, ob er denn nicht zu seiner eigenen Konfirmationsfeier kommen wolle.

»Mama hat Fleischsuppe gekocht, und Mangi kommt auch!«

»Ich muss hierbleiben«, erwiderte Gestur so quer wie die weiße Schleife vor seinem Kehlkopf.

»Du bis' dumm! Hochzeitessen is' nur für feine Leute.«

»Was ist los?«, fragte Lási leise, die Stimme noch immer von dem Kind in Windeln gedämpft.

»Ich muss ... Ich ...«

Mehr brachte der Junge nicht heraus, er stürzte in Richtung des Norwegerhauses, der Plattform und des Stapels davon, versteckte sich dort zwischen den Fässern und heulte.

Kapitel 31

Auf Harmeslänge

Gestur hockte in seinem Kummer und Zweifel allein zwischen siebenundzwanzigtausend Heringsfässern und beweinte seine abweisende Kälte gegenüber dieser Familie, seinen Nächsten, diesen guten Menschen, die es so gut mit ihm meinten. Wollte er wirklich lieber Kopp als Kate? Er wusste darauf keine Antwort. Er lugte mit einem Auge um den Rand eines Fasses und sah durch seine Tränen seine Familie niedergeschlagen zur alten Bootslände des Madamenhauses trotten, wo ihr armseliges Boot lag. Lási hatte sich noch nicht angewöhnt, am Landungssteg festzumachen, obwohl er ihn doch selbst gebaut hatte, und so war er mit nassen Füßen zur Hochzeit erschienen wie zu allen Anlässen auf Eyri. Gestur sah das Boot hinter den drei norwegischen Heringsschiffen verschwinden und wieder auftauchen. Nachdenklich beobachtete er die dunklen menschlichen Schemen zum Plätschern von Rudern über den stillen Fjord entschwinden, als würde er sich in Gedanken von ihnen verabschieden. Dann saß er erschöpft vor dem streng riechenden Fässerstapel und starrte auf einen hübschen Haufen Heringsinnereien zwischen den Steinen am Ufer, bis sich ein norwegischer Böttcher näherte; da rappelte er sich auf und schlich zu dem Haus, in dem gefeiert wurde.

Auf der Hauswiese um Aquawitz stand eine Gruppe Halbwüchsiger, darunter auch ein paar Mädchen. Die Jugendlichen waren auf das Fest erpicht, und jemand hatte ihnen eine halbe Flasche zugeworfen, um die sie sich schlugen wie Möwen um eine Maus. Sie machten sich sehr über Gesturs feine Kleider lustig, bildeten einen Kreis um ihn und zupften an seiner Schleife, bevor das Nachmachen und Parodieren begann. Ein pfiffiger Kerl spielte den Pfarrer und verheiratete, wer Lust dazu hatte, Trauzeugen bezogen theatralisch Stellung, und einer, der sich einen Schnurrbart aus einem Ampferblatt angeklebt hatte, gab den ernst blickenden Reeder mit seinem Spazierstock, während der Jüngste ein überaus komisches Norwegisch zum Besten gab, worauf alles in Schreien und Gelächter ausbrach. Hans und Baldvin kamen vorbei, ihre Gesichter glühten vor Verlangen, zur Hochzeitsfeier eingelassen zu werden, und sie sahen aus wie zwei Schriftsteller, die noch nichts veröffentlicht haben, aber um eine Preisverleihungsfeier im Rampenlicht kreisen. Wie konnte es aber auch sein, dass Menschen, die dänische Schuhe trugen, nicht zu dieser Feier eingeladen waren?

Als es draußen dunkel wurde, ging Licht in den Fenstern des Hauses an, und im Verlauf des Abends drang immer lauteres Lachen heraus, und dann wurde irgendwann gesungen. Schöne Lieder zu Anfang, Vigdís' Stimme war klar herauszuhören, später folgten schlüpfrige Schlager, und am Ende schallte nur noch Grölen von der Treppe des Hauses und dem Flecken Gras dahinter in die Nacht. Die Norweger stolperten und fielen über die eigenen Beine, und bald prügelten sich die Besatzungen. Das Pfarrersehepaar strebte mit missbilligenden Mienen nach Hause.

Gestur hatte ewig in der Nähe von Egertbrandsens Haus herumgelungert, zuerst mit den anderen Jugendlichen, dann mit den notorischen Spaßvögeln und schließlich allein in der Dunkelheit. Er belauerte die Tür, als wäre sie der Eingang zum Universum. Das war eine ziemlich kalte Konfirmationsfeier. Der Mann mit den dicken Backen erschien aber nicht wieder. Irgendwann rief jemand hinter dem Haus: »Kopp!« Gestur begab sich dorthin, hielt sich aber in gebührender Entfernung; immerhin glaubte er in einem der erleuchteten Fenster unter anderen auch das kurznasige Profil zu erkennen.

Noch einmal rief jemand: »Kopp!« Und eine andere Stimme rief zurück: »Kopp pisst in' Pott!« Lautes Gelächter folgte.

Der Konfirmand schlich näher, sah aber niemanden mehr, alle schienen ins Haus gegangen zu sein, die Stimmen waren verstummt, nur die Fenster leuchteten noch in die Nacht. In einem waren viele Menschen zu sehen, in einem anderen ein Mann, der Akkordeon spielte. Gestur schlich noch näher zum Haus, da glühte vor seinen Augen plötzlich ein Gesicht auf, unmittelbar vor ihm, ein feurig beleuchtetes Gesicht mit kreisrunder Glut anstelle eines Mundes. Gestur begriff, dass es das Gesicht eines Mannes sein musste, der gerade an einer Zigarre zog, so plötzlich leuchtete dieses Gesicht in der Dunkelheit auf, gedunsen und mit dicken Tränensäcken, ein rötlicher Vollmond in der Nacht. Der Anblick wurde von einem Geräusch begleitet: Ein Urinstrahl plätscherte auf die Erde. Das Gesicht des Mannes verlosch, die Zigarrenglut glomm nur noch schwach.

Er war es. Er pinkelte. Allein in der Dunkelheit. So trafen sie sich also wieder, nicht unähnlich ihrer allerersten Begegnung, als der Kaufmann früh am Morgen hinter seinem Haus in Fagureyri sein Wasser abgeschlagen hatte.

»Kopp?«, fragte Gestur aus der Dunkelheit.

»Wer ist da?«, brummte der Kaufmann und zog an der Zigarre, sodass sein Gesicht wieder aufleuchtete.

Gestur trat näher und sah, dass der urinierende Kaufmann ihn erblickte, denn das Licht aus den Fenstern hinter ihm erhellte das Gesicht des Jungen.

»Was willst du? Wer bist du?«, fragte der Kaufmann schroff mit der undeutlichen Aussprache von jemandem, der eine Zigarre zwischen den Zähnen hat.

»Ich ... ich bin's, Gestur«, antwortete der Junge und trat noch einen Schritt näher.

Der Kaufmann schüttelte die letzten Tropfen aus seinem Glied und verstaute es wieder in der Hose, knöpfte sie zu und nahm die Zigarre aus dem Mund. Er machte einen Schritt auf den Jungen zu, einen großen Schritt, um nicht in die eigene Pfütze zu treten, und fiel dabei um ein Haar hin, denn er war betrunken. Um Halt zu finden, griff er nach der linken Schulter des gutgekleideten Jungen und fand so das Gleichgewicht wieder.

»Gestur?«, fragte er.

»Ja.«

»Ein Gast? Na, dann«, setzte er schleppend hinzu, »lass uns reingehen!«

Er dirigierte den Jungen mit der Hand, die noch immer auf dessen Schulter lag, zum Haus, doch der wandte ein:

»Nein, ich bin kein Gast. Ich bin Gestur. Das ist mein Name.«

Das wirbelte etwas im Gehirn des Kaufmanns auf, er blieb stehen und drehte den Jungen so, dass Licht aus den Fenstern auf ihn fiel, und auch Gestur sah jetzt das Gesicht seines früheren Vaters unabhängig von der Zigarrenglut. Das alkoholgetränkte Gehirn des Kaufmanns steckte aber noch in derselben Bahn fest.

»Du bist ein Gast, Gestur, oder? Bist ja auch so festlich angezogen.«

»Ich bin heute konfirmiert worden.«

»Aha. Du … heute, in der Kirche?«

»Ja.«

»Ach, das warst du! Und du gehörst zu den Gästen? Wo bist du zu Gast?«

»Ich heiße Gestur.«

»Was, du heißt Gestur? Ach? Gestur?«

»Gestur Eilífsson.«

Endlich dämmerte etwas in Kopps Kopf, er riss die Augen auf und holte tief Luft, schwieg und legte für einen Moment den Kopf auf den ausgestreckten Arm, der sich noch immer an der Schulter des Jungen festhielt. Endlich fragte er:

»Eilífsson?«

»Ja.«

»Gestur Eilífsson?«

»Ja. Und du bist mein Kaufepapa.«

Kaufepapa. Der Mann formte das Wort mit den Lippen, aber es kam nur ein leises Grunzen des Erstaunens heraus. Im gleichen Moment wurde es drinnen im Haus laut. Das Akkordeon setzte ein, der Ball begann. Gestur wandte den Blick aber nicht von dem Gesicht vor ihm, diesem wabbeligen Gesicht, das Weichheit und Menschlichkeit ausdrückte und das ihm so lange den Himmel bedeutet hatte, als er beschützt lebte und Stürme ihn noch abgemildert trafen. Als er tatsächlich davon überzeugt war, der Sohn eines Kaufmanns zu sein, eins der fröhlichen Kinder auf dieser Welt, einer der Glücklichen, ein Bewohner der Holzwelt. Da hatte ihm dieses väterliche Gesicht alles bedeutet.

Die Lippen des Kaufmanns wiederholten tonlos das Wort, und seine Augen füllten sich plötzlich mit Alkoholtränen, die über die Lider quollen, über die gut gefüllten Tränensäcke und, kräftig nach Aquavit riechend, die Wangen herabliefen. So stand der Mann eine ganze Weile und ließ seine Gefühle vor Gestur und Gott in den Ausschnitt laufen, vor Nacht und Fjord, vor seinem verlorenen, aber innig geliebten Sohn, bis er in einem dritten Anlauf das Wort »Kaufepapa« endlich so hervorbrachte, dass Gestur durch die Tanzmusik aus dem Haus wenigstens einen Hauch davon vernahm. Dem Wort folgte die Tat. Kaufmann Kopp drehte seinen Bauch, sodass auch der linke Arm auf Gestur zuschlenkerte, als wolle er seinen Sohn umarmen, doch da der rechte Arm noch immer waagerecht ausgestreckt auf Gesturs Schulter lag, kam es nicht so weit, aus der Umarmung wurde nichts, stattdessen hielt er den Jungen weiter auf Armeslänge von sich und blieb dabei, zu weinen und das Zauberwort zu wiederholen.

»Kaufepapa...«

Dann erschienen die Saufkumpane des Kaufmanns und riefen nach ihm. Gestur sah, wie sie beide getrennt wurden und die anderen mit Kopp zur Feier abzogen. Die Hintertür schloss sich, und Gestur stand wieder allein in der Augustnacht, mit weißer Schleife in schwarzer Dunkelheit.

Kapitel 32

Jetzt sehen sie es

Er erwachte unter einem gefalteten Segel in der Gerümpelecke des norwegischen Lagerhauses. Noch immer in seinem Konfirmandenanzug, ausgekühlt und hungrig. Die Augustnacht war ebenso kühl wie eine klare Juninacht, wirkte aber wärmer wegen der Dunkelheit. Er war von Rufen auf Norwegisch und dem Kratzen und Schaben eines Geräts aufgewacht, ein schweres Stück Eisen wurde über den Boden gezogen. Ungesehen gelangte er durch die Hintertür ins Freie, hinaus in die graue Welt von Fisch und Feuchtigkeit; Nieselregen hatte Häuser und Schiffe verschluckt.

Er ging zur norwegischen Landungsbrücke und sah, dass alle Schiffe Sødals verschwunden waren. Bei Norwegern fiel eine Hochzeitsnacht augenscheinlich eher kurz aus. Er ging weiter nach Aquawitz; dort lag noch alles im Tiefschlaf, ebenso im Madamenhaus. Ohne ein festes Ziel zu haben, streunte er durch Eyri. Wenige Menschen waren zu dieser Zeit unterwegs, und wenige arbeiteten, abgesehen von den norwegischen Zimmerleuten und Böttchern, die im offenen Lagertor eine Kette bildeten. Ein Fass nach dem anderen, offen und ohne Deckel, reichten sie nach draußen, wo zwei junge Kerle sie auf die Verarbeitungsplattform stellten. Gestur sah zu, wie sie sich mit Regen füllten.

Er fiel nicht vom Himmel, sondern die Luft selbst schien mit Feuchtigkeit gesättigt zu sein. Tropfen wurden erst auf dem Wollstoff der

Jacke sichtbar. Gestur merkte, dass sie auf den Schultern und am Rücken durchnässte, und suchte im Laufladen Schutz.

»He, willst du in Konfirmationsklamotten rumlaufen, bis du heiratest?«

Darauf Gelächter. Das kam vom dicken Baldvin.

Die großen Schuhträger Hans und Baldvin hingen oft im Laden herum. Er war der Ort, wo sie die Informationen und Geschichten aufschnappten, die ihnen den geistigen Brennstoff lieferten, und wo sie die Geschäfte loben oder darüber lästern konnten. Sie waren häufige Besucher bei der Familie Góss, insbesondere bei Toni, dem kinnlosen Verkäufer und Sohn des Kaufmanns, obwohl Toni ein noch berüchtigterer Knauser beim Abmessen und Wiegen war als sein Vater. Wer bei ihm einen Kurzen bestellte, bekam den in der Regel so geizig eingeschenkt, dass er weder sagen konnte, das Glas sei voll, noch halb leer. Gestur hätte am liebsten auf der Schwelle kehrt gemacht, aber er war so ausgekühlt, nass und hungrig, dass er nur die Schultern zuckte und in den Spott ging wie ein Hering ins Netz.

»Ich habe noch nie einen Gemeindebettler mit Schleife gesehen.«

Ho, ho, ho. Gestur ging direkt zum Ladentisch, zog einen Zehnkronenschein aus der Tasche und bestellte Kandis für eine Krone. Erst in der Vorwoche hatte der Kaufmann das Verbot von Bargeld in seinem Laden aufgehoben, doch bis zum ersten Kiosk in Island war es noch ein weiter Weg. So konnte man hier weder eine Scheibe Brot noch ein Glas Kaffee kaufen, lediglich Mehl in Tüten oder Kaffeebohnen in Säcken. Den Spöttern verschlug es für einen Moment die Sprache, sie hatten noch nie einen Geldschein besessen, aber sie bekamen rasch wieder Oberwasser und ließen abfällige Bemerkungen auf den Jungen regnen, während Toni ihm den Kandis aushändigte.

»Du wirst ihm doch nicht erlauben, die Unterstützung der Gemeinde zu lutschen!«

Gestur ließ ihre Bemerkungen an sich abperlen wie eine Gans das Wasser, er war im Lauf der Wochen einiges gewöhnt, außerdem war er jetzt konfirmiert und hatte an Wichtigeres zu denken. War sein

Traum von einem Leben als Kaufmann geplatzt? Sollte er nie wieder ein Kopp werden? Er steckte sein Wechselgeld ein, setzte sich in eine Ecke und lutschte sein Frühstück. Etwas sagte ihm, noch ein Weilchen im Laden zu bleiben, außerdem war es hier drinnen wenigstens niederschlagsfrei.

Das Witzboldduo ließ irgendwann von ihm ab und nahm sein früheres Gespräch wieder auf, das sich ausschließlich um die gestrige Feier drehte: wer als Erster unter dem Tisch gelandet war, wer mit welcher abgezogen war und wer wen zusammengeschlagen hatte. Sie sprachen von dem Fest wie von einem lange zurückliegenden Ereignis. Hans und Baldvin hatten bekanntermaßen vergeblich versucht, in die Hochzeitsfeier eingelassen zu werden, doch Toni war dabei gewesen und wusste fast alles.

»Wer war denn der mit den dicken Hängebacken und dem Zylinder?«, erkundigte sich Hans.

»Das war Kopp, ein Freund meines Vaters. Kaufmann in Fagureyri«, gab Toni Auskunft.

»Ein echt fetter und flotter Kerl«, erkannte Baldvin an.

»Ja, er ist nur auch ein grober Klotz geworden, sagt mein Vater.«

»Übernachtet er nicht bei euch?«

»Doch, aber er ist schon weg. Beide. Vater ist mit ihm gefahren.«

»Nach Fagureyri?«

»Ja, mit dem norwegischen Dampfschiff.«

»Wie? War hier gestern ein Dampfschiff?«

»Ja. Eigentlich ein Segler, aber mit einer Dampfmaschine. Ein richtig schneller Kahn.«

»Den habe ich ganz verpasst! Und was haben die beiden vor?«

»Kopp will selbst in die Heringsfischerei einsteigen, und zwar hier.«

»Aha?«

»Ja. Alle sehen jetzt Profit darin.«

Obwohl sie jung waren, waren Hans und Baldvin durch und durch konservativ, als Witzereißer waren sie es gewohnt, mit festen, unverrückbaren Größen zu arbeiten. Veränderungen kamen da nur ungelegen. Und das erste Opfer jeder Revolution ist das Lachen. Trotzdem setzten sie ein amüsiertes Gesicht auf. Mussten sie diese Hektik um den Hering ernst nehmen?

»Wann soll es denn losgehen?«, fragte Hans.

»So bald wie möglich, habe ich gehört.«

»Aber ist er nicht im Haigeschäft?«

»Doch, aber er sagt, dem Hering gehöre die Zukunft. Das sagt er auch meinem Alten, aber der zögert noch, obwohl er in der Angelegenheit schon mitrührt.«

»Ja, da rühren so manche wie Schlegel in der Sahne.«

»Es sehen eben alle Geld darin.«

»Alle, bis auf Christus von Hvammur.«

Das fanden sie lustig. Selbst der Kaufmannssohn Toni lachte, und die Heringsspötter ebenso, so blitzschnell passten sie sich an. Eyri hatte sich verschoben, in seiner Handelsniederlassung wurde jetzt schon über die Haifänger gelacht, im Zentrum der alten Zeit und des Widerstands gegen die Norweger. Eins war nicht zu leugnen, höchstens abzulehnen: Der Hering hatte den Hai besiegt. Der Gedanke war noch nicht zu Ende gedacht, als die Tür aufflog und der kleine Gemeindevorsteher einen Fuß über die hohe Schwelle setzte, den anderen draußen ließ und in den Laden rief:

»*Jœja*, Männer, ist das nicht storartig? Der Hering kommt! Mandal läuft gerade ein. Und sein Schiffsbauch hängt noch tiefer als der des Walhüters.«

»Na, dann sollte Súsanna ihm schon mal das Bett anwärmen«, rief Hans, und das Lachen der drei füllte einmal mehr den Laden.

»Ach, ihr seid das«, bemerkte der Gemeindevorsteher und kniff kurz die Augen zusammen, war dann aber schon wieder verschwunden.

Hafsteinns Reaktion und die Enttäuschung in seiner Stimme, die klang wie die eines Zuhälters, der unversehens an eine Gruppe von Kastraten geraten ist, brachte die beiden Witzbolde doch arg aus dem

Konzept, und die lockere Unterhaltung mit Toni war beendet. Sie entschwanden durch die Tür, und Gestur eilte hinterher.

Der Nieselregen ließ nach, vor dem Norwegerhaus schoben sich Segel aus dem Nebel, hell wie die Zukunft, hell wie eine Zukunft, von der wir noch nicht einmal die Stevenspitze gesehen haben, hell wie die Hoffnung selbst. Gestur sah den Gemeindevorsteher den Weg zum Anleger hinabstaksen, krummbeinig wie ein Bär und erwartungsfroh wie ein kleines Kind. Diese Erwartung holte schon die Schürzen von der Leine und die Messer aus den Scheiden, die Grassodenhäuser und Tagelöhnerhütten flogen auf, fleißige Männer und tatkräftige Frauen kamen über die Wiesen gelaufen, als hätte jemand die Nachricht auf seglo.is gepostet. Gestur schloss sich ihnen an und erreichte als Erster die Brücke, um die Leine aufzufangen, die ihm zum Festmachen zugeworfen wurde. Im Anzug und mit umgebundener Schleife erregte er die Heiterkeit der Matrosen, kümmerte sich aber nicht darum und war der bestgekleidete Heringsjunge des Jahrhunderts, zumindest für eine Weile, bis ihm der Fischseim auf den weißen Kragen spritzte.

Das Fest des Einsalzens hob an und dauerte bis gegen Mitternacht. Die Freude an der Arbeit war so groß, dass Gestur darüber das verlorene Auge ebenso vergaß wie die Augen, die destillierten Alkohol geweint hatten. Um Mitternacht bekam er eine Mitfahrgelegenheit in einem bescheidenen Kahn, der nach Skriðuströnd übersetzte, erschien hundemüde und hungrig wie ein Wolf im Haus, löffelte Fleischsuppe und Vorwürfe.

Drei Nächte hintereinander träumte er von Kopp, in der ersten tropfte Wasser aus dessen Zigarre, in der zweiten Tränen und in der dritten Blut.

Zehn Tage lang ging die Arbeit auf diese Art weiter, dann war die Fangsaison vorüber. Johan Sødal wollte alle seine Schiffe vor dem 6. September auf hoher See haben. Die Dampfschiffe hatten den Großteil des Fassbergs an Bord genommen, der Rest wurde auf den Heringsfängern untergebracht. Dann war alles vollbracht, alle Lager wurden geschlossen und alle Türen verriegelt, kein Norweger blieb im Ort zurück, bis auf Egertbrandsen und seine zwei Wale, die noch immer im hintersten Ende des Fjords trieben wie Gespenster vergangener Zeiten.

Es hieß, Arne Mandal sei beim Auslaufen auf die Großrah geklettert und habe dort lautstark für Fjell und Fjord gesungen, verrückt vor Glück. Súsanna habe derweil unter Deck ihre müden Knochen ausgeruht. Im Madamenhaus kehrte für das Pfarrerspaar und sein Kind, für Magnús, Halldóra und die beiden Madamen die Stille der Volkslieder ein, denn die frisch vermählte junge Frau und der einäugige Säugling lebten nicht länger mit im Haus. Und so kam es auch genau hin: Am Morgen des 6. September zog von Norden ein heftiger Sturm mit Hagel und Schneeschauern heran. Nach einem Traumsommer voller Abenteuer und Neuerungen pfiff das alte Island durch Ritzen und fruchtblasenbespannte Oberlichter.

Kapitel 33

Das Volk am Hang

Wer ein Kind im Arm hält, ist kein Kind mehr. Wer ein kleines Kind hält, ist selbst etwas Anderes und Größeres. Wer ein Leben in seinen Händen hält, kann nicht sterben.

So fühlte sich Gestur, als er am Ufer stand, vor sich die schneebepackten Berge, eine ganze Wand von Weiß, den Strókstindur und Skaðaskál, die abgewandte Seite Islands an einem hellen Tag. Im Arm hielt er ein einäugiges Kind.

Er holte tief Luft. Hier musste etwas unternommen werden, jetzt waren Mut und Tüchtigkeit gefragt. Wie bringt man ein Kind in ein Haus? Wie legt man einem Paar das Produkt eines Seitensprungs in die Ehe?

Die schneeweiße Bergwand blendete seine Augen, und er musste sie schließen. Als er sie wieder öffnete, hatte er eine Vision. Er sah das ganze Volk, die gesamte isländische Nation auf den Felsbändern über sich aufgereiht, und er selbst stand vor seinen Landsleuten wie ein Fußballer vor der Tribüne, der vollbesetzten Tribüne mit 78 470 Zuschauern. Und nun begann die Menge zu singen, für ihn, es glänzte und leuchtete auf den Gesichtern, weiß auf weiß, und auf jedem Felsvorsprung, auf jedem Stein, auf jedem Felsensitz saß ein Mensch, ein Isländer, Mann, Frau oder Kind, und sang, Köpfe und Münder bewegten sich im Gleichtakt, aber er hörte nichts, denn noch besaß dieses Volk weder Hymne noch Fahne, noch steckte es fest in seinem Berg.

Dennoch sangen sie, er sah es, und er spürte die Kraft, die von solchem Zusammenhalt ausgeht, er würde dieses Volk nicht enttäuschen, er würde diesen Ball gut behandeln, auch wenn er nur ein Auge hatte. Er sah auf zu einer ganzen Halde von Gesichtern, einem ganzen Berghang voller Menschen. Oh, was für ein winzig kleines Völkchen das war! Man konnte es vollzählig auf einer Tribüne unterbringen, oder in einem Hang. Sein ganzer Schatz an Geschichten, Rímur und Liedern, die gesamte Kultur war das Produkt einer Tribüne, eines Hangs. Sollte jemand in den oberen Rängen ausrutschen und den Halt verlieren, käme es zu einer Menschenlawine, und die Nation würde in einem einzigen Sturz ausgelöscht.

In diesem Land kam es auf jeden einzelnen Menschen an, hier musste sich jeder anstrengen und etwas beitragen, hier hatten wir große Verpflichtungen, nur so würden wir überleben und kämen wir über die Schwelle, an der wir jetzt herumturnten, aus der Grassodenwelt in eine Holzwelt, aus Strümpfen in Schuhe, von Rudern zur Dampfkraft, aus einer Sklavengesellschaft zu Sklavenarbeit, vom Katen-ismus zum Kapitalismus.

Aus nichts zu etwas.

Gestur hatte nie an Island als Ganzes gedacht, er hatte nie an das Volk, die Nation gedacht, bevor er sie nun vor sich oben im Berg sitzen sah, als sei er der wortkarge Eilífur geworden. Außerdem verspürte er eine von dem Kind ausgehende heilige Kraft: Wer ein Wickelkind im Arm hält, dem kann nichts etwas anhaben. Wer ein Leben in seinen Händen hält, kann nicht sterben. Er ging vom Ufer hinauf zum Hof.

Der Kleine schlief.

Auf dem Weg dachte Gestur an die Frau, die gerade in das Heim einer Familie in einem fernen Land eingeführt wurde. Er konnte nichts dafür, in Gedanken glitt sein Blick wieder ihren Hals und die Wangen hinauf bis zu den Augen, diesen trunken machenden Augen. Warum hatte sie ihn seinerzeit so angesehen, als er sich mit dem Pastor unterhielt? Ausgerechnet sie, die schönste Frau des Fjords, wenn nicht auf der Welt. Und später hatte er ganz dicht bei ihr gestanden und sein

Gesicht in ihrer Brust vergraben, vorgeblich, um sich trösten zu lassen, unter dem Vorzeichen, noch ein Kind zu sein, doch in diesem Ei steckte ein Mann, der gerade die Schale durchbrach. Nach etlichen Umwegen war das seine erste Begegnung mit einer Frau gewesen, und nun war er wieder besessen von ihr, von Súsanna, der Göttin aus der Welt der Holzhäuser. Sie kam durch die Kirche auf den Jungen mit der weißen Schleife zu, hob den Schleier, beugte sich zu ihm und gab ihm einen tröstenden Kuss, der sich bald in einen leidenschaftlich heftigen Kuss verwandelte, und die Zeremonie in eine ziemlich feuchte Hochzeit.

Ganz plötzlich wurde der spät konfirmierte Junge von Lust überwältigt.

Er legte den Kleinen, der weiterschlief, im Gras ab, knöpfte die Hose auf, drehte sich um und zog seinen Penis heraus, genoss, wie die kühle Luft um das aufgerichtete Glied spielte, und brauchte lediglich ein paar Handbewegungen (und Súsannas seine Vorstellung ausfüllendes Gesicht), bis er einen Samenerguss hatte. Er erschrak, als das weiße Sperma weit hinausspritzte, über den Fjord und Eyri, möglicherweise bis zur Kirche und zum Madamenhaus. Heiliger Strohsack! Bisher war es immer nur herausgequollen wie Tränen aus den Augen oder Eiter aus einer Wunde – bei den wenigen Malen, die er es ausprobiert hatte. Doch diese Versuche waren alle halb missglückt durch sein schlechtes Gewissen (hatte Gott ihn dafür bestraft, indem er die Konfirmation hinausgeschoben hatte?) und verdorben durch seine erste Bekanntschaft mit sexueller Gier, diesem unsanften und alkoholisierten Schiffstreiben. »Selbstbefleckung ist äußerst schädlich für die Gesundheit! Ihr werdet davon blind!«, hatte er zudem den alten Arzt der Jugend von Eyri predigen gehört.

Doch jetzt war er konfirmiert und endlich in die Gemeinschaft der Christen aufgenommen, die sein Ziehvater so verachtete, dieser Hurenbock. Und, zum Teufel, wenn Gott die Lust erschaffen und dem Mann einen Arm von genau passender Länge dazu gegeben hatte, dann brauchte er sich nicht zu wundern, wenn ein junger

Mann sich dessen bediente. Wie dumm von ihm! Der Erfolg blieb auch nicht aus, die Konfirmation wirkte wie eine Vitaminspritze, die keuschen Monate schossen mit großer Kraft aus ihm heraus. Hätte er diese Ladung in eine Frau gespritzt, dann hätte sie für mehrere Generationen gereicht. Er hätte mit diesem Druck ein Netz auswerfen oder an dem Strahl ein Netz aufhängen können, denn er spritzte bis auf den Fjord hinaus!

Er stand am selben Felsen, in dessen Schutz der Knecht Jónas Snjólka ein Kind gemacht hatte.

Gestur knöpfte die Wollunterhose zu und rückte die Hose zurecht, ein wenig stolz auf sich und trunken von dem intensiven Lustgefühl. Dann blickte er zu dem Kleinen hinüber und sah, dass er das Auge geöffnet hatte, der kleine Cupido, der das andere geopfert hatte, damit er in die Arme der schönen Wollust gelangen konnte. Hatte Olgeir bei seinem Handgemenge zugesehen? Konnte so etwas gesund sein? Nein, verdammt und zugenäht, der Kleine hatte höchstens in den Himmel gucken können. Während ich mich selbst befriedigte, haben sie sich ins Auge gesehen, dachte Gestur, der kleine Gott und der große oben. Er selbst war sechs Jahre alt gewesen, als er einmal auf dem Dachboden über dem Laden Kaufepapa und Mallamama in flagranti beobachtet hatte. Er hatte nicht begriffen, was sie dort trieben, aber er hatte es ganz in Ordnung gefunden, irgendwie logisch. Und danach hatte er Malla für immer als seine wahre Mama ins Herz geschlossen.

Gestur nahm den Kleinen hoch, ein weißes Windelbündel zwischen weiß verschneiten Steinen unter einem schneeweißen Himmel, und musste an das Weiße denken, das er soeben von sich gegeben hatte. Jetzt war alles weiß, und sicher käme bald der Tod …

Wie kam er denn auf einen solchen Gedanken?

Er dachte darüber nach und ging los. Als er aus dem Schutz des Felsens trat, sah er, dass sein Volk aus dem Hang verschwunden war. Hatte er es etwa vor 78 470 Zuschauern und Zuschauerinnen getan? Hatte er wirklich seine Lust vor dem ganzen Volk befriedigt? Er war sich nicht sicher. Aber er war sich ebenso wenig sicher, ob er wirklich all diese Menschen gesehen hatte. Hier vermischte sich alles miteinander, Blick und Anblick, real und irreal, Schnee, Visionen und Hirngespinste. War vielleicht auch seine Samenschleuder nur Einbildung gewesen?

Er grinste über die Riesenladung und über den einäugigen Knaben in seinem Arm und ging endgültig zum Haus, heiter wegen seiner eigenen Potenz und stark durch die heilige Kraft des Kindes.

Kapitel 34

Weißes Ende

»Aber er darf nicht hier sein«, sagte Helga.
»Dann gehe ich auch«, antwortete Gestur.
»Warum kümmerst du dich so um ihn?«
»Er ist dein Onkel.«
»Neiein!«
»Doch. Er ist der Sohn deines Großvaters und der Bruder deiner Mama.«
»Bist du verrückt? Das ist ein Hurenbalg.«
»Ob Hurenbalg oder nicht, ein Kind ist und bleibt vor allem ein Kind. Er ist dein Onkel.«
»Wenn er mein Onkel ist, will ich ihn trotzdem nicht. Lass ihn einfach! Bring ihn raus ...«

Es war eine Pattsituation. Gestur saß auf der Kante seines Betts in der Baðstofa, auf dem Bett gegenüber rutschten die Kinder hin und her, Helga und Baldur, und Helga führte das Wort. Der Säugling hatte erneut einen Aufstand ausgelöst, als Gestur mit ihm ins Haus gekommen war, hatte es helle Aufregung gegeben. Sie endete damit, dass Lási in den Schafstall abdampfte, verfolgt von Sæbjörg, der wiederum Snjólka nachlief. Es blieb die alte Frau mit dem jungen Gemüse und Júnó zurück, die gar nicht wusste, auf welche Pfote sie sich stellen sollte, dabei hatte sie vier zur Auswahl.

»Er is' mein Onkel«, sagte Baldur, lächelte verlegen, ließ sich rückwärts fallen und rutschte auf dem Rücken weiter nach hinten wie eine vierfüßige Krabbe.

Man hatte Gestur das Kind nach der Schule übergeben, denn neuerdings gab es im Segulfjörður eine Schule, finanziert mit den Einkünften des ersten Sommers. Außer der berühmten Betriebskostensteuer hatte Gemeindevorsteher Hafsteinn eine sogenannte »Fassabgabe« festsetzen müssen, nachdem ihm ein reitender Bote eine entsprechende Forderung des Amts in Fagureyri überbracht hatte. Den schriftlichen Bescheid hatte der Bote unterwegs verloren, und er konnte sich nicht an den darin festgelegten Betrag erinnern. Während draußen auf dem Pollur die Dampfmaschinen schnauften, hatte sich der Gemeindevorsteher im Angesicht des Fassbergs einen Betrag ausdenken müssen. Als Erstes kam ihm die Zahl 20 in den Sinn, das war Mildas Geburtstag und ihr Hochzeitstag. Der Betrag wurde angenommen. Zwanzig Öre pro Fass ergaben zusammen fünftausendvierhundertachtundfünfzig Kronen und vierzig Öre. So ging aus den zuvor noch völlig mittellosen Minuten dieses grauen Morgens eine ganze Schule hervor. Die Handwerkshelden aus Trøndelag errichteten innerhalb weniger Tage ein Schulgebäude mit zwei Klassenzimmern auf dem Gelände nördlich des Krónufélaglagerhauses, wo man früher Tran gekocht hatte.

Den ganzen Morgen saß Gestur dort zusammen mit dem langen Magnús, Sunna von Selbær, Anna von Mjölkot und den kleineren Kindern aus Eyri und lernte die Wunderwelt des Rechnens kennen und aus welchen Ländern Europa bestand. An diesem Tag war er zum Madamenhaus gegangen, um sich zu erkundigen, wie es dem Kleinen ging, und bekam das Kind umstandslos in die Hände gedrückt. Es gab in dem vornehmen Haus keinen Platz mehr dafür. Súsanna war abgereist, hatte nach Norwegen geheiratet, und mit ihr sollten auch all ihre Steckenpferde verschwinden. Bitte sehr, mein Junge, dieses Kind ist ein Problem des jenseitigen Fjordufers, nicht das unsere, sagte der Pastor mit einem entsprechenden Blick. Immerhin stattete die Haushälterin Halldóra den Jungen an der Hintertür mit zusätzlichen Windeln, einem von ihr gestrickten Mützchen und Milch in einem speziellen Fläschchen aus, bevor sie sich hastig ins Haus verzog, weil sie nicht in Gesturs Gegenwart weinen wollte.

Der Schuljunge blieb draußen stehen und sah hinauf zum Giebelfenster, wo er das Gesicht der jungen Madam entdeckte. Sobald sich ihre Blicke trafen, sah sie rasch weg und zog sich vom Fenster zurück.

Nun saß er also auf Ytri-Skriða und harrte der Dinge, die da kommen mochten, und darauf, dass sich der Bauer wieder aus seinem Stall traute. Sollte man Olgeir wieder aus dem Haus jagen, würde er mitgehen, so viel stand für ihn fest. Doch wohin? Konnte Steinka in Bæjarkot vielleicht noch zwei weitere Esser aufnehmen? Immerhin war sie doch mit ihm als Knecht zufrieden gewesen.

Von der Mutter des Kleinen, der siebzehnschaligen Mófríður, hatte er nichts mehr gehört. War sie ins Wasser gegangen?

»Hat er nur ein Auge?«, fragte auf einmal die alte Grandvör über ihren Stricknadeln.

»Ja«, antwortete Gestur. »Man hat ihn zweimal ausgesetzt, und beim zweiten Mal hat er ein Auge verloren. Man darf ein Kind nicht ein drittes Mal aussetzen.«

»Warum nicht?«, fragte Helga.

»Weil ... weil man dann nicht in den Himmel kommt. Denn dann sitzt das Kind schon auf Gottes Schoß und richtet über Frauen und Männer.«

Sein dichter, glatter Haarschopf fiel ihm beim Reden über die Augen, und er wunderte sich mächtig über sich selbst, wie selbstsicher er solche Geschichten auftischte, reine Lügen.

»Glaubst du, du kommst in den Himmel?«, hakte das Mädchen nach.

»Ich weiß nicht«, sagte er und schaute auf den jungen Schlaf auf seinem Schoß. »Was meinst du?«

Darauf konnte sie ihm keine negative Antwort geben, dazu wog ihre Liebe zu ihm zu schwer, so schwieg sie lieber und sah ihn an. Sie stand jetzt neben dem Bettpfosten und lehnte sich mit der Schulter an ihn, die Hände auf dem Rücken, die Füße standen genau parallel im rechten Winkel vor dem Bett. Ein Moment des Schweigens ließ Gestur Zeit, sie zu betrachten: nebelweiche Wangen, glutrote Lippen, die Augen klar wie ein Quellbach und darüber dunkle Brauen. Sie war beinah zu einer jungen Frau herangewachsen. Gestur war selbst noch zu jung, um das zu beurteilen, aber seine Geschichte wisperte ihm zu, dass dieses Mädchen gerade auf dem Gipfel seiner Blüte stand, bald würde das entbehrungsreiche Leben in einer armen Bauernkate über es hereinbrechen und im Lauf der Jahre würde es genauso stockfischhart werden wie seine Großmutter Sæbjörg.

Olgeir bewegte sich auf seinem Arm und wurde unruhig. Gestur eilte mit ihm in die Vorratskammer und gab ihm unter Helgas strenger Aufsicht zehn Schlückchen Milch zu trinken.

»Großmutter sagt, dass du keine Milch nehmen darfst.«

»Milch nehmen oder Leben nehmen, dazwischen muss man sich entscheiden«, sagte Gestur. Die Milch in dem Fläschchen wollte er für Notfälle aufheben.

Später kamen die drei zurück, Schneepolster auf Schultern und Mützen, denn draußen schneite es nun tüchtig. Es begann eine neue Parlamentssitzung zum Schicksal des Hurenbalgs, bei der Helgas Mutter Snjólka das längste Plädoyer hielt: »Sie is' bloß ein Luda!«

Lási saß unter diesem kalten Guss wie ein geduldiger Ministerpräsident auf der Regierungsbank neben dem Rednerpult und hing komplizierten Gedanken nach, die zu den Kaldanesrímur schweiften, zu Snjólkas Geburt, Gesturs Schoß und Mófríðurs Jungfernhäutchen. Sein einziger Beitrag zur Diskussion bestand in Folgendem:

In heißem Kessel wir Leben anrühren,
wo keine Regel mehr verfängt.
Und seinen Ursprung keiner kennt.
Keinem dafür Strafen gebühren.

Wieder hielt Snjólka die Gegenrede und blökte:

»Er hat nur ein Auge!«

Als diese dritte Sitzung sich bis in den Abend hinzog, wurde sie vertagt. Gestur wurde mit dem Kleinen ins Gästezimmer verbannt und erhielt genug Milch, um Zetern und Schreien vorzubeugen. Ein schöner Moment ergab sich, als Lási mit der Lawinenschutzleine zu ihnen kam und seine beiden Söhne sorgsam anleinte, mit einer kleinen Schlinge mit Palstek um Olgeir und einer größeren um Gestur. Er blieb noch ein Weilchen bei ihnen und betrachtete sie, als sähe er sie zum letzten Mal. Dann sagte er: »Gute Nacht und Gott segne euch, meine Jungen.« Besonders von der zweiten Hälfte wurde er ganz gerührt, weil er es nicht gewohnt war, sich an den himmlischen Vater zu wenden.

Weitere Anfeindungen erledigten sich in dieser Nacht. Herbstschnee war der gefährlichste, wenn er zu reichlich fiel. Die Senke von Skaðaskál hatte sich im Herbst außergewöhnlich früh gefüllt, und am Abend und in der Nacht kam noch viel frischer Schnee hinzu. Weil sie sich so rasch bildete, verband sich die neue Last kaum mit dem Altschnee des letzten Winters.

Am frühen Morgen ging eine kleinere Lawine ab, die jedoch groß genug war, um Häuser zu verschütten und Decken zu durchbrechen. Gestur hörte Holz splittern und merkte, wie er aus dem Haus gefegt und ein gutes Stück den Hang hinab mitgerissen wurde. Als er wieder denken konnte, war er von eisiger, weißdunkler Kälte umgeben und konnte sich nicht bewegen. Immerhin atmete er. Sofern er nicht im Himmel war. Zuerst wusste er nicht, wo oben und wo unten war, nach mehreren Augenblicken bekam er jedoch den Eindruck, mit Bauch und Gesicht nach unten zu liegen. Wo war der Kleine? Dann spürte er einen stechenden Schmerz in der rechten Seite und einen heftigen Stich im Rücken, aber auch, wie die Kälte dieses Brennen löschte und seinen Körper und sein Bewusstsein betäubte. Gott hatte sich gerächt: Jetzt steckte er tiefgefroren in einer Ladung eiskalten Spermas des guten Mannes und bekam seine Strafe. Er versuchte sich etwas mehr Raum für Atemluft zu erhauchen, und das gelang, denn mit jedem Ausatmen schmolz eine Winzigkeit der Eiswand ab. Schließlich konnte er den Kopf bewegen. War sein einäugiger Sprössling tot? Wie viele Lawinen waren schon auf seine Familie gefallen?

Oh, Eilífur, Vater im Himmel, ich bete zu dir, befreie mich aus dem tödlichen Griff des Herrn, aus dem kalten Bauern Gottes!

Nach und nach konnte er mit dem Kopf den Schnee zur Seite drücken, und schließlich bekam er auch die rechte Schulter frei. Er fühlte das Wort »Hoffnung« in seiner Brust, in seinen Adern, obwohl er festgefroren und nur in Unterwäsche horizontal und mit ausgestreckten Armen über dem Fjord steckte wie eine fliegende Leiche. Das Eis war noch nicht weiter zurückgewichen, der gletscherkalte Stahlgriff des Todes hielt ihn noch immer an den Schenkeln umklammert und im Nacken gepackt. Am schrecklichsten war die Kälte, die in Zehen und Fingerspitzen biss.

Irgendwann schmolz auch etwas von der Eisplatte unter seinem Kinn. Jedenfalls hatte er das Gefühl. Die nächtliche Dunkelheit war noch dicht, doch seine Augen konnten mittlerweile Schnee von Hohlräumen unterscheiden. Die Neugier verlieh ihm Kraft, und mit halbstündiger Geduld bekam er den rechten Arm so weit frei, dass der sich einen Weg bis zum Kopf freischarren konnte. Mit tauben und krummen Fingern kratzte er weiter vor seinem Gesicht und darunter, bis er nach unten blicken konnte und dort im Schneedämmerlicht etwas schwach Dunkles ausmachte.

Kapitel 35

Schneegrab

Das Volk saß im Berghang, ganz Island war da, und ich habe ihm alles gegeben, jetzt hat es mich in seine Arme geschlossen, in seine eiskalte Umarmung, hier beschließe ich mein Leben. In einem Schneegrab. Jetzt sterbe ich, wie meine Schwester und meine Mutter gestorben sind, wie mein Vater Eilífur in einer Welle, wie der Bauer Einar in seinem Bett, wie der Pfarrer mitten in einer Beerdigung, wie ein dänischer Koch in kalter See, wie ein Prophet in einer sinkenden Kirche.

Die Hoffnung verflog. Das Dunkle, das er in der Wehe unter sich zu sehen vermeint hatte, verschwand ebenso. Sobald er versuchte, dort mehr freizuscharren, verdeckten lose Eisbrocken die Sicht. Lange lag er still wie ein Rochen am Meeresgrund, wie ein am Kreuz erfrorenes Kind, von Eisdunkel umgeben.

Doch der Tag brach an. In einer Schneewehe fällt die Dämmerung schwach aus, doch jede Veränderung ist willkommen. Licht sickerte in die Lawinenmassen wie Wasser in die Erde.

Gestur sah nun etwas besser und scharrte behutsam weiter. Irgendwann sah er den dunklen Fleck unter seinem Kinn wieder. Was war das? Er kratzte weiter, schob losen Schnee beiseite und strich vorsichtig über den Fleck; er war wundersam weich. Es war das Schädeldach eines Kindes. Er sah nun deutlich, wie dunkle Haare durch Feuchtigkeit dicht auf diesen Kopf geklebt lagen. Er war es, Olgeir!

Gestur fühlte sich wie eine Hebamme, die bei einer Geburt zum ersten Mal das Köpfchen des Kindes sieht.

Er musste unter ihn geschleudert worden sein, sie hatten ja dicht beieinander im Bett gelegen. Hatte womöglich Lásis Lawinenrettungsleine sie beisammen gehalten? Lebte er noch? Hoffnung kehrte zurück, und Gestur kratzte ganz sacht den Schnee um das Köpfchen weg, bis er die Binde sah, die die Augenklappe fixierte. Gütiger Himmel, da war die Stirn! Gestur wurde von Riesenkräften erfüllt und konnte sich so weit drehen und wälzen, dass unter seiner Brust ein Hohlraum entstand. Er erweiterte ihn, und konnte nun noch mehr unter sich erkennen und Schnee um das Kind wegräumen. Unter einer grobkörnigen Schneeplatte kam da ein ebensolcher Lufthohlraum zum Vorschein wie der, der ihn gerettet hatte. Das Gesicht des Kleinen war noch gerötet, noch warm, er atmete! Ein teewarmer Strom durchfloss Gestur, und er brabbelte einen ganzen Schwall von Koseworten und Trostphrasen und hörte nicht auf zu scharren und sich zu wälzen, bis das Auge des Kleinen freilag. Das war etwas Anderes und Größeres als Odins Auge! Sein Blick bewies nicht nur, dass der Kleine am Leben war, sondern auch er selbst. Er befand sich nicht in einem Traum seines entschlafenen Ichs, sondern im Hier und Jetzt der Wirklichkeit, er steckte mitten im Leben! Nie hatte er das so greifbar gefühlt wie in diesem Moment.

Sie beide lebten!

Der Kleine muckste sich nicht, er behielt in satanischer Geduld und ergreifender Unbekümmertheit seine stoische Miene bei. Gestur weckte ihn jede halbe Stunde (oder was ihm so vorkam, vielleicht waren es auch nur fünf Minuten) und sah ihm ins Auge, bis der Winzling wieder einschlief. Vielleicht fühlte er sich ganz wohl, so dick in Tücher und Windeln eingepackt. Dann machten sich die kleinen Eingeweide bemerkbar; er weinte vor Hunger, bis ihn abermals Müdigkeit übermannte. Gesturs Wachsamkeit ließ nicht mehr nach, das kleine, rote Gesicht in der weißen Höhlung hielt ihn wach und ließ ihn hoffen. Er beobachtete, wie der rote Fleck auf Olgeirs Stirn aufflammte, wenn er weinte, und verblasste, wenn er sich beruhigte, wie ein Leuchtfeuer, das einem Halbtoten den Weg aus der Hölle weist. Er traute sich zu, hier bis zur ersten Schneeschmelze zu liegen.

So vergingen zwei Stunden.

Da meinte Gestur über sich menschliche Stimmen zu hören, dann ein Schaben. Er rief einige Male, stellte das Rufen jedoch ein, als Olgeir aufwachte und laut zu weinen begann. Die Rufe hatten ihn erschreckt. Gestur versuchte ihn über die eisige Distanz hinweg, die zwischen ihnen lag, zu trösten, und schließlich beruhigte sich das Kind. Doch da hatten auch die Kratzgeräusche über ihnen aufgehört. Eine Ewigkeit lang tat sich nichts, dann waren, gedämpft durch den Schnee, wieder Aktivitäten zu vernehmen. Er entschied, sich diesmal still zu verhalten. Plötzlich spürte er wieder diesen stechenden Schmerz in seiner Seite, dann noch einmal. Jemand zog an der Leine.

Das erste Gesicht, das über ihm auftauchte, war das besorgte, kinnlose Gesicht von Magnús auf Innri-Skriða. Dahinter erschien Lási, kälteklappernd in Unterwäsche, Wollfäustlinge an den Füßen. Jemand hatte ihm eine grobe Jacke über die Schultern gehängt; dadurch sah er ein wenig wie ein Pfarrer aus, zumal er in seiner Rechten ein Büchlein hielt.

Seine Erleichterung badete er in Tränen.

»Mein Junge, mein Junge ...«

Tiefe Wolken bedeckten den Himmel, und alles war Grau in Grau, die kalte Luft fühlte sich feucht an. Der Fjord war ein Bild in Schwarz und Weiß, nur der Grundton des Wassers dunkelgrün.

Gestur gestattete sich keine Zeit zu jubeln, sondern dirigierte die Männer sogleich tiefer in die Schneegruft, und gemeinsam hoben sie das Auge in die blaustichige Dämmerung. Der Kleine war sichtlich am Ende seiner Kräfte, lebte aber noch. Die Augenklappe hatte sich gelöst, und das zerstörte Auge war sichtbar, es sah aus wie der schneewehenkalte After eines Schafs. Ein dritter Mann, wohl ein Knecht oder ein Gast von Magnús, ein rot verschwitzter Hüne mit einer Schlupfmütze, nahm Olgeir in Empfang und kümmerte sich um ihn.

Weiter oben am Hang sah Gestur weitere Retter, zwei von ihnen bemühten sich um ein klobiges Etwas im Schnee, das ein Schaf oder die alte Grandvör sein konnte. Und da saß Snjólka mit ausgestreckten Beinen wie ein benommenes Kalb. Aber was war mit all den anderen?

»Helga und Baldur sind tot. Und meine Sæbjörg auch«, sagte Sigurlás am Boden zerstört. »Hier ist es nicht gerecht zugegangen.«

»Helga?«, fragte Gestur und erkannte im selben Moment, dass er sie vom ersten Augenblick an geliebt hatte und sein Leben seitdem wartend auf den glücklichen Tag ausgerichtet gewesen war. Und nun war sie tot, seine einzige Liebe.

»Helga, ja, und auch Baldur. Sie sind als Erste gefunden worden. Obwohl sie nicht angeleint waren. Sie ... Ich habe nicht ausreichend beachtet ...«

Weiter kam der alte Mann nicht. Doch der Gedanke, der seinen Kopf ausfüllte, war für alle sichtbar: Was hat mich bloß geritten, hier dieses Haus zu bauen und ihnen so etwas zuzumuten?

»Die Leine hat sich bewährt«, sagte sein Nachbar Magnús, um ihn zu trösten. »Aber wirklich.«

»Aber was ist mit der Büchertruhe? Du hast gesagt, die war auch mit der Leine gesichert«, erkundigte sich der Hüne, der Olgeir auf dem Arm hielt.

»Ja, die müssen wir noch finden«, sagte Lási und blickte pessimistisch auf den Schauplatz der Katastrophe.

»Und das Buch in deiner Hand?«

»Das hatte ich in die Unterhose gesteckt.«

Sie hatten weder Kraft noch Zeit, darüber zu grinsen, denn Magnús kniete sich zu Gesturs Beinen und knotete die Leine auf. Sobald Gestur sich aufrichtete, kehrte der Schmerz in der Seite zurück, und als er aufstöhnte, kam beim Einatmen ein weiterer Stich, als die Lunge gegen die gebrochenen Rippen stieß. Er klappte zusammen, doch Lási packte ihn und hielt ihn auf den Beinen. Gestur senkte den Kopf und spuckte Schleim aus, dann hob er das Kinn und schaute über den Fjord und Eyri mit seinen nach zwei Lawinen zum zweiten Mal wiedergeborenen Augen unter einem schneenassen Haarschopf, und er fand, dass das Leben nie schöner gewesen war. Die norwegische Brücke flimmerte vor seinen Augen.

Glossar wichtiger Personen- und Ortsnamen

Álfhóll	Elfenhügel
Armæðudalur	Armutstal
Bæjarkot	Hofkate
Brekka	Hang, steiler Anstieg
Eilífur Guðmundsson	Der Name hat die Bedeutung »ewig«
Eyrarfjörður	Landzungenfjord
Fagureyri	Schöne Landzunge
Fanneyri	Schneelandzunge
Gamlibær	Alter Hof
Gestur Eilífsson	Bedeutung: Gast Ewigssohn
Heiðinsfjörður	Heidenfjord
Hnísey	Schweinswalinsel
Hríð und Bylur	Beides Bezeichnungen für plötzliche stürmische Schneeschauer
Hvalbeinsey	Walknocheninsel
Hvammur	Kessel
Hvoftur Kalinn Kalsson	Der Name bedeutet wörtlich übersetzt: Schnauze Kälte Kältesohn
Innri-Skriða	Innere-Lawine
Klessukot	Kleckerkotten
Lögg	Nagelprobe, kleiner Rest einer Flüssigkeit

Marsey	Annähernd phonetische Umschreibung für Marseille, die auf Isländisch die Bedeutung »Marsinsel« hat
Mjalteyri	Melklandzunge
Mjólkurbær	Milchhof
Næsta-Skriða	Nächste-Lawine
Náskriður	Leichenerdrutschhalden
Óðalsfjörður	*Óðal* bezeichnet einen bedeutenden Erbhof
Segulfjörður	Magnetfjord
Segulnes	Magnetkap
Selbær	Seehundhof
Skaðaskál	Schadenschale
Skeifuskarð	Hufeisenscharte, Hufeisenpass
Sólarklettur	Sonnenfels
Strókstindur	Rauchsäulengipfel
Stundarkot	Stundenkate (das isländische *stund* wird auch allgemeiner als Bezeichnung für einen kürzeren Zeitraum verwendet)
Tvíhamar	Doppelkliff
Váboð	Gefährliche Brecher, Sturzseen
Ytri-Skriða	Äußere-Lawine

www.tropen.de

Hallgrímur Helgason
Eine Frau bei 1000°

Roman
Aus den Memoiren der
Herbjörg María Björnsson
Aus dem Isländischen
von Karl-Ludwig Wetzig
400 Seiten, broschiert
ISBN 978-3-608-50510-8
€ 12,– (D) / € 12,40 (A)

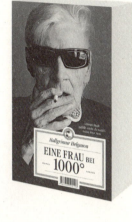

»Dieses Buch ›gefällt‹ nicht. Es rockt!«
Andrea Ritter, Stern

Drei Söhne von neun Männern, das ist genug.
In ihrer Garage surft die 80-jährige Herbjörg durchs
Internet und begleicht letzte Rechnungen, während der Ofen für ihre Einäscherung heißläuft.
Hallgrímur Helgasons neuer Roman ist ein Parforceritt durch die Geschichte des 20. Jahrhunderts:
anrührend und voll isländischer Skurrilität.

www.tropen.de

Hallgrímur Helgason
Zehn Tipps, das Morden zu beenden und mit dem Abwasch zu beginnen

Roman
Aus dem Isländischen
von Kristof Magnusson
272 Seiten, broschiert
ISBN 978-3-608-50509-2
€ 11,– (D) / € 11,40 (A)

»Ein Gesellschaftsroman, der Komik und Ernst wunderbar vermischt.««
Rainer Moritz, Die Welt

Es läuft nicht gut für Toxic. Um seiner Verhaftung zu entkommen, muss er einen Mann umbringen und dessen Identität übernehmen. Dummerweise handelt es sich dabei um einen amerikanischen Fernsehprediger ... Hallgrímur Helgasons neuer Roman ist noch schneller, noch spannender und noch witziger als seine Vorgänger.